Dan Becker

PROGNOSE 273

edition
WEISENWERCK

Dan Becker

Prognose 273

Roman

edition weisenwerck

Bibliografische Information der Deutschen Nationalbibliothek

Die Deutsche Bibliothek verzeichnet diese Publikation
in der Deutschen Nationalbibliografie; detaillierte bibliografische
Daten sind im Internet über http://dnb.d-nb.de abrufbar.

Das Werk einschließlich aller seiner Teile ist urheberrechtlich
geschützt. Jede Verwertung außerhalb der engen Grenzen des
Urheberrechtsgesetzes ist ohne Zustimmung des Verlages unzulässig
und strafbar. Das gilt insbesondere für Vervielfältigungen,
Übersetzungen, Mikroverfilmungen und die Einspeicherung und
Verarbeitung in elektronischen Systemen.

Allgemeine Hinweise

Der Autor übernimmt keine Gewähr für die Aktualität, Korrektheit, Vollständigkeit oder Beschaffenheit der im Buch aufgeführten historischen Daten. Alle Namen von Personen des öffentlichen Lebens die keinen historischen Bezug haben oder/und öffentlich bereits genannt wurden, insbesondere die der Figuren in der Geschichte (auch die Hauptpersonen der Handlung), sind nach dem Zufallsprinzip frei erfunden. Mögliche Übereinstimmungen (ebenso von Örtlichkeiten, Zeitabläufen oder/und sonstigen Beschreibungen, Gebäuden, Organisationen, Gemeinschaften) mit bestehenden sind rein zufällig. Falls sich jemand trotzdem betroffen fühlt, bittet der Autor ausdrücklich um Entschuldigung. Eine Absicht ist damit nicht verbunden.

Rechtlicher Hinweis: Alle, meist vom Protagonisten Otto getragenen Darstellungen und Aussagen, insbesondere in den Recherchen und Artikeln als Journalist, sind Meinungen, keine Behauptungen oder Tatsachen.

ISBN 978-3-96498-002-1
© Dan Becker, 2021
Dan Becker, Prognose 273
Alle Rechte vorbehalten.
Umschlagbild: © Dzhulbee / istockphoto LP
Druck: CPI – Ebner & Spiegel, Ulm.

www.weisenwerck.de

*Liebe und Güte währen länger,
alles andere vergeht.*

Inhalt

Prolog 9

Teil 1

Der Einstieg in die Welt 27
Blick zurück 51
Sinn oder Unsinn 76
Blick hinter die Kulissen 103
Bügeln ist lustig 120
Die Trennung 151
Rache schmeckt bitter 193

Teil 2

Unser Land 229
Östlich der Oder 251
Blaulicht in der Direktion 279
Was geht ab 294
Die positive Entwicklung 317
Der rote Traktor 343
Die Fenster 375
Überall ist Dunkelheit 415
Allein auf einer Insel 463
Die Zeit läuft davon 533
Allmacht 590
Was bleibt 604

Personenverzeichnis 627

Prolog

In der weiten Ferne des Alls entstanden durch mehrere Explosionen neue Galaxien. Am äußeren Ende der Milchstraße entwickelte sich ein Planet etwas anders als die ihn Umgebenden. Man sagte, die Nähe zur Sonne schaffe besondere Bedingungen. Bei uns bemisst man den Zeitfluss nicht in kurzen Intervallen, sondern in Äonen. Nach unendlicher Zeit entstand auf dem Planeten, der um die Sonne kreiste, organisches Leben. Einzeller, Zusammenschlüsse, Zellkoordinationen und schließlich echte Organismen. Diese Vorgänge waren nichts Neues. Mehrere Arten entstanden. Von der einfachsten bis zur komplexen Form von Organismen. Einige Spezies entwickelten Ganglien, Nervenbahnen. Eine bildete nach und nach Neuronen Schaltstellen, ein koordinatives Organ, Bewusstsein, Selbsterkenntnis, Sprache, kollektives Handeln entstand und vieles mehr. Alles nicht so tragisch. Bis Adolf auftauchte. Wir nannten den Planeten Quatoutnock, was so viel bedeutet wie Chaosclub oder wirrer Haufen. Da bewegte sich eine organische Lebensform weg vom eigentlichen Ziel allen Lebens. Es hatte solche Fälle trotz aller Bemühungen der Zentrale der Schöpfung schon gegeben. Trotz des Gebots, dass die Liebe für alles Leben über allem anderen steht, verirrte sich im Strom der Gezeiten auch mal eine Entwicklungsstruktur. In diesem Fall bestand aber durchaus die Gefahr einer größeren Bedrohung als nur die Zerstörung des Planeten. Möglicherweise musste hier von universell schöpferischer Seite eingegriffen und eine Korrektur durchgeführt werden. Zurück zu Adolf. Adolf wurde vom planetarischen Seher gescannt. Das Ergebnis war verheerend. Abgesehen vom negativen, psychogenen Einfluss auf seine Persönlichkeitsstruktur, war die charakterliche und Verhaltens-spezifische Deformation so offensichtlich, dass man sich wundern musste, dass ein Volk von Millionen Lebewesen einen Adolf zu ihrer Leitfigur machte. Ein Gestörter lenkte eine große Bevölkerungsgruppe.

Wohin? Wenn es möglich war, dass das Schicksal eines ganzen
Planeten in die Hand der Entartung geriet, was kam danach?
Was kam auf andere Galaxien zu? Kurz gesagt, die Zentrale der
Schöpfung kam zu dem Ergebnis, das man die Rasse Mensch
ggf. vor sich selbst schützen müsse.

Das Volk der schöpferischen Instanz, wie es sich selbst nannte, existierte bereits seit Anbeginn allen Lebens. Bei ihm wurde
der Stein der Weisen aufbewahrt in dem – so sagte man – alle
Geheimnisse und die Schöpferkraft des Seins lagen. Am Platz
des Leuchtens war die Führung ansässig. Von der Zentrale der
Schöpfung ging eine strahlende Kraft aus, die über alles andere hinausging. Sie schaffte, lenkte und läuterte. Das Volk der
schöpferischen Instanz war so weit entwickelt, dass die Wesen
dort keinen Körper mehr brauchten. Sie konnten Zeit und Raum
nahtlos überbrücken und verständigten sich über einen direkten
Gedankenaustausch. Es hatte sich zur Aufgabe gemacht, alles
Leben zu schützen.

Nun war die Entwicklung auf dem Planeten Erde sehr bedenkenswert. Die Rasse Mensch war von vollständiger Entgleisung
bedroht, so dass man von nun an nicht alles dem Zufall überlassen konnte. Zunächst wollte man sich ein Bild von der Lage
machen. Jemand musste vor Ort ermitteln. Der Kontakt über
die heimische Verständigungsform konnte dort nicht angewandt
werden, weil die Rasse zwar aus Seele, Gemüt und organischem
Gewebe bestand, aber durch die ausschließliche Verkettung mit
der Außenwelt, die Bewegungen des Innenlebens nicht mehr
verstand. Auch, wenn sie viel umfangreicher war als die der
Äußeren. Diese Welt hatte man einfach mit der Zeit vergessen.
Das Daseinstraining überleben, wurde ganz und gar über die
Öffnungen nach außen: Augen, Ohren, Nasenöffnungen usw.
abgewickelt. So kamen alle Informationen und Inhalte nur von
außen, nichts mehr von innen. Nur noch wenige verstanden die
Sprache des Inneren und konnten sich so verständigen. Deshalb
musste die zur Erde geschickte Kommunikationseinheit, die
auch als Sender von Informationen an die Zentrale der Schöp-

fung fungierte, auf diese Ebene eingestellt werden, was keine großen Probleme bereitete.

In einem dafür entwickelten Zellular-neuronalen[1] Raumschiff wurden einige ausgewählte Seelen auf die Verknüpfung mit einem Zweibeinerorganismus vorbereitet. Die Berichte würden automatisch über ein Implantat im Nervensystem gesendet, von dem die Abgesandten aber nichts wussten, damit wirklichkeitsgetreu übermittelt wurde. So konnte alles aus erster Hand, ohne subjektive Beeinflussung, an die Zentrale übermittelt werden. Außerdem wurde jemand mitgeschickt, der alle Sprachen des Universums verstand und sich darin ausdrücken konnte. Die der Seele, der Gefühle, der Töne, die Gutturalen, die der Zeichen und auch die große Sprache der Schicksalszusammenhänge. Er konnte auch weissagen. Man nannte ihn Prophet. So würde das schöpferische Zentrum bald ausreichend informiert werden. Der Sender war ein Mensch. Die Sendedauer: ein Menschenleben. Ein Leben war eine kurze Zeitspanne, so dachte man, bemessen an der Bedeutung umfassender Beobachtungen über die Evolution. Noch kürzer - bemessen an der Ewigkeit, die alles überdauert.

Eine Seele, ein Leben, das darauf eingerichtet werden musste, sich in der rechten Art und Weise mit einem Körper zu verbinden und danach für die Landung auf der Erde die besten Anlagen mitzubringen, um geeignete Beobachtungen zu senden. Beobachtungen, die der Schlüssel der Erkenntnisse für die Zentrale der Schöpfung werden sollten. Es sollte schon ein passgenaues Individuum für diesen Zweck eingeschworen werden. Der Sender sollte innerhalb kürzester Zeit in einem ebenso geeigneten Rahmen programmiert werden. Die Einstellungen wollte man auf dem Transport zur Erde durchführen. Für diese Mission wurde Darwin entwickelt. Darwin war eine neue Entwicklung eines Zellular-neuronalen Flugkörpers, in dessen Fahrgastcenter Biomasse als Grundlage sämtlicher Aufbauten verwendet wurde. Die elektronische Spannung lief durch Nervenzelltrassen.

---

1 Zell-Gewebe das organischen Nervenzellen ähnlich ist.

Außerdem hatte diese Art Raumschiff Gedankentransmitter und Hochfrequenz-Lehrvermittlungsfunktionen, um den Probanden die Grundprägung unmittelbar beizugeben. Sie wurden genetisch, seelisch, geistig und archetypisch[2] optimal auf die Mission eingestimmt. Die ständig fließenden Informationen prägten den Wunschtypus, in kürzester Zeit, ohne wie üblich, die Entwicklungsgeschichte zu durchlaufen. Ein Teil der Großhirnrinde[3] und des Frontallappens[4] wurde mit einem Sender verbunden. Dieser Teil hatte eine leicht abweichende Spannung, auf die ein spezieller Empfänger eingestellt war. So konnten selbst unverarbeitete Sinneseindrücke, sowie die vor der Abspeicherung in logische Strukturen zusammengefassten Gedächtnisinhalte aufgezeichnet werden. Der Hauptproband war Kolotter. Er wurde für diesen Auftrag einstimmig gewählt. Mit ihm reisten weitere elf Passagiere. Warum? Sie sollten durch ihre Anwesenheit bei ihm Instinktwissen und Intuition reflektieren und fixieren. Wenn man in einem Organismus auf der Erde geboren wurde, wirkten im Zeitpunkt des Eintritts Magnetfelder auf den Betreffenden, die grob gesagt durch die Stellung der Planeten und der Sonne zur Erde eine bestimmte Strahlungsqualität hatten. Durch die besondere Wirkung zu einer bestimmten Zeit wurden Anlagen und Fähigkeiten des Betreffenden mit geprägt. Die Menschen teilten seit mehreren Tausend Jahren die spezifischen Anlagen und damit Entwicklungskorridore in zwölf Tierkreiszeichen ein. Die anderen elf dienten als Erfahrungssimulation im Umgang mit anderen Charakteren. Er selbst sollte im Hauptzeichen des Skorpions, mit dem Nebenzeichen Jungfrau geboren werden, um mit den Haupteigenschaften Geradlinigkeit, Unbeeinflussbarkeit, Klugheit, Gründlichkeit, Zielstrebigkeit und Intelligenz ausgestattet zu sein. Diese Eigenschaften sollten im Vordergrund stehen.

Dieses Raumschiff war eine einzigartige Entwicklung. Trotz der vorangegangenen zweihundertzweiundsiebzig ähnlichen <u>Prüfungen, wurde</u> hier etwas Neues ausprobiert, genial und zu-

---

2 Grundstruktur eines Typus.
3 äußere Hirnschicht reich mit Nervenzellen besetzt. Stark vernetzt.
4 Hirnschicht. Von Bedeutung für die Persönlichkeit und Willkürmotorik.

kunftsweisend. Das Schiff mit seinem gesamten Aufbau zu beschreiben, wäre für unsere Zwecke zu aufwendig. Man müsste jedes Detail der Physik, der Chemie, der Biologie, Grundlagen der Strahlungsphysik und Materiallegierungen aufschlüsseln und vieles mehr. Die 3551 Seiten Konstruktionspläne nebst Anhang können im interstellaren Server 322277 (Login Seite drei »schöpferische Instanz«) heruntergeladen werden. Uns interessiert mehr die Flugroute und die Wirkung auf Kolotter. Wir stellen dafür einen Auszug aus den Tagebüchern von Kolotter zur Verfügung.

Aufzeichnungen aus dem Tagebuch des Kolotter:
Scheinbar seit Jahr und Tag, seit der erste Gedanke mein neues Bewusstsein erreichte, kreisen wir durchs All. Die letzten Galaxien waren voller Nebel alter Geister, wo die Worte der Schwebenden dein Zentrum erreichen wie eine Nadel, die in einer Rille der Schallplatte läuft. Ohne Widerstand direkt ins Innere. Zart, weich, einfühlsam oder schrill, ohne dass du Ordnung schaffen kannst. Viele Eindrücke, viel Energie die sich langsam verteilt. Die Erinnerung verblasst, um neuen Impressionen Platz zu machen. Der unvermittelte Andrang von Bildern, Worten, Gefühlen und Frequenzen aus anderen Bereichen verläuft ohne Pausen. Es ist, als ob du ein Leiter durchfließender Ströme wärst. Das liegt sicher an der neuartigen Zusammensetzung der Wandisolierung der Raumsphäre aus pulsierender Nervenmasse, die jede Regung aufnimmt und gezielt Gedanken der Besatzungsmitglieder an andere oder Befehle des Steuermanns unmittelbar übermittelt. Sie akkumulierte als Randerscheinung leider auch die Schwingungen der Geister im Tanz der Ewigkeit und stört damit die Ordnung der eher beabsichtigten Strukturen.

Ordnung, ein Wunsch der Unsicherheit, Zuverlässigkeit zu schaffen. Die viel geliebte und gepriesene Ordnung. Trotz aller bereits aufgebauter Formationen und Sicherheiten prescht sie immer wieder nach vorn. Wie führerlos gewordene Energie durchbricht sie jede Schranke, zertrümmert den Willen der scheinbaren Zufälligkeit, dem Schicksal eine konstruktive Nische in der Entwicklung zu belassen.

Das Schiff, auf dem wir reisen. Das äußere, nicht das innere, auch wenn du selbst dich als ein Schiff im Strom des Lebens siehst. Ausnahmsweise ist die harte Materie gemeint. Unter anderem Osmium, Schwefeldioxid, Titan III, gemahlene Diamanten, ein paar Gase, Chlorid, Titancarbid und zweiundzwanzigtausend Grad Hitze zauberten eine Legierung[5] die uns das Gefühl der absoluten Zuverlässigkeit geben sollte. Umgeben von dem härtesten Metall, das je in diesem Universum unterwegs war und einem zusätzlichen Schutzschild aus Hypervibrationslaser, bietet dieses Schiff die neuesten Techniken. Darwin ist allerdings sehr klein. So ist dieses Schiff getauft worden. Darwin bietet nur zwölf Crewmitgliedern Platz. Wo der Prophet (Ein Weiser der alle Sprachen des Universums verstand) schläft, hat bis jetzt noch niemand herausgefunden. Auch für den Steuermann, der gleichzeitig der Leiter der Mission ist, Mission nun ja, es ist die zweihundertdreiundsiebzigste Ermittlung zum Schutze der Schöpfung, gibt es keinen Rückzugspunkt, keine eigene Kabine. Vielleicht ist er in Wirklichkeit aus demselben Zellgewebe wie die Außenhülle der Wände. Darwin ist der Prototyp aller zukünftigen Raumgleiter, die für ähnliche Vorhaben eingesetzt werden sollen. Die Zusammenstellung ist perfekt. Kein Schall wird übertragen. Er wird von Dämmmaterial aus Biomasse und Zellmembranen aufgesogen. Darin wird der Grund zu finden sein, warum hier alles abgeschwächt erscheint. Die Worte, die Schritte, das Licht. Alles erreicht dich wie durch einen Filter. Schwebende Worte, Lichter wie im Nebel, Schritte wie auf einem Teppich. Der Schall wird nicht nur abgedämmt, er wird zentral verarbeitet. Die Leiterzellen nehmen ihn auf und füllen damit eine Speichereinheit im Bordcomputer. Befehle können so von autorisierten Personen unmittelbar übertragen werden und lösen automatisch den optimalen Lösungsablauf aus. Es ist kaum zu glauben. Hier wird eine bisher unbekannte Form der Aufnahme von Frequenzen angewendet. An der Oberfläche der Zellwände sind mental synaptische Neuromembranen

---

5 Durch Zusammenschmelzen verschiedener Werkstoffe entstandenes Material.

verteilt, einer Art Erregungsmembran[6], die Gedanken und/oder Gefühlsschwingungen von einem Mitglied der Crew auffangen können, die in einen Optimierungspool eingespeist und verarbeitet werden, von wo aus dann zum Beispiel ein allgemeiner Befehl ausgelöst werden kann. Umgekehrt können Informationen oder Anweisungen direkt in operative Hirnschichten eines Crewmitglieds eingespeist werden. Tolle Sache. Nur fühlt man sich, als wäre man in einem Watteball eingewoben. Durch den vorherrschenden Ablauf im Gehirn, ist es, als hätte man keine Gliedmaßen, sondern besteht nur aus Gedankeninhalten. Besonders bei simulierten Mechanismen. Anpassungsoptimierung an den zukünftigen Organismus.

»Schwebe nur nicht einfach weg«, sagte der Prophet aus Spaß letzte Woche zu mir. Das drückt den Zustand treffend aus. In dieser modernen Einrichtung kann man kein Problem haben, ohne dass der Prophet sofort auftaucht und behilflich ist. Immer so rein zufällig. Er steht da, wenn du aus dem Bad kommst, dich aus einem Gespräch herausbewegst, weitergehen willst oder er steht mitten im Raum, wenn du um eine Ecke biegst. Geheimnisse gibt es hier nicht. Hier oben können wir noch Impulse direkt aufnehmen.

Besonders interessant sind die Kabinen. Klein, aber sehr effektiv. Sie liegen im leichten Nebel. Die Gerüche, Farben, Geräusche und der mentale Einfluss, sind jeweils auf den Bewohner abgestimmt. So liegt meine Kabine immer in einem grünen Nebel. Sie ist in den vier Ecken zwischen Wand und Decke mit grünem Malachit ausgekleidet und mit feinen, kaum erkennbaren keltischen Symbolen verziert. Der Einfluss soll das Unbewusste klären. Die Farbe Grün kann beiden ausgewählten Sternzeichen zugeordnet werden. Hinter dem Bett sind pulsierende grüne Kreise mit alten germanischen Zeichen an der Wand. Kreise stehen im weiteren Sinne für Vollkommenheit, hier eher für Klugheit, sowie abgerundeter Gründlichkeit der Jungfrau. Deren Familie vererbt Methodik, Objektivität, Ord-

---

6 Hier Übertragungsmedium.

nungssinn und den Bezug zur Realität. Die Mitte der Decke bildet Merkur. Merkur verbindet beide Familien. Der Merkur, ein Bote, der zwischen dem Jenseits und dem Irdischen vermittelt. Er steht als Symbol für das Denken, den ordnenden Verstand, für die wirkliche Tiefe des Intellekts, der Substanz des Denkens. Erkenntnis bis zur Genialität. An der Wand gegenüber ist eine untergehende Sonne. Ein Zeichen für das »Stirb und Werde«, der Schaffenskraft des Skorpions.

Aber es geht ja nicht nur um das intuitive Erkenntnispotential und Instinkte. Der Umgebungseinfluss geht über die Blitzbelebung hinaus, bis in die fundamentalen Bausteine des Lebens. Jeder Mensch ist nicht nur Träger seiner Erbanlagen. Er verfügt auch über ein Entwicklungspotential, mit dem sich die Gene im Laufe der Jahrhunderte verändern. Die Erbfaktoren sind die Strickmuster des Individuums. So wie eine Nähmaschine, auf die verschiedenen Nahtfolgen eingestellt werden kann, waren die Räume auf die Evolutionsstraßen des Einzelnen eingestellt, geeignet die Kanäle unmittelbar mit zu generieren. So wie man Münzen in Ländern neu gestaltet, wird hier künftige Biomasse geprägt. Mit Bildern, Geräuschen, Nervenimpulsen und direkten Wissensimplantaten.

Die Räume lagen zentral im Heck des Schiffes. Es gab noch andere Räume. Weiß, hellbraun, hellgelb, hellgrau, schwarz. Wirklich kaum zu glauben – schwarz. Hektor war tatsächlich schwarz. Angefangen von den blauschwarzen Augenbrauen bis in den tiefsten Winkel seiner Seele. Die dunklen Seiten der Seele zu ergründen, ist weitaus schwieriger, als die dem Licht zugewandten. Soviel lehrte uns der stille Hektor.

So brauchbar das Programm war, es war ebenso eintönig. Wie tausend Jahre die Tonleiter einer Oktave üben. Die gleichen Töne, immer wieder. Nun – schon wieder lässt die gleiche Sinnkonstruktion meine Gedanken wie Irrlichter Bahnen durch den Raum des Geistes ziehen. Zeit, die hatten wir wahrlich genug. Ob es Minuten, Jahre oder gar Jahrhunderte waren, konnten wir nicht herausfinden, ist die Zeit ja doch ein relatives Ding. Wo Gedanken jagen wie Raketen, so zweihundertelf pro Minute oder ob der Denker ganz stille hält und ein Aspekt für Momente parallel zur Ewigkeit verläuft, er also langsam denkt, schleichend, ergibt sich schon ein anderes Zeitgefühl. Einer meint, er habe sein halbes Leben schon so dagesessen und Gedanken ohne Ende durch die Unterwelt geschickt und der andere hält die zehn Minuten für ganz kurz.

Oder war es doch der Himmel, den man anvisierte durch das Guckloch der Konzentration. Wie durch eine Röhre kommen dir die Blicke des Bewusstseins vor, die bis in die Träume schweifen. Ins Visuelle. Es fließt sehr viel da oben durch die Fantasie. Ersatz-Erlebnis. Leben wie im selbst erschaffenen Hologramm. Erleben durch eine Vorstellung, die am Ende des Gedankens steht und ziemlich klar ins Innere des Kopfes dringt. Fast wie ein echter Blick, den zu genießen wir doch wahrlich lange nicht mehr hatten. Lange, ja wie lange eigentlich. Nun haben wir gehört, das kurz oder lang ein dehnbares Ding ist. Mir kam es vor wie Ewigkeiten, Ewigkeit in der wir alle baden. Auch ohne das wir's wissen. In jedem Fall gelang aber die Einstellung. Die Ewigkeit ist ähnlich vage wie die Zeitenautobahn – doch wozu weiter philosophieren, wenn es doch keinen Samen in die Erde bringt? Wir waren ja hier oben doch auch noch die freien Geister.

Nicht mehr lange, denn die Erde auf deren unsichtbarem Schweif wir sie anscheinend verfolgten, kam in Sicht. Wo wir doch selber Verfolger und Verfolgte waren. Wie die dort auf der Erde, zu denen es nicht viel mehr zu sagen gibt. Zwei Beine und ein Kopf.

Der Prophet wusste zu den Köpfen und den Beinen mehr zu sagen. Er kann uns lehren, wer wir sind und was es damit auf sich hat, auf der Bühne menschlichen Daseins. Er kam erst vor ein paar Tagen wieder und malte Zeichen als Materialisierung[7] von Licht in Liebe, in Gefühle, in Fleisch und wir konnten das

---

[7] Wirklichkeit werdend. In Erscheinung treten. Form und/oder Gestalt annehmend.

nehmen als Zeichen, dass es bald vorbei ist mit dem Herumirren durch das All-geistige. Denn Fleisch und Blut, das haben wir schon lang nicht mehr geschmeckt, gefühlt oder unsere Töne auch ausgesprochen, dann am Trommelfell gespürt und lachhaft – ehrlich lachhaft, uns dann gefühlt, als wären wir am Leben! So wie da unten. Doch nur von hier oben betrachtet sieht es nicht danach aus. Wir kreisen hier geschätzt so an die zwei- dreihundert Jahre. Es können aber auch nur Stunden sein. Ich sagte es bereits. Das Zeitempfinden richtet sich nach vielen Kriterien und der in der empfundenen Periode geleisteten Anzahl der Gedanken, Gefühlen und dem Bewusstsein, dass es überhaupt gelaufen ist, was ich denke – nicht ein formenfreies Dahingleiten von eingebildetem Sein. So geht es durchs All durch die dritte Galaxie im Augenblick.

Dann kam der Prophet zu uns und sagte, jetzt sei es bald soweit – nein, er lässt den Sinn im Inneren entstehen, denn Worte braucht er nicht. Jeder dachte zuerst, er spricht nur zu ihm. Aber der Zufall wollte es, dass wir einmal zu fünft vor ihm standen und antworteten wie aus einem Munde. Dann sprachen wir miteinander über ihn. Nach längerer Zeit der Analyse vermuteten wir, er wäre nur eine elektronische Einheit, die uns übergreifend überwachen sollte. Eine Art zentraler Empfänger, eine neurosensorische Einheit. Wireless Lan, Wellen der Zentrale. Oder eine harmonisierende Einheit, einer der die Schaltkreise eines jeden von uns kennt. Aber eine Lösung für all den Spuk fanden wir nicht. Der Prophet hatte keine Form, keine Gestalt. Und doch erschien er dem einen oder anderen schemenhaft, wie seine Fantasie es fassen konnte – oder wollte? Was sollten wir denken?

Er ist jedenfalls irgendwo, irgendwie in die Schaltkreise integriert und mit uns parallelgeschaltet. So, dass er alles miterlebt, was wir so treiben, was wir denken oder empfinden. Bei jeder Schieflage taucht er dann automatisch auf, um uns am Verzweifeln, am Ausrasten, am Weinen oder gar in der allerhöchsten Not der Flucht zu hindern. Das war das Verständlichste. Denn die Hersteller solcher Flugmaschinen sind viel weiter, als wir uns das vorstellen können, dachten wir. Statt Mikrochips im Stammhirn eine zentrale Überwachungseinheit als Kollektivpräsenz. Er war einfühlsam genug, um nicht beunruhigend zu wirken. Trotzdem hinterließ er Fragezeichen. Beim Übergang ins Körperliche (oder war es eine Übung?) rutschte man ständig von der Einbildung zur Nachbildung, von der Vorstellung ins reale Erleben. Du tauchst durch megakomprimierte Strahlungsfelder, um Millionen Erinnerungen zu durchleben. Jede Illusion wird die perfekte Erscheinung auf dem Weg zur richtigen Polung. Diese Wellen von Gefühl, Ton, Bild und intuitivem Verstehen organisch zu kanalisieren, war fantastisch. Wer hatte so etwas nur erfunden? Die Täuschung eigenen Erlebens war perfekt. Bei genauerem Hinsehen ergaben sich auch andere Betrachtungsschlüsse. Gibt es da nicht mehr Ebenen als nur die Eine? Erkenntnisse – die Kinder der Analyse. Ihr müsst verstehen: Es brachte dich durcheinander. Unsere Sinne bekamen unablässig megamengen Futter. Und dann noch der Prophet. Wie sollte man ihn in dieser Situation richtig einordnen? Mir erschien er als Nebel. Ein leuchtender Nebel. Wenn er da war, umgab ihn eine leuchtende Aura. Als wenn hinter ihm die Sonne schien. Immer wenn ich ein Problem hatte, kam er aus dem Nichts und löste es. Wir kommunizierten direkt. Ich verstand ihn auf Anhieb. Die Stimme –wenn es überhaupt eine war, schwang in der Nähe des Brustkorbs. Sie kam an, als wenn es die eigene Stimme – ein eigener Gedanke wäre. Ich fragte mich lange, ob sie zu mir spricht, weil ich es als Halluzination, Eingebung oder Einbildung erlebte. Es war, wie gehabt kein Sprechen im Sinne von Ton. Gleichzeitig fühlte und verstand man einen Sinn. Wie ein Bild im Geiste, das tausend Worte ersetzen kann. Es war wie eingeboren im Innern. Eine weitere Idee zur Entschlüsselung des Phänomens. Er war eine Projektion. Die Not in dir, lässt die Aufhebung in Form des Heilands entstehen, der dich dann besänftigt – der zur Lösung aller Probleme wird. Oh – hätten wir hier oben nicht alle Zeit der Welt gehabt, nie hätten wir es entdeckt, darüber gesprochen, uns für einander geöffnet und verstanden, wären darauf gekommen, dass es ihn wirklich gibt. Schließlich waren wir uns einig. Es war keine elektronische Einheit. Keine Überwachungseinheit und nicht verknüpft mit der Materie. Sonst hätte ihm jeder ein anderes Erscheinungsbild zugeordnet. Ist es nicht so? Er lief durchs Sein. Durch alle Ebenen, in alle Ewigkeit. Er wirkt und lebt ewig mit den Kreaturen – die ihn im Innenraum erfassen. Er war ein echter, universeller Helfer. Der geborene Vertreter der Schöpfung.

Solch eine Art der einfachsten Betrachtung braucht ein Pfund Verständnis. Es ist nicht der Blitz, der in die Buche kracht als unabänderliche Tatsache. Eher, wenn ein Fluss an einer Biegung auf den anderen trifft und mit ihm zusammen weiter fließt. Neu – und stärker. Es ist dem einen wie dem anderen – kristallklar. Zwei Wolken, die einander berühren, bleiben zwei. Nur dort, wo sie verschmelzen, sind sie aus dem gleichen Ding geschaffen. Helles Licht, das in den neuen Menschen fließt. Wer da so in der Sonne steht, ganz offen – weiß nicht mehr, von wo es leuchtet. Von außen oder von innen. Die Stimme des Universums berührt das Trommelfell der Seele. Die Verbindung mit der Zentrale der Schöpfung.

Am Anfang ging es, wie wir nach längerem Austausch feststellten, allen genauso. Keiner konnte so richtig etwas mit dem Phänomen anfangen. Weil er immer am Rande der Not stand. Er stand hinter der Pforte, durch die du nicht gehen willst. Wovor jeder Mensch Angst hat, weil er glaubt, es nicht zu schaffen. Und da steht er und wartet. Geduldig und – für alle Zeit. Mit der Akzeptanz kam es, dass er sich mir eröffnete, wenn ich ihn rief. Was kann ich nur tun, um eine Lösung zu finden? Und plötzlich leuchtet die Lösung auf. Die Last fiel von den Schultern. Er flog einen kurzen Moment mit mir und als er verschwand, ging alles wieder wie von selbst. Ich dachte manchmal, es zu übertreiben, ihn zu nerven, seine Kraft unnötig zu stehlen oder den anderen den Raum für seinen Rat zu nehmen. Aber er war immer da. Er wurde in der langen Zeit mein Halt und meine Zuversicht in all der Einsamkeit hier oben. Zu einem endgültigen Resultat kamen wir dennoch nie. Dazu war der Vorgang zu komplex. Zu guter Letzt war es auch eine Frage des Glaubens. Wie willst du die allgemeingültig beantworten? Erlebt es doch ein jeder auf seine eigene Art. Genug.

Es kam eine Mitteilung des Propheten. In all den Inspirationen, die gerade vorbeizogen, füllten seine Worte ein Päckchen auf – zum Mitnehmen. Es war ein Appell. Etwas, das ich mir merken sollte. Die Stimme sprach: »Alles was mit dir vor sich geht, ist hier wie dort. Hier oben und dort unten. Diesseits und jenseits. Das Sein ist eine Prüfung. Ob du Mensch bist oder eine leere Hülle. Ob du dich nur vom Verstand gefangen nehmen lässt und ihm gehorchst wie eine Marionette oder auch deinem Herzen folgen kannst, wird mit entscheidend sein für den Weg auf Erden, den du gehst. Bei all der Sicherheit, die Ordnung gibt, verlier dich nicht nur auf der Straßenkarte der Vorgaben. Du selbst hast es gelernt, dass auch Dinge, die wir nicht verstehen können, Hilfe geben, wenn wir daran glauben. Lass die Pforten offenstehen. Jeder Freund des Lichts, wird auf seinem Weg zu leuchten beginnen. Ich bin Zeuge des Ganzen. Denk daran, wo du mich findest.« Er sagte auch, ich werde es bald, sehr bald vergessen. In der Flut der Erlebnisse, die jetzt noch kommen. Doch an ihn sollte ich mich irgendwann in ruhigeren Stunden erinnern, fühlen, dass er da ist und Kraft daraus schöpfen. Im Raum stehen blieb eine Ahnung, dass die Ansprache – gerade jetzt – nicht umsonst war.

Hatte ich ihn gerade in der Leitung, wollte ich noch fragen, warum gerade ich. Aber wir steuerten ja ohnehin auf die Erdenwelt zu. Plötzlich viel zu schnell. Die Warnsirenen erstickten meine Frage. Sie fingen leider in diesem besonderen Augenblick zu heulen an. Die roten Lichter drehten sich an jeder Ecke, durchdrangen überall die Dunkelheit. Ich rufe nach dem Steuermann, doch der hat besseres zu tun. Die Fähre ist dabei, die Umlaufbahn so satt zu schrammen, das die Hoffnung auf ein glückliches Ende überschwappt und beim Eintritt in die Atmosphäre verdampft. Näher und näher kommt die Erdkugel. In den Monitoren sehen wir im Zoom sogar schon Bäume. Bei der Geschwindigkeit wären es nur noch Minuten bis zum Aufprall. Schrill höre ich meine Stimme aus den Lautsprechern: »Bremsraketen, Fallschirme, Druckluftbasic vor dem Berührungspunkt.« Doch was soll ich sagen, alles schien zu spät. Auf dem

Monitor flüchtige Bilder, Bäume, Häuser, eine Wohnanlage, ein Wasserbecken. Ein Bassin, das immer größer wird. Wir steuern direkt darauf zu. So groß ist doch kein Swimmingpool. Das muss ein Freibad sein. Ein Riesenbecken. Die Lautsprecher plärren: Aufprall in weniger als zehn Sekunden. Da steigt es hoch. Jetzt kommt das Ende. Hat sich einer von euch schon einmal vorgestellt, wie sein Ende aussehen wird? Wie nah kann es sein. So von einer auf die andere Minute ist es da. Plötzlich ist es aus. Die Vision hatte sicher jeder schon einmal. Der eine war dann ängstlich, andere gleichgültig, abcheckend, in Häppchen teilend den Tod. Bloß, weil man es nicht wahrhaben will. Heroisch gibt's auch. Adolf war sicher nicht heroisch. Auch, wenn er sich vom Olymp herabblickend genau so gesehen hat. Auch wenn er meinte, was er tat, sei irgendwie göttergleich, stark, kraftvoll, so war sein Abgang kläglich. Da kann wahrlich kein Sonnenschein aufkommen – eher tausend Jahre finstre Nacht.

So stands in tausend Erdenbüchern. Allein und nackt in Dunkelheit und bitterer Kälte und das merkt euch alle, die nur annähernd in die Nähe solchen Wahnsinns kommen: Wenn keine anderen Taten euch den Seelenweg versüßen oder zumindest Samen ausgestreut sind, die als Träger irgendwelcher Hoffnung von Nutzen sind, so wird der Tod nicht nur erschreckend – allein schon der Gedanke greift dir kalt ins Herz. Aber davon abgesehen gehöre ich eher zu denen, die sich keine Gedanken über den Tod machen oder ihn fürchten. Doch nun, wo es anscheinend gleich zu Ende geht, so kurz davorzustehen, war doch beunruhigend. Hier halten sich nur Könige wacker. Die haben es gelernt. Oder vielleicht sind sie auch einfach nur blöde und darauf dressiert, in solchen Momenten das erwünschte Verhalten einzublenden und müde lächelnd draufzugehen. Ich jedenfalls verlier gleich meine Fassung. Ringe darum. Es kommen mir die Tränen. Das wenige, was ich habe. Nie war ich mit dem, was ich habe vollständig zufrieden. Plötzlich sehe ich: Ich brauche gar nichts außer meinem Leben. Wirklich, ich schwöre es. Ich will nur das kleine bisschen Leben. Und wenn's nicht mal das ist, dann wenigstens die Hoffnung, dass es nicht zu Ende geht.

Doch das riesige Wasserbecken. Es ist unvermeidlich unser Ziel. Nun werde ich hektisch, reiße die Schalter für die Bremsraketen hoch und »spläsch« spritzt es schon nach allen Seiten. Scheissse noch einmal. »Sprengt uns raus.« »Das geht nicht«, ruft der Steuermann, »das weißt du ganz genau. Wir haben beim Eintritt in die Atmosphäre die Kontrolle verloren.« Nun wird es ernst. Ich werde wieder ruhig. Jetzt läuft alles wie ein Uhrwerk – es ist vorherbestimmt. Ich sehe es durch tausend Schleier, die mein Auge sonst belegen. Oder ist es auch ein Lehrprogramm? Eher das Ende des Lehrprogramms. Denn ich spüre es, sehe und erlebe es. Wie ein Mensch.

Boooummm, reißt mich ein tosender Knall aus meinen Gedanken. Die Luke ist gesprengt. Doch noch. Geschafft. Nicht ganz, denn wir befinden uns unter Wasser. Wie weit? Keine Ahnung. Alle Anzeigen sind ausgefallen. Schnell raus hier. Wem könnte ich helfen – daran denke ich erst gar nicht. Nur noch Reaktion. Instinkt und Reaktion. Wie ein Mensch. Ganz neu: das Körperliche, Instinkt, Lebenstrieb, logisches Denken, handeln ... Inzwischen bin ich frei, schwimmend an der Oberfläche, raus aus dem Eisensarg, der mich umgab, darauf aus, all meine Kraft zur Rettung des Leibes einzusetzen. Nur noch ein paar Meter. Da erwischt mich ein Sog. Ein stärker werdender Sog, der mich immer weiter nach rechts zieht. Woher kommt der Strom und wohin fließt er? Neben mir viel schneller als ich zupacken kann, selbst wie Wasser fließend, treibt der Steuermann vorbei und starrt mit weit aufgerissenen Augen zu dem schwarzen Loch, das etwa fünf Meter vor mir erscheint. Oh nein, jetzt zerrt der Sog ebenso stark an mir, wie die Geschwindigkeit des Steuermanns es vermuten ließ.

Ich treibe völlig ab, in meinen Gedanken und einem nicht zu bändigenden Strom, der mich glatt mit Haut und Haaren in die Röhre reißt. Die Luft wird knapper, immer knapper. Plötzlich weiter vorn ein Licht. Ich glaube es nicht. Doch wurttschhh. Herausgeschleudert aus dem Rohr. Oouhhhh Gott, in eine Blutlache. Das wird mir niemand glauben. Ich landete in einem riesigen Klumpen von weichem Fleisch oder Gedärmen, so etwas in der Art. Neben mir schlug noch etwas auf. Mit leichtem Glucksen. Ein Teil vom Steuermann? Es spritzte nach links und rechts. Gallertartige gelb rote Teile. Weich und feucht – klebten mir im Gesicht. Beim Einatmen drang ein großes Stück in meine Luftröhre. Spuck es aus, spuck es aus. Die Luft wurde knapp, mir wurde schwindelig und plötzlich war alles anders. Eine andere Dimension. Kolotter dachte nicht mehr. Er fühlte nur noch. Spuck es aus, fühlte er. Diese Gefühle wurden schon vom Neuronalfrequenzempfänger aufgezeichnet. Auch Gedanken wurden von nun an direkt aufgezeichnet. In Kolotter schrie es zum letzten Mal: »Ich will zurück.« Ihm war speiübel und dann kotzte er auch noch drauf los. Da ging es erst richtig los um ihn herum. Rennen, Schreien, Chaos. Alles wirbelte herum. Um ihn herum begann ein Ton. Immer lauter werdend. Gemurmel – STIMMEN. Es waren Stimmen. Und alles unter ihm weiß, gelb, klebrig und voller Blut. Wessen Blut? Sein Blut? Stimmen. Schreie. Wieder Stimmen. Jemand nahm ihn hoch und schüttelte ihn. Eine Ohrfeige links und rechts. Er erkannte niemanden, bekam die verklebten Augen nicht auf. Er verstand auch niemanden. Er hatte wohl einen Schock. Und danach: das große Vergessen. Wirklich alles weg.

Der erste Atemzug. Er lag im Mutterkuchen bei seiner Geburt. Etwas hob ihn hoch und gleich fühlte er sich wohler. Warm, weich und geborgen. Zum ersten Mal hörte er seinen Namen aus dem Mund seiner Mutter: »Otto, ach Otto, endlich bist du da.« Man schrieb den siebenundzwanzigsten Oktober 1957.

Teil I

Der Einstieg in die Welt

Wenn der Säugling durch den ersten Tunnel ins Diesseits fliegt, wissen wir nicht, ob und wann er den Tunnel abbaut. Kann er durch diesen Tunnel weiterhin ins andere Land fliehen, wenn es hier zu beschwerlich wird? Erwiesen ist nur, dass ein Säugling gleich nach der Geburt noch nicht mit dem körperlichen Erscheinen angekommen ist. Erwiesen ist auch, dass er, wenn er oder sie hier auf scheinbar nicht zu bewältigende Umstände trifft, wie große Lautstärke, körperliche Bedrängnis oder anderes, wieder in einen Zwischenzustand fällt. Wo ist er dann? In einer psychogenen Starre, in der einfach die sensorischen Energien als Schutzmechanismus abgeschaltet werden, in einem anderen Bett bei der geistigen Mutter zum Ausruhen, bis alles nach einer Realitätsprüfung wieder erlebnisfähig scheint oder in der Halle der Abfahrtzentrale? Dort wo die Neuankömmlinge auf die Geburt warten und die Verstorbenen auf die Weiterreise in ihr Bestimmungsland? Keiner weiß es ganz genau, kann doch das Neugeborene nicht antworten. Brigitte hatte sich darüber informiert. Sie wollte Otto ein annehmbares Nest bieten, wo er sich wohlfühlt.

Wir sind in Deutschland. Seit der Geburt Ottos sind etwas mehr als zwei Monate vergangen. Inzwischen ist der achtundzwanzigste Dezember 1957. Weihnachten ist vorbei. Die Eltern von Otto konnten bereits erfahren, was für einen besonderen Menschen sie gezeugt hatten. Auf seiner Stirn könnte »Willkommen« stehen. Gern dachten sie an den Tag der Geburt im Huberts Krankenhaus. Das Krankenhaus war nur wenige Gehminuten von ihrem Haus am Schlachtensee entfernt. Trotz sieben Grad Minus vor der Türe, war herrlicher Sonnenschein. Von der ersten Minute an brachten ihm alle die gleiche Offenheit und Freude entgegen, die er selbst ausstrahlte. Zweiundfünfzig Zentimeter groß, dreitausendvierhundert und vierzehn Gramm schwer, blond, kerngesund. Der wird ein Strahlemann, sagte der Oberarzt. Otto rekelte sich mit einem säuselntsüßen Lächeln auf dem Gesicht. »Kwieeeitsch«, äußerte er sich dazu und Mama, Brigitte Hartmann, stimmte mit ein. Kwietsch, jajaja mein Kleiner. Der Oberarzt hatte ihn ins Zimmer gebracht, wo Vater Dieter mit Mama, wie sie jetzt hieß, angeregt über die einfachste Geburt, die man sich wünschen konnte, redete. Dieter, der aussah wie der englische Schauspieler Roger Moore in den besten Jahren, groß, schlank, blond und selbst ein Strahlemann, drängelte sich dicht an den Oberarzt, wobei er schmusige Geräusche von sich gab: »Küsschen, mein Kleiner, man ist der niedlich, wie sollte es auch anders sein, ganz klar von mir«, sodass der bedrängte Oberarzt Otto schnell zu Mutti ins Bett legte und sich aus dem Zimmer schlich. Dieter war so angetan, ja man könnte sagen verliebt, dass er sich nach anderthalb Stunden, noch immer nicht lösen wollte. Trotzdem verabschiedete er sich, weil er einen Termin in seiner Firma hatte. Manchmal musste er auch sonntags ins Geschäft. Heute traf er sich mit dem Chef des Bauunternehmens, das die Werkstatt umbauen sollte. Derzeit waren alle Firmen in der Baubranche total ausgebucht. In Deutschland herrschte Aufbruchstimmung. Den Hartmanns gehörte eines der größten Autohäuser in Berlin-Zehlendorf, einem Bezirk im Süden Berlins. Auch die Autobranche versprach eine glänzende Zukunft. Nachdem er sich verabschiedet hatte, kamen die Eltern von Dieter. Beide waren mit einem Meter einundsechzig gleich groß. Meist trugen sie Jacken und Hosen, die vom selben Schneider stammen mussten. Die Jacken immer in einer identischen Farbe. Er, Erwin, sah seinem Sohn Dieter sehr ähnlich. Sie, Agate, hatte dagegen krause Haare und war dunkelhäutiger, als würde sie von Südländern abstammen. Es waren einfache Leute, die nach Kriegsende in Ostpreußen all ihr Hab und Gut verloren hatten. Anders als Max und Eleonore Krüger, die Eltern von Brigitte, die fünf Minuten später kamen. Sie waren sehr wohlhabend. Eigentlich waren sie eher reich, hatten viel Grundbesitz in Berlin, München und Holland. Sie hatten es geschafft teure Antiquitäten, Gold und andere Wertsachen in dem Haus von Eleonores Schwester, die mit einem Holländer verheiratet war, vor Kriegsende unterzubringen. Der Mann der Schwester hatte mehrfach der Widerstandsbewegung im Untergrund geholfen und sogar einigen Freiheitskämpfern das Leben gerettet, so dass niemand auf die Idee kam, bei ihnen wäre der umfangreiche Schatz eines Deutschen versteckt. Nichts davon war abhandengekommen. Sie hatten Dieter und Brigitte ein Haus am Schlachtensee zur Hochzeit geschenkt und Dieter ermöglicht, die brach liegende Werkstatt zusammen mit einem riesigen Grundstück nahe dem S-Bahnhof Zehlendorf zu kaufen. Heute waren sich beide Elternteile sogar einmal einig: Otto ist klasse. Im Zimmer sprachen alle durcheinander: Was hat er nur für ein goldiges Lächeln. Er wiegt genauso viel wie Max bei seiner Geburt und der war immer gesund und erfolgreich. Schau die Haare, wie der Papa, klein Roger Moore haha, blumblumblümchen spielte Eleonore, mit den kleinen Beinchen. Eleonore und Brigitte hätte man für Geschwister halten können, wenn nicht der Altersunterschied gewesen wäre. Beide waren brünett, hatten halblange gewellte Haare, mittelbraune Augen. Für ihre Größe mit eins fünfundsechzig, ließen die siebzig Kilogramm sie ein wenig füllig erscheinen. Eleonore mehr als Brigitte. Ihr Kopf war kleiner und breiter. Beide hatten einen vollen Mund und üppige Augenbrauen. Brigitte fühlte sich wie im Kindergarten. Die Großeltern schlossen Otto sofort ins Herz. Otto ist klasse, klang es wie aus einem Munde. Nur mit den Erziehungsabsichten und neuzeitlichen Ansichten von Brigitte gingen nicht alle konform. Brigitte hatte sich vor der Geburt einen Stapel Bücher über das Verhalten von Kindern, die Bedürfnisse in jedem Lebensalter, dem Anliegen innerer Sicherheit beim Kinde, ja sogar über Tiefenpsychologie bestellt und tatsächlich fast alle gelesen. »So ein Quatsch«, sagte Max. Sigmund Freud sei ein Spinner. Das wissen doch alle. Theorien, die beim Drogenkonsum entstanden sind. Schau mal, was aus dir geworden ist, Brigitte. Dir ging es doch immer gut. Ein Dach über dem Kopf und genug zu essen. Das ist erst einmal für ein Kind wichtig. Dazu eine gerade Erziehung. So wie wir es gemacht haben. Was lese ich aus den Träumen des Kindes? Wer kann denn daraus etwas lesen, haha.

Aber Brigitte wollte mehr über ihr Kind wissen. Es war das Erste. Sie hatten sich so lange ein Kind gewünscht. Brigitte war

Hausfrau und langweilte sich oft. Was sollte sie sonst mit ihrer Zeit anfangen? Da kam ihr Sigmund sehr gelegen. Wobei es viel einfachere Werke über die Psyche des Kindes gab. Von Salomon Bruder zum Beispiel: Erste Schritte ins Leben. Er schreibt, es sollen die Wichtigsten sein. Brigitte wollte schon vor der Geburt alles wissen. Selbst, was in ihrem kleinen Otto am ersten Tag vor sich ging. Was bewirkt sanfte Liebe am ersten Tag und was bewirkt die Geburt im Luftschutzbunker oder gar im Bombenhagel? Wie denken Kleinstkinder? In Gefühlen? In Bildern? Was sehen sie und wo nehmen sie es her? Dieses Thema war für sie schon fast religiös. Bringen Kinder etwas mit? Wenn ja, was, von wo? Ihr stellte sich die Frage: Soll ich Otto so behandeln wie ich ihn sehen will oder ihm nur auf seinem vorgegebenen Weg helfen? Das ging sogar Dieter manchmal zu weit, wenn Brigitte ihn nach einem harten Arbeitstag erzählte, dass bereits Babys ein ausgeprägtes Bedürfnis zeigen, sich die Welt, in die sie geboren wurden, vertraut zu machen und damit eine angeborene, erstaunliche Überlebenskompetenz besitzen. Er schloss dann die Augen und dachte bei sich: Oje, wie wird das erst nach der Geburt. Nach der Geburt erzählte sie ihm noch mehr. Von ihren Empfindungen und dass Otto besondere Fähigkeiten hatte. Das spürte sie.

Sie hatte auch etwas gelesen von einem Afrikaner, wo die Neugeborenen, unter anderem beim Stamm der Uridos, nicht nur in Bezug auf die realitätsbezogene Entwicklung behandelt werden, sondern auch auf ihre Herkunft aus »dem anderen Land«. Dort beschrieb er die gleiche Entwicklung der Hauptfontanelle, wie sie es in einem anderen Buch vor der Geburt las. Die Hauptfontanelle ist eine unfertige Stelle in der vorderen mittleren Schädeldecke des Neugeborenen, die von der Geburt bis etwa zum ersten Lebensjahr nur aus inneren und äußeren Hautschichten besteht, noch ohne knöcherne oder knorpelige Schichten. Es ist eine Stelle, an der drei bis vier Abdeckplatten des Schädels noch nicht vollständig aneinanderstoßen. Die afrikanischen Stämme sind noch nicht so geprägt von Schulwissen und stützen ihre Erkenntnisse auch auf Überlieferungen und magischen Glauben.

So erklären sie und andere Bevölkerungsgruppen, zum Beispiel in Indien und Ostasien, dass sich die Seele des Neugeborenen bei Überlastung oder anderen Begebenheiten die »ihm nicht gefallen« durch die Fontanelle zurückzieht »in die andere Welt, wo es herkommt« und dann wieder zurückkehrt. Je glücklicher sich die Umgebung auf den Ankömmling einstellt und ihm die ersten Monate in dieser Welt erstrebenswert bereitet, umso lieber »bleibt es im Nest.« So stimmen insbesondere beide Elternteile ihr Verhalten ab und geben sich ruhig, liebevoll und hingewandt. Auch die Verwandten werden in dieses Verhalten mit einbezogen. Keiner, dem es bekannt sei, würde die Schwelle des Hauses übertreten ohne leise, vorsichtig und liebevoll zu sein. Mit diesem Wohlwollen soll das Neugeborene »über die kritische Schwelle des Übertritts ins organische Dasein geführt werden, ohne Schaden zu nehmen.« Dass Neugeborene, die keine Liebe für sich vorfinden, wieder aus dem Leben verschwinden – vermehrt sterben, ist allerorts medizinisch erwiesen. In dem Buch hieß es auch, dass sich die engsten Angehörigen mit dem Kinde »synchronisieren«, sich geistig und emotional sehr nahe entwickeln, es könnte auch telepathisch verbunden sein heißen. Durch diese Art Einstellung auf die ganzheitliche Wesensart des Neugeborenen würde ihm die Ankunft besser gelingen und den Eltern die Nöte des Kindes »direkt vermitteln.« Die sprichwörtliche Verbundenheit der geistigen Nabelschnur der Mutter (oder des Vaters), der in England beim Abendessen vor Schreck die Gabel herunterfällt, wenn ihrem Kind weit weg von Zuhause etwas passiert. In einigen Regionen der Erde gibt man den Grenzgängern im ersten Lebensjahr keinen Namen, bis sie »in ihrem Leib die Heimat gefunden haben und im Diesseits voll integriert sind.«

Brigitte reichte es nicht zu wissen, dass das Gehirn beim Kinde fast schon dem eines Erwachsenen entspricht, die ersten Reaktionen Reflexe sind und sich dadurch die Steuerung und Kontrolle von Haltung und Bewegung herausbilden, was eine der wichtigsten Aufgaben des Zentralnervensystems ist. Darum drehten sich derzeit die Gespräche bei der Familie Hartmann. Zumindest versuchte Brigitte ihren Mann dafür zu gewinnen. Die verschiedenen Abschnitte des Zentralnervensystems, von der Hirnrinde bis zum Rückenmark, seien dafür verantwortlich und werden so ausgeprägt. Für die gesunde Entwicklung ist nicht nur schmusen wichtig, sondern auch Bewegung. Denn nur durch Bewegungen kann der Mensch auf Veränderungen in seiner Umwelt reagieren, auf sie einwirken und sich mit ihr auseinandersetzen. Dies gelte für die grundlegenden Formen der Fortbewegung und die manuellen Tätigkeiten, aber auch für die Vermittlung der Gefühle und Gedanken, die sich an der Oberfläche durch Gestik, Mimik und Sprechen widerspiegeln. Für die Entwicklung sind die motorischen Zentren wichtig, die stimuliert werden müssten und so weiter und so fort. Motorische Reaktionen. Suchreflex, Saugreflex, Greifreflex, Kriechreflex, Schreireflex.

Aber auch der realitätsnahen Wissenschaft konnte Dieter nichts abgewinnen. Er reagierte darauf ähnlich wie ihr Vater Max. Für Otto war gesorgt. Er hatte in dem Haus am Schlachtensee ein großes Zimmer im Erdgeschoss bekommen. Ihm kam ausreichend Pflege zugute. Brigitte ging, wie die meisten anderen Frauen in der Nachkriegszeit nicht arbeiten und konnte sich immer um Otto kümmern. Ihm fehlte es an nichts. Auch heute war Dieter nicht sehr diskussionsfreudig, trotzdem er den Nachmittag für sie beide freigehalten hatte. Er war ohnehin noch etwas genervt, weil Max ihn am Heiligabend wieder bedrängt hatte, was er am Haus renovieren musste, wie man ein Grundstück pflegt und seine Geschäfte richtig führt. »Der muss immer den großen Maxen machen«, polterte Dieter. Groß war Max allemal. Mit seinen dunklen, glatt nach hinten gekämmten Haaren, dem schlanken, aristokratisch wirkenden Gesicht mit gebräunter Haut und ausnahmslos perfekter Kleidung, konnte er unbestritten als großer Max durchgehen. Vielleicht war Dieter ein wenig neidisch, auch wenn er es niemals zugeben würde. Dieter hatte ihn scharf zurechtgewiesen, er solle bitte die Grenzen der Intimität und Souveränität des einzelnen – so auch Dieters, respektieren. Schließlich hätte er sich vorher überlegen müssen, ob er sein Haus verschenkt oder nicht. Jetzt müsse er loslassen, es anderen überlassen, wie und was damit getan wird. Dass es nicht wieder einmal zu einer Auseinandersetzung kam, war allein Otto zu verdanken. Er strahlte alles Negative hinweg. In seiner Nähe wurden alle lammfromm.

Weder Dieter noch Brigitte konnten sich erklären, warum Ottos Nähe so beruhigend auf die Menschen wirkte. Selbst Max aus der Kategorie »Jäger bis Krieger« lächelte nicht nur in der Umgebung von Ottos Kinderwagen, er änderte sogar seine Ansichten zugunsten des Friedens. Plötzlich wählte er seine Diskussionsinhalte sorgfältiger aus, achtete darauf niemanden zu verletzen. Tanten, Onkels, Neffen und Bekannte, die zu Besuch kamen, um den neuen Mitbewohner der Hartmanns zu begutachten, relaxten im Outback Schlachtensee, hatten keine Motivation mehr, in das tägliche Raster »Deutsches Wirtschaftswunder« zurückzugleiten. Vielmehr genossen sie alle die Beruhigungspille der außergewöhnlichen Ottostrahlung. War es die Nähe eines Säuglings allgemein? »Nein«, war Brigittes Meinung. Es muss etwas anderes sein. Werner, Brigittes Bruder meinte bei näherer Betrachtung ebenfalls, Otto sei anders als die meisten Kinder, die er kenne. Er als Leiter des größten Kinderhorts hier im Bezirk wisse schließlich, was Ambach sei. Neben dem Gesprächsinhalt, was Otto für einer war, fragten sich nun alle, was Ambach bedeutete. »Ambach stehe für »Wissen was los ist«, nur so eine Redewendung. Nix was wichtig wäre. Er redet nun mal so, weil es in der Umgebung von Kleinkindern eh egal ist, was man von sich gibt. Die verstehen nun mal prusten, schnaufen und große Augen machen besser, als kluge Wortwahl gell. Haha. Aber Otto ist ein Wunderkind. Es ist nicht selbstverständlich, dass ein Kind gleich eine Introextrastrahlung hat.« »So ein Quatsch«, sagte Brigitte. Introvertiert, nach innen gerichtet, ist doch dem Extravertierten entgegengesetzt.« »Nein, Intro von innen und Extra nach außen, auf alle anderen, so meinte ich es. Passt nicht? Dann sag ich's so. Der Bub wirkt ganz anders auf mich als die allgemeine Geburtsmasse. Nicht nur organisch, sondern auch elementar strahlungsverdächtig. Eine besondere Ausstrahlung, die ins Blut geht. Wie von einem anderen Stern.

Ja das ist es auf den Punkt gebracht.« Brigitte stimmte zu. »Ja, außergewöhnlich.« Auch Dieter musste einsehen »wie von einem anderen Stern.« Gerd Becher, der Nachbar, kam sonst selten vorbei. Seit Otto da war, nutzte er jeden Vorwand, um mal vorbeizuschauen. Er blieb manchmal so lange, dass es Brigitte auf die Nerven ging. Er stand ohne viel Worte fünf, zehn, zwanzig Minuten bei Otto und kommunizierte mit ihm. Gerd machte eine Grimasse und Otto verzog ebenfalls das Gesicht. Immer dem von Gerd angemessen. Ein Auge zukneifen. Antwort: ein Auge zukneifen. Kurz zuzwinkern. Antwort von Otto: kurz zuzwinkern. Ich muss jetzt einkaufen, hierhin oder dorthin, ließ sie sich einfallen, um ihn wieder loszuwerden. Offenbar hatte Otto auf die verschiedensten Charaktere die gleiche Wirkung. Lustig, auflockernd, beruhigend.

Dieter, der nicht näher auf die besonderen Anlagen eines Menschen im Allgemeinen und auch nicht die von Otto im Besonderen eingehen wollte, kümmerte sich anders als Brigitte mehr oder ausschließlich um das leibliche Wohl seines Sohnes. So hatte er schon Wochen vor der Geburt den Umbau des ehemaligen Esszimmers veranlasst, um, für eine angenehme Umgebung für den Kleinen zu sorgen. Die Auswahl um ein Kinderzimmer zu schaffen, war groß. Das 1932 erbaute Gebäude verfügte über sieben Zimmer auf zwei Etagen, zwei Bäder und eine Küche. Das Haus hatte bis auf die zwei Säulen im Eingangsbereich, die eine Überdachung hielten und einen überproportional großen Balkon im Obergeschoss nach hinten zur Seeseite, keine Schnörkel. Es wirkte mit seinen dreihundertzwanzig Quadratmetern trotz der Abrundung der Winkel an den Außenwänden wuchtig. Max bestand bei der Bauausführung auf achtundvierzig Zentimeter Wandstärke. Je zwanzig Zentimeter innen und außen, mit einer Luftkammer in der Mitte. So konnte das Gebäude einfach und effektiv beheizt werden. Die Luftkammer sorgte für einen geringeren Wärmeaustausch. Das Grundstück war tausendvierhundert Quadratmeter groß. Der Vorgarten im Eingangsbereich war relativ klein gehalten. Der Hauptanteil des Grundstücks war nach hinten zum See ausgerichtet. Das Schlafzimmer von Brigitte und Dieter lag im Obergeschoss. Sie hatten sich aber dafür entschieden, Ottos Zimmer im Erdgeschoss einzurichten, damit die Treppe zum Obergeschoss im Krabbelalter nicht zur Absturzgefahr wurde. Da das Wohnzimmer mit über siebzig Quadratmetern Fläche für drei Bewohner groß genug war, verlegten sie die Essecke in den Wohnraum und bauten das Esszimmer für Otto um. Von Ottos Zimmer wurde direkt zum Bad eine zweite Tür eingebaut. Das Fenster wurde vergrößert, bodentief abgesenkt und mit einer Treppe in den Garten versehen. Mit einer Größe von etwa dreißig Quadratmetern würde das Zimmer bis zum Studium ausreichen.

Auch wenn Dieter sich in den ersten Monaten nicht dafür interessierte, war Otto doch ein besonderes Kind. Brigitte erklärte sich die schnelle Entwicklung ihres Sohnes mit der rasanten Geburt, die innerhalb von zehn Minuten verlief. Otto kam heraus, als wenn man ihn durch ein Rohr geschossen hätte. Flutsch war er da. Otto war sehr interessiert an allem. Wenn um ihn herum Geräusche entstanden, sperrte er die Augen weit auf und versuchte aus dem Kinderwagen einen Blick auf den Verursacher zu erlangen. Bei Unterhaltungen schien er zu lauschen und wendete sich den Gesprächspartnern zu. Im Alter von einem Monat hob er bereits den Kopf und schaute in die Runde. Er bemühte sich mit der Zeit, sich aufrecht hinzusetzen, rekelte sich und bewegte die Beinchen. Mit drei Monaten strampelte er mit den Beinen, legte sich auf die Seite und rannte so im Kinderwagen. Die Motorik entwickelte sich extrem schnell und perfekt. Bewegungsabläufe gelangen ihm nach den ersten Versuchen. Otto war aufmerksam und schien alle Eindrücke auch zu verarbeiten. Nur seine Ruhe blieb immer gleich. Bei den regelmäßigen Spaziergängen mit dem Kinderwagen begegnete Brigitte oft dem gleichen Passanten mit einem lebhaften fast bösartigen Hund. Meist war der Hund an der Leine, an der er wild knurrend und bellend zerrte, wenn andere Fußgänger an ihnen vorbeiliefen. Brigitte lief auf der anderen Straßenseite, als Hund und Herrchen ihnen wieder einmal begegneten. Der Hund riss sich los und stürmte auf Brigitte und den Kinderwagen zu. Herrchen rannte mit den Worten »Ronny, Ronny hierher, zurück«, ebenfalls auf die beiden mit dem Kinderwagen zu. Brigitte schrie erschrocken laut um Hilfe. Ronny sprang ohne Stopp bellend auf den Kinderwagen. Vorderpfoten mitten drin, Hinterpfoten aufgerichtet. Mit offenem Maul starrte er Otto an. Endlich sah er, was die Dame auf den vier Rädern herumschob. Otto schaute ihn ebenfalls an. Der Hund jaulte, freute sich und war plötzlich lammfromm. Ottos Augen waren blau und klar. Man konnte, so schien es, bis in unendliche Tiefen schauen. Bei jedem Betrachter wechselte der Zustand, in dem er/sie sich gerade befand, in einen stabilen Ruhemodus. Jeder landete auf seiner Insel. So auch Ronny. Der Hund sprang wieder auf seine vier Pfoten, schaute Brigitte schuldbewusst an und jaulte verschämt. Herrchen fragte nach dem Befinden und was sie da im Wagen hätte. »Nur ein Baby? Das kann doch nicht wahr sein. Von welchem Planeten ist es denn, haha. Otto heißt er – toll. Darf Otto mit Ronny Gassi gehen? Natürlich erst, wenn er laufen kann, haha. Solange könnte er das Hündchen therapeutisch betreuen. Oder? Nein. Na gut. Verzeihen Sie nochmals.«

Fünf Monate später wurde die Vision Wirklichkeit. Otto konnte laufen. Der Schäferhund war dennoch zu groß für Herrchens Bedürfnis der Übernahme des täglichen Rundgangs. Es war ein Freitag im Juni. Brigitte saß mit einer Freundin beim Kaffeetrinken im Wohnzimmer. Otto hantierte den beiden gegenüber vor dem Sofa mit seinem Zauberwürfel. Ein Würfel, der aus kleinen Vierecken auf jeder Seite bestand. Die Vierecke konnte man so hindrehen, dass alle auf einer Seite die gleiche Farbe hatten. Das war der eigentliche Sinn dieses Spielzeugs. Sie von der Vielfarbigkeit der einzelnen Vierecke auf eine Farbe auf jeder Seite zu drehen. Weder Brigitte noch Dieter hatten es bisher geschafft den Würfel so zu drehen. Keiner wusste, wie er zu dem Würfel gekommen war, aber eines Tages saß Otto damit im Händchen neben dem Tisch auf der Erde, schaute ihn befriedigt an. Er hob ihn hoch über den Kopf. Alle Seiten waren einfarbig. Dieter nahm den Würfel, verstellte die Seitenteile wieder in die mehrfarbige Ausgangsposition und gab ihn Otto zurück. Am nächsten Morgen lag der Würfel auf dem Teppich. Alle Seiten waren einfarbig. Von dem Tag an war der Würfel Ottos Lieblingsspielzeug. Brigitte erzählte ihrer Freundin von dem Erlebnis. Sie schauten belustigt zu Otto hinüber. Sie rissen gleichzeitig Augen und Mund auf. Otto war auf das Sofa geklettert und rutschte gerade an der Vorderseite rückwärts herunter. Er fiel aber nicht wie sonst auf die Knie, sondern hielt sich mit erhobenen Ärmchen am Rand des Sofas fest und blieb stehen. Er blieb stehen. Er war erst acht Monate alt. Otto drehte sich um und lief zum Tisch. Dieter wollte es nicht glauben, bis er es mit eigenen Augen sah. »Unglaublich. Unglaublich«, wiederholte er. Dass er schon einige wenige Wörter sprach, war vor einigen Wochen schon überraschend. Er sagte »guten schön, Mappa«, womit wohl Mama gemeint war. Aber laufen? Es war eine Sensation. Niemand wollte es glauben, bis er es selbst sah. Zuerst kamen Max und Eleonore, dann Dieters Eltern, Verwandte und Bekannte. Unglaublich. Dieses Wort hörte man als Begleitmusik.

Musik war neben dem Farbwürfel Ottos neueste Entdeckung. Einen Monat später stellte Brigitte das Radio an. Ottos Lieblingsstück »Hound Dog« von Elvis Presley lief gerade. Otto hob die Arme, warf sie nach links und rechts, fiel bei einem Schlenker auf die Seite und rockte beim Aufstehen weiter. Anscheinend wollte er Papa und Mama nachahmen, die zu dem Stück öfter tanzten. Otto kam auf die Füße und tanzte wild mit seinem kleinen Körper herum. Den Rock'n'Roll von Elvis hatten sie auch auf einer Schallplatte. Abends wartete Brigitte bis nach dem gemeinsamen Abendessen. Sie erzählte Dieter noch nichts, versprach ihm aber eine sensationelle Überraschung. Nach dem Essen klingelte es. Max und Eleonore kamen zur gleichen Zeit wie Erwin und Agate, Werner mit Gattin. Brigitte ging öfter in Ottos Zimmer, kam wieder ins Wohnzimmer, ging in den Keller. Sie war sehr geschäftig. Dieter wurde langsam ungeduldig. »Was ist denn los«, fragte er. Brigitte konnte sonst nichts für sich behalten, diesmal blieb sie aber still und verriet nichts. Nach einer halben Stunde fragte auch Max, ob noch etwas kommt. Brigitte erhöhte die Spannung mit den Worten etwas Unvorstellbares sei geschehen. »Was denn, was, sag es«. Brigitte sagte: »Elvis kommt zu uns«. Werner brüllte fast: »wer Elvis? Welcher Elvis?« »Elvis Presley«, gab Brigitte spitz zurück. Die Anwesenden verstummten und wurden konfus. Max fragte, ob er richtig gekleidet sei und ob die ganze Band dabei wäre. Dieter rannte hoch ins Schlafzimmer und zog seine neuen Hosen mit weitem Schlag an. Man stieß mit Sekt an und lachte, als Brigitte den Plattenspieler anstellte und »Hound Dog« erklang. Gleichzeitig öffnete sie die Tür zu Ottos Zimmer. Alle starrten in die offene Tür, in der ein kleiner Junge in einem bunten Kostüm mit Elvisperücke stand und, – kein Spaß, er tanzte wild herum – ähnlich wie Elvis, mit angewinkelten Knien nach links und rechts und dazu seitliche Armbewegungen. Alle schrien und tanzten mit. Otto leitete das »Hound Dog« Inferno ein. Brigitte hatte den ganzen Tag mit ihm geübt. Dieter brüllte: »unglaublich, echt, es ist tatsächlich Otto, Otto das gibt's doch nicht. Mein Otto.«

Die rasante Entwicklung des Otto Hartmann legte weiter an Fahrt zu. Sprechen konnte er schon seit einiger Zeit. Mit einem Jahr verstand er Teile davon, worüber die anderen sprachen. Er stellte das Radio an, sang bei einigen Liedern mit. Brigitte lernte mit ihm ab dem zweiten Lebensjahr, entgegen Dieters Meinung, es sei viel zu früh, das ABC, dann lesen und schreiben, ab dem dritten Lebensjahr Mathematik. Mit dem Rechnen tat er sich schwerer, dafür konnte er gegen Ende des dritten Lebensjahres Französisch. Auch die Fremdsprache lernte er spielerisch mit der Musik. Brigitte hörte öfter französische Chansons. Otto, der mithörte, konnte bald mitsingen. Nachdem er Worte und Aussprache verinnerlicht hatte, lernte er die Sprache anhand von Büchern rasend schnell. Mit viereinhalb sprach er besser Französisch als Brigitte. Doch nicht so schnell mit der Geschichte. Zuerst kam der vierte Geburtstag. Mittlerweile hatte auch Dieter eingesehen, dass Otto sehr begabt war. Sein Stolz verleitete ihn, in Otto einen Mediziner zu sehen, einen anerkannten Philosophen oder den Welterneuerer, wie er zum Schluss sagte. Er strömte förmlich über vor Stolz. Brigitte hatte sich schon längst umgehört, wie die weitere Förderung von Ottos Blitzentwicklung und dem Verständnis für Lehrinhalte weitergehen könnte. Da sie anders als Dieter dabei ausschließlich das Wohl ihres Sohnes im Auge hatte, beachtete sie auch die andere Seite der Kindesentwicklung wie Freiheit, Freunde und Spielkameraden, spielen, schwimmen, wandern und anderes, was Kindern so Spaß macht, – ihr Glück fördert. Nach langem Überlegen kamen beide überein, mit Otto einen Professor aufzusuchen, der in der Beobachtung und Betreuung von sogenannten Hochbegabten tätig war. Von ihm wollten sie sich Rat und Beistand holen, wie es mit Otto weitergehen sollte. Erziehungsfehler zu Lasten Ottos sollten unbedingt vermieden werden. Schließlich gab es auch ein Seelenleben und das persönliche Glück ihres Kindes. Darauf bestand seine Mutter beharrlich. Außerdem wollte sie den Widerspruch in seinem Verhalten zwischen ruhiger Konzentration und Hyperaufmerksamkeit aufklären. Sie hatte einige Erfahrungen in der Psychologie gesammelt und wollte herausfinden, ob dadurch zum Beispiel schizoide Tendenzen begünstigt werden könnten. Otto sollte heil bleiben und sich nicht in zu unterschiedliche Persönlichkeitskanäle verlaufen.

Ihr Vater kannte einige hochgestellte Persönlichkeiten in der Politik, der Wirtschaft und im sozialen Bereich. Er hatte vor drei Monaten einen Professor wiedergetroffen, der hochbegabte Kinder im dritten Reich gefördert hatte. Der Führer wollte mit ihnen nach dem Endsieg, den Rest der irdischen Welt erobern. Führung in der Philosophie, Wissenschaft, Waffenindustrie. Sogar das Weltall hatte er schon im Visier. Hochbegabte konnten ihm dabei natürlich nützlich sein. So übertrug er Professor Machmut Nölder 1939 die Leitung der neu gegründeten geheimen Abteilung »Sturmvögel« an der Humboldt Universität. Nölder war zu diesem Zeitpunkt erst neunundzwanzig Jahre alt. Er war medizinisch und politisch praktisch unbekannt. Er war weder im NS Studentenbund noch sonstigen Bereichen engagiert, um dem Führer aufzufallen. Lediglich die eigene Begabung und sein Forschungsprojekt »Hirnpotenznutzung für die Wissenschaft« machte ihn zu einem Kandidaten für die Leitung. Natürlich begünstigte auch sein Großvater, der mit dem Propagandaminister des Reiches Zimmer an Zimmer arbeitete die Wahl. Machmut Nölder studierte Psychologie. Sein Spezialgebiet war die Nutzung brachliegender Abschnitte des Gehirns. Zu dieser Zeit waren nahezu alle Wissenschaftler von Rang und Namen der Meinung, dass nur zehn Prozent des menschlichen Gehirns genutzt wurden. Der Rest liege brach. Gern wurde der Begriff »Kraft« genutzt, um die Möglichkeiten zu beschreiben, die eine Neubelebung weiterer Neuronenfelder mit sich bringen würde. Nölder widersprach der Vermutung, dass ein Prozent mehr Hirnleistung mit der vorhandenen Leistung vergleichbar war, so als wenn sie sich um diesen Anteil vergrößern, verbessern würde. Er war der Meinung, dass dadurch eher andere mentale Möglichkeiten aufgedeckt, belebt würden. Er stieß bei seinen Forschungen auf telepathische Fähigkeiten und zum Beispiel Wahrnehmung durch Intuition. Der Führer interessierte sich natürlich für keines dieser Gebiete und Professor Nölder konnte nur froh sein, dass er irgendwann abtreten musste, weil seine Karriere durch die Einmischung der Amerikaner und dem gemeinsamen Vorgehen der späteren Alliierten, ein Ende fand. Sonst wäre er wohl in der untersten Schublade des dritten Reichs gelandet. Der Prüfung »Freund oder Feind«, durch die Alliierten nach Kriegsende, hielt er stand. Er hatte keiner Partei, keiner NS-Bewegung angehört. Er konnte keiner unmenschlichen Bestrebungen angeklagt werden. Er hatte keine destruktiven Versuche an Mensch oder Tier durchgeführt. Niemand von seinen Probanden beklagte sich. Er hatte lediglich die ausgewählten vorzeige Deutschen gemessen, stimuliert, gelehrt oder lehren lassen, sie praktisch unablässig gefördert. Die dabei gemachten Erfahrungen brachte er in seine Tätigkeit mit ein, die er heute ausübte.

Er belegte an der Humboldt Universität die wissenschaftlich-medizinische und in einigen Fällen soziale Betreuung von Hochbegabten. In Deutschland gab es derzeit etwa vierhundert solcher Menschen, die über erstaunliche Fähigkeiten verfügten. Es gab Kleinstkinder, die mit fünf Monaten laufen und sprechen konnten, Dreijährige, die bis zu sieben Sprachen beherrschten, sechsjährige Buchautoren und zehnjährige Leiter großer Firmen. Die Forschung wurde auch in den fünfziger Jahren intensiv betrieben. Max, der ebenfalls mit etwas Glück unbehelligt durch die Prüfung von ehemaligen hochgestellten Persönlichkeiten der Nazidiktatur durch die Gesetze vom Alliierten Kontrollrat gekommen war, vermittelte Brigitte den Kontakt zu Machmut Nölder, nachdem Otto seinen Elvis Rock'n'Roll vorführte.

Ausschlaggebend war nicht allein die tänzerische Begabung, sondern Ottos Stimme. Er sang neuerdings den Song auf Englisch mit. »Also bitte, wer kann das schon«, sagte Max zu Dieter. »Jetzt müsst Ihr mal hinschauen. Ja Brigitte, ich weiß, was du denkst. Es geht auch nicht nur um die Förderung der Intelligenz und so. Ich kenne da jemanden, der Euch bei der Frage helfen kann, wie man überhaupt mit solchen Dingen umgeht. Was kann der Junge, ist es normal, wie wird er sich weiterentwickeln, unter dem Strich: Was ist das Beste für ihn.« Dieter war sofort dafür. Brigitte war eher skeptisch. Ein Mitarbeiter aus dem Dritten Reich. »Es ist kein Menschenschlächter, wenn du das denkst«, sagte Max, »auch wenn er schon im Dritten Reich an der Humboldt Uni gearbeitet hat.« Die Meinung lag nahe, denn viele Mediziner legten den hippokratischen Eid im Dritten Reich nach ihrem eigenen Gusto aus. Sie wurden zu Bestien. Versuche an Menschen, Kastration von Homosexuellen, Elektroschocks, um Andersdenkende auf den rechten Weg zu bringen, waren nur einige Beispiele für die Entgleisungen von Medizinern. Fast die Hälfte, der in Deutschland aktiven Ärzte, traten früher in die NSDAP, die Führungspartei, ein. Die den Krieg überlebten, waren meist heute noch auf ihren Posten. Genau wie Lehrer, politische Funktionäre, Richter und Polizisten. Da halfen auch die Nürnberger Prozesse nichts. Was sollte man auch tun? Wie die Stellen besetzen? Dass weiterhin, noch für eine Generation die alte Gnadenlosigkeit durch Stadt und Land fegte, bekam niemand so richtig mit. Hatten sie doch die Gesinnung in ihren Hinterköpfen versteckt. »Da brauchst du keine Angst zu haben, Brigitte«, sagte Max. »Mein Vater bezeichnete Machmut Nölder früher als Weichei. Einen Sensispinner. Nölder sagte mal zu ihm: »Ich arbeite für die Menschen und für keinen Führer, so wie ich es geschworen habe.« Damit überzeugte er auch Brigitte.

Am siebenten März 1962 war es so weit. Brigitte traf sich in der Humboldt Universität mit Professor Nölder. Otto war jetzt knapp viereinhalb Jahre alt. Nach der Anmeldung wurden sie von einer vollbusigen Sekretärin in sein Arbeitszimmer geführt. Brigitte erschrak bei dem Anblick. Nölder war groß, schlank und blond. Aber das war nicht ausschlaggebend. Nölder hatte ebenso klare leuchtend blaue Augen wie Otto. Eine Seltenheit. Er könnte mit viereinhalb auch so ausgesehen haben wie Otto. Es war eine klare, zarte Begegnung. Otto schaute Nölder ruhig in die Augen. Nölder setzte sich vor ihn auf einen Hocker, auf Augenhöhe. Beide schauten sich an und synchronisierten sich. Nach einer Minute räusperte sich Brigitte. Die Situation wurde ihr unheimlich. Nölder sagte: »Machen Sie es sich gemütlich. Es passiert nichts. Der Kontakt ist positiv.« Unter der Oberfläche passierte aber viel. Sehr viel. Otto hatte die erste Begegnung mit dem inneren Freund, wie er es später ausdrückte. Es begann mit dem Erklingen einer inneren Stimme. Es hörte sich an wie ein »Hallo, da bist du ja.« Otto ließ es im unbewussten Bereich liegen. Er traute sich noch nicht den Vorgang näher an sich heranzulassen. Ich bin Tasimo. Ich bin schon vor dir gekommen. Was bist du so erstaunt? Wer hat wohl die Odyssee mit Adolf weitergegeben? Fühl dich wohl, Freund. Dann sprach er laut zu Otto: »Du bist also Otto?« Otto sagte: »Ja mein Freund.« Brigitte staunte, freute sich aber. Sie sagte: »Sie beide verstehen sich wohl.« Nölder erwiderte: »So könnte man es sagen.« Brigitte schob es auf Nölders Einfühlungsvermögen. Sie war erleichtert über das Auftreten von Professor Nölder, über seine einfache nette Art. Otto und Nölder verbandelten sich von Stund an. Oder waren sie es schon vor dem Treffen? Heute ging es erst einmal um eine Bestandsaufnahme. Nölder hörte Brigittes Ausführungen über die Entwicklung von Otto aufmerksam zu. Dann bat er sie, eine Stunde spazieren zu gehen, er mache mit Otto einen Intelligenztest und einige andere langweilige Dinge. Otto füllte siebenunddreißig Fragebögen aus. Brigitte holte ihn zur verabredeten Zeit ab. Sie fuhren wieder nach Hause. Die drei hatten sich gleich für die kommende Woche verabredet, um die Auswertung zu besprechen. So viel war bei dem Gespräch nicht herausgekommen, dachte Brigitte. Otto ging es ganz anders. Er hatte sein erstes Paket von Professor Nölder bekommen. Wer war er? Was machte er hier? Welchen Sinn hatte sein Leben? Ottos Reife konnte man mit einem Sieben- bis Zwölfjährigen vergleichen. In dem Alter sind diese Fragen von großer Bedeutung. Wie ordnet man sich ein? Wer sich in diesem Alter solche Fragen stellt, kann noch durch viele Türen schauen, die Ältere oft schon zugeworfen haben und fest verschlossen halten. Türen, durch die wir Signale empfangen, Kraft schöpfen und mit dieser Kraft unsere Schritte besser lenken können. Das Paket würde er erst aufschnüren, wenn er seinen Sinn im Leben gefunden hatte, wenn seine Schritte mit den Buchstaben im Buch seines Lebens übereinstimmten.

Am Mittwoch, in der Woche nach dem Treffen, hatte sich Dieter ab Mittag freigenommen. Er wollte bei dem Gespräch dabei sein. Er fürchtete, Brigitte würde ihm nicht alles offenbaren. Von Zeit zu Zeit behielt sie Dinge für sich, wenn sie der Meinung war, es könne schaden, wäre unnötig oder Otto müsse allein wissen, was er an der Stelle tut. Trotzdem Brigitte seine Meinung kannte: Wichtige Entscheidungen für oder wider mussten die Männer treffen, zumindest mitreden. 1962 gab es noch keine echte Emanzipation. Zu dieser Zeit durften Frauen ohne Zustimmung des Mannes nicht einmal ein eigenes Bankkonto eröffnen. Fünfzig Jahre später konnte sich niemand mehr vorstellen, wie es bis Anfang der 60er Jahre aussah. Die Männer dieser Zeit fühlten sich noch als Herr im Haus. Verständlich, dass sie sich mit solchen Ansichten herumtrugen, wenn man bedenkt, dass sie von der 30er Generation erzogen wurden. 1930, Rechte der Frau? Was war das? Mit dem Nationalsozialismus wurden die hart erkämpften Erfolge der französischen Frauenbewegung von 1919, unter anderem das Wahlrecht der Frau, praktisch wieder abgeschafft. Der Hardliner Joseph Goebbels stellte die Frau wieder in die Glasvitrine zurück. Als Propagandaminister hatte er es leicht, dem Volk über die Medien die Veränderung plausibel zu machen. Die ideale Frau sollte neben ihrer arischen Abstammung die Charaktereigenschaften der Treue, Pflichterfüllung und Selbstlosigkeit mitbringen. So könnte sie der Volksgemeinschaft, sich selbst und dem Manne am besten dienen. Bis auf die Mutterrolle wurden ihr keine weiteren Mitspracherechte eingeräumt. Als Mutter sollte sie möglichst viele stählerne Recken gebären, als Zeichen der Weitergabe des wertvollen Erbguts. Diese Worte sind kein Scherz. Man könnte schmunzeln und denken, es ist der Teil einer großen Komödie. Aber nein. Ein ganzes Volk wurde eingeschworen darauf. Zur Rolle der Frau äußerte sich Goebbels bereits 1932 folgendermaßen. Zitat: »Die Frau ist die Geschlechts- und Arbeitsgenossin des Mannes. Der Mann ist der Organisator des gemeinsamen Lebens. Die Frau ist seine Hilfe und sein Ausführungsorgan. Diese Einstellung ist modern. Damit heben wir uns turmhoch über alle anderen völkischen Gepflogenheiten. Dagegen gibt es keine Vorbehalte.« Zitat Ende. Haben die Nationalsozialisten deshalb so viele Anhänger gefunden? Wurde der Stimmzettel vom Testosteron ausgefüllt? Wurde die Identifikation mit der Macht durch die Gefühle begünstigt, der Herr zu sein. Der Herrscher? Wahn und Wirklichkeit wurden von Joseph auf ein einziges Gleis gezwungen. Die Emanzipation wurde als destruktive, jüdische Erfindung bezeichnet, die die angeborene Frauenrolle zerstören wolle. Und damit wohl auch das Recht der Frau auf Selbstverwirklichung. Nun denn, die Geschlechterrolle ist tatsächlich von der Natur zugewiesen. Die NS Ritter verstanden es gut, in jedem Bereich Wahrheit und Wunschvorstellung miteinander zu verknüpfen, so dass der einfache Bürger das eine vom anderen nicht mehr richtig unterscheiden konnte.

Mit dem Niedergang des NS-Regimes nach dem Zweiten Weltkrieg durfte man wieder über Emanzipation sprechen. Das Wahlrecht der Frau wurde echtes unabhängiges Wahlrecht. 1949 wurde auf Drängen der Abgeordneten Elisabeth Seibert die Gleichberechtigung der Frau mit dem Artikel 3, Männer und Frauen sind gleichberechtigt, im Grundgesetz verankert. Aber im Gesetzestext endete auch schon alles. 1949 stand die Gleichberechtigung zwar im Grundgesetz, doch wer praktizierte sie? Es gab 1953 ein Theaterstück, das die Geschlechterrolle gut widerspiegelt. Es hieß: »Die Gerlinde«. Die Frau hieß Gerlinde und der Mann Zauberkönig. Der Zauberkönig konnte seine Unterhose und Unterhemd nicht finden und rief Gerlinde. Sie musste allein suchen. War sie doch für den Haushalt und das Wohl des Mannes allein verantwortlich. Gerlinde will zwar eine moderne Frau werden, fragt aber bei jeder Veränderung ihren Mann. Er allein entscheidet. Er verbietet ihr, in einen Gymnastikclub zu gehen, ebenso die Aufnahme einer Weiterbildungsmaßnahme. Frauen verstehen doch sowieso nichts so richtig. Was wollen sie in der Hochschule? Der Zauberkönig entscheidet alles, was das Leben von Frau und Tochter betrifft. Der arme Mann. Am Ende macht er alles falsch, weil er sich keinen Rat von seiner etwas klügeren Frau holt. Er weint und bekennt seine Fehler. Aus dem Zauberkönig wird ein einfacher Mensch. Was dieses emanzipatorische Theaterstück hergibt, ließ sich in der Wirklichkeit leider nicht wiederholen. Erst nach und nach brach das Betonkorsett der Männer und sie öffneten sich für echte Gleichberechtigung. Es war viel einfacher, die Frau mit dem Recht des Mannes zum Sex zu bewegen, als ihr jedes Mal den Hof zu machen. So unglaublich es klingt. Frauen mussten den Männern sexuell zur Verfügung stehen. Das Eherecht bestimmte den Mann als Alleinherrscher über Frau und Kinder. Frauen durften nur arbeiten gehen, wenn der Mann es erlaubte. Männer durften die Arbeitsverträge ihrer Frauen ohne Angabe von Gründen kündigen. In Bayern mussten Lehrerinnen, wenn sie heirateten automatisch ihren Beruf aufgeben. Dieses Gesetz wurde erst zehn Jahre später geändert. Ebenso war es mit dem Führerschein und einem eigenen Bankkonto.

Dieter war etwas anders erzogen worden. Bei ihm hatte mehr oder weniger die Mutter das Sagen, dennoch – er wollte bei dieser wichtigen Besprechung dabei sein. 14.03.1962. Er bemühte sich um Ausgewogenheit, war er doch so glücklich mit Brigitte. Seit Ottos Geburt mehr als je zuvor. Ein Sohn, ein hübscher Sohn, ein hochbegabter Sohn. Von wem hatte er diese Fähigkeiten geerbt? Haha, lachte das stolze Herz in seiner Brust. Er war der Mann. Sowas vererbte sich schließlich in der Stammhalterlinie. Dieter saß auf dem hohen Ross. Er musste aufpassen, dass es nicht mit ihm durchging. Heute könnten weitere Offenbarungen kommen. Er war gespannt, als er nach Brigitte das Zimmer betrat und von Professor Nölder mit einem freundlichen Lächeln begrüßt wurde. Verwunderlich war, dass der sich zuerst zu Otto herunterbeugte, ja fast hinkniete, um ihm in die Augen schauen zu können. »Sei gegrüßt Freund Otto.« Otto erwiderte: »Guten Tag Freund Professor.« Professor Nölder begrüßte nun Brigitte und Dieter mit einem strahlenden Lächeln auf dem Gesicht: »Nun denn, damit ist wohl die Freundschaft besiegelt. Es ist schön, dass Sie sich Zeit nehmen konnten, Herr Hartmann«, sagte er. »Ich hatte gehofft, Sie heute zu sehen.« Dieter antwortete: »Die Freude ist ganz auf meiner Seite.« Er hatte gute Laune. Er wusste noch nicht, was auf ihn zukommen würde. Nölder sprach weiter: »Ich möchte gleich auf den Punkt kommen. Otto bringt tatsächlich einige außergewöhnlich begünstigende Fähigkeiten mit. Doch auf des Lebens Waagschale, so habe ich aus Erfahrung gelernt, zählt nicht nur der Intelligenzquotient. Schon gar nicht im Alter von vier Jahren. Dies vorausgeschickt, ist es bemerkenswert, was er derzeit anbietet. Otto liegt beim IQ-Test mit einhundertsechsundvierzig in einem fast unschlagbaren Bereich. Hervorstechend waren dabei die bildhafte Wahrnehmung und die ausgeprägte Intuition. Er erkennt mit fast schlafwandlerischer Sicherheit den Verlauf von generierten Geschichten. In zehn von zehn Fällen hat er das Ende der Geschichte annähernd verlaufsgetreu dargestellt. In Wort und Schrift. Er lernt in Hochgeschwindigkeit. Sein Gedächtnis funktioniert fotografisch. Es ist selbst für mich erstaunlich. Otto wurden innerhalb von drei Minuten auf dem Bildschirm siebzig Zahlen von eins bis tausend eingeblendet. Er merkte sich neunundsechzig davon. Die siebzigste sagte er, war unleserlich.«

Dieter war verblüfft. »Das heißt Otto ist klüger als ich«, sagte er belustigt. Professor Nölder antwortete: »Klüger sicher nicht. Klugheit ist die Gesamtheit des Gefühls, der Eingebungen, des

Verstandes und natürlich auch der Lebenserfahrung. Es ist eigentlich noch viel mehr. Einer meiner Probanden spricht mit sechs Jahren neun Sprachen perfekt, beherrscht die Mathematik wie einer der Professoren, der Mathematikdozent ist, aber wann er bei regem Verkehr über die Straße gehen soll, weiß er nicht. Die Mutter nimmt ihn dann an die Hand. Sie können es so sehen, dass erst einmal bei Hochbegabten eine Hyperspezialisierung in bestimmten Bereichen für einen bestimmten Zeitabschnitt vorhanden ist. Das heißt noch lange nicht, dass es so bleibt. Bei einigen läuft dieser Prozess vier Jahre, bei anderen fünf, acht oder bis zum Erwachsenenalter. Hochbegabte Kinder haben ein Potenzial, das man fördern kann und soll. Aber darüber hinaus sind es ganz normale Kinder und Jugendliche wie alle anderen auch. Wenn man die Förderung über die ganzheitliche Entwicklung stellt, entartet dieser Prozess in der Regel. Das sage ich, weil ich nun einen neuen Freund habe. Viele Eltern verstehen es nicht oder wollen es nicht verstehen. Was du auf der einen Seite förderst, nimmst du auf der anderen Seite einem normalen Kinderleben weg. Anders gesagt: Einige Eltern meiner Probanden wollen nur eines: Anerkennung, Erfolg und nochmal Erfolg. Aber nicht den ihres Kindes, sondern den eigenen. Sie nähren ihren Stolz mit dem Erfolg der Kinder. In einigen Fällen nutzen sie die besondere Begabung auch materiell. Einige meiner Probanden, die in solch einen Strudel gestoßen wurden, begingen irgendwann Selbstmord. Vor kurzem verstarb sogar ein Junge einfach so. Im Alter von sechs Jahren. Er hatte nichts von seinem Leben. Die Eltern bezahlten hoch dotierte Privatlehrer, die den Jungen von früh bis spät mit Wissen vollpumpten. Er machte ständig Schlagzeilen. In Amerika haben die meisten Menschen in den Städten schon Fernseher. Dort trat er mehrmals in Sendungen auf. Lernen, reisen, Interviews, das war sein Leben. Nicht mit Freunden Fußball spielen, mit den Eltern schwimmen gehen oder andere Dinge, die Kinder gern tun. Wozu sollte er also leben? Als ich den Eltern meine Meinung sagte, wollten sie mich verklagen. Mundtot machen. Schaut man richtig hin, wollten sie sich nur selbst vor der Schuld beschützen.«

Dieter war sichtlich enttäuscht, sogar etwas beleidigt. Insgeheim schlummerten in ihm ähnliche Vorstellungen. Er sagte bitter: »Warum erzählen Sie uns das alles?« Brigitte schaute ihn entrüstet an. Ihr war klar, was Professor Nölder damit sagen wollte. »Es ist ganz einfach, Herr Hartmann. Ich meinte das vorhin ernst, was ich sagte. Ich habe einen neuen Freund. Und Freunde behandelt man gut. Oder?« Dieter saß immer noch auf. Er ließ sich weiter von dem Ross tragen. Er ritt auf dem Stolz, seinen Vorstellungen von der berühmten Familie Hartmann und hielt sich hartnäckig an der Mähne fest. Er sagte etwas zynisch: »Was sollten wir denn Ihrer Meinung nach tun? Otto auf die Hilfsschule schicken oder ihm verbieten, Französisch zu sprechen? Er ist doch nun mal ein kluges Köpfchen.« »Tun Sie einfach das Gleiche, was Sie tun würden, wenn Ihr Sohn gern Fußball spielt. Ihn in einen Verein schicken. Wenn Sie es bezahlen können, in einen guten, bekannten Fußballverein. Spendieren Sie ihm gute Stollenschuhe, ein Trikot und die Unterbringung in einem Hotel, wenn es ein Auswärtsspiel gibt, wo er gern zuschauen möchte. Das reicht. Spielen muss er selbst lernen, wenn er will, wann er es will und wie er es will. Dann wird er, wenn es sein Weg ist, ein guter Fußballer. Wenn ihm andere Wege vorgegeben sind, wird er ein guter Raumfahrer, was für ihn dann vielleicht attraktiver ist. Förderung der persönlichen Anlagen und Fähigkeiten ist gut und hilft immer. Ein Kind hingegen in ein zu enges Korsett zu schnüren, drückt ihm die Luft ab. Neben Aufgaben, die er bekommt, muss er auch Freunde haben, Hobbys nachgehen können, spielen und sich erholen. So, wie Sie an einem ruhigen Wochenende wieder Kraft für die nächste Arbeitswoche schöpfen, so geht es jedem anderen auch. Erholung ist gut für die eigene Leistungskraft. Auch Otto wird im Ausgleich Kraft sammeln und mehr Freude, Lust und Engagement zum Lernen mitbringen.« Dieter brummelte etwas wie, die Gunst der Stunde nutzen und das Eisen schmieden solange es heiß ist. Professor Nölder, der genug Erfahrung mit Hochbegabten als auch deren Eltern hatte und wusste, was sie empfanden, hatte genug Menschen bei deren allzu verbissenen Bemühungen stranden sehen. Er wollte nicht, dass es Otto ähnlich erging. Otto sollte unbeschadet bleiben und möglichst sein Lebensziel erfüllen. Er versuchte Dieter die Hand zu reichen. Er lehnte sich dabei weit aus dem Fenster. »Herr Hartmann«, sagte er langsam, etwas leiser und beschwörend. »Herr Hartmann, ich habe seit fünfundzwanzig Jahren einschlägige Erfahrung mit überdurchschnittlich begabten Menschen. Ich werde Ihnen, wenn Sie es wünschen, ein spezielles Förderprogramm zur Verfügung stellen, genau auf den Einzelfall Hartmann Junior zugeschnitten. Ich kenne in jedem Fachgebiet Lehrer und Professoren, denen ich teilweise sogar weisungsbefugt bin und die ich in das Lehr- und Förderprogramm mit einbeziehen werde. Wenn es der Wille von Otto ist, werde ich mit dem fünften Geburtstag für einen unproblematischen Quereinstieg in die Grundschule sorgen. Ich kenne viele hochrangige Persönlichkeiten in der Wirtschaft. Sollte es konstruktiv sein, werde ich Otto Probestellen, Praktika oder Lehrprogramme vermitteln, durch die er Einblick in diese Welt erhält.« Eine Pause entstand, in der Dieter wieder anfing, vor sich hinzumurmeln. Man sah ihm an, dass er im Konflikt stand, zwischen dem Sponsoring der möglichen Entwicklung Ottos zum Superstar oder das Angebot anzunehmen, einfach das Beste zu tun. Dieter schob seinen Stuhl zurück und sagte: »Ich werde es mir überlegen.« Brigitte sah beschämt zu Boden. Otto sah seinem Vater direkt in die Augen und sagte einfach nur ganz ruhig: »Papa.« Mit dem Blick und der Stimmlage ging etwas auf Dieter über. Es war eine Leiter. Die Leiter, mit der Dieter vom hohen Ross herabsteigen konnte und wieder Boden unter den Füßen bekam. Im Raum herrschte Stille. Niemand konnte die Wellen sehen, die zwischen den Menschen im Raum hin und her flossen. Doch alle konnten sie spüren. Die größte Bereicherung waren sie für Dieter. Die Leiter bestand aus Verständnis, einem Hilferuf, unbeugsamen Willen und einem reinen blauen Licht, auf dem die Gefühle von einem zum anderen flossen. Otto hatte Glück. Sein Vater war offen genug, die Eingebung zu erfassen. Er wollte natürlich nur das Beste für Otto. Er blickte Otto und dann dem Professor in die Augen und sagte: »Nun gut, versuchen wir es.« Brigitte stand auf und gab ihm einen herzhaften Kuss auf die Wange. Sie sagte: » Mein Lieber, du bist ein großer

Schatz für uns.« So konnte auch Dieter einen Gewinn aus der Situation schöpfen. Er ließ das Pferd davon galoppieren. Es war inzwischen längst nicht mehr so schön wie in den letzten Tagen. Sie verabschiedeten sich mit dem Versprechen vom Professor, sich so bald wie möglich, spätestens in einem Monat zu melden, um seine Ideen vorzustellen. Er wolle sich in dieser Zeit nochmal mit Otto treffen, um einen besseren Überblick zu bekommen. Danke. Danke. Wir hören voneinander. Dieter ging mit einem guten Gefühl. Er konnte aber noch nicht wissen, welchen Vorteil er Otto damit verschafft hatte und was Nölder in Zukunft noch für Otto und die ganze Familie tun würde. Einige seiner Träume würden so in Erfüllung gehen.

Wenn du dich in wichtigen Situationen zwischen deinem Herzen und dem Verstand entscheiden musst, folge dem Herzen, las Dieter in einem Buch. Es war sensationell. Dieter las Bücher. Nach dem Treffen sprachen Dieter und Brigitte abends im Bett sehr lange über die Wirrungen des Lebens und wie wichtig es sei, auf sein Herz zu hören. Dass die Empfindungen und der Verstand besser im Einklang funktionierten. Wenn eines fehlt, dann läuft der Mensch schnell in Irrwege. Es sei wie mit einer Band. Wenn der Gitarrist in einer Rockband fehlt, dann kann man kein Musikstück richtig spielen. Es würde sich anhören wie die Bremer Stadtmusikanten. Dieter hatte sich vom Professor inspirieren lassen. Auch an den Wochenenden redeten die zwei angeregter als vorher über psychologische Themen, über Gefühle, über Gott und die Welt. Dieter entdeckte eine ihm bis dahin kaum bekannte Welt. Dadurch bekam er einen neuen, weiteren Zugang zu seiner Frau, was ihm viel Freude bereitete. Sein Wissensdurst wurde geweckt. Er kam zu dem Schluss, er könne endlich damit anfangen, ein wenig mehr über sich selbst, seine Mitmenschen und seine Umgebung zu erfahren. Außerdem, wie sollte er sich zukünftig mit seinem Superman Otto unterhalten? So lag er auf der Couch und las eine tibetische Fabel. Wenn du dich in wichtigen Dingen zwischen dem Herzen und dem Verstand entscheiden musst, folge dem Herzen. Das hatte er getan und war dafür so oder so reich belohnt worden.

Blick zurück

Brigitte hatte sich, nachdem sie das Bett ausgeschüttelt hatte, kurz hingelegt und war dabei eingenickt. Ein Mann kam aus dem tiefen Wasser des Schlachtensees. Er trug einen Hut wie ihn Schafhirten tragen und einen grünen Schäfermantel. Er läutete eine Glocke, die er aus dem Handgelenk hin und her schwang. Je weiter er aus dem Wasser kam, umso lauter wurde das Läuten. Beim Wachwerden läutete es weiter. An der Tür der Hartmanns klingelte es Sturm. Sie erschrak und schaute auf den Wecker. Neun Uhr. Wer konnte das sein? Es nervte. Ununterbrochen schrillte die Haustürklingel durch die Räume. Sie stand auf, zog sich ihre Pantoffeln an und rannte die Treppe hinunter. Sie war wütend. Sicher wieder ein Klingelstreich der Nachbarskinder. Sie stellten die Türklingel fest, indem sie ein abgebrochenes Stückchen Zündholz unter den Klingelknopf klemmten und liefen dann lachend weg. Zum nächsten Haus. Dort das Gleiche. Die Anwohner standen zuhauf auf der Straße und schimpften oder lachten. Manchmal beides. Brigitte war an der Tür und riss sie wütend auf. »Mama, Mama, ich wäre fast ertrunken«, rief Otto aus vollem Hals. Dann rannte er klitschnass wie er war auf Brigitte zu und krallte sich an ihrem Rock fest. Er begann zu schluchzen bis er laut und lauter weinte. Sie nahm ihn bei den Schultern und schüttelte ihn. Erst als sie ihm besänftigend die Wange streichelte, ihn auf die Stirn küsste und ein Lied summte, schluchzte er leiser und etwas weniger. Er war nass bis auf die Haut. Neben dem Weinen klapperte er jetzt noch mit den Zähnen. Sie brachte ihn ins Bad, stellte ihn unter die Dusche, drehte warmes Wasser auf und zog ihm die Sachen aus. An der Hose und in den Schuhen steckte eine Menge Sand, als wenn er am Strand vorn an der Fischerhütte gebuddelt hätte. »Sag Mama mal was los war.« Otto schluchzte wieder, wurde aber dann ruhig. Er sagte nichts. »Otto, was ist los?« Es klingelte wieder. Sie ging nicht zur Türe, um Otto nicht allein zu lassen. Es klingelte wieder und wieder. Otto sagte: »Mama, geh ruhig.« Brigitte ging nach vorn und öffnete die Türe. Die Nachbarn, die drei Häuser weiter nach rechts wohnten, Familie Mertens, standen vor dem Haus. Sie sahen verschreckt aus. Die Frau schaute mit gefalteten Händen nahezu demütig auf den Boden vor Brigitte. Eine Träne fiel auf den Boden. »Wir wollen uns ganz herzlich bedanken«, sagte sie. Brigitte konnte mit all dem nichts anfangen. »Wofür«, fragte sie. Der Mann war erstaunt und fragte: »Was, Sie wissen noch nichts? Ist Ihr Sohn noch nicht zurück?« Die Beklemmung schwang in seinen Worten mit. Brigitte wurde ungeduldig. Sie wollte wissen was los ist. Sie wollte aber Otto nicht so lange allein lassen. Die Tochter der beiden, sie war in Ottos Alter, trat hinter der Mutter mit nassen Haaren hervor. Brigitte hatte sie nicht gesehen, die Eltern standen zu dicht nebeneinander. Es schien wichtig zu sein. Brigitte bat die drei hinein, führte sie ins Wohnzimmer und sagte: »Mein Sohn ist da, ich muss kurz zu ihm, dann komme ich gleich wieder.« »Ja«, sagte der Mann, »bringen Sie ihn doch mit, wir schulden ihm großen Dank.«

Im Bad erzählte sie Otto von dem Besuch der drei. Otto hatte sich beruhigt und erzählte mit einigen Sätzen, was geschehen war. Er wollte ein Spielzeug von der Wiese hinter dem Haus holen, als er das Mädchen im Wasser verschwinden sah. Otto wusste, dass schon einige Menschen an der Badestelle im See ertrunken waren. Selbst gute Schwimmer zog es von Zeit zu Zeit in die Tiefe hinunter. Die Alten sagten, es sei ein Fluch. Andere erklärten es mit Untiefen und Strömungen, was wohl eher zutraf. Otto rannte los. Das Mädchen tauchte nicht wieder auf. Die Entfernung zu der Uferstelle vor dem Haus der Mertens betrug über sechzig Meter. Otto war sofort klar, dass er sich beeilen musste. Er stieg über den Zaun, rannte den Weg am Ufer entlang und sprang von dort aus den Hang hinab. Dann lief er sofort ins Wasser. Er konnte noch nicht richtig schwimmen, dafür um so besser tauchen. Er hatte einen Schnorchel von Max bekommen, den er liebend gern benutzte. Wenn er schnorchelte, musste ihn Dieter oft zum Abendessen abholen, weil er die Zeit darüber vergaß. Er konnte über eine Minute unter Wasser bleiben, was Brigitte und Dieter immer wieder erschreckte, wenn sie ihn so lange nicht im Wasser sehen konnten. Otto paddelte und strampelte. Das Mädchen kam für einen winzigen Augenblick an die Oberfläche, sog Luft ein, verschwand dann aber ebenso schnell wieder. Otto hatte sie zum Glück beim Abtauchen noch einmal gesehen. Es war nicht mehr weit. Er berührte sie mit den Beinen. Sie umklammerte instinktiv bei der Berührung die Beine und hielt sie fest. Sie wollte sich daran hochziehen, zog Otto aber dabei hinunter. Was nun passierte ist unbeschreiblich. Dieter interpretierte es später anderen als den wahren Heldenmut des Otto Hartmann. Eine sagenhafte Geschichte war es allemal, die er erzählte. Otto war nicht nach Heldentum zumute, aber er reagierte wie eine Maschine, die den Ablauf einprogrammiert hat. Er riss das Mädchen von den Beinen weg, hob sie hoch zu seinen Schultern und lief unter Wasser auf das Ufer zu. Ihr Gewicht drückte ihn nach unten, so dass er etwas Bodenhaftung bekam. Die Nachbarstochter landete nach einigen Metern schwer atmend mit den Oberschenkeln auf seinen Schultern. Bald danach tauchte Ottos Kopf über der Wasseroberfläche auf. Er sog die Luft ein wie ein Staubsauger. Er lief weiter, bis das Wasser ihm nur noch bis zum Bauchnabel ging. Dann fiel er nach vorn. Beide landeten im Wasser. Otto tauchte neben ihr auf. Auge in Auge atmeten sie – fast zwei Minuten im Takt. Prust, stöhn, saug. Einatmen, ausatmen. Sie sagte dann »Danke, ich heiße Sybille.« Otto begann zu weinen, stand auf ohne ein Wort zu sagen und lief los. Er wollte nach Hause. Nachdem er ihr die Geschichte erzählt hatte, fragte Brigitte, warum er weint, was er getan hat, sei doch toll. »Na die ganzen Geschichten und so«, sagte Otto, »vom Ertrinken im See.« »Freust du dich denn jetzt?« »Na klar freue ich mich, dass Sybille aus dem Wasser gekommen ist«, antwortete er etwas beruhigter. »Schön«, sagte Brigitte, »jetzt ist alles gut.«

Die Tochter der Mertens kam völlig erschöpft und konfus nach Hause. Bis sie etwas von sich gab, dauerte es eine Weile. Sie schluchzte nur. Sie sah erschreckend aus. Ein Schuh fehlte. Die Haare waren voller Sand. Die Bluse hing aus den Shorts und stand offen. Die Eltern gingen zuerst von einer Vergewaltigung aus. Vergewaltigung an einem Kind offenbar mit einem Mordversuch. Herr Mertens versuchte sie zum Sprechen zu bewegen. Hat dich jemand unter Wasser gedrückt? Wie sah er aus? Sybille schluckte und spuckte und erzählte dann, was sie erlebt hatte. Sybille schmückte die Geschichte bei den Eltern weit schweifend und dramatisch aus. Sie wollte sich doch nur ein wenig abkühlen. Nur bis zu den Oberschenkeln ins Wasser. Es war seit Tagen so heiß. Dann wurde mit einem Mal der Grund abschüssig. Die Strömung zog sie wie ein unsichtbares Ungeheuer hinunter, immer weiter in den See. Dann kam ein Junge, den es auch mitriss. Er konnte unter Wasser laufen. Er lief unter ihr hindurch und trug sie dann ans Ufer. Dort brach er erschöpft zusammen. Mertens fragte: »Hat er dir etwas angetan?« »Nein, nein, es war der ruhige, nette Junge von den Hartmanns, drei Häuser weiter. Wisst Ihr?« Ja sie kannten ihn. Sybille dachte er würde sterben, so blau war er im Gesicht. Aber dann atmete er wieder. »Wo ist er«, fragte Frau Mertens. »Er ist ohne ein Wort zu sagen weggelaufen«, antwortete Sybille. Herr Mertens war schockiert. Vielleicht irrt er durch die Stadt. Nach den Erzählungen seiner Tochter wurde er durch die Rettungsaktion mehr in Mitleidenschaft gezogen als sie selbst. Wir müssen rübergehen, waren sich alle einig.

Brigitte kam mit Otto, der sich saubere Sachen angezogen hatte, zurück ins Wohnzimmer. Die Mertens sprangen sofort auf. Sie sahen aus, als wollten sie vor Otto auf die Knie fallen, erzählte Brigitte am Abend Dieter. Frau Mertens schüttelte Otto die Hand und bekannte feierlich, dass er Sybille das Leben gerettet hat. Gleichzeitig tätschelte Herr Mertens Ottos Schultern, als es schon wieder klingelte. Brigitte sagte, für heute reicht es. Hoffentlich ist es diesmal nur der Postbote. Brigitte war zu bedauern. Es kam noch schlimmer. Vor dem Haus stand eine bunt zusammengewürfelte kleine Menschenmenge, die aus Reportern, Passanten, Nachbarn und zwei wild kläffenden Hunden bestand. Den Hund, der vor dem Tor am Zaun stand, kannte sie. Es war der Schäferhund, der vor etwa vier Jahren in Ottos Kinderwagen gesprungen war. Otto hatte ihn beeindruckt. Immer wenn er ihn sah, wedelte er mit dem Schwanz. Herrchen und einige der Passanten erkannte sie ebenfalls. Es waren Nachbarn. Alle wussten Bescheid. Jemand hatte die Szene am Wasser beobachtet und die Presse informiert. Die Bildzeitung zahlte für den Hinweis auf solche Storys fünfzig Mark. Aber es waren auch noch zwei andere Reporter auf der Straße. Die hatten ebenfalls von dem Vorfall Wind bekommen. Hinten rief ein Mann: »Lassen Sie mich mal durch.« Ein großer dunkelhaariger Mann mit einer Kamera vor der Brust drängelte sich durch die Menge. »Guten Tag«, rief er vom Gartentor zu Brigitte, die auf ihn zuging, »wir wurden angerufen, dass hier ein Unfall am Wasser passiert wäre. Wurde jemand verletzt? Ist jemand ertrunken?« »Nein«, sagte Brigitte. »Alles in Ordnung. Unsere Kinder«, wobei sie auf die Mertens schaute, die ebenfalls zur Tür gekommen waren, »hatten einen Badeunfall. Beide sind wohlauf.« Unbemerkt hatte sich ein anderes Kamerateam zum Eingang gedrängelt und bereits ein paar Bilder über den Zaun aufgenommen. Der Kameramann fragte: »Dürfen wir ein paar Bilder aufnehmen?« Otto trat aus der Tür und Herr Mertens, der auf der ersten Stufe vor dem Treppenpodest stand, zeigte auf ihn und sagte: »Das ist er, der Retter meiner Kleinen. Otto Hartmann.« Darauf folgte ein Blitzlichtgewitter. Die Reporter stellten viele Fragen und bekamen viele Antworten. Nachdem Herr Mertens den Heroismus von Otto ausführlich schilderte und alles im Kasten war, zogen die Reporter sich wieder zurück. Als sich die Menschenmenge aufzulösen begann, hielt einige Meter links vor dem Eingang ein weißes Auto. Es war ein VW Transporter mit einem kleinen Anhänger. Ein älterer Diesel. Man roch es bis in den Garten. Drei Männer stiegen aus. Einer von ihnen trug eine Kamera. Sie stellten sich als regionales Fernsehteam vor. Brigitte hatte keinen Bedarf mehr an noch mehr Wirrwarr. Sie wollte nicht mehr öffnen. Otto hingegen bat seine Mutter: »Ach lass sie doch, die Leute sind bestimmt extra hergekommen.« »Nur um dich zu sehen«, fügte Herr Mertens hinzu. »Dann macht es, wenn ihr wollt. Ich gehe ins Haus.« Herr Mertens schilderte die Rettung seiner Tochter mehrmals bis ins Detail. Er wollte den Helden Otto ins rechte Licht stellen. Ehre, wem Ehre gebührt, waren seine Worte.

Der Kameramann wollte unbedingt die Stelle am Wasser unten aufnehmen, wo alles passierte. Sybille, die bis dahin stumm am Rande des Geschehens stand, sollte mitkommen. Die netteste Aufnahme, fand Herr Mertens, der nicht müde wurde, ständig die Rettungsaktion darzustellen, war eine Umarmung Sybilles. Otto legte seinen rechten Arm um ihre Schulter. Dabei drückte er sie zart an sich. Sie schaute ihn zurückhaltend von der Seite an. »Fantastisch« kommentierte, er die Szene. Der Kameramann sagte: »Schalten Sie heute Abend doch das Vorabendprogramm an, bevor die Nachrichten kommen.« Nach dem Trubel verabschiedeten sich die Mertens von Brigitte. Sie verabredeten sich für neunzehn Uhr dreißig bei den Hartmanns.

Dieter kam erst kurz nach sechs von der Arbeit. Brigitte servierte strahlend das Abendessen. Dieter erklärte schelmisch, wie lange sie nicht mehr so gute Laune gehabt hätte. »Seit der Hochzeit, seit der Geburt von Otto oder war es, als wir mit der ersten Boeing 707 Intercontinental wieder landeten, festen Boden unter den Füßen hatten, haha.« »Das Lachen wird dir heute Abend noch vergehen. Heute mache ich die Späße«, lachte auch Brigitte. Dieter wurde stutzig. »Was gibt es denn?« »Wir bekommen heute Abend Gäste. Unsere Nachbarn von nebenan kommen zum Fernsehen.« »Aber die haben doch auch schon einen.« »Nein, nicht die Konrads«, sagte Brigitte, »die Mertens.« Die waren heute hier und haben Otto mit Ihrer Tochter zum Schwimmen abgeholt. Nette Leute.« Dieter war nicht sehr begeistert, er hatte heute viel gearbeitet, wollte aber Brigitte die Laune nicht verderben. Er sagte nichts. Außerdem, es konnte nie schaden die Nachbarn etwas besser kennenzulernen. Pünktlich um zehn vor Halb kamen die Mertens mit Sybille. Brigitte begrüßte sie so herzlich, als würden sie sich schon ein ganzes Leben lang kennen. Dieter wunderte sich, aber es war wohl die Eifersucht, die den Blick trübte, sagte er sich. Immer, wenn seine Frau jemanden überschwänglich nett behandelte, fühlte er sich vernachlässigt. Als wenn die gute Behandlung nur seinen Topf füllen dürfte. Brigitte und die Familie Mertens hatten sich abgesprochen. Brigitte wollte Dieter überraschen. Alle bevorzugten heute Abend

Rotwein als Gastgetränk. Einen guten? Klar, einen guten. Dieter ging in den Keller und holte aus der Angeber Ecke, wie er sie manchmal nannte, einen Mouton Rothschild Grand Cru. So etwas kann sich nicht jeder leisten. Vielleicht kennen die Nachbarn den nicht, dann wissen sie es nicht zu schätzen, dachte er beim Öffnen. Er kam mit vier Gläsern zurück ins Wohnzimmer und präsentierte den Wein charmant als ausgewählten Wein für ausgewählte Gäste. Herr Mertens sagte begeistert: »Oh, ein Mouton. Lange nicht gesehen. Da muss noch Luft ran, dann öffnet er sich und zeigt sich von seiner besten Seite.« Brigitte sagte: »Wollen wir erst nach dem Wetterbericht anstoßen?« »Ja gern, aber wieso Wetterbericht«, fragte Dieter. »Wir wollten hören, wie das Wetter wird«, antwortete Brigitte. »Otto und Sybille wollen morgen zusammen schwimmen gehen.« Dieter dachte bei sich: Heute gibt es anscheinend nur Überraschungen. Otto und Sybille. Mit Freunden oder Freundinnen hatte er es doch sonst nicht. Er ahnte nicht was auf ihn zukommen würde. Brigitte schaltete den Fernseher an. Als Erstes kam, wie in den letzten Monaten immer, ein Bericht über den Vietnamkrieg. Dieter schnupperte an dem Weinkorken. Dann hieß es im TV, ein Vorfall heute in Berlin. Brigitte forderte Dieter fast diktatorisch auf: »DIETER jetzt schau doch mal hin.« Dieter schaute hin. Er traute seinen Augen nicht. Was er da auf dem Bildschirm sah, war ihr Haus. Hartmanns Haus. Er stellte den Ton lauter. Die Aufnahme, die gerade gezeigt wurde, war unten am Schlachtenseeufer aufgenommen. Es hieß, der viereinhalb jährige Otto Hartmann rettete die Nichtschwimmerin Sybille Mertens vor dem Ertrinken. Bei der Rettungsaktion ertrank der erst Vierjährige beinahe selbst. Obwohl er noch nicht richtig schwimmen konnte, ließ er sich nicht davon abhalten, das Mädchen aus dem tiefen Wasser zu befreien. Der Nachrichtensprecher schilderte den Vorgang ausführlich und sehr dramatisch, auch dass Otto mehr als eine Minute unter Wasser und selbst in großer Gefahr war. Dieter saß blass auf seinem Stuhl. Er war zu Tränen gerührt, fing sich aber schnell wieder und sagte: »So, weil Ihr mich so kolossal verarscht habt, trinke ich den Wein ganz allein.« Mit diesen Worten schenkte er fröhlich ein, gab aber doch jedem ein

Glas und prostete den Anwesenden schelmisch lächelnd zu. Der Zufall wollte es, dass seinem Stolz nun doch vergolten wurde. Der Sinnspruch aus dem tibetischen Buch, das er gerade las, fiel ihm wieder ein: Wenn du dich in wichtigen Dingen zwischen dem Herzen und dem Verstand entscheiden musst, folge dem Herzen.

Frühstück bei Hartmanns gab es pünktlich um sieben Uhr. Um acht Uhr musste Dieter im Büro sein. Er hatte es nicht weit, war aber gern zehn Minuten vor den Angestellten dort, um sich auf den Tag vorzubereiten. Er überflog jeden Morgen die abonnierte Zeitung: »Der Tagesspiegel«, um über wichtige Themen informiert zu sein. Am Morgen nach der Rettung von Sybille lagen neben dem Tagesspiegel noch drei weitere Zeitungen. Von dem Titelblatt der obersten Zeitung stach ihm sofort die Schlagzeile ins Auge: »Berliner Vorschüler rettet todesmutig kleines Mädchen aus der Tiefe.« Es war ein Trivialblatt. So etwas las er sonst nicht, aber mit dieser Schlagzeile nahm er die Zeitung als Erstes in die Hand. Brigitte kam aus dem Bad. Eine Freundin hatte sie kurz nach sechs angerufen und ihr von dem Bericht erzählt. Sie war danach zum Kiosk an der U-Bahnhaltestelle gelaufen, von wo sie die Zeitungen mitbrachte. Sie sagte: »Ich wusste doch, dass du dich freuen würdest. Ich war mir gestern nicht sicher, ob der Vorfall wichtig genug für die Berichterstattung ist. Nun sieh dir das einmal an. Gestern im Fernsehen, heute in den Tageszeitungen. Otto ist berühmt.« Dieter erwiderte: »Mit vier Jahren. Wie soll das nur weitergehen, haha.« In der Firma wurde er heute von allen belagert. Selbst die Lieferanten sprachen ihn auf den Vorfall an. Bis mittags musste er die Geschichte fünfzehn Mal immer von neuem erzählen. Dieter liebte keine unnötigen Störungen. Seine persönliche Prämisse für Zeitverschwendung lautete: Der Arbeitstag hat zehn Stunden. Verschwendest du Zeit, werden es zwölf, denn niemand übernimmt deine Arbeit. Ein Erfahrungswert. Er handelte auch nach dieser Vorgabe. Nur heute nicht. Jedenfalls nicht bis zum Mittag. Danach blockte er mit den Worten ab: »Meine Zunge ist taub. Ich kann nicht mehr.« Seine Sekretärin wurde von ihm angewiesen, keine Telefonate mehr mit Inhalt Lebensretter Otto durchzustellen und auch keine Leute mehr zu ihm zu lassen.

Die Mertens und die Hartmanns trafen sich seit der Seenotrettung öfter auf ein Glas Wein, selbst wenn es nicht immer einen Mouton zu trinken gab. Auch Sybille und Otto trafen sich öfter. Sie hatten an dem Abend in Ottos Zimmer miteinander gespielt. Otto hatte eine der ersten Profitischtennisplatten für Kinder. Sybille konnte sich dem Tischtennis hingeben. Sie hatte genau wie Otto wenig Freunde und lebte dabei auf. Sie trafen sich fast jeden zweiten Tag, um sich an der Platte zu messen. Sybille wurde mit jedem Tag besser. Schon nach zwei Wochen gewann sie ihre erste Partie mit elf zu acht Punkten. Sie hatte in der Nacht davon geträumt. Sie schmetterte im Traum jeden Ball über das Netz. Träume werden manchmal Wirklichkeit empfand sie da drinnen. Beide hatten enormen Spaß. Sie entdeckten auch andere gemeinsame Vorlieben. Radfahren zum Beispiel – und die Mertens konnten es kaum glauben: schwimmen. Hartmanns und Mertens sponserten diese Neigung zur eigenen Beruhigung. Sie bezahlten gemeinsam einen Schwimmlehrer. Brigitte fuhr Sybille und Otto einige Male zur Schwimmhalle im Nachbarbezirk Berlin-Steglitz, die im Krieg keinen Schaden genommen hatte. Dort wurden sie in wenigen Wochen zu hervorragenden Schwimmern ausgebildet. Beide Elternteile schliefen nun bedeutend ruhiger. Der See lag schließlich direkt vor der Haustür. Der Schlachtensee war mit neun Metern tiefer als der bekanntere Berliner Wannsee. Otto hatte Sybille eine Luftmatratze zum Geburtstag geschenkt, mit der sie über den See schwimmen konnten. Die Freundschaft wurde abgerundet durch die Sprachkenntnisse von Sybille. Ihre Großmutter lebte, seit Beginn Ihrer zweiten Ehe, vorrangig in Frankreich. Sie hatte ihr mit viel Geduld ihre zweite Muttersprache beigebracht. Die Großmutter war überzeugt: Sybille würde die Sprachkenntnisse bereits sehr früh in der Jugend gebrauchen können, sogar müssen, um die Geschäfte der Familie in Frankreich zu regeln, spätestens wenn Oma die Welten wechselte. Sie war seit langer Zeit verwitwet. Ihr Gatte, der aus der bekannten französischen Industriellenfamilie Dumont stammte, hatte ihr ein umfangreiches Erbe hinterlassen. Wie reich die Dumonts wirklich waren, wurde ihr erst dadurch bekannt. Ein Konglomerat von Fabriken, zwei Buchverlage, Einzelhandelsgeschäfte und vieles mehr. Auch zwei Häuser am Mittelmeer in Nizza und Antibes standen ihr zur Verfügung. Sie hatte zwar einen Verwalter, doch später würde es nicht gehen, ohne jemanden in der Familie zu haben, der Französisch sprach. Otto und Sybille profitierten gleichermaßen davon.

Inzwischen war auch von Nölders Seite viel passiert. Er hatte Otto einen der Förderplätze für Hochbegabte vermittelt, die von der Deutschen Wirtschaft und der Politik unterstützt wurden. Noch vor einigen Jahren gab es nur eine Zulassung der Teilnahme an laufenden, regulären Lehrgängen für Hochbegabte. Dieses Programm konnte aufgrund der teilweise großen Altersunterschiede zum Beispiel zwischen Grundschülern, Gymnasiasten oder Hochschülern nicht dauerhaft durchgeführt werden. So wurden an der Technischen Universität im Zentrum der Stadt mehrere Räume für diesen Zweck zur Verfügung gestellt. Hier wurde in drei Altersgruppen unterteilt, die von Dozenten unterrichtet wurden. Gleichzeitig wurden den Hochbegabten weiterhin reguläre Lerninhalte vorgegeben, die sie studieren sollten. Dazu gehörte die Teilnahme an Lehrveranstaltungen und Vorlesungen. Die Teilnehmer an dem Programm konnten relativ selbstbestimmt mit dem Angebot umgehen. Es waren keine Prüfungen vorgesehen. Auch keine Abschlüsse. Die Abschlüsse an den Schulen, welche die Teilnehmer besuchten, konnten aber in einem externen Verfahren durchgeführt werden. So konnte zum Beispiel ein Hochbegabter, der an diesem Programm teilnahm, seinen Realschulabschluss dann durchführen, wenn er dazu bereit war. Sein Alter war nicht ausschlaggebend. Die Teilnehmer durften an allen sonstigen Vorlesungen an der Universität teilnehmen, wann immer sie wollten. Um Otto wurde für Nölders Geschmack wegen der Rettung des Mädchens aus der Nachbarschaft zu viel Wind gemacht. Er wünschte sich einen ruhigen Einstieg. Durch den Vorfall Seenotrettung von Sybille wurde daraus nichts.

Glücklicherweise ließ Otto sich nicht von seinem neuen Bekanntheitsgrad beeindrucken. Ihm war es eher peinlich, wenn ihn die Leute beim Kaufmann oder auf der Straße anstarrten oder sein Name ständig in Gesprächen zwischen seinen Eltern und Freunden oder Nachbarn genannt wurde. Am Schlimmsten fand er, dass ihm gleichzeitig alle über den Kopf streichelten. Auch wenn Otto öfter am Lehrprogramm teilnahm oder mit Professor Nölder in der Uni saß, nahm er sich doch genügend Zeit für einen entspannten Nachmittag mit Sybille oder seiner neuen Verrücktheit. Keiner wollte es glauben. Otto wollte Boxen. Er hatte es im Fernsehen gesehen und war begeistert. Brigitte weigerte sich anfangs heftig, dem zuzustimmen. Nachdem Otto ihr ruhig und bestimmt erklärte, er wolle doch nur mal sehen, wie und was damit verbunden war, stimmte sie einem Besuch im Boxclub zu. Dieter fuhr mit ihm zu einem Gespräch in den Boxsportclub BSS nach Steglitz. Es war ganz in der Nähe. Der Berliner Bezirk Steglitz lag an der Grenze zu dem Bezirk Zehlendorf, wo sie wohnten. Der Trainer der ihn, wie die meisten Menschen, denen Otto begegnete, auf Anhieb mochte, schwärmte Otto von dem umfassenden Training vor. Es geht ja für die Jüngeren nicht nur um Ringerfahrung, erklärte er Dieter, sondern ums Training. Um körperliche Ertüchtigung, den Aufbau im Wachstum, joggen, Seilspringen, Gymnastik, Sandsack. Kämpfe gibt es am Anfang sowieso nicht und später nur, wenn ihr Sohn es selbst möchte. Der Trainer machte einen sehr guten sozialen Eindruck. Otto nahm ein Anmeldeformular mit und trat später in den Verein ein. Otto bemerkte beim ersten Training, das in dem Bus nach Steglitz ein Junge saß, den er im Boxclub wiedertraf. Er war ebenfalls neu hier. Auf dem Rückweg liefen die beiden zusammen zum Bus und unterhielten sich angeregt. Training für Jüngere war immer Dienstag nachmittags. Sie fuhren seitdem meist zusammen zum BSS und zurück nach Hause. Der andere Junge hieß Bertold. Er war etwas älter als Otto. Er erzählte von seiner Einschulung, die im September nach den Sommerferien stattfinden würde. Man musste nicht immer zur Schule gehen, wusste er zu berichten, es gab ab und zu Ferien, was so zu verstehen war wie der Urlaub der Erwachsenen, in dem sie nicht zur Arbeit gingen. Es gab fast drei Monate Ferien im Jahr. Zwei davon ohne Unterbrechung im Sommer. Toll was. Da können wir uns zum Spielen treffen. Otto traf sich mit ihm schon vorher. Bertold hatte es nicht weit. Er wohnte ein paar Querstraßen weiter in der Nähe von Ottos Zuhause. Auch Sybille mochte Bertold. Sie trafen sich auch gern zu dritt, gingen schwimmen, fuhren mit dem Fahrrad durch den Grunewald oder spielten bei Otto Tischtennis. Ottos Leben entwickelte sich so ausgewogen, wie Professor Nölder es sich wünschte. Professor Nölder hielt all seine Versprechen. Auch das der Förderung. Nach einem Gespräch mit Otto schlug er den Hartmanns eine auf 1962 vorgezogene Einschulung vor. So war es dann auch. Der Rektor der Grundschule sah Otto, stellte ihm zwei, drei Fragen, womit alles besiegelt war. Otto hatte noch mehr Zugewinn bei der Einschulung. Er kam mit seinem neuen Freund Bertold in eine Klasse. Dadurch wurde der Altersunterschied von etwa zwölf Monaten zu den anderen Klassenkameraden, weniger auffällig.

Otto war bis auf ein, zwei Ausnahmen in der gesamten Schule etwas kleiner als andere, blieb aber dennoch von Missbilligung verschont. Er löste bei den Mitschülern eine Mischung zwischen Aufmerksamkeit, Wohlwollen und dem Hang mit ihm zu sein – etwas mit ihm teilen, gemeinsam haben wollen – aus. Der destruktive Ansatz, den man oft bei Schülern findet, die wie die Krähen auf den bunten Papagei losgehen, entfiel. Die Kinder in seiner mit zweiunddreißig Schülern ziemlich groß geratenen Klasse, waren ausnahmslos mit ihm. Otto hatte die besondere Gabe, andere zu beruhigen und sofort auf seine Seite zu ziehen. Ob Kinder oder Erwachsene. In seiner Nähe hatten sie das Gefühl, behütet zu sein. Stand er in einer Gruppe Menschen, umgab alle die Aura der Ruhe, Frieden und Miteinander sein. Egal ob er dazu gehörte oder einfach nur an der Bushaltestelle stand. Wen er ansah, den berührte innere Ruhe und Sicherheit. Brigitte sagte immer, wenn es jemandem auffiel, wie gelassen und selbstverständlich sich alles um ihn herum befriedete: »Wie aus einer anderen Welt.« In der Regel fiel er zu keiner Zeit aus diesem Zustand heraus. Die von Heiligen besungene Seelenruhe war sein ständiger Begleiter. Und - wenn Bomben fallen würden. Otto blieb unter seinem Dach geschützt. Auf niemanden passte der Spruch eines tibetischen Gelehrten so gut wie auf Otto: In der Mitte des allergrößten Wirbelsturms herrscht absolute Stille. Friedrich, ein Bekannter von Dieter, hielt ihn für einen Autisten. Die beiden waren auf einem Straßenkonzert, auf dem, nach dem Knall eines Silvesterkrachers, Panik ausbrach. Die Menschen stürmten nach allen Seiten, rannten sich gegenseitig um. Einige wurden niedergetrampelt. Dieter hatte Otto und Friedrich aus den Augen verloren. Friedrich traf er bald wieder. Hektisch sahen sie sich nach Otto um. Er stand seelenruhig auf seinem Platz. Er hatte sich nicht vom Fleck bewegt. Er registrierte aber alles, was um ihn herum geschah. Friedrich sagte: »Der steht da mit offenen Augen und bekommt nix mit, oder?« Nein, dachte Dieter, eher wie ein Aufzeichnungsgerät. Otto weiß schon, was um ihn herum vor sich geht.

Wie ein Aufzeichnungsgerät kam er auch seinen irdischen Pflichten in der Schule nach. Er saß still da, mit geöffneten Augen und wachem Verstand. Er registrierte was er sah und hörte, schickte es in die Verarbeitung und stellte Fragen. Nie hatte er das Gefühl unwissend zu erscheinen, wenn es darum ging, Fragen zu stellen, um Wissenslücken zu schließen. Er forschte so lange nach, bis der Lehrstoff zusammenpasste. Die Lehrer gewöhnten sich daran, waren doch Ottos Fragen nie lächerlich, unklug oder gar provozierend. Im Gegenteil. Es war meist eine Lernhilfe für die Mitschüler. Wenn der Lehrer einmal etwas vergaß, meldete sich Otto mit der richtigen Frage. Mit der Antwort konnten sie den Lehrstoff abrunden. Sonst war Otto still. Brigitte hatte ihm einmal erklärt, dass Zuhören klüger sei als reden. Warum, fragte Otto. Weil du beim Zuhören Wissen aufnimmst. Es heißt, der Weise hört zu und redet wenig. Je mehr du redest, umso weniger Zeit hast du doch, um zuzuhören, etwas aufzunehmen, mehr zu lernen. Bei manchen liegt der Verstand nur auf der Zunge. Viel mehr brauchte sie ihm nicht zu erklären. Otto hörte ohnehin in der Schule lieber zu. Besonders hatte es ihm der Geschichtsunterricht angetan. Der Geschichtslehrer war ein alter Kriegsveteran mit einer Lederhand. Otto fragte ihn, warum er den linken Handschuh immer anließ. Der Lehrer erklärte, das sei eine Kriegsverletzung. »Waren Sie im Krieg mit Adolf Hitler?«, fragte Otto. Das interessierte ihn brennend. Über den Zweiten Weltkrieg hatte er bereits mehrere Bücher gelesen. In den Büchern stand viel über den zeitlichen Ablauf, die Örtlichkeiten, Kriegsschauplätze und die Handlungen, aber wenig von der psychologischen Seite. Von den Menschen, die daran teilnahmen und warum. Von den Kriegsheimkehrern und wo die Utopie vom Weltreich geblieben war. Er dachte sich: Es war doch nicht nur so wie in einem Science Fiktion Roman, wo die Storys ausgedacht und niedergeschrieben waren. Wenn man die Geschichte von der Herrschaft über das Sternensystem ausgelesen hat, dann vergisst man das Ganze wieder. Hier waren doch ganze Völker am realen Geschehen beteiligt. Die wollten es bis zuletzt durchführen. Würden sie später wieder damit anfangen? Otto stellte dazu einige Fragen. Das Thema war sowieso sehr präsent in der Schule. Es wurde in den letzten Wochen mehrmals besprochen. Der Lehrer war nicht sehr willig Ottos Fragen zu beantworten. Als Otto nicht locker ließ, wurde er ungeduldig und vertröstete Otto mit den Worten: »Komm am Nachmittag nach vorn ins Lehrerzimmer, wir müssen jetzt mit anderen Themen fertig werden.« Der Geschichtslehrer Herr Mittermeier hatte am Nachmittag Aufsicht. Später war nur noch eine Klasse in der Schule und er würde sich sonst langweilen, deshalb machte er Otto den Vorschlag.

Nach dem Mittagessen packte Otto drei Bücher über den Nationalsozialismus zusammen mit einigen Notizen, die ihm als Erinnerungsstütze dienen sollten und Stiften in den ausgeleerten Schulranzen. Brigitte brachte ihn zur Schule ins Lehrerzimmer, wo sie den etwas erschöpften Geschichtslehrer vorfanden. »Ach Frau Hartmann«, sagte er, »sind Sie auch an der Entwicklung 1933 bis 1945 interessiert?« »Nein nicht so wie Otto, er verschlingt seit der Einschulung jedes Buch über den Deutschen Nationalsozialismus, das er in die Finger bekommt.« Sie legte eine Hand über den Mund und flüsterte fast: »Sogar »Mein

Kampf«, dieses verschriene Buch hat er gelesen.« Ich glaube, das ist inzwischen verboten, so etwas dürfte ich meinem Mann gar nicht erzählen. Herr Mittermeier antwortete versöhnlich: »Ich kann schweigen wie ein Grab.« Brigitte sagte: »Ich bin nur hier, um Ihnen zu danken, dass Sie sich die Zeit für meinen Sohn nehmen. Vielleicht hat er dann endlich einmal genug von Adolf Hitler. Ja, stellen Sie sich vor, der interessiert ihn am meisten.« »Ach ja«, entgegnete Mittermeier. »Warum Otto? Du bist schlank, blond und hast blaue Augen, haha.« Damit traf er nicht ins Schwarze. Im Gegenteil. Otto blickte zu Boden. »Nein« sagte er, »ich habe ein Interesse daran zu erfahren, wie es unter der menschlichen Rasse eine Art Leitwolf geben konnte, der menschliche Regungen bei der breiten Masse ausschaltete.« Herr Mittermeier schluckte. Brigitte schaute ihn entgeistert an. »Hast du das irgendwo gelesen«, fragte sie ihn. »Nein«, antwortete Otto, wobei er seine Bücher aus dem Schulranzen holte. Mittermeier sagte: »Setz dich nur mit an diesen Tisch.« Er zeigte dabei dorthin, wo ein paar Unterlagen und eine Kaffeetasse standen. Brigitte verabschiedete sich. Mittermeier fragte Otto: »Sag mir mal, was du schon über das Dritte Reich weißt und was dich besonders interessiert.«

Damit hatte Otto nicht gerechnet. Er sollte erzählen. Er wollte doch zuhören. Aber das Kind in ihm funktionierte. Er konnte deshalb nicht widersprechen, sondern reagierte auf die Forderung des Erwachsenen. Otto packte die mitgebrachten Bücher aus und zeigte Herrn Mittermeier einzeln die Titel. Er sagte: »Diese Bücher über das Dritte Reich habe ich neben einem anderen über den Hitler Prozess nach seinem Putschversuch 1923 und ein psychologisch gehaltenes Buch über Adolf Hitler gelesen.« Herr Mittermeier nickte nur. Er kannte die Bücher und deren enormen Umfang, konnte sich jedoch nicht vorstellen, dass ein Fünfjähriger egal wie schlau er war, alles gelesen und verstanden hatte. Innerlich war er eher belustigt. Er sagte: »Nun denn, dann erzähl erst einmal etwas über die historischen Fakten und wenn du noch Lust hast, kannst du gern etwas über Herrn Hitlers«, er grinste, »Geisteszustand berichten. Wenn du genug über so etwas weißt.« Otto begann mit Adolf Hitlers Putschversuch 1923, wo er versuchte die Regierung in Berlin abzusetzen. Hitler war Vorsitzender der NSDAP, der Nationalsozialistischen Deutschen Arbeiterpartei. Der Putsch scheiterte, wegen ungenügender Vorbereitungen. Er landete im Gefängnis, kam aber schon nach relativ kurzer Zeit wieder frei. Trotzdem sich Herr Hitler nicht gerade als Freund der Regierung darstellte, konnte er seine politische Tätigkeit unbeschadet wieder aufnehmen. Er betrieb die mit dem Putschversuch geplante Machtübernahme legal weiter. Die NSDAP wurde verboten. Hitler gründete anlässlich der ersten Wahlen seit seiner Entlassung eine neue Volkspartei, die über siebzehn Prozent der Stimmen und in München sogar mehr als ein Drittel der gesamten Stimmen erhielt. 1925 durfte er sogar die NSDAP zu neuem Leben erwecken. Aufgrund der Missstände in der Weimarer Republik, der Unzufriedenheit im Volk und der Begünstigung führender Leute in Politik und Wirtschaft, konnte sich Adolf Hitler bis 1933 an die Spitze der parlamentarischen Demokratie hocharbeiten, die er nach seiner Ernennung zum Reichskanzler durch Paul von Hindenburg, auch gleich wieder abschaffte. Mit den notwendigen Befugnissen als Reichskanzler ausgestattet, änderte er die Verfassung und schuf eine nach dem nationalsozialistischen Führerprinzip wirkende zentralistische Diktatur. Otto schaute kurz zu Herrn Mittermeier, der nicht mehr grinste und auch nicht sehr belustigt aussah. Otto berichtete weiter. Mit seiner Ernennung zum Reichskanzler begann Hitler sofort das Ziel: die Entstehung des germanischen Weltreichs in den Mittelpunkt seiner Propaganda zu stellen. Die arische Rasse sollte über alle anderen herrschen. Den Reichsbrand nutzte Adolf Hitler, um gegen die Kommunisten vorzugehen. Angeblich sollten sie den Brand gelegt haben. Er eröffnete das erste Konzentrationslager in Dachau. Die Juden sollten mit Stumpf und Stiel ausgerottet werden. Ins KZ wurden neben den Juden alle deportiert, die andere Meinungen vertraten. Genau wie Homosexuelle, Andersgläubige oder sonstige Menschen, die Hitler im Weg standen. Eine andere Meinung, als die des Volksvertreters, sollte es nicht mehr geben. Das Parlament wurde mit einem neuen Gesetz außer Kraft gesetzt. Hitler konnte damit schon Mitte 1933 Gesetze abschaffen oder beschließen, ohne jemanden zu fragen. Für Juden folgten gleich darauf erste Berufsverbote.

Mit der Bücherverbrennung am zehnten Mai 1933 verbrannte das Deutsche Volk auch sein Recht auf jegliche Mitbestimmung. Hitler baute Autobahnen, belebte die Industrie, besonders die Rüstungsindustrie, schaffte dadurch Arbeitsplätze und gewann so viele Freunde im Volk. Nachdem er 1934 fast Hundert politische Gegner einfach so über Nacht ermorden ließ, hatte er nun freie Hand, um sein Werk durchzuführen. Hitler war nicht mehr aufzuhalten. Gleich nach dem Tod des Reichspräsidenten Hindenburg wurden alle Soldaten auf Adolf Hitler eingeschworen, vereidigt. Adolf Hitler hatte offensichtlich von Anfang an nur eines im Sinn: die Welt zu beherrschen. Innerhalb der nächsten Jahre erhöhte er, gegen den Widerstand vieler anderer Länder, den Bestand der Wehrmacht von hunderttausend auf über zweieinhalb Millionen Mann. Niemand hielt ihn auf. Alle verdienten viel Geld und machten alles mit. Die Autoindustrie, die Textilindustrie, die Baubranche und vor allem die Rüstungsindustrie. Ohne weiteren Widerspruch bekam er die uneingeschränkte Macht. Heute möchte niemand mehr wissen oder näher hinsehen, wer Hitler dazu verholfen, zumindest die Augen verschlossen hat, schreiben die Zeitungen.« Otto nahm ein Magazin hervor und las einen Absatz vom Titelblatt ab: »Vielleicht deshalb, weil alle Förderer aus der Wirtschaft immer noch tätig sind? Weil der deutsche Staat diese Konzerne gerade heute wieder braucht? Zumindest ist unbestritten, wer an dem Krieg verdient hat. In der Zeit des Aufstiegs des Nationalsozialismus, also noch vor Kriegsbeginn 1939, haben sich die Rüstungsaufträge allein beim stehenden Heer verdoppelt. Bei der Marine sogar mehr als verzehnfacht. Was hatte die Rüstungsindustrie mit Hitler für Ziele?«

Er legte die Zeitschrift zurück und redete weiter: »1938 erreichen die antisemitischen Strömungen einen neuen Höhepunkt. Juden wurden von ihren ehemaligen Nachbarn und Kunden aus

Einzelhandelsgeschäften gezerrt, getreten, die Kleider wurden ihnen in aller Öffentlichkeit vom Leib gerissen, Häuser von Juden wurden mit Sprüchen beschmiert und angezündet, jüdische Kinder wurden aus der Schule verbannt, es wurden Geschäfte ausgeraubt, private Wohnungen ausgeraubt und Synagogen abgebrannt. Kurz nach dem unblutigen Einmarsch in die Tschechoslowakei begann dann der Zweite Weltkrieg. Nach dem diktatorischen Gemetzel im eigenen Land, kam alles noch schlimmer. Hitler führte erbarmungslos Krieg gegen die ganze Welt. Bis auf einige wenige machten alle mit. Mit den Worten: »Wollt Ihr den totalen Krieg«, eröffnete er das größte Schlachthaus, das die Welt bis dahin gesehen hat.« Otto war sichtlich gerührt. Er fragte: »Warum haben denn bei der Veranstaltung, wo Hitler ins Mikrofon sprach, alle Ja gebrüllt?« Herr Mittermeier war nun doch verblüfft, über welchen Wissensstand Otto verfügte. Das sagte er Otto auch. Otto wollte kein Lob, Lehrstoff und Antworten aus erster Hand waren ihm wichtiger. Herr Mittermeier, der im Zweiten Weltkrieg später in der Heimatfront unter Waffen stand, wurde zögerlich. Widerwillig sagte er: »Die Menschen konnten nicht anders. Sie mussten sich anpassen.« Otto sagte darauf: »In einem Bericht im Fernsehen sah es anders aus. Die Menschenmenge schrie begeistert, riss die Arme hoch, jubelte und schwenkte die Fahnen«, worauf Mittermeier trotzig erwiderte: »Ich sagte schon deutlich genug, man musste es tun. Darauf wurde jeder gedrillt.« Otto fragte Herrn Mittermeier, ob er auch im Krieg war, und wer ihn auf welche Art und Weise dazu gezwungen hat. Mittermeier wurde wütend und sagte: »Ich sagte dir doch, alle haben mitgemacht. Die Nachbarn, die Kollegen, die Vereinskameraden im Fußballverein, Frauen, Kinder. Da war man einfach dabei.« »Und wer hat Sie dazu gezwungen«, fragte Otto wieder.« Er sah Mittermeiers Leidensmiene und erklärte sich: »In den Büchern stehen zwar die Zahlen, aber sonst wenig. Wie kommt es, dass sich die Menschen gegenseitig totschießen? Ich möchte es einfach verstehen. Innerhalb von sechs Jahren wurden fünfundfünfzig Millionen Menschen ermordet.« Mittermeier sagte darauf: »Was heißt hier ermordet. Krieg ist nun mal Krieg.« Otto wusste, dass die meisten Opfer Zivilisten waren. Otto sagte: »Alle erzählen mir immer, es war doch nichts, Opa sagt, bleib ruhig Junge, es ist doch vorbei. Oma sagt, es war schrecklich, ist aber nichts für kleine Jungs. Vater sagt, das lernst du noch in der Schule. Jetzt bin ich in der Schule. Ich verstehe es nicht. Papa hatte vier jüdische Klassenkameraden. Die wurden abgeholt und dann umgebracht. Papa sagt, er hat die Soldaten mit der Uniform festgehalten und gebrüllt, sie sollen sie in Ruhe lassen. Dafür wurde er geohrfeigt und beiseitegeschoben. Opa kannte durch seine Arbeit ganz viele jüdische Menschen. Sie wurden geholt und kamen nie wieder. Mittermeier sagte: »Na, die sind zur Grenze gebracht worden und gingen nach Amerika oder in die Schweiz. So war es doch.« »Nein«, sagte Otto, »sie wurden abgeholt und umgebracht.« Er zeigt auf seine Bücher, da steht es drin. Über sechs Millionen Juden wurden umgebracht. Warum?« Mittermeier sagte kleinlaut: »Viele Deutsche waren immer neidisch auf die sparsamen Juden. Sie waren auch Geldverleiher, die hohe Zinsen nahmen. Wenn einer verschwand, waren viele Deutsche schuldenfrei. Die Wertsachen der Juden wurden auch nicht vernichtet. Sie wanderten in die Staatskasse oder in die Taschen der Plünderer.« Er hob den Kopf und sagte: »Es war ein gemeiner Streich.« Otto fragte weiter: »Warum sind denn so viele in den Krieg gezogen?« »Tja«, sagte Mittermeier, der sich plötzlich zu erinnern schien, »es war erst wie ein Rausch. Der kleine Mann hat davon doch kaum etwas mitbekommen. Adolf Hitler hat ein starkes Deutschland versprochen. Wer wollte das nicht? Das ganze Leben lang Arbeit und Brot haben, das war damals der Wunsch sehr vieler Menschen. Alle trugen Braun. Da trug man auch braun. Alle schrien Heil, da schrie man mit. Zum einen war da die Begeisterung dabei zu sein und auf der anderen die Angst, selbst im Konzentrationslager zu landen. Alles andere wurde durch Gesetze geregelt. Die Menschen wurden schon in der Schule eingeschworen. Die wehrgeistige Erziehung wurde in allen Schulen Unterrichtsgrundsatz. Da wurden die Geschichtsbücher umgeschrieben. Alles wurde auf eine Linie gepolt. Das ist auf der Welt aber kein Einzelfall. Wenn ein Diktator an die Macht kommt, dann läuft alles nur noch nach seinem Willen.« Otto fragte nochmal: »Aber es waren fast zwanzig Millionen Soldaten in der Deutschen Wehrmacht. Da müssen doch auch Menschen dabei gewesen sein, die etwas anderes wollten. Freunde auf der Welt und Frieden.« Diesen Satz hatte Otto vor kurzem in einer Zeitung gelesen. Otto der in eine neue Demokratie geboren war, konnte nicht glauben, dass ein einzelner Größenwahnsinniger die Geschicke der Welt verdrehen konnte und dazu noch in eine so schreckenerregende Richtung.

»Es waren doch nur wenige, die alles bestimmten. Warum haben Millionen einfach widerspruchslos mitgemacht? Jeder Einzelne hätte doch weggehen können oder in den Untergrund. Papa sagt, er wäre nach Polen in den Widerstand gegangen. Was ist Ihnen denn passiert mit der Hand? Waren Sie auch in der Wehrmacht?« »Nein«, sagte Herr Mittermeier wahrheitsgemäß, »aber ich war oder musste gegen Kriegsende in eine Schutzbrigade. Jeder Lehrer und jeder Schüler erhielt eine Waffe und musste auf die heranrückenden Soldaten des feindlichen Heeres schießen. Wer nicht gehorchte, wurde in den Hinterkopf geschossen.« »Von den eigenen Leuten?«, fragte Otto. »Ja«, sagte Herr Mittermeier, der seine Abwehrhaltung aufgab und sichtbar froh war, sich zu öffnen und alles einmal rauszulassen. »Man glaubt es kaum, aber so war es. Die auf die Verweigerer geschossen haben, waren oft Kinder. Die, denen wir es eintrichtern mussten, standen am Ende hinter dir im Rücken. Es war gnadenlos, gefühllos und einfach schrecklich. Erst als die Kämpfe hier im eigenen Land begannen, wurde einem klar, was da wirklich passiert. Es ist anders, wenn man sieht wie ein Mensch im Fernseher erschossen wird oder wenn er vor dir steht. Noch schlimmer ist es, wenn du selbst einen Menschen erschießen musst.« »Was heißt musst«, fragte Otto erneut. »Den Abzug drückt doch jeder selbst.« Otto war überrascht über sich selbst. Er sah, wie Herr Mittermeier innerlich zusammenbrach. Seine Schultern krümmten sich, die Brust begann verkrampft zu zucken und dann brach er in Tränen aus. »Ich wollte doch nur nicht selbst sterben. Ich wollte doch, ich wollte«, stammelte er. Auch wenn er es nicht gutheißen konnte, litt Otto nun mit. Er nahm Mittermeier in seine kleinen Arme und tröstete ihn. Mittermeier weinte und weinte. Das wollte Otto nicht. Das wollten beide nicht. Aber so war es. Zu Otto hatte jeder Vertrauen und konnte sich öffnen. Es war spät geworden. Herr Mittermeier sagte leise: »Du gehst jetzt besser, sonst macht deine Mutter sich Sorgen.« Otto stand auf, packte seine Bücher in die Schulmappe und ging mit einem leisen »Danke. Das tut mir aber leid« nach Hause. Er hoffte, Herr Mittermeier würde ihm die Fragerei nicht übel nehmen. Otto musste einfach alles verstehen. Das war ihm anscheinend mit in die Wiege gelegt worden. Otto die Aufzeichnungsmaschine.

Für Otto war der Nachmittag sehr bewegend. Alle Fragen waren für ihn aber nicht beantwortet. Wie leicht ließ sich ein Volk bis an den Rand der Selbstzerstörung bringen? Wie können solche Menschen wie Adolf Hitler und seine Schergen an die Macht gelangen, die Zeitungen und Radios für ihre Propagandamaschine nutzen, die Lehranstalten mit Bildungsinhalten für ihre Zwecke deformieren und ein ganzes Volk, ja vielleicht die ganze Menschheit unterjochen. Sein Ziel hatte Adolf Hitler nur knapp verfehlt. Hätten sich die Amerikaner nicht gegen ihn gestellt, sondern wären an seine Seite gerückt, dann hätten sie die andere Hälfte der Welt noch dazu erobert. Die Amerikaner verfügten über die Atombombe: Sie schreckten auch nicht davor zurück sie einzusetzen. Wie weit würden solch destruktive Gestalten gehen? Würden sie einfach den ganzen Planeten ausrotten? Was könnte man dagegen tun? Was hat das Geld damit zu tun, wie es immer wieder nachzulesen war? Otto bekam zwar Taschengeld, konnte aber den gesamten Umfang der Geldmaschinerie noch nicht überblicken. Geld war ein Tauschmittel. Aber Geld konnte sich im heutigen Zeitalter auch selbständig machen. Immer mehr. Leider konnte Otto auch nicht mehr mit Herrn Mittermeier über die Persönlichkeit Adolf Hitler sprechen. Im letzten Buch hatte Otto gelesen, er sei die größte Herausforderung für jeden Psychoanalytiker. Otto empfand es anders. Es sah auf den ersten Blick sehr einfach aus, wenn man eins und eins zusammenzählte. Otto hatte längst alles erfasst und abgespeichert. Was Otto aus Tatsachenberichten, von freudschen Psychoanalysten und einem Berater Adolf Hitlers herausgefunden hatte, war ausreichend. Tatsächlich hatte Otto mit einem Berater Adolf Hitlers persönlich gesprochen. Er löcherte Professor Nölder mit diesem Thema fast bei jedem Treffen. Es heißt, »steter Tropfen höhlt den Stein«.

Professor Nölder zauberte aus der Mottenkiste »Drittes Reich« wahrlich einen alten Bekannten, der Otto Rede und Antwort stehen konnte. Eine Stellungnahme aus erster Hand war etwas anderes als Berichte auf Papier, die jeder so formulieren konnte, wie er wollte. So konnte Otto klarer erkennen, was an den Berichten stimmte und was nicht. Adolf Hitler war eigentlich nichts anderes als ein mäßig intelligenter Mensch, der durch seinen Größenwahn zu einem monströsen Querschläger wurde, der durch die Welt fegte. Mal hierhin, mal dorthin, bis ihm die Luft ausging.

Es ist gar nicht so schlimm, dass Otto mit Herrn Mittermeier nicht weitermachen konnte, so komme ich auch einmal dazu, etwas zu sagen. Ich sitze hier in meinem einsamen Zimmer und muss alle Aufzeichnungen auswerten, die hier oben von der Erde ankommen und weitergeben, Otto ist aber der Einzige, der Lob und Anerkennung dafür erntet. Ich freue mich auch mal etwas von mir hören zu lassen. Hier der Abschnitt »Zusammenfassung« des Persönlichkeitsberichts Adolf Hitler, der an die Leitung »Prognose Zweihundertdreiundsiebzig« ging.

Im Grunde wird es jedem einleuchten, dass jemand der in seiner Kindheit und Jugend Kränkung und Erniedrigung erlitten oder/ und wenig Anerkennung gefunden hat, diese Umstände später gern ausgleichen, kompensieren möchte. In der Regel reicht es aus, mehr beruflichen Erfolg als andere zu haben, als Selbstständiger ein paar Angestellte unter sich zu wissen, die man als klein und unwichtig erleben kann oder sich einen devoten Ehepartner zu angeln. Bei Adolf Hitler kam neben der sozial untergeordneten Stellung seiner Eltern, häufiges Scheitern in der Schule dazu. Später bemühte er sich, in der Kunst erfolgreich zu werden. Auch hier erntete er nur Erniedrigung. Seine Bemühungen in der Politik endeten in Schimpf und Schande. Nach seinem Putschversuch landete er im Gefängnis. Hier begründete sich sein Heldentum. Im Gefängnis hatte er genug Zeit und schrieb am Buch mit dem Titel: »Mein Kampf.« In seiner Zelle erwachte in ihm, Anfang der zwanziger Jahre, der Wahn, über alles hinauszuwachsen und eine göttergleiche Bestimmung zu haben. So rettete er sich verständlicherweise über die Erniedrigungen hinweg und besiegte als Erstes seine betrüblichen Gefühle. Es ist sehr wahrscheinlich, dass er auch eine Revanche gegen die Feinde anstrebte, weil er im Ersten Weltkrieg eine Augenverletzung erlitt, bei der er fast erblindete. Das erlebte er als weitere Niederlage. Sowohl als eigene, wie auch als drastischen Misserfolg des Deutschen Volkes. Hier schwappte das persönliche über ins Nationale. Aus dem Gefängnis entlassen, traf sein Füllstoff auf eine wirtschaftliche und politische Situation, die genau ihn haben wollte. Die Misere in der Weimarer Republik, Unzufriedenheit im Volk, schwächelnde Wirtschaft, hohe Arbeitslosigkeit. Zum richtigen Zeitpunkt am richtigen Ort. Die Bestrebungen über seine Schwächen hinauszuwachsen, der Wille zur Macht, trafen den Widerpart. Betrachtet man es als Maschine, so passte er erst einmal als fehlendes Rad in ein Uhrwerk. In dieses Uhrwerk stieg er ungehindert ein und brachte es auf die Drehzahl, die er brauchte, um aus seinem Loch herauszukommen. Möglichst hoch hinaus, um die schmerzlichen, unerwünschten Gefühle und Gedanken nicht mehr erkennen zu können. Je größer man wird, umso weniger spürt man, wie klein man ist mit seinen Fehlern und Schwächen. Je mehr Macht man bekommt, umso weniger spürt man die eigene Ohnmacht. Es gab sicher auch Menschen, die die Ambitionen Adolf Hitlers ausnutzten, um selbst auf den Gipfel zu steigen oder Profit aus den Bestrebungen des Ritters der Größenwahnrunde zu machen. Dass er völlig entgleiste, konnte man zu dieser Zeit noch nicht wissen. Ob die Persönlichkeitsspaltung in den Genen lag, bereits konstituiert war oder sich aus der Hetzjagd weg von der Minderwertigkeit ergab, ist schwer festzustellen. Später musste er jedenfalls zwangsläufig noch die Schizophrenie dazu wählen, um den Kleinen vom Großen gänzlich abzuspalten. Sie lebten in unterschiedlichen Gehegen. Der Kleine Adolf sollte für immer verbannt werden. Dafür gab es nur den einen Weg. Möglichst hoch auf den Gipfel zu steigen, wo er nur Ehrerbietung und Anerkennung bekam. Das war, mit einfachen Worten gesagt, die psychologische Darstellung vom großen Diktator. Ein Teil der Welt wurde für lange Zeit vom Unberechenbaren gelenkt. Die Frage für uns ist, was tut der nächste Adolf. Wie weit gehen Menschen für Macht, wie weit gehen sie für Geld? So weit, dass sie die Welt vernichten oder sogar andere Planeten? Wie wird es sein, wenn eine Weltherrschaft gegründet wird, wie der von Maxim Gorki besungene Internationalismus? Was ist, wenn nicht nur ein Land, sondern die gesamte breite Weltbevölkerung diktatorisch beherrscht und manipuliert wird? Wie gefährlich ist der Mensch für sich und andere? Bei der Aufklärung sollte Otto behilflich sein.

Zufällig hatte Otto am nächsten Tag in der Schule Geschichtsunterricht und sah Herrn Mittermeier. Seine Befürchtung, er könne ihn verletzt haben, die Frage, ob er ihm böse sei, ging einfach unter. Herr Mittermeier behandelte ihn wie immer, so als sei nichts gewesen. Er stellte Otto eine Frage über die Französische Revolution, die er richtig beantwortete. Während Otto redete, lief Mittermeier um den Tisch herum, an dem Otto saß. Als Otto geendet hatte, klopfte Mittermeier ihm auf die Schulter und sagte: »Danke schön Otto, damit hast du uns weitergeholfen.« Beide fühlten, was er meinte. Er war dankbar, dass er den alten Schmerz herauslassen konnte. Er hatte zum ersten Mal seit Kriegsende mit jemandem darüber geredet und gespürt, dass ihm niemand etwas nachtrug. Es war für ihn eine echte Befreiung. Otto kam nicht nur mit Herrn Mittermeier in der Schule gut aus, sondern praktisch mit jedem. In den sechziger Jahren gab es wenig Streitigkeiten zwischen Schülern. Die Lehrer genossen mehr Autorität als zehn, zwanzig Jahre später. Sie wiesen Jungen, die sich prügelten, schnell in die Schranken. Otto passte gut in die Umgebung. Er fiel mit seiner ruhigen, souveränen Gangart nicht auf und wenn, dann ausschließlich positiv. Keiner der Lehrer fühlte sich in seiner Autorität gekränkt, weil Otto von Professor Nölder begleitet und gefördert wurde. Im Gegenteil. Die meisten von ihnen, selbst die Religionslehrerin, die Otto manchmal an den Rand ihres Horizonts führte, fühlten sich mehr beachtet und aufgewertet, durch den Kontakt mit einer so hochgestellten und bekannten Persönlichkeit. Bertold hatte es etwas schwerer. Er eckte oft an. Er ließ sich nichts gefallen und nagelte gern Mitschüler an die Wand. Durch seinen Sport im Box Club, was er im Gegensatz zu Otto gern kundtat, legten sich besonders die Älteren gern mit ihm an. Bertold ging das eine oder andere Mal nach der Schule mit ihnen auf die Wiese. Leider gewann er jede Auseinandersetzung, sodass sich nach und nach Unterlegene und Neider zusammentaten und ihn mieden. Otto war das egal. Er verstand sich weiterhin gut mit Bertold. Sie liefen fast jeden Tag den Weg zur Schule gemeinsam. Sybille war nicht dabei. Sie besuchte eine Privatschule in Steglitz. Auch bei dieser Entscheidung hatte die Großmutter ihre Finger im Spiel. Die Kleine wird gebraucht und schaden wird es nicht. Dieser Satz war und blieb alles, was sie dazu sagte. Die Eltern passten sich an. Großmutter bezahlte. Schaden würde es tatsächlich nicht.

Sinn oder Unsinn

Der Geschichtsunterricht hatte es Otto derzeit angetan. Die Mehrzahl der Mitschüler war eher sportbegeistert oder bevorzugte Mathe, Deutsch oder Zeichenunterricht. Kaum jemand begeisterte sich so für Geschichte wie Otto. Sie langweilten sich beim Zuhören von Erzählungen über vergangene Kulturen, die Französische Revolution, Kaiser Konstantin, Friedrich der Große oder Napoleon. Viel lieber waren die Meisten kreativ, am Zeitgeschehen beteiligt. Herr Mittermeier war sehr zufrieden mit dem Jungen. Otto war einer der Wenigen, die Dynamik in den Unterricht brachten. Er fragte viel, erklärte bereitwillig, hatte viel dazuzugeben. Das fünfte Schuljahr neigte sich dem Ende zu. Herr Mittermeier und Otto kannten sich nun schon ein paar Jahre und hatten in dieser Zeit eine für beide Seiten bereichernde Beziehung aufgebaut. Herr Mittermeier nahm sich an Nachmittagen Zeit für Gespräche und die Vermittlung von Lehrstoff außerhalb des normalen Unterrichts. Nicht selten lernte er selbst in Diskussionen noch etwas dazu. Auf der anderen Seite arbeitete er im Unterricht mit Otto im Team. Er stellte Otto Fragen, die er regelmäßig ausführlich und richtig beantwortete. Wenn er während des Unterrichts Schularbeiten korrigieren und benoten wollte, überließ er Otto nicht selten den Vortrag von Themen, über die er vorher mit Otto gesprochen hatte. Er wusste welche Inhalte Otto beherrschte.

In den letzten vier Stunden des Schuljahres war ein bekanntes Thema an der Reihe. Deutsche Geschichte. Mit der Entwicklung vom Zweiten Weltkrieg bis zur Gründung der Bundesrepublik Deutschland im Jahre 1949 kannte sich Otto bestens aus. Die Siegermächte, die Sowjetunion, England, Frankreich und die USA hatten Deutschland in vier Besatzungszonen aufgeteilt. Die Gebiete sollten dauerhaft vom ausländischen Militär besetzt und überwacht werden. Die Besatzungszone der Franzosen umfasste vereinfachend den Südwesten Deutschlands, die der Engländer den Nordwesten bis Mitteldeutschland, die der Amerikaner Süddeutschland bis Mitteldeutschland und die der Sowjetunion Mittel und Ostdeutschland. Die ehemalige Hauptstadt Berlin, die sich mitten in der sowjetisch besetzten Zone befand, wurde als eigenes Gebiet behandelt und wiederum unter den vier Siegermächten aufgeteilt. Hier, wo Ost und West direkt aufeinandertrafen, wurden besonders viele Truppen stationiert. Nur wenige Monate nach der Gründung der Bundesrepublik Deutschland im Westen mit der neuen Hauptstadt Bonn, wurde am siebenten Oktober 1949 die Deutsche Demokratische Republik mit der Hauptstadt Ost-Berlin gegründet. Schon vor 1949 hatte sich die durch den Zweiten Weltkrieg zwangsläufig zusammengerückte Koalition der Siegermächte, aufgelöst und entzweit. Die Trizone der sogenannten Westmächte als Befürworter einer parlamentarischen Demokratie, begründeten die Bundesrepublik Deutschland kurz BRD. Die seitdem zu den Ostmächten zählende Sowjetunion als kommunistisch geführte Diktatur, gründete daraufhin einen zweiten Deutschen Staat, die Deutsche Demokratische Republik, kurz DDR. Die Sowjetunion selbst bezeichnete sich als sozialistische Republik, war aber de facto ein diktatorischer Einparteienstaat. Die Spaltung der Siegermächte, nach dem gemeinsamen Sieg über das Dritte Reich, kam durch nicht zu vereinbarende politische Interessen zustande.

Die Bundesrepublik Deutschland und die Deutsche Demokratische Republik unterschieden sich nicht nur gravierend in ihrer Politik, sondern auch in ihren Wirtschaftssystemen. In der BRD gab es die freie Marktwirtschaft, die sich durch Angebot und Nachfrage, sowie freies Unternehmertum, selbst steuerte. In der DDR organisierte der Staat seine Wirtschaft mit Fünfjahresplänen, nach einem Einsatz-Lohn Verteilungsprinzip, gleicher Lohn für gleiche Arbeit. Als Gegensatz zum Kapitalismus im Westen sollte dadurch die Schere zwischen Arm und Reich verhindert werden. Die DDR arbeitete stur nach einer Planwirtschaft. Während in der BRD das deutsche Wirtschaftswunder losbrach, sich rasant eine aufstrebende kapitalistisch geprägte

Marktwirtschaft entwickelte, wurde in der DDR der Bedarf ermittelt und dafür die Produkte geschaffen und verteilt.

Beide deutsche Teilstaaten wurden unmittelbar in den Ost-West-Konflikt hineingezogen, der zwischen den Westmächten unter Führung der Vereinigten Staaten von Amerika und den Ostmächten angeführt von der Sowjetunion, ausbrach. Die USA befürchteten, dass der Einfluss der Sowjetunion in Europa zu groß werden könnte und wollten ihn eindämmen. Die Ost-West-Auseinandersetzung wurde auch zum militärischen Konflikt, der in den kalten Krieg mündete. Mit dem Mauerbau 1961 wurde die Abgrenzung zwischen Ost und West schließlich zementiert. Der Mauerbau war der Unterrichtsstoff heute. Otto war zur Zeit des Mauerbaus dreieinhalb Jahre alt. Viel hatte er nicht davon mitbekommen. Nur eines war ihm noch in Erinnerung. Anfang 1961 bekamen die Hartmanns oft Besuch von Verwandten aus dem Ostteil der Stadt. Sie redeten über die immer stärker werdenden Grenzkontrollen. Viele, vom Staatssicherheitsdienst der DDR erfasste Personen, waren an den Grenzkontrollstellen gelistet. Sie durften die Grenze nicht mehr legal passieren. Bald sollte Schluss sein. Zäune, Baumaterial, Minen und vieles, was zum Mauerbau verwendet werden konnte, wurde im Frühjahr bereits ins Grenzgebiet geschafft. Die Regierung der DDR bestritt bis zum letzten Tag vor dem Mauerbau ihre Absichten: die Grenztrennung beider deutscher Staaten. Nach dem Tag X quartierten sich Verwandte, die Otto nicht kannte, zwei Ehepaare mit Kindern für eine beziehungsweise zwei Wochen bei den Hartmanns ein. So lange, bis sie eine andere Unterkunft bekamen. Sie seien gerade noch rübergekommen, danach sei die Mauer errichtet worden, wurde beim Abendessen berichtet. Otto sagte: »Ulbricht hat doch behauptet, dass die Mauer nicht gebaut wird. Oder?« »Ja Otto, das hat er.« Otto fragte darauf: »Lügen alle Politiker?« Es brach großes Gelächter im Hause Hartmann aus. »Err bringt es auf den Punkt«, lachte Dieter. Ach, ein Oberschlauer. Ja, so war es. Mehr Erlebnisse darüber hatte Otto nicht in Erinnerung.

Herr Mittermeier wusste mehr zu berichten. »Die Deutsch-Deutsche Grenzziehung war eine einseitige Entscheidung der DDR und wie immer, wenn es um den Ostblock ging, steckten die Russen mit drin. Auch wenn ihr alle wahrscheinlich schon in den Ostteil Deutschlands gefahren seid, gab es die Grenze zwischen beiden Staaten schon seit etwa 1950. Als 1949 die Sektoren der Besatzungsmächte entstanden sind, wurde bereits in Ost und West unterschieden. Nach und nach wurde diese Grenze von der DDR-Regierung immer mehr geschlossen. Als Erstes wurden die Grenzgebiete von der Staatssicherheit der DDR gefiltert. Es begann die Zwangsaussiedlung verdächtiger Personen in allen Grenzgebieten. Zigtausende Menschen verloren ihre Häuser. Sie wurden einfach umgesiedelt. Es gab keinen Ausgleich für ihren verlorenen Besitz. Im gleichen Atemzug begann die DDR bereits 1952, Bäume an der Ost-West Grenze zu roden, Fabriken, Gaststätten und öffentliche Einrichtungen zu schließen und teilweise sogar wegzureißen. Zu viele Arbeitskräfte, die dringend in dem schwach besiedelten Ostteil Deutschlands gebraucht wurden, flohen aus der DDR in den Westteil. Straßen wurden gesperrt, Fahrbahndecken abgetragen. Schon Anfang der 50er Jahre wurden Gleise entfernt, Zugverbindungen zwischen Ost und West gesperrt. Entlang der westlichen Grenze von Schleswig-Holstein bis Bayern entstand auf der Seite der DDR eine Sperrzone. Sie bestand vorerst aus einem fünf Kilometer vorgelagerten Sperrgebiet, in die nur Anwohner und geprüfte vertrauenswürdige Personen durften. Danach kam ein fünfhundert Meter breiter Schutzstreifen und zum Schluss ein Kontrollstreifen, der sich vor dem Grenzzaun befand. Dieser Grenzstreifen wurde bis 1961 immer weiter ausgebaut. Auch die Ostgrenze entlang der Oder-Neiße wurde fast vollständig abgeriegelt. Im Jahr 1961 verschlechterte sich die wirtschaftliche Lage der DDR deutlich. Die DDR stand kurz vor dem politischen und wirtschaftlichen Zusammenbruch. Über drei Millionen Einwohner flohen, trotz der Sicherungsmaßnahmen der Behörden, von 1951 bis 1961 aus der DDR. Das entspricht fast einem Fünftel der damaligen Gesamtbevölkerung. Noch weitere zehn Jahre und die Hälfte der Arbeitstätigen wäre aus der DDR geflohen. Es bestand für die

Machthaber dringend Handlungsbedarf. Die Grenze war schon gut abgeriegelt. Nur zwischen Ost- und West-Berlin war sie noch geöffnet und zu überwinden. Tausende flohen vor dem Mauerbau vom Osten in den Westen. Am dreizehnten August 1961 riegeln Grenzsoldaten und Polizei der DDR das Land gänzlich ab. Sämtliche Verkehrs- und Zugverbindungen zwischen Ost und West-Berlin wurden abgeriegelt. Die Mauer wurde praktisch über Nacht errichtet. Ein Volk wird getrennt. Familien wurden auseinandergerissen, Verliebte hingen verzweifelt im Stacheldraht. Sie wurden dauerhaft getrennt. Der Regierung war das egal. Große Tragödien waren mit dem Bau der Mauer verbunden. Herr Mittermeier schaute Otto an und sprach weiter: »Warum entscheiden Politiker nur mit dem Verstand und nicht mit dem Herzen. Aus rein politischen und wirtschaftlichen Beweggründen wurden so viele Menschen auseinandergerissen, so viele Einzelschicksale in ein Drama geführt. Einige wenige entscheiden so einfach am Schachbrett über das Wohl und Wehe von Millionen Menschen. Ja, so ist es«, sagte Herr Mittermeier mit einem traurigen Blick zu Otto. »Die innerdeutsche Grenze sieht aus wie ein Werk von Dämonen. Tausendvierhundert Kilometer Stacheldraht umgeben nun ein großes Gefängnis. An der Grenze wurden im Sichtabstand Kontrolltürme aufgestellt. Eine durchgehende, scheinbar unüberwindliche Mauer mit Stacheldraht wurde errichtet. Der Schutzstreifen innerhalb von zwei Mauern wird von Kettenhunden bewacht. Auf dem Kontrollstreifen patrouillieren über dreißigtausend Grenzsoldaten. Sie haben Schießbefehl. Derzeit werden noch Selbstschussanlagen aufgebaut. Über eine Million Tretminen sind an der Grenze verlegt worden. Außerdem wird noch ein elektrischer Zaun aufgestellt.« Otto fragte: »Herr Mittermeier, wieviel Volt Spannung hat der Zaun?« Mittermeiers Antwort war unbefriedigend: » Hier schließen wir erstmal für heute. Das erfährst du dann in der Oberstufe Otto. Ich habe heute genug erzählt über dieses Drama.« Die Mitschüler schauten erfreut in die Runde. Geschichtsunterricht endlich geschafft. Nur Otto hatte noch nicht genug. Deutsch-deutsche Geschichte. Kein Kind in der fünften Klasse interessiert sich für Gegenwartsgeschichte und schon gar nicht für Politik. Otto schon. Er war weiter wissbegierig. Professor Nölder könnte ihm doch ein paar Kontakte zu Politikern der Gegenwart vermitteln. Aber erst einmal würde er seine Eltern bitten, mit ihm zur Mauer zu fahren. Er hatte sie noch nicht mit eigenen Augen gesehen. Auch, wenn sie schon fünf Jahre direkt in seiner unmittelbaren Umgebung bestand.

Otto ging nicht mit seinen Eltern zur Berliner Mauer. Er spazierte mit Sybille von Zuhause nur einen Kilometer Richtung Süden bis zur Neuruppiner Straße. Die Hartmanns hatten wenig Zeit. Die Autobranche in Deutschland boomte. Jeder wollte ein eigenes Auto. Dieter hatte eine Mercedes-Benz-Vertretung. Die größte in ganz Zehlendorf. Das Grundstück war bisher nicht vollständig ausgenutzt. Er baute eine neue Ausstellungshalle, die nach vorn zur Straße bis drei Metern Höhe vollständig verglast war. Das gab es bisher nur am Kurfürstendamm in der City Berlins. Gleichzeitig wurde die Reparaturwerkstatt weiter vergrößert. Er wollte die Bauarbeiten in einem Durchgang erledigen, wie er sagte. Es sollte einmal umgebaut werden, nicht alle paar Jahre. Es war in Berlin schwer Bauunternehmen zu bekommen, die noch freie Kapazitäten hatten. Dieter wollte alle Gewerke einzeln vergeben, um Geld zu sparen. Ein Unternehmer für den Rohbau, einer für das Dach, Sanitär, Elektrik, Innenausbau. Dann mussten noch die Zuleitungen von der Straße für Wasser/Abwasser und Strom erneuert werden. Er hatte kaum noch Zeit für andere Dinge. Er kam seit Monaten immer erst spät abends völlig erschöpft nach Hause. Brigitte musste seit einiger Zeit halbtags im Büro der Firma mitarbeiten. Dann noch Haus und Hof intakt halten und für das Essen sorgen, war für sie ebenfalls eine zeitliche Herausforderung. Man schrieb das Jahr 1966. Die Frauen wurden selbstständiger und freier. Es wurde viel erwartet. Aber den Haushalt übernahm im Gegenzug kein Mann freiwillig.

Sybille und Otto verbrachten, seitdem die Hartmanns ständig eingespannt waren, noch mehr Zeit miteinander. Sybille war ein Jahr älter, mit ihren zehn Jahren aber nur einige Zentimeter größer als Otto. Sie sahen sich hinsichtlich Haarfarbe und körperlicher Konstitution ähnlich. Beide waren blond, schlank und sportlich. Auch die Größe und Farbe der Augen waren ähnlich, wobei Ottos glasklare blaue Augen einzigartig blieben. Sybille hatte die Sonne in ihren Augen. Einen strahlend gelben Ring um die Pupille herum. Trotzdem konnte man sie für Geschwister halten. Seit Otto Sybille vor dem Ertrinken rettete, war sie ihm zugetan. Ihre Gefühle waren zärtlich und rein. Man sagt dem Sternzeichen Krebs, in dem sie geboren war, nach, er ließe schwerlich jemanden dicht an sich heran. Die schützende Schale des Krebses dient als Schutz vor der Außenwelt. Bei Otto fiel die Regel aus. Er konnte mit unter die Schale kriechen und sie umschloss beide. Otto empfand ähnlich. Wenn er an sie dachte oder sie sah, entfaltete sich ein zärtliches Gefühl, so als wenn man zum Beispiel einen verletzten kleinen Vogel sieht, der aus dem Nest gefallen ist. Man fühlt mit dem ungeschützten Wesen. Es ist ein zartes, fast zerbrechliches Gefühl. So könnte man es beschreiben. Er legte sein zartes Mitgefühl um sie, das Sybille vor allem in dieser Welt schützen sollte. War es Winter, gab er ihr seine Jacke, wenn sie fror. War es Sommer und die Sonne brannte zu sehr, gab er ihr seinen Hut. Ihre Gefühle ähnelten sich auf vielen Ebenen denen wohlwollender Geschwister. Seit der Seenotrettungsaktion vor einigen Jahren, bei der Sybille fast ertrank, als Otto sie aus einer Untiefe im Schlachtensee herausholte, hatten sie viele gemeine Vorlieben entdeckt. Von Anfang an begeisterten sie sich für Tischtennis. Sybille ging inzwischen in einen Verein. Sie waren groß genug, um an einer grünen Standardplatte zu spielen. Die Kinderplatte hatte Otto ausgetauscht. Sie fuhren gern allein oder gemeinsam mit dem Fahrrad oder gingen im Sommer zusammen schwimmen. Seit einem Jahr hatten sie ein neues, gemeinsames Hobby entdeckt: wandern. Sie liefen durch den Grunewald, um die Seen, manchmal sogar bis zur Havel, einem breiten Fluss. Heute gingen sie zur Berliner Mauer. Sybille hatte sie schon mehrmals gesehen. Eigentlich sah sie die Mauer jedes Mal, wenn ihre Familie den Onkel besuchte, der in Kreuzberg, nahe der Mauer, wohnte. Von der Wohnung konnte man aus dem fünften Stock alle Einzelheiten erkennen. Die

Wachtürme, die etwa im Abstand von vierhundert Metern voneinander entfernt standen. Innen unterteilte sich der Mauerstreifen in mehrere Abschnitte. Ein Streifen für die Kettenhunde, ein Streifen zum Erschießen. So nannte es ihr Onkel. Ein Abschnitt für die Selbstschussanlagen, eine Fahrbahn für die Autos und Lastwagen, mit denen die Uniformierten innerhalb der Grenze auf- und abfuhren. Otto war echt interessiert, die Grenze zu sehen. Sie verlief fast einen Kilometer parallel zur Neuruppiner Straße, wo sie sich gerade aufhielten. Sybille unten auf der Straße. Otto auf einem Baum. Sie erklärte ihm den ihr bekannten Aufbau. Er stellte Fragen. Aus dem Wachturm gegenüber dem Baum beobachte ihn sofort ein Uniformierter mit dem Fernglas. Nach fünf Minuten kam die Polizei. Ein Polizist holte Otto vom Baum herunter. »Was habt Ihr hier verloren«, fragte der Polizist unfreundlich. Otto erzählte von der Schule und einer Hausaufgabe, womit sich die Polizisten anscheinend anfreunden konnten. Sie nahmen Otto und Sybille mit zu ihrem Auto. Der Beifahrer holte einen Plan hervor. Er klappte ihn auf einer Parkbank, die am Straßenrand stand, aus. »Hier siehst du alles, du Glückspilz. Maßstabsgetreu eins zu fünfhundert.« Otto fragte: »Ein Zentimeter im Plan sind fünfhundert Zentimeter in Wirklichkeit? Das hatten wir noch nicht im Unterricht.« Der Polizist sagte: »Ja, oder ein Zentimeter im Plan sind fünf Meter da drüben.« Er zeigte auf die Mauer. »Oh danke«, sagte Otto, »das ist riesig, traumhaft.« Er freute sich sehr über den Plan, wodurch erst der eine und nach drei Minuten der andere Polizist angesteckt wurden und Otto alles erklärten. Maße, Flächen, die Nutzung, Anzahl der Wachtürme. Sogar dienstliches erzählten sie Otto. Erst nach fünfzehn Minuten waren sie fertig. Otto sagte, wo er wohnte und wie nett die zwei zu ihm waren, bis er Sybille ansah. Die Langeweile stand auf der Stirn geschrieben. Da stand: Otto, jetzt komm bitte. Otto hörte zu. Die unsichtbare Stimme des Herzens.

Auch das konnten sie. Gefühle austauschen. Mit oder ohne Anleitung. Sie sprachen oft über Gefühle. Eine Gabe, die nur wenigen über die frühe Kindheit hinaus erhalten bleibt. Wie umschreibt man ein banges Gefühl? Oder Hoffnung? Oder den

Unterschied zwischen Hoffnung und hoffnungsfroh. Die beiden entdeckten ihre Neigung, sich Gefühlen hinzugeben und darüber zu reden bei der Lektüre von Goethes Gedicht: »Wiederfinden«. Als Otto neun war, erzählte er ihr, was er geträumt und dabei empfunden hatte: Er stand am Ufer eines Sees. Sybille stand am anderen Ufer. Er konnte sie nicht erreichen. Er fühlte sich zu ihr hingezogen, wollte über den See schwimmen, aber die Wellen waren sehr hoch. Die Sonne ging über ihr auf und strahlte, sie strahlte und strahlte, erzählte er ihr, »bis man kaum noch unterscheiden konnte, ob es die Sonne ist oder ob du es bist. Ich wollte unbedingt in diesem Strahlen stehen.« Schöner konnte man Sehnsucht kaum ausdrücken. Die Sehnsucht und Zuneigung zu einer Person. Sybille gluckste vor Freude. Sie hatte oft ähnliche Gefühle. Doch Otto konnte es auch in Worten ausdrücken. Er sagte er habe am Morgen den Gedichtband von Goethe aufgeschlagen, Johann Wolfgang Goethe. Gleich das erste Gedicht war es. Dort stand, er wusste es noch auswendig: »Ist es möglich, Stern der Sterne, Drück' ich wieder dich ans Herz! Ach! was ist die Nacht der Ferne, für ein Abgrund, für ein Schmerz. Ja du bist es! meiner Freuden, süßer lieber Widerpart. Sybille kamen die Tränen. So standen sie voreinander, schauten sich in die Augen und flossen gemeinsam durch eine Blumenwelt. Durch die reine, klare Welt der Zärtlichkeit von Kinderherzen. Sybille küsste ihn auf die Wange. Er fiel innerlich um, wurde zu Wasser, strömte in einen warmen, ihn liebenden Fluss, wurde zu Luft, flog in die höchsten Höhen des Himmels, kam auf die Erde zurück und wusste nicht, wer er war – inmitten von Glück, Freude, Kraft und Überschwänglichkeit! Es war etwas von allem. Seitdem lasen sie oft gemeinsam Gedichte, lyrische Texte und stöberten weiter da drinnen herum.

In der Schule interessierte sich Otto nach wie vor für Geschichte. Hier stöberte er in der Schulbibliothek herum, verschaffte sich über Professor Nölder Zugang zu Archiven und besuchte mittlerweile auch Vorträge an der Uni. Die Bescheinigungen von Professor Nölder hatte er immer dabei. Es passierte immer wieder, dass Professoren oder Studenten es nicht glauben konnten, dass er die Berechtigung hatte, im Vortragssaal einer Hochschule zu sitzen. Ab der sechsten Klasse, wo er sich nur langweilte, nahm sein Wissensdurst für die deutsche Geschichte weiter zu. Er plädierte im Vorfeld wochenlang bei der Schulleitung und Professor Nölder dafür, die sechste Klasse zu überspringen. Den Stoff kannte er in- und auswendig, aber der Professor drängte auf die Teilnahme. Die Hartmanns hatten nichts gegen den vorgezogenen Abschluss der Grundschule. Nein, sagte Nölder immer wieder stereotyp, das möchte ich nicht empfehlen. Ich kann es auch nicht gutheißen, dass Otto zu weit nach vorn galoppiert. Er verliert den Kontakt zu Gleichaltrigen, der schon knapp genug ausfällt und liefe Gefahr von den Älteren ausgegrenzt zu werden. »Otto, such dir eine Fährte, die du aufnehmen kannst und verfolge sie bis zur Perfektion«, sagte er ihm immer wieder. Darin würde er für sich selbst Erfüllung und vor den anderen Anerkennung finden. Otto konnte gut zuhören, soviel war sicher. Außerdem vertraute er Nölder. Er ging auf den Vorschlag ein. Professor Nölder würde sich aber, was das Übrige anging, verkalkulieren. Otto würde blauäugig Vorsätze sprengen, Tabus einreißen und Anerkennung? Eher sollte Ärger auf ihn zukommen, der aber, Dank des Professors, abgefedert abgewehrt werden konnte.

Das zehnjährige Aufzeichnungsgerät wurde zum Geschichtsforscher. Es machte Spaß. Er ging in die Tiefe. Er wollte mehr Details über die Nazizeit im Dritten Reich wissen. Derzeit war es noch einfach, an Realdaten zu kommen. Er zog sein Wissen aus Büchern, Vorlesungen, Archivmaterial und Aufzeichnungen des Nazi-Tribunals der Alliierten. Vor allem war es für ihn interessant herauszufinden, ob eine solche Entwicklung in der Zukunft wieder möglich sein würde, die Ideologie wieder aufflammen konnte. Herr Mittermeier sagte: »Unmöglich. Die Nazis wurden und werden zur Verantwortung gezogen. Die Zeitungen und das Fernsehen berichteten ebenfalls nur von der Aufarbeitung. Nazis will keiner mehr. Heute und in Zukunft gibt es das nicht mehr.« Die Realität erlebte Otto ganz anders. In den Gerichtsarchiven hörte er aus erster Hand von einem Richter den Satz: »Noch gibt es Juden, der Endsieg ist nicht vergessen, da lief nur der Nachschub aus dem Ruder.« Ein Angestellter prahlte, er hätte im Dritten Reich einen viel höheren Posten ausgefüllt, als den, mit dem er heute abgespeist wurde. Den würde er jederzeit wiederbekommen. Außerdem hätte man damals nichts falsch gemacht. Otto fragte ihn, ob es in den Konzentrationslagern wirklich so unmenschlich zuging, wie es in den Büchern steht. Der Mann erzählte ihm, das sei alles gelogen. Propaganda der Kommunisten. Da waren nur Verbrecher drin. Verbrannt wurden nur die, die auch zur Todesstrafe verurteilt waren. Diese und andere Erzählungen ehemaliger Nazis machten ihn misstrauisch. Entweder die ehemaligen Mitverantwortlichen verdrängten und verleugneten alles oder waren geistig wirklich noch auf dem fahrenden Zug, der Nazideutschland hieß. Noch erschrockener war er, als er feststellte, dass einige Größen in der Politik und im Gerichtswesen, die Gleichen waren wie vor 1945. Da stand unbenannt, völlig unsichtbar, anscheinend das alte Heer in Amt und Würden. Sein Interesse war geweckt. Er wollte der Sache auf den Grund gehen. Durch Fakten wollte er sich ein Bild machen, um den Sachverhalt zu verstehen und richtig einzuordnen. So vertrieb er sich die Langeweile. Recherchen und nochmal Recherchen, Gespräche, Einblick in Gehaltslisten, Anstellungsverträge, Namen vergleichen mit denen der NS Diktatur. Statuten von rechten Vereinen studieren, Mitgliederlisten kopieren, Gespräche führen und alles hunderte Male. Recherchen und nochmals Recherchen. Akribisch zeichnete er alles auf. Keiner dachte sich etwas dabei. Da ist er ja wieder der kleine Arier. Ja klar, der kennt Maxe und Nölder, das wird schon in Ordnung sein. Jeder war ihm gern behilflich.

Dann im Mai 1967 krachte es. Die Bombe flog Nölder um die Ohren. Im Star Magazin war ein zwölfseitiger Artikel als Titelgeschichte erschienen. Die Überschrift lautete: »Kollektive Verdrängung der Gräueltaten des berittenen Diktators.« Autor Otto Hartmann. Das Titelbild: Ein Pferd, auf dem Adolf Hitler saß. Irgendwie sah es dem Bundeskanzler Kiesinger ähnlich. Der wurde oft und gern wegen der Parteimitgliedschaft in der

NSDAP seit 1933, von der Presse ins Visier genommen. Die Beine des Pferdes trugen symbolträchtig unterschiedliche Farben. Schwarz, Rot, Gold, Braun. Das Star Magazin wollte nicht nur die Aufdeckung von ehemaligen Nazis in Ämtern der Bundesrepublik Deutschland erreichen, sondern verfolgte mit dem Artikel auch die Legitimierung der Studentenbewegung, die derzeit für Aufsehen sorgte, weil sie den Sozialismus unterstützten und den autoritären Polizeistaat abschaffen wollte. Ein provokanter Artikel, der die Auflage und den Bekanntheitsgrad des Magazins steigern sollte. Dieser Schachzug gelang dem Star Magazin. Selbst andere Zeitungen griffen Inhalte aus dem Artikel auf. Die Schlagzeilen über das autoritäre Regime, das »wie früher streng regiert, seine Bürger unterdrückt und die Demokratie nur als Aushängeschild benutzt«, nahmen zu. Es hieß: »Muss erst ein Grundschüler kommen, damit der Staat zur Vernunft kommt?« »Nazis raus aus Spitzenämtern.« Otto hatte darin auch psychologische Elemente über die Verleugnung der Naziverbrechen zusammengefasst und die Namen von ehemaligen NSDAP Mitgliedern, die heute noch oder wieder in hohen Ämtern in Wirtschaft, Politik, Polizei und Gerichtswesen tätig waren, aufgelistet. Selbst der Bundeskanzler war dabei. Die Bevölkerung wurde offenbar nach wie vor von der alten Garde regiert. Das groteske Aushängeschild, dass ein Grundschüler mit solchen Enthüllungen aufwartete, wurde von dem Magazin besonders hervorgehoben. Ein weiterer Schachzug der gelang. Die Leser schlugen sich an den Kiosken um die letzten Hefte.

Professor Nölder erhielt unverzüglich, nachdem der Artikel erschienen war, einen Anruf vom Pressekoordinator aus dem Kanzleramt. Der Leiter der Pressestelle Herr Hebelfunk erklärte, der junge Mann sollte unbedingt und sofort in eine konforme Haltung gegenüber seinen Förderern eingewiesen werden. Professor Nölder erklärte ihm, er habe erstens noch keine Zeit gefunden, den Artikel selbst zu lesen, zweitens seien wir ein freies Land mit dem Recht auf freie Meinungsäußerung und drittens entscheide er nur in eigener Person, wie die Förderung der Hochbegabten aussehe. Nein, da hätte Nölder etwas falsch verstanden, sagte der Leiter der Pressestelle. Es läge eine klare Weisung vor, den Jungen zu korrigieren. Nölder fragte: »Wer hat diese Weisung unterzeichnet?« Hebelfunk dürfe ihm keine Auskunft darüber erteilen, aber er könne sicher sein, dass es mehrfach abgesegnet und unwiderruflich sei, wenn es von dieser Stelle käme. »Na gut«, sagte Nölder, »dann weiß ich Bescheid, auf Wiederhören.« Er legte den Hörer in die Gabel. Ähnliche Reaktionen auf Bücher, Erfindungen oder Vorträge seiner Probanden hatte es in der Vergangenheit schon öfter gegeben. Seit 1950 brauchte er nicht mehr darauf einzugehen. In der Regel verliefen sich die Beschwerden im Sande. Er verstand sich auch mehr als Berater, denn als Erzieher. Die Jungen und Mädchen mussten allerdings lernen, Verantwortung für ihre Handlungen zu übernehmen. So legte er die Regelung geschaffener Probleme zunächst zurück in ihre eigenen Hände. Da es sich bei Ottos Beteiligung an dem Artikel im Star Magazin um Tatsachen handelte, die er nicht erfunden hatte, dachte er vorerst nicht weiter über den Vorgang nach. Er hatte derzeit einen vollen Zehnstundentag. Die Lektüre vertagte er aufs Wochenende. Zwei Tage später lag ein Schriftsatz auf seinem Schreibtisch, persönlich überbracht durch einen Boten. Absender »Bundesamt für Verfassungsschutz.« Darin stand kurz und knapp: »Wir möchten Sie bitten den Unterzeichner umgehend nach Erhalt der Aufforderung in obiger Angelegenheit, telefonisch zu kontaktieren.« Die Angelegenheit hieß »Otto Hartmann«, Förderstufe I. Hier: Mitwirkung an staatsfeindlichen Bestrebungen.

Vor dem Anruf wollte er sich doch besser sachkundig machen. Professor Nölder schickte seine Sekretärin zum Zeitungskiosk an der Ecke, um ein Star Magazin zu besorgen. Es war das Letzte – unter dem Ladentisch. Professor Nölder fand den Artikel gelungen. Er konnte sich selbst ein Lob aussprechen, wie sich der Junge entwickelt hatte. Otto trat als Coautor auf. Seine eigentliche Beteiligung an dem zwölfseitigen Artikel war im zweiten Teil, unter der Überschrift: »Aufriss der Aufarbeitung der Naziverbrechen und der Täterschaft im Dritten Reich von 1945 bis heute« zusammengefasst. Im Wesentlichen war es eine neue Zusammenstellung bereits in der Vergangenheit erschienener Presseberichte und Stellungnahmen. Dass die Aufarbeitung sich als besonders schwierig, insbesondere für den betroffenen Personenkreis erwies, weil Täterschaft und Antisemitismus lieber verleugnet wurden und werden, als sich damit auseinanderzusetzen. Das war nichts Neues. Das Star Magazin selbst hatte bereits vor drei Jahren einen Artikel darüber verfasst. Dort hieß es damals: »Keiner wills gewesen sein.« Dass überhaupt eine Beteiligung der Deutschen an den Verbrechen des Nationalsozialismus stattgefunden hat, verschwiegen die Beteiligten gern. Die schrecklichen Taten, die im Zweiten Weltkrieg passiert sind, wurden zum Tabuthema. Bereits bevor Kriegsgefangene aus den Lagern kamen, wurden Familienangehörige zum Schweigen verpflichtet. Das ganze Elend – weder innen noch außen –, weder die Erinnerungen des Einzelnen, noch die Zerstörung der halben Welt, sollte wieder ans Tageslicht kommen. Ein paar neue Betrachtungen kamen dazu, die Otto sehr gut formuliert hatte, fand der Professor. Besser hätte ich es nicht umschreiben können, dachte er. Die Beteiligten haben über das Dritte Reich und seiner Verbrechen einen Schleier des Unwirklichen gelegt. Die Erinnerungen der Einzelnen geraten in Vergessenheit. Die eigene Beteiligung wird von den meisten nach und nach verleugnet. Alle machen mit. Es ist eine außerordentliche gemeinschaftliche Konformität zur Verdrängung festzustellen. Die Gräueltaten und die Mitwirkung daran werden in der inneren Gruft beerdigt. Die eigentliche, für jeden Einzelnen so wichtige Vergangenheitsbewältigung, die mit einer Aufarbeitung der Schuld verbunden wäre, findet nicht statt. Die Schuld wird als zu groß empfunden. Zusätzlich findet eine Verschiebung statt. Eine Verlegung der Vergangenheitsbewältigung in den Wiederaufbau. Ein Wiederaufbau, der von den Alliierten zerstörten Heimat. Alles wurde in Schutt und Asche gelegt. Die Vielzahl der Bomben war ungerechtfertigt. Die Verschiebung der Schuld durch eigenes erlittenes Unrecht. Die Deutschen übernehmen dabei eine Opferrolle, um sich zu rechtfertigen. Was wir alles mitmachen mussten, was unserem Land geschehen ist. Ein Opfer kann nicht schuldig sein. »Toll«, dachte Professor Nölder, das ist spannend. Eine klare, erkennbare Darstellung. Da holt der Junge beim verschworenen Kollektiv die Geschichte aus dem Keller und bringt sie ans Tageslicht. Weiter hieß es: »Zu guter Letzt, retten sich die Verantwortlichen und Beteiligten in ein neues gemeinsames Feindbild, den Kommunismus und die westdeutsche Studentenbewegung, die eine Entnazifizierung in Deutschland und eine antiautoritäre Regierung will. Hier schließen sich die alten Volksgenossen zu einer stillschweigenden Gemeinschaft zusammen und zelebrieren wieder einen gemeinsamen Feldzug.« Oh, das ist es, was den Beamten da oben nicht gefällt. Langsam verstehe, ich dachte Nölder.

Aber das war nur die psychologische Zusammenfassung. Was dann kam, musste viel bedrohlicher für die alten Nazis in Spitzenämtern sein. Das hatte sich noch niemand getraut, die Sektion so zu präsentieren. Da schreibt er tatsächlich, dass sich die alte Riege in der neuen Regierung selbst wieder gegenseitig an die Spitze gehievt hat. Alles neu, hieß es bisher. Otto drehte es um. Alles die alte Garde. Es sieht aber schlüssig aus. Nach der ersten Regierungsbildung in der Bundesrepublik Deutschland nach 1949 wurden die juristischen Voraussetzungen zur gesellschaftlichen Wiedereingliederung von Nazi-Tätern geschaffen. Dem Bundestag gehörten über Hundert ehemalige NSDAP-Komplizen an. Nach der Regierungsbildung wurde das Kontrollratsgesetz der Alliierten ausgehebelt, wonach Naziverbrecher verfolgt und verurteilt werden sollten und konnten. Dann kam der dritte Schachzug: Der Bundestag verabschiedete einstimmig Amnestiegesetze. Die große Mehrheit der von deutschen Gerichten verurteilten Nationalsozialisten wurde auf diese Weise begnadigt. Die Urteile der Gerichte aus der Entnazifizierungszeit der Alliierten wurden sogar aus dem Strafregister gestrichen. Damit galten die Verurteilten öffentlich als unbescholtene Bürger. Die, von den Alliierten aus politischen Gründen entfernten Beamten, wurden wieder in die alten Positionen gehoben. Die Ex-Nazis sind also wieder in hohe Positionen in Politik, Justiz und Verwaltung zurückgekehrt. Etwas unglücklich, in Bezug auf Ottos diplomatische Fähigkeiten, aber durchaus real und verständlich, war die Aufstellung der ehemaligen NSDAP-Mitglieder in Spitzenämtern der Bundesrepublik Deutschland zum Stichtag der Veröffentlichung des Artikels. Kein Bereich blieb verschont. Einfache Beamte, Lehrer, Polizisten, Bundeswehroffiziere, Bürgermeister, Landtagsabgeordnete, Bundestagsabgeordnete, etliche Minister, Staatssekretäre, Botschafter. Eine endlos lange Liste. Damit spielte der Artikel der westdeutschen Studentenbewegung in die Hände, was die Reporter nutzten, um die Wellen höher schlagen zu lassen. War nun der Kampf gegen die Regierung und den brutal um sich schlagenden Polizeistaat am Ende doch berechtigt?, fragte das Star Magazin und schaukelte die Emotionen der Leser hoch. Es hieß: Wer kennt nicht die brutale Zerschlagung von Demonstrationen in Berlin, wo Polizisten mit langen Knüppeln erbarmungslos auf die am Boden liegenden Demonstranten einschlagen, treten und sie an den Haaren wegschleifen. Sind das nicht SS-Methoden? Haben die gleichen Beamten das nicht auch mit den Juden, Homosexuellen und Andersdenkenden vor 1945 gemacht? Sie wollen nur eine antiautoritäre Regierung und eine bürgernahe Polizei. Richtig, aber doch etwas einseitig, dachte sich der Professor. Hinter der Studentenbewegung steckte noch viel mehr, was die Regierenden nicht wollten: Sie war generell gegen den Kapitalismus in der bestehenden Form.

Der Professor lehnte sich zufrieden zurück in den Stuhl. Dann wählte er die Kölner Rufnummer. »Bundesamt für Verfassungsschutz«, säuselte eine Frauenstimme aus dem Hörer. »Verbinden Sie mich bitte mit Herrn Ludendorf.« Klick, klick »Ludendorf, mit wem spreche ich?« »Professor Nölder«, antwortete er.« »Ahhh, Herr Nölder.« Der Professor sagte: »Professor Nölder mein Lieber«, auch wenn er sonst keinen Wert auf Titel legte. »Sie wissen worum es geht?« »Ja selbstverständlich, Herr Professor«, schnarrte Herr Ludendorf und hob bei der Anrede Professor die Tonlage. »Schön, dass Sie mich so zeitnah anrufen. Was haben Sie sich denn da herangezogen«, fragte er herablassend. Mit jedem Satz wuchs die Abneigung des Professors. Er kannte diese Typen von früher, die außer ihrer Autorität nichts weiter beisteuern konnten. Ludendorf schien auch solch eine leere Hülse zu sein. »Es ist in unserem Hause aufgefallen, dass sich hier eine negativ zu beurteilende Symbiose mit dem Abschaum an den Unis, diesen Kommunen.....« Der Professor unterbrach ihn: »Wen meinen Sie sonst noch mit Abschaum von der Uni? Waren Sie nicht an der Hochschule?« Damit traf er ins Schwarze. Ludendorfs Überheblichkeit war auch dem schlechten Schulabschluss zu verdanken, wegen dem er bisher nicht weiterbefördert wurde. Bei der Antwort verschluckte er sich fast und würgte neben einem Hustenanfall hervor: »Wie bezeichnen Sie denn die Volksverhetzer?« Im Gedächtnis des Professors schwelte eine vage Erinnerung. Er sagte: »Jetzt kommt mir Ihre Stimme bekannt vor. Kennen wir uns?« »Nicht dass ich wüsste«, sagte Ludendorf. »Um was geht es genau«, fragte Nölder, »bitte präzisieren Sie Ihr Anliegen.« »Mein Anliegen, haha, es ist kein Anliegen. Ich habe hier eine konkrete Weisung für ihren Schützling Otto Hartmann. Vor mir liegt ein Flugblatt mit Auszügen der Texte aus dem Star Magazin von dem Jungen. Was fällt dem ein«, wurde er lauter. »Soll ich Ihnen vorlesen, was da steht oder haben Sie sich schon ein Exemplar vor Ihrer Haustüre abgeholt? Da steht: »nieder mit den diktatorischen Faschisten in der Regierung«. Soll ich weiterlesen, die Namen vielleicht, die da draufstehen?« Der Professor blieb gelassen. Er sagte: »Der Schüler Otto Hartmann ist zehn Jahre alt und hat mit Politik nichts zu tun. Er hat hervorragend recherchiert, mehr nicht. Den Zusammenhang mit der Studentenbewegung hat das Magazin eigenverantwortlich hergestellt. Herr Hartmann interessiert sich nicht für Realpolitik. Er leistet seine Arbeit in Geschichte für die Grundschule. Das hätten Sie auch tun können«, inzwischen war dem Professor eingefallen, mit wem er telefonierte. Die Redensart und die Stimme waren prägnant, »leider haben Sie die Chance der Förderung, die Ihnen Ihr Onkel damals in Charlottenburg verschafft hat, warum auch immer, nicht genutzt oder nicht nutzen können. Sonst wüssten Sie sicher besser, dass ich von niemanden Weisungen entgegenzunehmen brauche. Bei einem können Sie sich sicher sein. Herr Hartmann ist vollständig integer. Er ist auf dem richtigen Weg. Selbstverständlich darf er sein Grundrecht auf freie Meinungsäußerung, genau wie Sie auch, in Anspruch nehmen. Eines ist mir aufgefallen, Herr Ludendorf.« »Was«, fragte Ludendorf ein wenig eingeschüchtert. »Dass Sie nicht auf der Liste stehen. Das kann auch so bleiben, nicht wahr?« Ludendorf antwortete nicht. »Gut, so weit ist alles geregelt denke ich«, sagte Professor Nölder. »Ich möchte in dieser Sache nichts mehr von Ihnen hören. Ich gehe davon aus, dass Herr Hartmann sich dann dazu ebenfalls nicht weiter äußern wird.«

Damit war die Angelegenheit für den Professor erledigt. Er erinnerte sich inzwischen sehr gut an Ludendorf. Sein Onkel als Führungsmitglied der NSDAP hatte den damals Vierzehnjährigen in das Förderprogramm geschleust, um den unliebsamen Neffen loszuwerden. Nölder musste ihn zwangsläufig aufnehmen, sonst hätte er sein Forschungsprogramm begraben können. Ludendorf schloss den IQ-Test mit knapp achtzig ab. Er hatte weder eine besondere Begabung noch ausgeprägte Neigungen. Er gab lieber damit an, welchen Stand er durch seinen Onkel innehatte und legte sehr früh die Mädchen flach. Einige soll er sogar zum Verkehr gezwungen haben. Nölder interessierte dieses Kapitel nicht weiter. Er wusste, mit wem er es zu tun hatte. Ludendorf würde den Fall unter den Tisch kehren. Der Professor wollte sich lieber mit Otto über den Vorfall unterhalten. Das konnte er gleich am nächsten Vormittag tun, Otto hatte schulfrei. Der Professor informierte Otto diskret über sein Telefonat mit Herrn Ludendorf. Otto sagte dazu, er könne damit umgehen, wenn es Menschen gäbe, die nicht konstruktiv seien oder der Wahrheit nicht ins Gesicht sehen wollten. Er hatte gelernt, es sei ein Phänomen, das immer wieder in verschiedenen Gestalten auftritt. Der Professor lenkte das Gespräch auf den Sinn und den Inhalt der Diplomatie. Otto konnte sich mit Diplomatie nicht so recht anfreunden, erklärte er. Vielleicht lag es an seinem Sternzeichen, er ist Skorpion, haha. Er möchte auch nicht so sein wie Walter Ulbricht. Er bevorzuge den geraden Blick und klare Worte. Otto erzählte von seinem Treffen mit den Reportern vom Star Magazin. Ein toller Beruf. Viel Recherche, viel dazulernen. Andere Länder kennenlernen und so. Das wäre später etwas für ihn. Der Professor sagte nichts dazu. Er sprach nur noch mit den Hartmanns, die gänzlich geteilter Meinung über den Artikel waren. Dieter war trotz des Rummels, der um die Veröffentlichung gemacht wurde, zufrieden mit Otto – mit seinem Bekanntheitsgrad. Dieter hatte die Veröffentlichung als Elternteil mit seiner Unterschrift abgesegnet. Brigitte hingegen mochte es nicht, wenn vor ihrem Haus Journalisten standen und sie mit Kamera und Mikrofon bedrängten. Der Artikel hatte einen großen Wirbel verursacht. In der Öffentlichkeit wurde viel darüber diskutiert. Auch in der näheren Umgebung, Verwandtschaft, Bekanntschaft und den nachbarschaftlichen Kontakten hatte der Artikel Staub aufgewirbelt. Sie hielt Otto da heraus. Er sollte ihrer Bitte entsprechen, keinen Kommentar dazu abzugeben. Weder pro noch kontra. Sie erzählte jedem der es hören wollte, eigentlich wurde Ottos Name nur benutzt, weil dadurch der Artikel noch besser wirkte. Ein Zehnjähriger! Die Presse will doch nur eine hohe Auflage. Ottos Geschichtsarbeit, haha, was so alles passiert in der Welt. Die meisten Frager ließen sich damit abspeisen. Irgendwann würde sich der Rummel schon legen dachte, sie.

Herr Mittermeier war ein wenig stolz, weil er am Rande erwähnt wurde und der Direktor ihn belobigte. Herr Mittermeier. Tolle Leistung. Wenn die Schüler überall im Unterricht so gut aufpassen würden, wäre unsere Schule noch beliebter. Tatsächlich äußerten sich die meisten Eltern dem Schuldirektor gegenüber sehr wohlwollend. Sie waren froh, dass ihre Kinder eine so moderne, beliebte Schule besuchen würden. Er sei ja wohl nicht ganz unbeteiligt daran.

Professor Nölder hatte Otto gebeten, ein wenig Wasser die Donau herunterfließen zu lassen, bevor er wieder ungeprüft etwas in dritte Hände gibt. Eigentlich sollte er besser Bescheid sagen, falls er wieder neue spektakuläre Dinge aufzeichnet. Zumindest dann, wenn er es an ein Magazin schickt. Es sollte ein wenig Ruhe einkehren. Es konnte dem Förderprogramm nicht schaden, wenn die Regierung das Programm weiterhin als Freund, nicht als Feind erlebte. Otto stellte daraufhin seine Besuche bei den Reportern beim Star Magazin ein, mit denen er sich gut verstand. Sein Herz hatte sich für den Journalismus erwärmt. In diesem Beruf konnte man alles tun, was man sich nur wünschte. Vor allem viel reisen, was er seit seinem Flug mit Sybille nach Nizza an der Mittelmeerküste Frankreichs, zu ihrer Großmutter gern tat. So erzählte es jedenfalls Herr Sommer, mit dem sich Otto bestens verstand. Herr Sommer, einer der Reporter, erzählte ihm, wenn man bei einer Story recherchierte und Details prüfen musste, konnte man alles tun, um zum Ziel zu gelangen. Privatdetektive einschalten, Telefone anzapfen -oh, das darf man eigentlich nicht- haha, in allen Archiven herumstöbern und seine Recherchen anstellen, wo man will, ob in Berlin, Hamburg oder Paris, das sei egal. Für Otto hörten sich seine Schilderungen sehr abenteuerlich an, ideal für jemanden wie ihn. Was sollte er tun? Professor Nölder einen Nagel ins Herz treiben? Das wollte er auf keinen Fall. Der Professor sollte ungestört bleiben und seinetwegen keinen Ärger bekommen. Er verlagerte sein Forschungsbedürfnis mit dem Übergang in die sechste Klasse vorerst in eine völlig andere Richtung. Religion.

Wie und warum sich sein Geist in diese Richtung neigte, ist offensichtlich, wenn man genauer hinschaut. Die Religionslehrerin in seiner Schule war in ihrem Fach dezent ausgedrückt, nicht sehr beflissen. Sie war schon älter und hatte nur noch ein paar Jahre bis zur Rente. Der Direktor war nicht sehr zufrieden mit der platten Art, wie sie den Unterricht durchführte, wollte ihr aber das Leben nicht schwermachen. Das Gnadenbrot, sagte er immer, wenn ein Kollege schmählich über sie herzog oder Eltern ihre Wünsche hinsichtlich eines ausgefeilteren Unterrichts äußerten. Frau Klammet. So hieß sie. Frau Klammet las meist nur vor. Sie besuchte mit den Schülern keine Kirche, keine heiligen Plätze, erklärte nicht, was in der Religion unter Himmel zu verstehen war. Sie beantwortete selten Fragen. Manchmal schon, aber dann, indem sie Texte aus Büchern, der Bibel oder irgendwelchen alten Tafeln wiedergab. Otto hatte bisher den Fluss stillschweigend an sich vorüberziehen lassen, weil er sich lieber mit anderen Dingen beschäftigte. Jetzt tauchte diese Lücke wieder auf. Da war etwas, was er nicht verstand. Ein Zustand, den er nicht mochte. Er setzte an und sprang in den Fluss hinein.

Otto wollte sich mit jemandem über Religion unterhalten, der ihm nahestand. Brigitte konnte über dieses Thema nicht viel Neues erzählen. Brigitte war eher naturwissenschaftlich erzogen und auch in dieser Richtung orientiert. Was sie im Haus der katholischen Großeltern über Religion gelernt hatte, ergab ein ähnliches Bild von Gott, wie das von Frau Klammet. In der Bibel lesen. Sonntags in die Kirche gehen, wo auch viel vorgelesen wurde oder Gebete nachsprechen. Er ging eine Zeitlang öfter in die Kirche, aber etwas fehlte dabei. Was war es? Er kam nicht darauf, bis er sich mit Sybille darüber unterhielt. Sie hatte sich von der konventionellen Religion abgewandt, weil sie ihr zu trocken, gleichförmig und autoritär war. »Auf der einen Seite erzählen sie dir, du kommst in den Himmel, wenn du artig bist und auf der anderen Seite kommst du in die Hölle, wenn du nicht nach ihren Regeln lebst. Und es sind die da oben auf der Kanzel, die sagen, Gott will es so. Wenn du fragst, wer oder was ist Gott, dann lesen sie dir etwas vor. Steht Gott auf dem Papier?« In Otto regte sich etwas. Er sagte zu Sybille: »Vielleicht ist Gott den Gefühlen näher.« »Ein Gefühl bewegt sich, das ist gut«, sagte sie. »Besser als Papier, das raschelt nur, haha.« Mit diesem Satz klarte sich der Himmel in seinem Kopf auf. »Leben«, sagte er mehr unbewusst als mit dem Verstand. »Was meinst du?«, fragte Sybille. »Es ist Leben was fehlt. Im Buch und in den aufgesagten Worten fehlt Leben. Lebendigkeit, Bewegung, Ich habe angefangen die Bibel zu lesen. Bei meiner Mutter steht eine herum. Am Ende, da ist ein Kapitel oder ein Abschnitt, fällt mir gerade ein, von einem der Christus heißt. Der sagt, Gott ist lebendig.« Sybille antwortete: »Das habe ich auch schon mal gehört. In einer Art Kirche, die ich mit meinen Eltern besucht habe in Reinickendorf. Ich glaube es hieß: »das buddhistische Haus«. Da setzen die Mönche sich in eine Halle und versuchen, mit Gott zu reden.« »Immer noch besser, als mit Frau Klammet zu reden, haha, haha.« Beide bekamen einen Lachanfall. Otto merkte sich den Namen der Kirche. Zuhause erzählte er Brigitte vom buddhistischen Haus. Das sei eine Kirche in Reinickendorf, hatte Sybille ihm erzählt. Brigitte hatte schon davon gehört. Es war ein buddhistischer Tempel im Norden Berlins. Sehr weit weg von Zuhause. Sie hatte sich mit anderen, als der heimischen Religion nur wenig auseinandergesetzt. Insgeheim hatte sie Berührungsängste. Vielleicht schlummerte in ihr der frühe Einfluss der Großeltern. Sie hatten alle anderen Religionen verteufelt. Sie wollte mit Otto nicht dorthin fahren. Dieter war aufgeschlossener. Er hatte sich seit Jahren in nepalesische, tibetanische und andere fernöstliche Literatur vertieft. Wenn er seine Freizeit mit Lesen verbrachte, dann liebäugelte er mit Geschichten, Gedichten und Sprüchen dieser literarischen Strömung. In letzter Zeit hatte er die Bibliothek auch mit indischen Büchern erweitert. Er zeigte Otto die Buchreihe im Regal und erlaubte ihm, alles zu lesen, was er wollte.

Erst nachdem Otto bei einem letzten Anlauf in der Schule kläglich gescheitert war, ging er auf den Vorschlag seines Vaters ein. In der Schule las Frau Klammet wieder mal vor. Sie hatten inzwischen das dunkle Tal des schwarzen Buches - des alten Testaments verlassen und waren jetzt beim neuen Testament. Otto hatte es mehrmals durchgelesen. Er machte sich viele Gedanken über die Gleichnisse in den Predigten von Christus. In der Schule las Frau Klammet die Speisung der Viertausend vor. Dabei ging es darum, dass Christus an viertausend Menschen sieben Brote verteilte und alle davon satt wurden. Frau Klammet schaute, nachdem sie den Abschnitt beendet hatte, in die Runde. Otto traute sich, dieses eine Mal noch dachte er, sich zu melden. Er fragte: »Was bedeutet das Frau Klammet, wie ist die Geschichte zu verstehen? Warum hat Christus so viele Menschen mit nur sieben Broten sattbekommen?« »Weil Christus ein ganz besonderer Mensch war. Er konnte doch alles«, antwortete sie, worauf Otto sagte: »Christus spricht doch bei einer anderen Speisung davon, dass er das Brot Gottes verteilt. Ist es vielleicht eine Metapher, die meint, dass das Wort Gottes unerschöpflich ist und alle erfüllen kann?« »Metapper«, fragte Frau Klammet, »was meinst du mit Metapper?« Der Lernwillige in Otto brach an dieser Stelle zusammen. Er brabbelte so etwas wie, »ich habe mich wohl geirrt Frau Lehrerin«, vor sich hin. Für den Rest der Stunde schwieg er. Seit einiger Zeit konnte man sich mit Zustimmung der Eltern vom Religionsunterricht befreien lassen. Den Antrag für die Schulleitung holte er noch am selben Tag von seinen Eltern.

Das Neue Testament hatte ihm ein erstes Bild vom christlichen Glauben vermittelt. Im Alten Testament tat jeder alles im Namen des Herrn. Viel mehr hatte er dabei nicht entschlüsseln können. Wenn er Geschichten von Christus las, konnte er von Mal zu Mal Dinge in sich spüren, Leben, Liebe, Hoffnung. Das waren Gefühle. Es war lebendiger. Auch in den Büchern seines Vaters fand er mehr über den Inhalt der Bezeichnung Gott. Es hieß Licht, im Sinne einer Bereicherung des Lebens. Mehr Licht in die Dunkelheit des eigenen Hauses zu bekommen. Da sollte ein Meer von Licht sein, das uns alle verbindet. Mit Sybille konnte er eine Verbindung spüren. Wenn etwas mit ihr nicht stimmte, dann rief er sie automatisch an. Das hatten sie schon oft besprochen. So ging es ihr auch. Es war eine kabellose Verbindung. Da musste es also tatsächlich eine Schaltstelle geben. Frau Klammet in der Schule konnte über diese Dimension nicht reden, auch nichts vermitteln. Auch was Gott bedeutete, war Otto in der Schule nicht klar geworden. Nicht einmal ansatzweise. Warum, verstand er nach der Lektüre einer Beschreibung, im Buch der sieben Sinne, von einem indischen Gelehrten: Gott findet man nicht in Häusern, Räumen, nicht in Kirchen, auf dem Felde oder in den Wolken, hieß es dort. Gott wohnt in unseren Herzen.

Irgendwann brachten ihn weder die Lektüre von Büchern, noch die Gespräche mit Sybille weiter. Sie unterhielten sich zu der Zeit oft bei Spaziergängen über Gott. Ist er da hinter dem Busch oder da oben im Himmel, neckte sie Otto. Sie kannte ihn und wusste, wie sehr er sich derzeit für das Außerirdische interessierte. »Es ist mal etwas ganz anderes«, sagte er, »etwas, das man nicht rationell einordnen kann. Jedenfalls nicht so leicht. Es ist doch leichter diese Anhöhe hier hochzusteigen, als die Klippe der Erfahrung im Innern zu überwinden. Findest du nicht, dass es interessant ist herauszufinden wer oder was Gott ist?« »Doch«, sagte Sybille. Beide hatten gewisse Grundkenntnisse erworben und waren sich einig, dass es eine lebendige Kraft ist, kein festgezurrter literarischer Inhalt. Beide hatten es schon gefühlt, waren in stillen Minuten in einer beseelenden Stimmung berührt von etwas, das da drinnen herumströmt »oder einfließt«, sagte Otto. So sah es auch Sybille, dass etwas einströmt. »Und es ist hell, Licht und Liebe, heißt es.« »Es gibt aber wenig Menschen, mit denen man sich darüber austauschen, etwas dazulernen kann«, sagte Otto. »Man muss sich dafür öffnen und darauf zugehen, glaube ich,« Sybille sagte: »Dann geh doch einmal in den buddhistischen Tempel nach Frohnau.« »Ja«, antwortete Otto, »das möchte ich gern, aber mein Vater hat keine Zeit und meine Mutter möchte nicht. Ich wollte schon seit längerem dort hin.« »Aber es ist doch um die Ecke«, sagte Sybille. »Du steigst in die S-Bahn bei uns am S-Bahnhof Schlachtensee Linie 1 und steigst am S-Bahnhof Frohnau wieder aus. Von dort sind es nur noch ein paar Minuten zu Fuß.«

Am nächsten Tag saß Otto nach dem Mittagessen in der S-Bahn. Am folgenden Tag wieder und so ging es weiter. Wochenlang. Wie immer, wenn Otto großes Interesse an einer Sache hatte, konnte er nicht genug davon bekommen. Vielleicht war es einfach nur seine Bestimmung, viel über die Dinge des Lebens zu erfahren. Der buddhistische Tempel war ein idealer Ort zum Lernen. Dort befand sich die größte Bibliothek mit buddhistischen, nepalesischen und tibetanischen Fachbüchern über Religion, die er bisher gesehen hatte. Er kannte nach einiger Zeit alle Mönche mit Namen. Sie mochten ihn sehr, weil er sich so für die Dinge der Seele begeistern konnte. In den 60ern beschäftigten sich nur wenig Deutsche mit fernöstlicher Religion, was sich aber nach einer Übersättigung mit den traditionellen Religionen bald änderte. Mit den meisten Mönchen konnte er sich auf Englisch unterhalten. Ein paar tibetische Ausdrücke lernte er dazu, sodass er sich gut verständigen konnte. Otto durfte über Mittag in der Bibliothek bleiben. Alle anderen Besucher mussten für zwei Stunden gehen, aber der Leiter des Buddhistischen Hauses hatte verkündet: Der darf über Mittag hierbleiben, dabei zeigte er auf Otto. Schließt einfach ab und beachtet ihn nicht. Er vergisst sowieso immer zu gehen. In dieser Sache herrschte Übereinstimmung. Auch darüber, dass Otto bald auch einmal an der Meditation teilnehmen darf, die die Mönche täglich durchführten. Danach hatte er gefragt und war am Anfang vertröstet worden. Sherab, einer der Mönche, erklärte ihm nach zwei Wochen, auf die einfachste Art, wie man meditierte, worauf es dabei ankam. Bei der Meditation sollte man an nichts denken, seinen Geist leeren. Wenn der Geist frei wurde, könne man sich selbst besser erkennen, fühlen, empfinden. Und manch einer erlebte schon mal das große Licht, die große Glücksquelle dabei. Die Meditation dauerte eine Stunde. Beim ersten Mal fiel es ihm schwer, eine Stunde ruhig zu sitzen und zu schweigen. Die Gedanken jagten durch den Kopf. Er konnte nicht so richtig abschalten. Beim zweiten Mal ging es schon besser. Er spürte etwas da drinnen. Es ging ja um die Erlebniswelt des Innenraums. Er hatte schon darüber gelesen. Der Innenraum, das größte Land im Universum. Ein paar Tage später nahm er ein drittes Mal an der Meditation teil. Er war diesmal schon ruhiger beim Ankommen. Wahrscheinlich, weil es ein Montag war. Die Entspannung vom Wochenende war noch da. Es schwirrte nicht so viel im Kopf herum. Die Meditation fand diesmal in einem anderen Gebäude statt. In einem großen Saal, wo es nach Räucherstäbchen roch. Nach einer Stunde gingen die Mönche wieder zurück in die Bibliothek. Otto war noch nicht aufgestanden. Da der Raum nicht abgeschlossen wurde, konnte Otto sitzenbleiben. Er war nach dieser einen Stunde sehr entspannt. Ihn überkam ein großartiges Gefühl. Es wurde heller da drinnen. Ein Gefühl von Liebe, die ihn tief berührte, durchfloss ihn. Liebe und Güte. Er wollte nicht mehr aufhören mit der Meditation, so schön war es. Ein Satz passte dazu, den er in einem Buch seines Vaters gelesen hatte: »Wen diese Liebe einmal berührt hat, der will sie nie wieder loslassen.« Otto spürte, dass jemand für ihn da war. Um kurz vor neunzehn Uhr kam Sherab in den Saal. Otto kam langsam auf den Boden zurück. Der Mönch wartete am Rand des großen Teppichs, auf dem alle bei der Meditation saßen, bis Otto sich erhoben hatte. Er sah in Ottos Augen das ruhige, reine Strahlen. Er sagte leise »You are connected with our ground.« Sie verstanden sich wortlos. Schweigend machte sich Otto auf den Weg nach Hause.

Mit diesem Erlebnis waren auch viele andere Ereignisse verbunden. Das Schuljahr endete bald. Otto würde auf ein Gymnasium wechseln. Bertold brauchte seine Hilfe, um die Noten aufzubessern. Bertold wollte auch gern auf das Gymnasium. Sybille ging für ein Jahr zu Ihrer Großmutter nach Frankreich. Ob es die Umbrüche waren oder der Umstand, dass Jugendliche in seinem Alter mit Religion noch nicht so viel anfangen können. Vielleicht war das Erlebnis der Meditation für Otto auch ein befriedigender Abschluss. Der Beweis: Es gab in diesem Leben mehr, als das, was wir sehen und anfassen können. Wenn ein Sachverhalt entschlüsselt war, klargestellt, erkennbar richtig oder falsch oder sich ein greifbares Ergebnis abzeichnete, schaltete Otto meist an dieser Stelle ab. Auch hier war es nicht anders.

Er erstellte für sich eine Zwischenbilanz zum Thema Religion. Alle schrieben viel über Religion. Der eine so, der nächste anders. Besonders in den konventionellen Strömungen wollte jeder recht haben und beanspruchte die alleinige Wahrheit für sich. Trotzdem fast alle aussagten, es gäbe nur einen Gott, konnten die Machthaber der jeweiligen Institution Religion ihn nicht teilen. Es musste ihrer sein, den alle anbeten sollten. Was war das? Sinn oder Unsinn? Otto, der sich über die religiösen Lager keine Gedanken machte, reflektierte dieses Phänomen so, dass er annahm, diesen Menschen ging es dabei eher um Macht als um den Austausch, nicht um Verständnis für andere, nicht einmal darum, selbst etwas über Gott dazuzulernen. In der Geschichte wurden sogar im Namen Gottes Kriege geführt. Aber wer hörte im Krieg noch etwas von Gott? Wo im Lärm der Welt konnte man überhaupt etwas von dem großartigen Licht aufnehmen? So hatte er es im buddhistischen Tempel erlebt. Nur, wenn du ruhig bist und es zulassen willst, wirst du diese Kraft spüren können. So dachte er in seinem Kinderherzen, Gott konnte man im Innern erfahren. Wer diese Erfahrung nicht machte, der konnte auch nichts über ihn schreiben. Gott war erfahrbar. Man konnte ihn nicht aus einer Schublade holen oder ein Buch aufschlagen und dann war er da. Aber man konnte da drinnen etwas von der guten Kraft erleben und dann vielleicht auch weitergeben, von der Liebe etwas abgeben. Die Buddhisten und viele andere Religionsrichtungen aus Fernost sprachen auch nicht unbedingt von Gott. Eher von der großen Kraft, dem Alleinen, dem inneren Licht. Diese Bezeichnungen passten nach seinem Empfinden besser zu einer universellen guten Kraft. Gott wohnt nicht in Häusern oder in den Wolken. Er wohnt in unseren Herzen, fiel, ihm dazu noch ein. Alle machten es möglichst kompliziert. War es nicht eher das einfachste der Welt? Ein Strahlen, das einfloss in die Stille des Herzens, gütig, hell und hilfreich. Dieses Gefühl konnte man auch ins Leben hineintragen. Vielleicht hatte diese innere Erfahrung mehr gebracht als alle Bücher, die er gelesen hatte. Beim Inhalt der Bücher wusste man nicht immer, was machte Sinn, was war Unsinn.

Blick hinter die Kulissen

Die ersten drei Jahre auf dem Gymnasium vergingen wie im Flug. Mit Ottos Hilfe hatte Bertold den Notensprung geschafft. Beide waren wieder in derselben Klasse. Otto wurde einstimmig zum Klassensprecher gewählt. Nach dem Artikel im Star Magazin kannte ihn an der Schule fast jeder. Man brachte ihm nach wie vor breit angelegte Sympathie entgegen. Egal ob Schüler oder Lehrer. Bertold verlegte seine Sympathien seit einem halben Jahr auf das weibliche Geschlecht. Die Zukunft eines allseits begehrten Mannes stand in seinem Gesicht. Eine Mischung aus mildem Verständnis und einem geradeaus gerichteten Blick männlich starker Dominanz. Otto, in dem mit dreizehn erst zarte Triebe der Geschlechtsreife heranwuchsen, interessierte sich nicht für die Mädchen an der Schule und verstand es nicht, wie Bertold seine Zeit mit kichernden Halbverliebten, die um ihn herumschwirrten, vergeudete. Wenn in einer Ecke auf dem Schulhof in der Pause eine Schar Mädchen stand und kicherte, dann war Bertold meist mittendrin. Er absolvierte im Box Club dreimal pro Woche ein zweistündiges Allroundtrainingsprogramm. Gymnastik zum Aufwärmen, Sparring, Hanteltraining und zum Abschluss nochmals Gymnastik zum Auflockern. In vier Monaten wurde er fünfzehn, sah aber, mit Oberkante einsfünfundsiebzig, dem durchtrainierten, athletischen Körper und den Gesichtszügen eines Filmschauspielers, wesentlich älter aus. Die rehbraunen Augen rundeten das Bild ab. Die dunkelbraunen Haare trug er modisch halblang. Die meisten Mädchen nannten ihn Alain, weil er dem Schauspieler Alain Delon ähnlich sah. Selbst die Achtzehnjährigen aus der dreizehnten Klasse warfen ihm lüsterne Blicke zu. Ein Typ zum Anknabbern. Lang würde seine Jungfernschaft nicht mehr andauern, so viel war sicher. Zusammen gingen sie ein- bis zweimal pro Woche in den Boxclub. Nicht selten trafen sie danach Mädchen aus der Schule und spazierten mit ihnen gemeinsam nach Hause. Bertold alberte mit den Mädchen herum. Otto langweilte sich. Seine Aufmerksamkeit für das weibliche Geschlecht beschränkte sich auf Sybille. Sie hatten sich, auch während ihres einjährigen Frankreichaufenthalts, nicht aus den Augen verloren. Otto hatte sie, zum Leidwesen seiner Eltern, die lieber mit ihm zusammen in den Urlaub gefahren wären, mehrmals in den Ferien dort besucht. Sie ging seit zwei Jahren wieder auf eine Privatschule. Auch mit Professor Nölder pflegte er nach wie vor regen Kontakt. Nach dem für viele Politiker kompromittierenden Artikel im Star Magazin, hatte sich der Verfassungsschutz für Ottos weiteren Werdegang interessiert. Die Wellen hatten sich inzwischen aber gelegt. Die öffentlichen Sender hatten den Artikel des hochbegabten klein Hartmann etwas heruntergespielt. Er wurde in eine Talkshow eingeladen, wo er sittsam mit den Teilnehmern harmonierte. Darum hatte ihn der Professor gebeten. So wurde das Bild eines Angriffs auf die politische Führung zumindest in übereinstimmende Akzeptanz umgewandelt, mit der sich der Bürger anfreunden konnte. Die öffentlichen Sendeanstalten standen in den 60ern bei der Staatsmacht in der Pflicht. Nach Kriegsende wurde jede unbeaufsichtigte Sendetätigkeit der Deutschen verboten. Übergangsweise standen die ersten Sender in Deutschland unter Aufsicht der Alliierten. Erst 1953 wurde der Sender Freies Berlin gegründet. Ebenso in den 50er Jahren begann die Arbeitsgemeinschaft der öffentlich-rechtlichen kurz ARD, die aber auch unter strenger Kontrolle stand. Die Politik nahm wie früher starken Einfluss auf die Medien. In den 60ern begann das Zweite Deutsche Vollprogramm, durch eine Initiative des Spitzenpolitikers Konrad Adenauer, seine Tätigkeit. Neben einem Grundversorgungsauftrag begannen die öffentlich rechtlichen Programme ihre Ausstrahlung mit der »wesentlichen Aufgabe der Wahrung der politischen und wirtschaftlichen Unabhängigkeit.« Wer diese Unabhängigkeit festlegte, war für den Zuschauer in der Regel nicht durchschaubar. Dem eingeweihten Betrachter drängte sich auf, dass die Absicht der Verantwortlichen darin bestand, dass die Parteien bestimmen wollten, was den Bürgern bekannt wurde. Was unter das Volk gebracht wurde, erschien als Pferd, dessen Zügel die Politik in der Hand hielt, als gelenkte Wahrheit. Otto war es, wenn er es überhaupt registrierte, in seinem Fall egal, wie die Öffentlichen es darstellten. Für ihn und die Hartmanns war das Friedensangebot mit der Erscheinung »Einvernehmlichkeit« akzeptabel.

Frieden ist ein hohes Gut, bemerkte Professor Nölder. Auch der Reporter vom Star Magazin, Herr Sommer, mit dem Otto Kontakt hielt, war der Meinung, es sei angenehmer seine Arbeit in Ruhe durchführen zu können, als in eine Zelle geworfen, daran gehindert zu werden. Diesen Ausspruch legte Otto als Prämisse in einer Schublade seines Gedächtnisses ab. Trotzdem sollte niemand an wahrer Berichterstattung gehindert werden. Die 68er Studentenbewegung lief zum Leidwesen der Politik im Westen des Landes auf Hochtouren. Man musste aufpassen, nicht weggefischt zu werden, erklärte ihm Herr Sommer, nachdem ihm Otto sein neues Projekt vorgestellt hatte. Herr Sommer war total begeistert, nachdem er Ottos elfseitige Schilderung gelesen hatte. Knaller sagte er drei Mal. »Knaller, Knaller.« »Ich rate dir zur Vorsicht«, sagte er zu Otto. »Diesmal wirst du nicht nur den Verfassungsschutz alarmieren, sondern auch die CIA aufwecken. Willst du das?« Otto fühlte in sich hinein. Er spürte, hier ist deine Bestimmung. »Ja, antwortete er zögerlich.« Die werden mich doch nicht erschießen?« »Na ja, haha«, sagte Herr Sommer. »Aber das Wichtige zuerst.« Er streckte Otto die Hand entgegen und sagte: »Ich bin Horst. Hotte. Wollen wir uns duzen?« »Ja klar«, antwortete Otto und schüttelte lange die ihm dargebotene Hand. »Ich glaube ich werde auch Journalist. Mein Vater will, dass ich Jura studiere oder Betriebswirtschaft, Volkswirtschaft oder so etwas in der Richtung. Ich soll das i-Tüpfelchen der Familie werden. Wie soll ich ihm das nur beibringen?« Horst lächelte nur und sagte: »Noch ein paar Jahre, dann wächst dein Selbstvertrauen, oh neeeiiinnn, bei dir geht das ja gar nicht. Noch größer, noch selbstbewusster. Bloß nicht.« Beide lachten schallend. Herr Sommer, Horst Sommer hatte sich bereits mit der Chefetage kurzgeschlossen. Der Artikel sollte im nächsten Monat erscheinen. Gleichzeitig, so hatte Otto vorgeschlagen, würde eine Demo stattfinden. Damit geriet er in die Öffentlichkeit. Ein Garant, dass man ihn in Ruhe lassen würde. Es sollten zusätzlich Flugblätter in den größten Städten Deutschlands verteilt werden. Eine groß angelegte Informationskampagne sollte die Veröffentlichung begleiten. Es sollte viel größere Wellen schlagen, als alle bisherigen Schlagzeilen auf dem Titelblatt. Der Verlagschef hatte sich auch mit befreundeten Blättern, die ihren Hauptsitz in London und New York hatten, auf ähnliche Veröffentlichungen in England und den USA verständigt. Otto hatte mit seiner neuen Recherche krasse Enthüllungen zu bieten. Es würde richtig krachen. Die Inhalte wurden bis zum Erscheinen geheim gehalten. Die Auflage sollte sich mindestens verdoppeln. Alle anderen deutschen Zeitschriften sollten vor Neid erblassen.

Ottos Eltern hatten von den Ewigkeiten verschlingenden Recherchen nur am Rande etwas mitbekommen. Ebenso flog die Information, er würde wieder einmal mit dem Star Magazin über eine Veröffentlichung verhandeln, in das eine Ohr herein und beim anderen wieder heraus. So richtig wahrgenommen wurde sie nicht. Weder Dieter noch Brigitte hatten Platz für einen zeitraubenden Austausch in dieser Sache. Ihre Zustimmung hatten beide lasch im Vorübergehen erteilt. Sie waren sich nicht bewusst was auf sie zukommen würde. Sie standen jeden Tag vor einem Berg Arbeit, der kaum noch zu bewältigen war. Der Neubau der Ausstellungshalle mit einer riesigen Verkaufsfläche und der Autowerkstatt war inzwischen abgeschlossen. Die Leitung des Betriebes nahm alle Zeit in Anspruch, die den beiden zur Verfügung stand. Letzte Woche stellte Dieter einen Geschäftsführer ein. Allein konnte und wollte er die Arbeit nicht mehr bewältigen. Wenn der Geschäftsführer eingearbeitet war, würden sie den Verkauf einer weiteren Automarke übernehmen. Zusätzlich stand er in Verhandlungen mit einem Grundstücksverkäufer, der ein Gewerbegrundstück am westlichen Ausläufer vom Kurfürstendamm anbot, nahe dem S-Bahnhof Halensee. Dort sollte ein fünfgeschossiges Gebäude entstehen. Drei Etagen Wohnungen, eine Etage Büros und im Erdgeschoss eine Ausstellungsfläche für die Autos. Zusätzlich zu Mercedes-Benz wollte er für Jaguar den Vertrieb übernehmen. Die Edelmarke aus England passte gut zu Mercedes. Seit Jaguar 1951 als Hoflieferant des britischen Königshauses auftrat und die königlichen Wappen Royal Warrants verwenden durfte, war der Wagen ein Prestigeobjekt. Außerdem hatte Jaguar in Deutschland noch wenig Boden gewonnen, so dass er gute Aussichten hatte, zufriedenstellende Verträge für den Vertrieb im Westteil der Stadt aushandeln zu können. Das Grundstück war außergewöhnlich günstig für diese Lage, man konnte fast sagen billig. Ein Vorvertrag war schon abgeschlossen. Der Zeitpunkt des Erscheinens von Ottos Artikel war für seine Eltern denkbar ungünstig.

Nach der Mittagspause, um halb zwei, schlug die Bombe ein. Es klopfte an der Tür von Dieters Büro. Brigitte war noch am Besprechungstisch mit dem Aufräumen der Teller beschäftigt. Es roch nach Currywurst. Dieter hatte wieder einmal sein Lieblingsessen von der Wurstbude geholt. Nach einem kurzen »herein«, ging die Tür auf. Der Werkstattmeister, Herr Ottermeier kam herein. Er grinste über beide Ohren. Er fragte:»Habt Ihr auch Störungen in der Telefonleitung?« Dieter verneinte. Herr Ottermeier war ein Freund der Familie und konnte sich jeden Scherz herausnehmen. Er sagte: »Ich habe ständig Knacken und Pfeifgeräusche in der Leitung. Vielleicht hört uns jemand ab.« Dieter sagte ein wenig verärgert: »Wer denn?, so ein Quatsch, wir müssen jetzt wieder arbeiten. Du nicht?« Ottermeier grinste noch breiter und wedelte mit einer Zeitschrift vor Dieters Nase herum. »Schon gelesen?«, fragte er. Dieter verneinte. Wieder grinste Ottermeier. Er nahm die Lampe, die über dem Tisch hing, in die Hand und drehte den einfachen, runden Lampenschirm zur Seite. »Hmm ,was ist das denn?«, fragte er Dieter und begutachtete den schwarzen Ring zwischen Lampenschirm und Stromleitung. Dieter sagte genervt: »Die Halterung der Fassung ist lose. Mensch, was ist denn los?« Ottermeier spannte sie auf die Folter und sagte: »Oh doch keine Wanze. Wanzen gibt es doch jetzt in jedem Haushalt und in den Büros von den Studenten, die gern das Mikrofon auf den Demonstrationen schwingen. Und von Schülern, die sich mit der Regierung anlegen. Oder?« Dieter wurde es zu langatmig, aber er sagte nichts. In ihm stieg ein unangenehmes Gefühl hoch, das er nicht genau bestimmen konnte. Brigitte schien langsam zu verstehen. Sie fragte: »Ist etwas mit Otto?« »Treffer.« Ottermeier hielt die Zeitschrift hoch. Es war eine Ausgabe vom Star Magazin. Auf dem Titelblatt war ein amerikanischer Soldat zu sehen, der sich im dichten Unterholz befand. Er war schwer zu erkennen in seinem Tarnanzug. In den Händen hielt er einen Flammenwerfer, dessen Feuerzunge einen davonlaufenden Menschen von hinten am Rücken traf. Das Bild war gerahmt von Flammen. Es sah aus, als ob die Zeitung brennen würde. Weiter unten standen die Namen der Verfasser des Artikels: Horst Sommer und Otto Hartmann. »Nein, bitte nicht heute«, sagte Dieter. Er riss Ottermeier ungläubig die Zeitschrift aus der Hand und blätterte den Artikel auf. »Scheiße.« So etwas sagt er sonst nie, dachte Brigitte. »Oje, das hört ja gar nicht mehr auf«, sagte er resigniert. Während er Brigitte anschaute, sagte er: »Feierabend, oder?« Brigitte antwortete: »Das kannst du dir heute nicht leisten.« »Gib her, ich lese den Bericht durch und dann sehen wir weiter.«

Brigitte las den Artikel. Um drei Uhr am Nachmittag setzte sie sich nochmals mit Dieter an den Tisch. Dieter hatte zwei Termine auf den morgigen Tag verschoben und ein letztes wichtiges Telefonat geführt. Den Rest des Tages hatte er nun Zeit. Brigitte hatte ihn darum gebeten. Sie war der Meinung, dass der Artikel ernst zu nehmen war und sie beide informiert sein sollten. Sie schilderte Dieter eine Zusammenfassung der wichtigsten Punkte. Mittelpunkt des Artikels war die Kriegswelle, die von den USA ausgehend seit Anfang des Jahrhunderts über die Erde schwappte. Der Zweite Weltkrieg war für die Vereinigten Staaten anscheinend nur einer von vielen Kriegsschauplätzen, an denen sie beteiligt waren. Sie zeigte, während sie redete, mit dem Finger auf einzelne Textabschnitte des Berichts. Es hieß, die USA sind auf dem Weg zu einer ähnlichen Bedrohung für die Welt zu werden, wie die Nazis im Dritten Reich. Die Waffen, die sie einsetzen, sind bei genauer Betrachtung mindestens genauso schlimm oder sogar noch viel grausamer als die konventionellen Waffen der vorangegangenen Kriege. Obwohl der

Zweite Weltkrieg in Europa mit der Kapitulation der Deutschen Wehrmacht am 08.05.1945 endete, warfen die Amerikaner in der ersten Septemberwoche 1945 noch zwei Atombomben in Hiroshima und Nagasaki ab. Mit der Explosion wurde eine viertel Million Menschen ausgelöscht. Die USA waren im zwanzigsten Jahrhundert in mehr als dreißig kriegerische Handlungen verwickelt, von denen etwa achtundzwanzig als Angriffskriege einzustufen waren. Auf die Zeit nach Ende des Zweiten Weltkriegs entfallen davon mindestens zwölf kriegerische Handlungen. Haben die USA aus dem Zweiten Weltkrieg nichts gelernt, geht es ihnen nur um ein Supermachtprestige oder geht es ums Geld? Wie viel verdient die Rüstungsindustrie an jedem Krieg? Wie viel Kopfgeld entfällt auf einen Toten? Die Umrechnung wäre makaber. Aber sie ist machbar. In diesem Artikel wird auf die Umrechnung verzichtet. Tun das die Hersteller von Waffen auch? Dass die Rüstungsindustrie an Kriegen verdient, ist kaum zu bestreiten. Die Höhe ist aber selbst in Friedenszeiten so schwindelerregend, dass ein normaler Arbeiter es kaum verstehen wird, mit welchen Beträgen in des Teufels Küche Geld gegen Leben gehandelt wird. Die Ausgaben der USA für Rüstung, nach veröffentlichten Zahlen, lagen 1970 erstmals bei fast hundert Milliarden US-Dollar. Einhunderttausend Millionen. Dagegen waren die Ausgaben für humanitäre- und Entwicklungshilfe mit wenigen Millionen beschämend gering. Die USA legitimierten die Rüstungsausgaben mit dem Bedürfnis der Sicherheitspolitik. Führende Forschungsinstitute belegen dagegen ausdrücklich: Aufrüstung führt nicht zu mehr Sicherheit auf der Welt, sondern das Gegenteil ist der Fall. Welche Logik steckt in den Köpfen der Verantwortlichen?

Welche friedlichen Strategien entwickeln die führenden Köpfe der Weltpolitik, um Kriege zu verhindern, die Kommunikation bei gegensätzlichen Meinungen zu fördern, Streit beizulegen und dem Volk auf der Erde zu dienen? So wie es aussieht, wenig oder keine. Der Einfallsreichtum destruktiver Bestrebungen kriegsführender Parteien ist hingegen offensichtlich unerschöpflich. Vielleicht liegt es daran, dass die führenden Politiker nicht selbst in den Krieg ziehen, wo sie direkt mit den Auswirkungen ihrer Vorgehensweise konfrontiert wären. Nein, sie denken sich am Schachbrett ein Spiel aus, das Krieg heißt und kommen selbst ungeschoren davon. Bei kriegerischen Handlungen heutzutage geht es nicht mehr nur um das einzelne Leben. Kulturgüter werden beschädigt, es geht um Verbrechen, Unmenschlichkeit und irreparable Beschädigungen der Umwelt. Jeder neue Krieg wird unmenschlicher. Der aktuelle Krieg in Vietnam zeigt sehr deutlich, es an der Zeit, neue Strategien und ein neues Verhalten für unser Zusammenleben auf der Erde zu entwickeln, anstatt sich gegenseitig auszulöschen und die Erde zu zerstören. Es ist unvorstellbar, dass die USA wenige Jahre nach dem Zweiten Weltkrieg, nach dem Niedergang eines Kriegsverbrechers, selbst durch die Gärten der Welt irren und sich in diesem Bewusstsein die Jacke des Täters überwerfen. In Vietnam wurden bis heute mehrere Millionen Tonnen Bomben abgeworfen. So viel, wie im gesamten Zweiten Weltkrieg. Die Menschen werden mit Splitterbomben auseinander gefetzt. Wieder werden Menschenleben geopfert. Sie werden von den Truppen der USA mit neuen Kampfstoffen, zum Beispiel Napalmbomben, vernichtet, verbrannt. Ein Politiker, der die Worte »flächendeckende Vernichtung mit Napalm« in den Mund nimmt, sollte über den Straftatbestand »Kriegsverbrechen« nachdenken. Eine solche Erklärung vor der Weltöffentlichkeit kann heute nicht mehr verborgen werden. Die Zahl ziviler Opfer in Vietnam übersteigt die Zahl, der Opfer aus der kämpfenden Truppe. Die Zahl der mit Napalm bombardierten nicht militärischen Behausungen von Zivilisten und Einrichtungen, auch Schulen, ist so hoch, dass es nicht mit Zufall oder einem Versehen entschuldigt werden kann.

In dem Artikel folgten nun Bilder mit Menschen, die von Flammen umgeben auf dem Boden lagen, brennend von privaten Unterkünften wegliefen und dem Bild von einem lichterloh brennenden etwa siebenjährigen Kind. Das Gesicht des Kindes war auf der einen Seite unversehrt und auf der anderen Seite bereits zur Hälfte verbrannt. Die Flammen schlugen so hoch, dass klar war: Eine Rettung ist unmöglich. Brigitte fing an dieser Stelle an zu weinen. Sie stand auf und ging hinaus. Nachdem sie sich auf der Toilette das Gesicht abgewaschen hatte, kam sie zurück in Dieters Büro. Der Text ging mit einer neuen Anschuldigung weiter. Dieser Kampfstoff ist nicht zufällig ausgesucht worden. Wegen der wasserabweisenden Eigenschaften kann Napalm kaum mit Wasser gelöscht werden und verursacht auf der Haut, bereits bei kleinsten Mengen erhebliche Verbrennungen. Wegen der hohen Verbrennungstemperatur wirkt es auch ohne Berührung äußerst zerstörerisch gegen jede Art von Lebewesen. Nun denkt man, wer sich so etwas ausdenkt und durchführt muss in einer Klinik für Geistesgestörte sitzen. Nein, es sind führende Köpfe der Politik und Wirtschaft. Sie veranlassen nicht nur den Abwurf von Napalmbomben. Sie veranlassen auch eine Art Brandrodung von menschlichen Körpern mit Flammenwerfern. Hier folgten wieder einige Bilder. Ein US-Soldat, der mit versteinerter Miene den Feuerstrahl eines Flammenwerfers in das offene Fenster eines Hauses hielt, aus dem mehrere Zivilisten steigen wollten. Bei einem Mann, der weglaufen wollte, brannte das Hemd bis zu den Haaren. Ein anderer Soldat hielt den Flammenwerfer aus nächster Nähe auf einen unbewaffneten Vietnamesen in einem blauen Arbeitsanzug. Andere Bilder zeigten US-Soldaten, die einstöckige, einfache Wohnhäuser in Flammen setzten. Das letzte Bild war unten mit dem Namen eines achtjährigen Mädchens beschriftet, das schon durch die Medien gelaufen war. Es kam gerade aus einem Haus und wurde auf der Brust frontal von einer Feuerzunge getroffen. Auf der einen Seite des Kopfes brannten die Haare, sie lief genau ins Bild und schrie mit weit geöffnetem Mund. Das Mädchen konnte dank der anwesenden Journalisten gerettet werden. Das zivile Opfer erlitt einen Schock und schwerste Verbrennungen am ganzen Körper. »Wieso schreibt er so etwas?«, fragte Dieter schockiert Brigitte. »Der Junge hat doch so viel im Kopf. Der könnte doch Autos konstruieren oder eine Mondrakete.« »Gerade weil er so viel im Kopf hat«, sagte sie nicht minder betroffen, »wohl mehr als unsere Politiker. Deshalb macht er es!« Sie sprach laut und sehr deutlich. Sie wollte ihren Sohn schützen. »Otto weiß, was er tut und er macht es richtig. Wenn außer ihm noch keiner auf die Idee gekommen ist, über diese schrecklichen Vorkommnisse zu berichten, über die Missstände sollte man wohl sagen, ist das schlimm genug. Es wird Zeit, dass sich die Weltbevölkerung so etwas nicht mehr gefallen lässt.« Dieter sagte: »Du redest ja schon genau wie die Kommunisten, wie dieser Rudi Dutschke. Willst du, dass auf Otto auch jemand schießt? Genau so etwas passiert nämlich bei solch einem Mist.« Brigitte sagte: »Es ist kein Mist, Dieter. Es ist die Wahrheit und die sollte man doch äußern dürfen. Freie Meinungsäußerung, ja genau das ist es, was dieser Dutschke im Fernsehen gesagt hat.« »Und jetzt kann er sich nach dem Attentat nicht mehr richtig bewegen«, antwortete Dieter. »Du hast doch gehört was Ottermeier gesagt hat. Die Vasallen des Staates haben noch weniger Hemmungen als ein durchgeknallter Attentäter. Die hören ab, überwachen jeden. Wer weiß, ob die solche Verrückten anstacheln, auf Querulanten zu schießen. Was hat sich da seit früher geändert?«, fragte er etwas resigniert.

»Furchtbar genug«, sagte Brigitte. Auch wenn sie mit ihrer Meinung, dem Wunsch nach offener Demokratie, nicht allein dastand und die Berichterstattung im Wesentlichen befürwortete, konnte sie nicht wissen, welche Wirkung der Artikel, beziehungsweise die länderübergreifende Kampagne haben würde. Das ganze Ausmaß der Offenlegung konnten sie beide an dieser Stelle noch nicht überblicken. Es gab 1970 noch keinen Computer, wo man fast alle Informationen einsehen und nutzen konnte. Wo Otto seine Informationen herhatte, wusste wahrscheinlich nur er allein, vielleicht noch Professor Nölder. Er war in den vergangenen Monaten öfter mit Sybille in die USA und nach Frankreich geflogen. Er sagte zwar, dass er die Universitäten dort besuchte, um Forschungsergebnisse und ähnliches einzusehen, doch so wie es aussah, nutzte er die Kontakte zu den Unis auch für andere Zwecke. Sie hatten seit Monaten beide nicht die Zeit, sich ausführlicher mit Otto darüber auseinanderzusetzen. Was jetzt kam, war eine weitere Überraschung. Eine der erschütterndsten Veröffentlichungen von Regierungsfehlern, die es seit Ende des Zweiten Weltkriegs gab, hieß es. Im Weiteren wurde über das angebliche Entlaubungsmittel »Agent Orange« berichtet. Tatsächlich stand dort, »die Lüge vom Entlaubungsmittel »Agent Orange«. Die amerikanische Regierung wollte ihrer Bevölkerung und der Weltöffentlichkeit glaubhaft machen, dass sie seit Anfang der 60er Jahre ein Entlaubungsmittel testeten, um den Dschungel in Vietnam zu entlauben, um dann, die sich darunter befindlichen feindlichen Soldaten, besser aufspüren und bekämpfen zu können. Außerdem wollten sie damit die Ernten vernichten, damit die Feinde nichts mehr zu essen hatten. Es hieß weiter: Der Zynismus der von der US-Armee verwendeten Bezeichnung »Erntehelfer«, eröffnet einen Einblick für alle Menschen auf dieser Welt, mit wem wir es hier zu tun haben. Seit etwa 1967 versprühte die US-Armee flächendeckend dieses Massenvernichtungsmittel. Was niemand erfahren sollte: Das angebliche Entlaubungsmittel, »Agent Orange« enthält große Mengen des hochgiftigen Dioxins TCDD. TCDD ist eine hochgiftige, chlorhaltige, organische Verbindung. Damit, dass auch hunderttausende amerikanischer Soldaten erkrankten, hatten die Verantwortlichen nicht gerechnet. Vielleicht wäre das ganze Ausmaß ihrer Handlungen sonst nicht oder nicht in dem Umfang bekannt geworden. Die Giftwirkung von »Agent Orange« ist offensichtlich. Nur die schädigende Wirkung des Erbguts nach der Aufnahme von TCDD ist noch nicht eindeutig nachgewiesen. Davon ist aber, aufgrund der enorm hohen Zahl von Missbildungen in den betroffenen Gebieten, auszugehen. Mit diesem Gift flogen amerikanische Soldaten tausende von Angriffen. Das ist vielleicht die größte Kriegshandlung mit chemischen Kampfstoffen in der Weltgeschichte. Zweistellige Millionen Liter »Agent Orange« wurden bisher neben anderen Herbiziden versprüht. Unzählige junge Menschen und Kinder starben und sterben daran qualvoll an Leberkrebs. Die Zahl der Fehlgeburten stieg in den Gebieten drastisch an. Die Kinder, die hier geboren wurden, überlebten oft nicht einmal zwei Tage. Die USA bestreiten jeden Zusammenhang der Vorgänge mit »Agent Orange«. Wie aber eine Studie, die dem Star Magazin vorliegt und auf Anfrage an die Leser versandt wird, belegt, ist die toxische Wirkung erwiesen. Außerdem sprechen die Zahlungen an

US-Kriegsveteranen, die von Krankheiten betroffen sind, eine eindeutige Sprache. Neben dem Schaden an Leib und Leben, der den Menschen zugefügt wurde, ist außerdem wahrscheinlich ein irreparabler Schaden für die Umwelt entstanden. Die verseuchten Flächen können auf lange Sicht nicht wieder zum Anbau von wichtigen Lebensmitteln wie Reis, Getreide, Obst oder Gemüse benutzt werden. Die Gewässer und somit auch die Fische, die darin leben und von den Bewohnern des Landes gegessen werden, sind ebenfalls verseucht. Man muss hier langfristig auch von einer gefährlichen Belastung der Nahrungskette ausgehen.

Es handelt sich hier nicht um ein Kavaliersdelikt. Die Juristen vom Star Magazin stufen die Vorkommnisse als mögliches Kriegsverbrechen ein und fordern die US-Regierung auf, mit sofortiger Wirkung auch den Einsatz von Napalm und Flammenwerfern einzustellen. Wir fordern die US-Regierung auf, Zivilisten aus Kriegshandlungen herauszuhalten. Und wir fordern die US-Regierung auf, sofort und weltweit den Einsatz chemischer Kampfstoffe einzustellen.

Dieter schaute Brigitte ungläubig in die Augen. Er seufzte und atmete dabei tief ein. »Was nun«, konnte er gerade noch herausbringen, als das Telefon klingelte. Dieter nahm ab und sagte zu seiner Sekretärin: »Ich bin ab fünfzehn Uhr nicht mehr zu sprechen, war daran etwas unverständlich? Oh, nun gut, dann stellen sie ihn mal durch.« Von nun an überschlugen sich die Ereignisse. Herr Mertens war am Apparat. Dieter wurde während des Telefonats kreidebleich und stammelte nur ab und zu »ja, mache ich« und legte dann wieder den Hörer in die Gabel. Brigitte schaute ihn erwartungsvoll an. Dieter begann: »Er sagt, Sybille soll verhaftet worden sein. Otto wohl auch. Dass Sybille da mit reingezogen wird, findet er nicht gut. Wir sollen den Fernseher anschalten. In den Nachrichten bringen sie es zu jeder vollen Stunde.« Qualvoll verzog er das Gesicht zu einem müden Lächeln. Brigitte forderte Dieter zu schnellem Handeln auf. Sie wollten bis sechzehn Uhr zu Hause sein, hier hatten sie keinen Fernseher. Eine Minute vor vier am Schlachtensee schaltete Brigitte den Fernseher ein. Mit dem Umschalten ertönte der Gong, der die Nachrichten ankündigte. Der Nachrichtensprecher berichtete, über eine nicht angemeldete Schüler- und Studentendemonstration vor einer US-Vertretung in Berlin. Die Bilder zeigten hunderte Demonstranten mit Plakaten, auf denen Parolen gegen den Vietnamkrieg standen. Auch Bilder von Napalm-Opfern waren darauf zu sehen. Die letzten Bilder zeigten heranfahrende Polizeilaster, aus denen Horden von Beamten mit Gummiknüppeln sprangen, die sofort auf die Demonstranten einschlugen, die sich auf den Boden warfen oder wegrannten. Wen die Polizei ergreifen konnte, der wurde abgeführt und in Handschellen zu den Polizeifahrzeugen gebracht. Auf einem Bild meinte Dieter, Otto zu erkennen. Danach wurden Bilder von Demonstrationen vor den US-Vertretungen und ähnlichen Einrichtungen in Bonn, Frankfurt und anderen Städten gezeigt. Bei den meisten Demonstrationen waren Kriegsveteranen der US-Streitkräfte, mit verbundenen oder fehlenden Gliedmaßen, zu sehen. Go Home, war in weißer Farbe auf die Straßen vor den Gebäuden gemalt. »Go Home«, konnte man auch auf vielen Plakaten lesen.

Noch während die Nachrichten liefen, klingelte das Telefon. Professor Nölder war am Apparat. Er hatte die Demonstration im Fernsehen verfolgt. Kurz darauf rief ihn Otto aus dem Gefängnis im nahegelegenen Amtsgericht an, wo man ihn nach seiner Festnahme hinbrachte. Danach telefonierte der Professor mit einem ehemaligen Schützling von ihm, einem Herrn Ludendorf vom Verfassungsschutz, der bereits informiert war. Herr Ludendorf hätte ihn vor einer Stunde angerufen und sich bereit erklärt, Otto zu helfen. Herr Ludendorf war wohl der Meinung, er schulde Professor Nölder einen Gefallen. Im Hintergrund des Gefallens stand die Absicht, dem Professor eine Zusage des Stillschweigens über seine Nazivergangenheit abzuringen. Der Professor verschwieg, dass er diese Vereinbarung eingegangen war und Ludendorf zugesagt hatte. Jedoch nur für den Fall, dass Otto unbehelligt blieb. »In vollem Umfang unbehelligt«, sagte

Ludendorf. Herr Ludendorf hatte daraufhin den Haftrichter im Gericht angerufen und relativ unproblematisch die Freilassung von Otto erwirkt. Weder der Professor noch sonst jemand wusste, dass sich Ludendorf und der Haftrichter ebenfalls schon seit 1937 kannten. Ein willkommener Zufall. Nun gab es ein Problem. Otto. Er weigerte sich, die Zelle zu verlassen, ohne zu wissen, was mit Sybille Mertens passiert sei. Er hatte gesehen, wie sie abgeführt und in einem anderen Laster abtransportiert wurde. Sybille saß ebenfalls in einer der Zellen des Amtsgerichts. Herr Ludendorf erklärte sich sofort bereit »auch dieses Problem unbürokratisch zu lösen«. Da Otto und Sybille noch keine sechzehn waren, müssten sie allerdings von ihren Eltern auf der Wache abgeholt werden. Dieter und Brigitte bedankten sich überschwänglich bei Professor Nölder, versprachen ihm mindestens eine Flasche Mouton Rothschild »bester Jahrgang.« Dann fuhren sie zum Gericht. Vorher informierten sie Herrn Mertens, den Vater von Sybille, mit dem Zusatz, Otto hätte sich als Kavalier erwiesen und Sybille »herausgeboxt«. Vor lauter Freude ersparte sich Mertens den Spruch, er hätte sie wohl eher mit hineingezogen, den er auf den Lippen hatte. Otto saß mit Sybille auf einer Bank im Erdgeschoss und plauderte freundschaftlich mit den Beamten der Wache. Die Eltern mussten eine Erklärung unterschreiben, wann und wo sie Otto abgeholt hatten. Der Justizbeamte bemerkte bei der Protokollierung: »Sie haben einen wirklich netten, freundlichen Jungen. Wir kriegen das schon hin. Ich habe gehört, der Haftrichter kann kein Vergehen erkennen.« Auch Herr Mertens war inzwischen eingetroffen. Nachdem auch er den Abholschein unterzeichnet hatte, gingen sie zusammen zu ihren Autos und verabredeten sich für den Abend zu einem gemeinsamen Essen.

Otto erzählte auf der Rückfahrt wie glatt alles gelaufen sei und bedankte sich bei seinen Eltern fürs Abholen. Er entschuldigte sich natürlich auch für die geraubte Zeit. Die Demonstration war mehr oder weniger von selbst zustande gekommen. Er erzählte in der Schule von einer Demo gegen den Vietnamkrieg. Die Information ging herum wie ein Lauffeuer. Auch Eltern, die schon einige Berichte darüber in der Zeitung gelesen oder im Fernsehen gesehen hatten, malten Schilder und Plakate für ihre Kinder. Einige beteiligten sich sogar selbst an der Demo. Die Studenten an der technischen Universität hatten durch den Bruder eines Mitschülers von der Demonstration erfahren und wurden ebenfalls aktiv. Sie übernahmen dann die eigentliche Arbeit des Aufrufs an den Universitäten der einzelnen Städte und der Organisation für die Demonstrationen. Alles lief wie von selbst. Die Zeit war reif. Die Weltbevölkerung wollte nicht mehr zusehen, wie in Vietnam wieder einmal Millionen Menschen wegen einer Ideologie oder dem Aussortieren von »altem Rüstungsmaterial«, aus den US-Beständen, getötet wurden. Ein Reporter in den USA hatte angeblich aufgedeckt, dass die alten Waffen, insbesondere Bomben, durch eine neuere Generation Waffen ersetzt werden sollte und deshalb so viele Millionen Tonnen – die in den Lagern vorhanden waren, einfach bei einem anderen Volk quasi abgeladen werden sollten. Ein Gedanke, den man als normaler Mensch nicht nachvollziehen konnte oder wollte. Bei der Recherche sei Otto oft schlecht geworden, erzählte er seinen Eltern. Was sich der Mensch so ausdenkt und es auch noch umsetzt, ist schwer zu verstehen oder gar zu entschuldigen. Am Abend saßen sechs Leute im Haus der Hartmanns, tranken Mouton, unterhielten sich angeregt, natürlich blieb der Fernsehapparat angeschaltet. Es liefen neben der Berichterstattung in den Nachrichten noch zwei Sonderbeiträge im Fernsehen über den Vietnamkrieg, die anstelle anderer Sendungen ausgestrahlt wurden.

Damit endete der Rummel um den Artikel aber noch lange nicht. Im Gegenteil. Das Thema »Vietnamkrieg« begann in den internationalen Medien aufzuflackern. Ein Nebenschauplatz, die USA als Ungeheuer, das an jeder Ecke der Welt Kriege inszenierte, füllte ebenfalls jede Lücke in den Medien. Weltweit erhob sich eine Protestbewegung, die sich zum Schluss am ausgiebigsten in den USA ausbreitete. Immer mehr tote und verwundete US-Soldaten waren im Laufe der weiteren Monate zu beklagen. Angehörige gingen gemeinsam auf die Straße, Vereine wurden gegründet. Kriegsveteranen schlossen sich zusammen. Sie demonstrierten stellenweise Tag und Nacht vor den Gebäuden der verantwortlichen Behörden, bis zum Weißen Haus. In Deutschland folgten nach der ersten Demonstration vor der US-Vertretung in Berlin weitere Demonstrationen in mehreren Städten, bis zur US-Vertretung in der Hauptstadt Bonn. Otto wurde in der Schule vom Direktor in der Aula vor der gesamten Schule gelobt. Niemand kritisierte ihn. Weder die Lehrer, noch die Schüler oder die Eltern. Vielmehr wurde er als Held einer positiven Bewegung gefeiert. Otto wurde wie von einem warmen Aufwind regelrecht in die Höhe gerissen. Seine Popularität in den Medien gewann Masse. Mit den Einnahmen unterstützte er gemeinnützige Organisationen und heimlich eine Antikriegsinitiative. Er wurde innerhalb der nächsten Monate in vier Talkshows eingeladen. Das Star Magazin veröffentlichte eine durch anerkannte Mediziner erstellte Studie zum Giftstoff TCDD, in der er lobend erwähnt wurde. Nach dem Übergang in die elfte Klasse wurde er spontan vor der Schule von Fernsehreportern interviewt. Er verdeutlichte dabei nochmals: Kriege und Menschlichkeit sind schwer auf einen Nenner zu bringen. Unser Zeitalter braucht keine Kriege mehr. Die Kommunikation böte der Welt völlig neue Möglichkeiten der spontanen Verständigung. Man könne sogar an ein internationales, zentrales politisches Gremium denken, was zu einer Abschaffung des Militärs, in Richtung einer friedlichen Welt führen würde. Der Mensch befände sich am Scheideweg. Man könne weiterhin mit dem Knüppel aufeinander losgehen oder sich zusammen an einen Tisch setzen, sich für ein konstruktives Miteinander entscheiden. Das Interview lief mehrere Tage in verschiedenen Sendungen und wurde kontrovers diskutiert. Otto traf sich in dieser Zeit oft mit Horst Sommer in der Redaktion vom Star Magazin. Die Reporter mochten ihn. Nicht nur, weil die Auflage seit dem Vietnam Artikel regelmäßig über vierzig Prozent anstieg, sondern auch, weil er einen stark inspirierenden Auftrieb in nahezu jede Richtung bot. Er verbreitete Ideen, ging völlig ruhig mit den krassesten Informationen und Nachrichten um, wusste sie immer perfekt textlich zu interpretieren. Er versprühte Energie, wo er auftauchte. Am meisten diskutierten sie natürlich über den Vietnam Artikel. Horst bemerkte dazu: »Das macht Geschichte. Wir verändern die Welt« und versprühte damit eine energetische Aufbruchstimmung.

Otto verspürte dabei zum ersten Mal ein befriedigendes Gefühl der Zugehörigkeit. Ja, er war Journalist. Nach dem Erscheinen von fast dreißig ähnlichen Artikeln weltweit, lang andauernden Protesten und dem wachsenden Druck der Öffentlichkeit, passierte es dann tatsächlich. Sie veränderten die Welt. Zumindest das unmenschliche Vorgehen der US-Streitkräfte. 1971 setzt die USA den Einsatz von »Agent Orange« in Vietnam ab. Otto wurde mit seinen Eltern zu einer Talkshow mit führenden Politikern des Landes nach Bonn eingeladen. Es hieß hinter vorgehaltener Hand, Otto erhielte eine öffentliche Belobigung. Die Neider machten sich darüber lustig. Sie sagten, er sei für den Friedensnobelpreis vorgeschlagen worden. Warum er sich so entschied, wollte er niemandem sagen, aber er lehnte die Einladung vehement ab. Auch Dieters Drängen gab er nicht nach. Dahinter steckte ein Telefonat mit Professor Nölder, der ihm dringendst abriet, noch weiter in den Mittelpunkt der Öffentlichkeit zu rücken. Warum? Es schade der Mission. »Bleib nicht im Chaos der Welt stecken«, sagte er. Bis ins Letzte verstand Otto noch nicht was Professor Nölder meinte, aber er vertraute ihm. Die deutsche Politik sprach Nölder ein großes Lob aus. Sie hatte in einigen Zeitungsartikeln sogar Lob für Otto übrig. Man war in der Deutschen Führungsriege froh, dass von der eigenen Täterschaft der Zeit 1933 bis 1945 abgelenkt wurde und nun die USA als Sündenbock dastand. Professor Nölder, der seinen sechzigsten Geburtstag mit der Familie Hartmann feierte, reichte auf der Höhe seiner Karriere den Abschied ein. Er sei ein Jahr drüber und gehe heute Abend nach einem Glas Mouton in den Ruhestand.

Bügeln ist lustig

Sprach er: Nachdem die Gerüche deines Haares, deiner Lippen, deiner Haut, die, deiner Wimpern und Augenbrauen, das letzte, was mir von dir blieb, aus allen Zimmern entwichen waren, stürzte ich in den Abgrund schwarzer Strudel von Trauer, die mich hinabzogen zu untragbarer Last. Als meine Schultern barsten, die Tränen zu Bächen anschwollen, nutzte der Herr des Wahnsinns meine Schwäche, trieb mir verirrende Bilder durch den Kopf, stahl mit Rohheit den Sinnen ihre Fassung. Er führte mich zur Steilküste bei Cornwell, wo du mir die schönen Lieder zur Laute sangst. Deine Stimme kam vom Meer herüber, wohin ich meine Schritte lenkte, den letzten, wie ich dachte, oben an der Klippe. Da setzte sich ein Buntspecht nieder, zwang mit seinem schönsten Gesang den Blick zurück aufs Land. Gleich mir gegenüber blickte er tief in meine Seele und brachte dein Leben mit ans Tageslicht. Er sagte mir, »sie ist nicht fortgegangen. Ein Flügelrichter ist gekommen, euch zu prüfen. Er hat sie mitgenommen zum Sterben, für den Fall, dass er sie schnell vergisst. Sollt` er sie aber auf den Straßen seiner Sehnsucht finden, so wär ihr Weg noch änderbar. Das Schicksal ließe mit sich reden.« So sagte er's, nein, sang er mir. Die Stimme lieblich in der Seele klang und dort, gleich dort geschützt vor Regen, Wind und Sturm doch auch vor Schmerzen, Traurigkeit und Last, dort sang mein Herzenswunsch gemeinsam dieses Lied zu Ende. Das Wiederfinden in der Brust, es eilte nach draußen zu meinem Schild und Schwertern, die ich gürtete, um dich zu finden, zu retten aus des Schicksalsrichters Schwingen. Er wünsche sich zu sehen, so des Vogels Kunde, wie das Licht der Liebe sich aus meinem Inneren aufschwingt – bei dir mein Herz sich niederlässt, – inmitten deiner Pein. Nur dann wollt` er glauben – meine Liebe sei rein und ohne Trug. So fand ich dich denn noch in bester Stunde Gunst und lasse dich von nun an nie mehr los.

Sprach sie: Er kam als auch ich an dieser Klippe stand, ganz unvermittelt aus des Wolkens Schwarm. Hinweggewendet hab` ich mich, doch hielt mich *eine Stimme – die auch aus den Wolken kam, die schwer sich niederlegte in mein ganzes Sein. Schwer so schwer, dass meine Füße stille standen. Ein Wunsch sei es gewesen so fühlte ich, der das Schicksal zu einer Prüfung rief. Der Wunsch und ein Gebet von tief besorgter Mutter, die sich bangte ob meiner Jungfernschaft, damit sie nicht in ungeziemten Händen ende. Gehalten von der Mutter Willen, die meinen Geist bedrückte, umschlossen dann auch starke Krallen meinen Leib. Der Prüfer, in Gestalt des Schicksalsvogels, stieg unaufhaltsam auf. Meine Stimme rief immer deinen Namen und meine Sehnsucht drückte mir die Kehle zu. Er flog und flog. Je weiter, umso banger wurde mir ums Herz. Ich rief laut und lauter, um die Stimme des Windes zu übertönen. Du kannst uns nicht trennen, denn unsere Liebe wird immer in den Herzen wohnen, die du nicht sehen kannst in deiner Furcht und Kleinlichkeit. So groß ist unsere Liebe, dass er mich finden wird und du, du wirst dich schämen. Als würde er verstehen, hielt er ein und band mich hier am Felsen fest an diesem Stamm. Nachdem er mich am Pfahl gebunden, floh ich weinend tief ins tiefste Tal, voll bis an den Hals mit Seelenqual. Von nun an wartete ich Stund um Stunde, sah dich aber an der Sehnsucht Horizont. Still blieb ich in der Dunkelheit, verlassen von allem was mir lieb und teuer war. Am Rand der Hoffnung hast du mich gefunden und alles, gleich die ganze Welt, war in rosarotes Licht getaucht. Jeder Hunger war vergessen, Tränen wanderten zurück ins Nichts, wo ich meine letzte Hoffnung hatte. Grausamer als der Tag noch, waren all die Nächte – ohne dich – ohne dich.*

»Der Richter, der Schicksalsprüfer ist eine Figur, die ich noch in keinem anderen Buch in dieser Form als Person dargestellt gefunden habe. Sonst taucht er nur als Gefühl oder Geist auf. Nur er erkennt die wahren Absichten, heißt es.« Otto legte das Buch, aus dem sie gelesen hatten, zurück in einen kleinen Beutel, den er bei sich trug. »Ja«, sagte Sybille, »ich habe es in diesem Umriss auch noch nicht gelesen. Eher in die Dramaturgie eingeflochten. Jemand geht verloren und wird vermisst. So wird die Liebe eines Paares geprüft oder infrage gestellt. Aber wie hier, so klar, in der Person des Prüfers der Liebe.« »Der Liebe«, unterbrach Otto, »wie romantisch. Der Prüfer der Liebe. Der das Siegel verteilt, haha.« »Ja Liebe«, brach es aus Sybille in leicht heroischem Tonfall hervor. »Die Liebe ist etwas Schönes. Nicht umsonst wird sie so oft besungen. Ist sie nicht eine der wichtigsten Bestrebungen im Leben?« »Vergiss die Sorge der Mutter nicht, allein der Wunsch und das Gebet, Gedanken und Gefühle – die den Lauf der Dinge mit bewegen. Diese Darstellung finde ich auch interessant. Wie Wünsche ohne Worte, ohne Taten, allein die innere Bestrebung oder eine Vorstellung Energie in die eine oder andere Richtung auslösen kann. Ich frage mich oft wie diese Energie sich Bahn bricht und wo sie dann ins Leben tritt. Transformiert sich der Gedanke der Mutter durch die Personen, die erahnen, was sie sich wünscht und tritt dann in den Kreislauf des Lebens sichtbar für alle zum Beispiel als Versprechen der beiden, in die Realität oder tritt sie direkt in die Wirklichkeit ein?« Sybille fragte: »Meinst du entweder personell durch die Intuition und als Entwicklung generiert sie sich als Zufallsgeschehen.« Es entstand eine lange Pause, in der die beiden in die Tiefe blickten. »Schicksalsfäden. Intuition, was ist das eigentlich?«, fragte Sybille. »Schwer zu beschreiben, oder?« »Nun ja«, antwortete Otto sehr zögerlich. Jeder Buchstabe kam einzeln über seine Zunge. »Intuition ist etwas, das Innen empfangen wird. Nur hat die innere Empfangsstation keine so perfekt definierte Sprache, wie wir es in der Schule lernen. Trotzdem ist sie da und macht sich verständlich.« »Es kommt dabei wohl auch darauf an, wie geschult der Empfänger ist«, sagte Sybille, »ob sie an einem abgestumpften Gefühlsinvaliden vorüberzieht ohne gehört zu werden oder beim Dalai Lama ankommt.« Otto nahm den Faden auf: »Was du sagst bedeutet, wie sehr sich der Mensch darauf einlässt. Es gibt viele Menschen, zum Beispiel Großvater, die die innere Stimme nicht mehr hören. Wenn Mutter sagt, es gibt auch Dinge, die dem Verstand nicht zugänglich sind, auf die man aber trotzdem hören muss, sagt er meistens »so ein Quatsch«. Damit grenzt er sich gegen solche Dinge ab.« »Was meinst du damit«, fragte Sybille. »Wer sich diesen Dingen nicht öffnet, kann nichts empfangen. Großvater glaubt nur das, was er sehen und anfassen kann. Dass es energetische Bewegungen gibt, kann man aber sogar in Büchern lesen. Also gibt es auch andere Menschen, die so etwas kennen. Aber wie gesagt, ich finde, es lässt sich schwer in Worte fassen, schwer erklären. Deshalb kann man diese Bewegungen leicht verleugnen. Vor anderen und vor sich selbst.

Wenn ich Mama sage, ich denke ich erlebe heute etwas Neues, ich hatte einen merkwürdigen Traum, der nicht in das Tagesgeschehen passt, oder ich habe ein komisches Gefühl, wenn ich heute zum Boxen gehe. Ich sollte lieber Zuhause bleiben. Dann ist sie gleich dabei. Sie versteht mich. Sie sagt meist: »Höre auf deine innere Stimme.«

Großvater würde sagen. »So ein Unsinn Junge, da musst du durch.« »Jaaa«, sagte Sybille enthusiastisch. »So ist es bei mir auch. Gaaannz genau so. Meine Eltern hängen zu sehr im Alltagsgeschehen fest. Intuition, was ist das? Intuition und die Sprache des Inneren. Damit müsste ich mal kommen, haha.« »Wow«, sagte Otto. Das ist ein Thema für sich. In der Schule bei uns steht ein monstergroßes Lexikon. Mindestens sechzig Bände würde ich sagen. Darin steht eine halbe Seite über die Auslegung des Wortes. Es heißt so etwa, Intuition ist die Fähigkeit, Einsichten in Vorkommnisse oder in Sachverhalte, Betrachtungsweisen, bestimmte Gesetzmäßigkeiten oder die eigene Stimmigkeit von Entscheidungen zu erlangen, ohne diskursiven Gebrauch des Verstandes, sozusagen, ohne bewusste Schlussfolgerungen. Intuition ist ein Teil kreativer Entscheidungen oder Entwicklungen.

Es war immer wieder spannend, wie sich die beiden, oft stundenlang, über nahezu jedes Thema unterhalten konnten. Alles wurde ausdiskutiert, erforscht, erprobt und wenn nötig im Labor überprüft. Einen Inhalt, der davon ausgenommen war oder Tabuthemen gab es dabei nicht. Alles zwischen den beiden konnte offen angesprochen, diskutiert oder geprüft werden. Intuition, was ist das? Eine wirklich schwer auszulegende, nicht alltägliche Angelegenheit. Sybille sagte: »OK, das ist sicher richtig. Was mich noch interessieren würde sind zwei Dinge. Ist die Intuition als Basis unserer Entscheidungen brauchbar oder unbrauchbar und gibt es einen Erkennungscode, eine Art ABC der inneren Sprache?« Otto meinte dazu: »Der Normalverbraucher wird meinen, sich im Puzzle des Lebens besser zurechtzufinden und die richtigen Entscheidungen immer nur mit der Logik und dem Verstand treffen zu können. Ist das aber wirklich so?« Sybille meinte: »Oft vielleicht schon. Aber stell dir vor: Ich bin zum Beispiel letzte Woche mit dem Fahrrad zur Schule gefahren. An der ersten Kreuzung habe ich fast eine alte Frau umgefahren. An der zweiten schrammte ein anderer Fahrradfahrer beim Vorbeifahren mein Lenkrad, so, dass ich fast gestürzt wäre. Da kam in mir ein ungutes Gefühl hoch. Ich wusste so gar nichts damit anzufangen. An der dritten Kreuzung mit Ampeln fuhr ein Auto bei Rot über die Kreuzung und raste mit Vollgas weiter. Innerlich schrie es mich an. Es reicht. Keinen Meter weiter. Ich fuhr bei Grün an und wollte die innere Stimme wegschieben. Dann habe ich mich innntuuuitiiiv – sie zog das Wort in die Länge – dafür entschieden das Rad stehenzulassen und mit dem Bus weiterzufahren. Am Nachmittag erzählte mir meine Mutter, um kurz vor acht Uhr, zu der Zeit, wo ich meistens an der großen Kreuzung in Steglitz vorbeikomme, sei ein Riesenunfall passiert. Ein Massenunfall mit Autos, Lastwagen und zwei Fahrradfahrern. Sie hat sich echte Sorgen gemacht, sagte sie. Ist das nun Intuition?« Otto meinte dazu: »Äußere Zeichen aufnehmen und intuitiv das Wichtige beziehungsweise Richtige daraus ableiten. Da ist schon eine Schnittstelle. Hast du dich schon mal mit so etwas näher beschäftigt?« »Nein«, sagte Sybille. »Aber ich kann es erfassen. Ich habe es gefühlt. Ich meine, das mit dem Fahrrad. Das ist doch anscheinend wichtig. Kann man so etwas erlernen? Wie das Sprechen mit dem ABC?« Otto sagte: »In den Büchern im buddhistischen Zentrum stand einiges darüber. Ein ABC gab es da nicht.«

»ABC ist wahrscheinlich auch die abwegigste Bezeichnung dafür, Intuition, die innere Sprache oder so, in Begrifflichkeit zu bekommen. Ich finde, dass ich früher, bevor wir zur Schule gegangen sind, mehr davon verstanden habe als heute. Das Training auf logisches Denken behindert den anderen Teil eher. So, als wenn wenig oder kein Kontakt zwischen dem Verstand und dem Bauchgefühl bestünde.« »Das meine ich auch«, antwortete Sybille. »So mit drei, vier Jahren hatte ich öfter bildliche Erlebnisse, die zuerst in mir entstanden sind und erst danach im Leben. Verstehst du was ich meine?« »Nö«, sagte Otto, »du spinnst wohl! Haha, haha. Jaaa, das würde Herr Großvater sagen, haha.

Sagte Maxe zu meinem Vater, die spinnen die Kleinen. Die schicken wir jetzt endlich in die Schule, damit die ihnen den Spleen austreiben. Haha, haha.« »Spleenie eins und Spleenie zwei«, sagte Sybille und zeigte mit dem Finger erst auf sich und dann auf Otto. »Spleenie buff buff.« Sie sprangen wie kleine Kinder herum und schrien, bis sie heiser wurden.

Sie waren im Grunewald auf einem Spaziergang. Niemand hörte sie. Sie störten mit ihrem Geschrei niemanden. »Spleenie zwei, hast du schon eine Ahnung, was du als Abschlussarbeit behandelst?« »Da fragst du mich noch?«, antwortete Otto. Sybille sagte: »Krieg, Krieg und nochmal Krieg.« »Ja antwortete Otto, aber diesmal etwas heftiger. Ich habe so etwas wie »das Alibi des kalten Krieges als neue Einnahmequelle der Rüstungsindustrie« und sowas im Kopf. Was schaust du so, Spleenie eins? Die nehmen den Menschen die Steuergelder ab, Rüsten hoch und höher. Die verramschen pro Jahr mittlerweile fast eine halbe Billion US-Dollar und die Nato Deutschen werden jetzt auch zur Kasse gebeten.« »BITTE OTTO! BITTE. Lass es sein. Die werden dich irgendwann erschießen.« »Haha, äffte er leise herum. Neeiiinnnn, bitte nicht, haha. Gut Sybille, du hast gewonnen. Meine Intuition sagt mir, dass ich die Zahlen und Fakten, die ich gesammelt habe, nicht für Pressezwecke nutze. Ich lebe dann noch ein wenig länger nach dem Nöldnerprinzip in Ruhe und Harmonie. Danach hätte ich noch mehr Zeit, um Quatsch zu schreiben und Quatsch zu machen.« Er kitzelte Sybille, bis sie aufschrie. »Vielleicht sollte ich eine Kopie meiner gesammelten Abiwerke an den Rüstungsminister schicken und ihn bitten, mir die Hälfte abzugeben, lachte er. Dann habe ich viel Geld, viel Zeit und unterhalte mich weiter mit Spleenieeeevollverrückt, haha.« »Hab Mitleid«, sagte Sybille, wobei sie ihn keck angrinste. »Sei nicht so frech zu den Zombies.« »«Zombies«, wo hast du das her! Toll. Die Bezeichnung passt. Die stehle ich mir jetzt sofort für meine Arbeit.« »OTTO BITTE«, sagte Sybille beschwörend. »Du hast es versprochen.« »Na gut, ich bleibe dabei. Wir hier haben es ja gut. Wir sind keine lebenden Toten. Wir haben Intuition. Herz und Verstand – wir gehen besser Hand in Hand.

So etwas werde ich in der Abschlussarbeit schreiben. Über Intuition. Die Sprache des Inneren, die man auf dem Weg durch die Gehirnwäsche der Zivilisationsdressur verliert. Die Sprache, die ankommt, aber nicht mit einem ABC erklärt werden kann.«

So ging es mit den beiden immer. Bruder und Schwester. Seelenverwandt. In ihren Diskussionen sprudelte die Energie der Jugend. »Einen Versuch wäre es wert, meinst du nicht?«, fragte Otto. »Die Frage ist, ob dich jemand versteht«, antwortete Sybille. »In dem Lexikon der Schule steht, dass wir als Zombies nur noch den Intellekt benutzen. Zur Erfassung der Intuition wird er nur als Helfer genutzt. Es heißt, dass der die ganzheitliche Erfassung begleitende Intellekt dabei die Ergebnisse, die aus dem Unbewussten kommen, prüft oder Resultate ableitet oder/und ausführt. Witzig finde ich, dass es tatsächlich ein Nervensystem im Darm gibt. Deshalb heißt es wohl auch Bauchentscheidungen, wenn man eine intuitive Entscheidung trifft. Der Intellekt stützt sich auf Sinneswahrnehmungen und die Intuition auf rein geistige Anschauung. Wenn man deine Aussage von vorhin mit dem Fahrrad betrachtet, gibt es wohl noch eine weitere Art der Wahrnehmung.« »Spleenie Schlaumeier. Du Otto, da komme ich nicht mehr mit. Ehrlich«, sagte Sybille. »Na gut«, sagte Otto, »dann machen wir einfach einen Test. Den Eignungstest, Spleenie eins und zwei. Auch wenn Carl sagt, dass die gefühlsmäßige Ahnung Intuition existiert und es auch belegt, lassen wir es bei der intellektuellen Entgleisung und wenden uns der Realität zu.« »Wer ist Carl«, fragte Sybille. »Na Carl Gustav Jung. Der neue Held der Psychologie«, antwortete Otto.

»Aber lass uns jetzt nochmal testen, ob es eine innere Sprache gibt. So wie früher. Da wussten wir immer, wenn der andere an dich denkt. Wenn er etwas von dir will. Ich gehe dort hinüber in die Senke, so dass du mich nicht mehr siehst. Du gehst hinter dieses Gebüsch. Ich rufe dich mit meiner inneren Stimme.« »Ich weiß es noch genau was du meinst«, sagte Sybille. »Was war es?«, fragte Otto. »Telepathie, Gefühle? Wahrscheinlich auch einen abgeschickten Gedanken auffangen.« »Ein wenig schon«, sagte Sybille sehr leise. Noch leiser sagte sie: »Und Liebe.« In ihren Augen standen Tränen. Ihr Herz war voll von Gefühlen für Otto. So voll, dass es überlief. Zum ersten Mal spürte er eine neuartige sanfte Berührung. Sonst waren sie immer auf der Stufe einer Kinderbeziehung. Er holte ein anderes Buch aus der Tasche. »Ja, Liebe ist etwas Schönes. Hör mal. Das passt dazu.« Er las aus dem Buch vor: »Ich bin tausend Tode gestorben. Ich habe tausend Ängste erlebt. Ich habe tausend Tränen vergossen, aus lauter Liebe zu dir. Ich bin tausend Tode gestorben und hab tausend Tränen vergossen, aus Angst, dass ich dich verlier. Ich bin durch tausend Welten geflogen, und tausend Wege gegangen. Ich hab´ dich lange gesucht – doch heut bin ich hier. Ich habe die große Liebe gefunden und bleib nun für immer bei dir.«

Sybille sah ihn mit feuchten verträumten Kulleraugen an. Sybille war fast achtzehn. Sie war wie Otto immer noch sehr sportlich und schlank. Sie unterschieden sich nach wie vor wenig in ihrem Äußeren. Sie hätten Geschwister sein können. Mit einszweiundachtzig war sie nur einen Zentimeter kleiner als Otto. Die 68er hatten eine neue Mode kreiert. Lange Haare, Hippieblusen mit weitem Ausschnitt, der allen einen tiefen Blick in die weiblichen Rundungen gönnen sollte, Hosen und Jacken mit Blümchenmustern. Lockere Sprüche. Peace, Love, Sex, Drugs und Rock'n'roll. Sybille kleidete sich zwar zeitgemäß, war aber sonst eher konservativ geblieben. Genau wie Otto. Er trug weiterhin seinen kurzen, unauffälligen Haarschnitt, rauchte nicht, nahm keine Drogen. No Sex, no Drugs, no Rock'n'roll. Langweilig fand ihn Sybille trotzdem nicht. Sie konnte mit niemandem so lange zusammen sein, reden, lachen und auch alles andere teilen, wie mit Otto. Aus der Kinderfreundschaft wurde bei ihr nach und nach mehr. Sie bemerkte, wenn sie schwimmen gingen, die ersten Haare auf seiner Brust, wann er anfing sich zu rasieren, wie er mit fünfzehn aufschoss und in einem Jahr fast zwanzig Zentimeter größer wurde. Sie bewunderte seinen Lerneifer, seine Entschlossenheit und fand seine Stimme, seinen Gang, selbst die kleinsten Gesten irgendwann unglaublich sexy. Bei ihr regten sich schon Jahre früher als bei Otto erotische Gefühle, doch sie ließ jeden, der sich über ihre Grenzen wagte, ohne nachzudenken, abblitzen. Sybille war mittlerweile körperlich voll entwickelt und hatte an ihrer Schule eine Menge Verehrer. Kein Wunder. Mit ihrer Größe, den blonden, welligen Haaren die bis zur Schulter reichten, vollen Brüsten und den hinteren, zu ihrem Körper passenden Rundungen, machte sie eine gute Figur. Sie war sogar schon einmal spontan von einem Fotografen zu einem Vorstellungsgespräch für Werbefotos eingeladen worden. Danach erschien sie, für alle überraschend, auf der Titelseite eines Frauenmagazins. Sie stellte die Kosmetikserie »Behind« vor. Sie hatte es niemandem erzählt und wollte es auch dann nicht bekannt machen, als das Magazin in den Zeitungsgeschäften auslag. Es war natürlich nicht geheim zu halten. Seit den Bildern im Magazin schauten ihr die Männer noch länger nach. Einige sprachen Otto an: Wo hast du denn das Sternchen aufgegabelt? Was für ein Weib. Du bist vielleicht ein Glückspilz! Oder sie baten ihn, den Engel doch mal auf eine Party mitzubringen. Sybille hatte noch nie einen anderen Freund als Otto. Wenn sie in letzter Zeit miteinander auf der Decke am Strand kuschelten oder sich drückten, regte sich bei ihr die Lust. Seit einem Jahr animierte sie ihn unmerklich zu mehr, als nur die alte Kinderfreundschaft beizubehalten. Bei ihr war inzwischen mehr daraus geworden. Sie sehnte sich abends, wenn sie allein im Bett lag und ihre Brustwarzen streichelte, nach Otto. Sie sehnte sich so sehr, dass ihre Finger manchmal weiter nach unten glitten. Sie war bereit für mehr.

Als sie nach dem angeregten Gespräch zuhause am Schlachtensee ankamen, waren sie beide erschöpft. Sie verabschiedeten sich mit einem sanften Blick. Loslassen fiel ihnen heute schwer. Otto fühlte bei sich eine Veränderung. In seiner Brust gurrte der Hahn. Sein Blick war liebevoller, länger, tiefer als sonst. Beim Weggehen drehte er sich nochmals um und bestaunte ihre herrliche Figur. Unbewusst hatte er die Veränderung an ihr schon bemerkt. Wie ihre Brüste langsam wuchsen. Vom ersten kleinen Ansatz, den sie beim Umkleiden in ihrem Zimmer, wo er auf sie wartete, noch nicht verdeckte. Wenn sie einen Rock trug und er ihr gegenübersaß, schaute er instinktiv auf ihre Knie, von wo aus seine Augen langsam höher wanderten. Als sie begann, Strumpfhosen aus Nylon zu tragen, bemerkte er dabei die Regung zwischen den Beinen. Mit der Zeit bekam sie natürlich einen neuen Reiz. Ihre Figur war atemberaubend und wenn er nach dem Schwimmen beim Umkleiden am See ihre Scham unter dem Handtuch sah, sprang ihn schon mal die Lust an. Er zog dann schnell seine Hosen an, um die Erregung zu verbergen, die nur mit einiger Kraftanstrengung in die Hose zu befördern war. Zuhause angekommen trieben ihn die Bilder immer öfter ins Bett. Die Lust wollte hinaus. Er hatte den Gipfel der Pubertät erreicht. Doch in der Masse der Bilder von ihr, lag immer noch das des kleinen Mädchens oben auf, vor allen anderen. Die lange Freundschaft als Kinder hatte so tiefe Spuren hinterlassen, dass keine anderen Gefühle Platz bekamen, voranzuschreiten in die Gegenwart, wo sie auf ihn wartete. Auch heute war es so. Keuchend lag sie auf dem Bett, sein Bild vor Augen. Fast verrückt vor Sehnsucht schrie ihr Herz nach ihm. Warum hörte er es nicht?

Phase I.

Otto lernte einige Wochen später eine junge Frau kennen. Es war etwas anderes, als wenn er sich mit den Mädchen in seiner Schule unterhielt oder auch mal zuhause zum gemeinsamen Arbeiten für eine Schulaufgabe traf. Da waren die Fronten klar abgesteckt. Er kam nie auf die Idee ein schnelles Abenteuer zu suchen oder eine Affäre anzufangen. Bei Amanda war es anders. Schon in der ersten Minute ihrer Begegnung funkte es. Körperliches Begehren erwachte. Amanda war eine Studentin, die er an der Universität kennenlernte. Sie war kleiner als Sybille, hatte eine füllige Figur mit großen Brüsten und auffälliges, feuerrotes Haar. Der Blick in ihre leuchtend grünen Augen ließ ihn innehalten. Er blieb in der Tür stehen, wo sie aneinander vorbeigingen und drehte sich um. Sie bemerkte es, kam zurück und lächelte ihn trotzig an. »Was willst du?«, fragte sie. »Komm mit, ich wohne gleich um die Ecke. Trinken wir einen Tee bei mir.« Ihre direkte Art verblüffte ihn. Er hatte etwas Zeit und schlenderte gemütlich plaudernd mit ihr zur Wohnung. Sie war über zwanzig. Sie hatte Erfahrungen mit Männern, so viel konnte man gleich erkennen. Ohne große Umschweife küsste sie ihn gleich nach dem Öffnen der Wohnungstür. Er war wehrlos. Es war sein erster Kuss, bei dem sich die Zungen trafen. Ein völlig neues Gefühl. Es war, als wenn sie Stück um Stück ein Seil um ihn flocht, ihn fesselte – mit ihrem Blick, den grünen Augen. Ihre Brüste lud sie gleich nahe vor seinen Augen ab. Bevor das Teewasser so weit war, kochte es bereits in ihm. Er wurde unsicher. Mit vernebeltem Verstand und wackligen Knien fühlte er sich nicht wohl. Zum Tee kam es nicht mehr. Er stammelte etwas von Termin, ich muss wieder und ging zur Tür. Amanda, so hieß sie, blieb nur noch die Frage, wann er denn wieder frei sei. Sie verabredeten sich für den folgenden Tag, um neunzehn Uhr, zum Essen. Bei ihr. Zurück in der Uni entlud sich die Verkrampfung in der Bauchgegend im Blitzkrieg auf der Toilette. Nicht eine Minute hätte er mehr durchgestanden, erzählte er später Bertold. »Die hätte mich in drei Sekunden flachgelegt.« Bertold war entrüstet. »Da öffnet sich eine Tür. Otto schlägt sie zu. Du Depp. Man Otto, da gibt es Brüder in unserer Klasse, die laufen nächtelang in Discos rum, um eine Gelegenheit wie diese zu bekommen und du, was machst du?« »Ja ja« sagte Otto. »Aber ich denke, da verliere ich meine Unschuld.« Er traute sich nach Bertolds Reaktion nicht mehr zu erzählen, dass es sein erster Zungenkuss war. Davon war ihm immer noch schwindelig. Es war der erste echte hormonelle Rausch. Kaum jemandem in seinem Alter wäre es gelungen, aus dem reißenden Fluss zu steigen und weiterzuziehen. Am nächsten Tag, nach dem Abendessen, stieg er wieder hinein und ließ sich diesmal entführen. Amanda trug einen kurzen Minirock. So wenig Stoff war derzeit modern. Kurz und kürzer. Was Amanda am Körper trug, war nicht mehr als ein Stückchen Stoff, das um ihren prallen Po gewickelt war. Schon bei der ersten Berührung an der Tür fiel jeder Widerstand zu Boden. Sie hatte ihn zur Begrüßung mit einem langen Kuss belohnt. Er streichelte sie, wobei sich der Verschluss des Rocks löste. Falls es einen gab. Amanda war einen Meter zweiundsiebzig groß und wog etwa achtzig Kilogramm. Sie war nicht dick, aber ihr Körper war rundlich, weich, weiblich. Ihr Slip war klein und fast durchsichtig. Er hob den Rock auf, es war tatsächlich ein Wickelrock oder nur ein Stück Stoff, das sie nach dem Duschen um die Hüften gebunden hatte. Amanda hatte ausreichend Erfahrung mit Männern. In ihrer Generation war Zurückhaltung verpönt. Frauen – besonders an den Universitäten – mussten zeigen, dass sie unabhängig waren, alles entscheiden konnten, egal, ob es um den Beruf ging, eine eigene Wohnung, Urlaub oder Sex. Sie kannte die Reaktion der Männer auf ihre weiblichen Reize. In der Regel sprangen sie sofort an. Dass jemand den Rückzug antrat und sie stehenließ, kannte sie nicht. Otto hatte es gewagt. So etwas konnte und wollte sie nicht durchgehen lassen. Außerdem gefiel ihr der Typ. Otto war zwar ein blöder Name, fand sie, aber es gab Schlimmeres. Otto reagierte wunschgemäß. Nachdem er beim Aufheben des Röckchens mit dem Blick von ihren Knien, zu den Schenkeln, über das rotbehaarte Dreieck zog, war der Abend vorprogrammiert. Er registrierte seine Umgebung von da an nur noch schematisch. Er hatte das Dreieck holografiert und in der Fantasie abgelegt. Dort pulsierte es und trieb das Blut schneller als sonst durch die Adern. Amanda hatte ein kleines Studentenappartement. Alles war in einem Zimmer, Küchenzeile, Tisch, Bett.

Nachdem sie gegessen hatten, räumten sie den Tisch ab. Amanda stand vor ihm und stellte die Teller auf der Anrichte der Küchenzeile ab. Sie drehte sich um, wobei sie Otto berührte. Sie spürte dabei sein hartes Glied an ihrer Hüfte. Sie verharrte auf der Stelle und drückte ihren Körper gegen seinen. Lust traf auf Lust. Die Holzscheite begannen zu prasseln. Das Feuer der Begierde loderte in beiden hell auf. Amanda zog Otto am Gürtel zum Bett, setzte sich, streifte den Rock wieder ab und öffnete Ottos Gürtelschnalle. Er stand direkt vor ihr. Mit dem Öffnen des Reißverschlusses sprang er direkt in ihren Mund. So etwas hatte er noch nicht erlebt. Er hatte zwar bei Bertold in Heften solche anzüglichen Positionen gesehen, aber nicht ein einziges Mal daran gedacht, selbst in diese Situation zu kommen. Welle um Welle durchflutete seinen Körper. Da er dieses Gefühl im Austausch zu zweit noch nicht kannte, fesselte es ihn umso mehr. Seine Hosen hatte Amanda abgestreift. Sie lagen auf dem Boden. Sie streichelte zart unter seinem Körper hindurch. Er erschauderte bis unter die Haut. Als Amanda bemerkte, wie seine Erregung haltlos wurde, ließ sie von ihm ab. Sie lächelte ihn an. Mit den Worten: »Ich gehe mich kurz frisch machen, bin gleich wieder da«, verschwand sie im Bad. Sie wollte ihn nicht so einfach aus dem Labyrinth entlassen. Heute schien es so, als würde nur sie den Ausgang kennen und konnte den Verlauf leicht steuern. Man muss bei den Männern auch an sich denken, um als Frau nicht zu kurz zu kommen, hatte sie gelernt. Als sie zurückkam lag Otto unter der Decke. Er hatte den Rest seiner Kleidung zur Hose gelegt, wie es aussah. Sie trug noch ihren Slip und die Bluse. So schlüpfte sie zu ihm unter die Decke. Seine Erregung hatte sich nicht gelegt. Er wusste nicht so recht, wie es weitergehen sollte. Amanda schon. Sie nahm seine Hand und steuerte sie hierhin und dorthin. Sie redete dabei mit ihm und sagte, was sie fühlte und warum. Sie war eine willkommene Lehrerin. Zärtlich, erfahren und auch um ihre eigene Befriedigung bemüht. Als sie sich die Bluse abstreifte, erhaschte er endlich einen Blick auf ihre wohlgeformten Brüste. Nicht so riesig wie sie in der Bluse wirkten, aber so groß wie Honigmelonen und genauso geformt. Sie schob seine Hand zur rechten Brust, legte Daumen und Zeigefinger um die Brustwarze und bewegte sie hin und her. Sie flüsterte ihm zu: »Langsam, ganz zärtlich und weich.« Die Brustwarze wurde größer und härter. Er wunderte sich, sie grinste. Sie lachte und sagte: »Ja Otto, nicht nur bei dir passiert etwas«. Er sagte dazu nichts. Das Schweigen erzählte ihr von seiner Unerfahrenheit. Sie nahm seine Finger und führte sie nach unten. »Ganz zärtlich«, flüsterte sie. Die richtungslose Suche seiner Finger wies ebenfalls auf seine Unerfahrenheit hin. Sie war sich sicher, dass Otto noch mit keiner Frau so weit gegangen war. Umso vorsichtiger ging sie mit ihm um. Sie streichelten sich fast eine halbe Stunde. Sie erlebte dabei einen langen Höhepunkt. Dann kümmerte sie sich um ihn. Noch bevor ihre Körper sich vereinen konnten, kam auch er zum Höhepunkt. Beide strahlten glücklich vor sich hin.

Auf dem Weg nach Hause dachte Otto an Sybille. Es schwebte dabei die Befürchtung mit, sie durch die Beziehung zu Amanda zu verlieren. Er war doch so sehr mit ihr verbunden. Er zog einen Vergleich. Amanda und Sybille. Sybille ist schöner und reiner. In der S-Bahn dachte er noch einmal an das Erlebnis zurück. Er schloss die Augen und stellte sich vor, wie es mit Sybille wäre. Kurz bevor er sie in seiner Fantasie auszog, tauchte wieder das Kindergesicht von Sybille vor seinem geistigen Auge auf. Wie er sie vor dem Ertrinken rettete, sie aus dem Wasser holte, wie sie spielten, ihre Gespräche beim Spazierengehen. All die Erinnerungen waren mit Sybille als Kind verbunden. Auch wenn Lust in ihm aufstieg, sein Gefühl war so, als würde er mit einem Kind ins Bett steigen wollen. Oder mit seiner Schwester. Sybille gehört zur Familie. Auch das letzte Treffen änderte nichts daran. Ihr Gespräch über die Liebe. Ihre feuchten Augen. Ein neues Gefühl berührte ihn dabei. Er konnte es nicht einordnen. Es war zu weit weg. Ihm fehlte die Erfahrung. Wie die Vorstellung einer Reise, die in der Zukunft liegt. Man freut sich darauf, kennt das Land wo es hingehen soll aber noch nicht. Keine Konturen konnten sich abzeichnen. Es entstand ganz in der Ferne eine Ahnung. Ein Satz von dem Philosophen Spinoza flog vorbei: Intuition ist ein Erkennen aus rein geistigem Schauen, eine transzendente Funktion des Menschen. Das hatte Sybille ähnlich formuliert. Sie träumte als Kind von Dingen, die später eintrafen. Er und Sybille. Auch ein Kindheitstraum. Draußen auf dem Bahnhof zog ein Schriftzug vorüber »Schlachtensee«. Otto schnellte aus den Gedanken und dem Waggon hoch und sprang gerade noch rechtzeitig ab. Die Gedanken fuhren mit dem Zug weiter.

Otto und Amanda trafen sich jetzt öfter. Otto arrangierte es so, dass die Verabredungen nicht in ihrer Wohnung stattfanden. Er wollte vorerst etwas Tuchfühlung zu ihr gewinnen, ohne sich kopfüber in ein Abenteuer zu stürzen. Etwas hielt ihn zurück. Amanda gehörte zu einer Gruppe von Friedensaktivisten. Sie nannten sich »Silent Stepps.« Im Gegensatz zur Rote-Armee Fraktion, der RAF oder den gewaltbereiten Fraktionen vom rechten Flügel, machten sie ihrem Namen »leise Schritte« alle Ehre. Sie wollten weg vom autoritären Polizeistaat, in eine volksnahe Demokratie. Friedlich. Mit Demonstrationen, Flugblätter verteilen, Informationsveranstaltungen, Bewusstseinsbildung. Otto konnte sich sehr für diesen Weg begeistern. Bei einem gemeinsamen Spaziergang unterhielten sie sich angeregt über die Vor- und Nachteile einer gewissen Radikalität. Otto vertrat die Ansicht, dass die Politik in ihrer heutigen Arbeitsweise nicht bereit war, sich ohne Druck auch nur einen Millimeter zu bewegen. Er sagte: »Du weißt, dass ich Gewalt ablehne. Ein Freund meinte aber vor kurzem: Wären wir heute nicht noch dort, wo wir in den sechziger Jahren standen, wenn nicht die RAF etwas in den Köpfen der Ex Nazis weggesprengt hätte? Bitte nimm nicht mal ansatzweise an, ich würde mich damit identifizieren oder so etwas gutheißen. Ich sehe einfach nur die Reaktion. Die Politik hat in den zehn Jahren von 1964 bis heute immer nur Schritt um Schritt etwas in Richtung offenerer Demokratie geändert, nachdem Druck ausgeübt wurde oder die öffentliche Kritik sie gezwungen hateinzulenken. Versammlungsverbote gibt es heute praktisch nicht mehr, die Politik arbeitet mit volksnahen Verbänden zusammen, Polizeigewalt wird von den Behörden mittlerweile verfolgt, Untersuchungsausschüsse sind gebildet worden, um weitere Missstände zu beseitigen. Wäre die Entwicklung in Deutschland in diese Richtung gelaufen, wenn es nicht zumindest die außerparlamentarische Opposition, die APO gegeben hätte? Du weißt sicher, dass Deutschland Ende der 60er fast wieder in eine Einparteienregierung gesteuert wäre. Praktisch in eine neue Diktatur.« »Ja, das kann schon sein«, sagte Amanda, »aber Druck und nachhaltige Einwirkung auf die Politik wirkt am Ende ähnlich. Die Thesen und die Bemühungen von Mahatma Ghandi zum Beispiel haben dazu geführt, dass England abzog und Indien frei wurde. Ghandi sagt, Gewaltfreiheit ist ein unmittelbarer Ausdruck von Nächstenliebe. Und was wollen wir denn mit einer Gesellschaft, wo Nächstenliebe fehlt? Gewaltfreiheit ist bei Ghandi keine Unterwerfung und Anpassung an den Willen der Übeltäter. Sie ist vielmehr eine große Macht, die man auf vielfältige Art für eine Entwicklung zum Besseren einsetzen kann. Konsequent langfristig angelegter, friedlicher Widerstand hat eine größere Wirkung als Gewalt. Gewalt führt oft nur zu erzwungenen und deshalb meist kurzfristigen Änderungen. Verstehst du? Wenn jemand von deinen Argumenten überzeugt ist, dann wird das nachhaltigere Folgen haben, als wenn er gezwungen wird einzulenken.« »Ja«, sagte Otto, »du hast recht. Mir fehlte so ein Beispiel. Ich dachte, wenn man keinen Druck ausübt, dann passiert nichts. Wir sehen es doch oft, dass die Politik null Reaktion zeigt, wenn Menschen auf die Straße gehen.« »Klar«, antwortete Amanda, »dann lösen sich aber meist die Initiativen auf, bevor jemand hinschaut. Es geht hier um gewaltfreien, echten Widerstand. Langfristig, im Austausch und wenn es sein muss, mit drastischen Mitteln. Man kann mit zivilem Ungehorsam eine Unrechtssituation bekämpfen oder bis zur Selbstverbrennung auf öffentlichen Plätzen gehen, als Aktion gegen die Napalmbomben im Vietnamkrieg.« »Schlechtes Beispiel«, sagte Otto. »Ja stimmt«, pflichtete Amanda ihm bei. »Tut mir leid. Ich wollte nur darstellen, dass es auch drastische Maßnahmen geben kann, die gewaltfrei sind. Es ist mir nur eingefallen, weil ein buddhistischer Mönch sich aus Protest verbrannt hat. Aber man kann sich auch mit Plakaten am Funkturm anhängen. Das verbreitet sich über die Medien, wie bei unserer Aktion vor zwei Wochen.«

Sie liefen einen Weg aus dem Grunewald Richtung Stadt, unweit des Schlachtensees. »Soll ich dir mal mein Zimmer zeigen?«, fragte Otto. »Ich wohne da drüben.« »Ja, ich habe noch eine Stunde Zeit, dann muss ich los zur Vorlesung«, antwortete Amanda« »OK«, sagte Otto, ich bringe dich dann noch zur S-Bahn.« Kurz vor dem Haus der Hartmanns trafen sie auf Sybille. Sie sah die beiden verstört an. »Guten Tag Otto«, sagte sie leise. Sie stand schüchtern da, die Hände vor dem Bauch gefaltet. Sie sah unglücklich aus. »Also doch«, sagte sie und wandte sich ab. »Sybille«, rief Otto leise hinterher, aber sie hörte ihn nicht. Sybille wollte schnell weg, bevor die beiden ihre Tränen bemerkten. Sie lief um die Ecke, setzte sich auf eine Bank und schluchzte. So saß sie fast zehn Minuten da, weinte und weinte.

Sie hatte schon mitbekommen, dass Otto sich mit einer Frau traf. Aber dass die beiden jetzt auch noch zu Otto in sein Zimmer gingen und vielleicht….? Soweit wollte sie nicht denken. In ihr stieg Verzweiflung hoch. Sie war sich ihrer Gefühle für Otto bewusst. Nur, was sollte sie tun? Am nächsten Tag stand sie um halb zwei vor Ottos Schule. Rein zufällig wie sie sagte. »Wir können ja zusammen nach Hause gehen.« »Gern«, sagte Otto. Auf dem Heimweg versuchte sie seine Hand zu nehmen. Er reagierte nicht darauf. Vor dem Haus stellte sie sich so nah an ihn heran, dass sie sich fast berührten. Sie sah ihm in die Augen und hoffte auf den ersten Kuss. Ihre Fantasie lag vorher die halbe Nacht wach. Ihre Sehnsucht war groß. Otto war unwohl. Er zeigte auf einen Vogel und sagte: »Schau mal wie bunt«. Dann ging er zur Tür des Hauses. »Machs gut«, sagte er noch und verschwand in der Haustür. Sybille sah Otto und Amanda danach noch einmal. Auf ihren alten Wegen, wo sie sonst gemeinsam spazieren gegangen waren. Was sollte sie tun? Sie wusste es nicht. Sie wusste nur, dass sie Otto, seit er sie aus dem Wasser gezogen hatte, sehr gern mochte. Als Teenager bemerkte sie dann, dass sie ihn bewunderte und nur darauf wartete, mit ihm so zusammen zu sein, wie die Erwachsenen, Hand in Hand zu gehen, sich umarmen, drücken, schmusen. Sybille hatte sich nicht ein einziges Mal für andere Jungen interessiert. Nur für Otto. Sie hatte lange gewartet und sich schon öfter gefragt, woran es lag, dass er sich nicht für mehr interessierte als für Unterhaltungen, schwimmen oder gemeinsame Radtouren. Bisher dachte sie, es läge daran, weil er fast ein Jahr jünger war und sich noch nicht für Mädchen interessierte. Nun kam ihr in den Sinn: Er interessiert sich schon für Mädchen, nur nicht für mich. Sie wollte es noch einmal ausprobieren, es darauf ankommen lassen. Sie besuchte Otto am Samstagnachmittag. Sie wusste, da war er zuhause und arbeitete mit Brigitte im Garten. Sie hatten derzeit keinen Gärtner. Sie schminkte sich genauso, wie die Visagistin der Zeitschrift ihr Gesicht für die Fotos verschönerte. Beim Klingeln machte niemand auf. Sie ging nach hinten in den Garten, wo beide gerade einen Strauch umsetzten. Brigitte pfiff anerkennend. »Wer ist denn das? Doch nicht Sybille. Nein, das glaube ich nicht. Wie hübsch du geworden bist.« Otto lächelte. Er ging mit ihr in sein Zimmer. Sie lief bewusst vor Otto. Sie trug einen kurzen Rock wie die Rothaarige, mit der sie ihn gesehen hatte. Sybille machte eine gute Figur. In ihr drinnen sah es anders aus. Sie wackelte zwar gekonnt mit den Hüften, zitterte aber innerlich vor Unsicherheit, ob sie ihm gefallen würde. Im Zimmer setzte sie sich nicht wie sonst neben ihn, sondern genau gegenüber und öffnete etwas die Knie, so dass er unter ihren Rock schauen konnte. Otto reagierte weder auf ihr besonderes Äußeres, noch auf die erotische Position. Nach einem kurzen Gespräch wollte sie wieder gehen. Sie wusste nicht weiter. Sie war zu scheu, um etwas anderes zu tun. So ging sie enttäuscht nach Hause. Ich hatte noch nie einen anderen Freund, sagte sie sich. Vielleicht interessiert sich keiner für mich. Tagelang saß sie danach allein in ihrem Zimmer und wurde melancholisch. Stück um Stück zog sie sich traurig zurück in ihr Schneckenhaus.

Otto schlug zu. Er war immer sehr vorsichtig beim Sparring. Diesmal traf er Bertold leider genau auf die Nase. Sie blutete sofort. Beide trugen zwar einen Hodenschutz, aber keinen Helm. Mit einem Schutzhelm bekam man beim Boxtraining weniger Luft und sah den Sparringspartner nicht aus jedem Winkel. Beides war für den Kampfsport von entscheidender Bedeutung. Luft bedeutete Kondition und die Sicht ermöglichte präzise Treffer. Dieser Treffer war für Bertold nicht wünschenswert. »Man, Scheiße«, sagte er laut. »Das muss doch nicht sein. Wir wollten doch soft fighten. Nur auf Schnelligkeit und dann abbremsen.« Otto entschuldigte sich mehrmals. »Tut mir echt leid Bertold.« »Leid, oh Mann. Ich bin heute Abend verabredet. Mit der Prinzessin der Disco«, strahlte er wieder. Bertold avancierte zum unwiderstehlichen Charmeur aller Frauen. Er war erst achtzehn, ein Jahr älter als Otto, hatte aber mit Frauen in jedem Alter bereits sexuelle Erfahrungen. Er musste sich fast dagegen wehren, nicht jeden Abend von einer anderen betört zu werden. Er sah nicht mehr aus wie ein einfacher Schauspieler, eher wie ein Filmstar. Seine Eltern hatten ihm zum achtzehnten Geburtstag einen offenen Mercedes geschenkt. Von da an sah man ihn kaum noch allein. Auf dem

Beifahrersitz saß immer eine Andere. Die Freundinnen wechselten nahezu täglich. »Mit der Nase schaut mich keine mehr an«, witzelte er herum. Er lief hinter Ottos Rücken und sagte: »Das zahl ich dir heim, böser Bruder. Gauner, Schwächling.« Er schlug ihm von hinten leicht ins Nierenbecken. Otto krümmte sich vor Schmerzen, brach laut wimmernd zusammen und rief: »Hilfe. Hilfe, rettet mich vor Muhammad.« Er spielte dabei auf den berühmten Boxer Muhammad Ali an. »So kommt zu Hilfe«, rief er und boxte Bertold auf die Schulter. Sie rangelten noch ein Weilchen blödelnd herum, dann stiegen sie aus dem Ring. Bertolds Nase blutete noch immer. Otto ging an seinen Beutel und holte ein Taschentuch heraus. Er reichte es ihm. »So leicht kommst du mir nicht davon«, sagte Bertold. Beim Duschen erzählte Otto von seiner ersten, echten körperlichen Begegnung mit Amanda. Bertold bemerkte anerkennend: »Das rote Rennpferd hätte ich dir nicht zugetraut. Ehrlich. Die hat bestimmt eine ganze Latte Kerben am Bett.« »Na ja«, sagte Otto, »das Beste kommt noch.« Bertold sagte: »Du Otto versau es nicht. Mal ganz ehrlich, die Braut ist doch viel weiter als du in solchen Dingen.« »Klar«, gab Otto zu, »vieeel weiter denke ich.« »Dann versau es nicht«, wiederholte er. »Ich kann dir nur eines empfehlen, mach eine richtig gute Nummer daraus.« Als Bertold diesen Satz aussprach, kam ihm die Erleuchtung. Das ist es, dachte er. Die kleine Rache des Bertold für die blutige Nase. »Die Mädels wollen es hart und extravagant, weißt du. So lala einfach drauflegen und »reinraus« ist das Allerletzte, was eine Rothaarige um die zwanzig braucht. Das hatte sie bestimmt schon hundertmal. Am meisten mögen die Mädels es auf dem Schreibtisch, im Wald oder so. Oder auf dem Bügelbrett.« Otto schaute ihn erstaunt an. »Jaa«, sagte Bertold wissend, »auf dem Bügelbrett. Tu nicht so, als würdest du dich nicht auskennen. Flachlegen. Bügeln, noch nichts davon gehört?« Otto wollte nicht ganz so naiv erscheinen. Er stammelte seicht heraus: »Jooh, schon.« »Na siehst du: bügeln ist in. Stell dir vor, sie liegt auf dem Bügelbrett und du brauchst dich nicht mehr zu bewegen. Du schiebst nicht dein Ding, nein - du schiebst das Bügelbrett hin und her. Die Geschwindigkeit passt man dann dem Wunsch der Frau an. Langsam, schnell, schneller. Deshalb bügeln.« »Aber woher weiß ich denn, was sie mag«, fragte Otto. »Das merkst du schon. Entweder werden sie ganz still und verdrehen die Augen, wenn sie introvertiert sind oder die anderen stöhnen immer lauter oder sagen es, more, more, more«, sang er ein Lied, das gerade in den Hitlisten weit oben stand. Beide sangen beim Ankleiden: »Give me more, more, more.« Sie gingen zum Auto von Bertold. Otto lief weiter. Bertold rief: »Wo willst du denn hin. Hier geht's lang. Wir machen heute die Prinzessin wild.« »Nein«, rief Otto. »Ich habe dir doch gesagt, ich bin mit Amanda verabredet.« »Ach heute«, rief Bertold beim Losfahren zurück. Na dann Ahoi. NICHT VERGESSEN: more…… «

Dieter und Brigitte waren heute bis spät in der Nacht zuerst auf einem Konzert in der Philharmonie und danach gingen sie zu einem Bankett im Hotel Schweizer Hof, zu einer Veranstaltung der Mercedes Werke für die Berliner Händler. Otto dachte an Bertolds Tipp. Er wäre nicht im Traum darauf gekommen, Bertold hätte sich mit dem Bügelbrett einen Spaß erlaubt. Er war ihm sogar dankbar dafür. Zuhause angekommen, er hatte sich noch nicht einmal fertig umgezogen, klingelte es. Er ging halb angezogen zur Tür und öffnete. Amanda flog ihm an den Hals. »So habe ich es gern. Hast du dich so auf unser Treffen gefreut?«, lachte sie ihn an. Bei ihm in der Unterhose entstand tatsächlich unmittelbar Bewegung. Der Beleg für ihre Aussage, fand sie. Schneller als Amanda war, ging es nicht. Sie zog den Gummi seiner Unterhose nach vorn und sagte: »Schau, was haben wir denn da?« Otto lachte nun ebenfalls. Er schaute herunter und sagte: »Richtig, was haben wir denn da, ein unbekanntes Flugobjekt, oder?« Er erinnerte sich an den Nachmittag in ihrem Appartement. Er stellte sich die prallen Brüste unter dem Stoff vor. Sie trug immer sehr aufreizende Kleidung. Die Bluse stand für tiefe Einblicke weit offen. Der kurze Rock ließ kaum noch Raum für die Fantasie. Er gab preis, was darunter zu sehen war. »Ich hole uns etwas zu trinken. Was möchtest du?«, fragte Otto. Sie wollte Wein. Er trank Wasser wie immer. Er mochte keinen Alkohol. »Hohl mit Alkohol« war seine Devise. Er kostete aber gern einen kleinen Schluck, was für einen Schwips meist ausreichte. »So, jetzt entkommst du mir nicht mehr«, sagte Amanda. Otto hatte die Musik in seinem Zimmer angestellt. Sie tanzte aufreizend, warf im Rhythmus der Musik ihre Bluse weit weg, danach den Rock. Otto stockte der Atem. So etwas hatte er weder erlebt, noch jemals live gesehen. Beim Treffen in Amandas Zimmer lagen sie unter der Bettdecke. Jetzt kam sie näher, zog seine Unterhose herunter, schob ihre Hand unter sein T-Shirt und streifte es über den Kopf. Sie ging zwei Schritte zurück, öffnete langsam, ganz langsam den BH. Danach zog sie den Slip herunter und rekelte sich gekonnt zur Musik. Diesmal sollte es mehr sein. Als sie ein Bein auf die Sessellehne legte, war es selbst bei Otto vorbei mit der Geduld. Er berührte sie zärtlich. Er streichelte sie überall. Amanda hatte ihm gezeigt, was sie anmacht, wie sie es nannte. Nach zehn Minuten konnte sie sich nicht mehr zurückhalten. »Komm, lass uns in die Federn steigen«, flüsterte sie ihm ins Ohr. Sie legten sich ins Bett und tauschten die intimsten Zärtlichkeiten aus. Sie genoss Ottos Ruhe. Er nahm sich für alles Zeit. Er streichelte sie so, wie sie es ihm gezeigt hatte. Lass dir Zeit, hatte sie ihm letztes Mal gesagt. Zeit ist das Wichtigste, was man für die Liebe braucht. Alles andere kommt von allein. Sie kam auch schon fast von allein. Aber sie wollte ihn in sich spüren. Sie wollte ihn auf sich ziehen, als er innehielt. »Ich habe eine Idee«, sagte er. »Lass es uns anders machen. Nicht hier im Bett.« »Wie denn sonst«, fragte Amanda. »Ich zeige es dir«, sagte Otto. Er stand auf. Sie stand ebenfalls auf, weil sie dachte, er mag es im Stehen. Beide waren kurz vor dem Explodieren. Die erotische Vibration füllte den Raum bis in den letzten Winkel. Otto ging, für sie überraschend, in den Flur. Er kam mit einem Bügelbrett wieder. Während er durch die Tür kam, klappte er es auf. Man hörte die Arretierung einrasten. Er stellte das Bügelbrett hinter Amanda ab und küsste sie mehrmals auf die Brust. Er streichelte sie von der Brust bis zu den Schenkeln. Sie hielt es nicht mehr aus. Sie versuchte sich auf das Brett zu legen, musste aber zuerst auf einen Stuhl steigen, um sich dann seufzend im Winkel zu ihm gewandt darauf niederzulegen. Das rote Dreieck zog ihn an. Er stellte sich so vor das Bügelbrett, wie Bertold es beschrieben hatte, fasste es fest an beiden Seiten und zog es zu sich heran. Er kam nicht darauf, wie schwierig es sein würde, Sex in solch einer bizarren Position zu betreiben. Er starrte nur noch auf die Öffnung, die wenige Zentimeter vor ihm lag. Dann entfernte sie sich mit einem krachenden Geräusch. Das Bügelbrett brach unter Amandas Gewicht zusammen. Er ließ es vor Schreck los. So donnerte es ungebremst in sich zusammen. Mit ihm Amanda. Sie lag schock starr auf dem Brett am Boden. Bewegungslos, die Augen weit offen. Sie atmete nicht mehr. Otto schaute ihr in die gebrochenen Augen. Die Erregung flog auf und davon. Er blickte zum Telefon, wollte schnell die Feuerwehr rufen, da hörte er Amandas Räuspern. Sie fing sich wieder, versuchte aufzustehen, wobei er ihr schnell zu Hilfe kam. Sie grinste. »Tolle Idee Otto.« Sie bewegte die Glieder. »Alles OK. Nichts getan. Oh je, habe ich mich erschrocken«, sagte sie. »Ich auch und wie. Amanda, was bin ich froh, dass du heil bist.«

Ob es der Schreck war, die lächerliche Situation oder, weil etwas in ihm hochstieg, etwas stimmte nicht mehr. Er konnte es nicht erklären. Er konnte auch Amanda nicht sagen, warum er nicht weitermachen wollte. Nur eines ging ihm mehrmals durch den Kopf. Die Erzählung von Sybille. Wie sie durch drei Vorkommnisse am Fahrradfahren gehindert wurde. »An der ersten Kreuzung habe ich fast eine alte Frau umgefahren. An der Zweiten schrammte mir ein anderer Fahrradfahrer beim Vorbeifahren am Lenkrad, sodass ich fast gestürzt wäre. Da kam in mir ein ungutes Gefühl hoch. Ich wusste so gar nichts damit anzufangen. An der dritten Kreuzung mit Ampeln, fuhr ein Auto bei Rot über die Kreuzung und raste mit Vollgas weiter. Innerlich schrie es mich an. Es reicht. Keinen Meter weiter.« Genau so hatte Sybille es gesagt. Und Otto dachte: Das ist die Stimme, die zu dir spricht, wenn du besser nicht ins Flugzeug steigen solltest. Soll es allein abstürzen. Das ging ihm nicht mehr aus dem Kopf. Amanda war schwer frustriert. Sie hangelte noch immer durch die Höhen der Lust. Für Otto war der Vorhang gefallen. Er konnte es noch nicht genau einordnen. Es war nicht mehr als eine Vermutung, die sich erst, nachdem Amanda gegangen war, herabsenkte. Er setzte sich in den Garten. Es war ein lauer

Spätsommerabend. Er schaute auf den See. Sein Blick wanderte zum westlichen Uferstreifen, wo er vor etwa dreizehn Jahren Sybille im Wasser um ihr Leben kämpfen sah. Er hatte ein ähnliches Gefühl wie damals. »Nein«, rief eine innere Stimme, sie darf nicht untergehen. Damals sprang er auf und lief los. Heute stand das Gefühl in ihm auf. Nein, ich lass dich nicht gehen. Plötzlich war alles anders. Die vorhin nicht ausgelebte körperliche Lust verband sich mit einer Sehnsucht nach Sybille, wie er es noch nie erlebt hatte. Er dachte immer, sie wollte ihn nur als Freund. Die Scheuklappen fielen mit einem Mal herunter. Sybille hatte ihn noch nie von der Schule abgeholt. Sie traf sich mit ihm immer ungeschminkt. Am Samstag als sie ihn besuchte, sah sie aus wie ein Fotomodell. Ich Trottel, wie sie mich anschaute. Dieses verführerische Lächeln. Ihr kurzer Rock. Und ich dachte, sie geht danach zu einer Verabredung mit einem Mann. Ihm fiel es wie Schuppen von den Augen. Du warst die Verabredung. Mit mir wollte sie etwas anderes als nur die Kinderfreundschaft. Er ging zum Telefon, wollte sie sofort anrufen. Es war kurz nach acht. Um halb neun saßen die Mertens meist beim Abendbrot. Dabei wollte er sie nicht stören. Kurz nach neun rief er an. Sybilles Mutter war am Telefon. »Kann ich Sybille sprechen«, fragte Otto. Stille am anderen Ende der Leitung. Auf ein weiteres Hallo von Otto antwortete die Mutter zögerlich. »Sie ist nicht da.« »Wann kommt sie denn wieder«, fragte Otto. »Kann ich nicht sagen«, erklärte die Mutter. Es klang irgendwie künstlich, aufgesagt. »Na gut«, sagte Otto. »Ich melde mich dann später«. Die Mutter blockte ihn ab, »das brauchst du nicht. Sie möchte dich zurzeit nicht sehen und auch nicht sprechen.« Verstört legte er den Hörer auf. Was hatte das zu bedeuten?

Phase II.

Am Morgen vor der Schule, ging er zu den Mertens hinüber. Er stellte sich an eine Laterne auf der anderen Straßenseite, weit genug vom Haus entfernt, um nicht von drinnen gesehen zu werden. Sybille ging meist eine viertel Stunde später zur Schule als er. Ihre Privatschule begann erst um halb neun. Er hatte ein Entschuldigungsschreiben für seinen Klassenlehrer von Brigitte in der Tasche, dass er heute eine Stunde später kommen würde. Er hatte Zeit. Sybille kam nicht. Er stand fast eine Stunde an der Laterne und wartete. Dann musste er zur Schule aufbrechen. Was war nur los?, fragte er sich. Am nächsten Tag wiederholte sich die Warterei. Nichts. Sybilles Schule endete erst um drei Uhr am Nachmittag. Die staatlichen Gymnasien beendeten in der Regel schon um halb zwei ihren Unterricht. Von viertel vor drei bis halb vier am Nachmittag, promenierte Otto in der Straße gegenüber des Hauses der Mertens. Nichts. Keine Sybille zu sehen. Er ging hinüber zum Haus und läutete an der Tür. Frau Mertens, die Mutter von Sybille öffnete. Was Sybille an Statur, Aussehen und Ausdruck mitgegeben war, hatte sie von ihrer Mutter geerbt. Die Ähnlichkeit war verblüffend. Ihre Mutter war nur einen halben Kopf kleiner. Sie war etwas kühler in ihrer Art. Sie begrüßte ihn mit den Worten: »Otto, du bist es. Ich habe dir doch gesagt, sie will dich zurzeit nicht sehen«, stellte sie steif fest. Bevor sie die Tür schließen konnte, fragte Otto leise: »Frau Mertens, was ist denn los?« Frau Mertens öffnete die Tür gerade wieder so weit, dass sie sich sehen konnten. »Das fragst du mich. Ich dachte, du wüsstest es. Uns hat sie nichts erzählt. Otto, was war los«, fragte sie bestimmend. Otto antwortete: »Ganz ehrlich Frau Mertens. Es war nichts. Eigentlich.« »Was heißt eigentlich«, fragte sie. Zögerlich kam von Otto: »Es heißt, dass ich sie möglicherweise ein, zwei Mal übersehen habe. Aus Versehen. Sie hat es wohl auf sich bezogen. Es war zufällig und ungewollt.« »Ja, das kann sein«, sagte Frau Mertens, »so ein Gefühl hatte ich, als sie abgereist ist. Sie ist kein Kind mehr Otto«, sagte sie etwas lauter. »Sie ist jetzt eine junge Dame und sie ist nun mal sensibel. Ein echter Krebs«, womit sie auf ihr Sternzeichen anspielte. »Ich weiß«, sagte Otto leise und etwas hilflos dazu: »Was soll ich nur tun. Ich möchte es ihr gern erklären.« Frau Mertens sah Ottos ehrlich gemeinte Bemühung. Sie zuckte mit den Schultern. »Ich weiß es selbst nicht. Mir wäre es ja nur recht, wenn sie aus ihrem Schneckenhaus herauskommt. Aber Sybille hat mir gesagt, sie möchte nicht angerufen werden und schon gar nicht von dir.« »Aber wo ist sie denn?«, fragte Otto. »In Frankreich. Im Haus ihrer Großmutter, wo ihr schon einmal wart. In Antibes,« »Oh je«, flüsterte Otto vor sich hin und hob den Kopf. Er blickte gedankenverloren in den Himmel. »Vielleicht kann ich auch hinfahren, wenn ich von der Schule die Erlaubnis bekomme«, sprach er vor sich her. »Ob das eine gute Idee ist? Ich glaube nicht«, bemerkte Frau Mertens zum Schluss, bevor sie die Tür schloss.

Bis neunzehn Uhr hatte Otto alles erledigt. Da war eine Tür. Wenn er durch diese Tür ging, würde sich alles andere von selbst lösen, dachte er. In den vergangenen zwei Tagen hielt er sich in einem Sumpf auf. Gedanklich und bei seinen Bemühungen Sybille anzutreffen. Er wusste nicht, wie er weiterkommen sollte oder ob er steckenbleiben würde. Nun hatte er ein Ziel. Sybille. Als erstes beendete er die Affäre mit Amanda. Sanft, aber klar und verständlich. Dann informierte er seine Eltern über sein Vorhaben. Dann traf er sich mit dem Klassenlehrer, der glücklicherweise noch im Lehrerzimmer der Schule saß. Nachdem Otto ihm erzählt hatte, er müsse dringend nach Frankreich, gestattete er Otto seine Abiturarbeit nachzureichen. Otto nannte als Grund für seine Reise nur, er müsse etwas nachforschen, ermitteln und ein persönliches Treffen arrangieren. Er könne es auch seinlassen die Arbeit abzugeben, erklärte ihm der Lehrer humorvoll, nachdem Otto ihm Umfang und Inhalt der Arbeit dargelegt hatte. Hochrüstung, kalter Krieg und Korruption. Der Lehrer meinte, er könne für die Note den Inhalt des letzten Artikels aus dem Star Magazin nehmen. Formal sei es natürlich besser, wenn er eine Arbeit vorlegte. Andernfalls brauche er sich keine Sorgen zu machen. »Otto, sag selbst, mehr als eine Eins geht sowieso nicht, haha.« Otto bedankte sich herzlich. Von der Schule ging er direkt ins Reisebüro, wo er für den kommenden Tag den Flug nach Nizza buchte. Außerdem reservierte er für eine Woche ein Hotelzimmer in Antibes. Nach dem Abendessen packte er den Koffer und legte sich hoffnungsfroh sehr früh ins Bett.

Mittags landete die Maschine auf dem Flughafen in Nizza. Die Start- und Landebahn verlief parallel zum Strand. Bei der Landung hatte man einen herrlichen Ausblick auf das Mittelmeer. Otto schaute kaum hin. Ihm konnte es nicht schnell genug gehen, Sybille zu sehen. Er musste sich beeilen, damit er den Zubringerbus am Mittag nach Antibes rechtzeitig erreichte. In Antibes angekommen, stellte er nur den Koffer im Hotel ab. Dann lief er zum Haus von Großmutter Mertens. Es befand sich nicht weit vom Hotel entfernt am Hafen Port Gallice, in einer Sackgasse am Boulevard du Cap. Im Port Gallice lag ein Boot der Mertens vor Anker. Vom Obergeschoss des Hauses blickte man direkt aufs Meer und den Liegeplatz im Hafen. Das Meer war etwa hundert Meter entfernt. Das Grundstück war dreimal so groß wie das der Hartmanns in Berlin. Für die Pflege des Hauses hatte Großmutter Mertens die kleine Einliegerwohnung im Erdgeschoss, einem Ehepaar ohne Kinder überlassen. Sie wohnten dort mietfrei, dafür mussten sie aber Haus und Garten instandhalten. Ein gelungenes Agreement für beide. Es bestand seit siebzehn Jahren und funktionierte hervorragend. Das Haus, der Garten und der Swimmingpool waren immer gut gepflegt. Anders hätte sie das Haus nicht behalten können. Das andere etwas größere Anwesen in Nizza hatte die Großmutter verkaufen müssen. Zum Hauptgebäude in Nizza kamen zwei kleinere Nebengebäude, eine riesengroße Werkstatt und zwei Hektar Land. Die Pflege des Anwesens war für sie nicht zu bewältigen. Das Haus in Antibes verfügte nur über zweihundertfünfzig Quadratmeter Wohnfläche, plus Einliegerwohnung und kleinere Stallungen, die jetzt als Werkstatt und Garagen genutzt wurden. Otto war schon einmal mit Sybille dort und kannte sich gut aus. Vom Boulevard du Cap lief Otto, um drei Uhr am Nachmittag, in die Anliegergasse zum Haus der Mertens. Er hatte noch nicht zu Mittag gegessen. Er hatte Hunger, wollte aber keine Minute mehr vertrödeln, um Sybille zu sehen. Das Haus hatte ein Deutscher Architekt Anfang des neunzehnten Jahrhunderts entworfen. Die Fassade war sehr einfach gehalten. Zwei Stockwerke als Würfel, ohne jeden Schnörkel, bis auf die Fenstereinfassungen, die in einen handbreiten Rahmen gefasst waren, der zwei Zentimeter über die grob verputzte, hellgraue Außenwand herausragte, sowie die Eingangsüberdachung, unter der ein Treppenpodest als einstufiger zwei mal zwei Meter großer quadratischer Würfel in die Erde eingelassen war. Die Überdachung ruhte auf zwei viereckigen Pfeilern, die sich mit ihren etwa dreißig mal dreißig Zentimetern auf einem kniehohen Fundament rund um das Grundstück in der Einfriedung wiederfanden. Zwischen den Pfeilern um das Grundstück, waren kunstvoll geschmiedete Eisenteile mit ovalen Öffnungen, Blättern und Früchten der Zitrone angebracht. Die Eingangstüre vom Grundstück war ebenso wie eine breite zweiflügelige Einfahrt, die zu den Garagen führte, aus diesen Ornamenten gefertigt. Auf dem nur leicht geneigten Dach lagen Schindeln aus dunkelgrauem Schiefer, typisch für diesen Landstrich. Er stellte sich auf die andere Straßenseite, so, dass er in die Fenster vom Wohnzimmer im Erdgeschoss schauen konnte. Er hoffte, Sybille durch eines der Fenster zu sehen. Ungeheure Mengen an Gedanken flogen durch seinen Kopf. Er hatte sich seit gestern fast jede Minute etwas Neues einfallen lassen, was er Sybille beim Wiedersehen erzählen würde. Es waren einzelne Sätze, Gedichte, ganze Geschichten. Tausend Dinge waren ihm eingefallen, tausend hatte er wieder verworfen. Er hatte sich sogar vorgestellt ihr ein Lied zu singen, so wie die Minnesänger im Mittelalter ihr Liebesgeflüster der Angebeteten an den Burgen vortrugen, kniend und mit einer Laute. Nach einer viertel Stunde wurde ihm die Warterei zu lang. Er läutete an der Tür. Nichts. Er läutete nochmal. Wieder keine Reaktion. Er hatte Hunger und ging zum Hafen, um etwas zu essen. Hoffentlich ist sie nicht wieder zurück nach Berlin, dachte er. Leider gab es im Sommerhaus in Antibes kein Telefon. Zumindest wusste er nichts davon. Nachdem er einen Imbiss zu sich genommen hatte, ging er noch einmal zurück und läutete mehrmals an der Tür. Nichts rührte sich. Er ging wieder ins Hotel. Abends stand er lange vor dem Sommerhaus und wartete. Kein Licht. Er war müde und ging früh schlafen. Am nächsten Tag war er schon morgens vor dem Frühstück am Boulevard du Cap. Das wiederholte sich mindestens zehn Mal. Nichts. Einmal glaubte er, einen Schatten hinter der Gardine zu sehen. Sie bewegte sich tatsächlich. Daraufhin läutete er und läutete. Nichts. Er war den Tränen nahe.

Am nächsten Morgen ging er ans Meer, nahe dem Hafen. An einer Laterne sah er eine Frau, die von hinten so aussah wie Sybille. Beim näherkommen verflüchtigte sich die Hoffnung. Sie war zwar fast so groß, hatte aber viel kürzeres Haar. Er ging etwa zwei Meter hinter der Laterne vorbei, an der die Frau sich anlehnte und den Blick über das Meer genoss. Der Wind trug eine Duftwolke zu ihm herüber. Den Duft kannte er. Er war für Frauen einmalig. Eine Essenz aus dem afrikanischen Thujabaum. Er ging ganz langsam, seitlich nach vorn zur Laterne. Er wollte nicht aufdringlich erscheinen, falls er sich irrte. Die Frau trug einen Rock und ein blaues T-Shirt und Schuhe, die er bei Sybille noch nicht gesehen hatte. Er drehte sich knapp einen Meter von der Laterne entfernt zu ihr um. Sie bemerkte ihn und schaute ihn endlich direkt an. Sie schauten sich lange still in die Augen. Er sagte leise »Sybille.« Sie flüsterte ungläubig »Otto.« Er war selten unsicher. In diesem Augenblick schwankte er dennoch innerlich hin und her. Was sollte er tun? Er wollte alle tausend Sätze, die er sich während der vergangenen Tage zurechtgelegt hatte, auf einmal hervorbringen, stolperte aber nur heraus: »Willst du mich heiraten?« Sybille erkannte seine Unsicherheit. Sie half ihm heraus. Sie sagte: »Otto das ist schön, aber zuerst möchte ich gern ein wenig spazieren gehen, haha.« Sie strahlte ihn plötzlich an, als sei nichts gewesen. Er lachte ebenfalls, sah aber aus wie ein erschrockenes Kind. Seine spontane Frage aus dem Untergrund hatte ihn wohl selbst verwirrt. Er fragte sie: »Wie konntest du dich denn von der Schule freimachen? Du hattest doch auch eine Abschlussarbeit fürs Abi, oder?« Sie antwortete: »Richtig, hatte ich schon, die habe ich vorgezogen und schon abgegeben. Bei einer Privatschule hast du ein paar mehr Freiheiten, als an den staatlichen Schulen. Bei mir ist alles erledigt. Und, wie stehts bei dir, Otto? Was ist mit der Rothaarigen? Ich dachte das ist dein neuer Schwarm?«, stellte Sybille fragend fest. »Die Dame gibt es nicht mehr in meinem Leben. Tut mir leid Sybille. Es war auch nichts weiter mit ihr«, deutete er an. Sie wussten beide, was er meinte. Sybille fiel eine Last von den Schultern. Sie begann zu weinen. Sie war mit einem Mal sehr erschöpft. Er küsste ihr jede Träne einzeln von der Wange. Jede, die dort war und jede, die folgte. »Das mache ich jetzt für immer«, sagte er, »mein ganzes Leben lang.« Sybille schluchzte, »ja bitte.« Beide gingen Hand in Hand auf der Promenade entlang. Vom Himmel aus gesehen, liefen sie mit kurzen, sanften Schritten. Gleich groß, gleich blond, Gleichschritt. Zehn Minuten lang ohne ein Wort, zwanzig Minuten. Eine Stunde. Nur zwischendurch blieben sie stehen und küssten sich. Otto konnte ihr zeigen, wie es sich mit Zungenküssen verhielt. Es war für beide schwer ein Ende zu finden. So schön war es noch nie, fand Sybille. Dennoch sagte sie irgendwann: »Du Otto, können wir uns bitte später treffen. Sei nicht böse, ich freue mich so sehr dich zu sehen. Ich möchte mich aber etwas herrichten.« »Ja, Frauen machen das wohl so. Herrichten.« Da wussten beide, dass er sie von nun an als Frau ansah. Das kleine Mädchen wurde zur Erinnerung.

Um sieben trafen sie sich in der Nähe von Ottos Hotel, in einem der feinsten Restaurants von Antibes am Strand. Otto hatte darauf bestanden, sie dort zum Essen einzuladen. Er war immer sehr unkonventionell gekleidet. Jeans. Lockere Hemden. Sportschuhe. Heute trug er einen weißen Anzug mit Krawatte und hellen Lederschuhen. Sybille war beeindruckt, wie gut er darin aussah. Mein Fabrikant nannte sie ihn zum Spaß. Sie ließen die Champagnergläser klingen, tranken auf ihr glückliches Wiedersehen und vergnügten sich beim drei Gänge Menü, an jeder Silbe, die sie sprachen und jedem Blick, den sie austauschten. Die Schönheit der Jugend strahlte hell über den Rand ihres Tisches hinaus. Sie sprangen auf dem Weg zum Haus am wolkenlosen Himmel von einem Stern zum anderen, surften auf den Wellen des Meeres am Strand und belächelten leicht berauscht die zwitschernden Vögel, die zirpenden Grillen und Schmetterlinge, die um sie herumflogen. In ihren Augen sprang schelmisches Glück von einem zum anderen. Es beseelte die Nacht – durch die sie bis in ihr Zimmer gingen. Sybille legte eine Platte mit Lovesongs auf, dimmte das Licht dunkler. Dann ging sie zu Otto, sang ihm leise,

Je t´aime, in sein Ohr. Die Zungen trafen sich zärtlich im Kuss. Im Nebel tauchten animalische Gefühle auf. Sie glitten durch den weiten Raum der neu entdeckten Lust. Die Zungen konnten sich nicht voreinander lösen. Für Sybille war es noch ein unberührtes Land. Unerschöpfliche Beglückung wohnte darin. Endlich, endlich war das Warten vorbei. Sie dachte nicht mehr an das Vergangene. Nur hier und jetzt. Das berauschende Erleben trieb beide vor sich her zu ihrem Bett. Noch langsam tanzend, mon amour, caresse-moi, oui, glitt ihre Bluse daneben zu Boden. Seine Küsse auf die Schultern wanderten langsam bis zum Ansatz ihrer schönen Brüste. Der BH landete neben der Bluse auf der Erde. Zärtlich berührten seine Lippen jede Stelle ihrer Haut, bis sie sich bebend, nackt vor ihm auf dem Bett ausstreckte. Sie rekelte sich unter der Fülle von Liebkosungen. Die Lehre der Amanda wirkte sich dabei förderlich aus. Er kannte scheinbar jeden Fleck an ihrem Körper. Dort, wo sich Verlangen versteckte, entdeckte er den Schlüssel zu ihrer Lust. Sybille wurde angesteckt von der Bezauberung des Abends. Mit den Fingern suchten sie beide die Wege auf der Haut zu finden, die den Rausch noch steigerten. Ottos Fähigkeit zur Ruhe paarte sich mit der Lehrlingsübung: »Lass dir Zeit, alles andere kommt von allein.« Er kannte die Hügel der Wünsche und die Täler der Lust. Seine Finger streichelten ohne Pause über ihre Haut. Sie woben ein Netz, das sich über sie legte, wie eine vibrierende Decke, unter der sie dann ebenso bebend zum Höhepunkt kam. Die Küsse hörten trotzdem nicht auf. Im Gegenteil. Sie lagen danach noch fast eine Stunde eng umschlungen, küssten sich, streichelten sich – flogen bis an den Rand der Sehnsüchte, wo er dann endlich langsam, ohne ihr weh zu tun, durch ihren unteren Schutz hindurch, die Lust bei beiden in Gleichklang brachte. Sybille erreichte mit ihm gemeinsam noch einmal den Höhepunkt. Später als sie nebeneinander lagen, sagte er: »Ist es möglich Stern der Sterne«, sie antwortete: »Drück ich wieder dich ans Herz.« Er: »Ach, was ist die Nacht der Ferne.« Sie: »Für ein Abgrund für ein Schmerz.« Beide weinten und lachten gleichzeitig. Dann schaltete Sybille das Licht aus. Die Träume entführten sie ins Paradies.

Das Paradies auf Erden. Es musste wohl aus Liebe bestehen, aus Blicken, Küssen, gemeinsam essen, schwimmen, Zärtlichkeiten, Vereinigung, gemeinsam dichten, Fahrradfahren, an sonnenhellen Tagen und sternenklaren Nächten. Die Tage vergingen wie im Flug. Otto war ins Haus zu Sybille umgezogen. Sie verbrachten jede Minute miteinander. Nie wieder wollten sie sich trennen. Sie schmiedeten Zukunftspläne. Wer würden sie später sein? Die Hartmanns oder die Mertens? Großmutter hatte ein Wörtchen mitzureden, fand sogar Otto. Also Mertens. Das Konglomerat dürfte nicht die Identifizierung verlieren. Nicht wegen so einer Lappalie, wie ihre großartige Liebe, haha. Liebe hier, Liebe dort. Liebe beim Händchenhalten, Liebe im Bett. Die Höhepunkte gaben sich die Hand. Otto im Lendenschurz im Garten der Mertens. Sybille nur mit Bikinihöschen im Pool. Die Berührungen im Pool genossen beide mehr als alles andere. Vielleicht erinnerte sich der Körper dabei, an die Schwerelosigkeit im Wasser der Fruchtblase, an die grenzenlose Vereinigung mit einem anderen Menschen. Sie standen oft eine halbe Stunde oder länger miteinander im Wasser. Die Körper zusammengeschweißt, von der größten Liebe, die es je gab auf dieser Erde. Sie wussten noch nicht was in einem Menschenleben alles passieren kann. Mitten im schäumenden Meer der Liebe, denkt man nicht an Trennung, nicht daran, dass Begebenheiten im Leben – welche auch immer – jedes Gut zerbrechen können. Vorerst mussten sie nur ein kurzes Lebewohl, zwischen Ottos Rückflug und der Ankunft von Sybille in der Woche darauf, hinnehmen. Otto musste die Abi-Arbeit fertigstellen und abgeben. Der Abschied fiel beiden nicht leicht, aber es waren ja – erst einmal – nur ein paar Tage.

Die Trennung

Die Sehnsucht nach Sybilles Anwesenheit schickte mindestens hundert Mal am Tag Bilder von ihr durch Ottos Kopf. Sybille als Foto, Sybille am Strand, in stilvoller Pose, in Unterwäsche, sie lächelte dabei immer. Er sah ihr Phantombild im Bus, hinter einem Baum oder unter der Decke in seinem Bett. Die Sehnsucht nahm mehr Platz in seinen Gefühlen ein, als die Abschlussarbeit für das Abitur. Ist es möglich Stern der Sterne, drück ich wieder dich ans Herz. Ach, was ist die Nacht der Ferne, für ein Abgrund für ein Schmerz. Ja du bist es, lief es wie auf einem Tonband stündlich durch den Kopf. Wenn das Telefon klingelte, ließ er alles liegen und stürmte zum Apparat. Bloß keine Silbe von ihr verpassen. War jemand anders als Sybille am anderen Ende der Leitung, strömte die Enttäuschung bis zum Anrufer hinüber. Seine Mutter sprach ihn als erste darauf an. »Ja, ich bin es nur.« Die Unzufriedenheit springt gleich aus der Leitung. Otto entschuldigte sich, kürzte aber weiterhin jedes Telefonat ab, damit die Leitung für Sybille frei blieb. Sybille – danach kam lange nichts. Sie füllte sein Leben; auf eine bisher nicht gekannte Art; aus. Vielleicht war es vergleichbar mit den Eltern bis zum fünften Lebensjahr. Sie waren in dieser Zeit der Mittelpunkt der Welt. Erst mit der Schule brach der begrenzte Rahmen weg. Heute war sie es, die den Becher füllte. Er fühlte sich vollständiger. Es war rund, vollkommen. Bevor Otto zu Hause ankam, hatte Sybille mit ihren Eltern telefoniert und sie auf die neue Situation vorbereitet. Ihre Eltern konnten oder wollten es anfangs nicht verstehen. Zu sehr gewöhnt waren sie an die rein freundschaftliche Beziehung der beiden. Erst als Sybille das Wort »Verlobung« mehrmals in den Mund nahm, hörte man den Groschen fallen. Heike, Sybilles Mutter, brauchte mehrere Minuten um die neuen Verhältnisse in vollem Umfang zu verstehen. »Ja, was, und nun«, stotterte sie herum. »Mutter, wir lieben uns«, sagte Sybille. »Ja, das weiß ich doch«, antwortete Heike. »Nein«, sagte Sybille, »nicht so wie du es verstehst«. Sie dachte: Kein Wunder, dass

Otto so lange gebraucht hat, um zu begreifen, was sich verändert hat. »Mutter«, sagte sie etwas lauter, »ich bin schwanger, haha«. Heike hatte verstanden. »Habt Ihr etwa«, fragte sie. »Ich bin nicht schwanger, es war ein Scherz«, sagte Sybille, »aber ja, haben wir. Es ist richtig schön. Noch schöner als früher.« Es dauerte lange, bis Heike es verstand. Papa – Oliver Mertens brauchte noch viel länger. Er fuhr sich verstört durch das schüttere braune Haar, kniff die Augen zusammen, was sein Gesicht noch schmaler wirken ließ, dann forderte er Heike auf, alles noch einmal von vorn zu erzählen. Es wollte einfach nicht in seinen Kopf. Erst als Otto nach einem Anruf bei ihnen kurzerhand hinüberkam und ihm alles, was Heike bereits mehrmals erzählt hatte, bestätigte, klingelte es bei ihm. »Ja das darf doch nicht wahr sein. So etwas gibt es doch nicht«, sagte er lächelnd. »Doch«, sagte Otto, »so etwas gibt es. Zwar selten, bei uns ist es aber so.« Otto erzählte bei einem Glas Wein, wie lange es bei ihm gedauert hat, dieses neue Glück zu erkennen. Auch davon, dass er es fast zerstört hätte. »Deine Geschichte hört sich so dramatisch an, darüber kannst du ein Buch schreiben«, bemerkte Oliver am Schluss der Geschichte. »Ich heiße für dich von jetzt an Oliver.« »Und ich Heike«, sagte Frau Mertens. Die Drei umarmten sich und tranken zusammen noch ein Glas Wein. Herr Mertens schaute Otto dabei mehrmals von oben bis unten an. Er sah nun die Veränderung. Otto war erwachsener geworden. Die runden Kinderwangen waren verschwunden. Im Gesicht hatte er; neben dem Mund noch die Grübchen, links stärker ausgeprägt als rechts, das Gesicht war aber schlanker geworden. Mit einem Meter dreiundachtzig war er einen Zentimeter größer als er selbst. Otto war insgesamt sehr schlank und sportlich. Trotz seiner etwas schlaksigen Art, wirkte er flott, männlich. Er hatte sich unbestritten zum Mann entwickelt, dachte Oliver. Er fand ihn vor einigen Tagen, als er ihn getroffen hatte, noch kindlicher. Man sagt wohl nicht umsonst, die erste Liebe macht dich reifer. Otto wirkte interessant, war aber eigentlich kein klassischer Frauentyp. Er legte die Hände, wenn er stand, nicht an die Seiten, sondern schob sie nach hinten. Dadurch wirkte er zurückhaltend. Er hielt das Weinglas nicht gerade in der Hand, sondern drehte es schräg. Sein Gang war leicht wippend, wie bei den Buschmännern in Australien. Otto hob die Fersen beim Laufen etwas höher als andere Fußgänger. Sein unscheinbares, nettes Gesicht wirkte, durch die selbst für einen Deutschen helle Hautfarbe, etwas transparent. Nun denn, darüber, wie smart Otto war, brauchte sich Oliver keine Gedanken zu machen, das überließ er seiner Tochter.

Innerhalb der ersten Woche seiner Rückkehr schrieb Otto die Zusammenfassung seiner Texte für den Abiturabschluss. Im Prinzip war es nur für seinen Lehrer. Die Note hatte er Otto in Erwartung einer weiteren anerkennenswerten Leistung längst zugeteilt. Anders ging es nicht. Otto war während der Zeugnisausgabe in Frankreich. Der Inhalt der Arbeit war mit dem Klassenlehrer vorab besprochen. Otto wählte das Thema Kriege und Hochrüstung. Hauptsächlich beschrieb er darin den Wahnsinn, aus Profitgier Hochrüstung zu betreiben. Er lieferte Daten und Fakten von 1907 bis zu seinem Abschlussjahr, die belegten, dass die Rüstungsindustrie aus Gewinnstreben Kriege und Ausbeutung förderte. Er belegte Geldzuwendungen und die Unterstützung von Rüstungskonzernen beziehungsweise deren Hauptgesellschaftern, die dabei halfen, Adolf Hitler an die Macht zu bringen. Er lieferte Zahlen, Waffenmengen sowie die Gewinne, die einzelne Rüstungskonzerne im Zweiten Weltkrieg erwirtschaftet hatten und dadurch aus dem menschlichen Leid ihren Vorteil zogen. Er führte Rüstungsexporte, die nun wieder von deutschem Boden ausgingen, detailliert auf. Gleichzeitig stellte er die Verbindung mit Kriegen her, die in Waffenempfängerländern stattfanden und die Gewinne, welche die Rüstungsindustrie daraus zog. Daraus folgte die These: Hochrüstung ist ein Hauptgrund für Krieg. Die von der Politik und den Rüstungskonzernen verbreitete Meinung, große Waffenarsenale schützen und hemmen den Ausbruch von Kriegen, war nicht zutreffend. Nicht gestern, nicht heute, nicht in der Zukunft. Er stellte eine weitere These auf mit folgendem Inhalt: Wenn die Supermächte die Gelder, die sie in die Rüstung steckten oder zumindest einen Teil davon, statt in Waffen, in die bessere Zusammenarbeit der Weltgemeinschaft investieren würden, käme ein anderes Ergebnis zugunsten des

Friedens dabei heraus. Außerdem würden dann nicht einige wenige, sondern die breite Bevölkerung ihren Nutzen daraus ziehen. Die Beziehungen zwischen den Staaten auf dieser Welt, beruhen derzeit fast ausschließlich auf gegenseitiger Ausbeutung, Macht und Abschreckung. Solch eine Politik kann nur zu Auseinandersetzungen führen. Hier folgten Ausführungen mit Listen, Zahlen, Daten und Fakten über die Kriege der letzten zwanzig Jahre, Rüstungsausgaben einzelner Industrienationen, Waffenexporte, sowie die dabei erzielten Gewinne der Rüstungskonzerne, die für Ottos Klassenlehrer einfach zu weit gingen, als dass er sie gänzlich richtig zuordnen konnte. Die Arbeit umfasste mehr als zwanzig Seiten. Er war natürlich zufriedengestellt. Die Note, die er vergeben hatte, war richtig gewählt. Wie sollte es auch anders sein. Er sagte zu Otto: »Zur Eins bekommst du nachträglich ein »plus«, wenn auch nur mündlich. Das würde an Ottos Gesamtnote Eins Komma zwei sowieso nichts ändern.

Brigitte und Dieter verharrten weiterhin in Vollbeschäftigung. Sie kamen wie immer; in den vergangenen sechs Monaten; erst gegen achtzehn Uhr nach Hause. Selbst heute am Freitag. Die erhoffte Entlastung durch die Einstellung eines Geschäftsführers war nicht eingetreten. Im Gegenteil. Der Betrieb boomte trotz der Wirtschaftskrise. Die Schuld am Abschwung gab Dieter der SPD, die gerade regierte. Für ihn war immer die SPD schuld. Die Sozis, wie er sagte. Die verschleudern unsere Steuergelder für nichts und wieder nichts. Die schauen doch nur, wie sie ihre Beamtengehälter in die Höhe treiben und alles andere – Misswirtschaft. In diesen Tenor wollten weder Brigitte noch Otto einsteigen, die den politischen und wirtschaftlichen Prozess differenzierter betrachteten. Dieter war es egal. Er ließ Dampf ab. Politik war für ihn nicht von großer Bedeutung. Er bevorzugte als grundlegende These, dass alle Parteien und Politiker gleich seien. Selbst bei einer Veränderung der Regierungsform oder wie heutzutage der Regierungszusammensetzung; bliebe sowieso alles gleich. Das hatte er nach der Lektüre von Balzacs verlorenen Illusionen vor einundzwanzig Jahren so entschieden und war davon immer noch überzeugt. Schön für den, der sich keine Probleme macht, bemerkte Brigitte an dieser Stelle ebenso monoton. Auf oder Ab der Gesamtwirtschaft, war ohnehin für die Hartmanns egal. In Zehlendorf wurde der Betrieb von Kunden überrannt. Ob im Verkauf oder der Werkstatt, die Hartmanns konnten die Aufträge kaum noch in einem angemessenen Zeitrahmen bearbeiten. Dieter hatte das Grundstück am Kurfürstendamm, nahe Halensee gekauft, ließ es derzeit aber wegen der Auftragsflut brach liegen. Einen Bauzwang gab es nicht. Die Grundstücke stiegen in der westlichen Innenstadtlage stetig im Wert. Dieter machte sich deshalb keine Gedanken; um die Erweiterung der Firma. Vielmehr erkundigte er sich, überraschend für Otto, der schon dachte, die Eltern hätten ihn vergessen, nach der Abschlussnote. »Zwischen Eins und Zwei, was meint Ihr«, fragte er.« »Zwei ist ausgeschlossen«, bemerkte Dieter. »In der Mitte«, riet Brigitte. »Sooo schlecht bin ich nun auch wieder nicht. Superman von den Eltern heruntergespielt. Nein. Noch einmal dürft Ihr raten.« »Einseins«, sagte Dieter. »Fast«, sagte darauf Otto. »Eins Komma zweiiii.« »Juhuuhhh« rief Brigitte.« Dieter riss die Augen auf. Er rannte ins Schlafzimmer. »Augen zu«, rief er von der Tür. »Dich meine ich, Otto, nicht Mama«, die ihre Augen schloss. Sie öffnete die Lider, Otto klappte sie nach unten. »Hände nach vorn«, rief Dieter. Er legte Otto die Miniatur einer Mercedes-Benz Limousine in die offene Handfläche. »Die schenke ich dir.« Otto war irritiert. Er kniete sich auf den Boden, schob das Spielzeugauto über den Teppich und ahmte dabei Geräusche eines kleinen Kindes nach. »Bsimmmm Bssssss« und fuhr mit dem kleinen Auto in der Hand auf dem Boden herum. Dieter schmollte: »Nein, nicht ein Spielzeugauto, du Depp, haha. Einen echten Viertürer. Den Führerschein bekommst du dazu.« Dieter sah Otto immer noch in der Wirtschaftsriege ganz oben, als Professor, Erfinder oder ähnliches. »Aus dir wird noch was, mein Guter. Da brauchst du doch ein standesgemäßes Auto.« Otto sagte: »Spendierst du mir auch einen Chauffeur?« Dieter grinste. »Nein, aber in einer Stunde feiern wir. Dann kannst du dein erstes Glas Mouton mit uns trinken – und – kein aber diesmal. Darauf müssen wir anstoßen.«

Um halb acht war Dieter zurück. Er war zum nahe gelegenen Feinschmeckerrestaurant gefahren. Er brachte so viel Essen mit, es hätte für zehn Personen gereicht. »Wollen wir Oliver und Heike fragen, ob sie mitfeiern wollen? Vielleicht hat Sybille auch Lust, mit rüber zu kommen«, fragte er. Otto sagte: »Klar, Oliver und Heike.« Dieter wunderte sich, das Otto die beiden beim Vornamen nannte. Das tat er sonst nie. Er rief bei den Mertens an. Sie hatten Zeit. Die drei freuten sich. »Kommt Sybille mit«, fragte Brigitte. »Nein«, sagte Otto, »sie ist doch bis Morgen in Frankreich.« Dieter lächelte still vor sich hin, so als hätte er etwas zu verbergen. Als er mit weiteren Getränken aus dem Keller kam, klingelte es bereits. Brigitte öffnete die Tür. Oliver und Heike kamen herein. Die Tür ließen sie geöffnet. Otto ging hin und wollte sie schließen. Da stand sie. Die Hände schüchtern vor dem Bauch gefaltet. Sybille schaute auf den Boden. Sie hob langsam den Kopf. Ihre Augen funkelten und strahlten. Otto war überwältigt. Nicht nur, dass er erstaunt war sie zu sehen. Sybille sah so bezaubernd aus mit ihrer neuen Frisur – und überhaupt fand er. Dieter, Brigitte, Oliver und Heike hatten sich begrüßt. Dieter wollte die Tür schließen und sah die beiden draußen stehen, wie sie sich innig umarmten. Dieter meinte: »Hey nicht so doll, haha«, da sah er, wie sich Otto und Sybille küssten. Sie küssten sich auf den Mund. Lang und intensiv. Danach umarmten sie sich wieder. Dieter ging verstört ins Haus. Er fragte Oliver: »Sag mal, weißt du, was mit den beiden los ist?« Oliver fragte: »Wie los, was ist denn?« Dieter, der noch nichts über die neue Liebesbeziehung der beiden wusste, traute sich kaum den Satz auszusprechen. Er wandte sich zu Olivers Ohr und sagte leise: »Sie küssen sich.« Oliver lachte drauflos. »Ihr wisst es noch nicht? Was denn, wirklich nicht?« Brigitte wurde auf die Tuschelei aufmerksam. »Die beiden haben sich in Frankreich verlobt,« sagte Oliver. Brigitte rutschte das Herz in die Hose. »Mein Otto verlobt?«, fragte sie ungläubig. Otto antwortete darauf von der Tür aus: »Ja, so ähnlich, fast meine ich, ja so ziemlich. Ich wollte es euch als Überraschung morgen erzählen, wenn Sybille wieder da ist.« »Sybille ist da«, warf Dieter ein. Sybille drängelte sich an Otto vorbei durch die Tür und begrüßte Dieter und Brigitte. »Ich bin einen Tag früher zurückgekommen.« Sie zog ihren Mantel aus, hängte ihn an die Garderobe, dann nahm sie Ottos Hand. Sie standen beide vor den Hartmanns. Sybille sagte: »Es war unausweichlich, haha, ich war unausweichlich.« »Dann kommt mal«, sagte Dieter erfreut.« »Um so besser. Dann feiern wir heute doppelt. Eins Komma und gleich zwei dazu.« Er sang: »Und sie tanzten bis zum Ende…. lala lala. Jooouuhhh.« So glücklich sah man ihn selten. Otto war froh. Keine weiteren Fragen in diesem Fall. Papa war wirklich doppelt froh. Die anderen stimmten ein, lachten, tanzten, nahmen die Gläser und stießen miteinander an. »Auf die Big Familie«, rief Dieter immer wieder im Laufe des Abends. »Ich glaub es nicht.« »Ja, kaum zu glauben«, pflichtete ihm Oliver bei. Während sie abwechselnd aßen, tranken und jubelten, erzählten die beiden von ihrem Happyend, wobei sie immer wieder lange, tiefe Blicke tauschten.

Sybille blieb in der Nacht bei Otto. Sie sagte zu ihren Eltern: »Ich bleibe noch ein wenig, geht Ihr doch schon vor.« Heike schaute Oliver schmunzelnd an. Sie freuten sich sehr. Wer bekam schon solch einen netten, klugen, aufrichtigen Schwiegersohn? Nachdem die Hartmanns die erste Überraschung verdaut hatten, freuten sie sich ebenso. Am nächsten Morgen konnten die Verliebten ausschlafen. Bis spät in den Vormittag konnten sie nicht voneinander lassen. Die Zeit verging wie im Flug beim Austausch von Zärtlichkeiten, fünfhundertzwölf Küssen, einer Kissenschlacht und dem verspäteten Frühstück im Bett. Das hätten sie noch vor einem Jahr nicht vermutet, in welche Träumerei sie da hineinschlitterten. Sybille setzte sich auf den wehrlos auf dem Rücken liegenden Otto. Der sagte: »Nein, nicht schon wieder.« Beide lachten und schwangen die Kissen. Sybille stand auf und warf Otto von hinten ihr Kopfkissen auf den Rücken. »Da hast du, Schwächling. Nun hol dein Pferd und geh hinfort.« »Hey, du bist bei mir. Schon vergessen?«, rief Otto, den Zeigefinger gebieterisch zur Decke gerichtet. »Weib, lass uns noch ein klein wenig den Weg erkunden.« »Ja, gute Idee«, sagte Sybille. Beim Anziehen erzählte ihr Otto, das er noch nicht mit Dieter über seine weitere Ausbildung gesprochen hatte. »Was mache ich nur mit Papa?«, fragte Otto. »Ich habe mich an der Technischen Universität für den Studiengang Journalismus einschreiben lassen. Ich habe es ihm noch nicht erzählt.« »Weiß es deine Mutter?« »Ja, ich habe ihr Stillschweigen abgerungen. Sie ist nicht erfreut darüber, wird sich aber daran halten. Ich habe ihr versprochen, so bald wie möglich mit ihm darüber zu sprechen. Sie sind so beschäftigt, ich bin noch nicht dazu gekommen.« Nachdem sie sich angezogen hatten, gingen sie aus dem Haus. Sie liefen über eine Brücke an der Autobahn, die zur Innenstadt am Funkturm führte, vorbei an einem Imbiss und dann in den Wald, Richtung See. Die Gegend, in der sie wohnten, war stark bewaldet. Ideal für Menschen, die gern spazieren gingen. Otto erzählte Sybille von seiner Abschlussarbeit für sein Abitur. Er hatte so viele Informationen gesammelt. Sie ungenutzt liegenzulassen, wäre für einen Journalisten eine Sünde. Sybille belegte ihn mit einem gespielt grimmigen Blick. Er sagte: »OK, ich weiß. Ich habe es versprochen. Keine Reibereien mit den Behörden. Ich werde es auch einhalten. Ich habe zusätzlich zur Abi-Arbeit so viele interessante, brandheiße Daten gesammelt. Was soll ich damit tun? Die bringen auch Geld. Sie einfach wegwerfen, ich weiß nicht.« »Irgendwo hast du sicher recht«, sagte Sybille. »Engagement in dieser Sache ist auch sehr positiv. Ich hätte da einen Vorschlag. Damit wärst du von dem Versprechen entbunden. Ich habe es sowieso nicht so ernst genommen mit dem Gelübde der Entsagung. Du kennst doch einige der Reporter im Star Magazin. Teilt Euch doch die Arbeit und den Lohn. Du gibst die Informationen, so wie sie sind, einfach weiter und dein Partner bearbeitet die Texte, macht daraus einen Artikel und veröffentlicht ihn. Die Reporter sind bei der Zeitung angestellt. Sie sind Journalisten. Sie geraten sicher nicht so schnell in den Fokus der Behörden. Dann hast du ein wenig mehr Ruhe für dein Studium. Nölder muss ja auch nicht unbedingt wieder geärgert werden, haha. Dann läuft der Artikel unter einem anderen Namen.« »Gute Idee«, sagte Otto. »Oder ich werde Co-Autor. Ich habe noch eine andere Sache, die interessant ist, unabhängig von der Hochrüstung. Ein verwandtes Thema, aber trotzdem anders. Mehr aus dem Elektronikbereich. In den USA ist man gerade dabei elektronische Netzwerke zu erproben. Sehr interessant und echt etwas Neues. Ich mag die Herumstöberei in den Archiven wegen Rüstung eh nicht mehr. Mit der Elektronik-Story hätte ich etwas Brandaktuelles.« »Hört sich gut an, Sonderermittler Hartmann«, sagte Sybille.»Das Sammeln und Verwerten von Informationen ist dir anscheinend angeboren.«

Beide unterhielten sich beim Spaziergang weiter über den Rüstungswahnsinn. Eines von hundert Themen, über die sie sich beim Laufen unterhalten konnten. »Die Waffe hatte eigentlich eine Schutzfunktion«, warf Sybille in die Attacke gegen die Rüstungsschmieden ein. »Gegen wilde Tiere und jegliche Angreifer. Dafür wurde sie gebaut und genutzt. Der Mensch hat keine Hörner, wie manche Tiere, keine Reißzähne. Dafür benutzte er die Waffe zum Schutz, nicht um jemand anderen anzugreifen. Da ist die Waffe noch am richtigen Platz. Wann hat sich das geändert?« »Seit der Zeit, in der sich einzelne Menschen zu größeren Gruppen zusammenschlossen. Mit der Bildung der ersten Siedlungen, Gemeinschaften, Dörfer und so. Dann wurde daraus auch ein Angriffsinstrument, zum Raub von allen möglichen Dingen.« »Oder Landraub«, sagte Sybille. Otto lachte, »Raubrittertum war ein Hobby der faulen Edelleute. Ich entführe die Prinzessin, nehme ihr Land und bringe sie auf meine Burg, haha.« »Der Raub der Prinzessin ist mit den Kriegen von heute kaum zu vergleichen«, sagte Sybille. »Warum nicht«, fragte Otto. »Auch wenn sich die Edelleute heute ein politisches Alibi für ihre Kriege ausdenken, tun sie es, wenn du hinter die Kulisse schaust, bis auf Ausnahmen, eigentlich auch nur um sich zu bereichern. Heute genau wie vor tausend Jahren. Das Bild, das sich ergibt, ist das Gleiche. Früher ging es dabei nur darum, Kleidung, Nahrungsmittel oder Unterkünfte in seinen Besitz zu bringen, später darum Schätze und Ländereien zu rauben, Bodenschätze. Erdöl wird zukünftig im Fadenkreuz stehen. Frag Dieter. Der Motor braucht Benzin, die Wirtschaft braucht Energie. Ich wette, dass die nächsten Länder, die von den Großmächten einverleibt werden, Erdöl produzierende Länder sind.« »Macht«, sagte Sybille.« »Macht worüber?«, antwortete Otto gedankenverloren. »Zerstörung ist keine wirkliche Macht. Oder? Derzeit finde ich es beängstigend, wie mittlerweile das Pferd gänzlich durchgeht. Es ist so weit gekommen, dass sich die Rüstungsbetriebe von der Belieferung für das eigene Land abgekoppelt haben. Die steuern rasend schnell mit zusätzlich geschaffenen Kapazitäten in ein gigantisches Produktionsvolumen. Von Seiten der Politik wird da kaum etwas überwacht. Die Waffen gehen in den Export. Dadurch werden natürlich überall Kriege ermöglicht und sie entstehen ja auch, wie man sieht.« Otto war nach seinen Recherchen für die Abi-Arbeit noch immer sehr ergriffen von den Erkenntnissen, die er dabei gewann. Er redete erregt weiter: Früher, wenn Gewehre verkauft wurden, war das nicht so tragisch, wie die Auswirkungen von Waffensystemen heute. Das Vernichtungspotential der Waffen, die heute produziert werden, liegt viel höher als früher. Sie schaden dem Menschen und dem Planeten. Bei den chemischen Waffen gibt es dafür etliche Nachweise. In Vietnam belasten die Umweltschäden Generationen. Vielleicht regenerieren sich die geschädigten Böden, Gewässer, Pflanzen und Tierarten nie wieder. Das Vernichtungspotential der neuen biologischen Waffen, die sich in einer Testphase befinden, ist unermesslich. Niemand weiß, welche Prozesse bei deren Einsatz auf der Welt ausgelöst werden. Für den Verlauf bei der Anwendung der Gifte gibt es keine ausreichenden Erkenntnisse. Da sind auch Synthesen möglich, die unbekannt sind. Die sprühen erst und denken dann. Wie bei dem Medikament »Contergan«. Erst verkaufen, Geld in die Taschen und dann sehen wir mal, was kommt.«

Sybille fragte: »Und was tun? Reden allein bringt kaum etwas. Hast du eine Idee, was man gegen die Hochrüstungspolitik tun kann?« Ottos Antwort kam sehr zögerlich. »Ich habe schon oft darüber nachgedacht. Am Ende stand immer die Ohnmacht des Einzelnen.« »Aber man kann sich doch nicht einfach damit abfinden«, antwortete Sybilles mit jugendlichem Enthusiasmus. Otto erwiderte: »Steter Tropfen höhlt den Stein, sagte Amanda dazu. Wahrscheinlich ist langfristig angelegte Agitation tatsächlich eine der wenigen Möglichkeiten, die zur Bildung eines anderen Bewusstseins, für Frieden und Miteinander führen könnte. Die Menschen müssten verstehen, dass die Welt nicht sicherer wird je mehr Waffen entstehen, sondern eher unsicherer. Unzivilisierte Staaten und vor allem Diktaturen müssten von Waffenlieferungen ausgeschlossen werden. Sie sind durch die Ausrüstung mit Kriegsgerät, kaum noch kalkulierbar. Kriege, wenn sie sich verselbstständigen, werden immer schwieriger kontrollierbar. Weder Freund noch Feind hat Nutzen von der sinnlosen Vernichtung. Das sollte von den Fernseh- und Radiosendern verbreitet werden und nicht die Angst vor dem Klassenfeind, wie wir es jeden Abend sehen können. Die Länder müssten sich besser miteinander abstimmen und eine Koexistenz in jeder Beziehung dulden. Frieden sollte immer an erster Stelle stehen«, sagte Sybille. »Ja«, sagte Otto, »davon hängt schließlich das Überleben der ganzen Menschheit und des Planeten ab.« Sybille warf ein: »Meinst du, dafür ist die Welt schon bereit? Teilen statt ausbeuten? Miteinander leben, anstatt sich zu bekämpfen? Gemeinsam die Welt schützen, statt sie zu vernichten?« Otto antwortete resigniert. »So etwas fragst du mich auf der Oberfläche des größten Irrenhauses im Universum? Da besteht wenig Hoffnung, denke ich. Aber ein wenig ist besser als nichts. Was macht man im Irrenhaus? Tanzen – tanzen ist besser als totschlagen, haha. Lass uns ein wenig tanzen, fröhlich sein. Genug philosophiert.« «Was ist mit der Liebe«, antwortete Sybille. »Hilfe«, brüllte Otto. Er lief in den Wald. »Liebe. Yeahh, Liebe rief er in den Himmel.« Jaahh Liebe«, rief Sybille. Sie lief ihm nach. Liebe ist schöner als Krieg.

Am Montag darauf rief Otto gleich in der Früh seinen Bekannten Horst Sommer vom Star Magazin an. Er erzählte ihm von dem Desaster mit Sybille, der Fahrt nach Frankreich mit dem Happyend und als Überraschung, vom Studienplatz an der Uni: Journalismus. Herr Sommer freute sich mit ihm. Otto tastete sich im Gespräch vorsichtig bis zur Abschlussarbeit vor. Nachdem er den Inhalt der Arbeit dargestellt hatte, verriet er Herrn Sommer, dass er noch weitere Texte, Zahlen und verwertbare Daten hatte, die er im Augenblick nicht nutzen wollte. Otto sagte: »Lieber Horst, die Story ist in ein paar Monaten nicht mehr aktuell. Dann kannst du alles in den Müll werfen. Magst du sie nicht bearbeiten?« »Hört sich gut an«, antwortete Horst. »Ich arbeite mir derzeit die Finger wund für jede Zeile. Eine solche Story käme mir sehr gelegen. Ich brauche Arbeit. Dann gib mir die Akte.« »Ja Horst, wie schon gesagt, ich kann aber nichts weiter dafür tun. Ich fange gerade mit dem Studium an und verbringe all meine freie Zeit mit Sybille.« Herr Sommer sagte darauf: »Otto, ich muss doch wohl nicht bitte sagen. Bevor du den Kram wegwirfst, wirst du die Akte mir überlassen, oder?« »Ja schon«, sagte Otto. Er kam auf den entscheidenden Punkt. »Gibst du mir trotzdem etwas vom Honorar ab? Ich trete auch mit einem Untertitel auf. Da gibt es noch etwas, was ich ermittelt habe. Etwas, das ich am Telefon nicht besprechen möchte. Zu heikel.« »Oh«, sagte Horst, »Geheimsache OH.« Er spielte dabei auf seinen Namen an. O wie Otto und H wie Hartmann. »Hast du heute Nachmittag Zeit?« »Ja«, sagte Otto, »passt.«

Um zwei Uhr am Nachmittag war Otto bei Horst Sommer in der Redaktion. Er kannte auch andere Journalisten und zwei Redakteure, die hier arbeiteten. Er wurde freundlich, fast überschwänglich nett begrüßt. »Tag Otto, wieder einen Reißer dabei, haha?«, sagte Ferdinand Glauber, der für das Auslandsgeschehen zuständig war. Otto war nicht wohl bei so viel Trubel, den man um ihn machte. »Na, mal sehen«, sagte er. »Ich wollte eigentlich nur Horst besuchen«, versuchte er den Besuch herunterzuspielen. Horst Sommer gab er die Unterlagen. Alles war perfekt geordnet. Oben auf lag seine Abiturarbeit als Orientierung für den Aufbau. Dann folgte darunter ein Inhaltsverzeichnis mit den gesammelten Ermittlungsergebnissen. Namen von Firmeninhabern mit den dazugehörigen Rüstungskonzernen, die im Dritten Reich tätig waren und heute wieder, meist, ohne von der Entnazifizierung der Alliierten tangiert worden zu sein. Heute produzierten sie teils unter anderen Firmennamen oder geänderten Gesellschaftsformen, für die Bundesregierung oder/und die USA. Dann kamen Fakten über Korruption in Politik und Wirtschaft, über Schmiergeldzahlungen, den Einsatz von KZ-Häftlingen in den Waffenfabriken und ihren Klagen in der Nachkriegszeit die großteils im Sande verliefen. Dann kalter Krieg verbunden mit einer Theorie fehlgeleiteter Rüstungsdynamik, die Entstehung von

Stellvertreterkriegen und Angriffskriegen, mit Hinweisen auf die Manipulation von Kriegen durch Organe der Großmächte. Herr Sommer war nicht mehr zu halten. Er sprang nach drei Stunden auf und rief: »Otto, das willst du wirklich mir überlassen? So viel Ehre beim Chef. Damit sprengen wir wieder die Auflage.« »Nicht wir«, sagte Otto, »Du. Ich erscheine nur mit einem Nebenartikel.« Er berichtete Herrn Sommer nun von den neuen Forschungsergebnissen, die er im Schüler-, beziehungsweise Studentenaustausch bekommen hatte. »Intellektronik.« »Davon habe ich schon gehört. Das ist derzeit hochbrisant. Die Regierung in den USA behandelt die Nutzung für militärische Zwecke wie ein Staatsgeheimnis«, bemerkte Herr Sommer. »Toll. Na dann los.« Sie verabredeten sich gleich für kommenden Montag, um die Ergebnisse zu besprechen und den Textaufbau möglichst noch am selben Tag abzuschließen. »Otto«, sagte Horst beschwörend, als sie sich verabschiedeten. »Rede nicht weiter darüber. Nicht einmal mit deinen Verwandten oder Sybille. Es ist zu brisant und die Konkurrenz schläft nicht. Wenn es veröffentlicht wurde, dann ist es egal. Aber vorher hält man immer den Mund. Man verbreitet keine Informationen über künftige Storys in der Weltgeschichte. Regel Nummer eins im Journalismus.« »OK«, sagte Otto, »machs gut. Bis nächste Woche.«

»Guten Tag Otto«, begrüßte ihn Horst Sommer am Montag darauf. »Hast du deine Arbeit trotz des Studiums geschafft?« »Klar«, antwortete Otto. »Und du?« »Klar, ich habe zusätzlich noch irre viel nachgeforscht. Dabei habe ich noch einen zusätzlichen drei Seitenblock aufgestellt. Wie viel Seiten hast du insgesamt?« »Nur zwei«, sagte Otto. »Gut, das reicht völlig. Bei mir sind es jetzt zwölf. Mit Bildern. Fast zu viel sagt die Redaktionsleitung, aber kürzen wollte ich nicht. Hast du genug Zeit mitgebracht?«, fragte Horst Sommer. »Ja Horst«, antwortete Otto. »Gehen wir die Texte mal durch«, sprach Horst weiter. »Wir wollen die Story ins nächste Heft reinnehmen. Kopien vom Artikel für dich liegen auf dem Tisch. Wenn etwas nicht stimmig ist, sag Bescheid.« Otto überflog den Artikel. Er war ähnlich aufgebaut wie seine Abschlussarbeit. Die Überschrift lautete: »Und wieder führen deutsche Waffen einen Vernichtungsfeldzug in der Welt«. Die Rüstungsindustrie verdient an jedem Krieg. Am Ersten Weltkrieg genauso wie am Zweiten Weltkrieg. Es folgten Zahlen, wer was in diesen Kriegen produziert hatte und welche Gewinne in Millionen Reichsmark dabei abfielen. Die Frage stellt sich, wie aktiv nahm die Lobby ihre Interessen dabei wahr. Entfällt ein ursächlicher Anteil an der Entstehung von Kriegen auf die Rüstungsindustrie? Sie war mit dafür verantwortlich, dass Hitler an die Macht kam. Es war eine Liste eingebunden, mit den Namen von Inhabern großer und mittlerer Betriebe, die Höhe und die Zeitpunkte von Spenden an die NSDAP und Leistungen die direkt an Adolf Hitler und seinen Komplizen gingen. Fast jeder der Hauptgesellschafter der Waffenschmieden und ihre hochrangigsten Mitarbeiter waren oder wurden Parteimitglieder. Dadurch wurde die direkte Beteiligung und eine politische Verantwortlichkeit am Geschehen 1933 – 1945 deutlich. Wieder folgte eine Aufstellung mit Namen und Beitrittsjahr. Man konnte bei einer weiteren Aufstellung denken, dass die Rüstungsindustrie aus Gewinnstreben Kriege und Ausbeutung fördert. Der Auftragsboom begann nicht erst mit Kriegsbeginn, sondern schon 1933. Von 1933 bis 1939 verdreifachte sich das Heer. Alle sollten mit neuen Waffen bestückt werden. Gewehre, Munition, Panzer, Kanonen, Flugzeuge, Schiffe, Granaten, Bomben. Herr Sommer hatte jede Waffengattung, Ausrüstung – selbst die Tornister und Bestecke –, in Listen aufgeführt. Was hatten Adolf Hitlers Aktionen gebracht? Gewinn vorher, Gewinn nachher. Den größten Reibach machten die Schiffsbauer. Die Einnahmen verzehnfachten sich in dieser Zeit. 1939 war die Wehrmacht ausgestattet für den größten Feldzug in der Weltgeschichte. Der Leser konnte selbst zu dem Schluss kommen: Die kriegerische Handlung war von Anfang an geplant. Da die Hauptgesellschafter der Konzerne meist auch in der Partei waren, sollte man annehmen, dass sie die Entwicklung mit steuerten, zumindest aber beeinflussten. Nachdem der Krieg begonnen hatte, erhöhte sich der Bedarf von Wehrmacht, Marine, Luftwaffe etc. noch weiter. In die Kassen der Waffenschmieden floss so viel Geld wie nie zuvor. Kein Krieg in der Geschichte des Planeten hat so viel Geld gekostet wie der Zweite Weltkrieg. Die deutschen Rüstungskonzerne standen in der Rangliste der Produzenten ganz oben. Es folgten Aufstellungen der Produktion von Rüstungsgütern 1939 bis 1945 und die damit verbundenen Aufwendungen. Auch unkontrolliert geflossene Gelder wie zum Beispiel für die Forschung waren aufgelistet. Gelder die schon früher scheinbar im Niemandsland verschwanden. Am Ende war der Krieg für die Deutschen verloren. Die einzigen Kriegsgewinnler waren die Rüstungskonzerne. Sie ziehen bei jedem Krieg Vorteile aus menschlichem Elend und Leid. Sie werden in der Regel nicht zur Rechenschaft gezogen. Nach dem Zweiten Weltkrieg nicht einmal für die Ausbeutung und der indirekten Verantwortung für Hunger, Tod und Elend beim Einsatz von KZ-Häftlingen als Sklaven. Herr Sommer hatte kurzfristig in alten Wehrmachtarchiven herumgewühlt, die teils bei den Alliierten noch zu finden waren. Nach dem letzten NS Artikel hatte er einen Hinweis erhalten. In den Archiven der französischen Besatzer sollten Unterlagen vorhanden sein, die belegen konnten, dass die Rüstungskonzerne Juden als Zwangsarbeiter eingesetzt hatten, ohne Lohn, manchmal ohne Brot und Schlimmeres. Es war ein brandheißer Tipp, für den der Anrufer sogar Geld haben wollte. Damals war der Artikel schon gedruckt. Herr Sommer konnte nichts mehr damit anfangen. Beim Herumstöbern in den alten Unterlagen, war ihm die Telefonnotiz wieder aufgefallen. Für die komplette Sichtung brauchte er fast den ganzen Tag. Die Zeit hatte sich gelohnt. Die Rüstungskonzerne kamen vielleicht doch nicht nur mit einem blauen Auge davon. Sie beschäftigten über Jahre hinweg Hunderttausende von Zwangsarbeitern, ohne die Verantwortung dafür zu übernehmen. Er hatte eine Gesamtaufstellung mit Daten und Zahlen einzelner Konzentrationslager und den für die Zwangsarbeit eingerichteten Außenstellen in einer Liste zusammengefasst. Darin waren über zehn Waffenschmieden konkret bezeichnet. Außerdem hatte er Listen mit Namen von Insassen gefunden. So viele, dass er sie nicht im Büro stapeln konnte. Er durfte sie kopieren. »Sie stehen im Keller des Verlagshauses«, erklärte er Otto. Weitere Nachforschungen haben ergeben, dass keine Reparationszahlungen erfolgt sind. Die Verantwortlichen meinen, dass sie niemand mehr zur Rechenschaft ziehen kann. Herr Sommer schrieb: Wir sind da zumindest in einem Punkt anderer Meinung. Was die Nachkommen der Verstorbenen und die Überlebenden mit den Nachweisen anfangen könnten ist vorstellbar. Die Unterlagen könnten als Beweismittel verwendet werden und als Grundlage für Sammelklagen dienen, damit die Betroffenen endlich entschädigt werden. Damit wären für die Rüstungskonzerne eine längst fällige öffentliche Debatte und Entschuldigungen bei den Betroffenen verbunden. Darauf haben die Hinterbliebenen ein Recht. Herr Sommer sagte zu Otto: »Das reicht für einen Riesen Skandal, Einbußen auf Jahre und Imageverlust.« Aus den Listen hatte er den aktuellen Wohnsitz mehrerer ehemaliger KZ-Häftlinge ermittelt, die als Zwangsarbeiter eingesetzt wurden und sie interviewt. Bei den Interviews bestätigten die Geschädigten, die zur Sklavenarbeit gezwungen wurden: »wir arbeiteten ohne Lohn und Brot«. »Zeitzeugen die sich »tot hungerten« hieß es. Zwei KZ-Häftlinge die Flugzeugteile herstellten, sagten, dass man sie absichtlich hungern und so, genau wie viele ihrer Leidensgenossen, zu Tode bringen wollte, um dann den Aufwand zu sparen, sie in die Gaskammer zu führen. Diese Feststellung wurde schon bei den Nürnberger Prozessen gegen die Hauptkriegsverbrecher getroffen. »Diese Vorgehensweise wurde so lange durchgeführt, »bis die Zwangsarbeiter an Erschöpfung und Unterernährung starben.« Dann wurden die ausgemergelten Arbeiter, wie totes Vieh in eine große Grube geworfen, meist ohne nachzusehen, ob sie wirklich Tod oder nur bewusstlos waren«. Den Rest wollte Herr Sommer heute nicht nochmal besprechen. Vieles davon ist ja ohnehin aus Filmmaterial bekannt. Otto wurde schon bei der Durchsicht vom Bildmaterial übel.

Nach Ende des Dritten Reichs setzten die Alliierten fest, das Deutsche Waffen nie wieder Unheil in der Welt anrichten sollten. Schon kurz nach dem Beginn des kalten Krieges setzten sie sich über ihre eigene Entscheidung hinweg. Heute tauchen in fast allen Kriegen und Bürgerkriegen im Nahen Osten, Afrika oder Pakistan wieder deutsche Waffen auf. Und die Waffen,

Fahrzeuge, Panzer oder Flugzeuge stammen genau von den alten Rüstungskonzernen, die sich schon im Dritten Reich satt gemacht hatten. Selbst ein 1946 vom Militärtribunal zu über zehn Jahren Haft verurteilter leitender Repräsentant der ehemaligen Rüstungsbetriebe im Dritten Reich, wurde im Zuge der Wiederaufrüstungspolitik, die durch den kalten Krieg ausgelöst wurde, nach kurzer Zeit wieder aus der Haft entlassen. Er wurde offensichtlich gebraucht. Man sagt nicht umsonst: wenn du einen Dieb brauchst, schneidest du ihn auch vom Galgen ab. Dieser wie viele andere teilweise umbenannte Rüstungskonzerne, zählt heute wieder zu den zehn größten in Deutschland. Es folgte eine Aufstellung von Waffenproduzenten im Dritten Reich, die links in einer Liste benannt waren. Rechts daneben erschienen die dazugehörigen Gesellschafter und leitende Angestellte. Die Parteizugehörigkeit wurde mit Sternchen am Namen gekennzeichnet. An den Namen fehlte kaum eines. Es war makaber, was sich Herr Sommer ausgedacht hatte. Er verzichtete nicht darauf, den späteren Eintritt in die Parteien der Bundesrepublik Deutschland zu dokumentieren. Ganz rechts waren die Konzerne aufgeführt, die heute wieder Rüstungsgüter herstellten. Es waren fast alles die Gleichen, teilweise umbenannt oder durch Fusionen zusammengelegte Firmen. Es war heute wieder dieselbe Riege, die damals in Hitlerdeutschland zusammen mit der NSDAP in einer Spur von Berlin bis Moskau fuhr. Die Entnazifizierung war eine Farce. Es war kaum zu glauben, aber bittere Realität: Sowohl Einzelpersonen als auch die Konzerne, die niemals zur Rechenschaft gezogen wurden, spielten wieder ihr böses Spiel. Der Hauptfeind war nur nicht mehr der Endsieg, sondern der Kommunismus. Kalter Krieg. Dazu kam der Rüstungsexport. Schon in den fünfziger Jahren wurde damit wieder begonnen. Beherrschten sie diesmal endlich die ganze Welt? Es gab kaum ein Land, das nicht auf die Waffensysteme dieser Hersteller angewiesen war.

Man sollte davon ausgehen, dass auch diese Menschen aus den Ereignissen gelernt haben. Aber weit gefehlt. Auf der Hardthöhe in Bonn gaben sich die alten NS Genossen wieder die Klinke in die Hand. Man kennt sich – kann gut miteinander umgehen.

Hat man doch schon einmal gemeinsam gedient. Der Austausch von Aufträgen und Parteispenden könnte nicht zu produktiveren Ergebnissen führen. Keine Branche sonst ist so anfällig für die Vergabe von Schmiergeldern. Das Star Magazin hat in der vorletzten Ausgabe ausgiebig darüber berichtet. Es geht dabei nicht nur um finanzielle Zuwendungen, sondern auch um die mögliche Begünstigung bei der Vergabe von Posten. Beraterverträge bis zum Sitz im Vorstand oder Aufsichtsrat. Firmen nutzen gern die Erfahrungen von ehemaligen Ministern, hohen Regierungsbeamten, bis zum Bundeskanzler, die dann beim Wechsel von der Politik in die Privatwirtschaft hoch dotierte Vorzeigeposten erhalten. Der Lobbyismus funktioniert aber auch in der anderen Richtung. Da werden schon mal Gesetze im Sinne der Genossen geändert. Bei näherem Hinsehen könnte man davon ausgehen hier wird die Demokratie demontiert. Das alles passiert unter einem scheinbar nachvollziehbaren, wissenschaftlichen Deckmantel. Der Bürger bekommt davon nur insofern etwas mit, wenn zu dreist vorgegangen wird. Dann entsteht ein Skandal. Einzelfälle. Alles andere verläuft sauber. So erkennt die Bevölkerung die Oberfläche der Realität. Alles sauber.

Im Dunkeln ist gut munkeln. Sagte man früher. Die führenden Manager der Rüstungskonzerne brauchen sich hingegen nicht einmal zu verstecken. Es ist wieder repräsentativ ein deutscher Spitzbube zu sein. Viele Konzerne sind inzwischen Aktiengesellschaften. Die Klein- und Großaktionäre machen Druck. Nur die schwarze Zahl in den Bilanzen macht Freude. Alle schreien nach mehr Geld. Die Einnahmen aus der Produktion von Waffen für inländische oder Nato-Zwecke reichen bei weitem nicht aus, um die Profitgier zu decken. So sind die Manager ständig weltweit unterwegs um ihre Produkte zu bewerben. Heute schießen wieder deutsche Maschinengewehre, Panzer und Flugzeuge in Kriegen und in Bürgerkriegen auf Menschen, – immer häufiger auch auf Zivilisten –. Sie beliefern nicht selten zwei Kriegsparteien, die sich gegenüberstehen mit Waffen. Deutsche Waffen erfährt man, sind besser als die der Amerikaner oder der Franzosen. Die Rüstungslobby lieferte Anfang der siebziger

Jahre bereits wieder Waffen für fast hundert Milliarden Mark an die Bundeswehr. Weitere Waffen gehen an die Bündnisbeteiligten. Was passiert mit diesen Waffen? Werden sie verschrottet? Weit gefehlt. Werden sie nicht wie die Millionen Tonnen alter Bomben im Vietnamkrieg abgeladen, sucht man sich zum Beispiel Länder aus, die möglichst weit weg liegen, um eine Bedrohung über den Landweg zu verhindern. Dort beginnen dann sogenannte Stellvertreterkriege. In diesen Kriegen werden die Parteien, in der Regel ein Lager Kommunisten und im anderen Lager Vertreter der uns so teuren Demokratie, aufeinander losgelassen. Die Länder der Warschauer Pakt Staaten (die DDR hat dabei meist auch ihre Finger im Spiel) liefern dann die Waffen für die Kommunisten und die Nato Verbündeten liefern Waffen an das demokratische Lager.

Gestatten Sie lieber Leser ausnahmsweise eine Standpunktfrage. Schauen Sie genau hin und sagen Sie selbst: Ist es das, was wir mit unserer Unterstützung der Staatsform Demokratie wollten? Ist es das, was auf dem Stimmzettel stand, als Sie ihn abgegeben haben? Ist es das, was jeder Einzelne in unserer Welt haben will oder wünschen wir uns lieber eine andere Gangart? Achtundneunzig Prozent der von uns befragten Abonnenten des Star Magazins waren gegen eine weitere Ausweitung des kalten Krieges und gegen unkontrollierte Waffenlieferungen in andere Länder. Viele waren sogar generell gegen Waffenlieferungen in andere Länder. Wir fragen uns, wie kommt es dann, dass die Verantwortlichen in Politik und Wirtschaft in einer Demokratie, gegen die vorherrschende Meinung, dieses Spiel um Macht und Profit spielen kann? Liegt es vielleicht daran, dass der Bürger auch heute noch darauf abgestimmte Klänge über die Medien zu hören bekommt und so in Einklang mit dem schauerlichen Konzert gelangt? Was tun dabei die öffentlichen Fernsehsender und Rundfunkanstalten? Ganz allein könnten die Lobbyisten in einer Demokratie solche aufsehenerregenden Machenschaften nicht durchführen. Damit daraus eine kollektive Narretei wird, muss die Bevölkerung eingestimmt werden. Dabei ist es wichtig zu wissen, dass die Regierung über die öffentlich-rechtlichen

Rundfunkanstalten, nach wie vor einen erheblichen Einfluss auf die öffentliche Meinung nimmt. Die Beiratsmitglieder dieser Medien werden immer noch zu mehr als der Hälfte von politischen Parteien und der Landesregierung gestellt. Das Wettrüsten im kalten Krieg und der Absatz unvorstellbarer Mengen von Waffen und Waffensystemen über den Export wäre wahrscheinlich nicht möglich, wenn die Politik die Bürger nicht mit rational erscheinenden Informationen zu Verbündeten machen und so kaltstellen würde. Hier werden die Steuerzahler als stille Investoren der Aufrüstung im kalten Krieg damit gefüttert, der Gegner wäre ein Monster, vor dem man sich schützen müsse. Es wird ständig neue Unsicherheit in die Köpfe gesät, über die bösen Absichten des vermeintlichen Gegners. Die Rettung sei militärisches Gleichgewicht. Dabei wird denen, die Leidtragende des letzten Krieges waren und es wieder sein sollen (die Politiker stellen sich sicher nicht selbst in den Ring), vorgegaukelt, dass Handlungen und militärische Stärke des Gegners genau beobachtet werden und die Aufrüstung nur eine logische Reaktion auf deren Verhalten wäre. Jede Aufrüstung in Deutschland und der Verbündeten sei nur eine Reaktion auf den Rüstungsprozess des Gegners. Es ist prekär, dass nahezu jeder auf diesen Wahnsinn hereinfällt. Es werden von den Beratern aber auch immer und immer wieder neue Bedrohungen geliefert, durch die der Gegner stärker erscheint. Außerdem wird dem Bürger ein konjunkturelles Motiv zum Stillhalten geliefert. Die Legitimation zur Schaffung der Mörderhöhle wird über das Wirtschaftswunder, den Wohlstand und die Zahl der durch die Rüstungsindustrie und ihrer Nebenzweige geschaffenen, unzähligen Arbeitsplätze geliefert. Nur so kann das Modell des Wettrüstens ohne Aufbegehren der Bürger »als mögliche Leidtragende in einem neuen Krieg« und als »stille Rüstungsinvestoren aus ihren Steuerabgaben«, aufrechterhalten werden. Der Weg der gelenkten Informationspolitik, führt den Bürger nicht nur in geistige Umnachtung, sondern auch in eine indirekte Beteiligung an diesen Praktiken. Die Rechnung geht spätestens dann nicht mehr auf, wenn man die Atomwaffen betrachtet. Der Einsatz der heutigen Lagerbestände hieße: »Totale Vernichtung der Welt.« Dieser

Umstand bleibt unberücksichtigt. Trotzdem redet der Staat dem Bürger ein, es sei lediglich verantwortungsvolles Handeln! Die Waffenarsenale der Nato-Staaten und die des Warschauer Pakts reichen aus, um jeden Menschen auf der Erde zehn bis zwölfmal umzubringen. Dieser Wahnsinn ist – außer mit Geldgier – mit keiner Logik erklärbar. Selbst wenn man es sich zum Ziel setzen würde, den vermeintlichen Gegner komplett auszulöschen, alle feindlichen Menschen zu töten. Welchen Sinn sollte es haben, die Toten noch zehn weitere Male umzubringen? Fragen sie sich selbst, welche Methode hinter dieser Strategie steckt! Liegt es nicht auf der Hand? Sie liefert die Gewähr für sichere Einnahmen, mit dem Staat als Bürgen.

Die bürgerlichen Beteiligten aus dem Zweiten Weltkrieg befreiten sich von einer Mitschuld durch das Kollektiv. Alle haben mitgemacht. Alle mussten mitmachen. Wir konnten doch nichts tun. Der Einzelne ist nicht in der Lage Widerstand zu leisten. Ja, es ist richtig: Alle haben mitgemacht. Heute befinden wir uns in einer Situation, wo das Volk wieder auf dem Pferd sitzt, das Staat und Wirtschaft am Zügel führen. Sie reiten wieder in eine ähnliche Richtung. Muss jeder Einzelne wieder mit in den Abgrund reiten? Kann er dann wieder behaupten: Ich musste ja, ich wusste nichts? Tatsache ist, dass die sinnlose irrationale Hochrüstungspolitik nicht zum gewünschten Ergebnis führt. Die Produkte der Rüstungsindustrie werden mit dem gleichen Gewinnstreben vermarktet wie Brot, Salz oder Autos. Ohne Rücksicht, was weiter mit den Produkten passiert. In den vergangenen zehn Jahren sind mehr Kriege und Bürgerkriege geführt worden, als jemals zuvor. Die von der Politik und den Rüstungskonzernen verbreitete Meinung, dass große Waffenarsenale uns schützen und den Ausbruch von Kriegen hemmen, ist nicht zutreffend. Vielmehr ist die Hochrüstung ein Hauptgrund für den Ausbruch von Kriegen. Wenn es nur um die Geldgier der Waffenschmieden, dem Machtbestreben hochrangiger Politiker in Demokratien und Diktaturen geht, so liegt das Bestreben Krieg in der Welt zu betreiben, in den Händen einzelner Menschen. Diese Menschen die Kriege auslösen, stellen sich aber nicht selbst an die Front, sondern lassen Armeen für sich kämpfen. Die Leidtragenden von Kriegen sind in der Regel nicht die Anstifter, sondern der Bürger. Will der Bürger nicht mehr Mittäter und Betroffener sein, bleibt ihm nur eine einzige Wahl. Er muss selbst darauf hinarbeiten den Frieden zu erhalten. In einer Demokratie muss er den Auftrag, den er seinen Mitarbeitern in der Politik gibt – die er durch seine Steuergelder bezahlt – klar formulieren. Er muss den Auftrag Frieden zu erhalten und Frieden zu schaffen an die Verantwortlichen herantragen. Nur dann, wenn er sich nicht mehr anstiften lässt, sondern Gegensignale gibt, kann es bei den Verantwortlichen zu einer Änderung ihrer Haltung kommen. Wenn die Supermächte die Gelder, die sie in die Rüstung stecken oder zumindest einen Teil davon, statt in Waffen, in die bessere Zusammenarbeit der Weltgemeinschaft investieren würden, käme ein anderes Ergebnis zugunsten des Friedens heraus. Die Beziehungen zwischen den Staaten auf dieser Welt, beruhen derzeit fast ausschließlich auf gegenseitiger Ausbeutung, Macht und Abschreckung. Solch eine Politik kann nur zu Auseinandersetzungen führen.

Ende der Berichterstattung. »Es ist nicht nur Berichterstattung«, sagte Otto. »Du lehnst dich mit der moralischen Bewertung und Agitation ganz schön weit aus dem Fenster.« »Das wollten wir doch«, antwortete Horst. »Du doch auch. Ohne Agitation kein Bewusstsein für den Frieden. Und ohne Bewusstsein keine Veränderung. Es kann doch nicht so weitergehen, bis wir im Graben landen.« »Nein, bekräftigte Otto, »aber was sagt die Redaktionsleitung dazu?« »Mit der spreche ich noch. Seitdem die Studentenbewegung öffentliche Aufklärung betreibt, ist es hip. Agitation passt ins aktuelle Zeitgeschehen. Ich denke, es wird abgesegnet. Ist sonst alles klar?« »Nein, nicht unbedingt«, antwortete Otto. »Ich finde es ist zu viel NS, Drittes Reich und so enthalten. Dadurch kommst du in die Schublade der Ewiggestrigen. Auch den Vortrag über KZ-Häftlinge als Zwangsarbeiter finde ich eine Nummer zu viel von alten Themen.« Horst antwortete ihm ausweichend: »Ich finde es OK. Der Chef findet es auch OK. Ich denke nochmal darüber nach. Wir wollen bald in den Druck gehen. So viel Zeit haben wir nicht mehr. Den Rest können wir in der Abschlussrunde besprechen. Was macht dein Artikel?« »Der ist kurz und prägnant. Ich dachte besser kurzer, knackiger Inhalt, als zu weit auseinandergezogen.« »Super«, sagte Horst. »Wir haben auch nicht mehr so viel Platz. Bekommen wir den Text auf zwei Seiten?« »Mit weniger Bildern vielleicht«, antwortete Otto. »Hier nimm mal, schau es dir an«, wobei er Horst drei DIN-A4-Seiten in die Hand gab.

Die Überschrift lautete: »Die nächste Generation von automatisch gesteuerten Waffensystemen.« »Das große Geheimnis der Nato-Staaten?«

In Zusammenarbeit mit der Carnegie State University und der wissenschaftlichen Abteilung der Pariser Universität Moyen sud, sind zum ersten Mal Dokumente in die Hand einer Arbeitsgruppe Pariser Studenten gelangt, die darauf hindeuten, dass die Computerforschung in den USA wesentlich weiter entwickelt ist, als bisher bekannt war. Viel weiter als die der Europäer, die auf diesem Gebiet praktisch noch in den Kinderschuhen stecken. Weitere Entwicklungen werden in der Militärbasis Experience, hundert Meter unter der Erde, in der Wüste Anza-Borrego, in Amerika durchgeführt. Vor den Augen und Ohren der Bevölkerung streng abgeschirmt. Was ist ein Computer? Früher nicht viel mehr als eine Rechenmaschine. Heute eine selbständig arbeitende interaktive Gerätschaft. Aufbauend auf der Vierspezies-Maschine von Gottfried Wilhelm Leibniz, entstanden die ersten Digitalrechner, die heute jeder kennt. Unsere Großeltern benutzten bereits einen der Vorgänger, den mechanischen Rechenschieber, der eine Hilfe für die Multiplikation und Division darstellte. Als Rechenmaschinen waren auch die ersten Generationen von Computern bekannt, die im vergangenen Jahrzehnt vorgestellt wurden. 1940 verwendete man immer noch Relais in größeren Rechenmaschinen, die bereits programmierbar waren. Trotz der Entstehung einer Rechenmaschine die 1949 auf der Basis von Röhren und Transistoren funktionierte, stand die Entwicklung noch am Anfang ihrer Entwicklung. In den Fünfzigern bis Mitte der sechziger Jahre wurden weiterhin Rechenmaschinen dieses Standards produziert. Zwar serienmäßig und für den erweiterten kommerziellen Bedarf, aber nicht für den allgemeinen Gebrauch als selbständig arbeitende Maschine oder elektronische Vernetzung. Ende der Sechziger wurde dann das erste selbständig arbeitende Betriebssystem ausgeliefert. Diese Systeme konnten nun verschiedene Programme wie zum Beispiel Schreib-, Rechen-, Speicherprogramme oder/und Grafikdateien steuern und zusammenarbeiten lassen. In dieser Zeit begannen die Sowjetunion und die Amerikaner Großrechner aufzustellen. Mittlerweile gibt es nach unseren Informationen bei den Geheimdiensten und dem Militär Forschungseinrichtungen, die über vernetzte Systeme verfügen, die mit Speicherchips anstatt Röhren ausgestattet sind und in der Überwachung eingesetzt werden können oder anderen militärischen Zwecken dienen. Wohl aus diesem Grund wird wohl die Nutzung von vernetzten Computern in privaten Haushalten derzeit, in den Medien, als absurd heruntergespielt. Das Militär will sich die Verwendung vorbehalten, zumindest aber die Vorreiterrolle sichern.

Die Forschungsabteilung des Verteidigungsministeriums sollte sich im weiteren Schritt, zur Nutzung der Computer für Waffen um mehr Gehirn für gesteuerte Waffensysteme kümmern. Es werden enorme Summen bereitgestellt, um die Computerentwicklung für militärische Zwecke zu erforschen und massiv künstliche Intelligenz zu entwickeln, die dann in Waffensystemen eingesetzt werden kann. Ein Programm der Bereiche: Feindaufspürung, Abhörsysteme, Nachrichtenübermittlung, Ausrüstung unbemannter Fahrzeuge und Flugkörper, durch Programme gelenkte Raketen, Robotronik, und vieles mehr. In letzter Instanz Intellektronik. Dabei geht es zum Beispiel um die Entwicklung einer Technik, wo mit unbemannt fliegenden Maschinen militärische Ziele erkannt und angegriffen werden können. Um die Entwicklung von Robotern, die Soldaten ersetzen und schwerer auszuschalten wären. Dadurch kann die Fehlerquote von Soldaten minimiert werden, weil sich Menschen aus Fleisch und Blut, unter anderem, gefühlsmäßig oder spontan verhalten und entscheiden. Der Mensch ist bestrebt sich selbst vor Vernichtung zu schützen. Er ist deshalb anfälliger für einen Rückzug vom eigentlichen Ziel. In den Programmen von Robotern gibt es kein Schutzbedürfnis für das eigene Leben. Roboter steuern einfach ihr Ziel an, wie ein Automat. Mit der neuen Technik steuern Flugsysteme, die programmiert sind Ziele an, die Tausende von Kilometern entfernt sind. Am Ende dieser Vision steht die Intellektronik. Das sind Systeme, die selbstständig handeln können, die lernfähig sind, immer optimal funktionieren und sogar strategisch richtig handeln. Panzer und andere Fahrzeuge, die mit Kameras bestückt werden und ihre Umgebung, Freund wie Feind wahrnehmen. Die den Gegner so lange bekämpfen bis er ausgelöscht ist oder sie selbst nicht mehr handlungsfähig sind. Eine Armee von Robotern, die mit modernsten Waffen den Gegner mitleidlos, ohne jedes Gefühl, angreifen und taktisch vorgehen können. All diese Maschinen sollen so konzipiert werden, dass sie dazulernen und als selbstständiges in sich geschlossenes System funktionieren. Selbst Planänderungen soll der Roboter der Zukunft vornehmen können. Stellen Sie sich in letzter Konsequenz das Raumschiff Enterprise vor. Ein Raumschiff, das die meisten sicher aus dem Fernsehen kennen, das unbemannt über einem Land der Erde fliegt und auf die Hauptstadt Fantasie Village zufliegt. Es wird vollelektronisch gesteuert. Alle wichtigen Ziele sind nach geografischen Werten einprogrammiert. Am Ziel beginnen Hochenergie-Laser zu feuern. Gleichzeitig fallen aus sich öffnenden Luken Bomben, die unterhalb des Schiffes eine Turbine zünden und durch ein Computerprogramm gesteuert auf ihr Ziel losjagen. Gegenwehr ist zwecklos, denn die mehrschichtige Außenhülle ist mit herkömmlichen Waffen nicht durchdringbar. Außerdem können zusätzlich Bordgeschütze eingesetzt werden, die jedes Ziel auslöschen. Dieses Szenario, spielt sich offensichtlich in den Köpfen der verstörten Militärs ab. Sollte die Möglichkeit zur Herstellung solcher Waffen einer einzigen Nation vorbehalten sein, wird sie nicht nur die Herrschaft über einen Planeten anstreben, sondern die über das ganze Universum. Fragen wir Dr. Psychotik: Herr Doktor, handelt es sich hier um ein klassisches Krankheitsbild oder ein neues Phänomen?

»Der letzte Satz ist witzig«, bemerkte Horst Sommer. »Finde ich gut. Das lockert die Brisanz etwas auf. Die Bilder sind spitze.« Otto hatte die Rechte an einigen Science-Fiction Bildern günstig erworben. Er fand, dass der Artikel dafür geeignet war, eine krass futuristische Aufmachung zu erhalten. »Was heißt Brisanz?«, fragte Otto. Horst zuckte mit den Schultern. »Meinst du nicht, dieser Stoff über die Entwicklung von neuesten Nachrichtenübermittlungen, Datenspeicherung und der automatisierten Steuerung von Waffensystemen ist derzeit nicht als Militärgeheimnis zu bewerten?« »Wieso? Die Ideen über Intellektronik könnten aus einem Fantasieroman stammen. Davon sind derzeit einige auf dem Markt. Oder aus dem Golem von Stanislaw Lem. Das sollte niemanden von den Militärs interessieren.« Dass er, mit der Prognose der Nutzung elektronischer Vernetzung, die Zukunftsvorstellungen von Militär und Nachrichtendiensten zufällig im Kern getroffen hatte, konnte er nicht wissen. Die Daten, die in die Hände der Studenten gelangten, wurden von ihnen zudem inoffiziell ausgewertet. Er konnte ebenso wenig wissen, dass diese Entwicklung der höchst möglichen Geheimhaltungsstufe unterlag. Die staatlichen Institutionen wollten tatsächlich nicht, dass dieses Wissen weiter an die Öffentlichkeit gelangt. Sie wollten gern, vorerst alleinige Nutznießer der Entwicklung von der Rechenmaschine zum selbständig arbeitenden Computer sein. Wieder einmal sah sich jemand bereits als Herrscher der Welt. Der Beitrag der letzten Texte von Otto schreckte in wenigen Tagen nicht nur die Leserschaft, Geheimdienste und den militärischen Abschirmdienst auf, sondern einhundertachtzig Galaxien weiter auch die Empfangsstation der schöpferischen Instanz. Es waren erst einmal nur Thesen und Experimente. Dennoch war es ein weiterer Beweis für die zerstörerische Kraft, die in den menschlichen Gehirnen wütete wie ein wildes Tier. Otto war in jedem Fall eine gute Wahl zur Entsendung auf den Planeten Erde. Er würde den Fall so oder so aufklären. Würde die Menschheit weiter in Richtung Selbstzerstörung marschieren oder bestand die Chance, dass sich wie in anderen Sternensystemen, die Bestand hatten, das Innere erhellen würde und Herz, Verstand und Gene eine konstruktive statt destruktive Evolutionsschiene betraten? Was würde die Zukunft bringen? Alle hofften da drüben nur, der Vorgang würde sich ohne Eskalation und Intervention zum Schutze aller klären.

Bei einer Endbesprechung in der Redaktion, stellte Otto klar, dass er es nicht so gut fände, wenn Herr Sommer so viel über das Dritte Reich in den Artikel einbinden würde. Er war der Meinung es sei besser, die aktuelle Entwicklung in den Vordergrund zu stellen. Ihm war der Ansatz Verhaltensänderung auf höchster Ebene, die Anpassung politischer Ziele und damit verbunden ein Abspecken der Hochrüstung, wichtiger als Wiederholungen aus vorherigen Artikeln. Für eine neue Linie, waren die Texte Drittes Reich nicht so geeignet, meinte Otto. Wie sollte die Leserschaft darauf zukunftsrelevante Bewegung aufbauen? Es sollte mehr kreative Dynamik zu den aktuellen Vorkommnissen hinein. Horst Sommer blieb relaxt. »Ja, schon richtig«, bemerkte er in dem Gespräch. »Ich bin dennoch der Meinung, die Darstellung, dass Rüstungskonzerne um jeden Preis Gewinnmaximierung betreiben, egal auf wessen Kosten, ist in Verbindung mit den KZ-Häftlingen einprägsam veranschaulicht. Diese Zeit haben viele Leser selbst miterlebt. Es wird sie eher berühren als Prognosen. Lieber Otto, dein Engagement in Ehren, aber ich werde an diesem Punkt nichts mehr ändern.« Der Redaktionsleiter stimmte Herrn Sommer zu: »Otto, du wolltest die Veröffentlichung abgeben. Belassen wir es dabei. Die Darstellung liegt jetzt allein in der Verantwortung von Herrn Sommer.« Welch ein Glück, würde Otto sagen, wenn er wüsste was wenige Tage später passierte. Heute murrte er herum, sah den Vorgang nicht als abgeschlossen an. Er ging mit den Worten: »Ich melde mich nochmal.« Gedankenverloren verließ er den Raum. Auf dem Flur traf er den Inhaber vom Star Magazin, Herrn Strohmann. »Grüß dich Otto, ist dir eine Laus über die Leber gelaufen?« Otto blickte auf. Er erkannte, wen er vor sich hatte und eröffnete seine Bedenken. »Otto es ist sehr lobenswert, wie du dich um den Artikel kümmerst. Es ist Sommers Werk. Ich rede da niemandem rein, es sei denn, es schadet unserem Magazin oder es sind offensichtliche Fehler darin zu finden. Falschaussagen müssten natürlich korrigiert werden. Doch in dem Fall sind keine drin und du musst doch zugeben, es ist ein schlüssiges Konzept. Wenn du willst, engagiere ich dich ab sofort als freien Journalisten für unser Blatt. Du lieferst so gute Storys. Ich bin dir für die bisherigen Texte wirklich dankbar«, sagte er anerkennend. »Sie haben recht«, zeigte sich Otto einsichtig. »Ich bin aber überzeugt, zukünftig gehe ich in eine andere Richtung. Etwas Neues muss her.« »OK Otto, klopf an meine Tür, wenn du so weit bist, ich muss weiter zu einer Besprechung.«

Otto war etwas besänftigt, nörgelte dann aber am Abend, nachdem er mit Sybille zusammen gegessen hatte, weiter herum. »So ist es, wenn man die Fäden aus der Hand gibt«, sagte Otto. »Wer weiß, wozu es gut war«, warf Sybille ein. »Hinterher ist man immer schlauer.« »Meinst Du«, fragte er, wobei er sie schelmisch anlächelte. »Ich weiß nicht so recht. Wenn ich sehe was in der Welt passiert, zweifle ich daran, dass jemand aus den Artikeln etwas lernt. Ein Hund tritt nur ein Mal in heißes Wasser. Danach schaut er genau hin, wo er beim nächsten Mal hineintritt, wenn es dampft. Wird er einmal von einem anderen, sagen wir großen schwarzen Hund gebissen, meidet er große schwarze Hunde. Also, er lernt.« »Wuff« lachte Sybille. »Jetzt wird nicht mehr herumgemault, sonst beiße ich zu«, knurrte sie und biss ihn in die Schulter. Er stürzte sich auf sie, warf sie auf die Couch und biss sie in die Schulter, in die Hand und in die Brust. »Nicht so kräftig Herkules. Die brauchst du noch.« »Du auch«, antwortete Otto. »Als Molkereistation, haha.« »Willst du Kinder?«, fragte sie. Er starte wie hypnotisiert an die Decke, ohne zu antworten. Man sah, dass er abgelenkt war. Seine Gedanken wanderten zurück zum Lernen von Hunden. Nach einer stillen Pause, bemerkte er: »Es ist unglaublich, was man aus einer Rückschau, über einen so langen Zeitraum, herauslesen kann.« Er spielte damit wieder auf den Artikel an. «Der Leser ist über solche Enthüllungen schockiert. Selten weiß der Einzelne aber, was er gegen die Missstände tun kann. Vielleicht ist es gar nicht die Lernfähigkeit, sondern Hilflosigkeit. Was soll er unternehmen, damit so etwas nicht wieder passiert? Und schwupp, ist der Impuls etwas dagegen zu tun in der Verdrängungs-Tonne. Oder er schiebt die guten Vorsätze nach vorn, in die Zukunft. Man sagt sich, nun ja, heutzutage ist ja alles anders, hat sich sowieso verbessert. So etwas ist zukünftig gar nicht mehr möglich. Schauen wir dann in zehn oder zwanzig Jahren wieder zurück, stellen wir fest, es ist noch schlimmer geworden. Niemand will dem Schrecken, in der richtigen Form, entgegentreten. Jeder weiß aber, die Welt würde einen dritten Weltkrieg oder den Einsatz von neuen biochemischen Waffen nicht verkraften. Wirtschaft und Politik beleuchten die Zukunft des Planeten nicht ausreichend. Die sehen nur die Zitrone, die man auspressen kann. Deshalb muss der Einzelne an Veränderungen zum besseren mitwirken. Er muss Verantwortung für sich und die Welt, in der er lebt, übernehmen.« »Leicht gesagt, wenn man in einer Welt lebt, in der alles vorgegeben ist, wo man nicht mehr selbst denken muss.«, sagte Sybille. »Ich bin etwas anderer Meinung«, sagte Otto. »Wenn ich dich jetzt beiße haha, dann beißt du doch zurück, oder?« Er sperrte den Mund so weit auf wie er konnte. Sybille warf blitzschnell ein zerknülltes Taschentuch hinein. Er prustete und hustete es wieder heraus. Sie lachten wie wild. »Es macht Spaß mit dir, Otto«, sagte sie. »Ja, ja, ja« bestätigte er und küsste sie lang und innig. »Reden, küssen, laufen, fliegen. Alles macht Spaß.«

Wie sag ich es meinem Kinde, fragen sich Eltern, wenn das Kind, auf eine neue Anforderung, vorbereitet werden muss. Wie sag ich es meinem Vater, fragte sich Otto am folgenden Tag. Er hatte Dieter noch immer nicht darüber informiert, welchen Studiengang er belegte. Journalismus. Die Information war überfällig, sonst fühlte Papa Hartmann sich sicher übergangen. Auch wenn er viel zu tun hatte, wäre er nicht glücklich darüber, dass Otto einfach eine Studienrichtung einschlagen würde, ohne vorher im Familienkreis darüber zu sprechen. Dieter war nicht dominant, vertrat aber häufig den Standpunkt: Ich sorge für dich, du lebst unter meinem Dach, also bin ich berechtigt die Regeln aufzustellen. Im schlimmsten Fall würde Dieter sein Verständnis für Ottos Neigung verweigern, was er unbedingt vermeiden wollte. Wenn dieser Fall eintrat, wäre es umso schlimmer, weil Otto sich bereits entschieden und an der Uni eingeschrieben hatte. In seinem Kopf suchte er nach einer geeigneten Vorgehensweise. Er hoffte für den Abend auf den glücklichsten Moment. Heute waren sie zum gemeinsamen Abendessen verabredet. Nachdem die Drei sich gesetzt hatten, wurden Brigittes Kochkünste gelobt, dann besprachen Brigitte und Dieter Probleme aus dem Büro und der Werkstatt. Ein ganz normaler Abend. Otto schwieg. Er wusste nicht, wo er anfangen sollte. Dieter beschäftigte sich mit klassischer indischer, buddhistischer und tibetischer Literatur. An der Stelle setzte Otto an. Er stellte Dieter die Frage: »Hast du schon mal etwas über Daoismus gelesen?« »Ein wenig«, antwortete Dieter. »Aber so richtig kann ich mich nicht daran erinnern. Die Lehre vom Weg oder so. Wieso fragst du?« »Was ist die Lehre meines Weges? Wie gestaltet sich der Weg des Einzelnen überhaupt. Ich schlage doch jetzt eine neue Richtung ein. Ich denke in letzter Zeit viel darüber nach, welche Rolle die Bestimmung im Leben spielt. Wie findet man den optimalen Weg für sich selbst.« »Na ja«, sagte Dieter, der immer noch nicht verstand, worauf Otto hinauswollte. »Dao hin, Dao her, es gibt auch etwas anderes im Leben. Zum Beispiel Anforderungen, Erbschaften, Verpflichtungen einen Betrieb weiterzuführen. So wie bei mir zum Beispiel. Da spielte keine Rolle was ich will oder nicht. Familie ernähren und Verantwortung übernehmen. So etwas gibt es auch.« Das war nicht die Richtung, die Otto sich erhofft hatte. Im Gegenteil. Er versuchte es noch einmal. »Das Dao kann auch aus einer schicksalhaften Vorgabe entstehen, in die man dann einsteigt und damit glücklich wird. Du findest zufällig eine Arbeit, die genau zu dir passt. Daraus ist dann dein Dao entstanden, dein Weg als bestmögliche Verwirklichung deiner Wünsche und Ziele. Den Kern beschreibt auch Herrmann Hesse damit, wenn er sagt, jeder sollte das seine so rein und aufrichtig geben, damit er der Welt seine Bestimmung vermittelt. Wenn man aus sich selbst und seinem Innersten lebt, dann wirkt sich das eigene Leben so aus, wie ursprünglich vorgesehen. Die Lehre sagt: Wer sich gut auf sich selbst eingestimmt hat – auf seinen Weg – der bewegt sich mit ungeheurer Kraft vorwärts. Er bewegt sich wie ein Surfer auf der perfekten Welle und braucht sich nur mit dem

Wasser aufwärts oder abwärts zu bewegen. Die Welt tut dann das Übrige dazu. Sie wird dann vollends für ihn wirken.« Brigitte stand auf und räumte den Tisch mit den Worten ab: »Hört sich hundert Prozent richtig an, mein lieber Sohn. Mein Dao wäre dann, ich kümmere mich jetzt um die Küche, oder? Haha.« »Mammmaaa«, sagte Otto. Er zog es mit einem vorwurfsvollen Unterton in die Länge. Sie wusste doch Bescheid, wie wichtig es war auch Papa zu überzeugen. Brigitte hatte ihn von Anfang an verstanden. Es war ihr schon vor Monaten in den Sinn gekommen, in welche Richtung es bei Otto ging. Dieter stand auf, wollte ihr dabei helfen. Brigitte hielt ihn mit den Worten »lass mal, ich mach das schon«, zurück. Otto geriet dadurch in Bedrängnis. Als Dieter sich in den Stuhl zurückfallen ließ, stieß er den Satz hervor. »Mein Dao Papa, ich studiere Journalismus.« Dieter sperrte augenblicklich die Augen so weit auf, wie Otto es noch nie bei ihm gesehen hatte. »Nein«, sagte Dieter leise, kurz und knapp. Otto setzte zu einer Erwiderung an. »Nein, nein und nochmal NEIN«, brach es aus Dieter hervor. Man merkte deutlich, Dieter war gegen eine Wand geprallt. All seine Vorstellungen über Ottos Zukunft, seine Rolle dabei, der verlorene Erziehungserfolg, die Anerkennung, die er sich seit mehr als einem Jahrzehnt ausmalte. Krach. Die Scherben flogen ihm um die Ohren. Otto fühlte was in seinem Vater vor sich ging. Er bedauerte seinen Vater in diesem Augenblick sehr. Otto fühlte noch etwas. Wenn er jetzt lockerließ, würden seine Wünsche wie ein Kartenhaus zusammenbrechen. Trotz des Mitleids, das er empfand, sagte er ganz leise: »Papa, bitte erinnere dich, was du mir beigebracht hast: Wenn du dich in wichtigen Dingen zwischen dem Herzen und dem Verstand entscheiden musst, folge dem Herzen. Papa, es ist mein Herzenswunsch und ICH WEISS, es ist der richtige Weg.« Dieter schaute ihm lange direkt in die Augen. Er hatte verstanden. Es wäre in der Situation verständlich, wenn er sagen würde: Ich muss erst überlegen, nachdenken, einmal darüber schlafen. Er schaute Otto lange schweigend an. Dann atmete er tief aus und sagte: »Meinen Segen hast du.« Otto fiel ein Stein vom Herzen. Ein Bruch mit seinem Vater wäre für Otto undenkbar gewesen. Er stand auf, umarmte seinen Vater und sagte: »Du glaubst nicht wie dankbar ich dir bin Papa. Du bist der Beste.« Dieter dachte bei sich: Ja, der Beste in der Familie bleiben, was sonst. Alles andere wäre Unsinn. Er war stolz auf sich. »Ja«, sagte er, »so war es immer bei uns und so soll es bleiben. Achten wir darauf, dass es jedem von uns gut geht. Mehr braucht es nicht, oder?« Otto hatte feuchte Augen.

Otto brauchte sein Dao nicht im Rucksack mit sich herumzuschleppen, sondern konnte es ausleben. Der Abend der Offenbarung mit seinem Vater war prickelnd. Noch spannender für ihn wurde es, als Horst Sommer ihn einige Tage nach dem Erscheinen des Artikels anrief. Es war der heißeste Anruf seit Ottos Geburt. Der Artikel übertraf alle Erwartungen. Die Auflage hatte sich mehr als verdreifacht. Diesmal wurde Horst zu Interviews eingeladen. In der kommenden Woche hatte er gleich zwei Auftritte im Fernsehen. Im Ersten sollte er zusammen mit dem Innenminister, dem Skandalschriftsteller Gunnar Wallmann und zwei ehemaligen jüdischen Insassen des Konzentrationslagers in Dachau, in einer Gesprächsrunde auftreten. So hatte er sich seine Karriere vorgestellt. Er stand gern im Mittelpunkt. »Ich stehe derzeit anscheinend auch bei jemand anders im Mittelpunkt«, begann er geheimnisvoll zu erzählen. Bevor er weiterredete, machte er eine längere Pause. »Ich werde abgehört und beschattet. Grausam aber war«, spöttelte er. »Wie meinst du das?«, fragte Otto besorgt. »Mach dir keinen Kopf Otto, Berufsrisiko. Nicht mehr.« Horst erzählte Otto was vorgefallen war. Er telefonierte gestern mit dem Sprecher einer Talkshow. »Die Leitung wurde öfter unterbrochen, es knackte bei dem Anruf mehrmals. Genauso schilderte ein anderer Redakteur sein Erlebnis als er vor ein paar Monaten vom Mossad abgehört wurde.« Horst legte auf und schraubte die Sprechmuschel unten am Telefonhörer ab. Er fand einen Sender darin. Eine Stunde später waren zwei von der Zeitung bestellte Elektronik- und Abhörspezialisten bei ihm in der Wohnung. Sie fanden eine weitere Wanze unten im Bettkasten und eine Kamera neuester Bauart, mit Bewegungssensor und Infrarot-Aufzeichnung in der Wohnzimmerlampe. Da es sich um Aufzeichnungs- und nicht um Übertragungsgeräte handelte, müsse man damit rechnen, dass die Installateure der

Kamera und der Wanze wiederkommen würden, nein müssten. »Ich wittere schon die nächste Story!«, freute sich Horst. Otto mahnte ihn unbedingt zur Vorsicht. Horst erzählte auch von einem Auto mit zwei Männern, dass ihn zwei Stunden gezielt verfolgte. Selbst in der Tiefgarage parkten sie in seiner Nähe und fuhren wieder los, als er die Garage verließ. »Die sind mir immer gefolgt, egal ob ich langsam, zu schnell oder bei Rot über die Ampel fuhr. Keine Einbildung«, sagte er. Das waren die letzten Worte, die Otto von Horst hörte.

Horst Sommer wohnte in einer neunundachtzig Quadratmeter großen, geräumigen drei Zimmer Wohnung in Berlin-Tempelhof, nahe dem Flughafen. Am späten Nachmittag nach dem Telefonat mit Otto klingelte es an der Wohnungstür. Nach dem zweiten Läuten schaute er durch den Türspion. Gleichzeitig drückte er die Türklinke herunter. Diese Bewegung war ihm nach hundert Türöffnungen in Fleisch und Blut übergegangen. Auge zum Spion, Hand zur Türklinke. Ein Gedanke schnellte durch seinen Kopf. Er hielt mitten in der Bewegung inne. Zu spät. In dem Augenblick wo er die Klinke wieder hochziehen wollte, sprang die schwere Altbautür mit einem lauten Krachen auf. Dabei knallte sie mit voller Wucht gegen seinen Kopf. Er wusste, er hätte nach der Abhörsache und der Verfolgung durch die zwei Männer im Auto vorsichtiger sein sollen. Es nutzte ihm nichts mehr. Seine Nase brach. Beide Augenbrauen platzten durch die Gewalt, mit der die Tür auffog. Blut spritzte in sein Gesicht. Mit verschwommenem Blick sah er, wie zwei Gestalten mit schwarzen Sonnenbrillen auf der Nase in die Wohnung eindrangen. Er machte den Mund auf, brachte aber gerade noch einen schwachen Laut hervor, als ihn eine Faust am Kinn traf. Er ging zu Boden. Die zwei Männer drehten ihn auf den Bauch und drückten ihn auf die Dielen. Einer von ihnen bückte sich zu ihm hinunter, zog seinen Kopf unsanft an den Haaren hoch und flüsterte ihm ins Ohr: »Nun Schreiberling, du kannst es dir aussuchen, du sagst uns was wir wissen wollen oder wir prügeln es aus dir heraus.« Horst stammelte: »Bitte, bitte ich sage euch alles, was Ihr wissen wollt. Ich habe nichts getan.« »Wo sind die Unterlagen mit den

Aufzeichnungen für den Artikel?«, fragte der Mann. »Wo sind die Listen mit den Namen?« Horst blieb in der Position, in der er war. Dort wo ihn der Mann an den Haaren hielt, schmerzte die Kopfhaut. Horst antwortete bereitwillig: »Im Keller des Verlagshauses auf meiner Arbeit.« Der Mann knallte seinen Kopf mit der gebrochenen Nase auf den Fußboden. »Erzähl keinen Scheiß Mann, dort ist nichts. Ich frage nur noch ein einziges Mal, dann breche ich dir die Beine. Woo» betonte er«, »woo liegen die Unterlagen?« Horst begann zu weinen, »Bitte, bitte glauben Sie mir. Ich habe doch nichts zu verheimlichen. Sie sind im Keller des Verlagshauses. Ich hole sie Ihnen. Ich hole sie Ihnen. Lassen Sie mich.« »Krach« drosch der Mann den Kopf nochmal und nochmal auf den Boden. Die Nase brach dabei mehrmals. Horst weinte und jammerte fast ohnmächtig vor Schmerzen, während der Unbekannte ihn an den Haaren ins Badezimmer schleifte. Der andere Mann war schon vorher dorthin gelaufen und hatte Wasser in die Badewanne laufen lassen. Sie war voll bis an den Rand. Sie drückten ihn unter Wasser. Nach etwa fünfzig Sekunden, kurz nachdem keine Luftblasen mehr von Sommers Mund hoch sprudelten, riss der Mann seinen Kopf wieder hoch. Horst war tot. Herzschlag. Der Unbekannte der seinen Kopf hielt, drückte zwei Finger an die Halsschlagader. Er sagte:»Scheiße, verdammt nochmal.« Als er den Kopf losließ, fiel er wieder mit dem Gesicht nach unten ins Wasser der Badewanne. Ein Schalldämpfer berührte ihn hinten am Genick. Der Mann drückte ab, um auf Nummer sicher zu gehen. Der andere hatte inzwischen die Stauräume durchwühlt aber nichts gefunden. Genauso schnell wie die beiden gekommen waren, verschwanden sie wieder. Keine Fingerabdrücke, keine Zeugen.

So muss es gewesen sein dachte Otto. Dummerweise hatte Horst niemandem das Autokennzeichen der Verfolger gegeben. Auch hier verlief die Spur im Sande. Otto hatte seine Vermutungen der Polizei geschildert, die morgens um neun Uhr an der Haustür läuteten. Zwei Kriminalbeamte, die ihn kurz stützen mussten, als sie Otto von dem gestrigen Mord an Horst berichteten. Er beantwortete all ihre Fragen. Dabei hinderte ihn mehrmals der Gedanke, ob die Polizei Handlangerdienste für den Bundesnachrichtendienst oder ähnliche Behörden verrichtete. Trotzdem verschwieg er nichts. Otto war der Meinung, es war eine Killerbrigade der Rüstungsindustrie, der es um die Unterlagen der KZ-Tyrannei ging. Nachdem die Beamten gegangen waren, musste Otto sich hinsetzen, um die Ungeheuerlichkeit des Szenarios erst einmal zu verdauen. An Vorlesungen war nicht zu denken. Die Uni war heute gestrichen. In seinem Gewissen entzündete sich eine Flamme, die mal hell auflodert und dann wieder schwächer wurde. Er wanderte durch die Hölle der Schuld. Die Zeit verging. Er wurde nicht mit sich einig, welcher Grad der Beteiligung bei dem Vorfall auf ihn entfiel. War er der Auslöser? Ist das alles nur meinetwegen passiert? Mein blöder Egoismus, hätte ich bloß die Daten einfach liegenlassen, warf er sich immer wieder vor. Nach Stunden der Betrübnis stand er auf und fuhr in die Redaktion. Dort wussten alle Bescheid. Seine Eltern konnten ihm nicht helfen. Sie waren auf einer Auto- und Motorenmesse in Hannover. Danach trafen sie sich am Flughafen mit den Mertens und gingen wieder einmal zusammen ins Hotel Schweizer Hof zu einem Bankett. Sie kamen erst spät abends wieder zurück. Er brauchte aber jemanden zum Reden. Einer nach dem anderen kam in der Redaktion zu ihm, tröstete ihn. Sie hatten in seinem Büro ein großes Foto von Horst, zusammen mit einigen Blumensträußen, auf dem Schreibtisch gestellt. Vor dem Bild von Horst, brannte eine Kerze. Otto fühlte sich nicht besonders wohl in seiner Haut. Der neue Leiter Herr Steiner lud ihn zu sich ins Büro ein, als er Ottos gequälte Miene sah. Die beiden hatten sich noch nicht so oft gesehen. Herr Steiner arbeitete erst seit einigen Wochen in der Abteilung. Sie verstanden sich aber schon sehr gut. Herr Steiner war ein ebenso ruhiger Geist wie Otto. »Erst denken, dann handeln«, sagte er fast in jeder Diskussion. Otto beichtete ihm seinen Kummer. »Otto«, sagte Herr Steiner und machte eine Pause. »Otto, ich verstehe, dass du einen ursächlichen Zusammenhang zwischen dir und dem Artikel siehst. Aber stell dir vor, du verkaufst ein gebrauchtes Auto, weil es dir nicht mehr gefällt. Du willst es nicht mehr. Ein anderer möchte es aber gern fahren. Also gibst du es dem, der es haben möchte, mit allen Papieren.

Du gibst es vollständig aus der Hand. Stell dir vor, der Käufer hat später einen Unfall, der für ihn tödlich ausgeht. Trifft dich eine Schuld?« »Aber«, sagte Otto. »Nein«, unterbrach ihn Herr Steiner. »Erst eine Antwort bitte.« »Nein, trifft mich nicht«, sagte Otto. Er ließ resigniert den Kopf hängen. »Frage zwei«, redete Herr Steiner weiter. »Du bist fertig mit dem Studium. Ein Kollege gibt dir etwas Stoff zum Aufarbeiten. Du siehst darin eine gute Story. Würdest du das Grundlagenmaterial liegenlassen, bis es nicht mehr aktuell ist oder würdest du es nutzen?« »OK«, sagte Otto. »Ich habe verstanden. Danke.« »Klar«, sagte Herr Steiner darauf: »Es war dein Auto, mit dem sich der Käufer aufgerieben hat. Dadurch bist du irgendwie mehr einbezogen, als ein völlig Unbeteiligter. Aber Schuld? Nein mein Lieber, mit Schuld hat das nichts zu tun. Wir tauschen hier ständig Informationen aus, einer hilft dem anderen. So ist das, nichts anderes.« Die Tür ging auf. Der Chef Herr Strohmann kam herein. Sein Name war immer wieder ein Grund Witze zu machen. »Otto, ich habe gehört, dass du hier bist. Der Grund ist traurig. Wir müssen uns alle bedauern, der Sommer war klasse. Es ist auch eine Schande dass so etwas passiert.« Ohne Umschweife kam er sofort auf den Punkt. »Das lassen wir nicht einfach so durchgehen. Ich habe vier Leute auf den Fall abgestellt. Als Erstes wollen wir die Schuldigen. Als Zweites werden wir einen Artikel über die Pressefreiheit bringen, wie sie ständig mit Füßen getreten wird. Drittens wollen wir solche Vorgänge in Zukunft vermeiden. Wir werden knifflige Daten zukünftig unter einem Pseudonym veröffentlichen. Zu Punkt zwei Otto. Ich würde es mir wünschen, dass du den Artikel für uns schreibst. Was meinst du dazu?« »Nein«, antwortete Otto ohne lange zu zögern. »Du solltest dich, durch so etwas, nicht verunsichern lassen Otto«, sagte Herr Strohmann. »Nein«, erwiderte Otto. »Verunsicherung ist es nicht. So ein Angriff würde mich eher motivieren mich weiter einzubringen. Ich habe es meiner Freundin versprochen EINMAL die Füße stillzuhalten.« »OK, akzeptiert. Du verstehst hoffentlich, dass ich dich zuerst frage.« »Klar«, sagte Otto. Mit den Worten: »Gut, ich muss weiter«, verschwand der Chef ebenso schnell wie er gekommen war.

Otto hatte keine weiteren Bedenken zu seinem eigenen Beitrag. Er wog sich in Sicherheit. Wer sollte von ihm etwas wollen. Mit den Texten über die KZ-Häftlinge hatte er nichts zu tun. Die meisten Daten der Arbeitsgruppe der Universitäten sollten bekannt sein und die Ideen zur Intellektronik könnten aus vielen Fantasieromanen stammen. Die Wortkreation stammte aus einem Buch. Er war nach wie vor der Meinung, es sollte niemanden interessieren. Dass Otto mit seiner Prognose der Nutzung von elektronischer Vernetzung die Zukunftsvorstellungen von Militär und Nachrichtendiensten zufällig im Kern getroffen hatte, konnte er nicht wissen. Er konnte ebenso wenig wissen, dass dieses Entwicklungsprojekt der höchst möglichen Geheimhaltungsstufe unterlag. Die staatlichen Institutionen wollten tatsächlich nicht, dass dieses Wissen an die Öffentlichkeit gelangt. Noch nie war ein Land auf der Welt, in der Forschung, so weit an anderen vorbeigezogen. Sie wollten alleinige Nutznießer der selbstständig arbeitenden Computer bleiben, solange es möglich war.

Zurück bei den Hartmanns rief er Sybille an. Er erzählte ihr von dem Mord an Horst. Während des Telefonats knackte es mehrmals in der Leitung. Einmal wurden sie kurz unterbrochen. Otto fiel dabei ein, wie Horst abgehört wurde, schob es dann schnell in die »Paranoia Ecke«. Sybille wollte gleich zu ihm herüberkommen, um ihn zu trösten. Otto wollte sich aber noch ein wenig ausruhen. So verabredeten sie sich für neunzehn Uhr. Otto dachte auf der Couch weiter über den Vorfall nach. Was hatte er falsch gemacht? Wie hätte man den Überfall verhindern können? Die herumfliegenden Gedanken brachten ihn durcheinander. Die Geräusche im Telefon zogen durch seinen Kopf. Er legte es wieder unter der Rubrik Paranoia ab. Es war verständlich, wenn er sich solche Dinge einbildete. Er wollte Ruhe im Kopf herstellen. Es war so wie Herr Steiner sagte. Er konnte nichts dafür. Verhindern hätte Horst es nur selbst können. »Schluss für heute!«, befahl Otto seiner Intellektronik da oben. Sie schaltete sich ab. Er wollte den Abend so gut es ging mit Sybille genießen. Als sie um neunzehn Uhr kam, hatte er bereits Essen und eine Flasche Wein auf dem Tisch. Am S-Bahnhof gab es einen Italiener, bei dem er eine große Platte mit kalten Speisen besorgt hatte. Die Flasche Wein entnahm er dem gut sortierten Weinkeller. Dieter sammelte, seit er denken konnte gute Weine. Es war eines seiner wenigen Hobbys. Dieter las Bücher über Wein und Weinanbau, über spezielle Lagen, wie sich Böden und Sonne auf Qualität und Geschmack auswirkten. Er erklärte Otto sogar was man aus dem Etikett lesen konnte. In der Regel kannst du eine Abfüllung die direkt auf dem Weingut erfolgt, einer Händler- oder Genossenschaftsabfüllung bevorzugen. Guter Wein durfte einige Zeit im Fass gelagert worden und mindestens zwei, drei Jahre alt sein. Bei den Italienern oder zum Beispiel spanischen Weinen achtet man darauf, dass Riserva oder Gran Riserva auf dem Etikett steht, wenn der Wein älter ist. Diese Grundregeln kannte Otto. Alle Qualitätsmerkmale merkte er sich nicht, dazu trank er zu selten Wein. Sein Vater hatte ihm anhand von zehn Weinetiketten zwar noch viel mehr erklärt. Superior, Cru, Grand Cru, reichte ihm aber aus. In dieser Reihenfolge sollte der Qualitätspfeil bei französischen Weinen nach oben zeigen. Er hatte heute einen weißen Premier Cru aus dem Burgund gefunden, von dem er wusste, er würde Sybille schmecken. Heute wollte er sich ruhig ein wenig beschwipsen. Anspannung und Entspannung sollten in Waage bleiben, so blieb der Mensch ausgeglichen. Anspannung hatte er heute genug erfahren. Sybille läutete. Sie brachte hoffentlich ein Päckchen Entspannung mit.

»Der Wein hat vor einer Minute die Temperatur von zwölf Grad erreicht. Genau richtig zum Anstoßen«, begrüßte er sie. Nach einem langen Kuss, sagte sie mit ihrer einfühlsamen Art: »Einen Grund zum Anstoßen gibt es heute wohl eher nicht.« »Sicher nicht«, antwortete Otto, wobei seine Stimmung in den Keller sank, »du hast recht. Es gibt höchstens einen Grund sich zu betrinken.« »Otto, mein Otto« säuselte Sybille tröstend, »ich bin doch hier um dich wieder in die anmutenden Gefilde des Daseins zu bringen.« Sie lächelte charmant, trotzdem es wirklich nicht so aussah als würde der Abend ein High Light werden. Sie gingen in die Küche, wo er gedeckt hatte. Er schenkte den Wein sehr großzügig ein und reichte ihr ein Glas. »Trotzdem, lass uns kein Trübsal blasen«, sagte er. »Horst Sommer war ein netter Bekannter, kein richtiger Freund von Otto. Sybille hatte ihn nur ein einziges Mal flüchtig gesehen, als sie sich vor dem Verlagshaus trafen, was nicht über ein kurzes »Hallo« hinausging. Beim Abendessen erzählte Otto wie der Tag gelaufen war. Vom Besuch der Kriminalpolizei, den Zweifeln die ihn geplagt hatten und dem Besuch bei Herrn Steiner, nach dem er sich besser von den Selbstvorwürfen lösen konnte. »Ich kann dich gut verstehen«, sagte Sybille, »ich war mir selbst bis eben nicht so richtig über meine Gefühle in der Sache im Klaren. Man ist berührt. Ich habe mich auch gefragt, wie geht es mir dabei. Ich habe doch dabei mitgewirkt, die Story an Herrn Sommer abzugeben. Doch so wie Herr Steiner es dargestellt hat, ist es richtig. Niemand konnte vorhersehen was passiert. Diese Bestien«, stieß sie unvermittelt hervor. »Ich darf nicht daran denken, was wäre, wenn du den Artikel verfasst hättest. Ich darf gar nicht daran denken«, schluchzte sie plötzlich und sackte auf dem Stuhl in sich zusammen. Otto sprang auf. Sie hob die Hand und sagte: »Nein Otto, alles gut.« Sie schaute ihm direkt in die Augen, während er sich wieder setzte. »Ja, es sind Bestien, keine Menschen. Die töten für Macht und Geld, im Kleinen wie im Großen.« »Ach, lass uns nicht wieder davon anfangen«, sinnierte Otto leise. »Es ist wie es ist. Für heute reicht es. Wir machen uns den Abend trotzdem so schön wie möglich.«

So ist der Wille ein willkommenes Lenkrad. Die Bestrebungen zeigen nach oben. Man will Glück, Zufriedenheit und Sicherheit, keine Zusammenbrüche. Doch was im Buch des Lebens jedes Einzelnen steht, ist nicht immer vorhersehbar. Auf der Couch am Nachmittag hatte Otto einen Traum. Er war von dem Tag noch etwas aufgewühlt. Die Frage der Verantwortlichkeit, war für ihn noch nicht abschließend geklärt. Der Traum begann mit dem Blick in ein Teleskop. Es war in den Sternenhimmel gerichtet. Die Planeten leuchteten hell, so als wenn man im Dunkeln auf einer Wiese steht und dabei in den klaren Sternenhimmel blickt. Neben und hinter dem Saturn war das Gesicht eines bärtigen, weißhaarigen Mannes. Der Kopf war mit einem weißen Turban umwickelt. Er sah aus wie ein Heiliger aus dem Morgenland. Es war nicht auszumachen, wohin die Nebel des Sternenhimmels gehörten und welche Schatten zu seinem Schleier. Er öffnete den Mund nur einen kleinen Spalt und sprach. Es waren keine lauten Worte, die ans Trommelfell drangen. Die Stimme erreichte sein inneres Ohr. »Ich bin hier um dir Trost und Stärke zu bringen Kolotter.« Otto wusste im Traum sofort, er war gemeint. Der Name erschien ihm bekannt. Trost und Stärke legten sich, wie neue Zellen seines Körpers, tief ins Innere. »Vergiss was heute war. Es ist nicht wichtig. Des Menschen Schicksalswege, zu denen du nun gehörst, verlaufen nicht, wie bei den Wesen des Geistes entlang der Träume und ihren Vorstellungen, sondern so wie die Göttinnen des Schicksals es vorsehen. Die Wege sind nicht zu bemessen, erscheinen euch nicht immer gerecht und bestimmbar. Dir ist jetzt ein schweres Los auferlegt. Zum Kennenlernen was in der Welt geschehen kann, werden die vergangenen Erlebnisse zu Schatten, denn die Neuen werden ungeheuerlich sein. Aber denk daran: fürchte dich nicht, denn ich bin bei dir. Das gute Licht umgibt dich, auch wenn du es selbst nicht siehst. Nimm diesen Trost und trage ihn von nun an als Kleid, solange du es brauchst, Kolotter. Verzweifle nicht an dem was ist, noch an dem was kommt. Alles wird gut. Alles wird gut.« Diese Worte wiederholten sich beim Aufwachen und legten sich schwer wie Berge in sein Gedächtnis.

Die innere Stabilität, die ihm der Abgesandte im Traum gab, nahm Otto mit. Sobald er an den Traum, an die Augen des Mannes dachte, fühlte er sich beschützt. So stieg er aus den Gedanken aus und sagte zu Sybille noch einmal: »So schön wie möglich.« Bei den Worten wie möglich, fühlte er sich benommen. Er schob es auf die Ereignisse des Tages und sprach weiter. »So richtig weiß ja niemand wie es mit ihm weitergeht.« Er hob das Glas und prostete Sybille zu. Der Wein wärmte von innen. Noch wenige Wochen, dann kam der Dezember mit den Feiertagen, Weihnachten, Schnee und Glühwein. Nach dem Essen setzten sie sich auf Ottos Bett und lehnten sich aneinander. Mehr als sanfte Berührungen, zärtliche Küsse und gefälliges Gurren der Verliebten, wurde es an diesem Abend nicht.

Der Abschied fiel beiden heute besonders schwer. Sie hatten sich in den vergangenen Wochen überlegt, zusammenzuziehen, waren an der Stelle aber nicht weitergekommen. An der Tür umarmten sie sich lange und intensiv. Sybille fröstelte im kühlen Luftzug. Otto nahm seine Jacke vom Kleiderständer und legte sie ihr mit den Worten: »So, jetzt wird es wärmer«, um die Schultern. Noch etwas, das er bald bereuen würde. Sybille verabschiedete sich mit glühenden Blicken. Als sie sich auf dem Treppenpodest zur Straße umdrehte, schloss er von innen die Tür. Gleichzeitig hörte er, wie draußen ein Motor aufheulte und Reifen quietschten. Er hatte die Türklinke noch in der Hand, drückte sie herunter, öffnete die Tür wieder, wobei er sah, wie vorn an der Straße, am Fenster der Beifahrertür einer dunklen Limousine, die direkt vor dem Gartentor stand, ein Mündungsfeuer aufblitzte. Sybille stand wie gelähmt auf der untersten Stufe des Treppenpodests. Sie griff sich zum Herzen und stieß einen Schmerzensschrei aus. Der Schrei ging im Knall des nächsten Schusses unter, der sie am Kopf traf. Das Projektil schlug neben Otto ins Holz der Tür. Ein Mann mit Sonnenbrille schaute aus dem Fenster des Wagens, aus dem er geschossen hatte. Er hatte eine dunkle Hautfarbe. Das war ungewöhnlich und sehr auffällig. Noch auffälliger war die silberfarbene Uhr, die er am Handgelenk trug. In der Mitte des Armbands verlief eine Reihe mit hellen Punkten. Diese Beobachtung die unbewusst in Sekundenbruchteilen stattfand, war nur der dunklen Hautfarbe zu verdanken. Hell auf dunkel. Als er sah, wie Sybille zu Boden stürzte, gab der Mann dem Fahrer ein Zeichen. Während das Auto anfuhr, machte Otto drei Riesenschritte und war bei ihr. Sie lag mit den Beinen und dem Becken auf dem Weg, Rücken und Kopf lagen auf der Treppe. Otto setzte sich auf die unterste Stufe, hob ihren Oberkörper leicht an und lehnte ihren Kopf an seine Brust. Dabei rief er laut immer wieder verzweifelt ihren Namen. Sie blutete stark am Kopf und an der Brust, in Höhe des Herzens. Sie rührte sich nicht mehr. Das Blut lief von ihrem Kopf über seine Hände. Er schrie aus Leibeskräften: »Sybille, nein, nein, bitte nicht.« Im Nachbarhaus ging ein Fenster auf. Aus dem Haus gegenüber kam ein Mann. Otto rief: »Holt die

Feuerwehr. Krankenwagen, schnell, schnell.« Der Mann gegenüber starrte ihn ungläubig an. Otto brüllte ihn an: »Mach schon sie stirbt sonst, mach endlich.« Der Mann drehte sich auf dem Absatz um und rannte wieder ins Haus. Otto konnte es nicht fassen. Er klammerte sich so stark an Sybille fest, dass die Feuerwehrleute die nach zwei Minuten aus dem nahegelegenen Krankenhaus kamen, Mühe hatten, seine Finger zu öffnen und Sybille auf die Trage zu legen. Sie fuhren sofort los. Inzwischen waren mehrere Polizeifahrzeuge mit Blaulicht eingetroffen. Sie hielten vor dem Haus, sperrten die Straße und andere Zufahrtswege ab. Otto nahm nur verschwommen wahr, wie die Polizisten überall auf der Straße, im Haus und Garten mit gezogenen Pistolen herumrannten und alles durchsuchten. Einer der Polizisten kam auf ihn zu. Er war dunkelhaarig, fast so groß wie Otto, breitschultrig und wirkte sehr selbstsicher. Er schaute ihn durchdringend an, so als ob Otto der Täter sein könnte. Er war schließlich voller Blut. Otto wachte aus seiner Erstarrung auf und brummelte vor sich hin: »Die haben mich gemeint. Die haben mich gemeint. Oh nein.« Er schaute den Polizisten an und sprach monoton weiter: »Sie hatte meine Jacke an, sie ist fast so groß wie ich. Helle Haut. Sie hat die Haare kurz geschnitten, sie trug meine Jacke. Verstehen Sie?« Nein, er verstand nichts. Rein gar nichts. Bis ein weiterer uniformierter Beamter zu ihnen kam und zu dem vor ihm stehenden Polizisten sagte: »Die Kollegen von der SEK II haben durchgefunkt. Sie waren heute schon hier, der Schusswechsel hängt offensichtlich mit einem anderen Mordfall zusammen.« Otto schnauzte ihn an: »Kein Schusswechsel, ein Attentat und noch lange kein Mord, ist das klar, haben Sie das verstanden.« So kannte man Otto nicht. Er musste klarstellen: Es war kein Mord. Keine Tote, also kein Mord. Sie ist nur verletzt worden. Einen anderen Gedanken konnte er nicht ertragen.

Rache schmeckt bitter

Vom Gartentor zum Haus führte ein mit Pflastersteinen belegter, etwa zwei Meter breiter Weg, der links und rechts von Büschen und Bäumen gesäumt war. Am Gartentor standen zwei Polizisten. Andere Beamte unterhielten sich auf dem Treppenpodest. Otto wollte sofort, nachdem der Krankenwagen losfuhr, sein Fahrrad nehmen und zum Krankenhaus fahren. Der Fahrer des Krankenwagens hatte ihm auf seine Frage wohin Sybille gebracht wird, zugerufen: »Behrling Krankenhaus.« Es war nur ein paar Straßen weit entfernt. Er nahm sein Fahrrad aus dem Ständer rechts neben der Treppe. Der dunkelhaarige breitschultrige Polizist, der ihn anfangs als möglichen Täter einstufte, rief ihm von der Haustür zu: »Herr Hartmann, bitte bleiben Sie hier. Wir haben noch einige Fragen.« Während sich Otto auf den Weg zur Gartentür machte, rief er zurück: »Später, ich muss wissen was mit meiner Freundin ist. Ich will zu ihr.« Der dunkelhaarige Polizist gab den beiden Beamten am Gartentor ein Zeichen. Sie versperrten Otto daraufhin den Weg. Der eine zeigte lapidar mit dem Finger zum Haus und sagte: »Sie haben gehört, was der Einsatzleiter sagt. Zuerst müssen Sie noch ein paar Fragen beantworten.« Otto wollte trotzdem gehen. Er sagte: »Die Fragen kann ich gern später der Kripo beantworten, die kümmern sich doch um den Fall.« »Nein«, sagte der Polizist bestimmt: »Die Aufnahme erfolgt nach der Tat. Die ersten Eindrücke verschwinden sonst. Selbst kleinste Beobachtungen sind für uns wichtig. Schauen Sie mal da rüber.« Er zeigte zur anderen Straßenseite, wo die Nachbarn von Uniformierten befragt wurden. »Alle Zeugen werden zuerst am Tatort befragt, damit keine Informationen verloren gehen.«

Der Einsatzleiter stellte sich vor. »Schmidtke«, sagte er und streckte Otto die Hand entgegen. Otto nahm sie in die seine. Er antwortete: »Hartmann, das wissen Sie ja bereits.« Die Vorgeschichte, hatte sich der Einsatzleiter bereits über Funk, von der Zentrale, berichten lassen. Zuerst schilderte ihm Otto den Tathergang von der Verabschiedung an der Tür. Erster Schuss, zweiter Schuss, aufheulender Motor. Ein dunkelhäutiger Mann, offensichtlich afrikanischer Abstammung hat geschossen. Otto schilderte den Vorgang langsam und sehr präzise zum Mitschreiben. Die Uhr am Handgelenk. Auffällig und prägnant. Marke nicht bekannt. Dafür die dunkle eher schwarze Limousine. Mercedes 280 SEL. Viertürer. Sonderanfertigung der vorderen und seitlichen Metallteile in Chrom. Rundum getönte Scheiben vom Werk. Reifengröße normal. Nicht tiefergelegt. Keine weitere Sonderausstattung. »Ja, ich kenne mich aus. Mein Vater ist Mercedes Händler.« »Ach ja, der Hartmann, da in der Nähe vom S-Bahnhof Zehlendorf?« »Ja.« »Kennzeichen?« »Nicht erkannt. Hinten wahrscheinlich abgedeckt.« »Vorn?« »Nicht gesehen, es ging zu schnell.« Die Befragung, fuhr an Otto vorbei wie ein Reisezug. Die Sorge um Sybille fuhr auf dem Gleis nebenan. Mit der Sorge tauchte der Traum vom Nachmittag wieder auf. Kollotter. Dieser Name machte ihn ruhiger. Die Begegnung im Traum fühlte sich so bekannt an. Es beruhigte ihn, so ließ er den Film öfter ablaufen. Denk daran: fürchte dich nicht, denn ich bin bei dir. Nimm diesen Trost und trage ihn von nun an als Kleid, solange du es brauchst Kolotter. Verzweifle nicht an dem was ist, noch an dem was kommt. Alles wird gut. Alles wird gut. »Hallo, hallo«, sprach Herr Schmidtke etwas lauter. Er hatte bemerkt, dass Otto nicht mehr zuhörte. Er schob es auf den Vorfall. Herr Hartmann steht unter Schock, dachte er sich. Herr Hartmann will nur weg, zum Krankenhaus, zu Sybille. Mit den Worten: »Sie können jetzt erst einmal gehen. Wir stellen bis morgen früh Sach- und Personenschutz. Ein Wagen der Streife wird heute Nacht vor dem Haus stehen«, entließ er seinen Zeugen. »Danke», sagte Otto während er das Seil vom Holzpflock entfernte, an den er sich gebunden fühlte. Er schob, ohne Herrn Schmidtke weiter zu beachten, sein Rad einen Meter weiter, stieg auf und rollte durch das Gartentor auf die Straße. Herr Schmidtke sagte zu seinem Kollegen: »Wünschen wir ihm mal alles Gute. Sah nicht gut aus die Kleine.«

Es war das Leiden des jungen Hartmann. Er hätte die Polizei gern stehengelassen und wäre sofort geflüchtet. Die Sorge um Sybille kläffte ihn die ganze Zeit an wie ein bissiger Hund. Sie drohte zum Schuldgefühl Horst Sommer überzuspringen. Der Tag war wie ein Meer, über dem es stürmte und schneite. Der Wind schob hohe Wellenkämme empor. Drückende Strömungen entstanden. Alles war aufgewühlt und Dunkel. Er stand am Ufer und hoffte, nicht mitgerissen zu werden. Nur die Stimme aus dem Traum gab ihm Trost und Hoffnung. Bewegte sich die Sorge nur den kleinsten Millimeter vom Ufer weg, drohte er in die Fluten zu stürzen, vom Sog mitgerissen zu werden. Er versuchte sich zu fangen, seine Ruhe wiederzufinden. In den Winden zwischen bangen und hoffen, bildete sich eine Stimme. Erst leise, dann immer lauter: »Und ob ich schon wanderte im finstern Tal«, sprach sie, »so fürchte ich kein Unglück; denn du bist bei mir, dein Stecken und Stab trösten mich.« Wenn die schöpferische Allmacht des Universums dich beschützt, dann kannst du ruhig und voller Vertrauen sein. Beim Abbiegen in die Straße, die zum Krankenhaus führte, trat er stärker in die Pedale. Als das Gebäude vor ihm auftauchte, war gleichzeitig die Sorge wieder da. Hatte der Schuss sie ins Herz getroffen? Lebte sich noch? Wurde sie operiert oder hatten die Ärzte sie gleich aufgegeben? Diesen Gedanken konnte er schwer ertragen. Er warf sein Fahrrad gegen die Hauswand neben dem Eingang, ohne es anzuschließen und rannte zum Empfangstresen. Die Dame hinter dem Tresen schaute ihn überrascht an, so plötzlich wie er vor ihr auftauchte. »Sybille, Sybille Mertens«, stammelte er außer Atem. Sie wusste sofort Bescheid. Nach der Einlieferung war eine Polizeistreife gekommen, hatte nach ihr gefragt. »Auf sie ist geschossen worden«. Sein Herz drohte zu zerreißen. Die Dame im weißen Kittel erkannte seine Not. Sie sprach langsam und beruhigend auf ihn ein: »Ich kann Ihnen über den Zustand von Frau Mertens nichts sagen. Das darf ich auch nicht. Ich kann Ihnen nur sagen, sie ist nicht auf die Intensivstation gekommen. Man hat sie nach der Behandlung auf die Station gebracht«. »Was bedeutet das?«, fragte Otto. »Es bedeutet in der Regel: Sie ist nicht in Lebensgefahr.« Otto fragte noch zwei Mal was mit ihr sei, bis er begriffen hatte. Sie würde den Anschlag überleben. Er sank in sich zusammen, nahm zur Kenntnis, dass er sich setzen und auf den behandelnden Arzt warten sollte. Dann ließ er sich erleichtert in einen Sessel im Wartesaal fallen. Die Schwester kam nach fünf Minuten, mit einem kleinen Eimer in dem lauwarmes Wasser war, zu ihm. Sie hielt ihm einen Lappen hin und fragte, ob er verletzt sei. »Nein«, antwortete er. Erst nachdem sie sagte: »Dass viele Blut, wollen Sie es nicht abwischen?«, schenkte er seinem eigenen Zustand Aufmerksamkeit. »Oh ja«, sagte er, »daran habe ich nicht gedacht. Verzeihen Sie, falls ich Sie erschreckt habe.« Sie zeigte mit dem Finger auf ein Schild. Darauf stand »WC Herren.« Mit den Worten: »Dort finden Sie einen Spiegel«, entfernte sie sich wieder Richtung Empfangstresen. Otto stand mit dem Eimer in der Hand auf und ging zum WC. Im Spiegel schaute ihn ein von Blut verkrustetes Gesicht an, nicht wirklich Otto. Die Haare waren strähnig vom getrockneten Blut. Hemd und Hose waren ebenfalls rot, verklebt vom Blut. Mit langsamen Bewegungen begann er sich zu säubern. Es sah aus, als wenn sich ein Faultier, im Zeitlupentempo, auf einem Baum bewegt. Er war ein wenig lethargisch. Der Tag war eine einzige Achterbahnfahrt. Die Gefühle waren übermäßig intensiv, sie kamen überraschend und heftig. Ohne Vorbereitung, war er von einer extremen Situation in die nächste hineingeschliddert. Die Angst um Sybille hatte ihm die letzte Kraft geraubt. Er musste sich erst einmal sammeln.

Nachdem er den gesäuberten Eimer zum Empfangstresen zurückgebracht hatte, ließ er sich wieder in den Sessel im Wartesaal fallen. Er schloss die Augen. Nach einer halben Stunde kam ein Arzt in einem weißen, weiten, etwas zu langen Kittel auf ihn zu. Er fragte ihn, ob er der Verlobte von Sybille sei. Otto war wieder etwas gefasster. »Ja«, antwortete er ruhig, »danke, dass Sie sich die Zeit nehmen.« »Sie sehen ein wenig mitgenommen aus«, begann der Arzt. »Ich kann Sie beruhigen. Sie brauchen sich keine Sorgen zu machen. Ihrer Verlobten geht es besser als es den Anschein hatte. Viel besser.« Otto schaute ihm ungläubig in die Augen. »Ja, keine Angst wiederholte er. Sie wird nichts außer einer Narbe an der Schulter und am Rücken zurückbehalten, die gerade so groß ist wie der Knopf einer Jacke. Am Kopf verdeckt das Haar den Streifschuss. Sie hat nur so stark geblutet, weil die Kugel sie an der Schläfe getroffen hat, wobei Blutgefäße aufgerissen wurden. Der Blutverlust war als einziges bemerkenswert. Den haben wir mit einer Infusion ausgeglichen.« »Und die andere Kugel«, fragte Otto. »Ein glatter Durchschuss. Ich sagte es schon. Da bleibt nichts Nennenswertes zurück. Kein Knochen verletzt, keine Hauptadern, glatt durch. Die Ohnmacht ist durch den Streifschuss entstanden. Alles gut. Sie hat ein Beruhigungsmittel bekommen und schläft jetzt. Morgen ab elf, nach der Visite können Sie zu ihr.« »Kann ich sie kurz sehen?«, fragte Otto. »Nein, besser nicht. Gönnen Sie ihr die Ruhe. Die ist im Augenblick wichtiger.«

Gegenüber vom Haus der Hartmanns stand ein Streifenwagen der Polizei. Als Otto mit dem Fahrrad ankam und vor dem Gartentor abstieg und den Schlüssel ins Schloss stecken wollte, gingen auf beiden Seiten die Türen auf. Einer der beiden Polizisten, die gerade aussteigen wollten, erkannte ihn. Er winkte mit den Worten: »Ach Sie sind es«, ab. Otto grüßte mit erhobener Hand, dann ging er ins Haus. Er war nach dem Besuch im Krankenhaus sehr erleichtert. Ihm lag noch am Herzen die Mertens über das Attentat zu informieren. Er legte seine Jacke deshalb nicht ab, sondern ging noch die paar Schritte zu ihnen hinüber. Nachdem er dreimal geläutet hatte, fiel ihm das Bankett ein. Die Mertens waren diesmal mit dabei. Er ging zurück, wobei er beschloss nicht bis spät in die Nacht zu warten, um den beiden von dem Vorfall zu berichten. Es war ein gravierender Einschnitt ins Leben aller, nicht nur von Sybille. Zuhause angekommen, suchte er sich die Rufnummer vom Hotel Schweitzerhof heraus. Er landete im Foyer. Die Hartmanns und Mertens mussten ausgerufen werden. Man würde zurückrufen. Es dauerte zehn Minuten bis das Telefon läutete. Sein Vater war am anderen Ende der Leitung. Nach einer kurzen Erklärung was heute alles passiert sei, war klar, dass die vier so schnell wie möglich nach Hause kommen würden. Eine andere Reaktion hatte er nicht erwartet. Otto war trotzdem erleichtert. Gegen viertel vor elf hört er Stimmengewirr vor dem Haus. Als er die Haustür öffnete, sah er wie sein Vater mit einem der Polizisten debattierte. Die Hand des Beamten lag auf dem Pistolenhalfter. Otto hörte, wie er sagte: »Das ist kein Spaß hier, guter Mann.« Otto unterbrach die Szene, indem er laut hinüberrief: »Alles gut, das ist mein Vater, unsere Eltern. Sie wohnen hier. Alles in Ordnung.« Der Polizist hielt inne, war jedoch sichtlich verärgert. Dieter hatte ihn nicht ausreichend beachtet und seine Aufgabe gewürdigt. Dazu kam: Alle waren nach dem Ereignis nervös. Keiner konnte wissen, ob die Attentäter wiederkamen. Dieter und Brigitte, die nur kleine Mosaikstücke des Vorgangs von der Polizei zugeworfen bekamen, waren irritiert. Sie konnten mit »Überfall«, »Schusswechsel von der Straße«, »Die Täter konnten fliehen«, »wir sind zum Schutz der Hausbewohner hier«, nicht viel anfangen. Mit dem was Otto vorhin in einer Minute am Telefon erzählte, konnten sie sich auch kein Bild machen. Es musste etwas Furchtbares passiert sein, lautete das vorläufige Resultat der Ankömmlinge. Die vier hörten sich Ottos Schilderungen im Hausflur an. Sie waren damit sichtlich überfordert. Es war zu viel auf einmal. Otto konnte es verstehen. Ihm selbst ging es nicht anders. Dieter und Brigitte wussten noch nichts von dem Vorfall mit Herrn Sommer. Sonst wären sie nicht zum Bankett gegangen. Die Mertens wussten ebenso wenig. Sybille hatte nach dem Telefonat mit Otto, nicht mehr mit ihnen gesprochen.

Dieter forderte die anderen auf, sich im Wohnzimmer zu setzen. Dort war es gemütlich. Sie waren eingerichtet wie in einem Jagdhaus. Ein dicker, flauschiger, hellbraun gemusterter Teppich bedeckte den Dielenboden unter einem ovalen dunkelbraunen Holztisch, an dem zwölf Personen Platz fanden. Weitere kleinere hellbraune Teppiche waren vor den Fenstern und dem offenen Kamin verteilt. Die Polsterung der verzierten Stühle mit mittelhoher Lehne war dunkelgrün. An den Wänden hingen Bilder mit Landschaftsmalereien. Über der Tür hing ein ausgestopfter Hirschkopf. Die vier setzten sich. Sie schauten aufmerksam zu Otto. Er fing nochmal von vorn an, bei dem Telefonat über die Abhör- und Beschattungsvermutungen von

Herrn Sommer, dem anschließenden Mord. Den vorangegangenen Artikel stellte er als eventuelles Mordmotiv dar. Hier war auch der Zusammenhang zu ihm selbst. Dann berichtete er über den Abend mit Sybille. Sie zog sich vor der Verabschiedung, an der Tür, seine Jacke über. Dann folgten die Schüsse. Diesen Teil spielte er zwar nicht herunter, packte jedoch den Ablauf in Watte, um Oliver und Heike, die mit besorgten Gesichtern dasaßen, nicht zu sehr zu belasten. Die Einschätzung des Arztes im Krankenhaus hingegen, stellte er ausufernder dar. Die Worte des Arztes, »Alles gut«, »es bleibt nichts Nennenswertes zurück«, konnte er nicht oft genug wiederholen. Nach und nach dämmerte es bei allen. Nachdem er das Puzzle für sie zusammengesetzt hatte, warf Dieter seine Jacke über einen der freien Stühle und begann Anweisungen zu geben. »Ich suche hier im Wohnzimmer nach Wanzen oder Kameras und du in deinem Zimmer«, sagte er zu Otto. »Wir müssen wissen, ob du noch beobachtet wirst. Die Polizei hat hier noch nichts durchsucht?« »Nein« antwortete Otto. »Nichts. Sie haben nur nach Personen gesucht.« »Dann los«, sagte er. »Ihr und Brigitte schaut bitte in die anderen Räume die Otto benutzt. Keller, Bäder, Küche und Flur.« Die fünf machten sich an die Arbeit und suchten hinter Bildern, unter Stühlen, im Telefon. Der Telefonhörer lieferte den ersten Treffer. Oliver fand in der Sprechmuschel den ersten Sender. Er rief so laut er konnte durchs ganze Haus: »Hier, ich habe etwas.« Die anderen stürzten in den Flur. Sie schauten ungläubig auf die herausgeschraubte Sprechmuschel des Telefonhörers. »Oh Gott«, sagte Brigitte. Dieter hielt die anderen zum Weitersuchen an. »Kommt Leute weitersuchen. Vor allem in den Lampen. Du sagtest doch bei Sommer war eine Kamera in der Lampe, Otto?« »Ja«, antwortete Otto. »Ich möchte nicht mit einer Kamera gefilmt werden«, sagte Dieter. Er stieg auf den Tisch im Wohnzimmer, um an den Kronleuchter zu kommen. Die anderen liefen in die anderen Räume und suchten weiter. Sie fanden nur in Ottos Zimmer noch zwei weitere Wanzen. Dieter beschloss, den Fund nach draußen zu den Polizisten zu bringen, die im Fahrzeug vor dem Haus standen. Otto hielt ihn mit den Worten ab: »Papa, Professor Nölder ist fast immer bis kurz nach

Mitternacht wach. Ich denke, ich sollte ihn anrufen und fragen, was zu tun ist. Er hat nach wie vor Kontakte zu Dienststellen einschlägiger Behörden, die sich mit solchen Fällen befassen. So nett und beruhigend die Polizei da draußen ist, wer weiß wo die Beweismittel landen, wenn du sie ihnen übergibst.« »Gut, Herr Hauptkommissar«, lächelte Dieter, »so machen wir es.« Die Mertens verabschiedeten sich. Otto rief den Professor an.

Nach drei Klingelzeichen wurde beim Professor der Hörer abgenommen. »Nölder«, meldete sich seine Stimme. »Guten Abend, entschuldigen Sie die späte Störung. Wir hatten schon öfter so spät telefoniert, da dachte ich…… .« »Schon gut« unterbrach ihn der Professor. »Sind sie dir schon wieder auf den Fersen? Ich dachte, den Artikel im Star Magazin hat ein Herr Sommer geschrieben. Jedenfalls wurde er als Autor aufgeführt.« »Haben Sie den Artikel gelesen?«, fragte Otto ungläubig. »Ja, in weiser Voraussicht. Nein, nicht deshalb. Ich lese dieses Magazin öfter. Seit ich im Ruhestand bin, habe ich genug Zeit zum Lesen.« »Haben Sie meinen kleinen Zwei-Seitenbeitrag auch gelesen?« »Nein«, antwortete der Professor. »Ich habe erst heute am Vormittag hereingeschaut. Ich habe nicht einmal den Hauptartikel vollständig durch. Nur die ersten acht Seiten.« »Kurz gesagt habe ich etwas über die Absichten der US-Militärs geschrieben, künstliche Intelligenz für Waffensysteme zu nutzen. Darum geht es aber nur am Rande. Nun halten Sie sich fest«, sagte Otto und machte eine Pause. Er konnte die Atemgeräusche am anderen Ende der Leitung hören. Die Spannung wuchs. »Sommer ist tot«, brachte Otto endlich hervor. »Jemand hat ihn gefoltert. Danach wurde er kaltblütig umgebracht.« Es herrschte einige Sekunden Stille. Dann erzählte Otto weiter: »Vorhin, so gegen neun, halb zehn hat dann jemand auf Sybille geschossen, als sie hier aus dem Haus ging. Sie trug dabei meine Jacke«, sprach er zögernd weiter. »Die meinten mich.« »Stopp mal Otto. Das ist nicht dein Ernst, oder?« Nun, sprudelte es aus Otto heraus. Er erzählte den Vorgang in Kurzfassung von A bis Z. Abhören, Beschattung Sommers, Mord, Wanzen bei Hartmanns, schwarze Limousine, Schüsse, Sybille im Krankenhaus. »Ein Glück wird sie wieder«, bemerkte der Professor zum Schluss. »Otto leg dich hin, du brauchst Schlaf. Grüß deine Eltern von mir. Beruhige sie so gut es geht. SEK II sagst du war bei euch?« »Ja«, antwortete Otto. »Gut«, sagte der Professor. »Ich kümmere mich darum. Gleich in der Früh schicke ich jemanden vorbei. Ausgesuchte Spezialisten. Denk daran. Die kommen in der Regel sehr früh. So ab sechs Uhr musst du wieder auf den Beinen sein.« »Gut, danke«, erwiderte Otto. »Vielen Dank.« »Alles wird gut«, sagte der Professor. »Glaub mir, alles wird gut.« Otto fühlte sich bei den Worten behütet. Fast wie im Traum, in dem der Mann sagte: »Alles wird gut.« Diese Worte wiederholte er nach dem Telefonat mehrmals vor seinen Eltern. Alles wird gut. Er hatte sich gefangen. Otto strahlte wieder die ihm eigene Ruhe aus. Sie übertrug sich auf Brigitte und Dieter. Die Nachtruhe war gerettet.

Otto, der sich in sein riesengroßes Bett legte, es war zwei mal zwei Meter groß, schlief in dieser Nacht wenig. Er starrte lange an die Decke, des karg eingerichteten Zimmers, in dem sich nur die notwendigsten Möbel befanden. Mehr als das Bett, Tisch und Stühle, ein Schreibtisch und ein Schrank waren nicht darin zu finden. Selbst auf einen Teppich und Fernseher hatte er verzichtet. Ich brauche nicht so viel Zeug, erzählte er jedem, dem die Leere bei ihm auffiel. Er lag mehrere Stunden wach. Dann schlief er für dreieinhalb Stunden ein. Um halb sechs klingelte der Wecker. Der Professor hatte den Besuch der Ermittler auf sechs Uhr getaktet. Er durchlief sein Aufstehprogramm wie jeden Tag. Er brauchte fürs Anziehen, Frühstück, Morgentoilette nie mehr als eine halbe Stunde. Um sechs klingelte es noch nicht. Erst um halb sieben läutete die Glocke an der Haustür. Durch den Türspion, sah er draußen zwei Herren. Sie standen auf dem Treppenpodest. Er ging zur Gästetoilette, öffnete das direkt neben der Haustür liegende kleine Fenster und fragte nach den Ausweisen der beiden. Erst nachdem sie ihre Ausweise vorzeigten und erklärten, sie stünden in Kontakt mit Professor Nölder, öffnete Otto die Haustür. Inzwischen war Dieter heruntergekommen. Er ließ sich die Ausweise noch einmal zeigen, schaute sie sehr genau an, verglich die Bilder und die Gesichter, bis der Kleinere der beiden, ein blonder, vollschlanker, zynisch aussehender Mann mit Hakennase, eng zusammenliegenden Augen und zwei dünnen Strichen als Lippen sagte: »Ich verstehe Ihre Verunsicherung. Wir sind es wirklich. Wenn Sie wollen, rufen Sie den Professor an. Mein Name ist Martin Bauer, Spezialbeauftragter der Bundesanwaltschaft. Neben mir steht mein Kollege, Gerhard Wegener.« Herr Wegener war im Gegensatz zu Herrn Bauer, größer als Otto, dunkelhaarig, breitschultrig und ziemlich füllig. »Ich denke es reicht, Papa.« »Ok«, sagte Dieter »lassen wir den Professor schlafen.« Herr Bauer, anscheinend der Wortführer der beiden, lächelte: »Ja, es wird nicht schaden«, sagte er. »Herr Nölder hat um zwei Uhr in der Nacht noch eine Message per Fax an unsere Dienststelle geschickt. Viel geschlafen hat er noch nicht. Wir haben die SEK Akte eingesehen, haben dennoch einige Fragen. Können wir uns irgendwo setzen?«, fragte er zuerst Dieter, blickte dann aber Otto an. Otto fragte zuerst Dieter, ob er dabei sein wolle. Nachdem Dieter mit den Worten verneinte: »Wir können heute Abend in Ruhe darüber reden, dann kannst du mir darüber berichten«, führte er die beiden zu dem kleinen, runden Tisch in seinem Zimmer. »Nobles Haus, wenig Geld was?«, bemerkte der zynisch aussehende Herr Bauer mit einem kurzen Blick auf die spärliche Einrichtung. »Eher eine spartanische Einstellung«, antwortete Otto mit einem sparsamen Lächeln. »In den Artikeln die Sie schreiben, sparen Sie nicht so wie bei der Einrichtung« lächelte der Zyniker zurück. »Da wird eher aufgedeckt, als mit Anklagen gespart«, brummte der Große dazwischen. »Ich dachte, Sie wollen mir helfen?«, fragte Otto misstrauisch. »Wir dienen unserem Auftraggeber, niemandem sonst. In diesem Fall können Sie sicher sein: Wir sind auf Ihrer Seite«, antwortete Herr Bauer, dem Ottos Misstrauen nicht entgangen war. »Wir waren schon öfter für den Professor auf der Pirsch in der Vergangenheit.« So alt, dass Herr Bauer die Nazizeit meinen konnte, waren die beiden nicht. Dann sollten auch keine verdeckten Ressentiments in den Hinterköpfen der beiden stecken. Ottos Misstrauen nahm ab. Die beiden waren ein gut eingespieltes Team. Sie stellten abwechselnd ihre Fragen, die Otto wahrheitsgemäß und präzise beantwortete. Sie machten sich eine Fülle von Notizen. Als die Frage nach dem Verbleib der Unterlagen über künstliche Intelligenz auftauchte, wurde Otto hellhörig. »Wieso fragen Sie danach?«, wollte er wissen. »Wenn die Täter diese Unterlagen suchen sollten, wäre es gut, wenn wir dort wo sie sind, einen verdeckten Mitarbeiter postieren würden.« Otto dachte sich bei der Frage: Der Deutsche Geheimdienst will die Unterlagen selbst auswerten, um auf diesem Gebiet die Amerikaner zu überholen. Vielleicht steckt der Bundesnachrichtendienst oder der Militärische Abschirmdienst doch mit den Übeltätern unter einer Decke? »Ich habe meine Kopien gestern noch verbrannt. Die Originale liegen in Paris bei der Arbeitsgruppe, die sich mit den Vorgängen beschäftigt hat.« Otto hielt es für besser, ganz auf Nummer sicher zu gehen. Alle Dienststellen die an die Ergebnisse der Ermittlungen von Bauer und Wegener kamen, sollten denken, es gäbe keine Unterlagen mehr bei Otto Hartmann. Er traute derzeit niemandem über den Weg. »Gut«, sagte Herr Bauer dazu. »Diese Vorgehensweise hätten wir Ihnen sonst auch empfohlen.« Herr Bauer war ein Fuchs, so schätzte ihn Otto ein. Der riecht jeden Braten sofort. Herrn Bauer wollte er nicht gegen sich haben. Nach der Befragung, die bis halb neun dauerte, durchsuchten die beiden das ganze Haus. Man sah: Es waren Profis. Wer Wanzen anbringt, der kann sie auch finden. Sie wurden tatsächlich fündig. Zwei Wanzen waren noch in Ottos Zimmer. Wie die dahin gekommen sein könnten, wollten Sie wissen. Otto meinte »Einbrecher«, was sonst. Hier sind nur wir drei.« »Sie glauben nicht, was Leute für Geld alles tun«, sagte Herr Wegener. »Fernmeldetechniker stehen auf der Gehaltsliste ganz oben.« »Eine Einschätzung aus erster Hand«, bemerkte Otto spöttisch. »Keine Scherze mehr Herr Hartmann, sonst knallt´s«, erwiderte Wegener darauf und griff mit der rechten Hand ins Jackenfutter, als bekannte Geste aus Filmen, in denen der Agent die Waffe aus dem Schulterhalfter zieht. Er lächelte zwar, sie wussten dennoch beide, dass sie nach den Auftritten von Otto im Star Magazin noch lange keine Freunde waren. »Überlegen Sie bitte genau. Die Reinigungskraft, der Gärtner, die Müllmänner. Wir haben schon viel erlebt.« Nachdem er in die Tiefe gegangen war, verneinte er nochmals. »Die Reinigungskraft ist eine entfernte Verwandte.

Der Gärtner hat keinen Schlüssel. Außerdem bearbeitet er fast alle Häuser auf dieser Straßenseite. Der für Geld, nein, wirklich nicht. Das Haus steht meist leer. Ich gehe morgens zur Uni, meine Eltern fahren bis fünf Uhr am Nachmittag in die Firma. Nachschlüssel für ein normales Türschloss sollten für jemanden vom Geheimdienst doch kein Problem sein, oder?« »Auf keinen Fall«, sagte Herr Bauer sarkastisch, uns öffnet der Schlüsselroboter alle Türen ohne Fingerabdrücke. Da haben wir den Amerikanern etwas voraus.« Diese Bemerkung zielte auf den letzten Artikel über »künstliche Intelligenz« ab. Also hatte er ihn bereits gelesen. Vor oder nach dem Auftrag von Professor Nölder, fragte sich Otto. »Tut mir leid, dass ich Ihnen da nicht weiterhelfen kann«, sagte er beschwichtigend. »Ich bin wirklich froh über Ihre Hilfe.« Die beiden fragten ihm Löcher in den Bauch. Eines konnte man ohne Abstriche sagen: Herr Wegener und Herr Bauer verstanden ihr Handwerk. Sie ließen nichts aus. Zu guter Letzt bemerkte Herr Bauer beim Gehen, an der Eingangstür: »Ein Projektil im Türrahmen. So sagte es vorhin der Zeuge.« »Ich glaub es nicht«, stieß Herr Wegener entrüstet hervor, während er mit einem Taschenmesser den Türrahmen rund um die Kugel aussägte. »Es darf nicht wahr sein Kutti.« Mit Kutti meinte er offensichtlich seinen Kollegen Bauer. Er drehte den Blick zum Fahrzeug der Polizei gegenüber auf der anderen Straßenseite. »Die Streifenhörnchen. Oje, was machen die nur?« Herr Bauer schaute auf das Projektil. »Auf jeden Fall nehmen sie keine Beweismittel mit. »Siebenfünfundsechziger würde ich sagen. Was meinst du?«, fragte er Herrn Wegener. »Unsere Größe«, sagte er. »Die Amis nehmen Kaliber neun Millimeter.« »Was noch lange nichts zu bedeuten hat wie du weißt«, warf Kutti ein. »Steck ein, wir haben jetzt alles, oder?« Herr Wegener stimmte ihm zu. »Herr Hartmann«, sagte Herr Bauer. »Wenn Sie aus dem Haus gehen, passen Sie auf sich auf.« Er gab Otto eine Visitenkarte. »Rufen Sie uns sofort an, wenn Sie etwas Auffälliges bemerken. Falls Sie den Afroamerikaner sehen, gehen Sie bitte sofort in einen Supermarkt oder dorthin wo Menschen sind und bleiben dort, bis ein Beamter Sie abholt. Keine Kapriolen bitte. Der Fall ist kompliziert genug.« »Einverstanden«, antwortete Otto. »Wir ermitteln noch zu der SEK-Akte und machen uns ein Bild von der Sache. Ich schätze, um vierzehn Uhr telefoniere ich mit Herrn Nölder. Dann können wir eine erste Stellungnahme abgeben. Eine Entwarnung wird es sicher noch nicht geben, aber zumindest wissen Sie dann woran Sie sind. Sie sind berechtigt misstrauisch. Gut so.« Als die beiden sich verabschiedeten war es kurz nach neun. Otto war versucht Wegener und Bauer als Komplottbeteiligte einzustufen. Um einen besseren Überblick zu bekommen, legte er die Themen der Befragung in Scheibchen auseinander. Danach kam er zu dem Ergebnis, die beiden seien zwar an den Daten künstliche Intelligenz interessiert, aber ansonsten koscher. Derzeit hatte er zwar zu niemandem Vertrauen, wenn der Professor die beiden geschickt hatte, konnte er sich jedoch auf ausreichende Loyalität verlassen.

Otto rief Hubert, einen Kommilitonen an, der die gleichen Vorlesungen besuchte wie er. Er bat ihn seine Abwesenheit in der Uni zu entschuldigen. Er sei wegen eines Artikels im Star Magazin bei der Polizei und anderen Behörden vorgeladen worden. Sein Bekannter hatte den Artikel gelesen. Damit hatte Otto einen ausreichenden Grund ein paar Tage fernzubleiben. Danach rief Otto seine Eltern an. Dieter forderte ihn auf, zu einem großen Elektronikfachmarkt zu fahren. Dort sollte er zwei oder besser drei Bewegungsmelder kaufen, die zusammen mit einem Wandstrahler am Haus installiert werden sollten, damit sie aufleuchten, wenn sich jemand in der Nähe des Hauses bewegt. Achte auf zwei Dinge besonders« sagte Dieter: »Nimm einen Strahler mit hoher Wattzahl, damit eine möglichst große Fläche ausgeleuchtet wird. Der Radius vom Sensor, der die Bewegung erkennt, muss groß sein. Noch eines, nimm solche mit Batteriebetrieb. Wir haben draußen nur eine Steckdose.« Der Wunsch leuchtete Otto sofort ein. Er besorgte die Einrichtung. Es gab ein zwar teures, aber effizientes Gerät. Der Elektrohandel hatte gerade noch die drei Stück auf Lager, die Otto brauchte. Er installierte die Security Anlage. Von der Eingangstür bis hinten in den Garten wurden alle Bewegungen erfasst und bei der Auslösung hell beleuchtet. Er schaute auf die Uhr. Es war kurz vor elf Uhr. Die Zeit war wie im Flug vergangen.

Otto bewegte sich wie ein Wirbelwind. Er fühlte sich, als hätte er ein Jahr lang auf das Wiedersehen gewartet, nicht nur eine Nacht. Er schlüpfte in eine warme Jacke, zog Schuhe an, schlug nur die Tür hinter sich zu ohne abzuschließen. Stopp. Sicherheitshalber doch schnell den Schlüssel ins Schloss, umdrehen und dann ein Sprung aufs Fahrrad, im fünften Gang in Rekordzeit zum Krankenhaus. Trotz der Kälte, die draußen herrschte, nahm er das Fahrrad, um pünktlich um elf Uhr im Krankenhaus zu sein. Im ersten Stock drückte er die Klinke von Zimmer einhundertsieben herunter und öffnete sie langsam. Sie saß mit aufgestelltem Kopfteil aufrecht im Bett. Sie schaute ihn mit großen Augen an. Sybille lächelte mitleidig. Sie hatte am Vormittag genug Zeit, um über den Vorfall nachzudenken. Sie konnte sich vorstellen wie Otto sich fühlte. Zuerst der Mord an Herrn Sommer, dann der Überfall vor dem Haus bei dem nicht er, sondern sie getroffen wurde. »Komm her«, sagte sie. Es war ein einfaches, nur mit Stuhl, Tisch und einem Bett eingerichtetes Einzelzimmer, wo sie beide ungestört waren. Es roch genau wie auf dem Flur nach Desinfektionsmittel. Otto zögerte. »Ohoo. Otto bitte nicht traurig sein. Mir geht es sooo gut. Der Stationsarzt wollte mich schon um zehn Uhr nach Hause schicken. Aber ich bin auf eigenen Wunsch hiergeblieben, weil ich wusste, dass du kommst«, sagte sie lächelnd. Es war nicht gespielt. Sie war wirklich immer noch tief beseelt von der glücklichen Fügung ihrer Verbindung. Außerdem war die Aufklärung, über ihren Zustand vom Stationsarzt, sehr beruhigend. Er sagte mehrmals: »Keine Sorge Fräulein Mertens, es ist nicht viel schlimmer, als wenn Sie mit einem Fahrrad gestürzt wären. Wenn die Kopfschmerzen weg sind, dann können Sie wieder alles tun, was Sie wollen. Es gibt keine Einschränkungen.« Der Stationsarzt erzählte ihr auch von dem späten Besuch Ottos, am Vorabend. Er hatte Doppelschicht. Der junge Mann würde wohl um elf Uhr heute wieder vorbeischauen, erzählte er ihr. Sie hatte sich vorgenommen Otto, so gut es geht, zu entlasten. Sie kannte sein feinfühliges

Gemüt. Es sollten möglichst wenig belastende Spuren darin verbleiben. Die Sache war schlimm genug. Otto umarmte sie und sagte: »Es tut mir so leid mein Schatz.« »Otto mach dir keine Sorgen. Wir sind zusammen. Das allein ist wichtig.« Sie lächelte ihn schelmisch an. »Nun siehst du, wie groß meine Liebe ist, ich habe die Kugeln für dich abgefangen. Ich vertrage so etwas viel besser, als du. Mir geht es blendend.« Mit so einem Scherz hatte er heute ganz sicher nicht gerechnet. Er konnte sich ein Lächeln nicht verkneifen und stieg in die gute Laune Welle ein. »Hey, ja richtig, ich hatte vergessen, Frauen sind viel belastbarer als Männer. Ich rufe dich nächstes Mal an, wenn ich verfolgt werde.« Genau dort wollte sie ihn haben. Es wäre maßlos untertrieben zu sagen ihm fiel ein Stein vom Herzen. Es war eine Steinlawine, die da den Berg herunterrollte. Er fühlte sich mit einem Mal wie neu geboren. Die Hoffnung auf eine glückliche Zukunft war wieder da. Die Sonne war für eine Nacht – die für ihn eine Ewigkeit dauerte – untergegangen. Um zehn Minuten nach elf ging sie wieder auf. »Hat der Arzt gesagt wie lange du hierbleiben musst?« »Nicht sicher. Vielleicht für fünf, sechs Tage. Es ist nur wegen der Schulter meinte er, damit nichts aufreißt, sonst könnte ich übermorgen schon wieder gehen.« Otto blieb, bis der Pfleger mit dem Mittagessen kam. Sybille bat ihn eindringlich auf sich aufzupassen. »Du weißt nicht, was diese Leute noch vorhaben. Selbst wenn sie unter dem Schutz irgendeines Staates stehen Otto, es sind gemeine Verbrecher, die sich sonst nicht von den Kriminellen auf der Straße unterscheiden. Wahrscheinlich haben die sogar noch weniger Skrupel. Bitte pass auf dich auf.« Damit verabschiedeten sie sich. Er drehte sich noch mehrere Male zu ihr um. Er wäre am liebsten hiergeblieben.

Nach einem kleinen Snack am Mittag, legte Otto sich ein Stündchen auf die Couch, um ein wenig Schlaf nachzuholen. Gegen drei Uhr läutete das Telefon. Er war noch zu benommen, um den Hörer abzunehmen. Er wollte zuerst richtig wach werden. Nachdem er einen Tee getrunken hatte, hörte er den Anrufbeantworter ab. Piep, Professor Nölder. Otto würdest du mich bitte zurückrufen, Piep. Otto wählte die Rufnummer des Professors, der sich nach dem zweiten Klingelton mit »Nölder« meldete. »Guten Tag, hier ist Otto. Vielen Dank für die Einschaltung von Herrn Bauer und seinem Kollegen Wegener.« »Nichts zu danken«, erwiderte der Professor. »Die beiden sind zuverlässig. Vor allem sind es absolute Profis. Ihr Dienstausweis ist mehr oder weniger Makulatur. Sie arbeiten immer nur im Auftrag. Für alle und jeden. Natürlich nur für Behörden. Sie waren schon mehrmals in den vergangenen zwanzig Jahren für mich tätig. Jedes Mal zufriedenstellend. Jemanden von der Kripo oder den Nachrichtendiensten wollte ich nicht auf den Plan rufen. Nicht, solange niemand weiß, ob und inwieweit inländische Auftraggeber damit zu tun haben.« »Gut, dass ich jetzt Bescheid weiß. Ich hatte mir schon einige Gedanken darüber gemacht, zu welchem Lager die beiden gehören«, sagte Otto. »Mach dir darüber keine Sorgen«, entgegnete Herr Nölder. »Egal für wen die beiden sonst arbeiten, sie bleiben in diesem Fall auf unserer Linie. Ich kenne Herrn Bauer auch privat. Da kann nichts aus dem Ruder laufen. Denk bloß nicht, sie würden dich hintergehen.« »Sie kennen den Zyniker persönlich?«, fragte Otto. »Ja«, sagte der Professor. »Ich komme gut mit ihm zurecht. Ich mag seine offene, direkte Art. Besser als Schauspielerei.« »Ja, so sehe ich es auch«, entgegnete Otto, »darauf kann ich aber erst jetzt positiv reagieren, nachdem ich darüber informiert wurde, wie loyal er ist. Haben die beiden sich schon gemeldet?« »Ja«, sagte der Professor.

»Vorher habe ich mit Herrn Ludendorf vom Verfassungsschutz telefoniert und mich erkundigt, ob sie damit zu tun haben. Ludendorf verneinte. Sommer war unwichtig. Herr Ludendorf erkundigte sich auf meinen Wunsch hin bei einigen Stellen. Er kennt Gott und die Welt. Er rief mich noch vor Herrn Bauer an, wobei er berichtete, der Bundesnachrichtendienst hätte damit nichts zu tun. Der Militärische Abschirmdienst ebenso wenig. Bei denen war er sich aber nicht sicher, ob sie eine Art Amtshilfe für die CIA leisten würden. Er tippe auf die US Brüder, sagte er. Alles andere sei nahezu ausgeschlossen. Es könne aber auch ein privater Auftrag, aus der Wirtschaft sein. Oder beides. Diese Meinung vertrat auch Herr Bauer, mit dem ich später gesprochen habe. Wenn man genauer hinschaut, liegen zwei Dinge auf der Hand. Der Leitartikel stammt von Herrn Sommer. Die Datensätze von den KZ-Häftlingen, würden in erster Linie der Rüstungsindustrie schaden. Hier vermutet Herr Bauer einen zivilen Täter. Es ist auch ein anderes Kaliber, als das siebenfünfundsechziger Projektil das bei dir gefunden wurde. Die Handschrift und die Spuren sehen danach aus. Der BND fällt nicht so auf. Die hätten mit Sicherheit einen anderen Platz für die Beseitigung gewählt, nicht die Wohnung von Herrn Sommer. Da schließe ich mich voll und ganz an. Die Kugel stammte aus einer nicht registrierten Pistole, Kaliber neun Millimeter. Auch das deutet auf einen zivilen Täter.« »Verstehe ich die Aussage richtig? Herr Bauer meint, es seien zwei unterschiedliche Täter?« »Mitten ins Schwarze getroffen«, antwortete der Professor. »Bisher hast du alles in einen Topf geworfen. Es sieht aber so aus, als wären hier tatsächlich zwei Mannschaften am Werk. Wichtig für dich dabei ist, es sieht so aus, als bliebe es bei dem Warnschuss. Den ersten Fall kannst du abhaken. Bei dir vermutet niemand die Akten der KZ-Häftlinge. Die Informationen über das Forschungsprojekt der US-Militärs, stammen hingegen von dir, Otto. Hier sieht Herr Bauer, genau wie Herr Ludendorf, das US-Militär hinter dem Anschlag. Du hast den Militärs nicht nur mit deinem Artikel über den Vietnamkrieg auf den Schlips getreten, du hast auch die Ergebnisse über »Agent Orange« zur Veröffentlichung gebracht, die bis dahin nicht oder nur eingeschränkt bekannt waren. Nicht zu vergessen die Demonstration vor dem US-Hauptquartier. Dadurch wurde eine Lawine losgetreten. Die Amerikaner lassen so etwas nur einmal ungestraft durchgehen, hat Ludendorf hinter vorgehaltener Hand gesagt. Er hat mir versichert, die Bundesregierung hätte keine Vorbehalte. Da hat Ludendorf sogar gelacht und gesagt: Jetzt haben ihn die Amerikaner am Hals. Ich glaube ihm sogar.« »Und, muss ich weiterhin aufpassen?«, fragte Otto. »Was kann noch passieren, was meinen sie?« Professor Nölder antwortete: »Entwarnung würde ich noch nicht geben. Man kann nie wissen. Die US-Agenten sind mit allen Wassern gewaschen. Nur sie werden nicht hinter dem Busch hervorkommen, solange der Fall auf der heißen Herdplatte liegt, vor allem nicht, solange der Personenschutz läuft. Aber dann? Großes Fragezeichen. Ludendorf sieht den Vorgang nüchterner. Er war der Meinung, es bleibt bei der Funkstille. Er hält es für unwahrscheinlich bis unmöglich, dass die US-Leute an dem Fall weiterarbeiten, weil die auf dich angesetzte Einsatzgruppe davon ausgehen muss, dass die Daten, falls es welche gab, vergraben wurden. Wenn sie weitermachen, dann kann ihr Einsatz nach hinten losgehen. Es gibt Reporter, die sich wehren. Du weißt was ich meine?« »Ja«, sagte Otto, »dann würde es noch mehr oder erst recht Aufsehen um dieses Forschungsprojekt geben.« »Ja, es würde die Geheimhaltung endgültig zunichtemachen.« »Und was ist mit Sybille, mit der Verfolgung der Verantwortlichen?« »Das SEK wird sich darum kümmern, was sonst. Ich denke, ohne die Beteiligung der Amerikaner werden die Täter aber kaum gefunden. Die werden dafür aber sicher nichts tun. Die Öffentlichkeit soll nicht weiter beteiligt werden. Wenn man es sachlich sieht, Otto: Der Vorgang Hartmann ist völlig schiefgelaufen, praktisch gescheitert und aktenkundig geworden. Mehr Fehler und Aufmerksamkeit können sich die Besatzungsmächte nicht erlauben. Nicht einmal die USA. Denk trotzdem daran vorsichtig zu sein.« »Ja klar«, sagte Otto. »Ich weiß, Sie verstehen sich nicht so gut mit ihm, könnten Sie Herrn Ludendorf trotzdem ein Dankeschön von mir ausrichten«? »Ja, mache ich«, versprach der Professor, »es wird sicher nicht schaden.« »Na dann«, sagte Otto, »ich bin echt froh und erleichtert. Vielen Dank für Ihre Hilfe.« »Nichts für ungut«, sagte der Professor. »Ich bin im Ruhestand. Ein bisschen Arbeit schadet mir nicht. Gern geschehen Otto. Machs gut.«

Otto legte den Hörer auf. Er war wirklich erleichtert. Er wollte unbedingt Sybille von den Neuigkeiten berichten. Kurz bevor er aufbrach, klingelte das Telefon. Sein Vater war am Apparat. Er informierte ihn über eine Verabredung mit den Mertens am Abend. Sie wollten sich über alles auf kurzen Wegen austauschen. Sie hatten heute mehrmals miteinander telefoniert. »Der Treffpunkt heute Abend: Nicht bei den Hartmanns. Da wird geschossen. Wir treffen uns ein paar Häuser weiter.« »Na gut, ich fahre gleich zu Sybille. Bis heute Abend, Papa. Ich bin pünktlich da.« Otto ging zu Fuß zum Krankenhaus. Er wollte Zeit zum Nachdenken haben. Die Analyse der Berichte und Informationen brachten Otto zu einem Gedicht. Sybille lag immer noch in dem Einzelzimmer. »Welch ein Glück du mit diesem Zimmer hast«, sagte er beim Eintreten. »In einem Vierbettzimmer hätten wir nicht so viel Ruhe.« »Wie sieht es da draußen aus?«, fragte Sybille, nachdem sie sich ausufernd geküsst hatten. »Der Sturm ist vorüber, nun spielen wir weiter unser Spiel. Das Spiel der Liebe. Wir vertreiben alle Diebe und so weiter«, trug er seinen Einfall vor. »Ein großer Dichter werde ich nicht, oder?« Beide lachten. »So sieht es da draußen aus. Entwarnung. Der Sturm ist vorüber so wie es scheint, der Himmel es gut mit uns meint. Nun gut, ich höre auf mit dem Dichten, haha. Wir können uns aber wieder auf die herzlichen Inhalte unseres Lebens konzentrieren.« Er bedeckte ihr Gesicht mit unzähligen Küssen, während er ihr eine Zusammenfassung der Lage vortrug. »Alles in Butter, würde Dieter sagen, mit dem bin ich übrigens um sieben bei deinen Eltern verabredet. Sie bringen einen abgerichteten irischen Wolfshund mit, der dich beschützen soll. Alternativ kannst du dir einen Leasingdetektiv nehmen oder mich zum Beispiel als Beschützer.« Er reckte bei den letzten Worten sein Kinn nach oben und stolzierte vor ihrem Bett herum wie ein aufgeblasener Pfau. »Nein, kein Hund, oder?«, fragte sie leicht erschrocken, aber auch amüsiert. »Nein, keine Angst sagte er. Nur ein Scherz. War der Arzt bei dir? Hat er etwas zu deinem Zustand gesagt?« »Ja Otto. Die Wunde heilt. Kopfschmerzen sind weg. Ich werde in drei Tagen entlassen. Die Fäden soll ich dann später ziehen lassen. Es ist besser, weil tiefere Wunden noch aufreißen können. Zum Beispiel, wenn du mich durchs Zimmer jagst und über dein Bett wirfst«, lachte sie. »Du sagst »mein Bett.« Dein Vater, der liebe Oliver, will unser Haus nicht mehr betreten. Heute Abend nicht bei den Hartmanns, soll er zu Dieter gesagt haben. Hoffentlich gilt es nicht für immer.« Sybilles Lächeln verschwand kurz von ihrem Gesicht. »Mit ein paar Veränderungen werden wir uns wohl abfinden müssen«, sagte sie. Dass sich ihr ganzes Leben verändern sollte, konnte sie nicht wissen. Darüber erfuhr sie erst in ein paar Tagen mehr.

Nach unendlichen Küssen und anderen Zärtlichkeiten machte sich Otto wieder auf den Heimweg. Er kam ein paar Minuten zu spät, entschuldigte sich mit dem Krankenhausbesuch, wobei er allen von Sybille herzliche Grüße ausrichtete. Oliver und Heike seien gegen fünfzehn Uhr kurz dagewesen, erzählten sie. Weil der Arzt kam, konnten sie aber nur wenig Zeit bei Sybille verbringen. Im ganzen Haus roch es nach gebratenem Geflügel. Wie Weihnachten, dachte Otto. Heike hatte einen Gänsebraten und einen Salat vorbereitet. Sie unterhielten sich aufgeregt über das Attentat. »Es ist unglaublich, dass so etwas in meinem Leben passiert«, sagte Oliver. »Ich war bisher der Meinung, solche Dinge denken sich nur Drehbuchautoren aus. Wenn du den Fernseher ausschaltest, ist es vorbei«. So gelassen wie Sybille, nahmen ihre Eltern dieses Spektakel nicht auf. Sie waren schwer verunsichert. Sie machten sich Sorgen um Sybille. Selbst wenn der Herr vom Verfassungsschutz und Professor Nölder die Auffassung vertraten, der Vorgang sollte bei den Attentätern abgeschlossen sein, gab es dafür keine Garantie, waren sich die Eltern einig. Dieter bemerkte: »Derzeit ist es sicher. Was ist, wenn der Streifenwagen nicht mehr vor der Tür steht? Kann so etwas wieder passieren?« Dieter war der Meinung, Otto solle vorerst von der Bildfläche verschwinden. Wenigstens für ein paar Tage. »Ja«, sagte Otto, »daran habe ich auch schon gedacht. Bertold hat mir ein Gästezimmer angeboten. Dort könnte ich mindestens für eine Woche wohnen. Es ist in der Nähe. Ich werde nochmal mit ihm sprechen.« Oliver wollte auf keinen Fall, dass Sybille in nächster Zeit zu den Hartmanns ins Haus geht. »Besser, sie bleibt ein paar Monate ganz weg«, sagte er. »Zum Beispiel in Frankreich. Ich habe sogar schon darüber nachgedacht, ob sie nicht in Nizza studieren könnte.« Er schaute Otto an als er weitersprach: »Ich habe nur eine Tochter.« Otto bekam bei dem Satz weiche Knie. Er wollte auf keinen Fall widersprechen, auch wenn er Sybille nicht wieder aus den Augen verlieren wollte. Die Erwachsenen hatten mehr Erfahrung. Der bissige Hund bellte noch immer. Die Schuld stellte ihn in die Ecke. Zuhören schadet nicht, dachte Otto. »Kannst du dich nicht mal nach einer Wohnung, in der Nähe der Uni, umsehen?«, fragte Dieter. »Ja wirklich, ich meine es ernst«, sagte Dieter, der bemerkte wie ungläubig sein Sohn ihn ansah. »Es sollten wenigstens zwei, drei Monate vergehen, bis wir über alles Weitere nachdenken können.« Niemand machte Otto auch nur im Ansatz einen Vorwurf. Otto verkniff sich jeden Einwand. Ihm ging es nicht so sehr um seine Sicherheit, als um die von Sybille. An den Vorschlägen ist etwas dran, dachte er im Stillen. Bei der Verabschiedung beschlossen sie, sich nochmals zusammenzusetzen und die weitere Vorgehensweise zu besprechen, wenn Sybille wieder zuhause war. Als die Hartmanns bei ihrem Haus ankamen, öffnete Dieter das Gartentor. Seit vorgestern wurde es abgeschlossen. Der Bewegungsmelder erfasste ihn schon beim Aufschließen. Der Lichtkegel vorn am Haus löste auch die anderen Security Scheinwerfer aus. Rund ums Haus, war blitzschnell alles hell erleuchtet. Es blendete. Otto musste die Augen zusammenkneifen. »Es ist richtig gut geworden. Supergut«, bemerkte Dieter. »Wir haben es vorhin schon bewundert, als wir zu Mertens aufgebrochen sind.«

Am nächsten Morgen ging Otto wieder zur Universität. Als er die erste Vorlesung besuchen wollte, hielt ihn Hubert sein Bekannter an der Tür zum Vortragssaal zurück. »Erzähl mal, was war los Otto? Die Zeitungen halten sich nicht zurück. Dein Liebling Star Magazin, hat gestern schon über den Mord an deinem Redaktionskumpel geschrieben.« »Habe ich nicht gelesen«, erwiderte Otto knapp. Hubert erklärte in drei Sätzen was darin stand: Eine Schimpf Kampagne, auf die Mafiakiller der Rüstungsbarone. Am Rande wurde zur Bekräftigung der These: Es gäbe keine wirkliche Pressefreiheit, Herr Hartmann erwähnt, auf den vor seinem Privatwohnsitz geschossen wurde. Mutmaßliche Täter, seien sogar in den Reihen der Geheimdienste zu suchen. Eine Menge Spekulationen. Langsam bildete sich eine Menschentraube um die beiden. Der Mord an dem Journalisten war Tagesgespräch. Sie fühlten sich im ersten Semester bereits als Kollegen. Otto, der seit der Grundschule einige aufsehenerregende Beiträge als Journalist geleistet hatte, war bei den Kommilitonen genauso beliebt, wie bei den Professoren. Sein Ruf war ihm vorausgeeilt. Otto erzählte ein paar Ausschnitte der letzten Tage, erhärtete den Verdacht bei den Studenten, der Geheimdienst sei zu allem fähig, der Journalismus sei nicht wirklich frei. In Deutschland mehr oder weniger, nicht jedoch in anderen Ländern der Welt. Der Professor, der die Vorlesung hielt, kam dazu, nahm den Faden auf und bat die Studenten sich auf ihre Plätze zu begeben. Mit den Worten: »Wir spielen in der Welt eine Vorreiterrolle. Der können wir nur gerecht werden, wenn wir uns gewaltig anstrengen, auf die Plätze fertig los«, motivierte er die Studenten zur Aufmerksamkeit. Professor Günther war klasse. Immer aufgeschlossen, lustig und für jeden da der ihn brauchte. Er leitete den Bereich Fernsehjournalismus. Die Vorlesung zum Thema: »Wissenschaftliche Grundlagen zum Medienrecht«, passte nicht in den Rahmen der aktuellen Geschehnisse, mit dem Studienkollegen Herrn Hartmann. Der Vortrag verschob sich etwas in diese Richtung. Als willkommene Anregung bezeichnete Herr Günther den Artikel im Star Magazin, den fast jeder hier kannte. Der Professor nahm die Inspiration gern an. Wie viel Spekulationen darf ein Journalist, über wen, anstellen? Welche Rechte schützen Institutionen oder Privatpersonen, vor Anschuldigungen der sogenannten freien Presse? Der aktuelle Vorfall brachte Leben in den Vortragssaal. Mit Günther machte es Spaß zu lernen, zu debattieren oder einfach nur zuzuhören.

Nach der Uni, oder zwischen zwei Vorlesungen, fuhr Otto ins Krankenhaus zu Sybille. Vier Tage lang lernte er mehr in der U-Bahn oder S-Bahn als zuhause. Vom S-Bahnhof Zehlendorf-Mitte waren es nur fünf Minuten Fußweg bis zum Krankenhaus. Sybille ging es von Tag zu Tag besser. Sie konnte wie geplant entlassen werden. Den Stand der Dinge bei den Mertens, Ottos neue Unterkunft bei Bertold sowie den beruhigenden Umstand, dass inzwischen nichts Auffälliges passiert war, kannte sie aus Ottos Erzählungen. Sie war trotz der Tage im Krankenhaus topfit. Als er sie abholte, wollte sie sogar ihre Tasche selbst nehmen. »Wir gewöhnen uns so etwas gar nicht erst an«, sagte sie zu Otto, während sie ihm die Tasche mit ihren Sachen wieder aus der Hand nahm. »Emanzipation lernt man auf dem Weg.« Auf dem Weg lief es zwischen ihnen beiden gut. Die

Schicksalswinde zerrten aber, für seinen Geschmack, zu stark an ihren Kleidern. Wohin sie davongetragen wurden, hing davon ab, was die Ermittlungen ergaben. Wenn die Täter gefasst wurden, würde sich alles beruhigen. Natürlich auch von ihren Eltern. Sie sprachen sich über ihr Verhalten in nächster Zeit ab, bevor sie das Krankenhaus verließen. Sybille würde genauer hinschauen müssen, ob sie jemand verfolgte, ob sich Unbekannte in der Nähe ihres Hauses aufhielten. Sie wollten besonders darauf achten, wenn Otto sie besuchte oder sie sich an anderen Orten trafen. Sybille wusste in welchem Haus Bertold wohnte, wo Otto für eine Woche untergekommen war. Sybille hielt es für besser, ihn dort nicht zu besuchen. Nicht an Plätzen, wo er sich regelmäßig aufhielt. Nachdem sie sich mehrmals vergewissert hatten, dass sie nicht verfolgt werden oder vor dem Krankenhaus jemand im Auto saß, brachte er sie zum Taxistand, vor dem Krankenhaus. Er fuhr nicht mit, auch wenn Bertolds Wohnung auf dem Weg zum Haus der Mertens lag. Er fuhr eine Station mit der S-Bahn, von wo aus er zu seinem Zimmer bei Bertold ging. Sein Freund hatte, seitdem er mit einem Hippiemädchen zusammen war, eine Kehrtwende in seinem Leben vollzogen. Sein Denken und Handeln, hatte sich zum Vorteil verändert. So war Ottos Meinung darüber. Bertold war nicht mehr so oberflächlich, konnte über Gefühle reden, ohne lächerlich zu werden. Er engagierte sich in einer Anti Atomkraftliga, ging auf Friedensdemos. Im nächsten Jahr wollte er mit seiner Freundin, sie nannte sich nach ihrer Namensänderung Ashandra, nach Poona in Indien reisen. »Vielleicht bleibe ich für länger dort«, sagte er. Bertold war nicht zuhause, als Otto dort ankam. Er hatte im Haus seines Vaters eine Einliegerwohnung, die über ein Gästezimmer, mit einem eigenen Zugang zum Bad, verfügte. So war es sehr bequem für Otto, ein paar Tage länger zu bleiben. Keiner störte den anderen. Es roch wie immer stark nach Räucherstäbchen. Sandelholz, Zitronengras und Rosmarin. Bertold räucherte sich übermäßig damit ein. »Es ist cool oder was meinst du Otti« Er sagte seit einigen Monaten Otti. Vor allem war alles cool oder uncool. Zum Boxen musste Otto allein gehen. Boxen war derzeit uncool. Es widersprach einer friedvollen Verhaltensweise. Freedom war schließlich cool. Wer hätte je gedacht, dass Bertold sich so entwickeln würde. Otto fand es angenehmer als die ewige Rumhängerei in Clubs, Discotheken oder bei Frauen.

Otto brauchte ohnehin nur die Eine. Sybille. Die nächsten drei Tage waren für beide Neuland. Die Ungezwungenheit war durch ihre ständige Aufmerksamkeit, was um sie herum geschah, eingeschränkt. Sie trafen sich in Cafés, der S-Bahn oder zum Beispiel im Europa Center, in der Innenstadt. Immer dort, wo sich viele Menschen aufhielten, so wie Herr Bauer, der Spezialermittler, es Otto geraten hatte. Wenn jemand im Café saß, den sie vorher woanders gesehen hatten, standen sie wieder auf, um zu beobachten, wie sich derjenige weiter verhielt, ob er sie verfolgte. Es passierte nichts. Sie gingen trotzdem in eine andere Lokalität. Zweimal fuhr ein Auto mit quietschenden Reifen an ihnen vorbei. Otto stellte sich sofort vor Sybille. Sie fand es toll, wie sie sagte. So richtig entspannend war es dennoch nicht. Am zweiten Tag nahmen sie sich ein Hotelzimmer. Sie liebten sich den ganzen Nachmittag. Hier ist es herrlich, bemerkte Sybille. Das würden sie von nun an öfter machen. Sie waren danach so mutig, gemeinsam mit dem Taxi bis kurz vor Sybilles Haustür zu fahren. Sie stieg an der Straßenecke davor aus. Otto fuhr weiter, bis zu seinem, nach Sandelholz duftenden, Domizil. Heute liebte er es. Von nebenan tönte indischer Gesang. Es war aber dunkel bei Bertold. Wahrscheinlich lag er mit Ashandra im Bett. Dort hörten sie manchmal bis in die Nacht indische Musik. Morgen Abend um sieben Uhr, war die Familie Hartmann wieder mit der Familie Mertens verabredet, um gemeinsam ihr weiteres Vorgehen zu besprechen. Otto war gespannt was dabei herauskam.

Nach einem spannenden Tag an der Uni lief Otto, um viertel vor sieben, von seinem Zimmer bei Bertold, zum Schlachtensee zu den Mertens. Er hatte am Nachmittag einen glücklichen Bertold angetroffen. Er schwärmte Otto von der neuen Hippiedroge Haschisch vor. Er lächelte ununterbrochen und erzählte von seiner goldenen Zukunft mit Ashandra. In Poona sollte es einen Tempel geben, wo er Meditation erlernen wollte. Der Ashram von Bhagwan Shree Rajneesh. Den wollte er unbedingt aufsuchen. Vor ein paar Tagen kehrten Freunde von Ashandra von dort zurück. Sie waren wie ausgewechselt, erzählte Bertold. Otto konnte ihm bestätigen, dass Meditation, eine andere Bewusstseinsebene öffnet. Ruhe, Glück und Frieden fließen in dich ein, erzählte er von seiner Erfahrung im buddhistischen Tempel. Nach dem Gespräch war Bertold noch begeisterter von der Idee. Otto war zwar erfreut über den Wandel den Bertold gerade durchlebte, machte sich aber Sorgen wegen der Drogen. Haschisch in gewissen Maßen sollte bewusstseinserweiternd sein, die eigene Individualität stärken, hatte er gelesen. Bei täglichem, übermäßigem Gebrauch, sollte es hingegen asoziale Tendenzen, Lethargie, Gedächtnisverlust fördern, also insgesamt nicht mehr konstruktiv wirken. Ähnlich verhielt es sich mit fast jedem Medikament, fand er. Selbst wenn man Salbei- oder Thymiantee in Übermaßen trank, wirkte es nicht mehr für die Gesundheit, sondern war schädlich. Bertold wird sich schon nicht verlaufen, hoffte er.

Pünktlich um sieben Uhr stand er vor dem Haus der Mertens. Seine Eltern kamen ebenfalls gerade an. Sie umarmten sich, bevor sie läuteten. »Alles gut bei Dir?«, fragte Dieter. »Nun ja«, antwortete Otto. »Es war die letzten Tage schon schwierig. Meine Sorge um Sybille ist, nach der Entlassung aus dem Krankenhaus, zum Glück verschwunden.« »Es wird schon wieder«, sagte Dieter. Brigitte drückte den Klingelknopf. Bevor Oliver öffnete, schaute er durch ein kleines Fenster der Gästetoilette, um zu sehen wer draußen steht. Sie begrüßten sich an der Tür sehr herzlich. Oliver forderte sie auf hereinzukommen. Heike und Sybille standen im Flur. Sybille blickte eingeschüchtert in die Runde. Ihr »gute-Laune-Lächeln« war verschwunden. Auf Otto wirkte sie traurig. Er konnte nicht wissen, was die Familie vorhatte. Sybille schwankte innerlich. Sie wollte sich nicht von Otto trennen. Weder für einen Monat, noch für mehrere Jahre. Oliver führte sie ins Wohnzimmer. Die Mertens hatten einen anderen Geschmack, bei der Ausstattung, als die Hartmanns. Hier sah es moderner aus. Um einen rechteckigen Glastisch, an dem acht Personen Platz fanden, standen schwarze Schwingstühle aus Leder. An jeder Wand stand ein Schrank im Stil der 70er Jahre. Furniertes Holz mittelblau. An der Decke war eine lange, silberne Lichtleiste mit Strahlern angebracht. Rechts am Fenster stand ein Schreibtisch, ebenfalls aus Glas. Otto fand die Einrichtung ungemütlich, kalt. Auf dem Tisch standen zwei Flaschen Rotwein. Dieter strahlte: »Du stürzt dich ja wieder in Unkosten Oliver. Toll, unser Lieblingswein.« Natürlich war es ein Mouton. »Woher beziehst du eigentlich den Wein? Das hast du mir noch nie erzählt.« Oliver überlegte: »Die Franzosen, bestelle ich einmal pro Jahr, bei dem Weinhändler an der großen Kreuzung, gegenüber von dem Kaufhaus in Zehlendorf-Mitte. Den kennst du bestimmt. Dein Geschäft ist ja gleich um die Ecke.« »Ja, haha, ja« sagte Dieter, »was heißt kennen, haha. Dort bestelle ich, genau wie du, einmal im Jahr. Vielleicht sollten wir die nächste Bestellung zusammen aufgeben. Dann bekommen wir mehr Rabatt. Schließlich kostet das Gesöff eine ganze Stange Geld.« »Tja«, bemerkte Oliver: »Wer schön sein will, muss leiden. Wer guten Wein trinken will, muss noch mehr leiden, haha.« Die Runde lachte. Heike trug einen dampfenden Braten auf. Es duftete nach Wild mit Rotkohl. Mehrere Salate, italienische Vorspeisen, Teller und Besteck, waren bereits auf dem Tisch. »Vielleicht gibt es eine noch bessere Möglichkeit, wie wir zukünftig unseren Bestand auffüllen können«, grinste Oliver Sybille an. Die senkte den Blick. Noch hatte sie den Eltern ihr Einverständnis nicht gegeben. »Zum Beispiel direkt aus Frankreich«, sprach Oliver weiter. Von wem, sagte er aber nicht. Heike forderte die kleine Gesellschaft auf, sich zu bedienen. Jeder konnte sich selbst von dem nehmen, was auf dem Tisch stand. Die Bedienung ist schon nach Hause gegangen, haha. »Darüber können wir später noch lachen«, nahm Oliver das Gespräch wieder in die Hand. »Viel mehr zu lachen gab es in der vergangenen Woche ja nicht. Schüsse in der Nachbarschaft«, sprach er weiter, wobei er eine Berliner Tageszeitung hochhielt. »Ich habe für den Rest meines Lebens von so einer Aufregung genug.« »Wenn es mehrere Leben gibt, reicht es auch für die«, pflichtete Dieter ihm bei. »Na dann prost«, fiel Heike ein und hob ihr Glas. Nachdem er sein Glas abgesetzt hatte, fragte Oliver Otto nach dem Stand der Dinge.

Otto war klar, worum sich am Abend das Gespräch drehen würde. Er hatte sich heute persönlich beim SEK II, nach dem Stand der Ermittlungen, erkundigt. Mit Herrn Bauer hatte er auch lange telefoniert. Der konnte ihm fast den Abschlussbericht liefern. Otto bedankte sich bei ihm mehrmals, genau wie danach bei Professor Nölder, mit dem er sich auf eine halbe Stunde im Café der Uni traf. »Ich fasse, so gut es geht, die Ergebnisse der Dienststellen zusammen«, begann Otto: »Eines steht zweifellos fest. Der Mord an dem Reporter Herrn Sommer ist ein eigener Fall. Er hat nichts mit dem Attentat auf mich, beziehungsweise Sybille, zu tun. Die Kugel die Herrn Sommer traf, stammt aus einer anderen Waffe. Die mit diesem Fall befassten Ermittler sind sich einig: Es handelt sich um angeworbene Killer, die im kriminellen Milieu zu finden sind. Die zweite Kugel stammte aus einer neun Millimeter Pistole. Die sind derzeit bei der Polizei und den Geheimdiensten in Deutschland im Verkehr. Die Amerikaner benutzen Kaliber fünfundvierzig. Auf meine Frage, ob es dann Deutsche gewesen sein müssten, konnte mir niemand eine befriedigende Antwort geben. Der Professor sagte, das Kaliber hat nichts zu bedeuten. Wenn die hierzulande arbeiten, benutzen auch die CIA und das FBI solche Kaliber.« »Was, FBI hier?«, fragte Dieter. »Ja«, sagte Otto. »Professor Nölder erzählte mir insgeheim – bitte nicht darüber reden – dass derzeit, weltweit mehr als hunderttausend Gegner des Vietnamkriegs überwacht werden. Das Vorgehen nennt sich offiziell »Operation CHAOS.« Das weiß er, weil bekannt geworden ist, dass sich Untergrundmitarbeiter dieser Behörden auch an illegalen Überwachungen und Abhöraktionen beteiligt haben. Inzwischen ist bereits ein Untersuchungsausschuss vom US-Kongress beauftragt, die Vorgänge zu untersuchen. Da hängt angeblich auch das FBI mit drin. Die CIA ermittelt dabei scheinbar, auch auf eigene Faust. Fast alle Geheimdienste entwickeln sich langsam zum Staat im Staate sagte er. Die legen sogar den Präsidenten um, wenn es sein muss, nicht nur Ottos«, zitierte er den Professor. »Kurzer Stopp«, sagte Otto laut. »Es ist wirklich nur unter der Hand weitergereicht worden. Wenn ich euch erzähle, was mir der Professor unter der Verschwiegenheitspflicht erzählt hat, muss es wirklich unter uns bleiben.« Alle nickten. »Im Hauptquartier der Amerikaner arbeiten verdeckte Ermittler von Bundesbehörden.« Er schaute in ungläubige Gesichter. »Nicht was Ihr denkt. Nicht mit den Amerikanern. In dem Fall bespitzeln sie die US-Leute. Herr Bauer hat die Information erhalten, dass von dieser US-Basis zwei Mitarbeiter vom Außendienst, die für solche Aktionen eingesetzt worden sein könnten, abgezogen wurden. Ein Weißer und ein Afroamerikaner. Die sind wohl aus Sicherheitsgründen wieder in die USA geschickt worden, damit sie hier nicht, im Zusammenhang mit dem Fall Hartmann, entdeckt werden.« »Warum wurden die nicht einfach verhaftet?«, fragte Oliver. »Diplomatenstatus. Die bekommen einfach einen Diplomatenpass in die Hand und verschwinden dann.« Oliver wollte aufbegehren. »Nein, bitte nicht« sagte Otto. »Diese Information ist mir nur inoffiziell zugespielt worden. Darüber sollten wir nicht reden. Es würde höchstens wieder eine weitere Verärgerung bei denen auslösen. Dem Professor kann man glauben.« »Verdeckte US-Ermittler bei den Deutschen. Verdeckte deutsche Ermittler bei den Amerikanern. Da bespitzelt wohl einer den anderen«, bemerkte Dieter. »Ja die Männer«, warf Heike zur Belustigung ein.« »Ein Kasperletheater«, sagte Brigitte. Alle lachten.

»Nun lasst uns nicht die Ernsthaftigkeit des Ganzen vergessen«, unterbrach Oliver den Gesprächsverlauf. Er wollte seine eigenen Vorstellungen, zur Sicherheit seiner Tochter, noch auf den Tisch bringen. Nach langen weiteren Informationen und Diskussionen, wurden vom neuen Familienrat folgende Schlüsse gezogen: Die Verursacher der Katastrophe, der vergangenen Tage, waren höchstwahrscheinlich die Amerikaner. Man konnte davon ausgehen, dass ihnen Mitarbeiter deutscher Geheimdienste Zuarbeit geleistet hatten. Derzeit war Otto hier nicht mehr sicher. Eine weitere Verfolgung war nicht ausgeschlossen. Er sollte bei Bertold bleiben, bis er eine Wohnung in der Innenstadt, in Uni-Nähe fand. Die behördliche Meldeadresse blieb am Schlachtensee. In der Stadtwohnung würde Bertold oder ein anderer Freund seine Meldeadresse eintragen lassen. So konnte Ottos tatsächlicher Wohnort nicht nachverfolgt werden. Weiterhin sollte eine Gefährdung Sybilles ausgeschlossen werden. In erster Instanz stimmte Otto dieser Tendenz uneingeschränkt zu. Sybille sah ihn dabei an, wie ein Hase hinter dem Gebüsch. Etwas ängstlich und sehr zurückhaltend. Oliver warf den Brocken, den beide zu schlucken bekamen, dagegen ungeniert auf den Tisch. Sybille würde in Frankreich studieren. Die Entscheidung stand bereits vor diesem Treffen im Raum. Nach den Erklärungen von Otto war es unumstößlich. Ob es Betriebswirtschaftslehre oder Jura sein sollte, war noch nicht klar. Beides konnte sie an der Universität in Nizza studieren. So konnte man sagen, Glück im Unglück, denn ein Studium in Frankreich würde für Sybille und die Mertens einige Vorteile mit sich bringen. Sie war in der Nähe der Großmutter, die in letzter Zeit öfter kränkelte und konnte ihr helfen, sie beraten und wenn es nötig war auch bei der Pflege helfen. Sybille würde mit dem Geschäftsführer der Betriebe in Frankreich Tuchfühlung aufnehmen können. Außerdem würde sie später mit den Gepflogenheiten vor Ort viel besser umgehen können, wenn sie eine Zeitlang dort lebte. Seit Mitte 1974 wurde man mit achtzehn volljährig. Das Alter wurde um drei Jahre herabgesetzt. Damit war Sybille selbstständig und allein voll handlungsfähig. Mit einer Vertretungsvollmacht der Großmutter, war sie, falls es notwendig sein sollte, unterschriftsberechtigt für alle Rechtsgeschäfte des Unternehmens. Sybille bekam feuchte Augen. Sie sah ihn ununterbrochen an. Ihre Gefühle waren zwiespältig. Sie mochte auf keinen Fall an eine Trennung denken, egal wie sie aussehen würde. Auf der anderen Seite wollte sie ihre Eltern nicht vor den Kopf stoßen. Er wollte ihr aus dem Dilemma heraushelfen. Er sagte: »Du hattest sowieso geplant, das Angebot der Übernahme der Firmenleitung, von deiner Großmutter, anzunehmen. Je früher du dich damit beschäftigst, umso besser. Für uns zwei wird es auch dort einen Weg geben.« Otto hatte noch eine Perle zu bieten. Er warf ein, er halte es nicht für ausgeschlossen, dass sie später beide dort leben würden. Wenn er mit dem Studium fertig wäre und den Job ausüben würde, dann bräuchte er keinen Wohnsitz in Deutschland. »Journalisten düsen doch eh, hierhin und dorthin«, sagte er. Auch die Arbeit für einen französischen Verlag wäre nicht auszuschließen. Das gefiel den Eltern der beiden. Sybille und Otto, standen innerlich dabei nicht mit beiden Beinen auf dem Boden. Auch wenn sie mit der Entscheidung konform gingen, sahen sich Sybille und Otto gequält an. Sie hatten Angst vor einer nochmaligen Trennung. Beide wussten dennoch da drinnen, es würde alles gut werden. Sie kannten sich nun vierzehn Jahre. Eine solide Basis, um nicht von Seitenwinden davongetragen zu werden. Sie mussten sich erst einmal mit dem Gedanken vertraut machen und ungestört miteinander darüber reden. Der Rest würde sich schon ergeben. Für weitere Treffen bis Sybille nach Frankreich umzog, überließen Dieter und Brigitte den beiden den Schlüssel von einem kleinen Häuschen, auf dem Gewerbegrundstück der Mercedes Werkstatt. Es war bis vor kurzem vermietet, stand aber derzeit leer. Die bisherigen Vorsichtsmaßnahmen sollten weiterhin gelten. Aufpassen und nochmals aufpassen. »Vorsicht ist die Mutter der Porzellankiste«, bemerkte Dieter, bevor sie ihre Aufmerksamkeit auf ein anderes, unverfängliches Gespräch verlegten.

»Welch ein Glück, dass der Mieter gerade letzte Woche hier ausgezogen ist«, sagte Otto am nächsten Abend in dem Häuschen. »Hier können wir doch bleiben«, antwortete Sybille. »Vergessen wir Frankreich.« Beide waren glücklich über ihr Liebesnest. Hauptsache zusammen. Otto hatte Brigitte gebeten einige Utensilien mitzunehmen und ins Häuschen zu legen, um es dort behaglicher zu machen. Vor allem Bettwäsche, Kissen, Gläser, Zahnbürsten und was man sonst so braucht, wenn man ein, zwei Tage dortbleibt. Vergessen wir Frankreich. Otto hatte ähnliche Gedanken. Es musste doch noch eine andere Lösung geben. Sie standen lange Auge in Auge im Flur ihres Domizils. Zwei Zimmer, Küche, Bad. Sie lächelten sich betrübt an. Dann pressten sie sich eng umschlungen aneinander. Keiner von beiden wollte jemals wieder loslassen. Die Liebe floss von einem zum anderen. Nach einer Minute räusperte sich Otto. Er flüsterte leise in ihr Ohr: »Findest du nicht, dass die vorgeschlagene Lösung, in der Form, eher deinen Eltern und deiner Großmutter in die Hände spielt, als uns? Drei Monate würden auch reichen.« »Uneingeschränkt ja«, antwortete Sybille. »Sicher ist der Vorschlag auch Mittel zum Zweck für meine Eltern. Mit Großmutter steht es nicht so gut. Wenn ich mich nicht um sie kümmere, müssten sie es früher oder später selbst tun.« Sybille begann zu weinen. Nach der Schicksalswende, die sie mit Otto erlebt hatte, war die Vorstellung ihn nun doch wieder zu verlieren grausam. Sie fühlte sich wie ein geprügelter Hund. »Otto, was sollen wir tun?« »Ich weiß es nicht«, antwortete er. »Ich weiß es nicht.« Nun schluchzte auch Otto. Sie schauten sich wieder in die Augen. Darin stand geschrieben: Es gibt erst einmal keinen anderen Weg. Otto sagte: »Ich denke wir sollten tun, was deine Eltern von uns verlangen.« Sie waren beide keine Revoluzzer. Sie passten sich den Umständen lieber an, als ihre Eltern gegen sich aufzubringen. »Gut«, sagte Sybille. Sie schwiegen fast den ganzen Abend. Sie wollten nicht einmal ihr Abendessen anrühren. Der Hunger der Liebe musste hingegen über den ganzen Abend gestillt werden. Der Magen war vergessen. Sie stillten nur noch ihre Sehnsucht. Sie kosteten jede Minute miteinander aus. Die Zeit war mit gegenseitigen Zärtlichkeiten ausgefüllt. Küssen, streicheln, dichten. Sie flüsterten Liebesschwüre hin und her, bis sie sich berauscht von all der Liebe vereinten. So blieb es bis zu Sybilles Abflug nach Frankreich jeden Tag. Sie schob gegenüber ihren Eltern, die Genesung so lange vor sich her, bis es nicht mehr ging, bis der Arzt ihr keinen Termin mehr zur Verfügung stellte. Nach vierzehn Tagen startete die Maschine. Otto sollte sie besser nicht zum Flughafen begleiten. Ihre persönlichen Sachen waren schon mit einem Container nach Antibes unterwegs. Sie schaute gedankenverloren aus dem Fenster. Die Maschine verließ Berlin über die südwestliche Stadtgrenze. Von ihrem Fenster aus sah sie den hohen Rundfunk-Sendemast im Grunewald, nahe dem Wannsee. Ein Stückchen weiter hinter dem Wald, konnte sie die Autobahn und die Siedlung, in der sie wohnte, erkennen. Ihre und Ottos. Otto stand vor ihrem inneren Auge, die Hände hinter dem Rücken gefaltet. Seine Augen waren feucht. Otto stand tatsächlich unten im Wald. Er wollte die Maschine, mit der sie abflog, sehen. Er war mit dem Fahrrad zur Havel, einem großen Fluss der sich quer durch ganz Berlin zog, gefahren. Sybille saß oben im Flugzeug, das er sah. Gleichzeitig nahm sie Platz in seinem Herzen. Dort würde sie für immer bleiben, wusste er. Sie waren länger als ihr halbes Leben andauerte unzertrennlich. Warum sollte der Frankreichaufenthalt daran etwas ändern?

Otto stand noch, nachdem das Flugzeug am Horizont verschwunden war, mindestens eine halbe Stunde im Wald. Erst als ihm kalt wurde, stieg er auf sein Rad und fuhr zurück, in sein Zimmer bei Bertold. Er war während der Rückfahrt sehr frustriert. Er konnte es immer noch nicht fassen. Er sollte sich von seiner Freundin trennen, die ins Ausland flüchten musste und die Mörderbande kam einfach ungestraft davon. So etwas wollte er nicht begünstigen. Er nahm sich vor, einen Artikel über privat beauftragte Killerkommandos, in Verbindung mit dem Mord an Horst Sommer, zu schreiben. Vielleicht würde ihm auch etwas über staatlich geschützte Agenten einfallen. Er würde das Attentat auf Sybille aufklären. Dann hätte die Bande nichts mehr zu lachen. Außerdem, würde er über die letzten Abhörskandale der Geheimdienste schreiben. Nachdem er die Tür seines Zimmers geschlossen hatte, nahm er sich einen Schreibblock und fing sofort an sich Notizen zu machen. Mehr als drei Sätze brachte er nicht zusammen. Er registrierte folgendes: Der Trennungsschmerz war in dieser Situation ein Diktator, der ihn dazu treiben wollte, den nächsten Artikel gegen die Lobbyisten zu schreiben. Seine Intuition diktierte ihm etwas anderes: Die Zeit dafür ist abgelaufen. Keine Wiederholungen. Keine Nazis mehr, keine Verbindung mit der Vergangenheit. Mit Horst Sommer war auch dieser Abschnitt gestorben. Er würde sich der Zukunft widmen. Der Zukunft mit Sybille, dem Studium und neuen Dingen.

Sein Studium konnte er bald in Ruhe weiterführen. Nach drei Monaten hatten sich die Wellen, die durch den Artikel ausgelöst wurden, von selbst gelegt. Gleich zwei Weltkonzerne hatten sich im Computerbereich engagiert und betrieben eigene Forschungen. Der Geheimdienst und das Militär hatten dadurch auf natürlichem Weg so viel Konkurrenz bekommen, dass es sich nicht weiter lohnte, die Entwicklung unter Geheimhaltung zu stellen. Ottos Daten aus der Veröffentlichung hatten damit keine Bedeutung mehr. Auch Ottos Befürchtungen, dass sich deutsche Behörden mit dem Artikel beschäftigen und ihn ins Fadenkreuz nehmen würden, hatte sich erfreulicherweise als unzutreffend erwiesen. Die Bundesregierung würde den Fehlern der US-Behörden nicht nacheifern. In Deutschland wurde die Forschung im Computerbereich von privaten Gesellschaften forciert. Man hatte erkannt, was diese Entwicklung zukünftig auf dem Weltmarkt bedeutete. An dieser Stelle konnte man sagen: Ende gut, alles gut. Für Familie Mertens sollte es ähnlich verlaufen.

Teil II

Unser Land

Uhiiee, Uhiiee. Die Schreie des Falken der sich über den Fluss und die Wiesen erhob, breiteten sich über der Landschaft aus. Er glitt mit weit ausgebreiteten Flügeln, unter den kleinen weißen, vereinzelt am Himmel stehenden Wolken, dahin. Es war ein sonniger Vormittag im Juni 1985. Der Fluss schlängelte sich, in einer Breite von fast sechzig Metern, durch das Tal. Er verlor sich links im Nordwesten, weit hinten am Horizont, in dichten Wäldern. Auf beiden Seiten des Flusses sah die Landschaft von oben aus wie ein Schachbrett. Die unterschiedlich bepflanzten Äcker, waren durch dichte Buschreihen voneinander getrennt. Sie bildeten die Linien des Schachbretts. Am Flussufer standen vereinzelt, breit ausladende, alte Trauerweiden. Eine herrliche Idylle. Die Glocken von Saint-Nicolas-de-la-Grave, einem kleinen Ort, der nicht weit entfernt war, ertönten in hellem Geläut. Ein lauer Sommerwind, trug die Klänge weit über das Wasser der Garonne, bis zum malerischen kleinen Ort Boudou. Nach rechts, Richtung Montauban, der nächstgrößeren Stadt, verbreiterte sich der Fluss auf einer Länge von fast siebenhundert Metern, zu einem kleinen See. In die Rufe des Falken mischten sich die Schreie von Möwen, die vom See herüber hallten. Links, von wo aus die Glocken zu hören waren, verband sich, am Ende des Sees, der Wasserlauf der Tarne mit der Garonne. Eine heile Welt. Wären da nicht die menschlichen Stimmen, die von den Äckern, südlich des Sees, bis zum Falken drangen. Die Flüsse bildeten an dieser Stelle eine Art Dreieck. In dem Dreieck reihte sich über etwa zwei bis drei Kilometer Länge, eine bunte Kette aus Menschen aneinander. Viele von ihnen hielten beschriftete Schilder hoch. Einige standen mit bedruckten Transparenten am Ufer. Die Texte waren unterschiedlich. Es stand zum Beispiel in französischer Sprache darauf: »Nicht auf unseren Äckern.« »Die Garonne soll sauber bleiben.« »Kein Kühlwasser für die Meiler aus der Garonne.« »Euer Endlager ist der Friedhof.« »Kein neues Fischesterben.« Am häufigsten war ein gelbes Schild, mit einer roten Sonne in der Mitte zu sehen: »Atomkraft, nein danke«, stand darauf. Die Menschenkette sollte eine Fläche kennzeichnen, auf der ein neues Atomkraftwerk geplant war. Diese Fläche gehörte zum größten Teil Sybille Mertens, die sie vor Jahren von ihrer Großmutter geerbt hatte. Sie musste ihr versichern, die Ländereien, solange sie in ihrem Besitz waren, zu anständigen Bedingungen an die Bauern zu verpachten. Sie sollten das Land wie bereits seit Jahrhunderten als ihre Lebensgrundlage beackern können.

Sybille Mertens war zu Ohren gekommen, dass einer der größten Stromerzeuger Frankreichs hier ein neues Kernkraftwerk plante. Da der verantwortliche Stromkonzern vom Staat dominiert wurde, war eine Enteignung nicht ausgeschlossen. Die Planung stand noch in den Kinderschuhen. Wenn man sich überhaupt gegen den Neubau der Anlage, in dieser unberührten Landschaft, wehren konnte, dann jetzt. Als ersten Schritt hatte sie vorsorglich das Land, unter mehreren aufschiebenden Bedingungen, an eine maltesische Gesellschaft verkauft, mit deren Inhabern sie verwandt war. Ein Rückübertragungsrecht war vertraglich vereinbart. So konnte der Käufer, über mehrere Jahre, nicht als neuer Eigentümer ins Grundbuch eingetragen werden, ebenso wenig aber auch andere. Ohne die Sicherheit des Eigentumsrechts im Grundbuch, würde niemand mit einem Bau beginnen, dachte sie. Diese Idee stand hinter dem Verkauf. Als zweites organisierte sie, mit ihrem Lebensgefährten, mehrere Demonstrationen gegen die Pläne, hier an der Garonne ein neues Strahlungsrisiko für die Welt einzurichten. Sie stand auf einem Podest. Sie sprach in ein Mikrofon. Ihre Stimme klang deutlich aus mehreren Lautsprechern. Heute waren neben zwei Fernsehteams, die ihre Kameras auf das Podest richteten und mehreren namhaften, überregionalen Tageszeitungen, mehr als dreitausend Menschen hier versammelt. Eine beachtliche Anzahl für dieses dünn besiedelte Gebiet. Sybille, die in Deutschland geboren wurde, sprach in akzentfreiem Französisch: »Die Regierung in Frankreich tut nichts gegen die massive Umweltverschmutzung der Industrie, die hier besonders viele Rechte besitzt und wird es anscheinend auch nicht ohne unseren Protest tun. An jedem Wasserlauf, mit halbwegs ausreichender Wassermenge, werden die Flüsse genutzt, um den überschüssigen Schmutz von Fabriken, Lagerstätten, ja sogar aus Färbereien ins Wasser einzuleiten. Es kann nicht sein, dass ihr Entsorgungskonzept »Vernichtung von Mutter Natur« heißt.« In einer kurzen Sprechpause erklang Beifall. Sie sprach weiter: »Ihr könnt es mit eigenen Augen sehen. Regelmäßig färben sich die Wasserläufe rot, blau oder grün, je nachdem welche Färbeflotte an dem Tag ausgespült wird. Die Industrie verteilt ihre Abfälle hemmungslos, in großen Mengen, in unsere Umwelt. In das Wasser, in den Boden und in die Luft. Wir haben schon genug Chemieabfälle über unsere Körper entsorgt. Es reicht. Keines unserer Kinder soll mehr mit Missbildungen geboren werden, oder an Krebs sterben, der durch zu hohe Emissionen verursacht wurde. Es soll kein Gift mehr in unsere Körper gelangen. Jetzt soll die Umweltbelastung aber nicht reduziert, sondern durch den Bau weiterer Atomkraftwerke erhöht werden. In fast allen Atomkraftwerken wird Flusswasser zur Kühlung der Brennelemente benutzt.« Sybille schaute in die Runde. »Die Atomlobby, will die Bürger mit ihren Informationen verdummen, Kernkraftwerke würden zu einer sauberen Umwelt beitragen. Niemand kann behaupten, dass das Kühlwasser, von dem für ein Kernkraftwerk, täglich fast fünfzigtausend Liter aus den Flüssen entnommen werden, unbelastet wieder dorthin zurückgelangt. Davon, dass es danach radioaktiv belastet ist, fällt kein Wort. Dieses Wasser fließt definitiv durch radioaktiv belastete Bauteile und ist danach selbst entsprechend belastet. Man will uns weismachen, die Belastung schade den Menschen nicht, aber die höhere Anzahl von Missbildungen von Kindern und eine höhere Sterblichkeitsrate durch Krebserkrankungen in der Nähe von Kernkraftwerken, wird verschwiegen. Und wie immer, schützt der Staat solche Machenschaften.« Sie machte eine längere Pause, in der sich die Demonstranten durch zustimmende Rufe Luft machten.

Sie sprach weiter: »Warum, frage ich euch, warum werden die Belastungen von Luft und Wasser verschwiegen? Warum wird der Atommüll in Drittländer verschoben? Warum erfahren wir nichts über die ständig steigende Gefahr von radioaktivem Müll, der tausende von Jahren strahlungsaktiv bleibt? Wir bekommen nur zu hören, welche gesellschaftliche Notwendigkeit besteht, ein Kernkraftwerk zu errichten. Dass die Strompreise dadurch sinken, beziehungsweise auf niedrigem Niveau gehalten werden können. Wir sollen gezwungen werden, unsere seit Jahrhunderten von Bauern zur Lebens- ERHALTUNG mit Nahrungsmitteln bepflanzten Äcker, der Zerstörung von Leben zu opfern. Nein, nein und nochmals nein.« »Non, non«, schallte es aus tausend Kehlen. Die Menge war aufgebracht. Links neben dem Podest, wo ein schmaler Weg endete, standen zwei Mannschaftswagen der französischen Gendarmerie. Davor standen etwa fünfzehn Polizisten in Uniform. Die Menschengruppe bewegte sich auf die Polizei zu. Einige Meter vor den Polizisten zerschlug eine Demonstrantin ihr Plakat. Sie schrie: »Niemals. Ich habe vier Kinder. Ihr bekommt davon nicht eines.« Mehrere andere Demonstranten taten es ihr gleich. Sie zerschlugen ihre Schilder auf dem Boden, vor den Wagen der Gendarmerie. Sie fassten die Schilder an den Holzstangen und schlugen sie mit Wucht, wie große Hämmer, auf den Boden. Es splitterte und krachte. Die Stimmung war aufgeheizt. Sybille erhob wieder das Wort: »Wir werden alle Mittel nutzen, die uns zur Verfügung stehen, um dieses Unheil abzuwenden. Frank«, sie lächelte vom Podest aus einem jungen Polizisten zu, den sie kannte, »Frank wird uns dabei helfen.« Einige andere der Umstehenden kannten ihn ebenso. Er wohnte in Boudou. Er rief zu Sybille hinüber: »Oui, Ja, na klar.« Die aufgeheizten Gemüter beruhigten sich etwas. Die Polizisten entspannten sich. Sie waren Sybille dankbar. Sybille strahlte plötzlich übers ganze Gesicht. Ihre Augen wurden größer. Sie schaute wie gebannt in Richtung des Weges, über den ein kleiner Motorroller auf die Wagen der Gendarmerie zufuhr. Es war Otto. Otto Hartmann, ihr Lebensgefährte. Er hatte Teile der Ansprache für sie verfasst. Er hatte es angeboten, weil er über einige Daten zur Radioaktivität, aus einer gerade begonnenen Arbeit, verfügte. Die Aufregung war ihm nicht entgangen. Er stellte den Motorroller ab, ging auf Frank zu und gab ihm die Hand. »Bonjour Frank.« »Bonjour Otto.« Otto winkte Sybille kurz zu. Sie hob scheu die Hand. Damit kehrte Ruhe ein. Einige der Bauern kannten Otto, den Mann der Rednerin und Verpächterin des Landes auf dem sie standen. Sybille brachte ihre Ansprache noch zu Ende. Dann lief sie zu Otto und umarmte ihn herzlich. Sie drehten sich zum Podest um. Sybille hatte Dr. André Robin vorgestellt, der mit seiner Rede begann. Dr. Robin gehörte einem Verein französischer Atomkraftgegner an. Er berichtete von dem Unfall im amerikanischen Atomkraftwerk Harrisburg 1979. Die Atomlobby gaukelt den Bürgern eine sauberere Umwelt und Sicherheit vor. Das Gegenteil ist der Fall, wusste er zu berichten. Im März 1979, gab es in Harrisburg einen Kernschmelzunfall, wobei der Reaktor zerstört wurde.

Sybille und Otto hörten nur noch mit halbem Ohr zu. Die Fakten waren ihnen beiden bekannt. Während des Zwischenfalls in Harrisburg, in einem Kernkraftwerk mit zwei Reaktoren, traten nach einem Unfall radioaktive Verschmutzungen in festem, flüssigem und gasförmigem Zustand in die Umwelt aus. Dieser Umstand wurde der Bevölkerung nicht bekannt gemacht. Am zweiten heilen Reaktor wurde weitergearbeitet als sei nichts geschehen. Der zerstörte Reaktor wurde einfach liegengelassen und bis heute nicht fachgerecht abgebaut. Die strahlungsaktiven Materialien wurden nicht entsorgt. Radioaktivität konnte im Boden versickern und in die Luft entweichen. So etwas sollte hier nicht passieren. Sybille hatte frühzeitig von einem Mitglied des Gemeinderats, dessen Vater den größten Teil der Böden rechts der Garonne gepachtet hatte, erfahren, dass von staatlicher Seite Bebauungspläne für eine Gewerbebebauung aufgestellt werden sollten. Was ihn hellhörig werden ließ, war die Aufhebung des Status »Gewässerschutzgebiet«, sowie die Größe der Überplanung. Außerdem lag die vorgesehene Bebauungshöhe, mit einhundertsiebzig Metern, außerhalb seines Vorstellungsvermögens. Er rief kurzerhand einen Bekannten aus dem Bauausschuss an. Von ihm erhielt er die schockierende Nachricht, die er sofort an die Landverpächterin seines Vaters weiterleitete. Ein neues Kraftwerk für die Strombelieferung der Region war geplant. Stromerzeugung mit Kernenergie. Atomkraft war zurzeit in Deutschland in aller Munde. Die Atomkraftgegner, zu denen auch Otto gehörte, rüsteten sich weltweit zum Widerstand. Es war aber nicht nur der Umstand, dass Otto sich gegen die Atomwirtschaft engagierte, wodurch beide über die damit verbundenen, bedrohlichen Insiderinformationen verfügten, die ihr Engagement gegen eine schädigende Nutzung ihres Landes begründete. Es war auch ein Wunsch ihrer Großmutter Emelie, dem sie nachkommen wollte. Von ihr hatte Sybille die weitläufigen Ländereien geerbt. Als ihre Großmutter noch lebte, hatte sie oft zu Sybille gesagt, man könne mit den Fabriken, den Fuhrbetrieben, Verlagshäusern und Supermärkten anstellen was immer man wolle. Die Arbeiter dort seien geschützt. Nur die verpachteten Ländereien sollten nicht unter den Hammer kommen. Gemeint war, die von den Bauern bearbeiteten Flächen, sollten nicht verkauft werden. Ebenso wenig sollten sie jemals als Insolvenzmasse für eine der Firmen geradestehen müssen. Eher, sollen sie an die Pächter verschenkt werden, deren Lebensgrundlage sie seit Jahrzehnten, bei einigen sogar seit mehr als hundert Jahren, waren. So hatte sie es ihrem verstorbenen Mann versprochen. Und Versprechen hält die Familie Mertens ein. Um niemals in einen Konflikt, mit den Wünschen ihrer Großmutter, zu kommen, hatte Sybille schon vor längerer Zeit alle Ländereien aus den Firmen, die ihr mit dem Erbe überschrieben wurden, herausgelöst und unter das Dach einer eigenen Betriebsgesellschaft gestellt. Sybille war dadurch sehr mit dem Land und den Menschen verbunden. Sie betrachtete es als ihre Pflicht, alles zu erhalten wie es war. Das Wasser der Garonne sollte nicht verseucht werden, wie andere Flüsse. Politik und Wirtschaft gingen in Frankreich mit dem Land um, als würde es ihnen allein gehören. Nicht nur in Deutschland gab es Fischesterben in den Flüssen. In Frankreich war es derzeit noch schlimmer.

Der Vortrag von Dr. Robin war zu Ende. Die Menschenmenge grölte, schrie und pfiff. Einige begannen im Takt hochzuspringen. Bald sprangen alle im Takt. Hier war man sich einig. Kaum jemand vergaß die Petition zu unterschreiben, die an die Gemeinde, den Bauausschuss, den Stromkonzern und die Landesregierung gehen sollte. Es war die dritte und vorerst letzte Unterschriftensammlung. Die Initiatoren und die Behörde sollten erfahren: Der Versuch, hier einen Atomklotz aufzustellen, würde keine Freude machen. Allein die Einsprüche, gegen so umfassende Bauplanungen, konnten ein Vorhaben um Jahre verzögern. Klagen würden folgen und wenn alles nichts half, müssten sie radikalere Eingriffe befürchten. Am Ende hatte Sybille zwar mit ihrem Vorgehen Erfolg. Die Region musste dennoch mit dem neuen Meiler leben. Er wurde Anfang der neunziger Jahre, trotz weiterer Proteste, mehrere Kilometer weiter nördlich errichtet. Sybille war darüber nicht besonders glücklich, konnte so aber besser damit leben. Großmutters Andenken blieb gewahrt. Die schnelle Übergabe der Besitztümer, vor neun Jahren, war eigentlich anders geplant. Sybille sollte Schritt um Schritt von Emilie und ihrem Geschäftsführer in die Firmenstrukturen eingewiesen werden. Gleichzeitig wollte Sybille Emilie pflegen, für sie da sein. Ihre Großmutter kränkelte seit einiger Zeit. Gleich nach dem Beginn ihres Studiums der Betriebswirtschaft, in Nizza, erkrankte Emilie jedoch an einem Herzleiden. Emilie Dumont, die Mutter von Oliver Mertens, dem Vater von Sybille, hatte nach dem Tod ihres zweiten Mannes, sein schwer überschaubares Firmenkonglomerat übernommen. Sie leitete es bis dahin fast dreißig Jahre, mit drei Geschäftsführern, von denen einer ihr persönlich rechenschaftspflichtig war. Er war der Sohn eines alten Freundes der Industriellenfamilie Dumont, von der kaum jemand den Zweiten Weltkrieg überlebte. Robert Roux, so hieß er, war gegenüber sämtlichen Angestellten weisungsbefugt. Als Sybille nach Frankreich übersiedelte, leitete er die Geschäfte der Großmutter bereits weitgehend eigenständig. Emilie unterzeichnete alles, was er ihr vorlegte. Zu weiteren Aktionen war sie nicht mehr in der Lage. Ein Jahr später war sie tot. Sie erlitt im Schlaf einen Herzschlag, ohne dabei aufzuwachen. Ein schmerzfreies, nahtloses Hinübergleiten über den Fluss ohne Wiederkehr. Oliver Mertens sagte dazu nur: »So ein Glück hat nicht jeder. Ich freue mich für sie.« Sie starb in ihrem Haus in Paris. Das Begräbnis war einem Staatsbegräbnis ähnlich. Emelie Dumont war eine der bekanntesten Arbeitgeberinnen in Frankreich. Der Gottesdienst wurde in Paris, in einer großen Kathedrale an der Seine, nahe dem Museé du Louvre abgehalten. Der letzte Gang wurde ihr in Prunk und Ehren erwiesen. Da auch viele Arbeiter gekommen waren, bei denen sie aufgrund ihrer lauteren Firmenpolitik in hohem Ansehen stand, war die Kirche überfüllt. Viele mussten vor dem geöffneten Tor stehenbleiben. Sie hörten von dort aus, die Predigt. Den Sarg trugen Oliver und Otto danach zusammen, mit zwei Neffen von Emelie, zum offenen Wagen des Bestattungsinstituts. Die Familie fuhr in einer schwarzen Limousine hinter dem Sarg, der sichtbar auf einem kleinen Laster des Bestattungsunternehmens lag, bis zum Friedhof im Stadtviertel Montparnasse. Die anderen Trauergäste gingen zu Fuß. Die Straße war voller Menschen. Vor dem Friedhof wartete bereits eine riesige Menschenmenge. Insgesamt waren es weit über fünfhundert Trauergäste. Emelie Dumont wurde auf dem Friedhof in Montparnasse, in angemessener Gesellschaft französischer Größen, beigesetzt. Die Trauerfeierlichkeiten wurden, nach der Beisetzung, mit mehr als hundert geladenen Gästen, auf einer Wiese an der Seine, südwestlich vom Friedhof in Issy-les-Moulineaux, fortgesetzt. Robert Roux hatte die Beisetzung zur Zufriedenheit aller, bestens organisiert. Der bekannteste Catering Service von Paris, hatte die Location mit allem ausgestattet, was man sich nur wünschen konnte. Die Wiese strotzte nur so von mondänen Zelten, Buffets, Blumenarrangements, in Livrees gekleideter Kellner die Champagner verteilten, zwei Weinbars und vielem mehr. Selbst eine Bühne war aufgebaut, auf der ein Orchester Kammermusik spielte. Otto beklagte sich bei Sybille über das unnötige Spektakel – bei dem niemand dem eigentlichen Sinn einer Trauerfeier – Abschied nehmen – nachkommen konnte. Emelies Familie und die höheren Angestellten des Firmengeflechts, waren hingegen ebenso zufrieden gestellt, wie die geladenen, offiziellen Gäste. Es ging halt um Emelie Dumont, erklärte Sybille später. Da musste schon alles stimmen.

Grausamer als der Tag noch, sind nur die Nächte, sagte Sybille, nachdem der Termin zur Testamentseröffnung beim Notar vorbei war. Sybille war von einer Dreiteilung der Besitztümer ausgegangen. Ein Drittel Heike, ihre Mutter, ein Drittel Oliver, ihr Vater, ein Drittel Sybille. Sie bekam alles. Ihr Vater erbte nur zwei Mietshäuser. Am meisten freute er sich darüber, dass die Häuser in Berlin standen. In der Westfälischen Straße, nahe dem Kurfürstendamm. »Ja, du tust mir ein klein wenig leid«, sagte er unten auf der Straße zu Sybille. »Besitz verpflichtet. Bei dem Umfang ist es dann auch eine Belastung. Du bist noch jung meine Liebe, es wird schon. Mit Robert als Berater bist du gut bedient. Der führt die Geschäfte doch schon seit Jahren selbstständig. Großmutter hat ihm dabei nicht viel geholfen. Robert ist ein Profi. Studiere erst einmal zu Ende. Ihr seid sicher ein gutes Team, du wirst sehen. Er ist Volkswirt, du wirst Betriebswirtin. Das ergänzt sich optimal, oder?« Sybille sagte dazu nichts. Sie studierte zu Ende, wie ihr Vater es sagte. Die Fäden der Geschäftsführung gab sie dennoch nicht ganz aus der Hand. Mit Robert Roux verstand sie sich blendend. Es war wirklich eine tolle Zusammenarbeit. Eine Win-win Situation. Selbst als sie nach und nach alle verärgerte, behielt er den Humor. »Lassen Sie die Leute ruhig Unfug tun und dummes Zeug daherreden. Dazu hat jeder das Recht in diesem Land.« Mehr hatte er dazu nicht zu sagen. Ihr Erbe war für sie anfangs unüberschaubar. Zu dem Sammelsurium von Firmen gehörte ein Stahl-Konzern, mehrere Kabelfabriken, ein Molkereikonzern, der unter anderem eine der bekanntesten Käsesorten in Europa herstellte, eine Supermarktkette, acht Textilfabriken, zu denen drei bekannte Markenlabels gehörten, eine Spedition, der einer der größten Paketauslieferer angeschlossen war und zwei Verlagshäuser. Die Betriebe waren nicht unter einem Dach zusammengefasst, sondern traten in ihrem Marktsegment jeweils als eigenständige Aktiengesellschaften auf. So funktioniert es besser und ist steuergünstiger, erklärte ihr Robert. In jeder Gesellschaft gab es mehrere Verantwortliche, jeder ein Spezialist auf seinem Gebiet. Spezialisierung ist eine der wichtigsten Bedingungen für erfolgreiches Arbeiten. Einen Kramladen von dieser Größe kann niemand allein führen, war Roberts Meinung. Alle Geschäftsführer und Vorstände waren Robert Roux direkt rechenschaftspflichtig. In letzter Instanz musste er alle Neuerungen, Strategien und Jahresberichte abzeichnen. Sybille stieß mit ihren Ideen, wie Umweltverträglichkeit, Beschäftigung und Entlohnung zu menschlichen Bedingungen oder gesundheitlich unbedenkliche Arbeitsverhältnisse auf harten Widerstand. Ihr wurde dabei mehrmals vor den Kopf gestoßen.

In Deutschland wurde nach dem ersten Chemieskandal, der mit einer Aufdeckung der regelmäßigen Einleitung von Gift in Gewässer bei Nacht und Nebel und einem umfangreichen Fischesterben verbunden war, die Grüne Liste gegründet. Diese neue politische Bewegung, brachte Licht ins Dunkel der gesundheitlichen Bedrohung durch die Belastung der Umwelt. Mehr und mehr wurde der Begriff Ökologie benutzt. Neue Methoden zur Schonung und Erhaltung der Umwelt wurden in der Wirtschaft eingeführt, Verbote gegen die Gewässerverschmutzung erlassen. Sich für die Umwelt einzusetzen war modern. In Frankreich dagegen? Hier ist noch alles beim Alten hieß es. Bei uns ist noch alles in Ordnung, wie die jeweilige Führungsetage es ausdrückte. In den Stahlfabriken wollte Sybille Rauchabsauganlagen einbauen lassen. Es gab zu viele Fälle von Lungenkrebs, fand sie, unnötig viele. So ein Quatsch, hörte sie darauf. Das kostet viel Geld und schmälert den Gewinn. Bei der Käseherstellung sollte eine Vorkontrolle, zur Feststellung von Giftstoffen in der Milch, eingeführt werden. Hier bekam sie Drohbriefe von den milchproduzierenden Bauern, sowie Schmähungen von der Konkurrenz. Mit dem Geschäftsführer eines Verlagshauses unterhielt sie sich persönlich, über den Verbrauch von Rohstoffen für die Papierherstellung, schließlich verschlang eine Tageszeitung Unmengen Material. Dafür wurden ganze Wälder gerodet. Sie wollte unbedingt die Wiederverwertung von Altpapier einführen. So etwas gab es bereits. Der Leiter des Verlagshauses, schaute sie mit weit aufgerissenen Augen an. Man sah ihm an, welche Schwierigkeiten er hatte, überhaupt zu verstehen, was Sybille meinte. Als sie es ihm ein zweites Mal aus einer anderen Perspektive erklärte, begann er mitten in der Darstellung schallend zu lachen. »Ein Witz, oder? Sie veranstalten einen Scherz mit mir, haha, haha.« Er konnte sich nur langsam beruhigen. Sybille gab auf. Man musste wissen, wann eine Verhandlung kein Resultat bringt. Robert forderte sie am nächsten Tag auf, den Herrn zu entlassen. Er tat es widerwillig. Er schluckte den Widerspruch herunter, weil er den Typen noch nie leiden konnte. Außerdem hatte er bereits einen Anwärter für diese Position der fähiger war, wie er fand. Ein anderer Geschäftsleiter ging noch weiter. Er nahm sich die Freiheit und hob den Zeigefinger an die Stirn. Er zeigte ihr einen Vogel, wie es im Volksmund heißt. Eine herabwürdigende Geste. Auch er brauchte nicht mehr darüber nachzudenken, wie man seiner Vorgesetzten, auch wenn es eine Frau war, Respekt und Höflichkeit entgegenbringt. Ein nächstes Mal gab es für ihn nicht. Jedenfalls nicht in dieser Firma.

Sie war zu dieser Zeit hoffnungslos frustriert. Als Otto aus Deutschland zurück in Antibes war, gingen sie beide am Hafen spazieren. Sybille erzählte ihm, über dreißig Minuten lang, von jeder einzelnen Bemühung, mit ihren Vorstellungen Gehör zu finden. »Es ist doch nichts Schlechtes, was ich will, Ich verstehe die Leute nicht«, sagte sie sehr entrüstet über ihre Erlebnisse. »Keiner will etwas darüber hören. Jeder sagt, die Umwelt zu schonen kostet nur Geld.« Sybille war sehr enttäuscht, überhaupt keinen Boden bei den leitenden Angestellten zu finden. Weder in der Akzeptanz als Inhaberin, noch mit ihren Ideen. Sie begann zu weinen. Otto nahm sie in den Arm und tröstete sie. Er sagte: »Wenn jemand nicht hinsehen will, dann wird es schwierig. Wenn ein Blinder nicht sehen kann, weil er verbohrt ist, wird es fast unmöglich, ihm etwas Neues zu zeigen. Was willst du denn mit den Firmen anfangen?« fragte Otto.« »Ich weiß es nicht«, antwortete Sybille. »Du hast mir von jedem Gespräch erzählt«, sagte Otto. »Mein Gefühl sagt mir: Du hast aus jeder Begegnung ein Päckchen mitgenommen. Diese Päckchen könntest du jetzt auspacken. Ja, genau hier und jetzt. Öffne jedes einzeln und schreibe in den Himmel was darin steht.« Sie schaute nach oben. »Ihr könnt mich mal«, brachte sie spontan hervor. »Es steht überall das Gleiche darin. Ihr könnt mich mal. Ich will euch auch nicht. Was soll ich mit dem ganzen Kram? Macht doch weiter, aber ohne mich.« Sie atmete auf. »So und nun differenzieren«, sagte Otto. »Mach doch weiter, aber ohne mich. Heißt was? Macht weiter, ich steige aus, macht weiter, ich gebe die Führung endgültig ab, macht weiter, aber nur wie ich es will?« »Nein«, sagte Sybille. Sie sprach klar und deutlich: »Nein, ohne mich heißt, ich will nicht. Da oben steht es Otto, ich will nicht, ich will nicht. Weg mit dem Kram.« Stolz stellte sie auch für sich selbst klar: »Ich verkaufe alles. Fertig.« Otto fragte: »Wirklich alles?« »Ja«, antwortete Sybille. »Natürlich nur die Gesellschaften. Die Ländereien möchte ich nicht verkaufen. Die sollen für die Bauern erhalten bleiben.« Gesagt, getan. Sie traf sich fünf Tage später mit einem Abwicklungskonzept mit Robert Roux. Robert schlug ihr vor, er könne, wie früher bei Großmutter Emelie, die Geschäfte eigenverantwortlich führen, dann hätte sie nichts mehr damit zu tun, bliebe jedoch die Nutznießerin. Sie lehnte den Vorschlag dankend ab. Sie bat ihn einfach zuzuhören. Sie erläuterte ihm ihre Variante, mit der er sehr gut bedient war. Er solle, unter Hinzuziehung eines Wirtschaftsprüfers, gern eigenverantwortlich, den Verkauf der Gesellschaften herbeiführen. Von dem Erlös sollte er umgerechnet anderthalb Millionen Deutsche Mark erhalten. So wurde es getan. Die Abwicklung dauerte mehr als zwei Jahre. Sybille gründete danach eine Stiftung in der Schweiz, mit der sie unter anderem Umweltprojekte fördern wollte. Das Grundkapital der Stiftung betrug umgerechnet einhundert Millionen Mark. Es war fast der gesamte Verkaufserlös. Mit dem Rest bezahlte sie den Bau von zwei weiteren Miethäusern, auf einem der Grundstücke ihres Vaters in Berlin, wo noch ausreichend Platz war. Damit waren die Kapazitäten der Grundstücke, die er geerbt hatte, voll ausgeschöpft.

Die Entscheidung die Aktiengesellschaften zu verkaufen, war in jeder Beziehung die richtige Entscheidung. Mit der Verwaltung der Ländereien hatte Sybille, nach dem Studium, immer noch alle Hände voll zu tun. Nach ihrem Abschluss in Betriebswirtschaft begann sie ein Jurastudium. Nach zwei Jahren kam sie zu der Erkenntnis: »Ich brauche keinen Abschluss der juristischen Fakultät.« Sie brach das Studium ab und widmete sich der

Aufarbeitung der Ländereien, die ihr Emelie überlassen hatte. Die Ländereien hatten, bei näherem Hinsehen, inzwischen einen beachtlichen Wert. Wenn man daran arbeitete, würde sich der Wert noch beträchtlich steigern lassen. Sie unterteilte die Areale in drei Kategorien. Zum einen in Brachland, das nicht weiter genutzt werden konnte. Dazu gehörte Wald, Land das an Autobahnen, Bahnstrecken oder anderen öffentlichen Plätzen lag. Dieses Land verschenkte sie an die jeweilige Gemeinde, in der es lag. So sparte sie sich Arbeit und Geld für die Unterhaltung. Zur zweiten Kategorie gehörten Äcker und Wiesen, die von den Bauern bewirtschaftet wurden. Diese Flächen waren oder wurden von ihr verpachtet. Die Areale für Landwirtschaft lagen in der Gemeinde an der Garonne und im Dreieck Nizza, Marseille, Digne-les-Bains. Aus diesen Flächen löste sie die Grundstücke heraus, die nahe an Ortschaften oder anderen, mit Gas, Wasser und Strom erschlossenen Gebieten lagen. Der Wert für Bauerwartungsland war viel höher als der für Ackerflächen. Ihre Großeltern hatten alles in einen Topf geworfen und bisher nicht unterschieden. Verstreute Ackerflächen, die einzeln oder etwas abseits lagen, bot sie den Pächtern der anliegenden landwirtschaftlich genutzten Flächen zu einem Preis an, der nur die Hälfte des tatsächlichen Werts betrug. Nach und nach nahmen fast alle ihr Angebot an. Wenn sie selbst nicht über genügend Mittel verfügten, kauften ihre Verwandten oder nahe Bekannte die Grundstücke. Die verbleibenden, zusammenhängenden verpachteten Areale der Kategorie zwei übergab sie an eine Immobilienverwaltung mit Sitz in Nizza. Eine ehemalige Studienkollegin hatte sie, nach dem Abschluss des Studiums, gegründet. Sophie hatte ähnliche Ansichten wie Sybille. Sie verstanden sich prächtig. Die Aushandlung der Verträge war unproblematisch. Sie brauchten dafür nur wenig Zeit. Die dritte Kategorie bearbeitete sie selbst. Dazu gehörten Bauland, Gewerbegebiete und Bauerwartungsland um die größeren Städte. Allein im Norden von Nizza lagen mehr als fünf Hektar Land. Vor vierzig Jahren, als ihre Großeltern das Land kauften, war es noch Brachland. Heute waren Teilgebiete davon bereits mit Straßen und den Versorgungsleitungen Gas, Wasser und Strom erschlossen. Ähnliche Grundstücke lagen in Antibes, Cagnes-sur-Mer, Fréjus und Grasse. Dieses Land wurde nach und nach zu einer Goldgrube. Wenn größere Arbeiten anstanden, mit denen sie sich nicht auskannte, half ihr bei der Verwaltung der Kategorie Drei, ihre Studienkollegin Sophie. Sybille konnte nicht alles allein bewältigen. Sie hatte noch eigene Wünsche für ihr Leben. Besonders für ihr Leben mit Otto. Dieser Wunsch ging schon 1983 in Erfüllung.

Otto, ihr Lebensgefährte, absolvierte in der Zeit nach dem Ableben von Großmutter Dumont sein Journalismus-Studium. Seitdem sein guter Bekannter, der Redakteur Horst Sommer, nachdem er einen Artikel über die Rüstungsindustrie veröffentlicht hatte, als Störfaktor aus dem Weg geräumt, ermordet wurde, wohnte er nicht mehr bei seinen Eltern. Otto, der mit einem kleineren Zusatzartikel an der Veröffentlichung beteiligt war, geriet ebenfalls ins Fadenkreuz von Rüstungslobby und Geheimdienst. Die Gebrandmarkten trafen unglücklicherweise vor seinem Haus nicht ihn, sondern seine Lebensgefährtin Sybille, weil sie bei dem Überfall seine Jacke trug. Sie hatten Sybille schlichtweg mit ihm verwechselt. Nach dem Anschlag waren alle verunsichert. Weder Sybille noch Otto sollten weiterhin für die Verantwortlichen auf der Bühne stehen. Vielmehr verlagerten sie auf Wunsch der Eltern ihren Aufenthaltsort. Sybille zog nach Frankreich. Otto wohnte eine Zeitlang bei seinem Freund Bertold. Später sollte er sich eine Wohnung in Berlin nehmen. Otto war ein Glückskind, behauptete seine Mutter Brigitte. Bei der Geschichte hatte er mehr als nur Glück. Bertold wohnte in der Nähe der S-Bahn-Station Mexikoplatz im Berliner Süden. Am Mexikoplatz waren einige Ärztehäuser zu finden. Frau Gudrun Hammer besuchte hier ihren Kardiologen. Danach wollte sie wieder zum Bahnsteig. Ihr wurde beim Treppensteigen übel, als Otto um die Ecke kam. Er sah, dass Frau Hammer nicht mehr allein die Treppe zum höhergelegenen Bahnhof hinaufkam. Er bot ihr seine Hilfe an, die sie dankend annahm. Er hatte etwas Zeit. Deshalb erzählte er ihr, er müsse in die gleiche Richtung wie sie. Er begleitete sie bis zu ihrer Wohnung, nahe dem Hubertussee zwischen Berlin Halensee, am Ausläufer vom Kurfürstendamm und dem Grunewald. Von hier aus war es nicht mehr weit bis zur Universität, wo er hinwollte. Gudrun Hammer wäre allein sicher nicht bis zu ihrer Wohnung gelangt. Sie hatte Herzrhythmusstörungen. Einige Male sah es so aus als würde sie ohnmächtig. Otto erzählte ihr, in der S-Bahn, von seiner Wohnungssuche. Frau Hammer erzählte Otto, von ihrer Absicht ins betreute Wohnen zu wechseln. Sie hatte sich bereits, in der Nähe, in einem schönen Pflegeheim angemeldet. Frau Hammer konnte die Wohnung nicht mehr allein sauber halten, sie fiel ständig um. Sie war sogar schon einmal die Treppe hinuntergestürzt. Nachdem Otto sie bis zur Wohnung hinaufgebracht hatte, es gab keinen Fahrstuhl, brachte er sie noch bis ins Wohnzimmer, wo sie schwer atmend in den Sessel fiel. Dann verabschiedete er sich und ging zur Tür. Als er sie von außen schließen wollte, hörte er sie rufen: »Herr Hartmann, sind Sie noch da?« Er öffnete die Türe wieder einen Spalt. Er rief: »Ja Frau Hammer. Ist noch etwas?« Sie antwortete: »Wollen Sie die Wohnung haben, Sie netter Kerl? Ich habe mich entschieden. Mein Platz ist im Pflegeheim. Sie würden mir einen Gefallen damit tun, dann habe ich keine Arbeit mit dem Verkauf.« Sie nannte ihm einen Preis, den man nicht ausschlagen konnte. Sein Vater Dieter Hartmann beschäftigte sich derzeit wegen des Kaufs eines Grundstücks, viel mit Preisen, Mieten und Kosten. Sie unterhielten sich oftl darüber, so dass Otto sich etwas auskannte. »Darf ich telefonieren?«, fragte er Frau Hammer. Er rief seinen Vater an, beschrieb die Lage der Wohnung, Größe und den Kaufpreis. Dann legte er auf und sagte Frau Hammer zu. Das Glück war wieder auf seiner Seite. Ich hätte nie daran zweifeln sollen, dachte er. Der Mord an Herrn Sommer und der Anschlag auf ihn, beziehungsweise Sybille, hatten ihn eine Zeit lang irritiert. Dieter finanzierte den Kauf. Otto wurde so unbeabsichtigt Besitzer einer Wohnung, in einer der besten Lagen Berlins. Die Gegend war nicht nur nobel. Sie war für ihn optimal. Ein paar Kilometer zum Flughafen, zwei Busstationen in die City. Zehn Minuten mit dem Fahrrad zur Uni. Genauso schnell gelangte er zu seinen Eltern. Die Wohnung hatte zwar nur zwei große Zimmer, Küche, Bad und einen Balkon, aber es sollte auch dann reichen, wenn Sybille mal wieder zu Besuch nach Berlin kam.

Neben dem Studium, das er bravourös abschloss, arbeitete er als freier Mitarbeiter für verschiedene Zeitschriften. Natürlich blieb das Star Magazin sein Favorit. Mit der Thematik der verfassten Artikel pendelte er zwischen Umweltschutz und Anti-Atomkraft. Er hatte vor dessen Tod im Dezember 1979, mehrmals Rudi Dutschke getroffen, Interviews veröffentlicht und viel über die Bedeutung einer Umweltschutzbewegung für die Zukunft der Welt diskutiert. Er hatte dabei gelernt: Ohne Engagement und Widerstand, würden die politischen und wirtschaftlichen Machthaber dieses Landes nicht einen Finger rühren, um den nächsten Generationen den Weg in eine unbelastete Zukunft zu gewährleisten. Im Gegenteil. Die vorschnellen Genehmigungen für den Einsatz von Pestiziden in der Landwirtschaft, die Gewässerverschmutzung durch die Industrie, sogar der Petrochemie, versenken von Atommüll im Meer, Zulassungen von krebserzeugenden Baustoffen und Medikamenten, sprachen eine deutliche Sprache. Es war für Otto sehr förderlich, das Vorgehen der Regierung einmal aus der Perspektive eines Linksradikalen zu sehen. Auch wenn er selbst auf der Seite friedlicher Proteste verankert blieb, schaffte die Beleuchtung des Themas aus einem anderen Blickwinkel Kontraste, um das Gesamtbild besser zu erkennen. Viele Freunde schaffte er sich durch sein Engagement nicht. Er konnte es verschmerzen. Solche Freunde, die Geld und Macht über alles stellten, die sogar über Leichen gingen, brauchte er ohnehin nicht. Sein letzter Artikel über die Fehlkalkulation der Energiekonzerne, die sich mit dem Bau von Atomkraftwerken Gewinne versprachen und wie sie behaupteten die Umwelt sauberer machen wollten, gefiel seinem Professor sehr gut. Da diese Veröffentlichung mit dem Abschluss des Studiums zusammenfiel, empfahl ihm Professor Günther, mit dem er sich über all die Jahre gut verstanden hatte, sogar, er solle damit doch promovieren. Otto konnte in dem Bericht faktisch alles widerlegen, was die Energiewirtschaft den Menschen vorgaukelte. Atomkraftwerke waren die reinste Fehlkalkulation. Als er zu Hause bei den Hartmanns von dem Vorschlag erzählte, war Dieter sofort dafür. »Herr Doktor« nannte er Otto den ganzen Abend. Die ständige Anrede von seinem Vater brachte ihn dazu, den Vorschlag nicht ernst zu nehmen. Er wollte keinen Professorenstuhl an der Uni. Er wollte auch keine Aufwertung seiner Person durch einen Titel. Er wollte aktiven Journalismus betreiben.

Neben dem Lernen während des Studiums, blieb Sybille und Otto noch genügend Zeit für die Liebe. Sie sahen sich, wann immer es möglich war. Otto war gern im Flugzeug unterwegs. Er besuchte Sybille in Frankreich oft nur für ein Wochenende. Seit dem Tod ihrer Großmutter, hieß der einzige Treffpunkt Frankreich. Selbst ihre Eltern konnten sie nur noch hier besuchen. Die Zeit nach Deutschland zu reisen konnte sie nicht aufbringen. Seit ihrer Ankunft, wohnte sie im Haus ihrer Großmutter in Antibes, deren Haushalt sie übergangslos übernahm. Die Familie aus der Einliegerwohnung, die das Gebäude bisher pflegte, zog nach dem Tod eines Familienangehörigen nach Toulouse. Sybille beschäftigte bis Anfang der achtziger Jahre, dreimal pro Woche eine Frau die den Haushalt führte und einen Gärtner. Nach und nach verlegte Otto seinen Wohnsitz nach Antibes. Er beherrschte Französisch in Wort und Schrift genauso perfekt wie Sybille. Die Zweistaatlichkeit brachte ihm in seinem Beruf nur Vorteile. Er konnte Themen aus beiden Ländern aufgreifen und meist auch in zwei Ländern veröffentlichen. Seit 1982 flog er immer seltener nach Berlin. Sybille und Otto verstanden sich immer noch blendend. Sie harmonierten auf nahezu allen Ebenen. Nach wie vor hatten sie viele gemeinsame Hobbys denen sie nachgingen. Sie konnten stundenlang gemeinsam spazieren gehen, Muscheln und Steine am Strand sammeln, endlos lange Gespräche führen, im Wald an Hölzern herum schnitzen, schwimmen oder Tischtennis spielen. Im Haus war genug Platz. Im Juni 1982, bei strahlendem Sonnenschein, lag Otto am Swimmingpool, als Sybille als zweite Sonne vor ihm erschien. Sie strahlte auffällig so viel Glück aus, wie selten zuvor. Er fragte was passiert sei. Der kleine Messstab in ihrer Hand gab ihm Aufschluss. Die Streifen auf dem Schwangerschaftstest waren eindeutig. »Otto, Otto, juhuuh«, rief sie und tanzte um seinen Stuhl herum. Otto riet Sybille zur Zurückhaltung. »Solche Tests sind nicht sicher«, sagte er. Doch sie hörte nicht auf ihn. »Ich bin mir aber sicher«, war ihre Antwort. Sie lief den ganzen Tag freudestrahlend herum. Sobald er näher am Pool stand, stieß sie ihn hinein, wobei sie sich übertrieben freute. Sie trank am Abend ein Glas Wein, tanzte herum und wollte sich, selbst als sie im Bett lagen, nicht beruhigen. Am nächsten Tag bestätigte ihre Frauenärztin die erfreuliche Nachricht. Nun geriet auch Otto aus den Fugen. Beide strahlten, telefonierten den halben Tag mit Freunden, Verwandten und natürlich ihren Eltern. Es sollte ein Mädchen werden. Olivia.

Die Schwangerschaft verlief so unproblematisch wie die Fahrt mit einem Fahrrad über eine menschenleere, asphaltierte Straße. Du fährst an dem einen Ende los und kommst am anderen Ende an. Dieter, Ottos Vater, hatte in Berlin immer viel zu tun. Er ließ sich in den vergangenen Jahren selten in Frankreich sehen. Seit der erfreulichen Nachricht kam Dieter aber öfter nach Antibes. Meist kam er mit Oliver zusammen. Die beiden verstanden sich mittlerweile so prächtig, wie es niemand erwartet hätte. Sie gingen sogar miteinander golfen. Oliver hatte Dieter anfangs zu einem Schnupperkurs überredet. Dieter war so begeistert von dem Sport, dass sie von diesem Zeitpunkt nur noch ein Auto brauchten, um zum Golfplatz zu gelangen.

Dieter half beim Umbau des Kinderzimmers. Olivias zukünftiges Zimmer sah dem von Otto, welches er vor seiner Geburt entworfen hatte, so ähnlich, dass Brigitte in schallendes Gelächter ausbrach, als sie es zum ersten Mal sah. Er hatte Sybille und Otto sogar dazu überredet nach hinten noch ein bodentiefes Fenster durch die Wand brechen zu lassen. Die drei Stufen zum Garten, damit Olivia beim Hinaustreten nicht stürzen konnte, gehörten selbstverständlich ebenfalls dazu. Nur die Farben des Zimmers waren mehr rosa als blau. Heiraten war für beide keine Option. Auf die Frage ihrer Eltern schauten sie sich an. Beide schüttelten den Kopf. Sie hatten nie darüber gesprochen. Sie brauchten keine Ringe. Im Bauch von Sybille wuchs auch so ein gesundes Mädchen heran. Es wurde von seinen Eltern im Bauch behütet und genauso wohlwollend am 17.03.1983 empfangen. Natürlich blond. Die drei waren ein Herz und eine Seele. Drei Wasserzeichen der Astrologie. Seit der Geburt seiner Tochter, hielt sich Otto noch weniger in Berlin auf. In einem der Nebengebäude das bis dahin als Werkstatt genutzt wurde, richtete er sein Büro in Frankreich ein. Otto gestaltete es nach den modernsten Standards. Er hatte Telefaxgeräte die mit französischen wie mit deutschen Geräten kompatibel waren. So konnte er den Hauptteil seiner Arbeit von Antibes aus verrichten. Er hatte zwar einen Computer. Internet gab es in Europa aber noch nicht. Kommunikation und Datenübermittlung funktionierten dennoch bestens. Hier arbeitete er für Sybille die Protestaktionen aus, womit sie im Juni 1985, endgültig die Errichtung eines Atomkraftwerks auf ihrem Land abwehrte. Sybille kümmerte sich liebevoll um ihre Tochter, wann immer sie Zeit hatte. Weil sie viel arbeiten musste, stellte sie, fünfzehn Monate nachdem Olivia geboren wurde, eine Haushälterin ein, die sich auch um ihre Tochter kümmern konnte, wenn Otto sich in anderen Ländern aufhielt. Die Einliegerwohnung war für diesen Zweck ideal. Frau Michelle Garnier, eine alleinstehende ältere Dame, war sehr charmant. Sie fügte sich bestens in die Familie ein.

In Berlin bei den Eltern war es ruhiger geworden. Die Kinder wurden herauskatapultiert. Anders konnte man es nicht nennen. Mit einem Mal wurde es still am Schlachtensee. Ein Grund mehr sich öfter zu verabreden. Nicht nur Otto wuchs mit Sybille zusammen, bei ihren Eltern war es ähnlich. Sie verstanden sich von Anfang an gut. Mit dem Problem der Verfolgung ihrer Kinder wuchsen sie noch enger zusammen. Sie lernen sich besser kennen und gewannen Vertrauen zueinander. Dieter und Oliver hatten vieles gemeinsam. Sie lasen zum Beispiel gern Bücher. Sie gewöhnten sich an, zur gleichen Zeit ein literarisches Werk zu studieren. Dann trafen sie sich bei einem Glas Wein und diskutierten darüber. Sie konnten so lange beieinander sitzen und Gespräche führen. Es ging dabei um Gott und die Welt. Die Themen gingen nie aus. Nachdem Oliver, Dieter zum Golfen mitnahm, führten sie auch beim Golfen angeregte Gespräche.

Beim Abschlag fünf kamen sie auf die Idee eine Immobiliengesellschaft zu gründen. Einziges Ziel sollte die Zusammenlegung ihres Immobilieneigentums und dessen Verwaltung sein. Oliver, der nach der Erbschaft von zwei Miethäusern und dem Neubau auf einem der Grundstücke, nahe dem Kurfürstendamm, seine Arbeit aufgegeben hatte, verwaltete von da an nur noch die Häuser. Er schwärmte Dieter vom schönen Leben im Ruhestand vor. Er war ein Jahr älter als Dieter. »Irgendwann reicht es doch mal«, sagte er. »Das letzte Hemd hat keine Taschen. Ich konnte als Angestellter gut aussteigen. Du wirst nächstes Jahr auch fünfzig.« »Einundfünfzig«, verbesserte ihn Dieter. Der Gedanke sich zu verändern war ihm bisher noch nie in den Sinn gekommen. Was Oliver ihm vorschlug, war verführerisch. Er hatte trotz einer Herzschwäche immer viel gearbeitet. Er konnte sich davon begeistern lassen, öfter mal zu den Kindern nach Frankreich zu fahren, den Garten am Haus selbst zu pflegen, gemeinsam zu golfen oder einfach mal die Beine unter den Tisch zu legen. Die Arbeit mit den Mietshäusern bliebe außerdem. »Etwas zu tun gibt's da immer«, erzählte ihm Oliver. Als sie die Immobilienanlagen verglichen, stellten sie überraschend fest: Sie besaßen fast die gleichen Flächen, bei ähnlich hohen Mieteinnahmen, jedenfalls wenn Dieter in Zehlendorf aufstockte und über der Werkstatt Wohnungen baute. Die Gebäude am Halensee befanden sich gerade im Bau. Die Fertigstellung sollte in drei Monaten erfolgen. Dieter hatte sich nach dem Erwerb Zeit gelassen und abgewartet, bis der Bebauungsplan geändert wurde. So konnte er statt fünf, acht Geschosse und zusätzlich einen Seitenflügel errichten. »Das Grundstück, auf dem die Werkstatt steht, wäre sowieso dran gewesen«, sagte Dieter. Die Gebäude links und rechts überragten die Gebäude, die auf seinem Grundstück standen, um drei bis fünf Stockwerke. Die Stadt wuchs. Im darauffolgenden Jahr realisierte er sein Vorhaben. Die Bauverwaltung war mehr als glücklich, endlich ihr Stiefkind vom Fleck zu bewegen. Sie unterbreiteten ihm den Vorschlag: Abreißen und gleich neu bauen. Im Erdgeschoss Gewerbe, ein Stockwerk Praxen für Ärzte und fünf für Wohnen. Das wird hier gebraucht. »So lächerlich es klingt«, erzählte er abends nach der Sitzung Brigitte, »die haben mir als Ausweichmöglichkeit für die Werkstatt, während der Bauzeit, ein leerstehendes Gebäude der Stadtverwaltung angeboten. Die Miete soll nicht viel höher sein als die Grundsteuer«, lachte er. »Ein wahres Geschenk!«

Die Prozedur bauen, Gründung einer Immobiliengesellschaft und die Übergabe des Autohauses an einen Pächter, sollte siebenundzwanzig Monate dauern. Genug Zeit, um alles in Ruhe zu planen, fanden die beiden. Sie entschieden sich, bei der Firmenstruktur, für eine einfache Personengesellschaft. Beide wollten keinen Schnickschnack, wie sie sagten. Sie nannten sie einfach MeHa Grundstücksverwaltung. Me wie Mertens und Ha wie Hartmann. Im Neubau in Zehlendorf richteten sie ein gemeinsames Büro ein. Sie stellten vorerst nur eine Dame an, die Erfahrung in der Hausverwaltung hatte. Frau Grams kannte sich mit allem gut aus. Vermietung, Instandhaltung, laufende Reparaturen, Abrechnung, Rechenschaftsberichte. Als in Frankreich, auf der Wiese an der Garonne, die Demonstranten im Takt hochsprangen, jubelten auch die Familien in Berlin. Alles war unter Dach und Fach. In den achtziger Jahren gingen Männer im Durchschnitt mit sechzig in Rente. Den beiden war es einige Jahre früher vergönnt. Dafür arbeiteten sie abwechselnd, jeder sechs Monate im Jahr, für die Verwaltung der Häuser. Brigitte und Heike hatten sich auch angefreundet. Dadurch, dass ihre Männer ständig zusammensaßen, waren sie sich nähergekommen. Sie kochten gern gemeinsam und kümmerten sich um den Haushalt. Seit Anfang 1980 gingen sie regelmäßig zusammen in einen Fitnessclub. Daraus entstand eine neue Idee. Die »MeHas« bringen doch nicht nur Ruhe und Harmonie hervor, bemerkten Dieter und Oliver leicht erschrocken, als sie von dem Vorhaben der Frauen erfuhren: Brigitte, Heike und Lisette, eine Freundin der beiden, wollten einen Sportclub gründen. Den ersten Allroundclub mit Fitness, Yoga und Entspannung. Die Krönung war Folgendes: Es sollte ein reiner Frauenclub sein. Etwas ganz Neues. Keine Gaffer, keine Weltmeister, keine dummen Sprüche. »Da will ich aber auch eintreten«, lachte Dieter. »Als einziger Mann, haha.« » Jaaahh riefen Heike und Brigitte im Chor: Ja, ja und nochmal ja. Kannst du. Dafür wollen wir alle Räume im ersten Obergeschoss, im neuen Gebäude in Zehlendorf.« Der Schlag hatte gesessen. Dieter war still geworden. Der Zweite folgte sogleich. »Ja, und zwar zu einer günstigen Miete. Der Frauenligamiete, sagte Heike. »Der Ehefrauenmiete«, setzte Brigitte nach. Oliver lachte: »Dafür müsst ihr aber mein Lieblingsgericht kochen. Einmal pro Woche.« »Meins auch«, sagte Dieter lachend. So schien, zumindest bei den Eltern von Sybille und Otto, ein ruhiges Leben in Aussicht.

Östlich der Oder

Vor dem Fenster hingen die mit Schnee ummantelten Zweige einer alten Birke. Draußen war es absolut still. Der hohe Schnee verschluckte die Geräusche. Vom Himmel fielen leichte weiße Flocken. Sie schwebten langsam zur Erde. Sie waren so groß wie Daunenfedern. Wenn man dem Treiben länger zusah, konnte man die Schneeflocken nicht von den Sternen am Himmel, der vom Vollmond hell erleuchtet war, unterscheiden. Aus der Stereoanlage im Wohnzimmer, hinter der Scheibe, drang ruhige klassische Musik. Beethovens Klaviersonate Nr. 19. Sybille glitt von der Seite über Otto, der auf dem Rücken im Bett lag. Die Spitzen ihrer Brüste berührten sein Gesicht. Er hielt den Atem an. Dann streichelte er langsam und zärtlich ihren Körper von oben bis unten, von vorn nach hinten. Solange, bis sie es nicht mehr aushielt und ihn in sich aufnahm. Nach elf Minuten begann sie stoßweise zu atmen, wobei sie betörende Liebesschwüre in die Nacht sandte. Im Gewühl der Lüste klammerten sie sich fest aneinander und genossen die Flutwellen, die vom Becken hinauf und hinab strömten. Es dauerte lang bis sie zur Ruhe kamen. Als sie neben ihm ins Kopfkissen glitt, flüsterte sie: »Schön, wieder einmal bei dir zu sein. Wir waren lange nicht mehr allein.« Sybille war über ein Jahr nicht mehr hier gewesen. In der kleinen, schönen Wohnung nahe dem Kurfürstendamm. Die Wohnung hatten sie zusammen mit Bertold eingerichtet, bevor er nach Indien gereist war. Die Wohnung war mit indischen, handgeschnitzten Möbeln ausgestattet. Bertold war bei seiner Beratung wirklich penetrant. Er zwang Otto nahezu all seine Vorstellungen umzusetzen. Mit einem beeindruckenden Ergebnis. Alles war im indischen Stil eingerichtet. Große Bilder, mit Motiven aus der hinduistischen Mythologie, hingen in handgeschnitzten Rahmen an den Wänden. Die Miniatur-Schnitzereien der Rahmen stellten Geschichten dar. Heilige fütterten Tiere. Die Sonne zauberte kunstvoll geschnitzte Blumen aus der Erde. Die Waschbecken im

Bad und in der Küche waren aus alten Futtertrögen geformt, mit Wasserhähnen aus Kupfer. Die Handtuchhaken auf bemalten Holztafeln waren aus Messing geformt. Auch hier fanden, genau wie auf den Blumentöpfen, Lampen und Türen, Motive aus der Pflanzen- und Tierwelt ihren Ausdruck. Bertold hatte, wie er sagte, nur Otto und Sybille zum Gefallen, alles selbst in Kalkutta ausgesucht und mit einem Container aus Indien verschifft. Wer in die Wohnung kam, konnte sich im hundert Prozent indischem Ambiente bezaubern lassen. Otto war zum Schluss trotz der langwierigen Einrichtungsfarce, wie er es insgeheim gegenüber Sybille bezeichnete, mehr als zufrieden. Wer die Wohnung betrat, fand sich von einem Augenblick auf den nächsten in einer anderen Welt wieder. Hier konnte man den Alltag schnell vergessen. Auch die Reise durchs Zauberland der Liebe hatte für Otto und Sybille nicht aufgehört. Sie kannten sich mittlerweile fünfundzwanzig Jahre. Sie erforschten noch immer den anderen, blickten minutenlang durch den Korridor der Augen, hinab bis tief auf den Grund des tiefen Sees, wo sie miteinander eine besondere Art der Ruhe fanden. Immerwährendes gegenseitiges Verständnis in der Verbindung die ihr Zusammensein ausmachte. Nur zu gern war Sybille der Aufforderung Ottos gefolgt, in Berlin einen Vortrag von Dr. André Robin zu übersetzen, um wieder Mal mit ihm für ein paar Tage allein zu sein. Ihre Eltern waren in Frankreich und behüteten Tochter Olivia. Mit den Großeltern fühlte sie sich überhaupt nicht allein. Im Gegenteil. Oliver und Heike erfüllten ihr jeden Wunsch.

Am nächsten Tag hatte Otto wenig Zeit. Er musste sich auf seinen Vortrag an der Berliner Universität vorbereiten. Sybille bummelte den ganzen Tag durch die Stadt. Sie war froh endlich wieder in den bekannten Geschäften aus der Jugendzeit einkaufen zu gehen. Selbst im riesigen KaDeWe am Wittenbergplatz in der City, dass sie früher nicht mochte, hielt sie sich zwei Stunden lang auf. Seit Silvester hingen in Berlin, besonders in der Nähe des Kurfürstendamms bis zur Universität in der Straße des 17. Juni, Plakate als Hinweis auf einen Vortrag heute Abend, mit der Überschrift: »Nationaler Widerstand gegen Kernenergie und

Atommüll.« Eine wissenschaftliche Betrachtung. Auswirkungen der Nutzung von Kernenergie zur Stromerzeugung. Vortragsredner waren Otto Hartmann und Dr. André Robin. Veranstalter war Professor Günther. Die Plakate waren siebzig Zentimeter hoch und fünfundvierzig Zentimeter breit. Sie hingen an Bäumen, in S-Bahn-Stationen und an den Eingangstüren der Universitäten. Professor Günther, mit dem Otto auch nach seinem Studium Kontakt pflegte, hatte ihn davon überzeugt, dieses Thema an die Öffentlichkeit zu bringen. Der Verlag, mit dem er die engsten Beziehungen pflegte, wollte darüber nichts veröffentlichen. Für die Medien war dieses Thema noch nicht interessant genug. Für Professor Günther schon. Nahezu alle Studierenden in Berlin befassten sich intensiv mit Atomkraft. Seit dem Atomunfall in Harrisburg, waren viele Insider, ob dafür oder dagegen, aufgeschreckt. Nur wusste kaum jemand genauer Bescheid. Außer einem natürlich. Wieder mal Otto Hartmann, mäkelte der neue Redakteur der Abteilung Innenpolitik und Wirtschaft an dem Artikel von Otto herum. Insgeheim dachte Otto, der Artikel, den er bestens recherchiert und bereits getextet hatte, wurde nicht nur wegen fehlender Nachfrage der Leser abgelehnt, sondern weil niemand im Verlag etwas von dem Fach verstand. Er selbst musste sich auch lange einlesen, bevor er eine Vorstellung von dem umfangreichen Stoff bekam. Nach langen Gesprächen mit Fachleuten, zu denen Dr. Robin gehörte, stufte er die Nutzung der Atomkraft zur Stromerzeugung als Ungeheuerlichkeit ein. Hier wurden viele Bereiche, die in der Öffentlichkeit wieder einmal gar nicht oder nur positiv präsentiert wurden, unzureichend oder schlichtweg falsch dargestellt. Auswirkungen auf die Umwelt wurden verharmlost. »Die Energiekonzerne haben zu großen Einfluss auf die politisch Verantwortlichen«, pflegte Professor Günther an dieser Stelle zu sagen »oder sie hängen selbst mit drin. Kein Wunder, dass keine Prüfungskommission notwendige Sicherheitsauflagen erteilt oder die Vorhaben untersagt.« Atomkraftgegner wurden in der desinformierten Bevölkerung gelinde gesagt, belächelt. Ernst nahm sie Mitte der achtziger Jahre kaum jemand. Es war ein Glücksfall für Otto, dass an der Universität Informationsbedarf bestand, sonst wäre der Artikel im Papierkorb gelandet.

Geplant war ein Infoabend für Mitarbeiter der Uni, Professoren und Studenten. Nachdem Professor Günther den Artikel gelesen hatte, sah er einen viel größeren Bedarf. Er bezeichnete es als grundlegenden Beitrag zur nationalen Sicherheit. Er überzeugte Otto von der Bedeutung seiner Arbeit. Er überredete ihn, zusammen mit Dr. Robin die Nationen vor den Gefahren zu warnen, bevor es zu spät war. Professor Günther machte aus der Veranstaltung einen zu großen Rummel, fand Otto. Er hatte Mitteilungen an den Presseverteiler gesandt, ebenso an Rundfunk und Fernsehen. Als Otto mit Sybille den Saal betrat, waren sie schon im Visier der Kameras. Neben zwei überregionalen Fernsehsendern, hatte sich eine schwer überschaubare Menge von Reportern mit Tonband und Mikrofon in der ersten Sitzreihe im Hauptgang, vor der Rednertribüne, eingerichtet. Sybille sollte den Vortrag von Dr. André Robin aus Frankreich übersetzen. Sie war ausreichend qualifiziert. Sie kannte jeden Begriff, selbst volkstümliche Redewendungen, die Otto nicht original übersetzen konnte. Otto löste sich vor der Treppe die zur Bühne führte, von Sybille, die sich vorn rechts zu Dr. Robin und Professor Nölder setzte, der interessehalber gekommen war und ging ruhigen, sicheren Schrittes zum Rednerpult, wo ihn langer Beifall empfing. »Vielen Dank für ihr zahlreiches Erscheinen, vielen Dank den Zuschauern am Bildschirm für ihre Aufmerksamkeit«, begann er seinen Vortrag. »Atomkraft was ist das? Die meisten Menschen denken, es sei eine grandiose Erfindung, ein Resultat ausreichender Forschung und der Heilsbringer für die Welt. Zukünftig sollen die Nationen mit sauberem Strom versorgt werden. Die Preise für Strom werden für die Bürger stabil bleiben. Der immer größer werdende Bedarf der Industrie und gewerblicher Abnehmer, kann durch die neue Art der Stromerzeugung, umfassend abgedeckt werden. Wie wir von unserem französischen Freund Dr. André Robin hören werden, ist man in Frankreich der Meinung, es gäbe dadurch nie wieder Engpässe in der Energieversorgung. Nun, denn, es wäre schön, wenn dies alles so wäre. Sicher ist aber nur eines. Die Verantwortlichen aus Politik und Wirtschaft werden später für ihre Aussagen nicht geradestehen. Wie uns die Vergangenheit zeigt, wird niemand später die Verantwortung übernehmen, wenn unsere Umwelt verseucht ist oder sogar Menschen sterben, weil der Sicherheitsaspekt nicht genügend berücksichtigt wurde. Die Erfahrungen, mit den derzeit in Betrieb befindlichen Kernkraftwerken, bezeugen keines der Versprechungen, sondern vielmehr das Gegenteil. Die Fakten sprechen eine deutliche Sprache.

Radioaktivität ist ein Wort das wir in letzter Zeit oft hören. Wer versteht es? Was ist Radioaktivität? Radioaktivität entsteht beim Zerfall von Atomkernen, den kleinsten Teilchen die wir derzeit kennen. Im Falle der Nutzung zur Stromerzeugung, wird dabei ionisierende Strahlung freigesetzt. Ionisierende Strahlung kann in Materie eine energetische Ladung erzeugen. Diese energetische Ladung kann in Strom umgewandelt werden. Ionisierende Strahlung kann aber im Gegensatz zu den herkömmlichen Methoden der Stromerzeugung oder erneuerbaren Energien, selbst in schwächeren Dosen langfristig körperliche Schäden wie Leukämie oder Krebs erzeugen. Stärkere Strahlung kann menschliche Zellen sogar unmittelbar schädigen oder zerstören. Man hat in der Umgebung von Atomkraftwerken eine Zunahme von Leukämiefällen beobachtet. Vorrangig bestehen derzeit unmittelbare Gefahren einer Erkrankung besonders für Kinder unter fünf Jahren. Bedrohlich sind aber langfristig die Belastungen der Umwelt durch die Verseuchung der Gewässer und des Grundwassers, die Freisetzung von Gasen, die Verbreitung von wiederverwertetem, radioaktiven Baumaterial aus alten Atomkraftwerken, vor allem von Metallen, dem Umgang mit Atommüll, die Wiederaufbereitung von verseuchten Brennstäben und die Schaffung von Endlagern. Es ist nicht nur eine. Es sind unzählige Gefahren, die auf uns alle zukommen.

Die Produzenten, wie die Regierungsstellen legen uns seit dem Beginn der Nutzung von Atomenergie, unzureichende Informationen vor. Sie verharmlosen die echten Tatsachen. Fakten, meine Damen und Herren. Schauen wir uns diese Fakten an. Die meisten denken bei Atommüll an strahlengeschützte Behälter, in denen Atommüll liegt. Es fällt jedoch bereits beim Abbau von

Uran in den Bergwerken an. Besonders im Tagebau wird nach der Gewinnung des Urans der Rest des Gesteins, als strahlender Abfall, aus Gründen der Ersparnis, einfach unter freiem Himmel liegengelassen. So entsteht giftige Schlicke, die ungeschützt herumliegt. Sie treibt im gasförmigen Zustand weiter und versickert ins Grundwasser. Die Bevölkerung denkt, der radioaktive Abfall wird überall nach deutschen Maßstäben behandelt. Ein unheilvoller Irrtum. Der Abbau findet zum größten Teil in Australien, Afrika und anderen Ländern mit mangelhafter Kontrolle und Gesetzgebung statt. Selbst nach der Nutzung werden von westeuropäischen Ländern, Uranreste in Fässern für Geld und Tauschwaren nach Russland gebracht, wo Sie dann unter freiem Himmel stehen, verrotten und dann versickern. Radioaktive Strahlung in ihrer reinsten Form.

Der weitaus größere Anteil von radioaktivem Atommüll entsteht jedoch aus der Betreibung von Kernkraftwerken. Hier gibt es immer noch kein Endlager. Die Zwischenlagerung verläuft schändlich und verstößt nicht selten gegen geltendes Recht. Die größte Gefahr besteht in der Verbringung und damit in der unkontrollierbaren weiteren Verwendung von Atommüll in Drittländern. Auch Deutschland wird vorgeworfen illegal Atommüll, zum Beispiel nach Sibirien, zu entsorgen. Diesen Weg nutzen andere westeuropäische Staaten schon seit langem. In Drittländern liegt der Atommüll unkontrolliert herum oder wird mit kriminellen Methoden entsorgt. Ein einziges Atomkraftwerk produziert in zehn Jahren, im Schnitt, etwa zweihundertfünfzig Tonnen Atommüll. Bei einer Lebensdauer von fünfunddreißig Jahren, fallen somit fast tausend Tonnen pro Kraftwerk an. Eine riesige Menge, wobei derzeit immer mehr Länder Atomkraftwerke in Betrieb nehmen. Die Halbwertzeiten von Atommüll, liegen bei einigen Substanzen, bei mehr als zwanzigtausend Jahren. Andere Teilchen strahlen Millionen Jahre. Der Weiterbetrieb von Atomanlagen stellt für die Erdbevölkerung ein nicht kalkulierbares Risiko dar. Nun stellen Sie sich vor, wenn dieser radioaktive Abfall weiterhin ohne Registrierung in der Welt verteilt wird, was mit den Megatonnen passiert, wenn in fünfhundert Jahren zum

Beispiel planetarische oder klimatische Veränderungen stattfinden, die nicht berücksichtigt worden sind. Daran will niemand denken, geschweige denn in der Öffentlichkeit debattieren. Allein der Umgang mit Atommüll, reicht schon aus um sich von der weiteren Nutzung abschrecken zu lassen. Die Schweiz, die Nation, die für uns in Europa als Garant für Stabilität, Seriosität und andere positive, solide Werte steht, kippt Atommüll ungestraft einfach ins Meer. Für Sie meine Damen und Herren wird es erschütternd sein, solche Informationen zu erfahren. Dennoch ist es kein Einzelfall, der nur diesem Land zuzuordnen ist. Über zehn weitere Länder nutzten die Möglichkeit und kippen die Tonnen mit Atommüll einfach ins Meer, vom Atlantik bis zum Pazifik. Erkundigen Sie sich lieber wohin Sie in Urlaub fahren und baden gehen, liebe Zuschauer. In manchen Regionen strahlt nicht nur die Sonne. Denken Sie bloß nicht ich wolle einen Scherz machen. Nein, auf gar keinen Fall. Lachen sollten wir höchstens über den laienhaften Versuch, die Gefahren zu verharmlosen, so wie es die Energiekonzerne tun.

Die Vertuschung der Risiken ist aber nicht noch lange nicht so abscheulich wie die Praxis der Entsorgung. Manche Staaten werfen die Fässer nicht nur ins Meer. Sie leiten ganz offiziell, so bezeichnetes, wenig verstrahltes Wasser ins Meer. In der irischen See, nahe dem Kraftwerk Sellafield, wurden in der Nähe der Küste Werte gemessen, die in Deutschland nicht zulässig sind. Noch höher liegen sie in der Nähe vom Atomkraftwerk La Hague. Man pumpt einfach, über ein hunderte Meter langes Rohr, verseuchtes Wasser ins Meer, wo es sich mit sauberem Meerwasser vermischt. Warum wohl? Damit kann man die Strahlungswerte manipulieren! Niemand kann so die Auswurfmenge und die dadurch entstandene Strahlenbelastung tatsächlich benennen. Und das ist legal. Dennoch würden wir niemandem raten dort baden zu gehen. Es kommt noch schlimmer. Radioaktiver Abfall wird in oberirdischen Lagern einfach abgestellt. Unbefristet steht es dort herum. Das meiste davon in Russland. Dort wird es nicht als Atommüll angemeldet, sondern einfach als Wertstoff. Oftmals wird dort auch Baumaterial, das beim Abbruch von Kernkraftwerken entsteht neu verwertet. Insbesondere Metall gelangt in Russland wieder in den Verwertungskreislauf zurück. Bei Aufdeckung heißt es, das Material sei gestohlen worden oder einfach verschwunden. Auch darüber sollte niemand lachen. Einen verstrahlten eingeschmolzenen T-Träger der in Wohnungen verbaut wurde, hält der Mensch einige Zeit aus. Wenn er dann aber nach fünfzehn Jahren an Krebs erkrankt, was meinen Sie meine Damen und Herren? Wird der Arzt einen ursächlichen Zusammenhang erkennen? Beim Rückbau von Atomkraftwerken die stillgelegt werden, fällt eine so riesige Menge von verstrahltem Material an, die fast dem Atommüll aus der gesamten Produktionszeit entspricht. Dabei kommen wir zu einem weiteren Argument der Energieerzeuger: Kernenergie soll gewinnbringend sein. Rechnet man die Entsorgung des Atommülls, sowie den Rückbau der Kernkraftwerke und die Einnahmen aus der Stromerzeugung gegeneinander auf, bleibt unter dem Strich nicht viel übrig. Die Kernenergie aus Reaktoren ist eine Fehlinvestition. Experten beziffern die in den nächsten fünfundzwanzig Jahren anfallende Menge von Atommüll, auf über eine viertel Million Tonnen.

Wie bereits dargestellt, ist die Zwischenlagerung von radioaktiv verseuchtem Material ein großes Problem. Leider finden die Produzenten dieses Materials keine geeigneten Lager und werden der umweltschonenden Entsorgung nicht annähernd gerecht. Es kann nicht sein, dass der größte Teil dieses Mülls nach Russland oder in andere Länder verschoben wird, wo ungewiss ist, wie später damit verfahren wird. Es kommt aber noch krasser. Einige Länder haben vor, die Antarktis zur Entsorgung zu nutzen. Stellen Sie sich die Wärmeentwicklung der Abfälle, unter der Eisfläche, vor, wodurch die Gletscher zum Schmelzen gebracht werden. Man trägt sich auch mit dem abwegigen Gedanken, den Atommüll auf andere Planeten zu befördern und dort einfach liegenzulassen oder ihn in die Sonne zu schießen. Niemand kann vorhersagen, was mit unserem Sternensystem oder anderen Galaxien passiert, wenn Atommüll in die Sonne geschossen wird, dort explodiert und nicht bekannte Reaktionen auslöst. Auf einen einfachen Nenner gebracht, meine Damen und Herren: Was sollen wir von den unverantwortlichen Wirtschaftsmagnaten und der Politik noch erdulden, bis endlich mögliche Entwicklungen vorbeugend geprüft werden und nicht erst, wenn der Schaden entstanden ist?

Ich persönlich und viele Experten auf dem Gebiet der Atomkraft hoffen, dass die Betreiber und die politisch Verantwortlichen einlenken und auf andere Formen der Energieerzeugung umsteigen, bevor die Welt den größten Schaden erleidet, den man sich vorstellen kann. Allein die Gefahren die eine vorläufige Ablagerung mit sich bringt, sollte die Betreiber und die Politik zur Umkehr bewegen. Wenn wir das Problem der Endlagerung betrachten, wird es noch viel einleuchtender »Stopp« zu sagen. Stoppt die Nutzung der Kernenergie, solange eine Umkehr ohne weiteren Schaden an Leib und Leben, an der Umwelt oder anderen Planeten noch möglich ist. Er machte nach letzten Satz eine Pause und schaute dabei direkt in die Kameras. Es ist nicht nur der Gegenstand Endlager selbst, der unserem Team Sorgen bereitet. Vielmehr die Tatsache: Es gibt noch gar kein geeignetes Endlager. In Deutschland sind zwei in der Erprobung, aber viele Fakten sprechen gegen die Verwendung. Insbesondere die hoch radioaktiven Stoffe erfordern hohe Ansprüche, denen die Lager in alten Bergwerken nicht genügen. Eine Erdverschiebung oder Wassereinbrüche würden die radioaktiven Abfälle für immer zuschütten. Wegen der langen Strahlungszeiten des Materials, teilweise über hunderttausend Jahre und länger, müssten die Gesteinsebenen nach dem Zerfall der Lagerbehälter den weiteren Einschluss der radioaktiven Stoffe gewährleisten. Möglichkeiten des Zerfalls oder der Beschädigung der Lagerbehälter gibt es viele. Die Endlager müssen dann einen Austritt an in die Oberfläche, in unsere Atemluft verhindern. Wie soll so etwas aber bei einem Erdrutsch oder einfachen Erdverschiebungen gewährleistet sein? Die Endlager müssten für eine Lagerung hunderttausender Tonnen ausreichen. Die derzeit im Gespräch sind, bieten nicht einmal für einen Teil davon Platz. Schon die Leichtfertigkeit tödliches Material zu produzieren, ohne vorher den weiteren Verbleib sicherzustellen, ist für den gesunden Menschenverstand kaum vorstellbar. Was die Stromkonzerne hier tun, ohne dass ihnen jemand Einhalt gebietet, ist vergleichbar mit dem Test eines über tausend Kilometer pro Stunde rasenden Autos, ohne vorher die Bremsen zu prüfen. Schauen wir zu, was passiert. Was passiert, wird Ihnen Herr Dr. André Robin aus Frankreich anhand einer Studie über die Reaktorkatastrophe in Harrisburg darstellen. Frau Sybille Mertens wird übersetzen.«

Otto neigte den Kopf, worauf leiser Beifall folgte. Im Saal spürte man Betroffenheit. Dr. Robin betrat mit Sybille die Bühne. Vor dem Rednerpult umarmten sich die beiden. Dr. Robin begann mit dem Vortrag: »Reaktorunfälle bei denen größere Mengen Radioaktivität in die Biosphäre gelangen, sollte es nach Zusicherung der Betreiber nicht geben. Ebenso wenig wie die Umweltverschmutzung durch lebensgefährliche Abfälle. Diese Aussagen gehören nun der Vergangenheit an.« Otto hörte zwar weiter zu, er wollte aber ein wenig loslassen, um sich zu entspannen. Deshalb hörte er nur mit halbem Ohr hin. Sein Blick glitt von der vorderen Stuhlreihe, wo er Platz genommen hatte, über die Zuschauermenge. Es waren viele seiner früheren Studienkollegen gekommen, wodurch er mit einer breiten Resonanz in den Medien rechnete. So sollte es auch sein. Die Anti-Atomkraftbewegung musste sich endlich mehr Gehör verschaffen. Danach schaute er wieder zum Rednerpult. Er stockte in der Bewegung. War ihm nicht jemand unter den Zuschauern aufgefallen, den er kannte? Er überlegte. Dann drehte er sich wieder um. Tatsächlich. Weiter hinten saß ein Mann, den er kannte. Ein Mann der nicht unbedingt hierher gehörte. Ein blonder, vollschlanker, zynisch aussehender Mann mit Hakennase, eng anliegenden Augen und zwei dünnen Strichen als Lippen. Martin Bauer, Spezialbeauftragter der Bundesanwaltschaft. So hatte er sich Otto am Schlachtensee vorgestellt, nachdem die Schüsse auf Sybille abgefeuert wurden. Er hatte in dem Fall ermittelt. Vielleicht gehörte er auch zum Bundesnachrichtendienst oder einer anderen übergeordneten Behörde. Er saß auf Platz drei in der siebenten Reihe. Neben ihm war noch ein Platz frei. Otto stand auf, ging zu der Reihe und setzte sich neben Herrn Bauer. Aus den Augenwinkeln hatte er

Otto bereits bemerkt. Nachdem Otto sich gesetzt hatte, drehte er den Kopf zu ihm. »Guten Abend Herr Hartmann, lang ist es her« » Ja, mehr als zehn Jahre. Sie haben sich aber kaum verändert«, sagte Otto. »Ich habe Sie gleich erkannt.« »Sie haben sich auch kaum verändert«, bemerkte Herr Bauer. »Sie reiten immer noch den widerspenstigen Gaul.« »Was soll ich tun?«, erwiderte Otto. »Schlechte Nachrichten verkaufen sich am besten. Außerdem kann es nicht schaden, wenn es jemanden gibt, der solche Dinge ausgräbt. Was mich nun wirklich interessiert ist, was Sie hier tun Herr Bauer?« Keine Antwort. Gut, Frage zwei: »Woher haben Sie überhaupt eine Platzkarte?« Herr Bauer grinste ihn an. Er schob die seine Jacke zur Seite und deutete auf ein Schulterhalfter. »Hier ist sie.« Otto grinste zurück. Er sagte: »Eintritt frei. Wo immer man hinwill.« »Ja, so ist es. Widerstand ist zwecklos«, belächelte Herr Bauer Otto etwas von oben herab. »Es ist für eine gute Sache«, gab Otto zu bedenken. »Ich weiß, ich weiß«, sagte Herr Bauer. Er legte den Finger an die Lippen um Otto zu einer Redepause zu bewegen. Dann nahm er ein Minitonbandgerät aus der vorderen Brusttasche und wechselte die Kassette. Beide lächelten sich an, während Otto mit dem Finger auf den Lippen aufstand. Er verabschiedete sich mit einem stillen Winken. Dr. Robin beendete fünfzehn Minuten später seinen Vortragsteil ebenso still wie Ottos geendet hatte. Der Beifall hielt sich in Grenzen. Die Zuhörer hatten viel zu verarbeiten. Die zwei Beiträge des heutigen Vortrags waren für alle neu und niederschmetternd.

Genauso wie die Berichterstattung in den Medien. Im Fernsehen zeigten die Sender nur Ausschnitte des Vortrags von Otto. Sie waren so zurechtgeschnitten, dass sie unzusammenhängend bis konfus und dadurch unglaubwürdig wirkten. Ein Bericht wurde vom Pressesprecher des Energiekonzerns RAW im Anschluss an die Sendung kommentiert. Dort hieß es wörtlich, die Thesen, die der Journalist Otto Hartmann zusammengestellt hat, seien rein hypothetisch. Beweise gäbe es dafür nicht. Man denke darüber nach, Klage gegen ihn zu erheben. Die Reaktorsicherheit sei in jedem Fall gewährleistet. Es folgte ein Rundgang durch das Kernkraftwerk Elbe-Ghu2, welches in Kürze in Betrieb genommen werden sollte. Verschiedene Fachleute in weißen Schutzanzügen, wurden von den Reportern zur Sicherheit der Anlage befragt. Alle antworteten mit einer Stimme. Die Sicherheitsstandards dieses neuen Werks, seien durchgehend vom TÜV überprüft und abgenommen worden. Es gab und gibt keine Beanstandungen. Atomunfall hier? Keine Frage, so etwas sei nicht vorstellbar. Weiter hieß es, die derzeit in Betrieb befindlichen Atomkraftwerke seien weltweit von unabhängigen Experten geprüft. An einen Reaktorunfall sei nicht zu denken. Die Bevölkerung sollte sich in Sicherheit wiegen. Panikmache, warum. Die Zeitschriften und Magazine der beim Vortrag anwesenden Reporter stiegen in die Berichterstattung ein. Es erschienen vorrangig Artikel, in denen die Energiekonzerne zu Wort kamen. Studien und Fotos wurden veröffentlicht, die Herrn Hartmanns Thesen widerlegten. Selbst im Star Magazin wollte niemand an den Weltuntergang glauben, wie der Redaktionsleiter Steiner sich ausdrückte. Der Chef des Verlagshauses Herr Strohmann warf Otto einen noch größeren Brocken hin: »Wie konnten Sie so etwas nur veranstalten? Die Leser wissen doch wer Otto Hartmann ist. Was haben Sie sich dabei nur gedacht? Publicity um jeden Preis bringt niemanden in dem Job weiter.« Einige Neider in anderen Verlagshäusern gingen noch weiter. »Anti-Atomkraft Reporter in eigener Sache«, »Übertreibung bei der Berichterstattung bis zur Entgleisung« oder »Hartmann will die Leute verrückt machen«, waren einige der Formulierungen, die darauf folgten. Otto machte sich nichts daraus. Er blieb ruhig und gelassen. Er hatte gut recherchiert, kannte einschlägige Experten von denen er schriftliche Studien erhalten hatte. Sein Beitrag zur Atomkraft beruhte auf Fakten, nicht auf Wunschdenken. Diese Fakten waren eindeutig. Er konnte die Menschen sogar verstehen. Wer wollte schon mit der Angst vor einem Reaktorunfall leben. Sich in Sicherheit zu wiegen war viel angenehmer. Wer wollte nachts im Bett von einem Alptraum geweckt werden, wenn draußen auf der Straße ein Auspuff krachte.

Es krachte trotzdem gewaltig. In der letzten Aprilwoche 1986 klingelte um kurz nach acht Uhr abends das Telefon. Sybille stand auf, nahm den Hörer ab. Nach zehn Sekunden winkte sie Otto zu sich, der am Tisch im Wohnzimmer saß, legte den Hörer auf den Beistelltisch. Dann ging sie zum Fernseher, um ihn anzuschalten. Otto nahm verwundert das Gespräch entgegen, Sybille fragte sonst vorher, ob er es annehmen wollte. Am anderen Ende der Leitung war Herr Strohmann. Er schien ziemlich genervt zu sein. Was er erzählte war nicht sehr zusammenhängend. »Herr Hartmann, hat Ihre Gattin den Fernsehapparat eingeschaltet?« Hatte sie. »Ja, aufs erste Programm.« Der Nachrichtensprecher sprach von Reaktorunfall, Kernschmelze. Strohmanns Stimme dröhnte laut ins andere Ohr. »Sehen Sie es, sehen Sie es? In Russland. Es ist im Kernkraftwerk in Tschernobyl vor Tagen zu einer Explosion gekommen. Die haben es bis heute verheimlicht. Über Europa schwebt eine stark radioaktive Wolke. Sie haben doch noch die Unterlagen vom Vortrag, oder?« »Ja«, antwortete Otto, der von der plötzlichen Information überrascht war. »Recherchieren Sie den Unfall bitte genau. Wir müssen sofort handeln. Wir bringen ein Extrablatt. Ich verschwinde vorerst aus Berlin. Tschernobyl ist ja praktisch um die Ecke. Die Radioaktivität ist irre hoch. Der Wind treibt die Wolke weiter sagen sie. Es wird wie in Nagasaki. Ich melde mich morgen oder übermorgen wieder.« Herr Strohmann legte auf. Otto konnte nicht beidem zuhören, dem TV und dem Telefon. Sybille hatte alles gehört und erzählte es Otto: »Im Ersten Programm bringen sie im Anschluss eine Sonderberichterstattung. Nach den Nachrichten. Es ist Wahnsinn Otto. Ich rufe unsere Eltern an. Sie sollen sofort herkommen.« »Die Wolke soll extrem hohe Strahlung mitbringen sagte Herr Strohmann, Ja, sie sollen sofort herkommen.« Mertens und die Hartmanns wussten bereits von dem Atomunglück. Die Grenzübergänge in Berlin waren völlig überflutet. Wer konnte, wollte Berlin so schnell wie möglich verlassen. Tschernobyl war nur tausend Kilometer entfernt. Die radioaktive Wolke konnte bei hoher Windgeschwindigkeit in vier Tagen Berlin erreichen. Zwei Tage waren angeblich schon verstrichen, weil die russischen Behörden den GAU geheim hielten. Zwei Tage, an denen sich die Menschen besser hätten schützen können. Die Eltern buchten für den kommenden Tag einen Flug nach Nizza. Sybille und Otto wollten sie gegen Mittag dort abholen.

Damit hatte niemand gerechnet. In dieser Dimension nicht einmal Otto. Es war der größte Reaktorunfall aller Zeiten. Die russischen Behörden hatten das Schlimmste verbrochen, was jemand in dieser Situation tun konnte: Geheimhaltung um jeden Preis. Dadurch konnten sich die Menschen in nah und fern nicht rechtzeitig schützen. Es sollte massenweise Todesopfer geben. So viel hatte Otto bereits erfahren. Eile war geboten. Auch wenn ihn die Kollegen nach seinem Vortrag im Januar nicht besonders gut behandelten, fand er die Idee mit dem Sonderheft prickelnd. Herrn Strohmann hatte er Anfang des Jahres sofort verziehen. In seiner Position musste man wachsam sein. Die anderen Zeitschriften konnten die Konkurrenz in der Luft zerreißen.

Am folgenden Tag holte Sybille die Eltern ab. Im Obergeschoss ihres Hauses war ein Gästezimmer eingerichtet. Es stand immer zur Verfügung. Die Hartmanns wie die Mertens kamen seit der Geburt ihrer Enkelin mindestens ein halbes Dutzend Mal im Jahr nach Antibes. Neben dem Gästezimmer war ein kleineres Schrank- und Bügelzimmer, worin ebenfalls ein Bett stand. Es war nur einen Meter vierzig breit, reichte aber für zwei Personen aus. Dieter und Brigitte boten sich an, dieses Zimmer für den Aufenthalt zu nehmen. Auf der Fahrt unterhielten sie sich aufgeregt über den Vorfall »radioaktive Wolke.« Sie war laut Berichterstattung im Fernsehen Richtung Bayern unterwegs. Am schlimmsten mit der Strahlenbelastung sollte es dort werden, wo Regenfälle die Teilchen herunterholte und in den Boden trug. Egal ob in Schweden, Finnland, Slowenien oder Bayern. Überall riet man den Menschen nicht auf die Straße zu gehen und die Fenster zu schließen. »Es ist ungeheuerlich was sich die Russen erlauben«, sagte Oliver. »Die Bevölkerung in der Umgebung zu warnen, wäre doch die erste Reaktion nach so einem Unfall. Stattdessen geben sie den staatlichen Organen Atemmasken und lassen die Einwohner verrecken. Kein Wunder, dass sie so einen schlechten Ruf haben, was den Umgang mit Menschen betrifft. Du hättest sehen sollen, wie sie früher ihre Soldaten in der Besatzungszone behandelt haben.« »Eben genau so«, fiel Dieter mit ein. »Geschlagen, hungern lassen. Ich habe gesehen, wie ein

Offizier einen der am Boden lag, getreten hat.« »Jetzt hört auf zu schimpfen. Genießt lieber unser schönes Wetter hier«, sagte Sybille. Nachdem sie angekommen waren, richteten sich alle in Ruhe ein. Beim gemeinsamen Abendessen klingelte das Telefon. Herr Strohmann. Otto entschuldigte sich für den Moment. »Ich muss rangehen«, sagte er. »Hallo, Hartmann« »Oh Otto, schön Sie zu hören.« Wo sind Sie denn«, fragte Otto. »Haha«, lachte Herr Strohmann, »mit dem einzigen Flug weg, wo ich noch einen Platz bekommen habe.« In der Leitung blieb es still. »Nun machen Sie es nicht so spannend«, sagte Otto. »In Agadir, Marokko. Es ist toll hier. Ich hatte immer einige Antipathien, weil ich dachte die mögen hier keine Europäer. Weit gefehlt. Die Leute hier sind alle so nett. Höflich, hilfsbereit und zuvorkommend. Einfach klasse. Ich habe mein Hotel für fünf Tage gebucht. Bis dahin sollte alles über uns hinweg gezogen sein.« »Sieht so aus«, pflichtete Otto ihm bei. »Also mein lieber Herr Hartmann. Ich würde gern ein Sonderheft auflegen. Darin soll als Kernthema Atomenergie und die Reaktorkatastrophe behandelt werden. Haben Sie Zeit dafür?« »Wie viel Zeit meinen Sie denn?« »Eine Woche. Maximal. Sonst überholen uns die anderen Blätter. So umfassend wie Sie hat sich von den anderen Magazinen noch niemand mit dem Thema beschäftigt. Wir werden die ersten sein.« »Sicher« antwortete Otto, »wichtig ist aber eine zusammenhängende Berichterstattung zum Vorgang. Geschehnisse plus Hintergrundinfos. Erst dann sind wir wirklich vorn.« »Wenn Sie es hinbekommen eine runde Story zu liefern, umso besser.« »Ich werde morgen anfangen«, sagte Otto. »Ich lasse von mir hören, wenn Sie wieder in Berlin sind.« damit hatte Otto den Auftrag zur größten Story in der Geschichte der Atomenergie in der Tasche. Er würde sich bemühen, so viel stand fest.

Innerhalb der folgenden Woche ermittelte Otto in Höchstgeschwindigkeit. Nicht einmal der Bundesnachrichtendienst wusste mehr als er. Eigentlich kamen sie nur durch ihn an alle Informationen. Als Erstes frischte er seine alten Kontakte zu den Universitäten auf. In Berlin traf er sich mit alten Studienkollegen und Professoren der Universität. Zurück in Frankreich sprach er mit den Mitgliedern der ehemaligen Forschungsgruppe, mit denen er sich über künstliche Intelligenz ausgetauscht hatte. Darüber wurde auch der Kontakt zur Uni in Amerika aufgefrischt. Alle verstanden die Dringlichkeit. Was ihm zugutekam: Fast alle waren inzwischen in der Anti-Atomkraftbewegung. Sie engagierten sich ebenso wie Otto, der vierzehn Stunden am Tag an dem Artikel arbeitete. Die französischen Kollegen schlugen die Brücke nach Russland. Zwei von ihnen hatten dort Verwandte in der Nähe von Kiew, die Kontakte zur Zentralregierung pflegten. Über diese Quelle gelangte er an den Hauptteil der Informationen. Von dort erfuhr er auch von der Überstellung eines führenden Mitarbeiters des Atomkraftwerks Tschernobyl, aus einem Krankenhaus am Unglücksort, nach Berlin zur Dekontamination seines Körpers. So erhielt er brandheiße Informationen aus erster Hand. Eine weitere Extravaganz der Recherche entstand durch Herrn Ludendorf vom Verfassungsschutz. Es war für Otto zuerst schleierhaft warum Herr Ludendorf ihm Informationen von dem Reaktorunglück liefern wollte, die von einem V-Mann aus Russland stammen sollten, bis er eine Gegenforderung stellte: Dafür wollte er mit dem Erscheinen des Artikels alle relevanten Daten von Otto, die er selbst ermittelt hatte. Ein Deal zwischen Freunden. Diese Formulierung nahm er sich gegenüber Otto heraus. Nun denn, dachte Otto. Wenn er mein Freund werden will, muss er etwas mehr tun. Den Deal machten sie trotzdem. Viel Arbeit, umfassende Mithilfe von den Bekannten und das Quäntchen Glück, das man braucht, damit Bemühungen rundum erfolgreich sind, verhalfen Otto zu einem grandiosen Ergebnis. Alles lief wie am Schnürchen, wie es im Volksmund heißt. So, als wenn die Schöpfung ihre Hand im Spiel gehabt hätte. Für Otto blieben die Finger des Schicksals jedoch ebenso verborgen, wie für die meisten anderen Menschen auch. Seine eigene Mission auf Erden zu erfassen, wer kann das schon? Noch lagen die Aufträge am Grund des großen Sees. Am anderen Ende der Milchstraße wussten sie darüber mehr. Auch in diesem Ressort war man gespannt auf den weiteren Verlauf.

Herr Strohmann konnte es nicht fassen. Er wollte unbedingt wissen wie Otto alles so umfassend und schnell zusammenstellen konnte. »Zauberei?«, fragte er Otto. »Quellen gibt man als Journalist nur bekannt, wenn dir jemand eine Pistole auf die Brust setzt«, antwortete er. »Außerdem wurde das Meiste schon im Fernsehen berichtet.« Herrn Strohmann war es egal. Hauptsache sein Magazin brachte die Story als Erstes. Die Überschrift des Artikels in der Sonderausgabe lautete: »Hätten die Nordmänner keine Megastrahlenbelastung gemessen, wäre es womöglich nie ans Licht gekommen.« Otto berichtete: In Prypjat, nördlich von Tschernobyl, auf dem Fußballplatz in der Stadt spielten am siebenundzwanzigsten April 1986 wie immer Jugendliche und Kinder. Die Eltern schauten von der Tribüne zu. Draußen liefen wie immer Fußgänger herum. Unbefangen, nichts ahnend. Man ging einkaufen, zum Friseur, fuhr mit dem Bus zum nahen gelegenen Fluss und ging auch sonst wie gewohnt seinem üblichen Tagesablauf nach. Nur eines war anders als sonst. Die Polizei und Feuerwehr trägt FFP3 Atemmasken. Hohe Schutzstufe. Werden sie befragt warum, gehen sie einfach weiter. Keine Antwort, keine Information. Die Bevölkerung der Großstadt war auch am Tag nach der Atomkatastrophe im Kernkraftwerk Tschernobyl, genauso wenig informiert, wie die Menschen in der weiteren Umgebung und auf der ganzen Welt. Noch am selben Tag, wurde in einem schwedischen Atomkraftwerk erhöhte Radioaktivität gemessen. Bei einer Überprüfung des Kraftwerks wurde jedoch festgestellt, er läuft einwandfrei. Nichts war undicht. Nach einer Ermittlung bei den Wetterdiensten wurde klar. Der Wind weht aus der Richtung Kiews herüber. Die Strahlung kam von dort. Moskau schwieg weiterhin. Nur die Sicherheitskräfte im Dienst des Staates wurden teilweise über die Gefahr der möglichen radioaktiven Verstrahlung informiert. Die gesamte andere Bevölkerung wurde einfach den tödlichen Strahlen ausgeliefert, einem tödlichen Risiko ausgesetzt, ohne rechtzeitig Schutzmaßnahmen ergreifen zu können. Der gesamte Vorgang wurde viel zu spät aufgedeckt. Im Kernkraftwerk Tschernobyl hatte es einen Unfall, eine atomare Katastrophe gegeben. Erst nach ein paar Tagen begannen die russischen Dienststellen, offiziell Schritte zur Eindämmung durchzuführen, Rettungsmaßnahmen zu ergreifen und die umliegenden

Städte und Dörfer zu evakuieren. Prypjat wurde bis auf den letzten Einwohner beräumt. Es ist in vollflächig verstrahlt. Es wird wohl für immer unbewohnt bleiben.

Was war passiert? Dieser Abschnitt begann mit einem Foto des explodierten Reaktors. Darauf sah man von oben den völlig zerstörten, abgebrannten Atomreaktor. Alle Gebäudeteile waren ohne Dach. Die Aufbauten waren nur noch teilweise vorhanden. Es sah aus, als hätte eine Bombe eingeschlagen. Dieser Vergleich traf noch am besten den Zustand der Anlage. Auch Teile der Nachbarreaktoren waren betroffen. Wo Otto dieses Foto herhatte, konnte und wollte er nicht preisgeben. Die Redaktionsleitung nahm an, es stamme von einem russischen Mitarbeiter des Kernkraftwerks, der eine Woche nach dem Reaktorunfall in Berlin gelandet war, um sich im Krankenhaus dekontaminieren zu lassen. Eine Anfrage der russischen Botschaft, die über das Auswärtige Amt beim Star Magazin gestellt wurde, beantwortete die Redaktion mit der »anonymen Zusendung des Bildmaterials per Post.« Es sei aus einem Flugzeug aufgenommen worden. Eine weitere Anfrage kam nicht. Was war passiert? Am 26.04.1986 explodierte der Reaktor vier im Atomkraftwerk Tschernobyl. Eine riesige Explosion schleuderte eine große Menge radioaktiven Materials in die Atmosphäre. Es handelt sich um den schwersten Unfall seit Einführung der Kernenergie. Die aufsteigende radioaktive Wolke war bis zum Erscheinen dieses Artikels in der Welt unterwegs. Sie verseuchte flächendeckend die Region. Dann zog sie abgemildert weiter in den Norden und nach Mittel- und Westeuropa. Nach der ersten Explosion kam es zu einer Zweiten, die offensichtlich auch den Reaktor drei leicht beschädigte. Der Atomreaktor liegt etwa hundert Kilometer von der ukrainischen Hauptstadt Kiew entfernt. In den betroffenen Gebieten ist noch immer eine Massenflucht im Gange. Der Vorfall wurde in die oberste Kategorie für nukleare Katastrophen eingestuft.

Führende Mitarbeiter erklären später, es sei bei einem Test zu extrem hohen Temperaturen im Reaktor 4 gekommen. Der verantwortliche Leiter hatte versäumt den Test rechtzeitig abzubrechen.

Nach einer unkontrollierten Kettenreaktion kam es zu einer Explosion. Dabei wurde das siebzig Meter hohe Reaktorgebäude zerstört. Der Grafitmantel des Reaktors begann zu brennen. Dabei entwickelten sich Temperaturen von mehreren tausend Grad. Die radioaktive Wolke stieg bis in eine Höhe von zehntausend Metern. Kurz nach der ersten Explosion kam es zu einer zweiten. Durch Rauch und Hitze wurden ungeheure Mengen radioaktiven Materials in die Luft geschleudert. Alle Löschversuche schlugen fehl. Dann versuchte das Militär aus Hubschraubern mit tausenden Tonnen Erde und anderem Material den Brand zu löschen. Die Löschversuche führten eher zu einer gegenteiligen Reaktion. Noch mehr Rauch entstand und zog in die Umgebung ab. Erst nach einer Woche bekam man den Brand in den Griff. Bis dahin stiegen die radioaktiven Substanzen ungehindert in die Luft. Die radioaktive Strahlung unterschiedlicher Substanzen verbreitete sich über die halbe Welt. Noch während der Reaktor brannte, schickten die Verantwortlichen unzählige Männer zu Löscharbeiten auf das Dach der Reaktorbauten. Danach wurden sie für Aufräumarbeiten eingesetzt. Es sollen mehr als Hunderttausend gewesen sein. Keiner von ihnen wurde über mögliche Risiken informiert. Die anfängliche Verschwiegenheit bei der Informationspflicht über die Katastrophe, die über zwei Tage andauerte, hat für viele Menschen den Tod bedeutet. Dabei wird die sträfliche Vernachlässigung im Umgang mit Menschen und der Umwelt deutlich, die überdies der gesamten Branche anhaftet. Auch hier wird man wohl auf eine fachgerechte Entsorgung des radioaktiven Materials verzichten. Atommüll: Nein danke, spöttelte Otto in seinem Artikel, bezogen auf das Motto der Atomkraftgegner. Der Reaktor soll vielmehr nach Aussagen der Behörden auf Jahrzehnte hinaus, erst einmal einfach mit Beton zugeschüttet werden, damit keine Radioaktivität mehr an die Umwelt abgegeben werden kann. Diese Handlung wird der Umwelt aber mehr schaden als nützen. Es ist nichts als ein verantwortungsloses schnelles verbergen des Schadens. Während der weiteren Zeit wird die Radioaktivität nicht einfach verschwinden. Sie wird zusätzlich im Boden versickern, Grundwasser und Umwelt belasten. Weitere Opfer werden folgen.

Erinnern wir uns an Folgendes: Die zivile Nutzung der Atomkraft in Kernkraftwerken führt zu einer sauberen Umwelt. Die Stromerzeugung in Kernkraftwerken wird dazu führen, dass Ressourcen geschont werden. Der Co2 Ausstoß wird weltweit durch diese saubere Art der Energieerzeugung reduziert. Die Belastung für die Umwelt wird insgesamt gemindert. Preise für Strom werden gesenkt, die Verbraucher werden geschont, die Gesundheit wird gefördert. Das sind die Aussagen der Energiekonzerne zur zivilen Nutzung der Kernenergie. Nun gibt es derzeit aber ganz andere Einsichten. Wer von den Vorständen der Energiekonzerne, wird nun öffentlich von dieser Route abweichen und etwas über die Menge von Missbildungen bei Neugeborenen erklären, eine Kommission einsetzen, welche die Anzahl der Leukämieerkrankungen bei Kleinkindern in den betroffenen Gebieten auf der ganzen Welt und andere dadurch entstehende Krankheiten analysiert und registriert. Wer wird die Todesfälle beziffern, die in Zusammenhang mit der ausgetretenen Radioaktivität stehen. An dieser Stelle wird die Aufklärung wohl ebenso zugeschüttet wie der explodierte Reaktor, auch wenn die Welt vom Nordkap bis an die südliche Grenze von Afrika verseucht wurde. Wir werden den Lesern im letzten Abschnitt erläutern, welche Schutzmaßnahmen sie in den stärker betroffenen Gebieten ergreifen können, um die Aufnahme von radioaktiver Strahlung zu vermeiden. Diese Aufgabe sollte eigentlich von den Betreibern durchgeführt werden.

Die Gegend um Tschernobyl ist in einem dreißig bis siebzig Kilometer Radius für die nächsten hundert Jahre nicht mehr bewohnbar. Die Strahlenbelastung ist zu hoch. In diesem Landstrich werden fast eine halbe Million Menschen umgesiedelt. Wie hoch die Strahlung hier wirklich ist, kann derzeit niemand konkret sagen. Die russischen Behörden lassen keine ausländischen Forscherteams dorthin. Besonders stark belastete Gebiete außerhalb von Russland sind (siehe Karte IV): Teilgebiete in Schweden, Norwegen, Finnland, Großbritannien, Irland, Polen, Österreich, Italien, Jugoslawien, Ungarn. In Deutschland ist Bayern am meisten betroffen. Fenster und Türen können in diesen Landstrichen inzwischen wieder geöffnet werden. Aber selbst in schwächer verstrahlten Regionen wie zum Beispiel in Berlin, wurden radioaktive Zerfallsprodukte in der Atemluft nachgewiesen.

Wie verteilt sich nach einem Atomunglück wie in Tschernobyl die Radioaktivität? Nach einer Explosion oder/und dem Brand eines Kernreaktors werden vorrangig radioaktive Staubpartikel in die Luft der Umgebung geschleudert. Diese Staubpartikel verteilen sich je nach Windrichtung in die Nachbarregionen, wo sie sich auf die Erde absenken. Ein anderer Teil verbindet sich mit der Feuchte der Wolken und geht irgendwo mit dem Regen nieder. In den ersten Tagen nach der Verteilung von radioaktivem Staub, werden die Teilchen mit der Luft eingeatmet, wodurch es zu einer Belastung der Schilddrüse als erste Reaktion kommen kann. Danach werden die Böden, das Grundwasser und damit verbundenes Material verstrahlt. Die meisten Teilchen, die hier in die Umwelt gelangen, sind Iod oder Strontium, Isotope und Cäsium. Die Strahlungskraft dieser Teilchen ist ziemlich hoch, so dass bereits eine geringe Menge zur Gesundheitsgefährdung werden kann. Hier hat ein einziger Reaktorunfall, bei dem zum Glück nur einer von vier Reaktoren explodiert ist, ein großes Gebiet der Erde – je nach Region mit mehr oder weniger radioaktiver Strahlung – verseucht. Und das nicht nur für ein paar Monate oder Jahre, sondern für sehr lange Zeit. Die starke Erstverstrahlung wird nach Meinung von Experten mindestens dreißig Jahre andauern. Dann besteht nur noch die Hälfte der Strahlung. Insgesamt werden es wohl dreihundert Jahre sein, bis die Gebiete wieder uneingeschränkt genutzt werden können. Nach der ersten Wolke kommt die Strahlung später durch Lebensmittel, Grundwasser oder/und Fisch und Fleisch in den Nahrungskreislauf. War es das wirklich wert?

Für unabsehbare Zeit brachliegen, wird ein riesiger Landstrich in Russland. Hunderttausende Quadratkilometer landwirtschaftlicher Flächen, Wald und Wiesen, die näher am Kraftwerk liegen. Man wird sie wohl absperren müssen. Hier ist die höchste Konzentration radioaktiven Materials entstanden. Mehr als fünfundfünfzig Prozent radioaktives Material haben sich, nach Aussagen von Fachleuten aber außerhalb von Russland abgelagert. Wie sie sicher schon aus den Medien erfahren haben, wurden in Deutschland belastete Milchprodukte nach dem Erstniederschlag, aus dem Handel genommen. Die Strahlenbelastung war zu hoch. Ebenso sollten Oberflächengewächse die dem Verzehr dienen, insbesondere Blattgemüse, Kohl, Getreide und ähnliches aus dem Erstniederschlag gemieden werden. Vom Verzehr aller Pflanzenprodukte, die aus Ländern kommen, die hoch verstrahlt sind, ist generell abzuraten. Selbst im weniger verstrahlten Berlin wurden bei Spinat, Basilikum oder Petersilie erhöhte Werte gemessen. Alles Weitere gilt für die Jahre danach. Nach Experteneinschätzungen muss in den verstrahlten Gebieten folgender Umstand besonders beachtet werden: über die Pflanzenwurzeln aufgenommene Radioaktivität aus dem Boden, gelangt so in den Nahrungskreislauf. Die Beachtung gilt für die Herkunftsländer (siehe Karte III) beim Verzehr von Milchprodukten, Gemüse, Pilzen, Wildfleisch, Tee und ähnlichen Produkten, die in unmittelbarem Zusammenhang mit der Aufnahme aus verseuchten Böden, Grundwasser usw. stehen. Pilze, die auf Holz wachsen, können unbedenklich verzehrt werden. Vielleicht sollten die Pilzliebhaber einige Jahre auf den Baumpilz Krause Glucke umsteigen. Ein Hinweis zur Vorsicht: Pilze aus besonders belasteten Gebieten könnten als Rohstoff in andere benachbarte Länder transportiert und erst dort verpackt und deklariert werden. In den Ostblockländern ist diese Form der Vertuschung schwer zu kontrollieren. In den nächsten dreißig Jahren, eher bis zum Jahr 2200 sollten die Verbraucher genauer hinschauen, was sie essen und aus welchen Regionen sie es genießen. Zum Glück ist Frankreich nicht zu hoch belastet. Auf französischen Wein zu verzichten, fällt manch einem schwerer als anders zu essen. Diesen Scherz hatte Otto für Dieter und Oliver im Artikel untergebracht.

Die weiteren Auswirkungen auf die Menschen sind nicht zu unterschätzen. Unabhängig von den Todesopfern, die auf den Reaktorunfall direkt zurückzuführen sind, wird die Anzahl in

Zukunft weiter steigen. Strahlenmediziner gehen von Zehntausenden aus, besonders unter den Menschen, die an den Lösch- und Aufräumarbeiten des Reaktors beteiligt waren. Eltern in den in Europa belasteten Gebieten, deren Kinder unter fünf Jahre alt sind, sollten sich über Vorsorgemaßnahmen gegen Schilddrüsenkrebs informieren. Diese Altersgruppe wird erfahrungsgemäß am meisten betroffen sein. Die Experten gehen weiter von einer Zunahme von Leukämie, Brustkrebs und anderen Krebsarten in den am stärksten belasteten Gebieten aus. Laut der Voraussage des bekannten Nuklearmediziners Manfred Kanzler muss man in Europa mit zwanzig- bis über hunderttausend genetisch geschädigten Menschen rechnen. Andere Erkrankungen die in Zusammenhang mit erhöhter radioaktiver Belastung in mehreren Studien ermittelt wurden, sind Erkrankungen der Augenlinsen, Beeinträchtigungen des Immunsystems, Stress, Depressionen, Furcht und medizinisch nicht erklärbare Missbildungen bei Neugeborenen. Wen wird man dafür später zur Verantwortung ziehen können?

Wird so etwas wieder passieren? Weltweit sind Hunderte von Kernkraftwerken verschiedener Bauart in Betrieb. Es stellt sich nicht die Frage, ob so etwas wieder passieren kann, sondern wann und in welchem Ausmaß es passiert. Nur neun Tage nach der Reaktorkatastrophe von Tschernobyl erreicht uns die Information, dass aus dem Kraftwerk THTR 300 in Hamm, eine radioaktive Wolke in die Atmosphäre ausgetreten ist. Die Betreiber haben bis zur Drucklegung noch keine Stellungnahme abgegeben. Die Menge der ausgetretenen Radioaktivität lässt aber auf einen Störfall schließen. Wenn man bedenkt, in welchen Ländern der Welt Kernkraftwerke betrieben werden, könnte man von weiteren Störfällen ausgehen, die nie gemeldet wurden. Es ist schwierig Vorgänge wie den in Tschernobyl zu generalisieren. Wenn wir jedoch genau hinsehen, könnte man meinen, wenn es um unliebsame Vorfälle für die Regierungen geht, gilt die Faustregel: erst einmal vertuschen. Einige Atommeiler stehen in politisch instabilen Dritte-Welt-Ländern. Wenn es dort kracht, wird gegebenenfalls wie in Tschernobyl nur der Geigerzähler der Nachbarstaaten erste Aufschlüsse für Störfälle geben. Vielleicht ist es nur dem Umstand zu verdanken, dass zufällig ein weltoffener Parteivorsitzender, Michail Gorbatschow, in Russland an der Macht war, dass es überhaupt zur Aufdeckung kam.

Was mit dem verunglückten Reaktor, der verstrahlen Bausubstanz und der umliegenden stark verseuchten Erde, die fast eine halbe Million Kubikmeter geschätzt wird, passiert, weiß heute noch niemand. Wir können nur hoffen, dass der Umgang damit nicht so leichtfertig genommen wird, wie es sonst in Russland der Fall ist. Nicht hinschauen ist die Regel. In anderen Gebieten, wo seit Jahren radioaktiver Abfall unter freiem Himmel gelagert wird, versickert die Schlicke ins Grundwasser. Auch hier dürfte kein ausreichender Schutzmantel, der ein Eindringen in tiefer gelegene Erdschichten verhindert, bestehen. Die Atomenergie stellt für alle Menschen auf der Welt eine tickende Zeitbombe dar. Lassen wir es uns eine Lehre für die Zukunft sein. Richten Sie lieber Leser, mit uns einen Appell an die Regierung, um den Ausstieg aus der Atomkraft einzuleiten und auf andere Staaten einzuwirken, damit auch dort die Atomkraftwerke aus dem Betrieb genommen werden. Senden Sie einfach den Aufruf auf der folgenden Seite, ausgefüllt und unterschrieben an unser Verlagshaus.

Weiter folgten Details aus dem Vortrag von Otto und Dr. Robin über die Entsorgung von Atommüll. Innerhalb des Artikels war fast jede Darstellung mit Bildern des explodierten Reaktors, der Umgebung, mit Erkrankten in Kliniken, Aufstellungen über radioaktive Stoffe und den Halbwertzeiten, oder Grafiken untermalt. Mehrere Landkarten mit Schraffierungen in unterschiedlichen Farben, kennzeichneten mehr oder weniger belastete Gebiete. Zum Schluss folgten Studien von Forschungsgruppen zu den einzelnen Themen. Der Journalist Otto Hartmann hatte sich Mühe gegeben nichts auszulassen. Eine Meisterleistung, wenn man bedenkt, wie wenig Zeit ihm zur Verfügung stand. Der Artikel wurde auch in Frankreich, Großbritannien und Schweden veröffentlicht.

Nach dem Erscheinen des Artikels behauptete niemand mehr Otto wolle die Menschheit verrückt machen. Vielmehr wurde er in Brennpunkte regionaler und überregionaler Fernsehsender eingeladen. Er wurde mit der Ankündigung zu Wort gebeten: Fragen wir einen Experten auf dem Gebiet Kernenergie, Wiederaufbereitung und Entsorgung von Atommüll, den Journalisten Herrn Otto Hartmann. Otto behielt wie immer die Ruhe. Weder die negative Berichterstattung nach seinem Vortrag in der Berliner Universität, noch die vielen Einladungen und Honoraraufträge der Zeitschriften und Sender, die nach dem Erscheinen des Artikels eingingen, brachten ihn aus der Ruhe. Er übertrieb nicht, wurde nicht hochmütig. Er blieb seinem Motto treu: gut recherchieren, ehrliche auf Fakten beruhende Berichterstattung. Danach kommt nichts mehr. Dieses Verhalten brachte ihn von allen Seiten Respekt und Anerkennung ein. »Der Unbestechliche« witzelte Herr Strohmann, der froh war Otto wieder im Boot zu haben. Das Star Magazin war eines der ersten Magazine die so umfangreich über Tschernobyl berichteten. Die Auflage schlug alle Rekorde. Oft kauften die Leser zwei oder mehr Zeitschriften, um ihren Verwandten oder Bekannten ein Exemplar mitzubringen. Für Strohmann war Tschernobyl eine Umsatzexplosion.

Der GAU schlug weltweit größere Wellen als der Vietnamkrieg. Es war ein Überfall auf alle Erdbewohner. Tag und Nacht prasselten neue Schreckensberichte auf die Menschen nieder. Im Fernsehen liefen Nonstop Bilder von immer neuen Todesopfern, Missbildungen bei Neugeborenen oder neue Havarie-Fälle, egal wie gering sie ausfielen. Die Zukunft der Atomkraftwerke und der Menschen, die damit leben mussten, wurde düster dargestellt. Auf der ganzen Welt fühlte sich niemand mehr sicher vor weiteren Unfällen. In den besonders stark belasteten Gebieten in Europa, verringerten sich die Umsätze von Molkereiprodukten, Fleisch von Weidevieh, Wildfleisch und Gemüse für längere Zeit. Otto war wochenlang damit beschäftigt, Vorträge abzuhalten. Die Mitgliederzahlen der Anti Atomkraftbewegung stiegen sprunghaft in die Höhe. Hier engagierte sich Otto besonders intensiv. Eine andere Lösung als den schnellen Ausstieg aus der Stromerzeugung mit Kernkraftwerken gab es für ihn nicht. Die Welt sollte nicht nur in seinem privaten Umfeld heil bleiben. Er verbrachte die meiste Zeit nach der Veröffentlichung in Bus, Bahn oder Flugzeugen. In Frankreich sah ihn die Familie selten. Nach anderthalb Monaten hatte er davon genug. Auf weitere Anfragen verwies er darauf, er sei kein Fachmann auf dem Gebiet der Nuklearforschung und verwies kurzerhand auf ihm bekannte Experten. Nach und nach legte sich die Aufregung. Die ständig neuen Anfragen gingen ebenso wie die Aufträge zurück. Nach dem Kernreaktorrummel war Otto froh wieder zur Ruhe zu kommen.

Endlich wieder zu Hause. Es dauerte bis in den Sommer hinein, dass er wieder Zeit fand regelmäßig bei seiner Familie zu sein. Er genoss die Zeit mit seiner Tochter und die Gespräche mit Sybille, die sich derzeit am häufigsten um die Nutzung der Atomkraft zur Stromerzeugung drehten. An einem warmen Juliabend spazierten sie, immer noch wie zwei Verliebte, am Hafen von Antibes auf der Promenade entlang. Sybille bemerkte Ottos Zurückhaltung. Er schien bedrückt zu sein. Sie fragte ihn: »Was ist los Otto, stimmt etwas nicht? Du wirkst so bekümmert.« »Ja« antwortete er, »ein wenig bin ich das auch.« Nach der ersten Erhitzung der Gemüter wegen des Atomunglücks, schienen sich so viele Leute ernsthaft für die Gefahren, die hinter den Kernkraftwerken lauern, zu interessieren. Derzeit sinkt die Beteiligung in der Bevölkerung wieder. Hier in Frankreich war die Betroffenheit ohnehin nicht so groß, weil der Niederschlag relativ gering ausfiel. Aber auch in Deutschland agieren die Energiekonzerne wieder mit ihren bekannten Argumenten. Die Regierung deckt dieses Blendwerk. Die Leute spielen wieder mit. Warum läuft das so? Warum machen die Menschen alles mit? Sind wir die einzigen die für unser Leben etwas tun wollen, die eigenverantwortlich handeln, die sich in Angelegenheiten, die ihr Leben betreffen, einbringen?«, fragte Otto Sybille. »Wir haben uns schon früher darüber unterhalten, weißt du noch?« »Ich habe dazu etwas Neues gelernt«, antwortete sie. »An der Universität habe ich einige Vorlesungen in Psychologie besucht. Da gibt es so etwas wie ein Über-Ich[8].« »So etwas wie ein Geist,

---

[8] Nach Sigmund Freud eine psychische Struktur, in der (soziale) Normen,

der über dir schwebt und ins Ohr flüstert?«, fragte Otto. »Nein, Unsinn. Es gibt ein Ich, das bist du selbst. Der Erwachsene Otto sozusagen. Du triffst eigenständige Entscheidungen, richtest dein Leben ein, bestimmst, wo es lang geht. Und dann gibt es noch – nennen wir es ein Eltern-Ich. Man könnte es im Erwachsenenalter auch deinen stillen Ratgeber nennen. Eltern erziehen ihre Kinder. Ganz krass vereinfacht erteilen sie Gebote, Verbote und erlauben Dinge. Dadurch entsteht im Gehirn mit der Zeit eine Kontrollinstanz, von der du automatisch, ohne es bewusst zu registrieren, weiterhin Befehle erhältst. So wie deine Eltern dich erzogen haben, so wird dieses Über-Ich strukturiert. Zum Beispiel wird später bei strengen Eltern daraus ein betontes Über-Ich. Ein über angepasster Mensch. Bei schwach fordernden Eltern bildet sich ein lockeres Über-Ich. Diese Menschen orientieren sich weniger an dem was die Gesetze, die Ehefrau oder der Papa, wenn er noch dabei ist, vorschreiben. Dieses Über-Ich bleibt aber weiterhin dein ganzes Leben lang aktiv.« »Darüber habe ich auch etwas gelesen«, bemerkte Otto. »Später wird es dann zum Vater Staat.« »Kluger Mann«, sagte Sybille. »Genau so meinte ich es. Darin werden dann Regeln, die Neigung Befehlen zu gehorchen, Einhalten von Gesetzen und die Orientierung an Vorschriften übernommen. Beim einen mehr, beim anderen weniger, je nachdem wie ausgeprägt sein Ich ist. Es gibt viele Ja-Sager, aber auch Querdenker – du zum Beispiel, haha«, neckte sie ihn. »Im Großen und Ganzen unterwerfen sich fast alle später aber den Entscheidungen der Mächtigen. Früher den Königen, heute den Regierungen, in Demokratien dem Volkswillen.« »Ein Mann, ein Volk, ein Vaterland«, sagte Otto. »Ich verstehe. Aber wenn Vater Staat, der Volkswille, später anstelle der Eltern etwas tut, was mich und meine Freunde, meine Frau und Kinder vielleicht umbringt, dann kann ich so etwas doch nicht mitmachen.« »Doch«, sagte Sybille. »Ein Kind macht auch was die Eltern sagen. Die meisten ohne aufzubegehren. Es entsteht sehr früh die Gewohnheit zu gehorchen. Der Staat und die Medien unterstützen die Neigung zur Anpassung doch auch. Es geht von unauffälliger Einflussnahme durch

---

Werte, Gehorsam, Moral, Gebote- und Verbote und damit das Gewissen angesiedelt sind.

Funk und Fernsehen, der Polizeigewalt, bis zu direkter brutaler Unterdrückung. Keine Regierung erzieht Rebellen. Selbst in Kuba wo Fidel Castro die große Revolution ausruft und damit vor der Weltöffentlichkeit den Befreier spielt, wird dir der Kopf abgehakt, wenn du deine eigene Revolution durchziehen willst. Peng in den Hinterkopf heißt es dann. Peng hallt es in den Köpfen, der meisten Menschen, wenn sie anfangen selbstständig zu denken.« »Die Alarmglocke aus dem Über-Ich. Wouhh«, sagte Otto, der langsam verstand, was Sybille meinte. »Klar, als Nächstes kommt dann die Angst vor Strafe und man gehorcht lieber dem Teufel, als seiner Strafe zu erliegen.« »So in etwa«, stimmte ihm Sybille zu. »Es ist auch verständlich, wenn die Menschen den Ärger scheuen und lieber ihr Feierabendbier trinken«, sagte Otto. »Ich hatte alles bisher nur in die Ecke: »Beeinflussung durch Politik und die Medien« geschoben. Nun verknüpft sich alles mit dem Über-Ich. Gut, danke für diese Bereicherung mein Schatz. Jetzt verstehe ich den Vorgang etwas besser. Dieses Über-Ich muss in unserer Gesellschaft sehr ausgeprägt sein, weil das ganze System auf hierarchischen Strukturen aufbaut. Nicht nur zu Hause sollen die Kinder gehorchen. In der Schule bekommst du Schande und Tadel, wenn du anders funktionierst, als die Lehrer es wollen, auf der Arbeit sollst du den Vorgaben nachgehen. Da wird jede Kreativität erstickt. So eigene Impulse meine ich, die können sich in solch einem Umfeld schwer entwickeln. Wo soll ich nun mit meiner Hoffnung hin?«, sagte Otto etwas enttäuscht. »Ich wünsche mir doch mehr eigene Meinungsbildung. Die Menschen können doch nicht immer alles mitmachen. Vielleicht doch«, sagte er, sinnierte dabei kurz in der Stille, »die Menschen im Nationalsozialismus haben sich abholen lassen, ohne aufzubegehren. Sie haben sich in Viererreihen aufgestellt und sind in die Züge eingestiegen. Sie haben sich wie Schafe zum Schafott führen lassen.« Otto standen Tränen in den Augen. Er war sichtlich berührt. Hoffnungslosigkeit ist eine tiefe Grube. Sybille wollte ihm heraushelfen. Sie sagte: »Heute ist alles anders. Sie haben doch Otto.« Er verzog zwar sein Gesicht und versuchte zu lächeln, hing aber dennoch weiter am Rand des Abgrunds. »Es heißt doch auch, jeder ist seines Glückes Schmied«, hauchte er Sybille zu, die ihn in den Arm nahm.

Blaulicht in der Direktion

Aus der Richtung, in der sich die Erde befand, schnellte ein torpedoähnliches Raumschiff auf eine helle, gelbe, leicht nach außen gewölbte Scheibe zu. Die Oberfläche der Scheibe war nicht stabil. Sie bewegte sich wie Wasser bei starkem Wind. Oberhalb der Scheibe flimmerte eine Gaswolke. Nachdem das Raumschiff in die Nähe der Gaswolke gekommen war, begann sich der vordere Teil rot zu verfärben. Er glühte. Das Oberflächenmaterial schmolz bis zur Mitte des Raumschiffs. Dann explodierte der Rest. Die Teile des Schiffes, die in alle Richtungen flogen, verglühten. Einige kamen sehr nahe an die Scheibe heran, bis sie sich scheinbar berührten. Es gab dabei vereinzelt Verpuffungen. Auf der gewölbten Scheibe bildete sich ein Krater aus Gas und flackernden Flammen. Dann zog sich die Scheibe im Bild zurück. Sie schrumpfte, wurde kleiner und kleiner, bis man erkennen konnte, dass es sich nicht um eine Scheibe, sondern um die Oberfläche einer gelblich roten Kugel handelte. Eine Simulation der Sonne. Das etwa fünf mal fünf Meter große Erlebnisschauspiel in der Mitte einer Arena war dreidimensional. Aus dem Krater in der Sonne lodert eine Feuerfontäne, in die sich Gase mischten und weit über der Oberfläche in einem Feuerwerk explodierten. Langsam löste sich das Bild auf. Dann verschwand es vollständig. In der runden Arena mit einem Durchmesser von fünfundfünfzig Metern ging gedämpftes Licht an. Die Decke sah mit unterschiedlich großen Lichtpunkten aus wie ein Sternenhimmel. Vom Boden, auf dem sich ein Miniaturpark mit einem Wasserlauf und Bänken befand, bis zur zehn Meter darüber liegenden Decke, schwebten schwerelos, ein bis zwei Meter von der Außenwand entfernt, leicht hin und her schwankende Balkone, in denen vier bis sechs Personen Platz hatten. Vorn links an jedem Balkon leuchtete ein kleines Licht, einer Leselampe ähnlich. Die Wände waren wie die Balkone dunkelblau. Sie waren unregelmäßig, in Höhe und Abstand, angeordnet. Sie hoben sich nur durch die hellen Brüstungen von der Farbe der dunkelblauen Wände ab. In den schwebenden Balkonen, saßen die unterschiedlichsten Gestalten, teilweise sahen sie menschenähnlich aus, teils konnte man sie mehr der Tierwelt zuordnen. Andere schienen aus einem Fantasiefilm zu stammen. Das 3D Hologramm in der Mitte der Arena gewann wieder Konturen. Gleichzeitig erlosch langsam das Licht im Saal. In dem Hologramm fiel der Blick aus einer leicht erhöhten Perspektive auf Sonne, Erde und Jupiter. Eine Rakete startete von der Erde. Kurz vor dem Jupiter verlangsamte sie die Geschwindigkeit, drehte ab, wobei sie zusätzliche Antriebsraketen zündete, die hell auflodern. Sie nahm dann Richtung auf die Sonne. Mit der Zeit kam sie immer weiter vom Kurs auf die Sonne ab, schließlich flog sie rechts an ihr vorbei. Das Bild spulte bis zur Kursabweichung zurück – die Rakete behielt im zweiten Bildablauf ihren Kurs bei. Sie geriet in eine Umlaufbahn der Sonne. Nach einigen Umkreisungen erlosch das Bild in der Mitte wieder. Gedämpftes Licht ging an. Die Gestalten auf den Balkonen tuscheln aufgeregt miteinander.

Es war nicht die Tatsache des Reaktorunfalls auf der Erde. Nicht der Umgang damit durch die Verursacher. Auch der gefährliche Ausgang der radioaktiven Verseuchung beschäftigte hier nur die Registrierungseinrichtung. Es war die Information, die Kolotter über sein Verarbeitungsinstrument im Kopf automatisch absendete, dass jemand vorhatte Atommüll in die Sonne zu schießen. Sonst wäre der Rat nicht zusammengerufen worden. Kolotter wurde von der schöpferischen Instanz in die lebende Informationshülle Otto implantiert. Er lebte als Mensch, war sich seiner Mission aber nicht bewusst. Nur so konnten die Beobachtungen, die er machte, authentisch und unverfälscht zur schöpferischen Instanz gelangen. Sein Bewusstsein über die Vorgänge würde erst mit dem Verlassen des menschlichen Körpers wiederkehren. Die Vernetzung im Gehirn, war eine perfekte Sendestation. Der Empfänger war auf seine Frequenz eingestellt. Er lebte einfach nur sein Leben. Sein progressives Interesse war genetisch gepolt. Es richtete sich automatisch auf globale Ereignisse auf der Erde. Sein Beruf als Journalist war ideal. Er gewann von Anfang an die richtigen Kontakte, die seiner Mission konstruktiven Auftrieb gaben. Die Verbindung zur schöpferischen Instanz, gab ihm eine Ausstrahlung die vertrauensbildend auf alle Lebewesen einwirkte. Es war ein Gespür von Seele zu Seele. Otto war da, um Gutes für alle zu bewirken. Nach wie vor war man hier im zuständigen Ressort davon überzeugt: Die Auswahl war absolut richtig. Kolotter leistete perfekte Arbeit. Dass die Erdbewohner radioaktiven Abfall in die Sonne verbringen wollten, wurde von verschiedenen wissenschaftlichen Abteilungen geprüft. Die Sonne bestand nicht nur aus fester Materie, die man ohne weiteres einordnen und Reaktionen vorherbestimmen konnte. Die Menschen hatten aus der Entfernung von hundertfünfzig Millionen Kilometern Beobachtungen über die Sonne angestellt, die Materie eingeordnet, ihre Einschätzungen dazu getroffen. Sie bildeten sich ein, über diese Entfernung auch den inneren Kern der Sonne analysieren zu können. Das Innere der Sonne bewegte und veränderte sich aber ständig. Es entstanden fortlaufend nicht kalkulierbare chemische und physikalische Reaktionen. Dort einfach Stoffe unterschiedlicher Aggregatzustände einzuleiten wäre fahrlässig. Die Menschen handelten oft zum Schaden anderer, bevor etwas abschließend geprüft war. Praktisch einfach drauf los. Im Bausektor, der Landwirtschaft oder in der Medizin, verursachten eingesetzte Stoffe Krankheiten, manchmal entstanden regelrechte Epidemien. Mit Verbrennungsmotoren, Kraftwerken, dem Einsatz von Bomben und ähnlichem belasteten sie die Atmosphäre. Man dachte dort nicht weiter, als bis zum nächsten Atemzug. Bisher waren die kurzlebigen Abläufe, die in Katastrophen endeten, nur zulasten der Verursacher selbst gegangen. Nun ging es aber um viel mehr. Die Auswirkungen waren nicht nur auf den eigenen Planeten begrenzt. Aus der unvernünftigen Absicht Atommüll ins All zu verbringen, konnte sich ein Verlauf ergeben, der weit darüber hinaus gehen konnte. Diese Umstände veranlassten die Vertreter des Ressorts »konstruktive Schutzmechanismen«, ein Gremium zur Beratung einzuberufen, was jetzt zu tun sei.

Die planetarische Vereinigung, der gereiften Vertreter des konstruktiven Lebens, umfasste dreiundvierzig Mitglieder. Sie kamen aus verschiedenen Sonnensystemen. Die darin lebenden Völker, gab es durchschnittlich seit mehr als zweihundert Millionen Jahren. Die Entwicklungsperiode hatte bei allen Mitgliedern kritische Entwicklungen durchlaufen und hinter sich gelassen. Die Auseinandersetzung mit dem Universum fand nur noch aufbauend statt. Es gab keine destruktiven Elemente im Fühlen, Denken und Handeln. Einige der Organismen waren zum reinen Seelendasein aufgestiegen. Sie reinkarnierten nur noch anlässlich von Treffen der planetarischen Vereinigung, an denen körpergebundene Mitglieder teilnahmen. Die Erde mit den Menschen, zählte erst zu den Anwärtern der elften Kategorie. Auf dieser Stufe befanden sich Aspiranten für die Vereinigung, die sich organisch, geistig und seelisch, in einem relativ stabilen Evolutionsstadium befanden. Man konnte davon ausgehen, dass solche Organismen nicht mehr aussterben. Die nächsten zehn Stufen konnte man als Übergang zur Ewigkeit bezeichnen. Die Menschen zählten lange noch nicht zum engeren Kreis des beratenden Gremiums. Es war gut so, keine Menschen einladen zu müssen. Ihre Raumschiffe waren nicht zur Überbrückung längerer Strecken, in angemessener Zeit, geeignet. Es war auch fraglich, ob es dort jemanden gab, der die global planetarischen Zusammenhänge erfassen könnte. Die Teilnehmer in der Arena des Lebens, verständigten sich bei einigen kleineren Treffen über den inneren Dialog. Heute waren aber mehrere Teilnehmer anwesend, die noch untrennbar mit dem Körperlichen verbunden waren. Eine davon, Trenus führte den Vorsitz. Sie kam aus der Hanran Galaxie. Trenus war, wie alle Körper dort, weit entwickelt. Sie stand auf einem Balkon über dem Eingang der Arena. Sie hatte wie alle die heute anwesend waren, einen Stimmverteiler an der Lippe und eine Art Miniempfänger zur Texterfassung im Ohr. Alle Texte wurden zentral in die jeweilige Sprache der Teilnehmer übersetzt. Trenus hatte drei Brüste. Zwei davon waren ähnlich wie bei Menschen platziert. Eine war mittig oberhalb davon. Die obere war mit dem Mund erreichbar. Sie produzierte bei Bedarf eine Flüssigkeit mit allen Nährstoffen, die dem Organismus in Dürrezeiten das Überleben ermöglichte. Ihr Organismus war zweigeschlechtlich. Er verfügte sowohl über ein männliches Glied, als auch über eine weibliche Öffnung. Sogar eine Selbstbefruchtung war möglich. Trenus war zwei Meter groß. Sie hatte rund um den Kopf mehrere Augen. Sie brauchte sich nicht umzudrehen, um alles zu erfassen. Auf dem Kopf hatte sie anstelle von Haaren, wurmartige Auswüchse, an deren Enden die Aufnahme von Schall und Tönen aller Art erfolgte. Sie sprach zu den anderen Teilnehmern: »Die Informationen zum Vorgang lagen jedem vor. Ich möchte nun unseren Donastier bitten, die Bilder Ablauf eins zu kommentieren. Donastier von der Galaxie Ambastor hat das Hologramm für uns vorbereitet und wird uns nun seinen Bericht vermunden.«

Der Balkon in dem Donastier sich aufhielt, wurde augenblicklich von einem sanften gelblichen Licht angestrahlt. Er war gerade so groß um über die Brüstung des schwebenden Balkons blicken zu können. Der Kopf erinnerte an den eines Schweins. Nur die Nase war kleiner, fast eben mit dem Gesicht. Haare hatte er keine. Mehr sah man wegen der geringen Körpergröße von ihm nicht. Er begann zu sprechen: »Die Sonne liegt im äußeren Drittel der Milchstraße. Sie ist der Erde von allen Sternen am nächsten. Die Sonne ist ein Mehrschichtensystem, aus festen und gasförmigen Teilchen. Sie befindet sich seit viereinhalb Milliarden Jahren im Entwicklungsstadium und durchläuft seitdem verschiedene Strukturen. Sie hat einen Umfang von derzeit etwa vier Millionen Kilometern. Der Umfang kann je nach Entwicklungsstufe variieren. Ihre Masse macht fast hundert Prozent des Sonnensystems aus, in dem sich die Erde befindet. Auf die restlichen Planeten entfallen weniger als ein Prozent. Die Schichten der Sonne sind wechselhaft und können nicht auf konstante Ebenen oder Zeiten übertragen werden. Die Temperaturen schwanken je nach Schicht und Stadium, zwischen sechstausend Grad an der Oberfläche, bis zu einer Million Grad und höher, in festen oder Verbindungsschichten die sich bis zum Mittelpunkt, in siebenhunderttausend Kilometern, immer wieder anders zusammensetzen. Wichtig für eine Einwirkung auf die umfassenden, chemischen und physikalischen Abläufe ist der Umstand, dass eine minimale Veränderung im Prozessablauf, innerhalb und zwischen den Schichten, vorher nicht messbare Reaktionen auslösen kann. Die Druckquantität bis über eine viertel Milliarde bar, könnte eine Schichtenverschiebung, Fusionsphänomene und wiederum unkalkulierbare Kompensationen begünstigen. Durch Kompressionswellen könnten einige der über Hundert verschiedenen Stoffe und Gase neue Verbindungen eingehen. Was wir im ersten Bildablauf gesehen haben, wäre nur eine kleinere mögliche Auswirkung. Eher harmlos. Wie sich eine Einwirkung auf die komplexen Abläufe in der Sonne oder ihrer Gravitation effektiv auswirkt, ist schwer zu sagen. Alles in allem können wir Prozesse und mögliche Reaktionsmuster simulieren, die dann aber, wie wir schon mehrfach erfahren haben, von den real hervorgerufenen abweichen können. Auch wenn wir so herangehen zu sagen, die Erde ist der einzige Planet mit organischem Leben, der in diesem Sonnensystem die Sonne benötigt, sollen sie doch Selbstmord begehen, können wir nicht mit letzter Sicherheit ausschließen, dass andere Sonnensysteme der Milchstraße davon nicht auch tangiert würden. Außerdem – lasst es mich an dieser Stelle einflechten, ist Kurzsichtigkeit kein Grund jemanden von der Fürsorge auszuschließen.«

»Von den beiden anderen Eventualitäten spricht unser Freund Gaschmier.« Ohne Unterbrechung erläuterte Gaschmier von der Tenexcon Galaxie, die am weitesten von der schöpferischen Instanz entfernt war, die Bilder »Vorgang zwei« des Hologramms: »Viel wahrscheinlicher, als eine Veränderung der Struktur der Sonne, ist Variante zwei. Die von der Erde gestartete Rakete verfehlt ihr Ziel: Die erste Hürde haben die Konstrukteure und Programmierer des Raketenteams in der Simulation genommen. Diesen Stand der Technik können wir derzeit voraussetzen. Sie haben beim Start neben der Eigenrotation berücksichtigt, dass die Erde um die Sonne kreisend, mit einer Geschwindigkeit von einhunderttausend Kilometern pro Stunde, im All unterwegs ist. Sie haben auch berücksichtigt, die Rakete weiter entfernt vor dem Jupiter mit einer zusätzlichen Startzündung, in Richtung Sonne zu lenken. Richtig ausgedrückt ist, sie haben es nicht berücksichtigt, sondern es wurde versucht dies zu tun. Die Rakete beschleunigte aber auf mehr als die notwendigen fünfundfünfzigtausendsiebenhundert Kilometer pro Stunde, die für die Flugbahn gebraucht würden und geriet deshalb nicht in die Gravitation der Sonne. Sie fliegt nun so lange durchs All – wohin? – bis wann? Dieser Vorgang wäre unkalkulierbar. Die Wahrscheinlichkeit, dass ein Raumschiff von der Erde, bei der Wendung, den richtigen Winkel und die richtige Geschwindigkeit erreicht, liegt bei weniger als zwanzig Prozent. »Vorgang drei«: Die Möglichkeit, dass die Rakete durch die Gravitation der Sonne in eine Umlaufbahn gerät, brauche ich nicht weiter zu erörtern. Ihnen ist sicher allen klar: Damit wären jeweils die Risiken Vorgang eins und zwei verbunden.« Geschmier sprach sehr nasal. Das lag an dem langen, zehn Zentimeter nach unten hängenden, haarigen Rüssel, der sich zwischen den buschigen Augenbrauen abhob und halbkreisförmig bis kurz über die wulstige Oberlippe hing. Kopf und Körper waren fast doppelt so groß wie der eines Menschen. Dick, wabbelig und schwabbelig.

Die Beleuchtung um Gaschmier verlor sich langsam. Sie baute sich gleichzeitig um Trenus auf. Sie fasste die Schilderungen als effektives Gefahrenpotential zusammen. Dann sprach sie von Liebe, von Rücksicht, aber auch von den noch vorhandenen destruktiven Strömungen bei der Rasse Mensch. Sie sagte weiter: »Ihre Begrenztheit gepaart mit sturem Erfolgswillen, der Gier nach materieller Bereicherung und Macht ist eine ungeeignete Zusammenstellung für die Harmonie globalen Zusammenwirkens. Was auf dem Planeten Erde geschieht, betrachten wir seit zweihundertdreizehn Jahren genauer. Gene und Geist befinden sich seitdem auf einem Gleis der Dekadenz. Die Handlungsmuster wirken immer schädigender auf die Lebewesen und den Planeten allgemein. Die Industrialisierung hat den Vorgang stark beschleunigt. Macht und Versorgungsgier sitzen wie eine Brille fest auf den Augen und dem Verstand. Kein anderes Lebewesen auf dem Planeten wirkt außerhalb der Eigenversorgung. Alle anderen Organismen stehen in der Ausgewogenheit von Geben und Nehmen. Ich betone diesen Umstand sehr gezielt und möchte darauf hinweisen, in welche Richtung die destruktive Entwicklung der Rasse Mensch geht. Sie reguliert sich nicht durch Lernprozesse, sondern nimmt im Gegenteil Jahr für Jahr zu. Die Konfliktfälle werden mehr und umfangreicher. Die Hoffnung auf ein Einlenken der Menschheit wird in gleichem Maße geringer. Die Aufnahme in die nächsthöhere Kategorie wurde für die nächsten fünfzig Jahre ausgeschlossen. Dieser Beschluss vor drei Jahren war richtig. Schauen wir noch einmal auf das Gefahrenpotential. Was ist zu tun? Ist es an der Zeit einzugreifen? Ich bitte die Teilnehmer um Ihre Meinung.«

Die Anordnung der Balkone war unregelmäßig in Abstand zur Außenwand und der Höhe. Der Balkon in dem Trenus und ihre Begleiterinnen sich befanden, lag in einer Höhe von acht Metern. Zwei Balkone rechts von ihr, in einer Höhe von drei Metern, leuchtete ein rosafarbenes, kleines rundes Licht auf. Sie bemerkte es und sagte: »Dämonius meldet sich zu Wort. Hat jemand Vorrang?« Niemand meldete sich. Trenus erteilte ihm das Wort. Dämonius war einen Meter fünfundneunzig groß, hatte tiefschwarze Haut, eng beieinander liegende Augen. Der Mund war dort wo sich bei dem Menschen das Kinn befindet. Eine Nasenöffnung war nicht vorhanden. Statt Armen hatte er auf jeder Körperseite vier Tentakel, die bis zum Boden reichten. Die Tentakel bewegten sich ähnlich wie der Rüssel eines Elefanten. Sie rollten sich ständig auf und ab, zusammen oder auseinander. Die Haare sahen annähernd gleich aus. Sie waren nur kleiner. Ähnlich wie bei Trenus konnte er damit hören. Außerdem konnte damit ein Ton im Ultraschallbereich ausgestoßen werden. Eine Art Warn und Kommunikationssystem. Dämonius atmete tief ein und begann seine Einsichten vorzutragen: »Es handelt sich bei dem möglichen Einbringen, von Materie in die Sonne, um Planungen. Für ein unfertiges, mögliches Vorhaben sollten wir nicht unnötig viel Arbeit und Zeit investieren. Wichtig, ist die weitere Beobachtung der Aktivitäten dieser Rasse, in Bezug auf Kriegsführung über Satelliten, Robotronik im All. Alles was kosmischen Belang hat. Sollte tatsächlich eine Planung, welche die vorliegenden Abläufe beinhaltet realisiert werden, können wir kurzfristig einen Schutzschild einrichten. Diese Installation kann vorbereitet werden und im Fall X innerhalb von Minuten den Planeten ummanteln. Die Abschirmoberfläche VS4377 wäre dafür geeignet. Damit hätten wir alle Optionen. Der Schirm ist durchsichtig und lässt Raumschiffe nicht gleich kollidieren. Er funktioniert ähnlich wie die Atmosphäre der Erde. Der Unterschied besteht im Umschaltmechanismus. Der Schirm hat mehr als fünfzehn verschiedene Funktionen. Die meisten als Umlenkfunktionen oder Auffangfunktionen, bis zum Aufprall. Diese letzte Abwehrfunktion soll aber nicht eingesetzt werden. Wir könnten VS4377 direkt über die Thermosphäre, an die Außenhülle ihrer Atmosphäre ansetzen. Die VS4377 kann auf tausend Kilometer gedehnt werden. Nachdem ein Raumschiff mit Atommüll oder anderer Absicht zur Sonne gestartet wird, durchstößt sie erst einmal mit mäßiger Geschwindigkeit die äußeren Schichten der Atmosphäre. Nachdem sie von der Mesosphäre zur Exosphäre in den Schutzschirm gelangt, wird sie dort einfach umgelenkt und zur Erde zurück manövriert. Der Schutz ist einfach und ausreichend. Alles andere wäre völlig unnötige Verschwendung von Energie. Bedanken sie sich jetzt.« Stille.

Das Licht um Dämonius erlosch so langsam, wie es um Trenus heller wurde. Sie schaute sich im Saal um. Genau auf der ihr gegenüber liegenden Seite der Arena wurde ein kleines, rundes, rosafarbiges Licht erkennbar. Sie sagte: »Appolon meldet sich zu Wort. Hat jemand Vorrang?« Nachdem einige Sekunden ohne Antwort verstrichen waren, hob Trenus ihre Hand wie zum Gruß in Richtung Appolons. Er war so klein wie Domastier. Gerade noch der kantige stark behaarte Schädel war am Rand des Balkons zu erkennen. Er erinnerte an einen Büffelkopf. Nicht im Traum kam man darauf, darunter den Körper eines Tausendfüßlers zu vermuten. Ein Vielfüßler, mit vier starken Armen zur Unterstützung, wenn eine aufrechte Position erwünscht war. Er öffnete sein breites Maul und begann zu sprechen: »Bei der menschlichen Rasse würde die Veränderung ihres Bewusstseins eine Chance bieten, die Entwicklung in eine den Erfordernissen angemessene Richtung zu lenken. Ich möchte vorschlagen Kontakt zur Erde aufzunehmen. Im bergigen Land, Breitengrad 47.8640182, Längengrad 12.0093171 nach Erdvermessungsdaten befindet sich eine Abhörstation, die unter anderem ins All gerichtet ist. Dort arbeiten drei Nationen mit verschiedenen Kernzielen, von denen die meisten politischer Natur sind. Über diese Station können wir direkt mit den zuständigen Stellen oder leitenden Personen Kontakt aufnehmen. Nach einer erfolgreichen Verständigung, besteht die Möglichkeit, sie zum Beispiel auf der Erde abzuholen und hier erste Gespräche zu führen. Wenn die Menschen wissen, dass sie nicht allein im Universum sind, sondern nur Teil eines großen Ganzen, wenn sie erkennen in welchem Stadium – am Anfang, nicht am Höhepunkt – der Evolution sie sich befinden, wenn sie erkennen, dass es keine isolierte Entwicklung gibt, nicht im Wirkungskreis innerhalb des Planeten und nicht als Planet innerhalb des Universums, wenn sie aus der Hypnose erwachen, als Erstes immer nur auf den eigenen Bauchnabel zu schauen, würde damit nicht ein Quantensprung bei der Erfassung ganzheitlicher Zusammenhänge verbunden sein? Vielleicht kann man so eine Entwicklung anregen, die weg vom dogmatischen Totalitarismus führt, weg von Egoismus. Hin zur Völkerverständigung. Zum Miteinander, das alles Leben mit einschließt. Bedanken Sie sich jetzt.« Stille.

Das Licht um Appolon erlosch so langsam, wie es um Trenus heller wurde. Sie schaute sich im Saal um. Fünf Balkone rechts von ihr erschien ein rosafarbiges Licht. In dieser Loggia hielt sich Voxtross allein auf. Sein Fortbewegungsmittel war ein weicher, schwammiger, fast runder Fleischberg, der aussah wie eine übergroße Qualle. Blau, wie die Haut eines Wals. Er brauchte den ganzen Platz für sich allein. Unter der fleischigen Scheibe mit über zwei Metern Durchmesser, befanden sich hunderte kleinere Füße, die es erlaubten sich in jede Richtung zu bewegen. Der restliche Körper erinnerte ebenfalls an einen Meeresbewohner. An einen Tintenfisch. An der Seite des Körpers befanden sich mehrere Fangarme mit Saugrüsseln, an deren Ende sich Greifvorrichtungen befanden, die an kleine Schlangen erinnerten. Der Kopf war geformt wie der eines Haifischs, nach oben spitz zulaufend, mit zwei Augen auf jeder Seite. Voxtross hatte keine Behaarung. Weder am Körper noch am Kopf. Unter der Haut war es fischig, weich, nachgiebig. Er begann seine Ansichten mitzuteilen: »Die Hoffnung die Appolon uns gezeigt hat, ist einer der Wege, die wir im schöpferischen Element in der ausgeprägtesten Form vorfinden. Hoffnung. Liebe zu allen Lebewesen. Glaube an die Kraft der positiven Bestrebung. Zusammenwirken in Harmonie. Ich schließe mich seinen Ausführungen uneingeschränkt an, möchte aber eine andere Sichtweise hinzufügen. Auch wenn die Einmischung in Schicksalswege nur begrenzt im Einklang mit dem Urgrund schöpferischer Konstruktivität steht, wäre es auch möglich Bewusstsein für Frieden, gegenseitige Achtung, Ressourcengleichgewicht und Schonung der Umwelt auf dem Planeten selbst zu fördern. Wie? Durch den Einsatz von Agitatoren auf der Erde. Sie könnten bestehende Gruppierungen, die bereits auf diesem Gebiet tätig sind, unterstützen. Es können auch menschliche Implantate als Unterstützung entsendet werden. Menschen die auf Schutz, nicht auf Zerstörung gepolt sind. Das wäre eine Möglichkeit interplanetarische lebenserhaltende Strömungen zu fördern, die zu einem glücklichen Ausgang führen können. Schöpfen wir die Hoffnung aus. Dank an Appolon für die Anregung. Bedanken Sie sich jetzt.« Das Licht an seinem Balkon erlosch.

Trenus stand wieder im Rampenlicht. Acht Balkone weiter leuchtete ein kleines rosafarbenes Licht. Vielmehr ging es in kurzen Abständen an und aus. Ein Zeichen, wenn jemand nur eine kurze Bemerkung abgeben wollte. Im Balkon flatterte ein extrem dünnes Männchen, getragen von vier Flügeln. Die Flügel und die Haut waren bräunlich orange. Er hieß Lotuscan. Er war etwa einen Meter zwanzig groß. Er sah aus wie ein Mensch, der wochenlang nicht viel gegessen hat. Man sah nur Haut, Adern und Knochen. Er begann, unmittelbar, nachdem ihm das Wort erteilt wurde, zu sprechen: »Fördern, fördern, fördern«, sagte er leicht angewidert. »Wie wollen wir etwas fördern, wo kein eigener Wille zum Guten führt? Die Rasse möchte doch gar keine Veränderung. Sie sind doch eher in einer völlig anderen Richtung unterwegs. Unterdrückung, Ausbeutung, Vernichtung. Sie schmücken sich mit den Attributen der dunklen Seite der Macht. Schicken wir sie doch dorthin. Der Planet kreist nicht stabil um die Sonne. Er gerät im zwölften Monat an die Gravitationsgrenze. Von dort könnte er leicht die Anziehungskraft der Sonne verlassen und im schwarzen Loch verschwinden. Zu den anderen Freunden der Zerstörung. Bedanken Sie sich jetzt.« Nun war länger Stille in der Arena.

Es dauerte etwas länger bis Trenus wieder im vollen Licht stand. So krasse Meinungen waren hier selten. Die letzte dieser Art wurde vor mehr als fünfhundert Jahren vorgetragen. Zwei Balkone neben dem von Lotuscan begann ein rosa Licht zu leuchten. Es war der Balkon von Falkon. Der Weise Falkon. So wurde er in der Runde genannt. Er war nicht nur der Älteste von allen. Er sah auch so aus. Die Haut um den fast zwei Meter hohen Körper war ledrig und faltig. Bewegte er sich, wartete man auf ein knirschendes oder schabendes Geräusch. Die Ohren liefen genauso spitz nach oben zu, wie die Augen nach hinten. Die Nase war schmal, der Mund nur eine Öffnung ohne Lippen. Das Gebiss erinnerte an die spitzen Zähne einer Fledermaus. An jeder Stelle war die Haut faltig und wellig. Der Körper war stark mit dunklem Haarwuchs bedeckt: Er trug keine Kleidung. Trenus erteilte ihm das Wort. Er sprach langsam, mit Bedacht und sehr leise: »Machen wir uns keine Sorgen. Wir hörten Dämonius. Er sagte, warum unsere Energie an eine Sache verschwenden, die vielleicht nie in die Umsetzung gerät. Er sagte, nur die Idee ist vorhanden, nicht einmal eine konkrete Planung. Auch ich denke, diese Idee wird so oder so versickern und keine Realität werden. Es hat auf vielen Planeten ebenso viele Völker gegeben, die sich gegenseitig vernichtet oder ihre Umwelt zerstört haben. Einige haben sich regeneriert. Sie haben aus ihren Fehlern gelernt und gehören nun bald zu uns. Andere haben es wiederum nicht über die Mittellinie geschafft und sind in einen Neuanfang der Entwicklung abgesackt. Nirgendwo ist dadurch Schaden entstanden. Warten wir ab. Ihr könnt euch an den Vorgang Pentabox erinnern. Der Planet der durch die Hecheros zum Untergang geführt wurde. Vielleicht löst sich das Problem auf der Erde ebenso.«

Die Hecheros waren ein Volk auf dem Planeten Pentabox. Pentabox lag am anderen Ende der Milchstraße. Der Planet verfügte ebenso wie die Erde über die Beleuchtung und Erwärmung durch eine Sonne, die organisches Leben ermöglichte. Die Hecheros hatten, in ihrer anfänglichen Entwicklungsperiode, mehr natürliche Feinde als die Menschen. Fleischfressende Organismen gab es auf Pentabox im Boden, auf der Oberfläche und in der Luft. Deshalb hatte der Körper im Laufe der Evolution eine andere Ausstattung bekommen. Sie hatten auf jeder Seite zwei Arme. Die oberen waren an einem Kugelgelenk der Schulter aufgehängt. Sie waren in nahezu jede erdenkliche Richtung drehbar und dehnbar. Die unteren Arme verfügten auch über ein Kugelgelenk. Sie konnten aber nur bis zu einem Winkel von etwa hundertzehn Grad nach oben gedreht werden. Mit vier Armen konnte man Feinde besser abwehren oder flüchten, denn mit den oberen Armen konnten sie sich als Vierfüßler bewegen. Sie ließen sich einfach nach vorne fallen und rannten los. Die Geschwindigkeit war geeignet, fast allen Angreifern zu entkommen. Der Kopf war fast dreieckig geformt. Er lief nach oben spitz zu. Vorn in der Stirn war ein Auge. Hinten gegenüber ebenfalls. Niemand konnte sie so einfach auflauern und angreifen. Die Ohren waren zwar auch seitlich am Kopf, aber größer als beim Menschen. Sie konnten ein wesentlich breiteres Spektrum von Schallwellen empfangen. Sie hörten leise Geräusche schon sehr frühzeitig, um ausweichen oder fliehen zu können. Im Spätstadium, entwickelte sich Volk und Planet ähnlich wie bei den Menschen auf der Erde. Deshalb hatte Falkon der Weise dieses Beispiel gewählt. Es gab viele Parallelentwicklungen. Behausungen, Heizkraftwerke, Energieerzeugung, bodengebundene Fortbewegungsmittel, Flugkörper, Raumschiffe. Die Struktur ähnelte tatsächlich sehr derer der menschlichen Rasse. Nur hatten sie wenig und eine anders strukturierte Gehirnmasse. Weil ihre Augen nicht vorn nebeneinander, sondern vorn und hinten waren, liefen Sehnerven zu zwei Sehzentren, die sich mittig im Kopf befanden. Deshalb konnten sich die Hirnteile nicht so gut vernetzen wie beim Menschen. Sie brauchten länger für einzelne Entwicklungen. Die Eigenreflexion war noch schwächer entwickelt. Auch die Hecheros begannen Kriege. Allerdings nicht nur untereinander, sondern auch mit anderen Planeten. Um die Sonne die zum System des Pentabox gehörte, kreisten weitere vier Planeten fast in der gleichen Umlaufbahn. Die Organismen der Nachbarplaneten waren noch nicht so weit entwickelt. Die Hecheros hatten es nicht weit. Sie beuteten die Ressourcen der Nachbarplaneten aus, wodurch immer mehr Kriege entstanden. In einer Phase, wo die Hecheros einen der Nachbarplaneten endgültig ausschalten wollten, weil die Bewohner dort für sie zu gefährlich wurden, schaltete sich die schöpferische Instanz zur Begutachtung möglicher interplanetarischer Schäden ein. Eine Intervention war jedoch nicht nötig. Bereits lange vor den Kriegen nutzten die Hecheros bodengebundene Transportmittel, die mit Motoren betrieben wurden, die hohe Abgasmengen und andere schwefelhaltige Stoffe absonderten. Der Planet verfügte außerdem über wesentlich weniger Pflanzen als die Erde, die zur Regeneration der Atmosphäre benötigt wurden. Durch eine explosionsartige Ausweitung der Industrie und einer starken Zunahme der Pentaboxbevölkerung wurden immer mehr schädliche Gase ausgestoßen. Einige der Schadstoffe wirkten zerstörend auf die Zellstruktur der Organismen. Die Atmosphäre kippte so schlagartig, wie die Organismen über dem Meeresspiegel ausstarben. Eine Eiszeit begann. Die einzigen Überlebenden die erhalten blieben, waren Organismen unter der Wasseroberfläche. Das Problem »Hecheros« hatte sich von selbst gelöst.

Falkon sprach weiter. Er redete nun noch langsamer und leiser: »Wird sich der »Vorgang menschliche Rasse«, auf dem Planeten Erde, ebenso auflösen? Es sieht fast so aus. Die einzige Frage, die wir uns im Augenblick stellen müssen, ist folgende: Können wir Hilfe leisten? Die Nächstenliebe – der Quell immerwährender guter Kraft, dürfen wir nicht überhören. Denkt daran, wer von denen noch unter uns ist, die vor langer Zeit vom Weg abgekommen sind. Die Hilfe der umfassenden Kraft hat sie stark genug gemacht, um auf den rechten Weg zurückzufinden. Lassen wir niemanden allein, so werden auch wir immer von allen behütet. Wir wissen zwar nicht, ob und wer dort auf der Erde fähig ist, die gute Kraft zu hören und zu sehen, die gute Kraft zu empfangen und zu leben, aber lasst uns weiter forschen, ob es bei diesem Volk noch Menschen gibt, die einlenken werden. Bedenkt, bedenkt.«

Die Beratung schloss mit dem Ergebnis eine längere Stillhaltezeit verstreichen zu lassen, in der man Kolotter gut zuhören würde.

Was geht ab

Eine Amsel flog singend die Kopfsteinpflasterstraße entlang. Sie landete auf einem eineinhalb Meter hohen hellgrauen Stromverteilerkasten, der am Rand des Bürgersteigs stand. Sie suchte sich darauf einen Platz, der frei von Schnee und Eis war. Erschrocken von dem schrillen, quietschenden Geräusch, mit dem sich eine riesige graue Stahltür öffnete, drehte sie abrupt den Kopf in diese Richtung. Sie erblickte einen jungen Mann, der mit weit geöffneten Augen durch das Tor heraustrat. Er öffnete und schloss mehrmals ungläubig die Augenlider. Dann schaute er sich irritiert um. Er schien noch nie hier gewesen zu sein. Hans Efka, gerade achtzehn Jahre alt, konnte es kaum fassen. Er war wieder in Freiheit. Das zweite Mal in seinem Leben war er außerhalb eines Gefängnisses im Ostteil Deutschlands. Sein Debüt fand vor vierzehn Monaten statt. Am 05. September 1988, war er auf der Ost-Berliner Seite der Mauer von Grenzsoldaten nach einem kleinen Spaß verhaftet worden. Nein, er ist kein Ost-Berliner. Gewohnt hatte er bis zum 05. September im West-Berliner Bezirk Kreuzberg. Hans hatte mit Freunden in einer Seitenstraße, einen Steinwurf von der Berliner Mauer entfernt, den Geburtstag einer Mitschülerin gefeiert. Zwanzig Meter vom Vorgarten, in dem die ausgelassene Gesellschaft jubelte und zechte, verlief ein weißer Streifen als Sperrmarkierung. An einem Pfahl kurz davor befand sich ein Schild: »You are leaving the American Sector. Sie verlassen jetzt den amerikanischen Sektor.« Hans lief zu der Markierung und balancierte, mit zur Seite ausgestreckten Armen, auf dem Streifen entlang. Er spielte den Volltrunkenen und schlingerte mit dem Oberkörper hin und her. Alle lachten. Werner ein junger Mann aus seiner Klasse, kam auf die Idee eine Wette vorzuschlagen. Er sagte: »Ich wette, du schaffst es nicht da oben«, er zeigte auf die Abdeckung der Berliner Mauer, die den Ostteil der Stadt vom Westteil trennte, »entlangzulaufen ohne dich festzuhalten.« Hans fragte: »Wie viel?« Werner fasste in die Tasche und zog zwei Hundertmarkscheine heraus. »Das hier«, sagte er und hob die Scheine hoch. Die Gesellschaft jubelte und feuerte Hans an. Birgit, deren Geburtstag heute gefeiert wurde, behielt als einzige einen kühlen Kopf. Sie sagte: »Seid Ihr verrückt? Was ist, wenn die da drüben schießen?« Hans hatte sich schon die einfache Holzleiter geschnappt, die im Vorgarten an einer Buche lehnte. Er stellte sie schräg an die Mauer. Die Höhe der Leiter reichte gerade aus, um auf die Abrundung bis ganz nach oben zu gelangen. Er zog sich auf die halbrunde Mauerabdeckung hoch. Birgit rief: »Hans komm bitte wieder herunter. Das ist kein Spaß mehr.« Hans hatte sich aufgerichtet und lief los. Er rief aus drei Meter fünfzig Höhe herunter: »Zweihundert. Her damit.« Gleichzeitig trat er mit dem linken Fuß daneben, fiel auf die Knie und dann hinunter. Hans war verschwunden. Er fiel zur falschen Seite. Auf der Ostseite gingen die Scheinwerfer an. Sirenen begannen zu heulen. Nach kurzer Zeit traf ein Jeep mit vier US Soldaten auf der Westseite ein. Birgit erzählte ihnen von dem Vorfall. Die anderen gingen zum Grenzübergang Checkpoint Charlie. Sie waren der Meinung, die Grenzsoldaten der DDR würden Hans dorthin bringen und als ungebetenen Gast hinauswerfen. Es war schließlich nichts als ein Spaß junger Leute. Weit gefehlt. Sie brachten ihn in ein Gefängnis der Staatssicherheit. Hans war erst siebzehn Jahre alt. All sein Weinen und Klagen half nichts. Nicht bei der Stasi. Er hatte Glück, dass die Anklage nach § 213 »ungesetzlicher Grenzübertritt« des Strafgesetzbuches der DDR nur mit zwanzig Monaten Gefängnis abgeurteilt wurde. Der Vernehmer, wie die Mitarbeiter der Staatssicherheit der DDR genannt wurden, die im Ermittlungsbereich tätig waren und die Vernehmungen der Beschuldigten durchführten, konnte ihn nicht leiden. Hans sah gut aus und kam aus dem Westen. Schlimm genug. Dazu kam sein joviales, freundliches Auftreten. Diese überhebliche Art wollte ihm der Vernehmer austreiben. Er hielt ihm ständig die Bedrohung vor Augen: »Wir werden Sie nach § 213 Punkt (3), 5 belangen, was mit einer Freiheitsstrafe bis zu acht Jahren bestraft wird.« Hans konnte nicht mitlächeln, als der Richter ihn über sein besonderes Glück aufklärte. »Aufgrund der besonderen Umstände, sowie Ihres Alters lassen wir

Milde walten.« Das Urteil lautete zwanzig Monate Gefängnis. Er war verzweifelt und konnte nicht verstehen, dass einer Gaudi die keine Nachteile für Mensch oder Tier verursachte, mit einem so krassen Einschnitt in das Leben eines Jugendlichen vergolten wurde. Er hatte nichts Böses im Sinn. Er hatte nichts beschädigt. Er war nett und freundlich zu den Grenzsoldaten und allen anderen im Gewahrsam der Staatssicherheit. Verständnis gehörte aber nicht zu den Stärken des Überwachungsstaates DDR. Er verbrachte bis zum Gerichtstermin, fünf Monate in einer einen Meter achtzig mal drei Meter achtzig großen Einzelzelle und die Monate danach in einer Großraumzelle auf einem Trakt zusammen mit über zwanzig Strafgefangenen. Zwangsarbeit gehörte ebenfalls zum Vollzug. Vor drei Tagen hatte man ihn ohne weitere Erklärungen aus dem Gewahrsam abgeholt. Uniformierte brachten ihn in die alte Untersuchungshaftanstalt zurück. Heute Morgen nach dem Frühstück, wurde seine Privatbekleidung in die Zelle geworfen. Er wurde aufgefordert sich umzuziehen. Nach einer viertel Stunde kamen zwei uniformierte Beamte. Sie forderten ihn auf mitzukommen. Er wurde einfach hinausgeworfen. Hans hatte eine schlimme Lebenserfahrung gemacht.

Er stand auf der Straße, wusste nicht wohin und starrte wie besinnungslos auf die große Eisentüre, die sich gerade wieder öffnete. Der nächste »Patient« kam heraus. Verarztet von der Staatssicherheit. Verurteilt nach § 105 »staatsfeindlicher Menschenhandel« zu zwölf Jahren Haft, zu grauen Haaren, mehreren fehlenden Zähnen, ebenfalls Einzelhaft, danach Stasihaft in Berlin-Rummelsburg in einer Großraumzelle und Zwangsarbeit. Die DDR verurteilte solche »Schleuser«, die oftmals nur Bekannte oder Verwandte aus der DDR in den Westteil Deutschlands »schleusen« wollten, exemplarisch zu Höchststrafen. Der Fall Walter Sturm wurde vom Vernehmer hochstilisiert zum organisierten Menschenhandel, der darauf abzielte die Souveränität der DDR anzugreifen. Wie er mit seinem Dresdner Dialekt vor Herrn Sturm immer wieder herunterleierte: »Ssie wissn gonz genaeu, doss Ihre Opfrrr von den Urganen der TTR berüflich auskebildet wuurrdn, was derr sossialisdischen Urbeiterpartei ein Heidngeld gekosded hat. Ssie hurbn ssie dörr Blanwirtschaft entrissn ünd sso größn Schadn fürr unsur Völk angerischted. Alles war urganisiert und dauerhaft auf die Beschädigung der Souveränität der DDR angelegt. Unsere Staatsgrenze wurde verletzt. Der Arbeiter- und Bauernstaat kann und wird solche Angriffe die sich gegen den Sossalismus«, er verschluckte manche Silben genau wie sein Vorbild Erich Honecker, »richten, verfolgen und schwer bestrafen.« Walter wollte lediglich Susanne, die Verlobte seines Freundes Bernd im Kofferraum aus der DDR holen, damit die beiden heiraten konnten. Ihren Ausreiseantrag hatten die Behörden abgelehnt. Sie hatte daraufhin ihre Arbeit als Lektorin in einem Buchverlag verloren. Trotz unzähliger Bewerbungen wurde sie in ihrem Beruf von da an überall abgewiesen. So war es nun einmal. Wer nicht in der Reihe mitlief, wurde mit allen Mitteln dazu erzogen artig zu sein. In ihrem Fall hieß das: »Reinigungskraft in einer Fabrik«, verbunden mit einem »Berlin-Verbot« und »Territoriums-Zuordnung.« Sie durfte die Hauptstadt der DDR nicht mehr betreten. Sie hatte nur noch Auslauf in einem streng abgesteckten Gehege. Wollte sie ihren Landkreis verlassen, musste sie es anmelden. In der Regel wurde es abgelehnt. Sie durfte sich nur, in einem fünfzig Kilometer Radius, um das kleine Dorf bewegen, wohin sie zwangsdeportiert wurde. Nachdem ihrem Verlobten die Einreise verweigert wurde, entstand der Fluchtplan. Da er selbst nichts tun konnte, fragte er Walter, ob er ihm helfen könne. Walter ging blauäugig und hilfsbereit wie er war, das Risiko ein. Er hatte gehört, Bundesbürger in politischer Haft der DDR würden nach kurzer Zeit freigekauft. Weit gefehlt, wie er leider feststellen musste. Die Bundesregierung zahlte wohl einen Ausgleich. Entlassen wurden die Inhaftierten in der Regel jedoch erst, nachdem mindestens ein Drittel der Haftstrafe verbüßt war. Später, wenn Walter seine Stasiakte einsehen würde, konnte er darin lesen, wer verantwortlich für die Aufdeckung der Flucht war: Der Bruder der Verlobten hatte seine Schwester bei der Stasi angeschwärzt, gleich nachdem sie ihm von ihrem Vorhaben erzählte. Der Bruder wollte sicher gehen, nicht auch noch seinen Job zu verlieren. Vorgestern, nach nur zwei Jahren Haft, wurde er, genau wie Hans, aus dem Vollzug in die Untersuchungshaftanstalt gebracht. Auch er wurde im Schnellverfahren hinausbefördert.

Er ging auf die andere Straßenseite und streckte Hans mit den Worten »Walter, na auch überrumpelt worden?«, die Hand entgegen. »Hans«, antwortete dieser und schüttelte Walters Hand. »Dich habe ich doch beim Hofgang schon mal gesehen.« »Kann sein«, antwortete Hans. »Ja, jetzt erinnere ich mich«, sagte Walter. Du bist der junge Mann aus dem Mauerzirkus. Eine ungeile Nummer, die sie mit dir veranstaltet haben, was?« Drüben auf der anderen Straßenseite ging die Tür wieder auf. Ein dunkelhaariger, großer, schlanker Mann trat hindurch. Er machte zwei Schritte nach vorn, während die Eisentür hinter ihm krachend ins Schloss fiel. Gunnar Weidemehl. Er hatte eine ähnliche Odyssee hinter sich, wie Susanne, die Verlobte von Walters Freund Bernd. Er deutete einen Spagat an, reckte sich und pendelte dann, um sich aufzulockern von einer Seite zur anderen. Er schaute in die Runde bis die beiden auf der anderen Straßenseite in sein Blickfeld gerieten. Walter rief ihm zu: »Staatssicherheit oder Geknechteter?« »Ich weiß es nicht mehr«, rief Gunnar hinüber. »Ich kann mich gerade noch an meinen Namen erinnern.« Er sagte: »Die lasse ich nicht so einfach davonkommen«, wobei er den Kopf in Richtung Eisentür drehte. Gunnar hatte seit seiner Ausbildung zum Diplom-Volkswirt einen steilen Abstieg hinter sich. Gunnar lernte auf einer Feier in Ost-Berlin seinen zukünftigen Lebensgefährten Brian kennen. Richtiger wäre, er sollte es werden. Nachdem die beiden festgestellt hatten, dass Gott sie füreinander bestimmt hatte, geriet Gunnar mit der weltlichen Obrigkeit in Konflikt. Nicht nur, dass er einen Ausreiseantrag stellte. Nein, er nannte auch noch den wahren Grund. Er war homosexuell und wollte zu seinem Freund, der im Westen wohnte. Dabei gab es doch in der DDR keine Homosexualität. So erläuterte man ihm die Entgleisung im inneren Rat der Stadt, wo er den Antrag abgeben wollte. »Im real existierenden Sozialismus, macht man auf dem Ausreiseantrag auch kein Kreuzchen bei einmalig«, erklärte ihm der Beamte. »Da können wir doch gleich Republikflucht begehen? Oder?« Dabei schaute ihm der Beamte starr in die Augen. »Oder?«, wiederholte er. Damals sah Gunnar alles noch durch eine rosarote Brille. So antwortete er mit den Worten: »1975 hat Erich Honecker in Helsinki die KSZE Schlussakte unterschrieben, womit allen Bürgern der Deutschen Demokratischen Republik das Recht der Freizügigkeit zugesichert wird. Die Reisefreiheit wird hierzulande durch diesen«, dabei pochte er mit dem Finger auf den Antrag, der vor dem Bearbeiter auf dem Schreibtisch lag, »Ausreiseantrag belegt.« »Na toll. Schön für Sie Herr Schlaumeier«, antwortete der Bearbeiter und sagte nur: »Sie hören dann von uns.« Was Gunnar nicht kannte, war der Umgang der Regierungsoberhäupter der DDR mit den zugesicherten Rechten für die Bürger. Von Erich Honecker und Erich Mielke gab es unzählige geheime Stellungnahmen zum Umgang mit Ausreisewilligen. Punkt eins war die Diffamierung bei der Staatssicherheit.

Dorthin wurde Gunnar Weidemehl nicht bestellt. Sie kamen zu ihm. Er wurde bereits am nächsten Vormittag, um ihm die Macht der Behörden zu demonstrieren, von drei großen, breitschultrigen Stasivasallen, von denen einer Reiterhose mit Uniform trug, auf seiner Arbeitsstelle abgeholt und ins Ministerium für Staatssicherheit gebracht. Dort saß er bis vier Uhr am Nachmittag einsam herum, als ein junger Mann mit einigen Kartons zu ihm kam, in dem die Utensilien von seinem Schreibtisch auf der Arbeit abgepackt waren. Kurze Zeit später kam einer der drei Stasileute, die ihn vormittags abholten. Er zeigte mit dem Finger auf die geöffnete Tür, durch die er gekommen war. »Mitkommen«, befahl er. »Aber meine Sachen, ich muss noch zur Arbeit«, sagte Gunnar. »Da brauchst du nicht mehr hin«, antwortete der Stasimann. »Los jetzt.« Im Büro musste Gunnar vor dem Schreibtisch stehenbleiben. Im Raum hielt sich ein älterer Herr mit Buckel auf. Er sah ausgezehrt aus. Seine rechte Hand steckte in einem Lederhandschuh. Offensichtlich eine Prothese. Der Mann schaute Gunnar lange an und sagte dann zu ihm Folgendes: »An Ihrem privilegierten Arbeitsplatz brauchen wir Sie nicht mehr. Vielleicht auch in keinem anderen volkseigenen Betrieb. Wir müssen doch nicht davon ausgehen, dass Sie dem realen Sozialismus den Rücken kehren wollen. Oder? Nachdem wir uns so viel Mühe gegeben haben für Ihr Studium und Ihre Ausbildung zu sorgen. Oder?« Er sprach jetzt leise und drohend. Gunnar erwiderte. »Ich möchte doch nur ausreisen, um mit meinem Freund zusammenzuleben.« »Aha«, sagte der ältere Herr. »Also doch. Sie gehen jetzt nach Hause, in Ihre volkseigene Wohnung, die wir Ihnen im guten Glauben an Ihre Loyalität zur Verfügung gestellt haben. Bisher zur Verfügung gestellt haben. Zu Ihrer Arbeitsstelle kehren Sie nicht zurück. Dort arbeiten nur Freunde des Volkes. Überlegen Sie sich in den nächsten Tagen gut, ob Sie Ihren Antrag aufrechterhalten wollen oder ihn zurücknehmen. Zeit zum Nachdenken haben Sie jetzt genug.« Er reichte ihm den Ausreiseantrag. Gunnar nahm ihn nicht an. Vielmehr drehte er sich um und ging mit den Worten hinaus: »Ganz sicher werde ich den Antrag nicht zurückziehen.« Beim Hinausgehen hörte er wie der ältere Herr den Antrag zerriss. Gunnar war immer getreu und glaubte an die guten Absichten des Staates. Was er nicht kannte, war der Verfolgungsapparat Staatssicherheit, der engmaschig gestrickt und durch die Staatsgrenze geschützt war. Auf legalem Weg entkam ihm niemand. Er sollte den wirklichen Umgang, mit den Zusicherungen der KSZE-Akte, bald hautnah kennenlernen. Im real existierenden Sozialismus, gab es keine wohlwollende Billigung für Ausreisewillige. Vielmehr wurden Ausreiseanträge unter dem Kürzel RWE, »rechtswidrige Ersuchen« bearbeitet. Die ausreisewilligen Personen wurden als Staatsfeinde gelistet. Sie wurden dem Volkspolizeikreisamt und der Kreisstelle vom Ministerium für Staatssicherheit gemeldet.

Von dort aus erfuhren sie eine besondere Behandlung und Überwachung. Die Kontrolle sollte Demonstrationen, Kurzschlusshandlungen oder Fluchtversuche unterbinden. Die Zentrale des Ministeriums für Staatssicherheit hatte einen langen Maßnahmenkatalog für die Zielgruppe »ausreisewillig«. Am einfachsten ließen sich diese Personen, abgetrennt vom allgemeinen sozialen Leben überwachen. Die Maßnahmen für Gunnar liefen wie am Schnürchen, angefangen über Verlust des Arbeitsplatzes,

Berlin-Verbot mit Eintrag im Personalausweis, Zuweisung eines Zimmers in einem fünfzehn Seelendörfchen, in Mecklenburg-Vorpommern, bei einem Stasihörigen, bis zur Einweisung in eine psychiatrische Klinik, nachdem er sich mit dem Hausbesitzer über die Diskriminierungen auseinandergesetzt hatte. Zu guter Letzt, wurde er ins Stasigefängnis in Berlin-Mitte, Magdalenenstraße gebracht. Er konnte von Glück sagen, dass heute im Dezember 1989 die Verfolgung für immer ein Ende nahm.

Drinnen im Stasigefängnis herrschte heilloses Durcheinander. An langen Tischreihen erhielten ehemalige Häftlinge der Staatssicherheit ihre Entlassungspapiere. Von heute an, wurden innerhalb der nächsten Tage, tausende politische Gefangene entlassen. Die Türen öffneten sich für die Menschen hier. Sie konnten das kleine Gefängnis verlassen. Das »große Gefängnis« wurde bereits drei Wochen früher geöffnet. Die deutsch-deutsche Grenze war am 09. November 1989 gefallen. Über siebzehn Millionen Menschen wurden entlassen. Die allgemeinen Reaktionen waren ähnlich, aber lange nicht so heftig wie hier vor dem kleinen Gefängnis. Tränen und Wut waren die Häufigsten. Einige schworen vor dem Gefängnis am Bordstein bittere Rache. Die Haftzeit reichte von einigen Monaten, bis zur Dauer eines halben Lebens. Jahrelange Einzelhaft, Essensentzug, Verweigerung medizinischer Versorgung, Folter, Kerker und Zwangs-Umerziehungsmaßnahmen gaben sich hier die Hand. Die Mächtigen hatten nicht damit gerechnet, dass sich jemals am politischen Gefüge etwas ändern würde und blind drauflosgeschlagen. Sogar von Mord und Deportation in die Sowjetunion war die Rede.

Ganz plötzlich hatte sich das Blatt gewendet. Im Osten war unvermittelt ein Stern am Himmel erschienen. Ein Mann namens Michail Gorbatschow klinkte sich mit einem Mal aus der Riege der verschworenen Machthaber aus und erstrahlte in einem völlig neuen Licht. So als wäre er von einem anderen Planeten gerade erst auf der Erde gelandet. Selbst seine engsten Vertrauten an der Parteispitze in Russland wunderten sich über den überraschenden Sinneswandel. Bis zum Reaktorunglück in Tschernobyl war man von ihm ein anderes Auftreten gewohnt. Bereits 1952 trat er im Alter von einundzwanzig Jahren in die Kommunistische Partei der Sowjetunion ein. Er arbeitete bis 1972 nach den vorherrschenden Ansichten und war der Partei immer ergeben. Gerade wegen seiner Treue zum Land war er allseits bekannt und beliebt. Er stieg in den Kreml auf und wirkte bis in die achtziger Jahre meist in der Landwirtschaft. Im Politbüro im Kreml traf er einen Bekannten aus seinem Heimatdorf, der Vorsitzender des Geheimdienstes war. Nun wurde er umfassend unterstützt und gefördert. Er startete eine steile Parteikarriere. 1985 wurde er einstimmig zum Generalsekretär der Kommunistischen Partei der Sowjetunion gewählt. Bereits kurz nach seiner Wahl, gliederte er sich, aus der Gruppe der streng diktatorisch Orientierten, aus. Er entwickelte nach der Atomkatastrophe in Tschernobyl eine völlig neue universelle Energie. Freunde in der Parteispitze machte er sich dadurch nicht. Man sagte hinter seinem Rücken belustigt, die Atomkatastrophe hätte ihm so viel Angst eingejagt, dass er eines Morgens als Demokrat aufgestanden wäre. Bis zu seinen internationalen Auftritten, wo er von Glasnost, von Offenheit allen gegenüber und Perestroika, dem Umbau der verkrusteten Strukturen sprach, wurde er auch weiterhin von den übrigen Parteimitgliedern unterstützt. Mit dem öffentlich geäußerten Satz: Wir brauchen die Demokratie wie die Luft zum Atmen, änderte sich jedoch sein Verhältnis zur übrigen Partei. Aber er war nicht mehr aufzuhalten. Wie Phönix aus der Asche begann er sein Vorhaben der politischen Erneuerung mit einer Säuberungsaktion in den eigenen Reihen. Fast fünfzig seiner unmittelbaren Gegner in hohen Positionen, wurden aus dem Kreml entfernt. Er ging streng gegen Amtsmissbrauch, Korruption, Willkür und andere Ungereimtheiten vor. Mitte der achtziger Jahre traf er sich als erster hoher Vertreter des Ostblocks mit dem US-Präsidenten, mit dem kanadischen Gesandten, der Premierministerin von Großbritannien Margaret Thatcher und vielen anderen Staatsoberhäuptern. Als Oberhaupt der Sowjetunion begann er nach dem Parteitag der Kommunistischen Partei 1986, seine Reformen im eigenen

Land und der Warschauer Pakt Staaten umzusetzen. Nachdem er 1988 Vorsitzender des Obersten Sowjets wurde, konnte ihn nichts mehr aufhalten. Er hielt eine Rede vor der UN-Generalversammlung und kündigte einseitige Abrüstungsschritte an. 1989 brach Gorbatschow mit der Breschnew-Doktrin. Dadurch wurde der Weg geebnet, der allen Ländern, des bis dahin vereinten Ostblocks, ermöglichte eine eigene Staatsform – auch die der Demokratie – zu wählen. Ein Stern war vom Himmel gefallen.

Es war wie ein Wunder. Entgegen der bisherigen Vorgehensweise der Partei ließ man ihn gewähren. Keine Amtsenthebung, kein Attentat. Michail Gorbatschow konnte wie durch ein Wunder weltweit seine Reformen durchführen. Bei einem Treffen mit dem neuen US-Präsidenten George H.W. Busch erklärte er den kalten Krieg für beendet. In den folgenden Monaten fielen die Grenzen des kalten Krieges in Ungarn, der Tschechei und nach einem Besuch von »Gorbi«, wie man ihn inzwischen nannte, auch in der DDR. Alle folgten dem hellen Stern. Michail Gorbatschow, tauchte wie eine Supernova am Himmel auf und ging am richtigen Fleck nieder. Es war unglaublich, wie diese Entwicklung möglich war. Seine Politik ging völlig konträr mir der sonstigen politischen Führung der Kommunistischen Partei der Sowjetunion. Er tauchte aus der Dunkelheit hinter dem Eisernen Vorhang auf und erleuchtete die ganze Welt. Wie so etwas geschehen konnte, ist bis heute kaum zu erklären. Gorbi beendete die Ära des kalten Krieges und brachte der Welt eine Chance zum Wandel. Zu Frieden, Offenheit und Völkerverständigung. Auf dem Kopf trug er ein Muttermal. Wo kam er her, wo ging er hin, fragen sich die Menschen heute, denn genauso schnell wie er auftauchte, verschwand er wieder. Nachdem er den Zweck erfüllt hatte, trat er von seinem Amt zurück. Konnte das alles ein Zufall sein?

Otto war inzwischen schon auf einen anderen Zug gesprungen, er beschäftigte sich mehr mit Umweltschutz und kulturellen Themen, statt mit Politik. Er konnte sich dennoch nicht ganz davon lösen. Zu viele Auftraggeber baten ihn zum Thema Mauerfall, Nato kontra Warschauer Pakt oder zu Prognosen für den weiteren Verlauf der deutsch-deutschen Wiedervereinigung, Stellung zu nehmen. Auffällig fand Otto die krasse Ablösung des Regimes, von der ehemaligen Gesinnung. Anstelle des Modebegriffs »Wendehälse«, der häufig für die Verdrängung der alten Werte, verbunden mit der nahtlosen Neuorientierung auf das Theater des Westens, verwendet wurde, verfasste er eine Artikelfolge mit der Überschrift: »Die sozialistische Idee wird zum Januskopf.« Gemeint war damit der Kopf mit zwei Gesichtern oder die Doppelzüngigkeit. Otto war mittlerweile etwas abgeklärt, was die politische Bühne betraf. Durch seine Erfahrungen hatte er gelernt, dass die Hauptdarsteller ihre Fahne mit dem Wind drehten. Die Begriffe Wahrheit, Grundeinstellung, Wirklichkeit, konnte er den Beteiligten dieser Liga nicht mehr zuordnen. Führende Politiker hielten offensichtlich ihre Ansprachen nicht mit dem Herzen, nicht aus ihrer Überzeugung heraus, sondern lasen lediglich einen Text vom Papier ab. Reden wurden von Fachleuten vorbereitet, die sich in der Marktforschung, der Konsumentenpsychologie und dem Marketing auskannten – die genau wussten wie viele Wähler auf welche Meinungen ansprachen. Führende Politiker beschäftigten nicht selten mehr als einen »Redenschreiber«. Es ging vorrangig darum, den Korb mit Stimmzetteln zu füllen, nicht darum eine grundlegende Überzeugung zu vertreten. Viel eigenes Denken konnte bei den Politikern nicht aufkommen, dafür waren die Probleme im eigenen Land und auf der Welt viel zu zahlreich. Die Köpfe waren vollgestopft mit Themen die abzuarbeiten waren, sagte vorgestern Wolter, ein Kollege aus dem Star Magazin, für das er immer noch gern arbeitete. Seine Überzeugung drückte Wolter folgendermaßen aus: »Auf der Bühne des politischen Theaters laufen nur noch Zombies rum. Die sind vollgestopft mit Problemen und Terminen zu denen sie Lösungen anbieten müssen. Diese Lösungen erarbeiten sie nicht mal selbst, sondern beauftragen damit irgendwelche Mitarbeiter, Gremien oder Arbeitsgruppen. In den Köpfen ist ein Ordner mit zehn bis fünfzig Unterteilungen. Da legen sie die Lösungsvorschläge rein, labern bei Versammlungen oder vor der Kamera einfach eine Zusammenfassung davon herunter. Die leben im Strudel, die wissen doch gar nicht mehr was abgeht. Mitfühlen zum Beispiel. Bei der Vergewaltigung des kleinen Mädchens vorletzten Monat, weißt du noch Otto?« »Ivonne hieß sie«, antwortete Otto.« »Ja genau. Danach wurde sie erwürgt. Da haben wir in der Einigkeitskirche die Beisetzung gefilmt. Ein Regierungssprecher hat die Rede abgelesen. Er hat die Passage seines Mitgefühls abgelesen. Ich denke ich habe gesehen, dass auf dem Zettel nach dem Wort Mitgefühl »Pause« stand? Verstehst du was ich sagen will? Da ist alles geplant. Nichts mit Herz und Gefühl. Die haben keinen Zugang mehr dazu. Keinen Zugang mehr zum Leben. Zombies, Mann. Wir werden von Zombies regiert. Die haben keinen Zugang mehr zum Volk, keinen Zugang zu ihrer eigenen Menschlichkeit und damit auch nicht zu den Menschen. Da könnten auch Roboter stehen.« »Na ja«, sagte Otto: »Wer könnte es besser? Du?« »Nein, Unsinn« erwiderte Wolter. »Du tust ja so, als hätte ich kein Mitleid. Nein, es geht nur um den Umschaltmodus, den du nicht verstehst, wie du sagtest. Deshalb wollte ich darlegen: »Wer nichts fühlt, kann von einer Minute auf die andere vom Sozi zum Diktator umschwenken.« Ist doch nur ein anderes Blatt Papier, wo etwas anderes draufsteht.«

Ganz daneben lag Wolter wohl nicht. Für Otto war es trotzdem schwirig zu verstehen, dass sich gerade die selbst ernannten überzeugten Sozialisten, von einem Tag auf den anderen nicht anders verhielten, als der ehemalige Klassenfeind. So schrieb er es auch in mehreren Artikeln. In den höchsten Kreisen der Sozialistischen Einheitspartei Deutschlands wurden zwielichte Geschäfte en masse eingefädelt. Häuser und Grundstücke, Firmen, Vermögen und anderes wechselten noch den Besitzer, bevor Gesetze greifen konnten, die für Gesamtdeutschland anzuwenden waren. Die Waffenarsenale der Nationalen Volksarmee verschwanden auf nimmer Wiedersehen und tauchten später, zum Beispiel in Afrika und Indien wieder auf. Eingefädelt wurden die internationalen Waffengeschäfte von alten Stasi-Seilschaften. Ranghohe Mitglieder des Arbeiter- und Bauernstaats, gründeten plötzlich nach kapitalistischem Vorbild, unduchschaubare

Gesellschaften und verkauften den Altbestand an Waffen, um schnelles Geld zu machen. Nachweise fand Otto genug. Man fühlte sich anscheinend immer noch von der schützenden Mauer umgeben, schrieb er, denn sonst würde niemand so nachlässig fadenscheinige Geschäfte abwickeln. Selbst kriminelle Vorkommnisse konnte Otto aufdecken. Auch deshalb liebten ihn die Herausgeber der Zeitschriften. Er blieb immer auf dem Boden der Tatsachen. Trotzdem lieferte er interessantes und gleichzeitig hochbrisantes Material. Bei den Waffengeschäften wurde das in der Bundesrepublik bestehende Kriegswaffenkontrollgesetz und Außenwirtschaftsgesetz nicht beachtet. Alles sollte wie früher, unter dem Tisch abgewickelt werden. Otto erfuhr durch einen Kollegen, einige Ex-Stasi Leute wollten ins Ausland gehen und militärische Aufbauhilfe leisten. Man brauche nicht nur Waffen, hieß es in der Riege, sondern auch Munition, Geräte, Anleitungen, persönliche Einweisungen. Da lockten neue Jobs für das alte Kader. Nachdem eine Gruppe aufgedeckt wurde, die auch Schiffe und Flugzeuge verschieben wollte, mischte sich endlich das zuständige Ministerium ein und stoppte die Schieberei. So gelangte es jedenfalls an die Öffentlichkeit. Otto war es egal. Er war nach dem Einigungsvertrag beider deutscher Staaten August 1990, der zur deutschen Einheit führte froh, die Recherchen beenden zu können. Er wollte sich wieder anderen Aufgaben widmen. Es gab schließlich noch andere bedeutende Dinge, die sich in seinem Leben abspielten. Der Renner davon war die Rückkehr seines Freundes Bertold aus Indien.

Bertold war mit seiner damaligen Freundin, vor über zehn Jahren, kurz vor seinem zwanzigsten Geburtstag, nach Indien gereist und war bis vor Kurzem dortgeblieben. Seit einem viertel Jahr hatte er seine Rückreise vor Augen. Sein Vater war verstorben. Er nahm dessen Wanderung in ein anderes Leben leicht, da die Veränderung sich seit Längerem angekündigt hatte. Er nahm es als Zeichen für seine endgültige Abreise. Er packte seine zwei Koffer, übergab das Zimmer und die Pflichten die er in der Wohngemeinschaft in der er lebte innehatte, an einen Freund. Dann stieg er ohne große Aufregung ins Flugzeug. Zuhause angekommen nahm er die alte Haushälterin Amalie, die in Tränen ausbrach als sie ihn sah, in den Arm. Er klopfte ihr so lange auf die Schulter bis sie sich beruhigt hatte. Bertolds Vater wartete seit einer Woche auf ihn. Amalie war mit den Beerdigungsformalitäten, die sie vorläufig übernommen hatte, völlig überfordert. Aber, was sollte sie tun? Sonst war niemand mehr da. Sie war sichtlich erleichtert, Bertold zu sehen. »Herr Kammer«, sagte sie, »schön, dass Sie zurück sind.« »Komm Amalie«, sie kannten sich seit seiner Geburt vor dreiunddreißig Jahren, »bleiben wir beim Bertold«, erwiderte er. »Aber, Herr« - »Amalie. Bitte kein »aber.« Ich war doch nur ein paar Jahre weg. Habe ich mich so verändert?« Sie schaute ihn an, seufzte und erwiderte: »Ein schöner junger Mann. Genau wie immer. Ein wenig verändert haben Sie sich schon.« Bertolds Äußeres war ähnlich wie früher. Es war mehr sein Auftreten, das sich gravierend verändert hatte. War er früher etwas oberflächlich, ein selbstbewusster, fast arroganter Frauenschwarm, jung, dynamisch, körperbetont, immer ein Lächeln im Gesicht, war er heute dem König nahe. Seine Haut war durch die ständige Sonne in Indien ebenmäßig gebräunt. Die Gesichtszüge waren etwas feminin. Die Augenbrauen, Augen, Nase und Lippen, waren übertrieben harmonisch – einfach schön, wie gemalt. Die dunklen Haare fielen fast bis auf die Schultern. Sie waren wellig, an den Seiten mit Spirallocken geschmückt. Sie glänzten ein wenig. Er war so groß wie Sybille, ebenso schlank und auffällig drahtig. Er wog kein Gramm zu viel. Er trug einen edlen mehrfarbigen maßgeschneiderten indischen Anzug aus Naturseide, halblang zwischen Kaftan und Harish, der ihm blendend stand. Unter der knielangen Anzugjacke trug er ein weißes Seidenhemd mit Stehkragen und eine dunkelgraue, weite Hose. Die hellen sportlichen Lederschuhe rundeten das Bild ab. Nannten ihn die Mädchen früher Alain, nach dem französischen Schauspieler Alain Delon, konnte man heute, Anfang der 90er – fast Mitte dreißig, Ramses der Zweite zu ihm sagen. Ein aristokratischer Souverän.

Einen Tag vor seinem Abflug rief Bertold Otto in Frankreich an. Eine Internetverbindung zwischen Indien und Frankreich zum Versand von E-Mails gab es noch nicht. Sie verabredeten sich für den 07. Dezember, am Nachmittag, zu einem Treffen bei Bertold. Otto flog am 05. Dezember nach Berlin. An dem Tag sollte die Beerdigung von Bertolds Vater stattfinden. Otto wollte seinen Freund bei dem Telefonat trösten. Doch Bertold war sehr gefasst. »Tod und Leben liegen oft nah beieinander. Der Aufenthalt in dieser Welt ist begrenzt«, sagte Bertold bei dem Telefonat. »Die Anzahl der Atemzüge, die du hast, steht im Buch deines Lebens. Keiner kann den Tag aufschieben, an dem er geht.« Otto sah es genauso wie Bertold. Es wunderte Otto nur wie sehr sich Bertold verändert hatte. Zu Sybille sagte er später: Vom Partyknaller zum Propheten. Wie geht so etwas? Bei dem Treffen mit Bertold fand er es heraus. Über zehn Jahre losgelöst von einem geregelten Leben, konnten einen Menschen von Grund auf verändern. Vor allem, wenn er sich anders mit dem Leben auseinandersetzt, als die Menschen in der industrialisierten Welt es tun. »Es ist, als wenn du aus einem Zug aussteigst, der zu schnell fährt«, sagte Bertold. »Von Weitem siehst du dann, wie eingleisig und schnell hier alles abläuft. Meinen früheren Tagesablauf sah ich von dort aus klarer. Der Wind wehte früher für mich nicht spürbar durch die Bäume, ich fühlte kein weiches Gras unter den Füßen. Ich lag auf der Wiese hinter dem Haus am Wasser. Am Himmel stand keine Sonne. Stattdessen war am Himmel eine große Uhr. Jeder Strich auf der Uhr hatte eine andere Farbe, jede Farbe als Zeichen für eine Tätigkeit, eine Anforderung, Termine, Erledigungen, Telefonate, Fernsehen, Treffen mit Leuten. Hier bist du getimt bis in den letzten Winkel deines Lebens. Jetzt wo ich wieder hier bin, sehe ich es wieder: Die Menschen hetzen durch ihr Leben wie hechelnde Hunde, die zu schnell laufen. Wenn der Hund aber keine Pause macht, läuft er immer weiter bis er nicht mehr weiß, wo er ist. Bis er nicht mehr zu seinem Zuhause zurückfindet. Verstehst du? So lange bis er sich selbst verloren hat. Das – ja das war dort anders.«

Bertold lebte zuerst mit seiner damaligen Freundin Ashandra, in einem Ashram, bei dem aufstrebenden Guru Bhagwan Shree Rajneesh. Bhagwan war der Begründer der neuen Sannyas Bewegung. Er nannte sich selbst Gesegneter. Ashandra, die vorher Michaela hieß, traf zum ersten Mal Anfang der siebziger Jahre auf Bhagwan. Sie nahm an einer Einweihung in Bombay teil, wo er ein kleineres Studio unterhielt. Von ihm erhielt sie nach der Einweihung den Namen Ashandra. Mitte der Siebziger erfuhr sie durch eine Freundin von der Idee Bhagwans in Poona einen Ashram, eine Art Gemeindehaus, aufzubauen und mit einer großen Gemeinschaft von Anhängern, einer neuen Lebensweise mit Meditation und gütigem Austausch nachzugehen. Deshalb ging Bertold mit nach Indien. Er wollte am Aufbau des Ashrams in Koregaon Park mithelfen, daran mitarbeiten eine neue schönere Welt aufzubauen. Eine andere gütliche, gesunde Lebensform sollte entstehen, in der sich jeder, so wie er war, ausleben konnte, ohne sich zu verbiegen. Wo Nächstenliebe, Güte und Wohlwollen einen Platz hatten. Am Anfang lebten sie in einer kleinen Siedlung, einer Art Vorläufer des großen Ashrams. Da fand Bertold noch alles gut. Dann wuchsen die Gemeinschaft und die Besiedelung immer weiter. Ein riesiges kaum noch überschaubares Projekt entstand. Eine eigene kleine Stadt. Die Neigungen Bhagwans änderten sich mit der Zeit ebenso, fand Bertold. Die Aktivitäten wuchsen in verschiedene Richtungen. Auch in die Materielle, von der er eigentlich etwas abrücken wollte. Es ging plötzlich wieder ums Geld. Bezahlen für Gymnastik, bezahlen für Meditationskurse, bezahlen für Therapien, bezahlen und wieder bezahlen, bis zum Schluss die Überlassung von Vermögen der Anhänger dazukam. Ashandra fand alles toll. Eine extreme Mischung aus Therapie, Gruppensex, Kapitalismus und Meditation. Etwas ganz Neues. Alles atemberaubend. Sie trennten sich an dieser Stelle. Ashandra dort wo es für sie atemberaubend schön war. »Ich, wo es schön war und man in Ruhe die Luft zum Atmen genießen konnte. Ich fand, sie war am Highfly erblindet«, sagte er zu Otto. »Sie sah es sicher ganz anders. Wie die meisten, die nach Poona kamen und von Bhagwan begeistert waren. Ist auch alles gut. Es war nur nichts mehr für mich.«

Bertold zog mit einigen Gleichgesinnten in ein altes Haus am Fluss Mula-Mutha, nur sieben Kilometer vom Bhagwan Zentrum entfernt. Dort lebte in einer kleinen Hütte der Einsiedler Swami Sarisanda. Bertold war ihm auf einer religiösen Hindu-Veranstaltung begegnet. In einem Gespräch erfuhr er, dass Swami Sarisanda einige inzwischen in Indien sehr bekannte Gurus in den Weg eingeweiht hatte. Er befand sich in einer misslichen Lage. Das Grundstück, auf dem seine Hütte stand sollte verkauft werden. Swami Sarisanda hatte kein Geld. Er lebte trotz seines hohen Bekanntheitsgrades nur von Spenden, die gerade für Essen und Kleidung ausreichten. Wahrscheinlich war es nur diese Situation, in der er sich befand, die ihn veranlasste, Bertolds Bitte, ihn und die anderen in der Meditation zu unterweisen, zu entsprechen. Er stellte klar: Höchstens sieben Personen, die ständig in dem größeren Gebäude auf dem Grundstück wohnen durften. Der Umstand seiner Unzufriedenheit mit dem Bhagwan Ashram, begünstigte die Aufnahme der neuen Schüler ebenfalls. Der Swami war wie sie später erfuhren, der Meinung: Im Trubel der Welt kannst du nicht den Garten des Friedens in deinem Inneren finden. Das Ashram Camp wie er es nannte, war solch ein hinderlicher Trubel. Noch eine Forderung war mit dem Umzug verbunden: Alle sollten Hindi lernen. Schließlich sei der erste Schritt zum Lernen das Zuhören. Dafür mussten sie die Sprache verstehen. Damit war es besiegelt. Welch ein Glück, wie alle sieben in den folgenden Jahren herausfanden. Der Gebäudekomplex wurde um eine Küche, drei zusätzliche Schlafzimmer, zwei Bäder und einen schalldichten Meditationsraum erweitert. Außerdem wurde ein Brunnen für Frischwasser gebohrt. Mehr lehnte der Swami kategorisch ab. Wenn er etwas sagte, meinte er es auch so. Wenn jemand mit ihm anfangen wollte zu diskutieren, schaute er in den Himmel und hörte nicht mehr zu. Manchmal schloss er die Augen oder drehte sich um und ging zum Fluss. »Auf dem Grundstück soll nichts entstehen, was die Natur uns nicht schenkt.« Kein Auto, keine Elektrik, kein Telefon, kein Fernseher. Und es war gut so. Arbeit gab es auch so genug. Auf dem Grundstück entstand eine kleine Landwirtschaft für die Selbstversorgung. Der direkte Zugang zum Fluss war phänomenal. Abends dort zu sitzen und dem Rauschen des Wassers zuzuhören, öffnete die Seele. Die Gespräche mit dem

Swami führten Stück um Stück zu einem neuen Blick auf das Dasein. Jedes für sich war eine Offenbarung. »Dort wurde ich neu geboren«, sagte Bertold, was Otto ihm ohne Einschränkung abnahm. Bertold hatte großes Glück gehabt, dass ihn sein Instinkt, weg vom Massentrubel auf dem Bhagwan Campus, zu Swami Sarisanda geführt hatte. Bertold war ein anderer Mensch geworden. Er strahlte von Innen. Von ihm gingen Ruhe, Kraft und mit jedem Wort unumstößliche Überzeugung aus. So konnte nur jemand reden, der auf dem Urgrund der Wahrheit stand. Dennoch war Bertold keineswegs überheblich. Im Gegenteil. Er lächelte und war einfach nur freundlich. Otto war glücklich über diese positive Entwicklung.

Bertolds Erwachen, war nicht nur auf die lange Zeit der Ruhe und dem Leben in der Natur zurückzuführen. Auch die Zeit der Meditation spielte eine Rolle. Bertold malte davon ein schönes Bild. »Die Lehre des Swamis war ein jahrelanger Weg durch alle Welten. Innen und außen, an dessen Ende man sich selbst erkennt und das universelle Licht aufnehmen kann - sich bestenfalls mit ihm verbindet. Die meisten Menschen denken nur an dieses höchste Ziel. Wenn sie es nicht nach kurzer Zeit erreichen, sind viele frustriert und stolpern, brechen weitere Bemühungen ab oder tun etwas ganz anderes. Sie fangen an Bücher zu lesen, hören Predigern zu. Sie denken dadurch kommt man auf dem Weg voran. Meditation ist der Weg UND das Ziel, sagte der Swami. Die Meditation ist eine Oase, in der die Seelenquelle fließt. Nur dort kannst du sie finden. In keiner Kirche, keinem Buch, in keiner Predigt öffnet sie sich und umfängt dich. Nein – sie fließt innen, in uns – tief drinnen. Dort ist der Garten des Paradieses. Und jeder Otto, jeder der einen weiten Weg gegangen ist und nicht gleich Erfolg hat, darf nicht aufgeben. Es ging uns allen so. Einmal fing ich aus Verzweiflung an zu weinen. Ich dachte ich bin zu dumm, zu schnell, nicht konzentriert genug oder so. Swami Sarisanda hat angefangen schallend zu lachen. Als hätte ich einen guten Witz gemacht. Er sagte unter Tränen, die ihm dabei übers Gesicht liefen: Meinst du etwa die große Kraft kommt zu dir, wenn du es willst und wann du es willst?

Ich fragte ihn, wann dann? Er antwortete: Dann, wenn du reif dafür bist. Allein die Meditation – den Weg zu lieben, wird dir mehr geben, als du es je erträumt hast. Aber nur, wenn du nichts erwartest, sondern das nehmen kannst, was du bekommst. Ganz ehrlich Otto, ich habe es damals noch nicht verstanden. Es ist aber genauso wie der Swami es sagte. Die Meditation ist, was die Oase für einen Wüstenwanderer ist. Sie kann für jeden Menschen in der Hetze der Welt das Gleiche sein. Ein Rückzugspunkt im Strudel des Lebens. Für manche wahrscheinlich der einzige Rückzugspunkt. Es ist ein Platz, zu dem du immer gehen kannst, egal wo immer du dich befindest. Welche vergleichbare Möglichkeit hat der Mensch? Die Lehre ist einfach. Der erste Schritt ist einfach abzuschalten, die Welt des Innenlebens zu betreten, sich sozusagen in die Oase der Ruhe und des Friedens zu setzen. Das allein ist unvergleichbar schön und angenehm. Und dann, wenn du willst, gehst du weiter auf dem Weg, schaust ins Licht und mit jedem Schritt erleuchtest du dein Inneres mehr.« Bertold war durch und durch in Harmonie mit sich selbst, er strahlte vor Ruhe und innerem Frieden. Schön, fand Otto. Noch schöner war es, außerhalb des Arbeitslebens, wieder einen Gesprächspartner in Berlin zu haben.

Gegen sieben Uhr bestellten sie bei Amalie eine Platte mit Käse, Salaten und Rührei. Mehr konnte Amalie nicht anbieten. Die Kirchuhr schlug halb acht als sie die Tür öffnete und ein Tablett mit geschmackvoll hergerichteten Speisen auf den Tisch im Wohnzimmer stellte. »Was wünschen die Herren zu trinken?«, fragte sie höflich. »Für mich ein Gläschen Wein, wenn es geht«, sagte Otto. Bertold war mit Orangensaft zufrieden. »Ich trinke nur noch sehr selten Wein«, erklärte er. Otto fragte nach dem Verbleib von Amalie, nachdem sein Vater ihre Dienste nicht mehr benötigte. »Ich habe gestern mit ihr darüber gesprochen. Sie bleibt zumindest für ein weiteres Jahr hier. Ich werde ihr die Einliegerwohnung überlassen, dann hat sie mehr Platz als jetzt in ihrem Zimmer, im zweiten Obergeschoss«, antwortete Bertold. »Ich möchte hier in Berlin bleiben und etwas für die Menschen tun. Die zwei Tage haben mir gezeigt, dass sich viele

Menschen vom Stress der Tagesabläufe nicht wieder beruhigen können.« »Nein«, sagte Otto, »ganz bestimmt nicht. Im Gegenteil. In den vergangenen Jahren, oh – es war über ein Jahrzehnt die du weg warst«, besann er sich. »Eine verdammt lange Zeit. Die Reisenden im Schnellzug sind nicht abgesprungen, so wie du. Sie haben ihre Reisegeschwindigkeit noch weiter erhöht.« »Und die Wertvorstellungen haben sich verändert finde ich. Unsere Eltern haben uns noch andere Prinzipien mitgegeben.« »Was meinst du damit genau?«, fragte Bertold. Otto antwortete: »Zum Beispiel anderen Menschen behilflich zu sein, statt ohne hinzuschauen aneinander vorbeizurennen. Rücksichtnahme, anstatt sich mit den Ellenbogen Platz zu verschaffen.«

»Man muss wohl etwas dafür tun, um so zu leben wie die meisten hier«, sagte Bertrold. »Alles ist schick und teuer. An die Stelle von Tugenden sind anscheinend Statussymbole getreten.« »Da hast du wohl recht. Jeder will mehr, mehr und immer mehr«, bemerkte Otto. Bertold sagte: »Es fällt einem umso mehr auf, wenn man lange außerhalb gestanden hat. In Indien erlebst du die Menschen völlig anders. Es gibt wenig, dennoch teilen die Menschen dort, selbst das wenige, was sie haben. Sie haben kaum etwas, sind aber mit dem wenigen glücklich und zufrieden. Was mir besonders auffiel, ist die Dankbarkeit, mit der sie alles ehren was sie bekommen. Weder die Kleidung, noch das Essen wird so selbstverständlich betrachtet wie hierzulande. Gibt es ein reichhaltiges Abendessen, siehst du gleichzeitig Glück in den Gesichtern. Nichts ist selbstverständlich. Weder essen, trinken, noch die Wohnung. Alles sind Geschenke, die das Leben uns gibt.« »Hier ist es etwas anders«. »Ja«, sagte Otto. »Keiner besinnt sich auf das Brot im Mund und freut sich darüber, sondern starrt nur auf das, was er noch haben könnte. Kauft sich heute jemand in der Straße einen Volkswagen, kaufen die anderen sich morgen einen Mercedes. Dann stimmt das Selbstwertgefühl wieder. Der Wert eines Menschen in der Konsumwelt bemisst sich nicht mehr daran was er ist, sondern nach dem, was er hat.« »Und was sagt der Superreporter dazu«, fragte Bertold? »Ich sehe den Schnellzug. Abgehetzt und unglücklich. Die ständige Jagd auf mehr ist schon ein wenig abartig.« Bertold bemerkte dazu: »Wenn die Menschen damit wenigstens happy wären, würde ich es noch verstehen. Swami Sarisanda erzählte mir einmal von seiner Deutschlandreise. Ein ehemaliger Schüler, der nach München gezogen war, hatte ihn eingeladen. Er sollte auf einer Versammlung vor religiösen Indern einen Vortrag halten. Sein ehemaliger Schüler ließ ihn mit dem Taxi vom Flughafen abholen und ins Hotel bringen. Er wohnte im Steigenberger, einem großen Luxushotel in der Innenstadt. Nach der Ankunft wollte er sich waschen. Er fand keine Schüssel mit Wasser, deshalb sprach er auf dem Flur eine Dame vom Zimmerservice an. Er zeigte auf die Plastikschüssel in ihrem Putzraum und gestikulierte so lange, bis sie ihm die Schüssel überließ. Dann ging er die Treppe hinunter. Er hatte noch nie einen Fahrstuhl benutzt. Unten suchte er im Innenhof einen Brunnen. Zu seinem Glück so sagte er, traf er einen Inder in der Halle. Als er ihm sein Bedürfnis schilderte, schmunzelte der und erklärte etwas von Wasser, das aus der Wand kommt. Er vermittelte ihn an einen Hotelpagen, der den Swami auf sein Zimmer begleitete und ihm die Funktion der Wasserhähne erklärte. Die Dusche war für den Swami utopisch. Warmes Wasser, das aus einer Leitung in der Wand floss. Unglaublich. Luxus pur. Die Toilette empfand er als unheimlich. Er erklärte feierlich es stimme wirklich was er sagt. Alles, was er darin abließ, verschwand nach dem Spülen einfach irgendwo hin. Aber immerhin benutzte er sie. Am Nachmittag holte sein ehemaliger Schüler ihn ab. Er zeigte ihm die Sehenswürdigkeiten, religiöse Stätten und die Innenstadt um den Marienplatz. Als er von den Geschäften berichtete, weiteten sich seine Augen. Er sagte: »Ein Geschäft neben dem anderen, Bertold. Nicht nur ein Geschäft für Textilien, nein, glaub mir, es waren viele. Eines nach dem anderen. Was es in Deutschland gibt, ist kaum zu glauben. Wir gingen kurz in ein Kaufhaus. Die Vielfalt brachte mich durcheinander. Alles, was ich mir in mehr als fünfzig Jahren gewünscht habe, konnte man dort kaufen. Ich kann es bis heute nicht so richtig verstehen, warum es in dem Land nicht nur strahlende Gesichter gab. Ein Land wo Milch und Honig fließt, sagte der Swami. Warmes Wasser kommt aus einer Leitung. Es gibt Toiletten die nicht riechen. Die Absonderungen werden darin einfach weggespült. Jeder hat zu essen. Es gibt Kleidung an jeder Ecke zu kaufen. Aber keiner ist richtig zufrieden. Was ist mit den Menschen geschehen«?

»Ich finde, diese Geschichte ist sehr deprimierend«, sagte Otto. »Ja, fand ich auch«, sagte Bertold. »Wenn du etwas aus deiner Tasche verlierst, ein Taschentuch, einen Kettenanhänger, selbst dein Portemonnaie, ist es zu ersetzen. Diese unsichtbaren Dinge aber, wie Zufriedenheit und Glück, inneres Gleichgewicht, Harmonie und Frieden. Wer die verloren hat, wird lange in den Straßen danach suchen müssen. Wenn die Menschen in der »Running Society« keine Lupe an die Hand bekommen, ihnen keine Hilfe zuteil wird, ist es für sie noch schwieriger. Mal sehen, welche Aufgabe für mich dabei hier wartet.« Otto erwiderte: »Erst einmal brauche ich jetzt Hilfe. Wie komme ich von hier aus in meine Wohnung? Die S-Bahn Verbindung ist echt kompliziert, trotzdem es nicht weit ist.« »Hast du immer noch die Wohnung am Halensee?«, fragte Bertold. »Ja, immer noch. Sie sieht auch immer noch so aus wie du sie eingerichtet hast.« »Hey«, sagte Bertold. Er stand übertrieben entrüstet auf. »Wir, mein Lieber, wir waren es. Ich war sicher eine grooße Hilfe, so wie heute, wo ich den Herrn Hartmann nach Hause fahren werde, haha.« In dem Augenblick, in dem Otto aufstand, klopfte es an der Tür. Bertold rief: »Jaja, bitte komm herein«, worauf Amalie die Tür öffnete und eintrat. Sie fragte: »War es den jungen Herren recht so?« Beide stießen Jubelrufe wie im Fußballstadion aus. Bertold drückte sie herzlich. Otto überschüttete sie mit Dankeshymnen. Amalie räumte mit errötetem Gesicht den Tisch ab und verschwand wieder. Bertold berichtete Otto von dem Alleinerbe, zu dem auch zwei Autos gehörten. Ein Volkswagen Golf und ein kleiner VW Camper der auf dem Hof stand. Er war mobil. Im Auto berichtete er Otto über seine Pläne, was er mit dem Haus vorhatte. »Da waren wir stehen geblieben. Bei den Menschen, die vielleicht eine andere Orientierung oder Hilfe bei persönlichen Problemen brauchen. Das Haus meines Vaters, jetzt mein Haus, hat siebzehn Zimmer. Ich brauche davon nur drei. Amalie bekommt die Einliegerwohnung. Den Rest werde ich für ein Gesundheitszentrum nutzen. Zwei Partner habe ich schon im Auge. Freunde, die noch in Indien sind. Alles allein kann ich nicht bewältigen. Angestellte will ich nicht. Mit zwei eigenverantwortlich arbeitenden Partnern bin ich am besten bedient, denke ich. Na mal sehen, wie es wird. Fertig bin ich mit meiner Planung noch nicht. Dazu brauche ich wohl noch ein paar Wochen oder Monate.« »Und was willst du grundlegend tun«?, fragte Otto. »Es soll ein »Health Center« werden mit drei Hauptangeboten: Ein Meditationszentrum, ein Gesprächstherapieangebot und eine Abteilung für Physiotherapie. Wenn es nicht zu viel wird, werde ich vielleicht noch den Garten für Treffen, Lesungen, Bewegung und Entspannung nutzen. Mal sehen. Der Garten ist für mich viel zu groß. Was soll ich mit einem halben Fußballfeld?« »Einen Sandsack aufhängen, was sonst«, sagte Otto zum Spaß. »Dafür habe ich meine Ausbildungen nicht absolviert«, antwortete Bertold. »Was für Ausbildungen?«, fragte Otto. »Zweimal Heilpraktiker und Physiotherapie. Um damit zu arbeiten, muss ich noch eine Prüfung machen, damit die Scheine auch hier anerkannt werden.« Die beiden hatten sich viel zu erzählen. Während der Fahrt plauderte Otto noch ein wenig über sich. Seine Tochter wurde im Herbst eingeschult. Sybille wollte ihre Pächter zur ökologischen Landwirtschaft bewegen. Fast alle Bauern in Frankreich waren dagegen. Einfacher ging es mit althergebrachten Pflanzenschutzmitteln. Sybille würde das Projekt dennoch nicht aufgeben.

Die positive Entwicklung

Die Begegnung mit Bertold hatte bei Otto Jugenderinnerungen geweckt. Einiges von der fernöstlichen Mentalität, den Lehren und Anschauungen war ihm noch von der Kindheit aus den Studien der Bücher im buddhistischen Tempel in Berlin-Frohnau in Erinnerung. Die Philosophie ging ihm nahe. Sie war seinen eigenen Ansichten sehr verwandt, ebenso die Meditation. Bertold brauchte fast zwei Jahre um seine Idee vom Health-Center zu verwirklichen. Es war nicht leicht den Gebäudekomplex nach seinen Bedürfnissen umzugestalten. Während der zwei Jahre trafen sich die beiden jedes Mal, wenn Otto in Berlin war. Mit der Zeit entstand ein attraktives Gesundheitszentrum. Alles wurde genauso konzipiert wie Bertold es am Anfang beschrieb. Das Einzige, was er änderte, waren die Wohnräume. Auf dem riesigen fast fünftausend Quadratmeter großen Grundstück wurde ein weiteres, kleineres Gebäude zum Wohnen errichtet. Bertold wollte in der Freizeit abschalten können. Auch seine beiden Freunde, die tatsächlich aus Indien nach Berlin kamen, um mit ihm das Projekt zu leiten, hielten es für besser, privates von ihrem beruflichen Vorhaben zu trennen. Das Haus entstand rechts neben dem Hauptgebäude, mit einem eigenen kleinen Garten. Es verfügte über drei Etagen, mit jeweils einer dreieinhalb Zimmer Wohnung. Amalie blieb in der Einliegerwohnung im Altbau. Die Arbeitsteilung war sehr einfach. Die drei lebten in Indien mehrere Jahre zusammen bei Swami Sarisanda. Sie waren ein eingespieltes Team. Freddy, ein dreißigjähriger, vollschlanker, blonder, einsfünfundneunzig großer Recke, leitete die Abteilung Physiotherapie. Sie war im Erdgeschoss untergebracht, damit die Patienten keine Treppen steigen mussten. Thomas leitete die Abteilung Gesprächstherapie im ersten Stock. Er war Doktor für innere Medizin und Diplom-Psychologe. Der dunkelhaarige Thomas war mit seinen sechsundvierzig Jahren der Älteste im Bunde. Er war im Gegensatz zu Freddy korpulent. Die Lippen, Augenbrauen und die Jochbeine waren etwas wulstig. Er war schwerfällig und einen Meter fünfundsechzig groß. Bertolds Meditationszentrum lag abgeschottet im zweiten Stock. Dort wurde das Dach schallisoliert, um die Ruhe zu gewährleisten. Am meisten interessierte sich Otto für Bertolds Aktivitäten.

Am Abend des neunzehnten Augusts 1991 war es soweit. Die Arbeiten waren abgeschlossen. In den nächsten Wochen sollte das Projekt Heilzentrum anlaufen. Otto interessierte sich besonders für Bertolds Meditationskurse. Wenn eine Aktivität einen Menschen so verändern konnte, musste etwas ganz Besonderes dahinterstecken, dachte er in letzter Zeit öfter, wenn er Bertold ansah. Er war etwas enttäuscht, als Bertold seine Absicht ein reines Meditationszentrum einzurichten veränderte. Er wollte neben der traditionellen Meditation auch Kurse anbieten, die auf die Arbeitsfelder von Thomas und Freddy abgestimmt waren. Sie saßen abends wieder einmal im Garten zusammen. Nachdem Otto mehrmals nach den unterschiedlichen Praktiken gefragt hatte, deren Unterschied er nicht gleich verstand, erzählte Bertold ihm mehr von den Plänen wie er zukünftig seine Aufgabe, wie er es immer nannte, im Heilzentrum ausfüllen wollte. Er sagte: »Ich habe dir den Weg schon einmal beschrieben. Kannst du dich erinnern? Als wir uns zum ersten Mal nach meiner Rückkehr hier trafen. Ich kann mich noch genau erinnern, was ich damals darüber sagte: Die Lehre des Swamis war ein jahrelanger Weg durch alle Welten. Innen und außen, an dessen Ende man sich selbst erkennt und das universelle Licht aufnehmen kann – sich bestenfalls mit ihm verbindet. Die Meditation selbst ist schon erhebend, ungeachtet von einem bestimmten Ziel. Meditation ist der Weg und das Ziel. Die Meditation ist eine Oase, in der die Seelenquelle fließt. Nur dort kannst du sie finden. Sie fließt innen, in uns – tief drinnen. Dort ist der Garten des Paradieses. Das waren meine Worte. Das ist die eigentliche Bedeutung der Meditation. Von dieser ursprünglichen Form sind einige Lehrer abgewichen und haben, besonders in der westlichen Welt, Teile davon in eigene Strukturen gefasst. Zwei dieser Formen bieten wir als autogenes Training an, möglichst in Kombination mit der Gesprächstherapie.«

»Worin besteht der Unterschied«?, fragte Otto. »Bei den meisten Meditationstechniken ist es so, dass du zuerst lernst, die äußere Wahrnehmung einzustellen, also die, welche durch deine Sinne einströmt. Denn mit der äußeren Wahrnehmung kannst du zwar denken, verstehen, kombinieren, lernen, praktisch äußere Zusammenhänge bearbeiten und verarbeiten, aber nicht die Stimme des Inneren verstehen. Nicht das gütige Licht erkennen. Dafür schulst du die innere Wahrnehmung. Das geht am besten an einem ruhigen Ort.« »Ich kenne es ein wenig«, sagte Otto. »Ich war als Kind im buddhistischen Tempel in Frohnau. Dort habe ich mit den Mönchen meditiert. Es dauert eine lange Zeit, bis man lernt die Sinne und vor allem die Gedanken abzuschalten. In einer längeren Meditation hatte ich ein besonders schönes Erlebnis. Es hat sich angefühlt, als ob ein hungriges Baby Milch bekommt.« »Erfüllend«, bemerkte Bertold. »Mit dem reinen Herzen des Kindes, ohne störendes Nachdenken und Interpretieren, lernt man es tatsächlich ziemlich schnell. Du brauchst eigentlich nur eine bequeme Sitzposition oder einen Stuhl, wo du eine Stunde oder länger sitzen kannst, ohne Störungen durch Geräusche von außen. Wenn du dann gelernt hast die Sinne abzuschalten und in dir zu ruhen, steht die Erfüllung nahe vor dir. Dort fängt die innere Wahrnehmung an. Die innere Wahrnehmung ähnelt der Intuition. Sie kommt von innen und vermittelt uns Eindrücke im Land des Innenraums. Wir lernen durch sie, im Innenraum durch Sehen und fühlen komplexe Wirklichkeiten zu verstehen. Es ist anders als das kleine Stückwerk der äußeren Wahrnehmung. Die innere Wahrnehmung versetzt uns in die Lage uns selbst und die höchste Wirklichkeit zu erkennen. Eine Wahrnehmungsart die viele Menschen in der westlichen Welt nicht nutzen. Es bereichert unser Leben unglaublich, macht es eigentlich erst vollkommen. Jeder braucht dafür natürlich einen Lehrer. So wie man das Einmaleins in der Schule von einem Mathematiklehrer lernt, erlernst du die Versenkung auch hier von einem Sachkundigen. Ich biete hier jeden Montag und jeden Donnerstag eine gemeinsame Meditation an, kostenfrei. Außerdem möchte ich einen Meeting Point einrichten. Ein wöchentliches Treffen mit Gleichgesinnten und Interessierten. In Indien hat das gemeinsame Zusammensein mit Zuhören, Fragen stellen, Austausch, Nachdenken und Versenkung Tradition.«

»Ich finde es wirklich supergut Bertold, dass du so etwas in Berlin machst. Meinst du, die Zeit ist reif für eine breitere Akzeptanz? Der buddhistische Tempel in Frohnau bietet auch Meditation an. Von Interessierten überrannt wurden die Mönche dort aber nicht«, sagte Otto. »Die Zeiten haben sich etwas geändert«, antwortete Bertold. »Die Menschen sind offener für neues geworden. Man bemerkt auch eine Übersättigung bei der konventionellen Religion. Aber ich denke, vielen Menschen in den europäischen Ländern ist die abgewandelte Form verständlicher. Ich habe in Gesprächen bemerkt, dass viele Leute bei dem Begriff Meditation lächeln oder ängstlich sind. Manche finden es suspekt. Sie brauchen etwas Greifbareres. Nennen wir es, etwas Normales. Auch die anderen beiden Formen sind geeignet Ausgeglichenheit in seinem Leben zu schaffen. Autogenes Training ist schnell und einfach zu erlernen.« »Darüber habe ich vor Jahren nur am Rande etwas gehört. Wie funktioniert das?«, fragte Otto. »Es ist eine ganz einfache Methode Körper und Geist zur Ruhe zu bringen, mehr nicht. Wir setzen die zwei Hauptrichtungen die derzeit im Gesundheitswesen angewendet werden ein. Die eine bringt wie gesagt Körper und Geist zur Ruhe. Man lernt sich innerhalb von zehn bis fünfzehn Minuten völlig zu entspannen. Mit einigen wenigen Formelsätzen die man öfter wiederholt, wie: »Mein Körper ist schwer.« »Ich atme ruhig und regelmäßig.« »Mein Geist ist ruhig«, bringt man sich in einen relaxten Zustand. Frei von Alltagseindrücken, Belastungen und Anspannung. Eingesetzt wird diese Technik bei Einschlafstörungen, Angstzuständen, Panikattacken, Burn Out, Bluthochdruck oder nur zur Stärkung der Psyche. Thomas begleitet die schwereren Fälle mit einer Gesprächstherapie. Er mag keine reine Symptombehandlung durchführen, ohne die Ursachen aufzudecken und zu behandeln. Die Behandlung soll für die Patienten eine langfristige Lösung mit sich bringen. Autogenes Training kann der Patient nach der Behandlung allein weiterführen. Die zweite Methode zielt schon sehr auf die Behebung von Störungen ab. Die Entspannungstechnik ist die

Gleiche wie bei der ersten. Sie gipfelt dann in Eingebungen, die sogenannte Vorsatzbildung. Wie soll ich es erklären? Du kennst dich doch mit dem Thema positives Denken aus.« »Klar«, sagte Otto. »Wir haben im Alter von zwölf ein Buch ausgetauscht. »Die Macht ihres Unterbewusstseins« hieß es, glaube ich.« »Ja, richtig, antwortete Bertold. Dass du dich daran noch erinnerst.« »Klar«, sagte Otto. »Darin war eine Methode beschrieben, wie du deinem Unterbewusstsein beim Einschlafen, sozusagen als Schlaflied, deine Wunschvorstellungen vorlegst. Dadurch soll ein negatives Gefühl in ein positives umgewandelt werden. Negatives Denken in positives Denken.« »So funktioniert die Autosuggestion, die Selbstbeeinflussung auch beim autogenen Training«, sagte Bertold. »Willkommen im Team. Wenn man wenig Selbstvertrauen hat, wiederholt man zum Beispiel immer wieder: »Ich bin stark und werde in meinem Leben allen Anforderungen gerecht« oder: »Ich bin selbstsicher, ausgeglichen, heiter und ruhig. Ich stehe mit beiden Beinen sicher auf dem Boden.« Und lebt dann diese im Unterbewusstsein hinterlegten Vorsätze in der Folgezeit aus. Man macht neue Erfahrungen mit sich selbst und seinen Gefühlen. Man kann damit Unzulänglichkeiten im Verhalten korrigieren, Lebensziele kanalisieren oder sogar psychische Störungen wie Depressionen ausgleichen. Nur nicht ohne Thomas. Vor jedem neuen Patienten steht ein zwölf Seiten langer Fragebogen. Daran kommt niemand vorbei. Niemand wird hier oberflächlich behandelt, sagt er. Keiner soll nur autogenes Training machen, mit einer verdeckten schweren Depression, von der niemand etwas mitbekommen hat. Wenn der oder die dann am Seil hängt, leben wir alle für lange Zeit mit Schuldgefühlen. Das will er nicht.« »Dann geht ihr in euer eigenes Programm«, bemerkte Otto. »Schön, immer schöner. Bertold, das gefällt mir. Deine Kumpels sind anscheinend richtig gut drauf.« »Positiv, Otto«, antwortete Bertold. »Positiv«.

Positiv fand Otto die beiden Freunde von Bertold tatsächlich. Nach der Eröffnung des Zentrums sahen sie sich öfter. Die vier verstanden sich auf Anhieb prächtig miteinander. Wenn Otto in Berlin war, trafen sie sich regelmäßig zum Essen und schwatzen.

Sie gingen zusammen ins Theater oder auf ein Konzert. Mit der Zeit wurde eine enge Freundschaft daraus. Im Sommer des darauffolgenden Jahres, nahmen Otto und Bertold sich zehn Tage gemeinsam Urlaub. Sie fuhren mit Bertolds Campingwagen, von Berlin nach Antibes. Sie fuhren jeden Tag von einer Sehenswürdigkeit zur nächsten. Ein Tag am Bodensee, zwei Tage Elsass, dann nach Besançon, Lyon und schließlich nach Antibes. Bertold freute sich darauf, Sybille endlich näher kennenzulernen. In Berlin waren sie sich nur wenige Male zum Händeschütteln begegnet. Mehr als »guten Tag« und »bis dann«, war es aber bisher nicht geworden. Bertold wollte unbedingt noch nach Roses, dem kleinen Hafenort, wo Salvador Dalí in der Nähe seines Wohnsitzes so viele Inspirationen hatte. Am Ankunftstag saßen sie fast bis Mitternacht beieinander und unterhielten sich angeregt. Sybille bot Bertold an, das Boot das schon so lange ungenutzt im Hafen lag, zu nehmen, um nach Roses zu fahren. Immerhin waren es mit dem Auto bis Roses über fünfhundert Kilometer die Küstenstraße entlang. Das Boot war mit zwölf Metern und zwei Schlafkabinen ausreichend, um ein paar Nächte darauf zu übernachten. Bertold lehnte dennoch dankend ab. Er war zwar im Besitz eines Bootsführerscheins, verfügte aber nicht über ausreichend Erfahrung, im Umgang mit Booten, auf dem offenen Meer. Otto konnte ihn nicht begleiten. Zu viel Arbeit war liegengeblieben. Deshalb nahm Bertold lieber den Camper. Er wollte aber gern später einmal darauf zurückkommen. Olivia war von Bertold sofort begeistert. Sie schwärmte von dem Schauspieler Alain Delon, dem er ähnlich sah. Sie wollte ihn unbedingt ihren Freundinnen vorstellen. Olivia war nicht wiederzuerkennen. Sie, die sonst eher still und zurückhaltend war, blühte mit einem Mal auf. Sie zeigte Bertold ihr Zimmer, erzählte ihm von ihren Hobbys und ihren Freundinnen, tollte mit ihm im Garten herum und – Brigitte wollte es später in einem Telefonat nicht glauben: Sie setzte sich nach dem Abendessen auf seinen Schoß und himmelte ihn mit strahlenden Augen an. Bertold, der sie auch unheimlich nett fand, spielte mit und bereitete ihr alle Freuden, die sich eine Zehnjährige wünscht. Der Abend mit Alain endete trotzdem. Am nächsten Morgen fuhr er weiter nach Roses, als noch alle schliefen. Von dort aus, führte seine Tour zurück nach Berlin über Andorra, Toulouse und Paris. Otto blieb vorerst in Antibes. So war es geplant. Bertold wollte in Ruhe einige Konten schließen, die sein Vater in der Steueroase Andorra in den östlichen Pyrenäen geführt hatte. Die Hauptstadt Andorra la Vella war sehr alt. Es gab in der im zwölften Jahrhundert gegründeten Stadt, die umgeben von Bergen in einem Tal lag, eine Menge Sehenswürdigkeiten. Bertold meldete nach dem Ableben seines Vaters die Konten dem Finanzamt. Er wollte keine Unannehmlichkeiten. Die Freigabe wurde erst vor kurzem erteilt, nachdem er die Erbschaftssteuer bezahlt hatte. Bertold machte sich eine schöne Zeit. Die Rückfahrt dauerte länger als die Fahrt von Berlin nach Antibes.

Sybille war ebenso eingenommen von Ottos nettem, alten und neuen Freund wie ihre Tochter Olivia. Sie war für dieses Mal trotzdem froh, wieder Ruhe im Haus zu haben. Olivia war in der Schule ähnlich begabt wie ihr Vater. Sybille half ihr so gut es ging, war aber bei all dem Lerneifer und ihren vielen Interessen manchmal etwas überfordert. Olivia, die gerade an einem Kinderbuch schrieb, hatte zudem die Angewohnheit, Sybille alles, was sie zu Papier brachte, vorlesen zu müssen. Ein Zuhörer war für sie derzeit das einzig akzeptable Korrektiv. Erst nachdem Olivia ihre Texte vorgetragen hatte, fühlte sie sich sicher, dass alles stimmig war. Otto hielt sich in letzter Zeit nur an den Wochenenden regelmäßig zuhause auf. Er pendelte zwischen Berlin, einem Verlag in Paris und Antibes hin und her. Sybille nahm ihre Tochter, auf ihren Wunsch hin, öfter mit in ihr Büro, wo sie ihr die Struktur der Ländereien, der Stiftung und den anderen Grundstücken nahebrachte. Bestenfalls sollte Olivia nach dem Abitur oder einem anschließenden Studium mit ihr zusammenarbeiten oder Stück für Stück alles übernehmen. In Zusammenarbeit mit der Stiftung, die dafür zeitweise Finanzlücken abdecken sollte, plante sie ein enorm aufwendiges Projekt zur Zusammenfassung aller Ländereien die an Bauern verpachtet waren, zu zwei großen regionalen Agrargenossenschaften. Dieses Projekt würde für alle enorme Vorteile bringen. Für die

Bauern und für die Umwelt. Mit einer gemeinsamen Bewirtschaftung könnten die anzubauenden Produkte bedarfsgerecht gesteuert werden. Sie würden dann höhere Erlöse einbringen. Nach Sybilles Einschätzung könnten die Betriebsmittel, insbesondere die zur Bewirtschaftung notwendigen Maschinen, um die Hälfte reduziert werden, was zu Einsparungen führen würde. Im Fokus lagen nicht nur ökonomische, sondern auch ökologische Vorteile. Sie wollte die Bauern davon überzeugen weniger Pflanzenschutzmittel einzusetzen, die Monokultur etwas aufzulockern um Bäumen, Blumen und damit Insekten Lebensraum zu bieten. Ihr höchstes Ziel war, die Verpackungsindustrie zum Umdenken zu bewegen und ein regionales Mehrwegsystem einzuführen, um Plastikmüll und andere Schadstoffe zu reduzieren. Für die neunziger Jahre eine gewagte neue Idee. So standen ihr derzeit die Bauern geschlossen ablehnend bis feindselig gegenüber. Sie kümmerten neuere Umweltstudien wenig. Solange sie nicht unmittelbar selbst beeinträchtigt wurden, war die Selbstbestimmung für sie wichtiger. Die Welt als Team? Welch ein Unsinn. Sybille hatte alle Hände voll zu tun.

Für heute hatte sie einen ruhigen Abend mit Otto geplant. Während der vergangenen drei Wochen, war er nicht ein einziges Mal zuhause. Die gemeinsamen Stunden, in denen sie für sich waren, beschränkten sich auf die Sommerferien, wo Olivia für zwei Wochen bei den Großeltern in Berlin war. Die Sehnsucht brannte in ihrem Herzen. Sie hatte sich für den Abend etwas ganz Besonderes ausgedacht. Die Wetterprognose war günstig. Es sollte ein lauer Sommerabend, ohne Regen, werden. Nachdem Sybille wusste, wann Otto mit seinem Freund Bertold in Antibes eintreffen würde, besprach sie ihre Wünsche schon vor Tagen mit der Haushälterin Michelle, die immer noch bei ihnen wohnte. Bei ihr stieß sie auf vollstes Verständnis. Michelle kicherte als sie sagte: »Oh, wie sehr ich sie beide beneide. Ich kann doch mit Olivia ins Le Casino Cinéma d'Antibes in der Avenue Aoû gehen, dort spielen sie ab morgen einen Abenteuerfilm, den ich auch gern sehen würde.« »Schön«, sagte Sybille. »Danach darf ich Sie ins Restaurant »Les Pêcheurs« am Hafen einladen.«

Michelle wurde verlegen. Sybille griff in die rechte Seitentasche ihrer Jeans und drückte Michelle ihre Kreditkarte in die Hand. Michelle benutzte die Karte oft beim Einkaufen. Sie kannte die Geheimnummer. »Und gönnen Sie sich ein gutes Glas Wein, meine Liebe«, fügte Sybille hinzu. »Toll, Danke.« Nun war der Abend mit Otto perfekt geplant.

Mittags aßen die beiden gemeinsam mit Olivia im Garten. Die Sonne spiegelte sich in Sybilles blitzenden Augen, als sie sich, bekleidet mit einem kurzen orangefarbenen Minirock, und einer fast durchsichtigen engen Bluse, vor dem Essen eng an Ottos Körper drückte. Die Hitze durchströmte ihn sofort von Kopf bis Fuß. Sie küssten sich innig, bis Olivia aus dem Haus kam und rief: »Ich auch, ich auch.« Olivia legte ihre Arme um die beiden und schmiegte sich eng an Sybilles Seite. Michelle trug inzwischen das Essen auf. Sie setzte sich heute nicht mit an den Tisch. Mit einer kurzen Entschuldigung, »Ich habe schon gegessen, weil ich noch etwas erledigen muss«, zog sie sich in ihre Wohnung zurück und ließ die drei allein. Olivia genoss die Anwesenheit Ottos. Sie sagte: »Heute Abend gehe ich mit Michelle ins Kino, um mir einen Film mit Bertold Delon anzusehen.« Michelle scherzte mit ihr offensichtlich über die Ähnlichkeit Bertolds mit dem Schauspieler. »Oh«, antwortete Papa, »dürfen wir nicht mitkommen?« Bei der Frage zog sich bei Sybille der Magen zusammen. Sie schaute Otto direkt in die Augen. Darin stand »Nein, heute nicht.« »Da musst du Michelle fragen«, sagte Olivia, »sie wollte nur mit mir gehen. Sie hat mir danach mein Lieblingsessen im Les Pécheurs versprochen. Heute war dort nur noch ein Tisch für zwei Personen, direkt am Kai frei«, sagte sie. »Papa kennt doch Pierre, den Kellner. Vielleicht kann er einen größeren Tisch besorgen?« Papa, der inzwischen die Spannung Sybilles auffing, antwortete mit enttäuschter Miene: »Ist schon gut mein Schatz. Auf Kino habe ich heute keine Lust. Ich muss auch noch ein wenig arbeiten und mich mit Mama unterhalten. Wir machen übermorgen etwas zusammen.« Olivia sagte: »Schön, übermorgen will ich aber zu Burger King.« »Gern, sagte Otto, »der ist ja gleich um die Ecke.« »Neeeiiinn, nicht der.

Ich will zu dem an der Route de Grasse.« Dort half ein Junge aus, den sie kannte. Er ging in die Nachbarklasse in ihrer Schule. Seitdem wollte sie nur noch dorthin. Wahrscheinlich, weil auch die anderen Schüler ihres Jahrgangs, in den Burger King an der Route de Grasse gingen. Meist traf sie dort abends auf andere Kinder, die sie kannte. Neben dem Restaurant war ein imposanter Spielplatz, auf dem die Kinder nach dem Essen gern zusammen herumtobten. »Gute Idee«, warf Sybille ein, »wenn deine Schulkameraden dort sind, kann ich mit Papa spazieren gehen, während du dich auf dem Spielplatz beschäftigen kannst.« »Ja toll«, antwortete Olivia, wobei sie aufsprang und loslief. Sie rief über die Schulter: »Ich bin mit Isabelle verabredet. Ich bin schon viel zu spät dran.« Isabelle war ihre Freundin aus der Nachbarschaft, die drei Straßen weiter wohnte. »Gerettet«, stöhnte Sybille. »Ich habe dir noch nicht erzählt was heute Abend hier los ist, oder?« Sie schaute Otto tief in die Augen. »Party?«, fragte er. »Gut geraten mein Lieber. Eine Überraschung.« Sie stand auf und begann den Tisch abzuräumen. Michelle war zum Einkaufen gegangen. Sie beugte sich vor, wobei der Minirock höher rutschte. In Otto's Brust begann die Lust zu ticken. Er lebte seit einem Monat in Enthaltsamkeit. Sein Herz schlug höher. Er half Sybille das Geschirr ins Haus zu bringen. Als sie vor ihm im Minirock die Treppe zum Bad hochging, hing seine Beherrschung am seidenen Faden. Er stieg zwei Minuten nach ihr langsam die Treppe hoch, wobei seine Erregung Stufe um Stufe anschwoll. Er öffnete die Schlafzimmertür. Sybille war gerade dabei sich umzuziehen. Sie stand nahe am Fenster. Auf ihre Brüste schien die Sonne. Ihre Augen funkelten ihn an. Nach einer zärtlichen Umarmung landeten sie auf dem Bett. Ein Streichelwettbewerb begann. Ihre Hände, machten bei keinem Körperteil hat. Als er ihr den Slip abstreifen wollte, umfasste sie sein Handgelenk und hielt ihn zurück. Sie sagte: »Noch nicht Schatz«, wobei sie ihn auf den Rücken drehte. Sie öffnete sein Hemd, küsste ihn auf Hals, Brust und Bauch. Dann wiederholte sie: »Noch nicht Schatz, lass uns noch ein wenig warten, bis die beiden ins Kino gehen.« Sie streichelte seine Brust, wobei sie langsam aufstand und zum Kleiderschrank ging. Als sie die Zimmertür öffnete, um nach unten zu gehen, schaute er ihr schwer atmend nach. Das Verlangen lag angekettet in der Brust.

Um kurz vor sieben verabschiedeten sie Olivia, die vor Freude um die beiden herumtanzte, sich drehte und ein Lied sang. »What is Love. Baby don´t hurt me, don´t hurt me no more.« Der Hit von Haddaway lief derzeit in den Radios rauf und runter. »Viel Spaß Michelle«, rief Sybille den beiden hinterher, als sie aufbrachen. Es war zum Totlachen den beiden zuzuschauen, wie sie die Straße entlangliefen, sangen, tanzten und herumsprangen. »Baby don´t hurt me« wurde leiser. Olivias Stimme ging im Geräusch eines Lieferwagens unter, der vor dem Haus parkte. Er trug die Aufschrift »Service de Restauration de Luxe. Bellart Nizza.« »Oh nein«, sagte Sybille. »Jetzt ist die Überraschung dahin.« Otto schloss die Augen. Er drehte den Kopf nach oben. Während er zum Haus lief, rief er zurück in die Richtung in der Sybille stand: »Ich verschanze mich im Schlafzimmer und schminke mich ein wenig. Hol mich bitte, wenn du so weit bist.« Eine nette Geste von Otto dachte sie, wo sie sich so viel Mühe mit der Überraschung gegeben hatte. Für diesen Abend war ein Catering-Service bestellt, der mit zwei Kellnern ein drei Gänge Menü mit zwei Flaschen Mouton Rothschild und Antipasti-Kleinigkeiten servierte. Es ist etwas spät geworden, dachte sich Sybille. Die Leute waren für sieben Uhr bestellt. Die Nachbarn waren darüber informiert, dass es etwas lauter werden würde. Nachdem Otto wieder im Garten war und sich an den herrlich duftenden, gedeckten Tisch setzte, kam eine Flamencotänzerin hinter der Ecke des Hauses hervor, die von drei Musikanten begleitet wurde. Otto ließ sich treiben. Er tauchte unmittelbar in die heitere Stimmung des Sommerabends ein, lächelte seine Frau an und genoss Musik, Speisen und den hervorragenden Wein in vollen Zügen. In einer Pause zwischen zwei musikalischen Darbietungen fragte er erwartungsvoll, wann die anderen Gäste kommen würden. Sybille sagte mit einem bezaubernden Lächeln auf den Lippen: »Alle Gäste sind anwesend. Mehr kommen nicht.« Umso besser, dachte Otto im Stillen. Nach einer Stunde zogen sich die Musikanten zurück.

Otto unterhielt sich mit Sybille angeregt über Gott und die Welt. Sie verbrachten viel zu wenig Zeit miteinander. Heute konnten sie sich endlich über alles miteinander austauschen. Ohne Störungen, ohne Einschränkung. Nachdem sie mit dem vorzüglichen Essen fertig waren, nahm Otto übergangslos die zweite noch volle Flasche Mouton in die Hand, griff sich die Gläser und hauchte Sybille zu: »Ich warte oben. Du kannst inzwischen die Leute verabschieden.«

Er zündete im Schlafzimmer drei Kerzen an, schaltete leise stimmungsvolle Musik von Vivaldi ein und schüttelte gerade die Betten auf, als Sybille ins Zimmer kam. Sie ließ sich einfach in die Kissen fallen. Otto befreite sein Verlangen. Er war nicht ungestüm, küsste Sybille dennoch mindestens hundertmal überall, wo ein Fleckchen ihrer wunderbar nach Rosenblüten duftenden Haut zu sehen war, bis er ihnen eine Atempause gönnte. Sybille wollte keine Atempause. Sie brauchte heute Abend nur ihn. Sie öffnete den Reißverschluss seiner Hose und lüftete das Geheimnis der Lust, das schon seit ihrer Begegnung hier oben am Mittag auf sie wartete. Ihre weichen Lippen küssten ihn so zärtlich, wie es nur möglich war. Das Herz schlug Otto bis zum Hals als sie ihn losließ, um nun ihrerseits hundert Küsse über seinen Körper zu verteilen. Dabei zog sie ihm alles aus, was er am Körper trug. Sie warf ein Kleidungsstück nach dem anderen in hohem Bogen durchs Zimmer. Die Lust traf heute mit solch extremer Wucht aufeinander, dass die Leidenschaft laut aufschrie, noch bevor der Akt begann. Wie zwei Wanderer, die kurz vor dem Verdursten sind, pressten sie ihre Körper aneinander, ohne auch nur einen Millimeter wieder preiszugeben, bis die Vereinigung sie unter tausend Liebesschwüren erlöste. Sie bewegten ihre Körper hin und her. Mal lag sie auf ihm, dann wieder unten. Der Atem ging schwer. Eine Brise warmer Sommerwind wehte durch das Fenster. Die Kerze angestoßen vom Wind flackerte hin und her. Im Kerzenschein leuchtete die Sonne um ihre Iris heller als sonst. Ihr Stöhnen wurde immer lauter und heftiger, er sah nur noch ihre Augen, sie atmeten im Gleichklang bis die Sonne in ihren Augen zersprang. Sie erreichten gemeinsam den Höhepunkt und flogen auf eine Wiese aus vierblättrigen Kleeblättern. Sybille weinte. Das Geräusch holte ihn zurück. Durch ihre Augen schaute er noch einmal auf die Wiese. Sybille weinte vor Glück. Langsam, sehr langsam kamen sie wieder auf den Boden, zurück nach Antibes, in ihr Schlafzimmer.

In dieser Nacht versprach Otto Sybille, ihr beim neuen Projekt Agrargenossenschaften zu helfen. Die Freude über diesen Entschluss dauerte noch am nächsten Tag an. Dann könnte er hauptsächlich in Frankreich bei seiner Familie sein. In letzter Zeit nötigte ihn Herr Strohmann immer öfter im Verlagshaus zu erscheinen. Nach dem Fall der Mauer hatte das Star Magazin seinen Hauptsitz nach Berlin verlegt. Im kommenden Frühjahr sollten die neuen Räume, in der Innenstadt, eingerichtet und bezogen werden. Der Inhaber, Herr Strohmann, wollte ihn unbedingt enger an den Verlag binden, obwohl Otto ihm immer wieder erklärte, er bleibe lieber freier Journalist. Herr Strohmann verriet ihm anlässlich einer Betriebsfeier, in angetrunkenem Zustand, er hätte ins Auge gefasst einen Stellvertreter einzuarbeiten. Die viele Arbeit sei nicht mehr zu schaffen, zumal sie zwei weitere Zeitschriften übernommen hatten. Die Pointe dabei war für Otto unverständlich und völlig abwegig. Strohmann, der rechts neben ihm saß, flüsterte ihm ins Ohr: »Sie sind der Einzige, den ich aus der Mannschaft kenne, den ich dafür gern ins Boot holen würde. Ehrlich, kompetent und immer zuverlässig.« Otto blockte sofort ab. Er sagte: »Das stimmt schon, ich gebe mir Mühe. Sie wissen aber, ich bin der geborene Freie. Meine Leistung würde sich verschlechtern, wenn ich an der Leine laufe. Daran wären Sie dann schuld, haha«, fügte er scherzhaft dazu. Unmittelbar nachdem er den Satz beendet hatte, stand er auf und entschuldigte sich mit einem Gang zum Klo. Er wollte jeder weiteren Diskussion aus dem Weg gehen. Strohmann wusste immer genau was er will. Wer ihm dabei in die Quere kam, wurde zumindest für eine gewisse Zeit aufs Abstellgleis gestellt. Seit zwei Monaten rief er ständig bei Otto an. Am Ende kam immer wieder das Gleiche heraus. Herr Strohmann begann von dem neuen Verlagshaus zu erzählen, von den schönen neuen, großen Büros. Otto wäre doch öfter in Berlin als in Frankreich und ein Büro sei noch unbesetzt. Nun konnte Otto ihm erzählen, er sei jetzt in Frankreich an einem Umweltprojekt beteiligt, worüber er einiges berichten würde, was dem Star Magazin wie immer, guttun würde. Das wäre wenigstens ein kleines Trostpflaster für Strohmann. Mittlerweile war es sowieso möglich alles von hier aus zu erledigen, was seine Tätigkeit als freier Journalist betraf. Telefongespräche in jede Region der Welt waren möglich. Sie wurden immer kostengünstiger. Für den Austausch von Schriftsätzen gab es eine länderübergreifende Verbindung mit dem Fax. Das Internet wackelte noch ein wenig, aber meist funktionierte es. Derzeit ging die Entwicklung, Wartung, Strukturierung, sowie die Einrichtung und Kontrolle der Domains und IP-Adressen mehr oder weniger von einer Person aus, einem Informatiker aus den USA. Das dauerte. Er strukturierte auch einen Teil der Computer DNS und schaffte DIN-Normen für die Funktion und den Betrieb des Internets. Er machte aus dem ehemals militärischen Projekt eine salonfähige, private Kommunikationsbasis. Natürlich nur mit der Billigung der Verteidigungsbehörde der Vereinigten Staaten. Otto war es egal wer dieser praktikablen Erfindung die funktionelle Basis verschaffte. Er dachte aber mit einigem Schrecken daran zurück, was die Militärs in den Kinderschuhen der Computerentwicklung damit vorhatten. Eine Nutzung für private Zwecke, wie sich dieser Elektronikbereich später entwickelte, war damals so nicht vorgesehen.

Er konnte sich vorstellen, was Staat und Militär früher mit der alleinigen Nutzung der Computerelektronik vorhatten. Die totale Kontrolle über die Bürger im eigenen Land. Kontrolle über Regierungen und Privatpersonen anderer Länder. Dominierende Waffengewalt über andere Länder, möglichst die Herrschaft über den gesamten Planeten. Man konnte nur von Glück sagen, dass dieses Vorhaben aufgedeckt wurde. Sein Freund Sommer musste dafür sein Leben lassen. Wer sich einer Weltmacht in den Weg stellt, wird schon mal beiseite geschafft. Er wusste es aus eigener Erfahrung. Selbst in Deutschland machten die Mitarbeiter vom Verfassungsschutz, die er kannte, keinen Hehl daraus, dass ihre »Putztruppe« wie sie es nannten, unliebsame Zeitgenossen aus dem Weg räumte. Die Feuerwalze »verdeckte Staatsmacht«, ging mit großen Schritten durch die dunkle Nacht und machte platt, was sich ihr in den Weg stellte. Groß und Klein. Erst seit Anfang der neunziger Jahre, wurde überhaupt darauf geachtet, dabei nicht zu weit zu gehen. Die Globalisierung durch das Internet würde nach Ottos Einschätzung mehr Licht ins Dunkel destruktiver Machenschaften bringen. Die Presse stellte sich bereits auf die Berichterstattung im Netz ein. Eine Berichterstattung die für jeden ohne zeitliche Verzögerung zugänglich war. Ob es eine Wende für die Welt brachte, darüber war sich Otto nicht sicher, weil die Mächtigen oft keinen Bezug mehr zur Realität hatten. Der Geschäftsführer der Stiftung, ein burschikoser Typ, brachte es auf den Nenner: »Es geht denen in der Regierung am Arsch vorbei, wer dran glauben muss. Hauptsache die Steuereinnahmen fließen, damit sie ihre Besoldung bekommen. Lieber ein kleines Bestechungsgeld über Verwandte oder Strohmänner kassieren, als eine Firma daran hindern, Giftmüll auf unserem Planeten zu deponieren. Nun denken die Mächtigen auch nicht es sei unser aller Planet. Nein, das Problem ist, sie denken es sei ihr Planet, mit dem sie nach eigenem Gutdünken umgehen können, wie es ihnen beliebt.« Soweit wollte Otto nicht gehen, dennoch war der Umgang mit der Zerstörung des Planeten tatsächlich ein Problem. Ein Problem, das viele heute noch nicht sahen, das aber in den nächsten Jahren zu einer Bürde werden konnte. Einlenken war derzeit kein Thema. So lange wie noch keine Menschen auf der Straße tot umfielen, weil sie am Smog erstickten, ging es eher um Arbeitsplätze, Steuereinnahmen und darum die Wirtschaft nicht aus dem Land zu vertreiben.

Otto war im Bereich Umweltschutz noch nicht so umfassend belesen wie die Mitarbeiter in der Stiftung, so dass er sich kein standsicheres Bild machen konnte. Er wusste nur von Sybilles Erzählungen: Es stand nicht so gut um die Umwelt, wie die Politiker behaupteten. Spätfolgen wurden so lange ignoriert, bis etwas Gravierendes passierte, was die Bevölkerung in Aufruhr versetzte. Er kannte es aus der Atompolitik. Heute war er glücklich. Nur kein Krampf dachte er. Es war so ein schöner Abend gestern. Er würde sich damit beschäftigen und Sybille in nächster Zeit etwas helfen. Interessant ist es allemal. Vom Thema Rüstung und Kriegsgeschehen war er übersättigt. Er wollte sich ohnehin umorientieren, auch wenn Herr Strohmann wie hypnotisiert auf jede Kriegshandlung in der Welt starrte, um bloß nichts zu verpassen. Die Höhe der Auflage war für ihn ein entscheidender Orientierungspunkt. Das Wort Umweltschutz, beinhaltete den für Otto wichtigen Teil: Schutz. Allein dieses Wort löste ein tieferes Gefühl aus. Es war ihm ein Bedürfnis die Richtung der Straße mit zu verändern, auf der die Welt fuhr. Er würde Sybille helfen und nebenher seine Arbeit von hier, in Antibes, erledigen. Die Internettechnologie war dabei eine willkommene Entwicklung. Sybilles wichtigstes Projekt war die Zusammenfassung der Ländereien, von Einzelbetrieben zu zwei Agrargenossenschaften. Eine mit den Ländereien an der Garonne. Eine im Dreieck Nizza – Marseille. Es mussten zwei Agrargenossenschaften sein, weil die Ländereien über fünfhundert Kilometer weit auseinander lagen. In jeder der Regionen waren andere Supermarktketten tätig. Wobei die Supermärkte das eigentliche Problem waren. Wurden früher Obst, Brot und Gemüse im Laden um die Ecke in Tütchen oder die Äpfel gleich direkt ohne Verpackung in die Tasche gesteckt, lagen heute im Einkaufszentrum die meisten Produkte in Plastikverpackungen im Regal. Die Außenblätter vom Kopfsalat landeten mittlerweile bereits gewaschen in einer Plastiktüte. Das Innere wurde in Hartschalen aus Plastik verpackt, als Salatherzen verkauft. So lief es mit der gesamten breiten Palette von Obst und Gemüse. Was noch lose war, wurde beim Abwiegen in eine Plastiktüte verpackt. Niemand verließ einen Supermarkt ohne eine Tasche voller Plastikmüll. Einwegmüll.

Plastik sei die beste Verpackungsmöglichkeit, die es gäbe, hörte man seit einem Jahrzehnt von Anbietern und Verbrauchern. Man könne sie mit einfachen Mitteln in unbegrenzter Anzahl herstellen. Plastikverpackungen sind leicht, hygienisch und garantieren insbesondere Lebensmittelprodukten eine lange Haltbarkeit. Dass inzwischen nahezu alle Produkte, selbst Schrauben, Nägel und Hydraulikpumpen in Plastikverpackungen ausgeliefert wurden, fiel niemandem mehr auf. Es war handlich. Man konnte sie in Regalen gut stapeln oder aufhängen. Die Hartschalen waren solide Behälter, die sich im Keller gut stapeln ließen. Aber Hartschalen meist mit Papier verklebt, ließen sich nicht recyceln. Otto hatte den Eindruck, Sybille sei hierzulande die Einzige, die sich überhaupt Gedanken um Mülltrennung oder Recycling machte. In der Regel landete alles auf der Deponie oder im Ausland. Bis Mitte der neunziger Jahre, brachte Sybille ihr Vorhaben in eine annehmbare Struktur. Ihre Planung war bis ins Kleinste durchdacht. Für ihre Kalkulation zog sie die Agrargenossenschaft im Dreieck Nizza – Marseille heran. Sie nannte ihr Projekt »Mer du sud.« Im Mer du sud konnten etwa zweihundert einzelne Produktionsstätten der Landwirtschaft, mit einhunderttausend Hektar, zusammengefasst werden. Eine enorme Fläche. Sybille ging es vorrangig darum ein Vorzeigeprojekt zu schaffen. Mit der Stiftung wollte sie danach weltweit die Verwirklichung solcher Projekte anstoßen. Nicht nur für die Umwelt waren damit große Entlastungen verbunden. Auch für die Betreiber der Höfe bedeutete der Zusammenschluss eine enorme Entlastung. Allein der Einsatz eines zentralen Maschinenparks bedeutete eine millionenschwere Kostenersparnis. Damit verbunden waren Einsparungen beim gesamten Arbeitsmaterial, Geräten und Lagerstätten. Davon könnten alle besser leben. Die kleineren Höfe könnten ihre Wohnhäuser und Ställe sanieren, was dringend nötig war. Es bedeutete außerdem für jeden der Beteiligten eine Verkürzung der Arbeitszeit. Sybilles Augenmerk war dabei auch auf den Schutz von Insekten und anderen Arten gerichtet, die durch Monokulturen, sowie den Einsatz von Pflanzenschutzmitteln, immer weiter dezimiert wurden. Hatte ein zentrales Gremium über die Gestaltung der Felder zu entscheiden, hoffte sie auf die Neuschaffung von Randstreifen an den Feldern, mit Bäumen, in denen die Vögel nisten könnten, Blumengewächse für Bienen, und die Erhaltung von anderen Tier- und Pflanzenarten, deren Zukunft von der aktuellen Entwicklung ganz offensichtlich bedroht war. Sybille wollte mit zinslosen Darlehen aus der Stiftung die Errichtung von Fabriken, als zentrale Verarbeitungsstelle für die anfallenden Produkte, vorfinanzieren. Dadurch würden noch mehr Einnahmen für die Einzelhöfe entstehen, man könnte umweltverträgliche Verpackungen einsetzen und sie später mit einem geplanten Projekt sogar selbst herstellen. In einer weiteren Maßnahme sollte Obstanbau mit der Herstellung von Säften entstehen.

Otto und Sybille waren mit jedem Schritt von neuem davon begeistert, dass sich mit solch einem Projekt nicht nur die Einkünfte der einzelnen Beteiligten steigern ließen, sondern auch die Umwelt ganz erheblich entlastet würde. Der zusätzliche Gewinn, würde sich nach Ottos Berechnungen am Beispielprojekt innerhalb der ersten zehn Jahre insgesamt auf über Hundertzwanzig Millionen Franc, umgerechnet vierzig Millionen Deutsche Mark summieren. Diese Schätzung war ein Mindestwert. Der Betrag könnte sich mit gutem Management auch verdoppeln. Nach bereits acht Jahren würden die finanzierten Produktionsstätten in den Besitz der Bauern übergehen. Sie könnten damit langfristig ihre Existenz verbessern und absichern. Die ständigen Krisen, durch immer neue Importe aus dem Ausland, hätten dadurch weniger Auswirkungen auf ihre finanzielle Situation. Otto hatte die Idee, früher oder später alles in eine Aktiengesellschaft umzuwandeln, an der jeder die seinem Beitrag entsprechende Beteiligung erhielt. Das Konzept ist toll, es sollte jeden überzeugen, fand er. Sybille strömte über vor Enthusiasmus. Sie dachte sogar daran, den Bauern Stück um Stück das Land zu einem Spottpreis zu überlassen. Wie glücklich konnten die Bauern damit werden. Bald sollte das Konzept fertiggestellt sein. Es ist schön am guten Werk zu wirken, gab Otto einen Sinnspruch aus Tibet zum Besten. Ja, fand auch Sybille. Positiv wirken – etwas verändern, was bestimmt allen hilft, im Kleinen für die Bauern, wie im Großen für unsere Umwelt. Das ist schön. Die beiden sonnten sich in ihrer guten Absicht. Die Begeisterung für diese Sache beflügelte ihre gemeinsame Arbeit über Wochen und Monate.

Das Gesundheitszentrum von Bertold und seinen Freunden schlug ein wie eine Bombe. Die drei waren sich einig: Zur richtigen Zeit am richtigen Ort mit dem richtigen Angebot. Sie wurden von Patienten nahezu überrannt. Das Zentrum wurde nicht nur zu einer Goldgrube, die alle Investitionen rechtfertigte, es entwickelte sich zum Nachfragemagneten der Umgebung. In diesem Bezirk lebten viele Begüterte. Fast jeder konnte sich Behandlungen leisten, die nicht mit der Krankenkasse abgerechnet werden konnten. Wo die Schulmedizin nicht weiter kam, suchten die Menschen nach alternativen Heilmethoden. Nachdem Otto über mehrere Monate hinweg, kleine Artikel mit Interviews der drei veröffentlicht hatte, konnten sie den Ansturm nicht mehr bewältigen. Bertold bat Otto dringend, nichts mehr in der Presse zu bringen und wenn, dann ohne die Anschrift des Heilzentrums zu nennen. Bevor die Sommerferien in Berlin endeten, kam Bertold dieses Jahr auf Sybilles Angebot zurück, sich ihr Boot auszuleihen. Er reiste für zwei Wochen mit Freddy, dem Leiter der Abteilung Physiotherapie nach Antibes. Freddy und Bertold mieteten sich über das Internet ein Ferienhaus, nur einige Straßen von Otto und Sybille entfernt. Otto hatte sich zwei Tage freigenommen. Er fuhr mit den beiden von Antibes, die malerische Küste nach Süden hinunter, bis in die Bucht von Saint-Raphael. Die Domstadt, die wenige Jahrhunderte nach der Geburt von Jesus Christus zur Blüte heranreifte, lag in der Provence-Alpes-Côte d'Azur. Die drei ankerten in dem wunderschönen alten Hafen der Stadt, der unterhalb des Doms lag. Als sie in den Hafen einfuhren, kamen die Fischerboote vom Fang zurück. Alles roch nach Fisch und Algen. Die Wellen klatschten gegen die Kaimauer. In das Geräusch mischten sich die Schreie der Möwen, die unter dem klaren Himmel ihre Bahnen zogen. Das Kriegsgeschehen des Zweiten Weltkriegs hatte der Stadt ihre Sehenswürdigkeiten gelassen, die sich bunt gemischt aus den verschiedenen Kulturen der Römer, Mauren und Piraten darstellten. Als letztes funktionierten die Mönche Lérins die Ortschaft in einen Fischer- und Bauernort um. Der Zwischenstopp, bei dem sie abends noch mit Sybille und Olivia zusammentreffen wollten, lohnte sich. Sie waren den ganzen Tag in der Stadt unterwegs. Neben dem alten Hafen, mit dem Leuchtturm von Saint-Raphael, wo sie ankerten, gab es noch viele andere Anziehungspunkte. Besonders schön lag die Bucht von Agay, die, eingefasst von der Steilküste, immer wieder von Felsen unterbrochen wurde und so kleine intime Strände, nicht breiter als einen Steinwurf, preisgab. Vor der Stadt lagen beeindruckende Sakralbauten, nahe der Kirche San Rafeu aus dem zwölften Jahrhundert. Die Kirche hatte durch ihren Wehrturm viel Ähnlichkeit mit einer Burg. Die Aussicht vom Kirchturm über das bergige Hinterland mit üppiger Vegetation und das Meer war fantastisch. Kein Wunder, dass Napoleon Bonaparte von hier aus seine Reise ins Exil nach Elba antreten wollte. »Wie herrlich«, sagte Freddy oben auf dem Kirchturm: »Wie der Einfluss verschiedener Kulturen doch so einen Ort schmücken kann. Sieht ganz anders aus, als in Indien.« Er konnte sich gar nicht genug sattsehen. Doch sie mussten zu ihrem Treffpunkt im Restaurant am Hafen. Von dort aus wollte Otto, mit Sybille und Olivia, wieder zurück nach Antibes fahren. Er musste noch seine Reisetasche vom Boot holen. Bertold und Freddy kannten mittlerweile alle wichtigen Details im Umgang mit dem Boot. Otto zeigte ihnen jeden Handgriff. Der hochgewachsene schlanke Freddy hatte an der Stirn unter der blonden wilden Mähne, die fast bis auf die Schultern reichte, einen geraden, roten entzündlichen Streifen auf der Haut. Auf dem Weg unter Deck stieß er mit seinen einsfünfundneunzig, immer wieder gegen den oberen Holm des Türrahmens. »Bumm«, machte es jedes Mal. Bei dem Geräusch lachten die beiden anderen unvermittelt drauflos. Freddy fand es nicht mehr lustig. Gemerkt hatte er es sich – »Bumm«, trotzdem noch nicht, wie man merkte, als sie wieder zurück im Hafen waren. Los, los, drängelte Bertold, es ist schon spät. Über den Hafen zog eine Rauchwolke von einem Feuer aus einer Tonne, in der ein Fischer zerkleinerte Holzkisten verbrannte. Der Rauch lag wie ein grauer Streifen vor der untergehenden roten Sonne. Als sie an der Tonne vorbeigingen, mussten sie die Luft anhalten. Der Fischer atmete völlig normal. Er war an den beißenden Geruch anscheinend gewöhnt.

Auf dem Weg zum Restaurant strömten hunderte Passanten an ihnen vorbei. Die Touristen kamen zum Essen in die Innenstadt. Die Gassen wurden enger. Freddy verzog jedes Mal, wenn eine

Frau gepudert und stark nach Parfüm riechend in seiner Nähe vorbeilief, sein Gesicht. Seit er in Indien war, wo die Menschen keine kosmetischen Düfte verströmten, reagierte er nahezu allergisch auf Carl, wie Bertold lächelnd preisgab. Gemeint war der König der Düfte, Carl Lagerfeld. Auch wenn sie durch eine Wolke von Zigarettenrauch gingen, verzog Freddy die Nase. In den kleinen mit Kopfsteinpflaster ausgelegten Gassen war es kunterbunt. Ein Geschäft lag neben dem anderen. Einige hatten noch geöffnet. »Da vorn sind sie«, rief Bertold. Von weitem sahen sie Sybille und Olivia vor einem Restaurant mit dunkelgrünen Fensterläden stehen. Das Haus war dunkelrot gestrichen. Ein auffälliger Kontrast. Sie hatten in dem italienischen Restaurant einen Tisch draußen reserviert, der seitlich hinter dem alten Gebäude, in einem schmalen Zugang zum rückwärtigen Garten stand. Die Straße konnte man trotzdem gut einsehen und am regen Leben der Altstadt teilnehmen. Otto küsste seine Tochter zärtlich auf beide Wangen. Sie strahlte vor Freude, die drei zu sehen. Bertold mochte sie besonders. Sybille begrüßte Freddy und Bertold mit einem Kuss auf die Wange und drückte danach Otto so lange, bis Olivia sie von hinten an der Bluse zog. »Ja, ich habe verstanden« sagte sie. Sie setzte sich an den Tisch. »Ich lasse dir von Papa noch etwas übrig.« Auch die anderen setzten sich. Sie bestellten zwei Flaschen Wein, Wasser und Säfte für Freddy und Olivia, zwei Antipasti-Platten mit viel Brot und drei aufgeschnittene Pizzen. Olivia durfte heute ausnahmsweise ihr erstes Glas Wein probieren. Jeder nahm sich vom Essen, was er wollte. Es wurde ein angeregter, lustiger Abend. Lange saßen sie nicht zusammen, denn die Rückfahrt nach Antibes dauerte über zwei Stunden. Gegen zehn Uhr verabschiedeten sie sich voneinander. Die drei fuhren nach Hause. Bertold und Freddy schliefen auf dem Boot. Sie starteten kurz nach Sonnenaufgang ihre weitere Tour.

»Traumhaft, herrlich, nur gutes Wetter«, strahlte Freddy neun Tage später im Garten der Familie. »So etwas Schönes habe ich lange nicht mehr erlebt.« Er war ausnahmslos zufrieden. Mit wildem Geschrei flog ein Schwarm Möwen über das Haus hinweg. Einer der Vögel ließ sich auf dem Rasen nieder. Die Möwe landete nur einige Meter vom Tisch entfernt, an dem die fünf saßen. »Nein, nicht schon wieder«, sagte Sybille. Olivia hingegen rief laut: »Senta, Senta.« Sie warf einige Brocken vom Brot zur Möwe hinüber. Sybille fand an der Fütterei keinen Gefallen, weil die Möwe bereits zwei Mal, beim Überfliegen des Tisches, ihre Exkremente darauf fallen ließ, erzählte sie angewidert. »Ein weissgelblichgrauer, riesengroßer Monsterklecks. Groß wie ein Spiegelei.« »Mama«, fuhr Olivia aufgebracht dazwischen. »Es ist ein Tier, die haben nun mal keine Tischmanieren. Meine Senta«, sprach sie lächelnd weiter und stand auf. »Freddy lachte. Er sagte: »Senta, so hieß der Hund meiner Mutter. Wo hast du den Namen her?« »Wuff«, machte Otto, »wuff, wuff.« Olivia schaute die beiden missfällig an. »Wie würdet Ihr sie denn nennen?«, fragte sie zu Freddy gewandt. »Ich frage sie«, antwortete er und stand auf. Er ging langsam auf die Möwe zu. Olivia sagte: »Nein, nicht doch.« Freddy legte langsam seinen Finger an die Lippen. »Pssstt, still, seid ruhig«, sagte er leise. Er kniete sich vor der Möwe ins Gras. Bertold sagte leise zu Olivia: »Freddy ist Vegetarier. Schon sein ganzes Leben lang. Das merkt die Möwe. Er sagte schon öfter, er kann sich mit den Tieren verständigen.« Senta lief zwischen den knienden Schenkeln Freddys hindurch, machte kehrt und lief zurück. Freddy stand auf, ging wieder zum Tisch, brach etwas vom dunklen Brot ab und warf es zur Möwe. »Hier Lola.« Der Vogel lief freudig erregt im Kreis herum und pickte dann die Brotkrumen auf. Olivia lief auf sie zu und rief: »Lola.« Die Möwe drehte sich zu ihr um. Dann startete sie sofort mit lauten, piepsigen Rufen in den Himmel. Olivia schaute enttäuscht in die Runde. »Du solltest ihr nur Brot aus reinem Korn geben. Möglichst dunkles.« »Warum dunkles Brot?«, fragte sie. »Weil Vögel auch in der Natur nur reines Korn essen. Biologen sagen, sie vertragen keine Zusatzstoffe wie Hefe oder Konservierungsmittel. Manche bekommen davon einen Blähbauch oder schlimmeres«, antwortete Freddy. »So wie Michelle, wenn sie viel Knoblauch gegessen hat?«, fragte Olivia. Alle lachten.»Puups«, machte Otto, »Puups«, äffte Bertold ihn nach. »Stopp«, sagte Sybille beschwörend. Michelle kam aus dem Haus zum Tisch. Sie wollte abräumen.

Freddy schwärmte wieder von der Bootsfahrt. Sie kamen bis in die Bucht von Séte, einem ruhigen, alten malerischen Hafen südlich von Marseille. Den Hafen von Marseille ließen sie aus. »Zu groß, zu viel los«, meinte Bertold. Bei Séte konnte man durch einen Stichkanal in einen etwa zehn Kilometer breiten und zwanzig Kilometer langen Binnensee einfahren. Am westlichen, vom Mittelmeer abgewandten Ufer, lag der Hafen Port de Méze. Er hieß genauso wie der Ort, wo er sich befand. »Wunderschön«, schnurrten die beiden Seefahrer. In Méze lernten die beiden drei deutsche Frauen kennen, die vor ihrer Frankreichreise einige Jahre in Indien herum pilgerten. Freddy schaute in den Himmel und verdrehte die Augen. »Es war einfach herrlich«, schwärmte er. »Die Vergnügungssüchtigen«, strahlte Otto die beiden an. »Und wir müssen hier hart schuften.« »Wieso?«, fragte Freddy. »Zur Rettung der Welt, was sonst.« Freddy wusste aus Ottos Erzählungen in Berlin von seinem, beziehungsweise Sybilles Engagement in der Stiftung. Auf die Frage, warum Otto sie nicht weiter begleitete, hatte er Bertold bereits auf ihrer Tour von dem neuen Projekt erzählt, an dem er intensiv mitarbeitete. Freddy antwortete: »Die Rettung der Welt können wir paar Leute sicher nicht mehr allein bewerkstelligen. Aber die Idee mit der Reduzierung der Maschinen, der Einsparung von Material, Ressourcen schonen, finde ich gut. Wenn sich so etwas mit den Sturköpfen die sich gerade auf dem Erdball herumtreiben, umsetzen ließe, dann ziehe ich meinen Hut vor euch.«

Freddy sagte: »Die Einsparung von Plastikmüll finde ich noch besser. Ihr glaubt nicht, was ich davon aus dem Meer gefischt habe. Aber da sehe ich mit Einzelaktionen schwarz. Ich arbeite in Berlin ehrenamtlich in einer Umweltorganisation. Was auf der Welt pro Jahr an Plastikmüll entsteht, bekommst du nicht auf eine Halde, nicht mit einer Verbrennungsanlage weggeschmolzen. Das sind gigantische Millionen von Tonnen, die auf Mülldeponien landen, wo sie dann ungefiltert verbrannt werden. In Deutschland wurde zwar die Mülltrennung eingeführt, aber das Meiste kommt nur zum Downcycling oder wird wie immer ins Ausland geschafft, wo es auf Halden verbrannt wird, unter der Erde verschwindet oder ins Meer gekippt wird.

Bei dem Thema hilft nur internationale Zusammenarbeit, im ganz großen Stil.«

Olivia sagte: »Das glaube ich nicht. Wir müssen hier unseren Abfall in einen Papierkorb tun. Besonders am Strand oder am Hafen. Niemand darf Plastikmüll einfach ins Meer werfen.« »Doch«, sagte Freddy. »Ich habe es selbst gesehen. Vor Kalkutta, bei Haida. Aus den europäischen Ländern in Containern angeliefert, direkt aufs Schiff und verklappt, also ins Meer gekippt. Aber da brauchst du nicht so weit zu fahren. Der Müll wird eher nach Polen oder in den Nahen Osten gebracht, Das ist näher und billiger. Die machen dort das Gleiche damit. Wer will so etwas schon glauben. Sicher ist es für uns Normalverbraucher kaum vorstellbar, dass jemand so etwas tut. Wir gehen selbst mit unseren kleinen Abfällen sorgsam um, stecken unsere Taschentücher im Wald wieder in die Tasche, schützen die Natur. Für uns ist es weit, weit weg, an so etwas auch nur zu denken. Unvorstellbar Olivia, da hast du völlig recht. Aber es gibt nicht wenige Menschen, denen es egal ist, was mit unserer Umwelt passiert. Besonders, wenn es um viel Geld geht. Ich habe selbst eine Mülldeponie gesehen, die unter freiem Himmel mit Brandbeschleuniger angezündet wurde. Beim Verbrennen von Plastik entstehen Dioxine, Chlor und andere giftige Dämpfe, die für alle Lebewesen in Luft und Wasser gefährlich sind. Unvorstellbar war es für mich vorher auch. Die Regierungen tun aber nichts dagegen. In Deutschland gibt es jetzt einige neue Gesetze. Im Ausland nicht. Dann wird der Müll eben dorthin gebracht.« Sybille sagte, »Hör bloß auf, mir dreht sich der Magen um.« Freddy entgegnete. »Es ist wirklich gut, dass Ihr etwas für die Umwelt tun wollt. Aber ich denke, man kann die Sorge nicht verschieben, man muss bei sich selbst anfangen. Es hilft nicht seine Aversion nach außen auf andere zu verlagern. Jeder muss erst einmal bei sich selbst anfangen.« Sybille schaute etwas betreten Otto an. Sie sagte: »Wir gehen mit solchen Dingen sehr bewusst um. Hier im Haus haben wir nur Baumaterial benutzt, das wieder in den Kreislauf der Natur zurückgelangen kann. Dämmung aus Kork. Lösungsmittelfreie Farben und so.« »Ihr benutzt kein Plastik?«, fragte Freddy. »Nun äh, ich weiß nicht. So richtig kann man sich sicher nicht davon frei machen«, antwortete Sybille unsicher. »Also ich sehe an jeder Ecke Kunststoff«, antwortete Freddy. »Was?«, fragte Otto »wo denn?« »Schau doch mal hin«, antwortete Freddy. »Überall. Auch das Boot auf dem wir gefahren sind.« »Wie bitte?«, fragte Sybille erstaunt. »Es ist doch aus Stahl, denke ich.« »Nein«, sagte Freddy. »GFK nennt man das Material. Daraus werden Boote und fast alle Wohnmobile hergestellt. In jede Form zu bringen, billig und stabil. Bei der Entsorgung gibt es richtig Probleme. Glasfaserverstärkter Kunststoff kann eigentlich nur in geeigneten Anlagen verbrannt werden. Und dein Auto meine Liebe. Der Schweller vorn und hinten, die Motorhaube und die Heckklappe bestehen auch aus Plastik«. Sybille machte große Augen. »Waaasss?«, fragte sie. »Ich sage jetzt lieber nichts mehr«, bemerkte Freddy. Er traute sich nicht weiterzureden. Er wollte niemanden verletzen. »Ich wette, viel mehr findest du bei uns nicht.« Freddy antwortete darauf mit einem leisen: »Wetten würde ich an deiner Stelle nicht.« Olivia sagte: »Mama schon. Oder?« Mama nickte nur. Freddy sagte: »Ich will es dir leicht machen. Wenn du heute über den ganzen Tag verteilt satte dreißig Artikel aus Plastik in deinem Gebrauch entdeckst, dann spendest du fünfhundert Mark für einen gemeinnützigen Zweck.« »Tausend«, antwortete Sybille selbstbewusst. »Ich denke, es sind nicht einmal zwanzig«. Sie achtete in den vergangenen zwei Jahren sehr darauf nur wiederverwertbare Materialien zu verwenden.

Abends beim Abendessen war sie klüger. Sie saß schwer enttäuscht am Tisch. Nachdem Michelle aufgetragen hatte, begann sie zu erzählen: »Ehrlich gesagt, schäme ich mich ein wenig. Nachdem ich die Zahnbürste, den Wischmopp, den Besen, die Müllschippe, den Papierkorb, die Scheren, zwei Bilderrahmen, die Kugelschreiber, und einiges anderes aus Plastik gefunden habe, dachte ich das war's. Danach sind mir bei jedem Schritt, bei jeder Handlung, weitere Gegenstände aufgefallen, die aus nicht wieder verwertbarem Material bestanden. Plastik und kein Ende. Es war wie verhext. Ich schäme mich so.« Freddy sagte: »Quatsch. Man muss nur anfangen. Augen auf und hinschauen. Wer macht das schon? Der erste Schritt auf dem Weg, der ist wichtig. Du hast ihn getan. Damit stehst du schon auf der richtigen Seite. Du bist keine Ignorantin«, versuchte er sie zu beruhigen. »Umso wichtiger ist es mit der Umstrukturierung der Landwirtschaft zu beginnen«, sagte sie. »Und sich auf ein anderes Konsumverhalten umzustellen«, gab Otto dazu. Sybille fragte an Freddy gewandt, in dezentem Tonfall: »Wohin soll ich das Geld überweisen?« Freddy fragte darauf hin: »Bitte sag mir noch, wie viele Plastikartikel hast du eigentlich gefunden?« Sybille stockte der Atem. Zögerlich und sehr, sehr leise antwortete sie. »Bei vierzig habe ich aufgehört zu zählen.«

Der rote Traktor

Nach der Wette war Freddy so nett, den beiden eine Studie zum Thema Entstehung, Nutzung und Entsorgung von Plastik aus seinem Umweltprojekt zur Verfügung zu stellen. Nach der Sichtung war klar: Sowohl bei der Herstellung als auch der Entsorgung entstand eine lange Liste von Schadstoffen, die in die Luft, in Böden und ins Wasser gelangen. Diese Informationen veranlassten die beiden, ressourcen- und umweltschonende Verpackungen in dem Konzept für die gemeinschaftliche Betreibung der Ländereien, höher zu bewerten als bisher. Es sollte schließlich stimmig in allen Punkten sein. Die Zeit floh vor der Verwirklichung. Bis das Konzept stand, sollte wieder ein Jahr vergehen. Erst zum Jahreswechsel 94/95 war die Planung fertig. Sie sollte jeder Prüfung standhalten, lautete Ottos Forderung. Er wollte das Konzept nicht nur in französischen Zeitschriften veröffentlichen, denn er erhoffte sich auch eine Beispielwirkung auf andere Länder. Es war an der Zeit umzudenken, Zeit einen Wandel herbeizuführen, der nicht nur auf begrenztem Raum stattfand. Sämtliche Zahlen und Daten waren sorgfältig zusammengestellt. Sie wurden von mehreren Agrarwissenschaftlern geprüft, mit anderen Spezialisten abgestimmt, begutachtet und von einem Wirtschaftsprüfer zertifiziert. Die Vorlage würde internationale Beachtung finden, so wollte es Otto. Selbst wenn er noch keine Zusage von Herrn Strohmann für eine Veröffentlichung im Star Magazin hatte, würden mindestens sieben andere Zeitschriften und Magazine in Frankreich, Deutschland und der Schweiz das Projekt verbreiten. Dafür musste alles stimmig sein. Mit dem Prüfsiegel erhielt das Konzept einen offiziellen Charakter.

Die fertige Druckschrift beinhaltete die vollständige Planung und Konzeption für das Vorhaben einer Agrargenossenschaft. Aufgezeigt war der Weg des Zusammenschlusses von hundert bis vierhundert Einzelhöfen zu einem zentral gesteuerten Betrieb mit einer Beispielgröße von einhunderttausend Hektar. Das Ziel war unter anderem, die Gewinnmaximierung, umweltverträglicher Umgang mit dem Land, Vermeidung von nicht wiederverwertbarem Material, insbesondere Verpackungen und die Beachtung der Artenvielfalt. Die Gründung einer Genossenschaft brachte außerdem Steuervorteile für die Mitglieder, langfristige Sicherung des Einkommens, Schutz vor Preisverfall durch Importe aus Billiglohnländern sowie eine Einkommensquelle in den Ausfallmonaten für die Landwirte im Winter. Otto hatte sich dafür entschieden, die Schaffung mehrerer Fabriken zum festen Bestandteil der Konzeption zu machen. Dazu gehörte im ersten Schritt eine zur Herstellung von Obst- und Gemüsesäften, eine, um wiederverwendbares oder recycelbares Verpackungsmaterial herzustellen und Lagerkapazitäten für die angebauten Produkte zu schaffen. Außerdem war ein selbstständig arbeitender Lieferservice vorgesehen, der in den Wintermonaten auch Arbeiten für Dritte durchführen konnte, um weitere Einkünfte zu realisieren. Auch die Produktion von Obst- und Gemüsesäften konnte über die gesamten Wintermonate laufen. Der Zusammenschluss schaffte ungeahnte Möglichkeiten. Mit einem guten Management konnten nahezu unbegrenzt weitere Marktsegmente erschlossen werden. Die Berechnungen basierten auf einer Beispielfläche von einhunderttausend Hektar. Damit konnte man beliebig auf andere Flächenmaße umrechnen. Das Gerüst beinhaltete ein komplettes betriebswirtschaftliches System, einschließlich der Darstellung der beteiligten Arbeitskräfte von den Entscheidungsträgern als Verantwortliche, über die Bauern, bis zu Handwerkern, Maschinenschlossern, Fach- und Hilfskräften für die einzelnen Produktionszweige, eine Aufstellung der Einsatzzeiten nach Jahreszeit, den Maschinenpark, eine Aufstellung der sonstigen Materialien, die Aufteilung der Böden nach Nutzungsart, den Vorkehrungen für die Erhaltung der Arten im Gebiet, Angaben zu Pflanzenschutz oder deren Ersatz durch gesundheitsneutrale Mittel, einschließlich einer Gewinn- und Verlustrechnung. Ein rundum schlüssiges, in allen Details nachvollziehbares Projekt. Genau so stellte sich Otto die Präsentation vor. Sie sollte perfekt sein. Ob Sybille, Freddy, Herr Strohmann oder der Wirtschaftsprüfer, alle verstanden jetzt, warum die Ausarbeitung so viel Zeit in Anspruch nahm. Der Oberbegriff lautete Projekt »Mer du sud«.

»Das Konzept ist toll, es sollte jeden überzeugen«, sagte Sybille beim Abendessen, zwei Tage nachdem Otto ihr mit einem wissenden Lächeln die Druckschrift zur Durchsicht in die Hand drückte. Er hob die Nase, sichtlich zufrieden mit dem Ergebnis und antwortete: »Professor Hartmann hat sich auch viel Mühe gegeben.« »Das glaube ich dir, man sieht es auf den ersten Blick«, antwortete Sybille. »Du hast es trotz der vielen anderen Arbeit, die du bewältigen musstest, wirklich ausgezeichnet abgeschlossen. Danke.« Sie strahlte ihn an. Olivia strahlte ebenso. Sie sagte: »Hast du etwa daran gezweifelt, Mama?« »Nein«, flocht Mama ein: »Papa Otto Superstar.« Die beiden Damen klatschten laut in die Hände, schrien »hurra, hurra«, bis Michelle aus der Küche kam. Sie riet richtig: »Herrscht einhellig Freude über das gelungene Konzept? Sollte es nicht gefeiert werden?« »Doch, oh ja bitte«, rief Olivia. »Ich bekomme auch ein Glas Champagner.« »Ich auch, Ich auch. Sybille gab Michelle ein Zeichen. Sie kam nach kurzer Zeit mit einer Flasche Champagner und vier Gläsern zurück. Sich selbst vergaß sie nicht. Sie gehörte doch praktisch zur Familie. Die vier stießen an und jubelten. Nachdem Olivia Musik anstellte, tanzten sie wild durch das Zimmer. »Ja – am guten Werke wirken – etwas verändern, so etwas hebt die Lebenskraft.« Michelle sagte an Sybille gewandt: »Damit helfen Sie bestimmt allen.« Sie tanzten sich in eine erhebende »wir retten die Welt Euphorie«. Olivia sprang im Takt der Musik auf und ab und schrie: »Juhuuh, juhuuh.« Nicht nur bei ihr strömten die Endorphine ins Blut. Endlich geschafft. Die Hoffnung, an der Schraube der Entgleisung zu drehen, einen kleinen positiven Beitrag für ein glückliches Ende der Geschichte zu leisten, trieb den Hypothalamus zu Höchstleistungen. Er sprang mit der Hirnanhangdrüse wie wild im Kopf herum. Sie ließen die Korken knallen und bespritzten die Teilnehmer der Runde mit Glückshormonen. So lange, bis sie erschöpft in die Sessel fielen.

Bis auf die Vorstellung des Betriebskonzepts konnte sich Otto wieder anderen Arbeiten widmen. In den Zeitschriften war die Veröffentlichung für den Monat April vorgesehen. Bis dahin wollte Sybille die Pächter besuchen, die sie als Wortführer der jeweiligen Umgebung kannte. Dort würde sie mit der Bekanntmachung des Konzepts beginnen. Sie verzichtete zugunsten einer persönlichen Vermittlung auf Massenveranstaltungen. Es sollten im Laufe des Jahres kleine Treffen mit je fünf bis zehn Bauern werden. Davon konnte sie ein bis zwei pro Tag abhalten. Sie hatte sich einen Zeitrahmen von mindestens drei Monaten gesteckt. Alles war gut vorbereitet. Das Projekt war bis ins Kleinste nachvollziehbar und verständlich. Im März, einen Monat vor der Vorstellung in den Zeitschriften, wollte sie mit der Terminplanung beginnen. Bis dahin kümmerte sich Sybille wieder etwas mehr um die Stiftung. Auch wenn sie inzwischen einen Geschäftsführer, zwei leitende Angestellte sowie eine Gruppe ehrenamtlicher Mitarbeiter beschäftigte, war viel liegengeblieben. Wichtige Entscheidungen und die Gegenzeichnung von Geldflüssen blieben ihr vorbehalten. In Deutschland, in Brandenburg, wurde ein Pilotprojekt ins Leben gerufen: Eine Fabrik, die Verpackungen für Lebensmittel herstellte, die aus Naturstoffen bestanden und bedenkenlos in jeder Menge entsorgt werden konnten. Ein möglicher Vorläufer für ihr Projekt in Frankreich. Die Fabrik wurde zum Teil mit staatlichen Zuschüssen finanziert und mit Steuererleichterungen subventioniert. So sollte sie von Anfang an tragfähig sein. Bei Otto stand ebenfalls viel auf dem Plan. Waren die vergangenen zwei Jahre relativ ruhig, zeichneten sich für dieses Jahr eine Menge spektakulärer Ereignisse ab. Die Berichterstattung über Krieg und Rüstung wollte er eigentlich hinter sich lassen. Er war von dem Thema übersättigt. Herr Strohmann nervte ihn jedoch pausenlos mit der Bitte, sich mit dem Jugoslawienkrieg auseinanderzusetzen, Texte und Bilder zu liefern.

Derzeit wurden einundvierzig Kriege auf der Welt geführt. Ein Teil davon in der ehemaligen Sowjetunion. Zwischen der Sowjetunion und den früheren Verbündeten untereinander oder innerhalb der ehemaligen Mitgliedsländer der Warschauer Pakt Staaten. 1991 wurde zwar der erste Präsident gewählt, der die Marktwirtschaft einführte, dennoch verließ mit Michael Gorbatschow auch die demokratische Befriedung den Kreml. Russland war aber ausgeblutet. Es verfügte über zu wenig finanzielle Mittel, um alle ehemals annektierten Länder, die nun nach Eigenständigkeit strebten, militärisch im Zaum zu halten. Politischen Einfluss hatten sie derzeit wenig. Über zehn der ehemaligen Sowjetrepubliken lösten sich von Mütterchen Russland, wurden selbstständig, gingen eigene Wege. Als Erstes löste sich 1990, gleich nach dem Fall des Eisernen Vorhangs. Litauen, dann folgten 1991 Estland und Lettland, danach Georgien, Weißrussland, die Ukraine, Moldau, Kirgistan, Usbekistan, Tadschikistan und Armenien. Danach folgten weitere Republiken bis an die Grenze Chinas. Die ehemaligen Bündnisländer Ungarn, Polen, Albanien, Bulgarien und Rumänien lösten sich ebenfalls von der Sowjetunion. Alles ging mehr oder weniger blutig vonstatten. Neben militärischen Auseinandersetzungen zwischen der Sowjetunion und den Republiken, gab es nach dem Ausruf der Unabhängigkeit innerhalb der neu gegründeten Staaten, Zusammenstöße zwischen den verschiedenen politischen, kulturellen oder religiösen Gruppierungen und Stammesfehden. Unter der Machtstruktur von Mütterchen Russland wurde streng auf den Zusammenhalt geachtet. Revolutionäre Tendenzen wurden über Nacht ausgeschaltet. Mit der Unabhängigkeit verschwanden diese Strukturen. Polizei und Militär waren überfordert oder es gab sie nicht mehr. In anderen Fällen wurde geputscht, das Militär übernahm die politische Führung oder die verschiedenen Gruppierungen schlugen mit dem Dreschflegel aufeinander los. Angesichts des Chaos in den einzelnen Ländern, erschienen Ottos Vorbehalte unbedeutend, fand Herr Strohmann. »Die armen, erschütterten Menschen«, belagerte er ihn. »Die Öffentlichkeit hat ein Recht darauf, etwas darüber zu erfahren. Schau doch mal auf Jugoslawien, was dort los ist«, flehte er förmlich, bis Otto nachgab. Es war wirklich erschütternd was dort passierte. Es hatte nicht die Dimension, sah aber aus wie im letzten Weltkrieg. In Jugoslawien brachen alle Varianten möglicher Fehden auf einmal los. Es herrschte Krieg, Brudermord, Völkermord, Verfolgung von Minderheiten mit Massenerschießungen und schlimmsten Hinrichtungen, von denen man seit 1945 nichts mehr gehört hatte. Die Menschen aus den verschiedenen Regionen des Landes schlachteten sich gegenseitig ab. Die Schwächsten mussten wieder Mal dran glauben.

Um sich ein Bild vor Ort zu machen, flog Otto nach Graz in Österreich, wo er sich mit Martin Kern, einem Fotografen traf, der in der Kriegsberichterstattung Erfahrung hatte.» Kein Problem«, beantwortete Martin Ottos Frage nach ihrer Gefährdung auf der Fahrt. »Seit Ende letzten Jahres ist etwas mehr Ruhe eingekehrt. Nur an einigen Stellen lodert das Feuer noch auf. Wir sollen auch vorrangig Bilder von der Zerstörung machen, eine Darstellung von Land und Leuten liefern. Uns wird nichts passieren.« Sie fuhren mit dem gemieteten Landrover weit ins Land. Was sie sahen war erschütternd. Aus dem ehemaligen Jugoslawien war ein Trümmerfeld geworden. Die Großstädte waren zerbombt. Die Menschen bettelten bei jedem Stopp, den sie machten um Essen. Wasser gab es nur aus dem Fluss. Am schlimmsten empfand Martin die futuristisch anmutenden ehemaligen Hotels, die Hochhäuser aus Stahl und Beton an den Stränden. Alles war zerstört. Die Bauten sahen wie zusammengeworfene Streichholzschachteln aus. Ein Gemisch aus Beton und Stahlträgern, zwischen denen in verschiedenen Größen und Abständen Öffnungen waren. »Kunstwerke des Krieges« So bezeichnete er sie später. So fotografierte er sie auch. Von jeder Seite, von nah und fern, aus hundert Blickwinkeln. Er wollte selbst ein Künstler seines Faches sein. Er wollte etwas Besonderes zeigen. Otto fand hingegen, hier gab es nichts Besonderes. Krieg, Zerstörung, Hunger und Elend waren für ihn nichts Besonderes. Vielmehr ein Zeichen, dass die Menschen aus vergangenen Kriegen nichts dazugelernt hatten. Auch die Interviews zeigten kein anderes Bild. Engstirnige Betonköpfe verbargen hinter dem Argument: »die Kämpfe wären eine unumstößliche Notwendigkeit«, ihren Willen zur Macht. Dafür wurde jede Unmenschlichkeit in Kauf genommen. Gnadenloses

Hinmetzeln von Soldaten, Partisanen, Zivilisten und Massenmord an Andersdenkenden. Sie schossen furchterregende Bilder von einem brennenden Massengrab, das Soldaten mit Benzin angezündet hatten, um ihre Taten zu vertuschen. Der Geruch nach verbranntem Fleisch hing Otto noch Stunden später in der Nase. Auch hier wurde, wie schon so oft, die Abschlachtung von Menschen und Bevölkerungsgruppen mit ihrem Glauben und ihrer Herkunft begründet. Warum nicht mit der Augenfarbe? So schrieb es Otto auch in seinem Artikel. Viel unverblümter als früher, krass und hautnah. Wer ihn kannte, konnte die Unzufriedenheit herauslesen. Die Enttäuschung über die Raubtiere auf zwei Beinen. Jede der kriegsführenden Parteien berief sich seit 1990 auf die Fehler und Machenschaften der anderen. Jeder verschaffte sich sein eigenes Alibi für Mord und Totschlag von einem Auslöser, für den immer die anderen verantwortlich waren. Sei es eine Deklaration, die Absicht einen eigenen Staat zu gründen oder nur eine Moschee für Moslems in einem christlichen Gebiet zu errichten. Es war ein weiterer, furchterregender Schlachthof auf dem Planeten Erde. Ottos wachsende Abneigung gegen die Kriegsberichterstattung war verständlich. Dennoch liebte er seinen Beruf. Otto und Martin lieferten eine plastische Story bei ihrem Auftraggeber ab.

Dieser Krieg wurde unter Beteiligung der Nato, von Blauhelmen der UNO Schutztruppen Anfang 1995 beendet. Aus dem ehemaligen Jugoslawien wurden die Einzelstaaten Bosnien, Herzegowina, Kroatien, Montenegro, Nord Mazedonien, Serbien, Slowenien und der nicht von allen Staaten anerkannte Kosovo.

Nachdem er den Artikel, der bestens aufgenommen wurde, fertiggestellt hatte, war Otto froh sich wieder anderen Dingen widmen zu können. Wie glücklich waren er und seine Familie, in Frieden leben zu können. Liebe und Friede sind die Grundsteine, um Leben gedeihen zu lassen. Seit ihrer Geburt konnten sie beides für sich in Anspruch nehmen, was anscheinend nicht so selbstverständlich war, wie sie immer dachten. Mit Freude machte er sich daran, seinen journalistischen Beitrag zum Agrarprojekt zu leisten. Sybille war inzwischen mit fast zwanzig Bauern zusammengetroffen. Eine Annahme des Projekts war bei keinem der Gespräche erkennbar. Keines der Treffen war zufriedenstellend. Die Bauern wichen ihr aus, wollten sich angeblich nicht gleich festlegen. Sie müssten noch mit ihren Familien reden, erfahren, wie die anderen Kollegen dazu stehen. Diese und ähnliche Antworten erhielt sie jedes Mal von neuem. Als wenn eine stille Absprache zwischen den Bauern bestünde. Sie vertröstete sich auf die breite Veröffentlichung des Konzepts in den Zeitungen, die zum Glück endlich flächendeckend stattfand. Die Pächter waren darüber informiert, wo und wann die Zeitschriften die Publikation herausbrachten. In einigen kleineren Tageszeitungen der Region wurde der Entwurf als Werbebeilage vorgestellt, die Sybille selbst finanzierte. So sollte es, unabhängig von der länderübergreifenden Kampagne, jeden Haushalt vor Ort erreichen. Die Vorteile sind nicht zu übersehen, dachte Sybille nach wie vor. Jeder Mensch müsste darauf mit Wohlwollen reagieren. Eine weitere Absicht war mit der breiten Vorstellung verbunden. Die Bevölkerung sollte durch die Veröffentlichung ein wenig wachgerüttelt werden, was mit dem Verpackungsmüll passiert. Dass Plastikmüll zu einer Bedrohung werden konnte. Sonst wurde die Bevölkerung im Dunkeln gelassen. Niemand war in Frankreich daran interessiert, den Menschen Aufklärung zu verschaffen, die Gemüter zu erhitzen. Was in Deutschland längst die Runde machte, wurde in Frankreich noch unter den Teppich gekehrt. Nach dem Erscheinen der Artikel bemühte sich Sybille verstärkt darum, mit ihren Besuchen, im Gespräch, eine Akzeptanz bei den Bauern zu erreichen. Leider hatte Sybille bei ihren Bemühungen mit den Einzelbesuchen auch weiterhin wenig Erfolg. Zunehmend traf sie sich mit allen Bauern aus einer ganzen Ortschaft. Aber selbst so war es kaum zu schaffen, alle unter ein Dach zu bringen. Nach wie vor wurde bei den Zusammenkünften gemauert. Niemand wollte sich festlegen. Im Weiteren hörte sie oft, die Bauern hätten die Maschinen ohnehin schon gekauft und bezahlt. Sie fürchteten um ihre Eigenständigkeit. Niemand hat ihnen Vorschriften zu machen. Jeder wollte seine eigenen Brötchen backen, so sei es auf ihrem

Land schon immer gewesen. Sie nannten es »ihr Land.« Diese Einstellung der Pächter kannte sie bereits von ihrer Großmutter. Sie sagte oft: »Überall auf der Welt kannst du den Ausspruch hören: Wes Brot ich ess, des Lied ich sing. Bei unseren Bauern ist es ganz anders. Die sagen, was mit unserem Land passiert, das bestimmen wir noch selbst.« Beim vorletzten Treffen hieß es sogar, Sybille und ihre Gruppe seien Spinner. Was hätten sie mit den Verpackungen zu tun? Schuld sei die Industrie, niemand anders. Mit dem Appell: »Wir alle leben auf dieser Erde und wir alle werden die Auswirkungen zu spüren bekommen, wenn wir nichts ändern, egal wer immer sie uns auferlegt«, stieß sie auf bodenloses Unverständnis. »Uns geht es doch gut«, hieß es oder »Revolution war Ende des siebzehnten Jahrhunderts. Heute brauchen wir so etwas nicht mehr.«

Unabhängig von der Frustration, die sie aus den Gesprächen mitbrachte, wurde Sybille klar, dass die geplanten Veränderungen nicht in Einzelgesprächen zu klären und durchzusetzen waren. Ihr ursprünglicher Ansatz: In kleinen Gruppen kann man besser miteinander reden, Fragen beantworten und persönliche Probleme klären, war anscheinend nicht zielführend. Zu dieser Meinung kam mit der Zeit auch Otto. Die Überzeugungsarbeit im intimen Rahmen konnte offensichtlich nichts bewirken. Die Umsetzung der Planung musste im größeren Stil organisiert werden. Vielleicht kam dann etwas Gruppendynamik hinein. Otto hatte die Idee, die Bauern mit gezielten Fragen zur direkten Beteiligung am Gespräch, am Projekt zu bewegen. Eine Podiumsdiskussion zum Beispiel. Am besten mit anschließender Abstimmung, um Resultate zu schaffen. »Worte allein bringen mich nicht weiter«, soviel nahm Sybille aus den Gesprächen mit in die nächste Runde. Das Kuriose an der Verbreitung des Konzepts Agrargenossenschaft war folgendes: Nach der Veröffentlichung von Ottos Artikel meldeten sich mehrere Bauernverbände aus der Schweiz, Österreich und Mecklenburg-Vorpommern in Deutschland, um sich über den vollständigen Inhalt des Konzepts zu erkundigen. Sybille stellte den Kontakt zwischen den Landwirtschaftsverbänden und dem Geschäftsführer der Stiftung, Marius Gebauer, her, der sich mit dem Projekt auskannte. Mehrere Male wurde Otto zur Klärung von Detailfragen hinzugezogen. Die Berechnungen der Mengen und Massen wurden von ihm aufgestellt. Er wusste in Fragen der Kalkulation am besten Bescheid. Die Österreicher brauchten noch Zeit, um mit Höfen, kleineren Verbänden und Banken zu sprechen. Sybille wusste nur zu gut, wie viel Zeit so etwas kostete. Bei den Schweizern ging es schneller, weil der Großteil der Flächen bereits in einem ähnlichen Vorhaben zu einer Arbeitsgruppe zusammengefasst war. Auch die Deutschen reagierten zügig. Teile der landwirtschaftlichen Produktionsgenossenschaften der ehemaligen DDR arbeiteten immer noch im Kollektiv zusammen, hatten aber noch kein schlüssiges Konzept für die gemeinsame Bewirtschaftung, der Aufstellung ihrer Flächen und für die Finanzierung der ehemals in Staatsbesitz befindlichen Höfe, sowie einer möglichen zukünftigen Arbeitsteilung. Das Konzept kam ihnen wie gerufen. Die Liegenschafts-Verwaltung des Bundes, die derzeit die ehemaligen staatseigenen Immobilien vermarktete, hatte ihnen den Erwerb von großflächigen Ländereien, Wäldern, Stallungen und Höfen zu Sonderkonditionen zugesagt. Die Liegenschafts-Verwaltung wäre froh, die riesigen staatseigenen Betriebe in einem Durchgang unterzubringen. Zwei Monate später traf sich Sybille mit dem Vorstand des Landwirtschaftsverbands aus der Schweiz und den Vertretern der ehemaligen LPG aus Mecklenburg- Vorpommern. Marius Gebauer, Otto und der Sachbearbeiter, der in der Stiftung den Vorgang betreute, waren ebenfalls dabei. Die Arbeitsbesprechung wurde ein voller Erfolg. Die Gesprächspartner waren alle ausreichend informiert und kompetent, das gesamte Material an einem Vormittag abzuhandeln. Die Abgesandten beider Verbände bedankten sich herzlich für alle Vorschläge und Klarstellungen. Das vorgelegte Konzept würde zur Präzisierung ihrer eigenen Vorstellungen beitragen. Die Schweizer wollten innerhalb von einem Jahr alles umsetzen und versprachen eine saftige Spende für die Stiftung vom Gewinn der ersten Jahre. Otto und Marius Gebauer überließen den Vertretern ihre Kontaktdaten, falls es noch Klärungsbedarf gab. Sie versprachen ihre volle Unterstützung bei den Vorhaben. Wenigstens kam hier der Stein ins Rollen. Sollte alles zeitgemäß abgewickelt werden, hätte Sybille spätestens in einem Jahr ein Vorzeigeprojekt.

Wenigstens ein Schritt in die richtige Richtung fanden Sybille und Otto auf dem Heimflug. Sie hofften, auch die Sturköpfe zuhause würden sich durch weitere Bemühungen mit der Zeit von den Vorzügen einer Zusammenarbeit überzeugen lassen. Wenn schon nicht vom Umwelt- und Klimaschutz, so wenigstens von den höheren Erträgen. Sein Teil war erfüllt. Es war genau die richtige Zeit für Otto, die Arbeit an dieser Stelle ruhen zu lassen. Die Aufträge von den Verlagen, mit denen er zusammenarbeitete, häuften sich im Postkasten. 1995 war ein Jahr vieler Ereignisse. Er konnte zwischen verschiedenen Aufträgen wählen. Aus dem ehemaligen Jugoslawien kamen trotz des als beendet geglaubten Kriegs, grausige Meldungen. Die UN-Schutzzone Srebrenica war von den Serben eingenommen worden. Eines der größten Kriegsverbrechen seit Beendigung des Zweiten Weltkriegs begann. Die Serben erklärten das Massaker von Srebrenica als ethnische Säuberung, dem Tausende Zivilisten zum Opfer fielen. Die Türkei marschierte im Nordirak ein. In Tokio wurden erstmals mehrere Giftgasanschläge verübt. Ökokatastrophe in Berlin: Ein Künstler verpackt den Reichstag in Folien. Die Regierung billigte diese Farce. Greenpeace besetzte die Ölplattform Brent Spar in der Nordsee. Die Firma Shell hatte die Versenkung der Ölplattform inklusive Öltanks im Meer geplant. Dadurch konnte die Verbringung von etlichen Tonnen Industrieschrott ins Meer verhindert werden. Ein großer Sieg für die Umweltschützer. Die französische Regierung führt trotz internationaler Proteste weitere Atomtests zu Lasten der Umwelt durch. Die Atomtests wurden bedrohlich. Der zweiundvierzigste Test in China, der nach Expertenaussagen siebenmal so viel Sprengkraft hatte wie die Hiroshima-Bombe, hat wahrscheinlich mehrere Erdbeben in anderen Teilen Asiens ausgelöst. Gegen die Atommüll- Transporte regt sich weiterer Widerstand. Castor hat keine Zukunft. Eine neue Bedrohung für den Frieden taucht aus der Versenkung auf. Terror der Fundamentalistischen. Ein Anschlag auf eine Pariser Metrostation erfolgte. Weitere Bombenanschläge erfolgten auf Synagogen in Deutschland. Otto hackte in die Tastatur, was die Zeit hergab. In diesem Jahr lieferte er neunzehn mehr oder weniger lange Beiträge bei seinen Verlagspartnern ab. Bis die Nachricht vom Tod seines Vaters Dieter eintraf. Damit sagte er vorerst alle weiteren Aktivitäten ab.

Die Arbeitskollegen, Freunde und Verwandte, waren von Dieters Tod sehr betroffen. Für Brigitte, Sybille, ihre Eltern und Otto kam das plötzliche, frühe Ableben nicht so überraschend. Dieter war mit einer Herzschwäche auf die Welt gekommen. Es war eher verblüffend, wie lange er sich damit auf der Erdoberfläche aufhielt. »Er ist im Frühjahr dreiundsechzig Jahre alt geworden«, sagte Ottos Mutter Brigitte bei einem Telefonat am Morgen, als er die Nachricht erhielt. Sie klang sehr gefasst. »In den vergangenen beiden Jahren war dein Vater mindestens sieben Mal in der Klinik«, erzählte sie. »Es sah schon öfter so aus, als wäre es vorbei. Einen Herzschrittmacher wollte er nicht, wie du weißt. Wir hatten über vierzig schöne Jahre zusammen.« Nach diesem Satz weinte sie dann doch. »Mama, ich bin heute Abend bei dir. Einverstanden?«, fragte Otto seine Mutter. »Ja, ich bin zu Hause. Lass uns um sieben Uhr zusammen zu Abend essen.«

Otto setzte sich um zwei Uhr am Nachmittag ins Flugzeug. Der Weg vom Flughafen Berlin-Tegel zu seiner Mutter führte an seiner Wohnung vorbei. Er stellte seinen Koffer ab und legte sich zwei Stunden aufs Bett. Die vergangenen Monate waren für ihn ziemlich strapaziös. Trotzdem er so viel arbeitete, schliefen langsam einige Kontakte ein. Er wollte dieses Jahr noch alle alten Verbindungen zu Verlagen auffrischen, mit denen er zusammenarbeitete. Die Zeit in Frankreich, in der er sich hauptsächlich um die Zusammenstellung und Verbreitung des Genossenschaftsprojekts kümmerte, verschlang Monat um Monat. Nur mit Herrn Strohmann, dem Inhaber vom Star Magazin und einigen anderen Verlagen, pflegte er regelmäßig Kontakt. Er belagerte Otto derzeit wieder mit dem Anliegen, eine feste Stelle in seinem Verlagshaus einzunehmen. Mit dem Fall der Mauer wurde Berlin nach und nach wieder zum Dreh- und Angelpunkt Deutschlands. Der abschließende Regierungsumzug von Bonn nach Berlin war noch vor dem neuen Jahrtausend geplant. Kurz nach der Wende zog sich ein alter Berliner Verleger aus dem Geschäft zurück. Strohmann übernahm von ihm zwei Tageszeitungen und ein etabliertes Modemagazin. Außerdem kaufte er in zentraler Lage, in der sich langsam verändernden Innenstadt ein Gebäude, wo die Räume der neu zusammengefassten Redaktionen entstehen sollten. Er plante dort einen neuen Arbeitsplatz mit Führungsfunktion. Koordinatives Management. Dafür brauchte er Herrn Hartmann. Keiner war für den Bereich so gut geeignet wie er, pries Strohmann wiederholt Ottos Fähigkeit, Ausgewogenheit und Harmonie zu schaffen, auch wenn Schmeichelei nicht zu seinen besten Qualitäten gehörte. Otto erteilte ihm, vorausschauend auf die weitere Zusammenarbeit, weiterhin eine Absage. Er wollte ihm keine Hoffnungen machen, die dann wie eine Seifenblase zerplatzten. Das könnte ihr Verhältnis unnötig belasten. Er stellte ihm aber in Aussicht, ein kleines Büro im Verlagshaus zu beziehen und, wenn Not am Mann wäre, übergangsweise Vertretungen oder die Einarbeitung neuer Kollegen zu übernehmen. Mehr war nicht drin. Otto wollte freier Journalist bleiben. Außerdem konnte er Antibes und Berlin nicht mehr unter einen Hut bringen. So sah es auch seine Familie. Er war ohnehin schon viel in der Welt unterwegs.

Um sieben Uhr abends stand Otto vor der Gartentür seines Elternhauses. Erinnerungen schlichen in sein Herz. Wehmütig schaute er links am Haus vorbei, zu der Stelle, wo er Sybille vor dem Ertrinken rettete. Von hier aus startete er jahrelang seinen Tag, von diesem Gartentor ging es zur Grundschule, dann mit dem Fahrrad zur Oberschule. Es war ein angenehmes Leben, bis die Schüsse auf Sybille, die ebenfalls an diesem Haus abgefeuert wurden, sein Leben mit Sybille für eine Zeitlang zerriss. Alles innerhalb von Sekunden. Von da an wurde alles anders. Andere Orte, andere Menschen. Sybille weit weg. Er wurde zum Vielflieger, um den Trennungsschmerz zu vermeiden. Der Tod ist anders, dachte er. An der Stelle angelangt, lässt sich der Abschied nicht mehr vermeiden. Diese Trennung ist endgültig. Bei diesem Gedanken traten Tränen in seine Augen. Er liebte seinen Vater sehr. Noch mehr, so dachte er, liebe ich wahrscheinlich meine Mutter. Was wird, wenn sie stirbt? Dann bin ich ganz allein auf der Welt, dachte er. Er sah sich als kleinen Jungen auf einer Wiese stehen. Es war hell, am Himmel war nicht eine Wolke. Die Wiese war so weit, wie das Auge reichte. An ihrem Ende verschwand der Vater. Er fühlte sich allein, zurückgelassen. Er wollte hinterherlaufen, blieb aber stehen. So ist es wohl. Abschied nehmen. Du kannst nicht mitgehen. Dieses Mal nicht. Die Tränen rollten über seine Wangen und holten die Sinne zurück. Er spürte eine Hand, die sich auf seine Schulter legte. Sybille fühlte er. Sybille ist noch da, Olivia und die anderen. Ich bin nicht allein. Es war ein angenehmes Gefühl. Dieses Gefühl nahm er mit hinein ins Haus, zu seiner Mutter. Bei der Begrüßung, bei der sie sich lange umarmten, gab er ihr genug davon ab. Sie sollte wissen: Wir sind bei dir.

Brigitte, die im Alter noch etwas fülliger geworden war, zweifelte keinen Augenblick daran, dass ihr Sohn ihr beistehen würde. Dennoch fühlte sie sich besser, nachdem er so spontan zu ihr nach Berlin kam. Sie sagte, als er die Küche betrat: »Schön dich zu sehen Otto, es ist sehr nett von dir, den weiten Weg auf dich zu nehmen. Danke. Ich habe dir dein Lieblingsessen zubereitet. Bratkartoffeln mit Rührei und unseren Lieblingswein. Mouton Rothschild. Den hat Papa auch so gern getrunken«, sagte sie, wobei ihr die Stimme versagte. »Ganz so entspannt, wie du es am Telefon sagtest, bist du wohl doch nicht. Das ganze nimmt dich wohl doch sehr mit«, bemerkte er. »Ich finde es auch nicht schlimm in dieser Situation zu weinen. Ich trauere auch, Mutter.« »Ja, du hast recht«, sagte sie. Erst durch die Trauer können wir uns lösen, sagt Dr. Sigmund.« Beim Essen erzählte ihm Brigitte, wie plötzlich Dieter verstarb. Er saß im Sessel, räusperte sich und schloss die Augen. Ein schöner Tod, fanden beide. Bequem im Sessel sitzen und hinübergehen. Wer wünscht sich nicht, so ruhig einzuschlafen? Während des Abends besprachen sie den Ablauf der Beerdigung. Dieter wollte ohne viel Aufwand eingeäschert werden. Nur die engsten Familienangehörigen, Verwandte und Freunde sollten eingeladen werden. Alles sollte nach seinen Wünschen geschehen. Nachdem sich beide in die Augen schauten, die Einigkeit signalisierten, druckste Brigitte herum. Sie räusperte sich, rutschte auf dem Stuhl hin und her, sagte aber kein Wort. Otto bemerkte ihre Unsicherheit. »Was ist, stimmt etwas nicht, Mutter?«, fragte er. Sie antwortete zögernd, aber nun ganz offen. »Otto ich möchte nicht hierbleiben.« Sie schaute ihm direkt in die Augen und sprach weiter. »Ich möchte euch nicht auf der Pelle sitzen, ich würde mir ein eigenes Haus zulegen, aber… .« Sie verstummte an der Stelle. »Aber?«, fragte Otto. »Ach soo«, sagte er. »Ich verstehe. Du willst zu deiner Enkelin? Schön, Mama.« »Aber was wird Sybille dazu sagen?«, fragte sie.

Otto stand auf, ging zum Telefon, nahm den Hörer ab, wählte eine Rufnummer mit Vorwahl. Er wartete, bis sich am anderen Ende der Leitung jemand meldete. »Ach, schön dich zu hören«, sagte er, worauf er mit seinem Gegenüber am anderen Ende der Leitung einige Minuten plauderte. Nach ein paar Sätzen wurde klar, wer es war. Er hatte kurzerhand Sybille angerufen. Sie erkundigte sich nach dem Befinden seiner Mutter. »Ihr geht es gut«, sagte er. »Nur sie fühlt sich jetzt schon sehr allein in Berlin.« Nach einer kurzen Pause strahlte er Brigitte an und sagte laut: »Jaa, darüber habe ich auch nachgedacht, aber meinst du, sie würde tatsächlich nach Frankreich umziehen? Gut, ich werde sie fragen.« Er drehte den Hörer zu seiner Mutter, aus dem man nun Olivias Stimme hörte. Sie schrie ins Telefon: »Jjaaa Oma, kommt zu uns.« Als er seine Mutter ansah, wusste er nicht, ob sie lächelte oder weinte. Er entschied sich für beides. Nachdem er sein Telefonat beendet hatte, ging er langsam zu seiner Mutter, drückte sie ganz fest, worauf sie etwas lauter sagte: »Junge, ich bekomme keine Luft mehr.« Beide schauten sich tief in die Augen. Wie früher, dachte sie. Was habe ich für einen netten Jungen.

Bei Brigitte hatte sich die Begebenheit angekündigt. So legte sie es für sich jedenfalls aus. Beim letzten Besuch auf dem Friedhof, wo die Aschegefäße ihrer Eltern aufbewahrt wurden, vor einem Monat, wurde ein Urnenplatz nebenan frei. Sie erhielt die erste Nachricht. Kurz darauf stellte Dieter unvermittelt eine Dame in der Grundstücksverwaltung Meha ein. »Für alle Fälle«, sagte er. »Damit es weiterläuft, wenn einer von uns beiden«, damit meinte er sich und Oliver, »einmal ausfällt und vertreten werden muss.« Im Stillen ahnte sie seitdem, dass etwas passieren würde. Zwei Wochen später fiel ein Bild von Dieter aus dem Fotoalbum zu Boden, trotzdem es fest eingeklebt war. Es versetzte ihr einen Stich in der Brust, als dabei der leere Urnenplatz vor ihrem geistigen Auge auftauchte. Sie wurde auf das, was kommen würde, vorbereitet. Brigitte schaute schon immer über den Tellerrand hinaus. Manchmal sogar zu weit. Bis sie oftmals verwirrt wieder Boden unter den Füßen spüren wollte. Der Mensch verstand in vergangenen Zeiten mehr Sprachen als nur die des Mundes, wusste sie. So trug sie die Nachricht mit sich – als stille Ahnung –, bis es wirklich passierte.

Zehn Tage später traf sich die Familie mit einigen engen Freunden vor der Kapelle des Friedhofs in Berlin-Zehlendorf, nicht weit von ihrem Haus entfernt. Sie zählten mit Sybilles Eltern nur fünfzehn Personen. Um elf Uhr traf der Wagen des Bestattungsinstituts mit der Urne aus dem Krematorium ein. Die kurze Begegnung auf dem Friedhof war so unspektakulär wie Dieter es sich gewünscht hatte, auch wenn die Kapelle sehr pompös ausgestattet war. Der Pfarrer erzählte vom Leben und Wirken des Herrn Hartmann. Vom lieben Familien- und Großvater. Er belobigte Dieter, wie wahrscheinlich jeden anderen, dachte Otto insgeheim, über alle Maßen. Er stellte seine Persönlichkeit ins rechte Licht. Dann kam er dem Wunsch von Brigitte nach. Alle sprachen zusammen den 23. Psalm. Brigitte wollte diesen Psalm, weil er ihr als eine der wenigen Textstellen aus dem Alten Testament bekannt war, die nicht von Gewalt im Namen des Herrn, Vorschriften, Verhaltensregeln oder Einschränkungen behaftet erschien. Eine neutrale vertrauensvolle Hinwendung zu Gott. Sie sprachen alle mit. Der Text hing an einer Tafel vor dem Altar: Der Herr ist mein Hirte, mir wird nichts mangeln. Er weidet mich auf einer grünen Aue und führt mich zum frischen Wasser. Er erquicket meine Seele. Er führet mich auf rechter Straße um seines Namens willen. Und ob ich schon wanderte im finstern Tal, fürchte ich kein Unglück; denn du bist bei mir, dein Stecken und Stab trösten mich. Du bereitest vor mir einen Tisch im Angesicht meiner Feinde. Du salbst mein Haupt mit Öl und schenkest mir voll ein. Gutes und Barmherzigkeit werden mir folgen mein Leben lang, und ich werde bleiben im Hause des Herrn immerdar – Amen - tönte es zum Abschluss durch den Saal. Orgelmusik erklang. Unter den Klängen der Musik, ging der Pfarrer mit der dunkelblauen Urne zur Türe, die von einem Angestellten des Bestattungsinstituts geöffnet wurde. Er hielt das Behältnis mit der Asche des Verstorbenen einige Zentimeter vor der Brust. Er lief langsam, Schritt um Schritt zur Grabstelle für die Urne. Nur einen Steinwurf von der Kapelle entfernt, ging rechts ein schmaler Sandweg ab, wo sich links und rechts die Urnengrabstellen befanden. Jede war mit achtzig mal achtzig Zentimeter gleich groß. Diese Stelle des Friedhofs war sehr stark mit hohen Buchen und Büschen bewachsen. Neben der Grabstelle der Eltern von Brigitte, lag ein einfacher viereckiger Stein, nur mit dem Namen Dieter Hartmann, dem Geburts- und Sterbedatum beschriftet. Der Pfarrer stellte die Urne neben das ausgehobene Grab. Während er sich an Brigitte wandte und ihr sein Beileid aussprach, stellte einer der Angestellten des Bestattungsunternehmens die Urne in das Grab. Einige der Teilnehmer warfen eine Handvoll Sand auf die Urne und sprachen letzte Worte des Abschieds. Einige weinten dabei. Auch Olivia liefen Tränen über die Wangen. Es war die erste Beerdigung, an der sie teilnahm. Otto betrachtete sie mit einem tröstlichen Blick. Nachdem die Leute vom Bestattungsunternehmen die Stelle mit Erde bedeckt, und Blumen und Kränze darum verteilt hatten, löste sich die Gesellschaft langsam wieder auf. Der Pfarrer hatte sich bereits verabschiedet.

Die Augustsonne wärmte Wiese, Wald und Garten. Es war angenehm draußen. Gäbe der Anlass nicht Grund zur Trauer, wäre man eher einer ausgelassenen Gartenparty zugeneigt. Wegen des schönen Wetters wollte Brigitte die weitere gemeinsame

Zeremonie nach der Beerdigung bei den Hartmanns im Garten durchführen. Ein Cateringservice hatte Tische aufgestellt. Am Ende des Gartens, hinter dem Haus, stand ein Bild von Dieter mit Blumen umrahmt, auf einem kleinen Hocker. Die Anwesenden, es waren nur noch wenige dabei, versammelten sich als Erstes vor dem Bild. Einige weinten. Aus Brigitte sprudelte eine Dankesrede, die sie vorher nicht verfasst hatte, heraus. Sie schaute die Anwesenden an. »Dank ist das Einzige was übrigbleibt, Dank für seine Anwesenheit, nicht mehr. Mehr hätte er auch nicht gewollt. Für unseren Dieter war der Körper nur ein Transportmittel. Er nannte es »das Vehikel«, welches uns durch diese Welt trägt. Lassen wir ihn gehen.« Otto ging zu seiner Mutter, küsste sie auf die Stirn und sprach ihr leise ins Ohr: »Mutter, dir auch Danke für deine immerwährende Hilfe in meiner Kindheit und deine Tapferkeit heute.« Laut sprach er weiter: »Ja, liebe Mutter, wir verabschieden uns von Papa, der immer für alle da war, Verantwortung für Familie, Haus und Hof übernahm, ohne sich selbst dabei in den Mittelpunkt zu stellen. Danke.« Auch die anderen verabschiedeten sich von Dieter. Jeder legte einige Worte ins Paket, um es zum Schluss, in einer Schweigeminute, gemeinsam an ihn abzusenden. Danach setzten sie sich zu Tisch, aßen zusammen vom Buffet und redeten noch miteinander.

Nur Olivia konnte nicht so recht loslassen. Sie blieb lange allein vor dem Bild ihres Großvaters stehen. Nachdem eine lange Zeit verstrichen war, stand Otto auf und ging zu ihr. »Was ist los mit dir?«, fragte er nach einer Minute des Schweigens. »Wo ist er jetzt?«, fragte Olivia. »Ja, das ist die große Frage«, antwortete Otto. »Diese Frage stellen sich die meisten Menschen in dieser Situation. Nur so einfach ist sie nicht zu beantworten.« Otto dachte an die Szene, die am Gartentor vor seinem geistigen Auge ablief. Er stand auf der Wiese bei klarem Himmel. Er konnte nicht hinterher, nicht zu ihm. Sein Vater kam nicht zurück. »Auf jeden Fall ist er von uns gegangen. Für immer. Er kommt nicht mehr zurück«, redete er weiter. »Man sagt, er ist über den Fluss gegangen, dem Fluss ohne Wiederkehr. Von dort kommt niemand zurück. Er bleibt für immer.« Stumm schaute sie ihn an. »Schau mich nicht so an. Wie soll ich es erklären, damit du es verstehst?«, fragte Otto. Seine Tochter antwortete: »So wie es ist. Einfach so wie es ist!«, wiederholte sie. »Bist du schon mal gestorben?«, fragte er. »Nein«, antwortete sie. »Dann weißt du nicht, wo man hingeht, wenn man stirbt.« »Nein«, sagte Olivia. »Wer von den Lebenden weiß es dann?«, fragte Otto. »Niemand – oder?«, antwortete sie. »Denke ich auch«, sagte er. Er wusste nicht, was er Olivia erzählen konnte. Die Mythen auf den Tisch legen, davon erzählen, dass Verstorbene ihren Angehörigen erscheinen. Wo die Medizinmänner ihre Ahnen treffen. Er wollte sie aber auch nicht alleinlassen mit ihren Gefühlen, die sie nicht zuordnen konnte. Er wollte nicht, dass die Unsicherheit weiter in ihrer Seele spazieren geht. Er sah zwei Ansätze, wie er ihr den Verbleib eines Verstorbenen erklären konnte. So sagte er: »Ich weiß, du wirst mich vielleicht nicht verstehen. Die verschiedenen Religionen, Priester und Heilige, erklären die Reise aus dem Leben alle etwas anders. Nur in einem stimmen die Meisten überein. Der Mensch, der von uns geht, wandert in oder durch eine andere Welt. Dort ist es schön. Man kann sich dort ausruhen. In vielen Erzählungen heißt es auch, die Toten begleiten und beschützen uns noch eine Weile. Man nennt sie dann Ahnen oder Engel. Wahrscheinlich ist dein Opa jetzt ein Engel, der dich beschützt – wenn du es möchtest.« »Oh ja«, sagte seine Tochter. »Sie schauen auf uns, solange sie in unseren Herzen sind.« Olivia blickte ihn mit großen Augen an. Sie sagte: »Ich glaube, ich habe verstanden, was du meinst, Papa.« Man sah ihr an, sie würde noch einige Tage brauchen, bis die Empfindungen Boden finden konnten.

Brigitte sah die beiden vertraut, wie in einem Kokon, hinten am Haus stehen. Sie fragte sich, auf welcher Ebene sie sich gerade befanden. Wie in der Wirklichkeit fühlte sich heute nichts an, dachte sie, als sich eine dunkle Aura um ihre Enkelin bildete. Sie erinnert sich an die Eingebung, als der Urnenplatz neben dem Grab ihrer Eltern frei wurde, erschrak aber bei dem Gedanken so sehr, dass sie sichtlich zusammenzuckte. Sybille bemerkte es und folgte ihrem Blick. Hinten im Garten stand

Otto mit Olivia. Sie war etwas beunruhigt. Was ging mit ihrer Tochter vor sich? Es war ihr erstes Begräbnis, an dem sie persönlich teilnahm. Gab es ein Problem, fragte sie sich, stand auf und ging zu den beiden hinüber. Brigitte beobachtete die Szene wie in einem Traum. Sybille ging hinter einem Strauch vorbei, als eine Wolke die Sonne verdunkelte. Sybille war weg. Es versetzte ihr einen Stich ins Herz, genauso wie an dem Tag, wo das Bild von Dieter aus dem Fotoalbum fiel. Eine schreckliche Ahnung befiel sie. Sybille tauchte wieder aus dem Schatten auf. Gleichzeitig tauchte Brigitte wieder aus dem Unbewussten auf. Sie schob die furchtbare Eingebung auf den belastenden Tag. Es war wohl eine Gefühlsreaktion, die durch ihre Trauer zustande kam. Den Rest erklärte sie sich mit einer Sinnestäuschung wegen des Schattens. Dann hatte sie es zum Glück verdrängt. In einem Gefäß in der Tiefe vergraben.

Einige Häuser entfernt, packte Sybille genau wie Otto bei seiner Ankunft, ihre Kindheitserinnerungen aus. Auch sie erinnerte sich als Erstes an die Rettungsaktion unten am See, an ihre Spaziergänge, wie sie Tischtennis lernten. Otto war und blieb ihr einziger Freund. Andere würden es langweilig finden, wie einige ihrer Freundinnen. Sie war glücklich darüber. Sie konnte sich nichts Schöneres vorstellen. Damals wie heute. Sie blieb überraschend mit Olivia für zehn Tage in Berlin. Nachdem ihre Eltern den Vorschlag machten, bei ihnen zu übernachten, waren beide kurzentschlossen in der Stadt geblieben. Otto flog allein zurück. Er musste dringend eine Terminarbeit abschließen. Nachdem er sich die Auszeit für seine Mutter nahm, hatte er viel Zeit verloren. Zusammen waren sie noch nie bei den Großeltern. Olivia flog nicht gern mit dem Flugzeug. Sie fand es unnatürlich. Schließlich habe ich keine Flügel, behauptete sie steif und fest, wenn die Eltern sie zu der einfachsten Art zu reisen, bekehren wollten. Warum auch. Sie lebte in der schönsten Stadt der Welt, im schönsten Haus das es gab. Deshalb war sie vorher erst einmal bei den Großeltern in Berlin. Umso besser die Stadt gleich zu genießen, wenn man schon da war. Sybille zeigte ihrer Tochter die Sehenswürdigkeiten. Abends verabredeten sie sich mit alten Schulfreundinnen von Sybille, mit ihren Eltern, Brigitte und – mit Bertold, Olivias Superstar. Zu Bertold musste sie unbedingt. Da gab es kein Wenn und Aber. Zum Abendessen bei Bertold nahm sie einen Fotoapparat mit. Sie besaß noch kein Handy. In Frankreich war die Verbindung lange noch nicht flächendeckend. Fotos von Bertold vor seiner gigantischen Villa brauchte sie unbedingt für ihre Freundinnen in der Schule. Sie war weit davon entfernt, eine Angeberin zu sein. Bertold war jedoch ein Vorzeigeexemplar. Da halfen keine Ausflüchte. Er musste sich über eine halbe Stunde lang überall positionieren, wo Olivia ihn ablichten wollte. Vor dem Haus, an der Schiebetür des Campers, in der Praxis im Schneidersitz auf dem Teppich, auf dem urigen, antiken Fahrrad seines Vaters, auf dem Grundstück, am See hinter dem Haus. Als sie ihn in ungebändigter Teenagerlaune in Badehose fotografieren wollte, streikte er. Nach zehn Minuten gab er auf. Bertold bis zu den Knien im Wasser, lächelnd in der Sonne. Die jugendliche Unbekümmertheit war ansteckend. Danach musste Sybille ein Foto von den beiden aufnehmen, auf dem sie zusammen auf der Wiese hinter dem Haus auf einer Decke lagen. Bertold kannte seine Wirkung auf das weibliche Geschlecht, war aber trotzdem angetan. Als Shooting-Star französischer Teenies derart bedrängt zu werden, hob seine Laune an diesem späten Sommertag im August so weit an, dass er die Fotografin mit ihrem blitzenden Gerät ins Wasser warf. Sie ging mit einem klatschenden Geräusch unter. Nur ihr erhobener Arm mit dem Fotoapparat blieb trocken. »Ein Glück«, rief sie prustend, als sie wieder auftauchte. »Pass doch auf«, nörgelte sie gespielt pikiert. Die drei gingen lachend ins Haus zu einem gemeinsamen Abendessen.

Brigitte traf sich an diesem Nachmittag mit einem Nachbarn, der sie vor einigen Wochen wegen der Immobiliensuche seines Sohnes ansprach. Sie wollte sich vergewissern, ob er es wirklich ernst meinte. Otto, mit dem sie vorher gesprochen hatte, lehnte dankend ab, als seine Mutter ihn fragte, ob er von der Wohnung in sein Elternhaus umziehen wolle. Der Nachbar war hocherfreut über den Vorschlag, ihr Haus zu kaufen. Er rief sofort seinen Sohn an, der eine Arztpraxis in der Nähe betrieb. Es dauerte keine zehn Minuten, bis er eintraf. Ein Kollege würde ihn vertreten, sagte er. Diese Gelegenheit wollte er nicht vorüberziehen lassen. Er suchte schon seit mehr als einem halben Jahr nach einem Haus in dieser Gegend. Es war sonst fast unmöglich, hier etwas zu bekommen. Brigitte kannte ihn. Sie war vor Jahren zur Behandlung in seiner Praxis. Er konnte sich bei der Fülle von Patienten aber nicht an sie erinnern. Sie gingen gemeinsam zu dem Haus der Hartmanns. Es gefiel ihm auf Anhieb so gut, dass er kaum wieder gehen wollte. »Ich bleibe gleich hier«, sagte er lächelnd. »Bitte geben Sie es niemand anderem.« Der Kaufpreis wurde nur am Rande erwähnt. Vater und Sohn schauten sich kurz an, nickten beide. Damit war es besiegelt. Am späten Abend traf sich Brigitte mit den Mertens. Brigitte berichtete von dem Treffen. Oliver und Heike waren etwas frustriert. »Komm, wir sehen uns doch sicher oft in Frankreich. Ich kann das große Haus allein nicht instand halten«, sagte sie. Die Mertens verstanden es natürlich, wollten aber ungern auf Brigittes Anwesenheit verzichten. Oliver wollte wissen, wie es mit der gemeinsamen Wohnungsverwaltung weitergehen sollte. So viel Arbeit machte die Firma nicht mehr, nachdem Dieter noch jemanden eingestellt hatte. Nachdem er sich bereit erklärte, die Verwaltung allein weiterzuführen, bevorzugte Brigitte es, vorerst alles so laufen zu lassen, wie es war. Die Prokuristin erledigte ohnehin alle wichtigen Arbeiten. Nach der Buchprüfung wurde der Ertrag einmal jährlich an die Beteiligten ausgeschüttet. Daran würde sich nichts ändern. In den darauf folgenden Monaten ging alles Weitere vonstatten. Brigitte schloss den Kaufvertrag ab, ließ die Sachen, die Sybilles Eltern oder Nachbarn von der Einrichtung nicht haben wollten, von einem Secondhand Geschäft abholen und verstaute am zwanzigsten Dezember ihre persönlichen Habseligkeiten mit einigen Erinnerungsstücken, von denen sie sich nicht trennen konnte, in einem gemieteten Transporter. Oliver besorgte den Wagen von einem europaweit präsenten Vermietungsservice. Den Wagen konnte er in Nizza in einer Filiale der Autovermietung wieder abgeben. Nach dem Frühstück fuhren sie los. Heike kam mit dem Flugzeug später nach. Sie freuten sich schon auf ein gemeinsames Weihnachtsfest in Antibes. Nach den vielen Jahren waren sie zu einer großen Familie zusammengewachsen.

Nach zwei Übernachtungen in München und Genua, erreichten sie Antibes. Die Fahrt war glatt verlaufen. Trotz starker Schneefälle und Ankündigungen, der Brennerpass in Österreich könnte gesperrt werden, kamen sie ohne in einen Stau zu geraten über die Alpen. Die Jahreszeit war nicht die günstigste für diese Strecke. Brigitte war erleichtert. Oliver sah die Fahrt gelassener. »Wenn wir nicht rüberkommen, dann geht's halt untendurch, haha.« Er sah immer noch die Möglichkeit die Strecke Stuttgart, Zürich, Mailand zu nehmen. Er freute sich allerdings ebenso, schließlich saß er die ganze Zeit am Steuer. Otto wartete vor dem Haus, als sie eintrafen. Nur zwei Querstraßen entfernt, wurde vor sechs Wochen ein Haus angeboten. Die Nachfrage war derzeit so extrem, dass Otto, nachdem er mit seiner Mutter telefoniert hatte, noch am selben Tag einen Vorvertrag unterschrieb, der ihr den Kauf garantierte. Die Grundrisse faxte er zu Oliver, der sie fünf Minuten später zu Brigitte hinüberbrachte. Leider musste er zehn Prozent des Kaufpreises als Pfand auf einem Anderkonto beim Notar hinterlegen, die dem Verkäufer selbst bei einer Absage zufielen. Beim Kauf würde die Anzahlung natürlich angerechnet. Obwohl Brigitte die Räumlichkeiten für ausreichend hielt, befürchtete er, sie würde es sich noch anders überlegen, nachdem sie das Haus gesehen hatte. Es waren nur zweieinhalb Zimmer, mit vierhundert Quadratmetern Grundstück. Nach über vierzig Jahren in dem großen Gebäude am Schlachtensee in Berlin, konnte man berechtigt vermuten, es würde nicht reichen. Nach einer langen Begrüßung, drängte es Otto hinüberzugehen. Sybille war unterwegs. Vorsichtshalber nahm er den Kostenvoranschlag einer Baufirma für den Dachausbau mit zwei großen Gauben mit. Das Gebäude verfügte über ein ausreichend hohes Satteldach mit fünfundvierzig Grad Dachneigung. Die Dachschrägen würden nach dem Ausbau nicht sonderlich stören. Nach den Zeichnungen blieb oben ein großer Raum von etwa siebzig Prozent der Grundfläche, mit einer Deckenhöhe über zwei Meter fünfzig übrig. Auf dem kurzen Fußweg zeigte er seiner Mutter und Oliver die Architektenpläne. Das Haus befand sich in vierter Baureihe von der Küstenstraße aus gesehen. Die drei Grundstücke davor Richtung Meer waren noch unbebaut. Sie wurden als Gärten für die Häuser einer Seitenstraße genutzt, so dass sie freien Blick auf das Meer hatte. Am Eingang vor dem einfachen Einfamilienhaus mit Erdgeschoss und Satteldach ohne jeden Schnörkel, war nur ein schmaler Grünstreifen, auf dem kaum ein Auto Platz hatte. Die Grundfläche des Hauses betrug knapp neun mal neun Meter. Es war nicht sehr gut gepflegt.

Nach hinten, Richtung Meer, betrug die Länge des Grundstücks etwa zwölf Meter. Nachdem sie mehrmals ums Haus gegangen waren, schaute sich Brigitte drinnen um. Sie ging überall hinein, begutachtete alles in Ruhe mit Bedacht. Dann fragte sie Oliver: »Wie findest du es?« »Für eine Person ausreichend«, antwortete er dezent. »Ich finde, es ist mehr als ausreichend«, sagte sie. »Das Wohnzimmer ist mindestens fünfundzwanzig Quadratmeter groß. Am besten gefallen mir die riesengroßen, bodentiefen Fenster zum Garten. Die Deckenhöhe stimmt, Küche und Bad lasse ich neu fliesen.« »In den anderen Räumen brauchst du gar nichts weiter zu ändern«, sagte Oliver und zeigte auf den mit Dielen ausgelegten Holzfußboden. »Ich fühle mich richtig wohl hier«, sagte Brigitte, nachdem sie einen Moment mit geschlossenen Augen dagestanden hatte. »Gut, wir gehen erst einmal«, sagte Oliver. »Ich räume mit Otto den Wagen aus. Du kommst dann später nach, OK? Schau dir alles nochmal in Ruhe an.« »Ja«, antwortete Brigitte. »Eine Weile bleibe ich noch hier.« Oliver wollte ausladen, er musste vor achtzehn Uhr den Mietwagen in der Zweigstelle in Nizza abgeben.

Die zwei Herren räumten Möbel, Lampen, Teppiche und allerlei Kleinkram aus dem Transporter in die Garage hinter dem Haus. Dann fuhr Oliver zum Vermietungsbüro. Otto folgte ihm eine halbe Stunde später, um ihn abzuholen. Als sie zurückkamen, erwarteten sie die drei winterlich gekleideten Damen im Garten, neben dem Hauseingang. Es gab eine freudige Begrüßung. Olivia war wie immer etwas überschwänglich, wenn Gäste kamen. Sie zog sich an Oliver hoch, als wollte sie auf den Arm genommen werden. Dann schrie sie plötzlich so laut neben seinem Ohr drauflos, dass er zusammenzuckte. Sybille wollte ihre Tochter gerade zur Ordnung rufen, als ihr der Grund für den Aufschrei ins Auge fiel. Sie schrie nun auch drauflos. Oliver duckte sich, lachte aber dabei. Heike stand mit ihrem Koffer an der Hausecke. Sie rief: »Überraschung.« Die beiden Männer hatten Heike auf der Rückfahrt vom Flughafen mitgenommen. Perfektes Timing. Olivia rannte zu ihr und umarmte sie lang und innig. Brigitte, die neben Oliver stand, stieß nun ebenfalls einen Begrüßungsruf aus. Sie stockte als sie sah, wie Oliver sich die Ohren zuhielt. Sie klopfte ihm auf die Schulter. Sie sagte: »Entschuldige. Ich wollte nur nicht auffallen. Hier schreit man halt herum.« Oliver brüllte so laut er konnte »Uurraahhhhh.« Brigitte schrak daraufhin zusammen, so dass es ihm leidtat. Er sagte lächelnd: »Erst animieren und dann zusammenklappen.« Beide lachten und gingen zum Neuankömmling.

»O Tannenbaum, o Tannenbaum, wie schön sind deine ……«, sangen sieben glückliche Menschen bei der Bescherung, vor dem großen, reich geschmückten Weihnachtsbaum. Michelle war zum Weihnachtsfest dabei. Der geschmückte Baum stand hinten links in der Ecke des Zimmers, gegenüber vom dunkelgrünen etwa zwei Meter hohen Kachelofen. Er ragte fast bis an die Decke. Um den Baum herum lagen Unmengen in rotes, blaues, gelbes oder gestreiftes Papier verpackte Kisten, in jeder erdenklichen Form. Die viereckigen, runden, länglichen, großen und kleinen Geschenke, waren mit bunten Bändern verschnürt. Der große, dunkle, ovale Holztisch vor dem Kachelofen, war bereits gedeckt und wartete auf die Gäste. Das nach rechts großzügig mit Sprossenfenstern verglaste Zimmer, wurde nur durch die elektrischen Kerzen am Baum und einigen großen, brennenden Kerzen beleuchtet, die überall im Zimmer verteilt herumstanden. Die hohe antike Doppeltür mit kunstvoller, mehrfarbiger Bleiverglasung, auch aus dunklem Holz, stand weit offen und ließ das Zimmer noch größer erscheinen. Es war ein wunderschönes Weihnachtsfest. Die Zeit ging genauso schnell vorbei, wie Olivia ihre Geschenke auspackte. Rasend, ohne Pause. Die Gespräche drehten sich unabdingbar um Dieter, der allen fehlte. Es ging natürlich auch um Brigittes neues Domizil. Sie war davon so begeistert, dass sie am liebsten schon heute dort eingezogen wäre. Für eine Weile musste sie aber noch bei Olivia im Zimmer schlafen. Olivia bestand darauf. »Oma, bitte«, flehte sie herzergreifend, ohne Widerspruch zu dulden. Diesen Gefallen wollte ihr Brigitte tun. Ihre Enkelin erzählte ihr vor zwei Jahren, wie gern sie eine Schwester hätte, mit der sie dann in einem gemeinsamen Zimmer schlafen konnte. »Ich würde die ganze Nacht nur Geschichten erzählen«, sagte sie. Nun konnte Oma diese Rolle für eine Weile übernehmen. Weitere Themen an diesem Abend? Oh – es gab nur noch eines. Die Agrargenossenschaften. Insbesondere um die Vermeidung von nicht wiederverwertbarem Müll rankten sich viele Gespräche. Außer Olivia, die es furchtbar langweilig fand, über Mülleimer zu reden, waren alle dabei.

Denn in Deutschland war 1995 das Jahr der Giftmüllskandale. Die Bevölkerung war aufgerüttelt von Berichten über Sondermüll, der einfach auf normalen Deponien abgekippt wurde. Eine Praxis, die seit Jahren funktionierte, wurde endlich aufgedeckt. Bei einem der vielen Skandale, die enthüllt wurden, berichteten die Medien über eine deutsche Firma, die einfach so ohne Kontrolle fast zwanzigtausend Tonnen Giftmüll im Wald entsorgen ließ. Danach gingen die Firmen, die dafür verantwortlich waren, einfach in die Pleite. Sie konnten so nicht mehr belangt werden. Im Libanon wurden mehrere Deponien mit kontaminiertem Müll aus Deutschland entdeckt. Die Behörden in fast allen Bundesländern ermittelten derzeit gegen eine illegale Gruppierung, die fast den gesamten deutschen Industriemüll auf dubiosen Wegen einfach ins Ausland brachte oder ungesehen irgendwo abkippte. Ganz Besonders hervorstechend war der spätere Vorwurf, die verseuchten Abfälle seien mit Altöl vermischt und als Brennstoff weiterverkauft worden, um so mehr Profit zu machen, erzählte Oliver. »Und wir«, fuhr er fort »bezahlen freiwillig mehr als notwendig, um die Mietshäuser zu hundert Prozent mit recycelbarem Material zu bauen. Es ist eine Schande. Immer wieder das gleiche Spiel und niemand tut etwas dagegen. Umso besser zu sehen, wie du dich um die Umstrukturierung von Großmutters Ländereien bemühst.« »So begeistert wie du sind die Bauern aber nicht«, bemerkte Sybille. Sie war dennoch froh, mal wieder ein positives Feedback zu bekommen. Endlich etwas Zuspruch. Ihre Hoffnung, die Planung »Agrargenossenschaft« zu verwirklichen, war fast auf den Nullpunkt gesunken.

Im neuen Jahr fing sie mit frischem Elan an. Sybille wollte die Umstrukturierung der Genossenschaften vorantreiben. Sie wollte jetzt direkter herangehen. Mit Veröffentlichungen in den Wochenzeitschriften, wann und wo die nächste Versammlung stattfindet, wollte sie auch den Bewohnern des Landkreises Gelegenheit geben, an den Versammlungen teilzunehmen, selbst zuzuhören und sich ein Bild von der Lage zu machen. »Was passiert in unserem Land«, lautete jedes Mal die Überschrift. Weil die Bauern nicht gleich mitmachten, hoffte sie, die Bevölkerung mit ins Boot zu bekommen, um von dieser Seite eine Einflussnahme zu erreichen. Gleichzeitig wollte sie Aufklärung über den Umgang mit Verpackungen und Sondermüll betreiben. Sie beging damit einen großen Fehler. Sie scheiterte kläglich. Es waren Menschen der einfachen Landbevölkerung, an die sie sich dabei wendete. In Frankreich gab es bisher noch wenig oder gar keine Aufklärung über die Themen Atomkraft, Verpackungen und Müllentsorgung. »Nachhaltigkeit« - was ist das?, fragten sich die Zuhörer, wenn überhaupt jemand aus der Bevölkerung dazukam. Meist waren nur die persönlich angesprochenen Bauern des Landkreises da. Genau das Gegenteil, von dem, was sich Sybille erhofft hatte, trat ein. Die Ablehnung wuchs. Die schweigende Mauer wurde dichter. Nach einer der Veranstaltungen ging sie an einer Gruppe ihrer Pächter vorbei, die in der Nähe ihres parkenden Wagens standen und sich über die Vorschläge unterhielten. Sie schnappte einige Wortfetzen auf wie: Mais pas par une Allemande! Ils sont fous ces allemands avec leur écologie, D´une femme, haha, was so viel hieß wie: Doch nicht von einer Frau, dazu noch von einer Deutschen, haha. Die da drüben spinnen doch mit ihrer Ökologie. »Was soll ich nur tun?«, fragte sie Otto beim Abendessen. »Nichts mehr«, warf Olivia dazwischen. »Abwarten«, antwortete Otto. »Bis die Aufklärung auch nach Frankreich durchgedrungen ist. Hier sind die Leute anscheinend noch nicht so weit. Wie es sich anhört, ist es so, als wenn du in einer kleinen arabischen Wüstenstadt Freiheit, Gleichberechtigung und die Rechte der Frauen forderst. Sie würden derzeit Steine nach dir werfen.«

Den Vergleich mit den Rechten der Frau hätte Otto an dem Abend besser nicht nehmen sollen. Bei Sybille war an der Stelle Unverständnis für bestehende Verhältnisse und Widerstand gespeichert. Widerstand gegen althergebrachte, verkrustete Strukturen, die den Wesen, die darin gefangen waren, schadeten. Selbst wenn das Bewusstsein hierzulande noch nicht erwacht war, führte nur ein Weg zu Veränderungen. Agitation. So hatte sie es an der Universität gelernt. So hatte es Mahatma Gandhi bewiesen. Steter Tropfen höhlt den Stein, dachte sie. Dabei auf Granit zu beißen, kam ihr nicht in den Sinn. Sybille tat grundsätzlich das Richtige. Vielleicht hätte sie dennoch auf Otto hören sollen. Sie wollte aber weitermachen. Ein anderer Grund war: Sybille wollte sich nicht das Heft aus der Hand nehmen lassen. Sie sah sich kurz vor dem Ziel. Die biblischen Mauern von Jericho brachen auch nicht gleich nach der ersten Begehung. Die Belagerer mussten sie acht Mal umrunden, bis sie zusammenbrachen. Sybille wollte die Mauer, hinter der sich die wenigen Wortführer verschanzten, ebenso zum Einsturz bringen. Die meisten anderen Bauern kannte sie. Die waren nicht stur. Sie mussten doch begreifen, dass es nur zu ihrem Besten war. Vielleicht sollte sie etwas mehr Dynamik in ihr Vorgehen bringen. Sie entschied sich, auch wenn sie sich weiterhin Zeit lassen wollte, für eine richtungsweisende Strategie. Informationspolitik allein führte offensichtlich nicht zum Erfolg. Nach so langer Zeit wollte sie nun auch Resultate sehen. Es musste einfach eine Richtschnur für die Zukunft geben. Sie wollte versuchen ihr Projekt gezielter umzusetzen. Es sollte nicht beim Reden bleiben. Es mussten auch Entscheidungen getroffen werden. Sie entschied sich, das Projekt nun in mehreren größeren Zusammenkünften vorzustellen. Dabei konnten die Pächter Fragen stellen, ihre Meinung kundtun oder Verbesserungsvorschläge einbringen. Anschließend sollten Stimmzettel verteilt werden, um eine Grundlage für weiteres Handeln oder andere Maßnahmen zu bekommen.

Vor der ersten Veranstaltung, die in einer riesengroßen Scheune, mit den Ausmaßen einer Turnhalle, stattfand, erhielt jeder der Teilnehmer eine schriftliche Einladung, mit dem Hinweis auf die Bedeutung der persönlichen Anwesenheit. Es gehe um den weiteren Bestand der Pachtsache. Sybille wollte Nägel mit Köpfen machen. Die Pächter waren durch das Anschreiben aufgeschreckt, wie man an der hohen Zahl der Teilnehmer feststellen konnte. Ihr Wortführer war, wie Sybille wusste, ein Rechtsanwalt aus den eigenen Reihen. Sybille begann mit der Frage, ob jeder die schriftliche Konzeption eingesehen hätte. Sie hob eines der Druckstücke vom Stapel, die vor ihr zur Verteilung lagen, hoch, als der Rechtsanwalt aufstand und zum Mikrofon herüberkam. Bis auf einige Teilnehmer, die am Rand der Außengänge auf Melkschemeln saßen, standen alle. Der Bauer fragte nicht, ob er es dürfe, nein, er trat vor das Mikrofon und stellte sich vor: »Ihr kennt mich alle, nur für Sie, Frau Hartmann, mein Name ist Claude, ich spreche heute für alle Anwesenden.« Der dunkelhaarige, etwa einsneunzig große, schlampig mit einem schmutzigen blauen Hemd und einer blauen Latzhose bekleidete Anwalt, schaute in die Runde. Alle nickten ihm zu. Die Menge brummte ihre Zustimmung in den Saal. Er schaute mit einem Auge zu Sybille, dann zur Menschenmenge. Er sprach weiter: »Sie brauchen sich nicht so viel Mühe zu machen, liebe Frau«, wobei er das Wort »Frau« besonders geringschätzig aussprach. Der Rechtsanwalt Claude Bessiér, war ein stadtbekannter Linker. Bis heute lachten die Bauern sonst über ihn. Er hatte sogar seinen Traktor rot angestrichen, um seiner Gesinnung Ausdruck zu verleihen. Anlässlich der Versammlung zauberten sie ihn als willkommene Unterstützung aus dem Hut. Die meisten von ihnen wussten, was Sybille vorhatte. Viele waren schon vorher zusammengetroffen, hatten sich beraten. Sie wollten sich geschlossen gegen ihre Pläne stellen. »Schön, reich und klug«, sprach er weiter, wobei er Sybille dabei von oben bis unten musterte. »Das haben wir vielleicht nicht zu bieten. Deshalb lassen wir es aber noch lange nicht zu, dass uns so eine gescheite Frau nach Lust und Laune ihren Willen aufzwingt.« Aus der Menge kam ein Zwischenruf: »Die Reichen haben doch sonst nichts Besseres zu tun.« Zustimmendes Gemurmel erklang. »Haben Sie nichts weiter im Sinn«, fuhr er fort, »als die kleinen Landpächter weiter auszubeuten?« Sybille ging zum Mikrofon. Sie sagte darauf hin: »So ein Unsinn, die Mehreinnahmen kommen doch nur Ihnen zugute.« »Erst einmal einer Genossenschaft«, ergriff Bessiér wieder das Wort. »Eine Genossenschaft über die wer bestimmt? Wer?« wiederholte er lauter. Sybille wollte etwas dazu sagen, Bessiér stellte sich aber vor das Mikrofon. Er sprach weiter. »Die Bauern werden nicht Mitbesitzer der Gesellschaft, sondern sollen sich nur noch weiter unter Ihre Knute stellen und schön weiter die Pacht für ihre Grundstücke zahlen.« »Das stimmt doch gar nicht«, rief Sybille entrüstet dazwischen. »Ach, wollen Sie den Bauern etwa das Land schenken?«, fragte er höhnisch. »Sie nimmt doch viel weniger als es sonst üblich ist«, verteidigte sie ein junger Bauer aus der Menge, dem sie schon öfter aus der Klemme geholfen hatte. »Dankbarkeit kennt von euch wohl niemand?« Schnell ergriff der Rechtsanwalt wieder das Wort, bevor die Stimmung umschwenken konnte. »Wir sollen bezahlen und gleichzeitig enteignet werden. Besser die Großgrundbesitzer werden enteignet«, setzte er erneut die Speerspitze an, »nach der jahrhundertelangen Ausbeutung der Kleinen und Schwachen!« Der junge Bauer rief wieder dazwischen. »Darum geht es doch gar nicht. Es geht auch nicht darum, Hammer und Sichel an die Traktoren zu malen.« Alle lachten. Das machte Bessiér erst richtig wütend. Sybille die sich neben das Mikrofon gestellt hatte, bemerkte: »Jeder hat die Kalkulation schriftlich in der Hand gehabt. Ich...«, weiter kam sie nicht. Claude Bessiér brüllte von der Seite dazwischen: »Wir haben auch alles verstanden, Mademoiselle Hartmann. Wir sollen unserer Selbstbestimmung beraubt werden, unserer Maschinen, sollen anderes Saatgut verwenden, nicht mehr unseres, wir sollen Blumen züchten, haha. Wahrscheinlich wollen Sie uns zu Botanikern machen, was?« Alle lachten. »Sie haben es wohl nach all Ihren Versammlungen noch immer nicht verstanden. Wir wollen nicht. Gründen Sie Ihre neue tolle Firma doch allein. Dann können Sie auch allein noch reicher werden.« Er redete sich warm. »Was gehen uns die Verpackungen an. Wir liefern in Kisten und das wird auch so bleiben.«

Hier wurde ihr klar: Die Pächter schauen nur auf den eigenen Bauchnabel. Sie sind anders gepolt als ich oder Großmutter es war. Bessiér war nicht mehr zu bremsen. Er redete wie ein Wasserfall. Die Chance, vor der Gruppe zu prahlen, die ihn sonst belächelte, wollte er sich nicht entgehen lassen. »Die Maschinen werden nun mal mit Verbrennungsmotoren betrieben«, sagte er. »Wenn es nach ihr geht«, er nickte mit dem Kopf zu Sybille, »werden wir bald wieder die Saat mit der Hand verstreuen. Pflanzenschutzmittel funktionieren einfacher und besser als Muttis Hausmittel, oder?« Er schaute provokant in die Runde. Viele nickten mit den Köpfen. »Die Insekten beschädigen unser Gemüse und Getreide. Die müssen weg. Bienen gibt es sowieso zu viele, haha. Vorgestern haben mich gleich zwei gestochen, haha«. Er hielt den linken Arm mit zwei roten Punkten hoch. Lachen und Gejohle erklang aus der Menge. »Die will uns doch nur unser Land wegnehmen, eine Gesellschaft mit den Kleinbauern, haha. Dann sagt uns eine Frau, was wir zu tun und zu lassen haben.« Sybille war sprachlos. Damit hatte sie nicht mal im Traum gerechnet. Die Feindseligkeit ging so weit, dass der Rechtsanwalt mit einer Sammelklage drohte, falls sie auch nur daran dächte, ihnen die Pacht wegzunehmen. Es sei ihr Land, seit mehr als hundert Jahren. Als er damit anfing, man müsste sie eigentlich enteignen, traten ihr Tränen in die Augen. Sie konnte nicht mehr. Sie sagte nur: »Vielen Dank für Ihr Kommen. Ich habe verstanden«, stand auf und verließ so schnell sie konnte die Scheune. Sie stieg ins Auto und fuhr zum Ufer der Garonne. Sie hielt an einem Parkplatz, wo sie schon öfter gebadet hatten, als sie mit Otto hier war.

Die Garonne floss hier sehr langsam. Trauerweiden säumten das Ufer so weit das Auge reichte. Hier war die breiteste Stelle, mit einem herrlichen Sandstrand. Die Sonne verschwand in dem Augenblick, als sie ans Ufer trat, hinter dem Horizont. Sie ging unter, genau wie ihre eigene Sonne. Sie fühlte sich gerade nicht sehr gut beschieden. Niemand, außer dem jungen Mann, hatte ihr auf der Versammlung beigestanden. Trotzdem sie sich immer so viel Mühe gab. Als die Frau des jungen Mannes krank wurde, erließ sie ihm mehrere Jahre die Pacht. Ohne jede Nachforderung. Der Mann, der sie mit seinem Zwischenruf als reiche Nichtstuerin bezeichnete, bekam von ihr vor elf Jahren ein zinsloses Darlehen für die Dachreparatur seines Hauses. Zurückgezahlt war es noch immer nicht. Hundert Mal haben Großmutter und ich schon geholfen, ohne etwas dafür zu verlangen. Einem Bauern, der vor zwei Jahren schwer erkrankte, bezahlte sie den Arzt. Einem anderen die Medikamente für seine Frau. Sie hatte niemals ausstehende Pacht eintreiben lassen, war immer fair und duldsam, nach dem Prinzip der Nächstenliebe. Nun – am Ende stand sie allein. Wie gern hätte sie sich jetzt von Otto in den Arm nehmen lassen, sich an seiner Schulter ausgeweint. Er war weit weg, in Neuseeland zu einer Fotoreportage. Niemand war da, um sie zu trösten. Während ihr Tränen übers Gesicht rannen, lief ein Gedicht in ihren Gedanken ab: Hallo, ruf ich, doch keiner da. Der letzte Mensch ist schon gegangen. Nun bin ich ganz allein in dieser Welt. Das Licht geht aus, ich höre auf die Stille. Es knackte in ihr, als drohe etwas zu zerbrechen. Sie fing bitterlich an zu weinen. Sie, die sich so viel Mühe gegeben hatte. Die Hoffnung, die sie für die Erhaltung einer gesunden Umwelt bei der Sache hielt. Alles, alles war auf einen Schlag zerstört. Man hatte sie nicht mal zu Wort kommen lassen. Diese Ungerechtigkeit. Sie würde alles hinwerfen. Sollten diese Leute sich doch zum Teufel scheren. Sollten sie doch an ihrer eigenen Dummheit ersticken. Nein. In ihrer Brust regte sich Widerstand. Stolz hob sie den Kopf. Sie sagte zu sich: Ich werde dafür kämpfen. Ich werde nicht aufgeben. Ich werde für diese Sache kämpfen, solange ich kann, selbst wenn ich dabei untergehe. Sie wusste nicht, dass sie damit ihr Schicksal besiegelte.

Die Fenster

Otto öffnete die Augen und glitt, so schien es, übergangslos aus der Dimension des Schlafs, in die andere, das Wachsein. Die Aufmerksamkeit las man aus seinem stillen Blick. Es gibt Menschen mit verklärtem Blick. Augen die unstet umherwandern. Willst du ihnen in die Augen schauen, flüchtet der Blick meist nach unten, sie schauen auf die Füße, zur Seite, nach oben und wenn du für einen Moment an ihrem Blickkanal entlangkommst, sie zu spüren beginnst, dann flieht ihr inneres Licht an deinem Blick vorbei. Kein Aufeinandertreffen von Wärme und Nähe. Ottos Augen waren klar und offen bis zum Grund des tiefen Sees. Hellblau, andere Farben konnte man suchen, würde aber keine finden.

Er stand langsam auf. Gähnend reckte er die Arme nach oben. Der Kopf drehte sich zum Fenster. Er erschrak. Was er sah, passte nicht zu dem Bild, das gestern noch dort stand. Ein hellbraunes Einfamilienhaus mit grauen Dachschindeln, vor einem kleinen Park mit vielen Linden, ein paar kleinen inzwischen etwa drei Meter hohen, nachgepflanzten Eichen und dem kleinen Teich. Rechts neben dem Teich noch ein kaum nennenswertes Wässerchen, von dem man annahm, es müsse an einem einzigen Sonnentag austrocknen. Aber seit er hier am Rande der City im Grünen wohnte, hielt es sich beharrlich. Der Anblick verschwamm in eine andere eher innere Betrachtung. Die Wasserpfützen nun zwei Augen in einem bunt bemalten Gesicht. Das Dach des Hauses wirkte gestrichelt, wie Dreadlocks, der Eingang wie ein Mund. Er rief: »Hier bin ich, komm zu mir.« Otto sah erstaunt aus, als erkenne er etwas. Heute würde sich etwas mitteilen, eine Angelegenheit, die vielleicht sein Leben veränderte oder nur ein paar Seiten im Buch seines Lebens würden neu aufgeschlagen.

Langsam verschwamm das Bild, ordnete sich wieder zu einem Haus mit grauem Dach, bräunlich rosa Anstrich und einem

Park mit zwei kleinen Wasserflächen. Er war etwas irritiert. Verschlossen war Otto ohnehin nicht. Auch nicht inneren Erfahrungen gegenüber. Er hatte wohl ein Päckchen erhalten. Der Inhalt wurde in der Zukunft ausgepackt. Viel stand heute eigentlich nicht auf dem Plan. Ein wenig Recherche in der Redaktion. Wieder mal Außenhandelsdifferenzen zwischen den USA und China. Seit die Volksrepublik nicht nur im Stillen ihr Land kommandierte, sondern wirtschaftlich immer mehr expandierte, regelrecht die wirtschaftliche Welt im Sturm eroberte, aber auch durcheinanderbrachte, gab es immer wieder Streit mit dem Koloss, den Vereinigten Staaten von Amerika. Am Nachmittag war ein Gespräch mit dem neuen Mitarbeiter geplant. Bernd Schnielich. Zum ersten Mal tauchte er als Springer in Kriegsgebieten auf. Der mutige Schnielich mit den aufregendsten Geschichten und den besten Fotos, seit es Kriegsberichterstattung gab. Dann seit seiner Heirat und einem Kind: Auslandskorrespondenz. Ruhiger und ungefährlicher. Mal sehen, ob er für Herrn Strohmann akzeptabel war.

Nach dem Kurzfrühstück mit einer Banane und grünem Tee spazierte Otto zu seinem Fahrrad. Er preschte los Richtung Innenstadt zum neuen Verlagshaus. Hier waren seit dem Start ins neue Jahrtausend die Redaktionen vom Star Magazin, mehreren Tageszeitungen, Wochenblättern und zwei Monatsmagazinen untergebracht. Herr Strohmann wollte unbedingt mit der endgültigen Verlegung des Deutschen Bundestags ins umgebaute Reichstagsgebäude zur Jahrtausendwende einziehen. Er schaffte es nicht ganz. Die Arbeit in Berlin kann beginnen, prostete Herr Strohmann den Mitarbeitern erst im März 2001 zu. Otto half hier seit einigen Monaten übergangsweise – so war es zumindest mit dem Chef besprochen, als rechte Hand des Stellvertreters der Geschäftsführung aus, was ihm aber nicht gefiel. Er konnte zwar Verantwortung tragen, ihm missfiel aber jede Auseinandersetzung zwischen oder mit den Kollegen. Trotzdem zogen sie ihn immer wieder gern in die Kleinkriege hinein, weil er der geborene Harmonisator war. Wenn es extrem verschiedene Meinungen und Auslegungen zu einer Story gab, stand er im Konferenzraum einfach auf, sagte nichts, schaute die Beteiligten der Reihe nach an. Sie begannen von dieser Sekunde an konstruktiv miteinander zu reden, ergänzten ihre Standpunkte mit- nicht mehr gegeneinander - und mosaikten so ein rundum gutes Werk. Kein Wort von Otto. Nur Präsenz und der Blick – tief in die Augen.

Er hatte, noch bevor die Immobilienschraube nach oben ging, Glück. Er konnte durch Zufall in der Nobelecke Berlins zwischen Halensee und Grunewald, nahe dem Hubertussee eine Wohnung erwerben. Er half einer älteren Dame, die sich in großer Hitze ihren Weg entlang schleppte vom Arzt bis nach Hause, trug sie dort mehr oder weniger die Treppe hinauf in ihre Wohnung, wo sie fast ohnmächtig in den Sessel fiel. Sie sagte: »Es ist Zeit fürs betreute Wohnen«. Die Wohnung bekam Otto. Er wohnte hier zwar nahe der City, aber doch im Grünen. Die paar Kilometer bis zum Büro schaffte er bequem mit dem Rad. Nach den Baumalleen im Grunewald fuhr er durch die Häuserschluchten um den Potsdamer Platz, wo die Dächer den Himmel berührten, dann zur Friedrichstraße, bis nahe zum Checkpoint Charlie, wo sich die neuen Räume befanden. Er schob sein Fahrrad durch die Vorhalle des riesigen Bürohauses in den Fahrstuhl und ging damit bis in sein Büro. Von hier aus konnte er den Blick über die gesamte Berliner Innenstadt genießen. Sein erstes Büro dieser Art. Nur für ihn allein. Herr Strohmann wollte ihm, nach wie vor, die neue Stelle »koordinatives Management« unterschieben. Deshalb gab er ihm vermutlich dieses schöne Büro. Vielleicht war Herr Strohmann auch einfach nur allein – so weit da oben. Er brauchte offensichtlich jemanden, der ihm vertraut war, zum Reden. Schon am ersten Tag hier, war Herr Strohmann nicht zu bremsen. Er erzählte und erzählte, vom Büro, von seinem Aufstieg im Verlag bis zum Schwimmbad in seinem Haus, das er gerade restaurieren ließ. Dann zeigte er ihm dieses herrliche Büro. Er sagte, es sei zwar nicht dass, für die Stelle vorgesehene, aber es war gerade frei. Herr Strohmann lud ihn von da an sogar öfter mit zwei, drei leitenden Mitarbeitern in sein privates Zuhause zu Besprechungen mit anschließendem Essen und teuren Weinen ein. Er wollte Otto unbedingt im Verlag halten und später in eine höhere Position heben, wie er sich eines Abends nach dem dritten Glas Wein äußerte. Otto legte nach wie vor keinen Wert darauf. Er zeigte es auch ganz offen. Wohl auch deshalb blieben ihm seine anderen Vorgesetzten zugetan. Sie brauchten ihn nicht als Konkurrenten zu fürchten. Der Verlag war schon vor dem Zweiten Weltkrieg gegründet worden. Er entwickelte sich mit den neuen Tageszeitungen und Magazinen nach und nach zum Branchenriesen. Den vollen Umfang hatte Otto bisher aus der Ferne nicht überblicken können. Umso mehr sträubte sich etwas in ihm, hier auf ewig angenagelt zu werden. Er wollte sich auf keinen Fall in ein Korsett mit festen Bürozeiten zwängen lassen. Dadurch würde er zum Wochenendpendler. Immer nur Samstag und Sonntag bei seiner Familie. Ottos Schwerpunkt als Journalist lag seit den Reportagen im ehemaligen Jugoslawien bei der Auslandskorrespondenz. Nachdem der Verlag einen Fernsehsender gründete, berichtete er, manchmal auch in anderen Ländern, vor der Kamera über aktuelle politische, wirtschaftliche und kulturelle Ereignisse.

Der Tag verlief wie gewohnt hektisch. Im Sog einer sich ständig verändernden Welt wurde man als Journalist von den aktuellen Geschehnissen hierhin und dorthin gerissen. Otto behielt dennoch immer den Überblick. Wenn zwei oder drei unterschiedliche brandaktuelle, wichtige Begebenheiten in Informationsblöcke verpackt werden mussten, lief er erst den einen wie an einer geraden Schnur ab, dann bearbeitete er konzentriert den nächsten bis zum Ende. Kamen andere Mitarbeiter ins Trudeln, er nicht. Er war der Fels in der Brandung. Wenn jemand nicht weiterwusste, sagte er: Wir müssen nur das Bild des Zeitgeschehens erfassen und verständlich darstellen, mehr nicht. Sorge dich nicht. Sorgen ist sinnlos, es wird schon. Und es wurde. Otto, der immer den Überblick behielt. Deshalb versuchte Herr Strohmann ihn enger an sich zu binden. Mit der Expansion des Verlagshauses brauchte er solche Leute. Am Nachmittag trafen sich Otto, zwei Redakteure der Auslandskorrespondenz und Herr Strohmann zum Einführungsgespräch mit Bernd Schnielich.

Er sah witzig aus. Mehr gab es zur äußeren Erscheinung eigentlich nicht zu sagen. Witzig. Einhundertsiebenundsechzig Zentimeter mit einem Kopf der nur aus Haaren bestand. Dunklen Haaren. Ein Bart, der von der Unterseite der Augen bis zur Brust reichte. Ein ewig lächelnder Mund und spöttische Augen. Eine Art schmunzelnder Gremlin. Der passte zum Verlag wie das berühmte i Tüpfelchen, fand Otto. Er schlug es gleich vor, worauf alle ab sofort nur noch Bernd zu ihm sagten. Bernie. Bernte. Nein, bitte nicht Bernte. Bernie ist aber OK. Bernie ist super. Bernie hatte schon immer tolle Auftritte. Bernie im Irak, Bernie in Bolivien, Bernie jetzt in Australien und noch besser sagte er, war Neuseeland. Bevor er hier seinen Job antrat, wollte er noch Urlaub machen. Keine Arbeit. Urlaub auf Neuseeland. »Sehr interessantes Eiland mit vielen unentdeckten Geheimnissen. Wie früher Sizilien. Da konnte man auch noch allein durch die Wiesen und über Strände ziehen. In Neuseeland geht es immer noch. Die Bevölkerung ist echt interessant«, sagte er. »Heute ist Neuseeland ein Schmelztiegel mit einer Bevölkerung aus Maori, Europäern, Menschen mit pazifischen und asiatischen Wurzeln. Eine Kultur, die historisch gewachsen und einzigartig in der Welt ist.

Das Urvolk, die Maori, stammen aus der umliegenden pazifischen Inselwelt. Sie sind im dreizehnten Jahrhundert und damit fast vierhundert Jahre vor den europäischen Seefahrern in mehreren Wellen auf das zuvor von Menschen unbewohnte Neuseeland gekommen und haben sich dort niedergelassen. Neuseeland war eine der letzten Gegenden der Erde, die von Menschen besiedelt wurden. Die Maori kamen in großen Wakas, von vielen Inseln. Wakas sind Kanus mit einem Ausleger. Die Maori bezeichnen sich selbst als Tangata whenua, übersetzt heißt das »Menschen des Landes«, sie sind stark erdgebunden und betonen damit ihr Gefühl der Verbundenheit mit ihrem Land. Ihre Ältesten sagen, sie sind von den Ahnen nach Neuseeland geschickt worden. Stellt euch das vor, geschickt worden. Haha. Sie sind schon etwas Besonderes«, schwärmte er. »Echt irre, dass nächste Woche ein geheimnisvolles Treffen stattfindet, von dem ich zufällig erfahren habe. Nur deshalb, weil wir dort einen der wenigen Teilnehmer getroffen haben, von denen jeder einen Stamm bei der Zusammenkunft vertritt. Er ist Stammesoberhaupt. Mein Freund Jaimie ist in Neuseeland geboren. Er kannte ihn. Er erzählte von einer jährlichen Versammlung mit den Ältesten der Inseln an einem geheimen Ort. Niemand sonst darf dort anwesend sein. Nur ein einziger »Auserwählter«, wie er es nannte, würde als Beisitzer zugelassen. Eine Art Zeitzeuge. Er wird von einem Gremium »erkannt«, wie sie es ausdrücken. Die Auswahl wird so lange wiederholt, bis sie einstimmig ist. Das Oberhaupt der Ältesten ist bei der Abstimmung nicht dabei, aber bei der »Offenbarung«. Allein diese Bezeichnung lässt Tiefgründiges erahnen. Alle taten so geheimnisvoll. Worum es bei der Zusammenkunft geht, sagte er nicht. Ich habe mich aber ein wenig umgehört. Es sind die geheimen Inhalte der Überlieferungen, die weitergegeben werden sollen. Es muss etwas ganz Besonders sein. Als wenn die Bibel im Original auftauchen würde oder der heilige Gral gefunden wird. Geheim, spektakulär. Altes okkultes Wissen, das bisher nicht preisgegeben wurde. Und es soll an einer geheimen alten Kultstätte der Maori stattfinden, die in keiner Erzählung, den Überlieferungen oder einem Geschichtsbuch auftaucht. Niemand, außer die Teilnehmer selbst, kennen diesen Ort. Warum der Maori mir das alles erzählt hat, weiß ich bis heute nicht.«

»Ja, halt mal«, sagte Kimo, der redaktionelle Lektor, »wäre das nicht eine Story für uns? Ich sehe schon die Schlagzeile: »Aus der Schatzkammer des Meeres« oder »Die Geheimnisse der Welt« oder »Das neue Weltwunder« oder... .« – »nun hör doch auf zu fantasieren«, warf Almar der Redakteur dazwischen. »Wie soll denn jemand dort Zugang bekommen?« »Abhören, Wanzen«, sagte Kimo. »Quatsch«, warf Bernie scharf ein. »So etwas darf man nicht tun und dort schon gar nicht.« Herr Strohmann hatte lange Ohren bekommen. Etwas gänzlich Neues erhöht immer die Auflage.» Kimo, hol bitte Herrn Wiegand. Den Abteilungsleiter«, sagte er. Kimo lief zum Büro des Abteilungsleiters Wiegand. Es war zwei Stockwerke tiefer, so, dass Kimo ihm im Fahrstuhl und auf dem Gang draußen schon etwas erzählen konnte. Sie kamen beide durch die Tür. Wiegand schaute auf Otto und blieb stocksteif stehen. Otto blickte in die Augen von Wiegand und erahnte es: dass Paket wurde geöffnet. So hatte er es sich nicht vorgestellt. Aber die Botschaft war erkennbar. Du wirst jemanden mit einem bemalten Gesicht sehen, aus der Ferne, für kurze Zeit – etwas wie ein Wunder.

Mit den Paketen war es schon eigenartig. Manchmal wusste der Träger was darin ist, aber nicht, für wen es war. Oft wusste man nichts Genaueres über den Inhalt, ob es für einen anderen oder für einen selbst bestimmt war. Manchmal schleppte es der Träger lange mit sich herum, bis er es abliefern konnte und ein andermal nahm er es morgens auf, so wie Otto heute und es wurde gleich geöffnet. Je nachdem, wie reif der Empfänger für den Inhalt war. Oder erst reifen musste. Otto hatte damit ein erstes Erlebnis vor einigen Jahren. Beim Frühstück sprach ihn ein alter Chinese auf einer Bank im Park an, auf der er öfter saß. Er fing mit ihm ein Gespräch an, über Depressionen bei bestimmten körperlichen Einschränkungen. Wie selbstverständlich erzählte er Otto von Muskelkrämpfen im Rückenbereich nach einer Geburt. Dagegen würde eine bestimmte Art der Akupunktur aus der chinesischen Medizin helfen. Er kannte jemanden aus der traditionellen chinesischen Medizin. In Berlin eine Seltenheit. Unbewusst merkte sich Otto die Adresse. Otto fand dieses Thema zwar interessant. Er hörte bereitwillig zu, dachte sich dabei im Stillen aber einige Male: Er redet mit mir, als wäre ich schwanger. Er fragte den Mann, warum er ihm das alles erzählte. Der Mann sagte: »Der Sinn wird dir begegnen. Trage es einfach und liefere es aus.« Am nächsten Tag rief ihn eine alte Freundin an. Auf die Frage, wie es ihr ginge, erzählte sie ihm von ihrer schwierigen Geburt. Sie könne seitdem nicht mehr laufen. Der Rücken sei so gut wie steif. Im Innern von Otto bewegte sich etwas. Er erzählte ihr von der Akupunktur und dem chinesischen Arzt. Sie wohnte praktisch bei der Praxis um die Ecke. Welch ein Zufall. Oder? Otto hatte schon einige solcher Phänomene erlebt, bestritt aber lange die Erkenntnis, weil es niemand verstand, mit dem er darüber redete. Nur seine

Mutter Brigitte berichtete von ähnlichen Erlebnissen. Sie nannte es »ein Paket erhalten.« Du bist der Postbote, meinte sie, der Träger, der einen Inhalt irgendwo abliefert.

Otto wusste, er würde einen Artikel darüber schreiben, aber der Abteilungsleiter war nicht sehr überzeugt.» Keine Esoterik. Wir sind Realisten. Unsere Leser auch.« »Neuseeland ist für die Leser voll interessant«, sagte Bernie. »Und dann dieses Ereignis.« »Wie wäre es, wenn da einer von uns reinkäme«, begeisterte sich Herr Strohmann. »Es wäre doch mal etwas ganz Neues.« Als erster fiel ihm Bernie ein. Wiegand starrte Otto in die Augen und sagte: »Wenn, dann nur Otto, der ist für so etwas wie geschaffen.« Bernie sagte darauf, »Otto müsste in den nächsten Tagen schon abfliegen.« In diesem Moment schauten alle in das geöffnete Paket.

Gesagt, getan. Eile war geboten. Bernie gehörte jetzt zum Team. Er rief Jamie seinen Bekannten an, mit dem er in Neuseeland war. Jamie war noch für zwei Wochen dort. Er sollte alle wichtigen Daten ermitteln wie Zeiten, Örtlichkeiten und einen Dolmetscher engagieren. Außerdem sollte er sich um ein Fahrzeug kümmern und eine Unterkunft besorgen. Jamie war ebenfalls Journalist. Er hatte zwar noch Urlaub, Bernie konnte ihn jedoch gegen ein ansehnliches Verlagshonorar dazu bewegen, ein paar Stunden seiner Zeit zu opfern. Jamie rief schon am nächsten Morgen zurück. »Er hat die Zeit und den Treffpunkt für die Auswahl des Beisitzers herausgefunden«, berichtete Bernie Otto, »und auch den Tag, an dem später das Treffen der Stammesältesten stattfinden soll. Heute ist Donnerstag. Die Auswahl findet nächsten Montag, das Meeting selbst drei Tage später statt. Viel Zeit bleibt nicht. Den genauen Ort erfährt der Beisitzer erst nach seiner Wahl. Es soll aber beides in der Nähe der drei heiligen Vulkane auf der Nordinsel Neuseelands stattfinden. Einen Dolmetscher konnte Jamie nicht auftreiben, aber er bietet uns an, eine Woche länger als geplant in Neuseeland zu bleiben. »Welch ein Glück«, meinte Bernie. »Er ist zwar Afrikaner, spricht aber vier Sprachen perfekt, chinesisch, deutsch, englisch und Maori – UND: Er wurde in Neuseeland geboren. Er ist dort bis zu seiner Übersiedlung in die Vereinigten Staaten zur Schule gegangen. Er kennt die Sitten und Gebräuche von Land und Leuten. Er fährt einen klapprigen Oldtimer, den er sich für den Urlaub von seinem Bruder ausgeliehen hat, der immer noch in Tauranga wohnt. Eine Unterkunft kann er in Ohakune besorgen, etwa fünfzig Kilometer von den heiligen Vulkanen entfernt. Von dort sollte alles gut erreichbar sein. Einen Führer braucht es eigentlich nicht, sagte Jamie, wenn doch, kennt er zwei, drei Ureinwohner, die ihm helfen würden.«

Bernie besprach im Verlag alles mit Wiegand, der ihm freie Hand gab. »Jamie OK, Unterkunft OK, alles OK. Sie machen das schon. Der Chef ist so begeistert von dem Plan, dass er ein großzügiges Budget zur Verfügung gestellt hat.« Zwischenzeitlich hatte die Sekretärin vom Chef für Freitag einen Direktflug von Berlin nach Wellington besorgt, der mit Zwischenlandungen nur vierunddreißig, statt der üblichen vierzig bis fünfzig Stunden, dauerte. Schließlich musste alles schnell gehen. Wellington liegt auf der Nordinsel Neuseelands etwa dreihundert Kilometer vom mutmaßlichen Treffpunkt entfernt. Bernie, der Otto noch nicht so gut kannte, war etwas irritiert, mit welcher Ruhe und Gelassenheit er den Auftrag, der so rasant sowohl den Tagesablauf als auch seine weitere Zeitplanung durcheinanderbrachte, aufnahm. So, als sagte seine Frau, »bring doch bitte noch Milch mit«, nahm er die Infos nur auf, reagierte aber offensichtlich nicht. Jedenfalls nicht sichtbar. Nahezu übergangslos glitt er in die neuen Anforderungen und Abläufe. Otto telefonierte nur sehr lange mit Sybille und Olivia, die nicht so begeistert waren. Er versprach ihnen dafür eine Woche in Antibes zu bleiben, wenn er wieder zurück sei. Er besprach am späten Nachmittag mit Bernie, was noch zu erledigen war. Sie verabschiedeten sich mit den Worten: »Alles andere dann morgen telefonisch.« Danach räumte Otto seinen Schreibtisch auf und fuhr mit dem Rad nach Hause. Vorher ging er noch ins Einkaufscenter, wo er sich eine Mütze mit Sonnenschutz für die Augen besorgte, Sonnencreme mit Lichtschutzfaktor, eine neue Zahnbürste und ein paar

Kleinigkeiten für den Flug. Viel Zeit hatte er ja nicht. Zuhause angekommen, packte er den Koffer und eine Reisetasche. Morgen um vierzehn Uhr ging der Flug.

Freitag um neun Uhr morgens telefonierte er mit Bernie, der ihm alles weitergab, was für ihn wichtig war: »Jamie ist übermorgen gegen zehn Uhr am Flughafen in Wellington, Unterkunft und alles andere ist klar. Jamie ist ok. Auf ihn kann man sich verlassen. Alles Weitere dann unterwegs oder wenn du in Neuseeland bist, ok?« Bernie war mehr mitgerissen als Otto. »Neuseeland. Von einer Minute auf die andere fällt eine Entscheidung und man fliegt um den halben Erdball. Achtzehntausend Kilometer. Fast um die halbe Welt. Etwas weiter als bis zum nächsten Imbiss. Haha. Kein Reisefieber?« »Nein.« »Nicht aufgeregt?« »Warum? Die Anzahl der Atemzüge bis ich ankomme ist die gleiche, als wenn ich hierbliebe. Oder?« »Nun ja, so betrachtet.« Bernie gab auf. Und Otto? Otto setzte sich zum Frühstück auf den Balkon, genoss die Frische und machte sich zeitig auf den Weg. Besser eine halbe Stunde früher am Flughafen sein als zu spät. In der heutigen Zeit, wo sich Terroristen herumtrieben, machte die Polizei oft Kontrollen. Man wusste nie genau, was auf den Flughäfen los war.

Der Flug ging mit einigen Zwischenlandungen über Russland, Thailand, Australien. Er konnte erster Klasse reisen. So schlief er umso besser. Neuseeland sah von oben interessant aus. Neuseeland bestand aus zwei riesigen Hauptinseln. Der Süd- und der Nordinsel. Die Südinsel war im unteren Zipfel von vielen Wasserstraßen durchschnitten. Es sah von oben aus, wie ein gigantisch großes Venedig, mitten in der Natur. Oben links fächerten sich unzählige kleine Inseln auf. Es herrschte klares Wetter. Man sah deutlich die Wasserstraße zwischen Süd- und Nordinsel, die ein wenig an den Ärmelkanal erinnerte. Die Landung erfolgte auf der Nordinsel. Flughafen Wellington. Nach den Kontrollen, die für ihn als Mitarbeiter eines so großen deutschen Verlagshauses recht schnell gingen, die Zollbeamten verzichteten sogar darauf, dass er die Koffer öffnete, winkte Jamie ihm mit einem

Passfoto in der Hand zu. Das Foto war im DIN A4 Format ausgedruckt. Riesengroß. Auf dem Foto sah er noch blasser aus als sonst. Fast transparent. Nichts fürs Album. Wichtiger war, dass Jamie ihn erkannte. Dafür reichte es aus. »Hi, Black and White. It was never clearer«, begrüßte ihn Jamie. Haha. Beide lachten. Haha. Sie verstanden sich auf Anhieb. Brüder. Black and White. Jamie hatte neben dem Afrikanischen etwas Indianisches an sich, was auch die Maoris in den Gesichtern trugen. Er war wie die Ureinwohner, mit etwa einen Meter fünfundsechzig, etwas kleiner als Europäer und hatte deren platte Nase. Er hatte eine kräftige Statur. Jeder Ureinwohner würde denken, er sei ein Afromaori. Es stimmte zwar nicht, würde aber sicher ein paar Türen öffnen, die sonst verschlossen blieben. Jamie hatte auf dem Parkplatz einen uralten Chevy Laster abgestellt. Rot und braun. Bei näherem Hinsehen sah man, dass die braune Farbe von den unzähligen Roststellen herrührte. Ein Fahrzeug, so alt, dass es in Deutschland sofort Bewunderung hervorrufen würde. Otto sah zum ersten Mal seit langer Zeit verblüfft aus. Er sagte: »Wie sollen wir damit nach, wie hieß der Ort noch, kommen? Dreihundert Kilometer schafft er das?« Jamie lachte und sagte auf Chinesisch, 那是在上帝的手中, dann auf Maori, tei roto ïa i te rima o te Atua, dann auf englisch, that is in the hands of God und anschließend auf Deutsch, das liegt in Gottes Hand.

»Um so schlimmer, dass wir heute Abend um achtzehn Uhr in Otukou sein müssen«, sagte Jamie. »Es hat sich herausgestellt, dass wir für das Treffen morgen Nachmittag einen speziellen Führer brauchen. Es muss ein eingeweihter Maori sein. Die Gastgeber sagen keinem Außenstehenden, wo die Treffen stattfinden. Weder von dem Auswahltreffen, noch dem Ort des eigentlichen Meetings. Der Führer ist mir vom »Komitee« vorgeschlagen worden und kommt heute Abend, um mit uns zu reden. Er wird wohl nur mit mir reden, wie ich es verstanden habe. Dich soll er noch nicht sehen. Oder du ihn nicht? Was auch immer es bedeutet. So habe ich es verstanden. Beide Orte sind wohl in der Nähe der heiligen Vulkane. Dort ist es sehr felsig. Ein Labyrinth aus Schluchten und Bergkämmen. Es soll schwer zu finden sein. In der Gegend selbst gibt es keine Straße. Der erste Ort soll in einer Art Oase dort oben sein.«

Nachdem das Gepäck verstaut war, setzten sie sich ins Auto. Dann startete Jamie den Chevy. Das Geräusch hörte sich an, als wenn eine Waschmaschinentrommel mit einem Zahnrad und Fahrradkette betrieben wird. Es wurden sechs Versuche, bis der sieben Liter Motor mit dem scharrenden Kettengeräusch in Schwung kam und anfing zu blubbern. Blub, blub, blub. Beim Einlegen des ersten Gangs machte er einen Ruck nach vorn. Nur gut, dass niemand vor dem Auto stand. Die Fahrt auf dem Highway war anfangs sehr öde. Als die Vulkane, die immer noch aktiv waren, in Sicht kamen, wurde es abwechslungsreicher. Felsen, Schluchten, Gebirgsformationen. Hier und da gab es sogar ein paar Bäume. Je näher sie Otukou kamen, umso grüner wurde es. Nördlich von Otukou hielten sie an einem kleinen Haus am Lake Rotoaira. Hier hatte Jamie rechts neben dem Campingplatz eine Unterkunft besorgt. Er kannte den Besitzer. Sie konnten hier in einer einfachen Hütte mit drei Zimmern, Küche und Bad für umgerechnet etwa fünfundzwanzig Euro pro Tag, wohnen. Einen Steinwurf vom Haus entfernt breitete sich der überschaubare See aus. Direkt hinter dem Haus war eine sandige, flach zulaufende Bucht. Weiter hinten zur Mitte des Sees säumten grüne, felsige Hügel das Ufer. Otto hatte am Flughafen siebenhundert Euro in Neuseeland-Dollar getauscht. Das würde für den kurzen Aufenthalt reichen.

Sie kamen sehr spät an. Es war kurz nach achtzehn Uhr. Der Führer saß schon am Hauseingang. Er schaute mit finsterer Miene auf die Ankömmlinge. Otto blieb im Wagen. Jamie ging auf ihn zu und grüßte auf Maori: Ra Pai. Der Maori brummelte nur etwas Unverständliches vor sich hin. Jami und er wechselten ein paar Worte auf Maori. Sie gaben sich die Hände, »Jamie.« Der Führer sagte daraufhin seinen Namen: »Anaru«. Dann verschwand Anaru lautlos hinter dem Haus und war weg. Jamie sagte: »Er heißt Anaru. Er holt uns morgen um acht Uhr nach dem Frühstück ab. Der Name Anaru bedeutet so etwas wie heroisch.« Nach dem Frühstück, pünktlich um acht Uhr Ortszeit, tauchte Anaru wieder auf. Genauso lautlos dort, wo er am Abend davor verschwunden war. Jamie und Otto standen bereits vor der Tür. Anaru war etwa einen Meter sechzig groß. Er hatte ein breitflächiges Gesicht. Es war heute mit blaugrünen Linien bemalt. Die flache Stirn wurde von den Linien wie durch einen Mittelscheitel geteilt. Die Farbe verlief sich in der Mitte des Kopfes in den Haaren. Unter den Augen befanden sich wellige Linien, die nach unten gezogen, in einen Kreis am Mundwinkel mündeten. In der Mitte des Kinns war ein rötlich brauner Punkt. Er erinnerte an die Roststellen des Chevys. Er trug nur eine weite, traditionelle halblange Maori Hose aus einem hellen bestickten Tuch, das unter den Beinen durchgezogen war. Um die Hüften wurde es von einem gleichfarbigen Gürtel gehalten. »Ka taea e taatau te taraiwa tuatahi na runga i te motuka. Wir müssen die erste Strecke des Weges mit dem Auto fahren, Jamie«, sagte er anstelle einer Begrüßung. Die drei stiegen ein. Otto und Anaru setzten sich auf den Beifahrersitz, der nur über einen Sicherheitsgurt verfügte. Er blieb unbeachtet. Heute brauchte es nur vier Startversuche. Dann sprang der Motor an. Anaru saß in der Mitte. Er sagte Jamie, wo er entlangfahren sollte. Sie fuhren wieder Richtung Wellington, auf der gleichen Nord- Süd Route, auf der sie am Vortag hergekommen waren. Nach etwa siebzig Kilometern zeigte Anaru auf einen Parkplatz, auf der gegenüberliegenden Straßenseite. Er veranlasste Jamie den Wagen dort abzustellen. Sein Ton wurde mit einem Mal fordernd.

Von dort aus ging es zum ersten Treffpunkt nahe den drei heiligen Vulkanen, Ruapehu, Ngauruhoe und Tongariro. Für die Maori ist der Mount Tongariro die Quelle ihrer Macht. Ihre Geschichte und Mythologie ist eng mit dem Berg verknüpft. In dieser Gegend soll es viele heilige Orte und alte Kultstätten der Maori geben. Sie gingen Richtung Westen. Anaru sagte zu Jamie, es würde drei Stunden dauern, bis sie da wären. Es war für neuseeländische Verhältnisse schon sehr heiß. Hier wurde es selten wärmer als zwanzig Grad. Der Himmel war wolkenlos. Heute schien es mindestens fünfundzwanzig Grad warm zu sein. Otto hatte leider seine Mütze vergessen. Auch sein Getränk. In der Nähe der Straße gab es noch einen breit angelegten Weg. Der Weg wurde mit der Zeit immer schmaler und verlor sich nach zwei bis drei Kilometern zwischen den Hügeln. Sie wanderten durch bergige, schmale Schluchten in einer Gegend ohne viel Grün und Wasser. Ständig ging es auf und ab. Die Berge wurden mit der Zeit immer höher. Nach einer Biegung sahen sie in der Ferne den Mount Tongariro. Der Vulkan bestand fast nur aus Felsen. Er war nahezu rund. Im unteren Bereich gab es etwas dürres Gras und vereinzelt Büsche und Bäume. Die Gegend war kahl und öde. Tiere gab es in Neuseeland weniger als im benachbarten Australien, wo es nur so von bunten Vögeln, Schlangen, Echsen und Kängurus wimmelte. Hier sahen sie ab und zu eine Echse oder einen Vogel. Otto wurde in der Sonne mit der Zeit schwindelig. Als sie nach der Durchquerung einer schmalen Schlucht, sie war kaum einen Meter fünfzig breit, nach rechts in eine Senke gingen, umgab sie urplötzlich üppige Vegetation. Sie traten in eine von hohen Felsen eingerahmte Ebene. Nach ein paar Metern veränderte sich das gesamte Umfeld. Aus einer fast lautlosen felsigen Schlucht, wo nur der Wind zu hören war, tauchte ein Strudel aus vielen Geräuschen auf. Ein Bachlauf schüttete große Mengen Wasser von einem Felsen, verschiedene Vogelstimmen sangen oder quietschten schrill ins Ohr, eine Rotte von Wildhunden knurrte und bellte bei ihrem Anblick, eine Schlange fiel vom Baum. Es gab tatsächlich dichten Baumbestand in dieser Oase, in die sie ohne Übergang eintauchten. Es roch nicht mehr so staubig, sondern eher blumig frisch.

Otto machte die Sonne zu schaffen. In seinem Kopf wurde es merkwürdig – eintönig. Er hoffte keinen Sonnenstich zu bekommen. Nachdem die Schlange nahe an seiner Schulter vorbei auf den Boden fiel, sich blitzschnell weg schlängelte, bog er in eine Geiststraße ein, die er noch nicht kannte. Er schob es auf die neuen Eindrücke, den Wechsel neuer Farben und Geräusche, von der Einöde in den grünen Dschungel, von hellbraunen kahlen Felswänden zu bunter Lebendigkeit. Er landete mit jedem Schritt mehr zwischen Imagination und Wirklichkeit. Der Himmel wurde dunkler. Die ganze Umgebung verdunkelte sich. In den Felsen rechts am Rande der Oase waren Fenster. Nein, Fenster und Türen. Sie liefen an einer Tür vorbei und man konnte sehen, dass Gänge in die Felsen hineinführten. Es erinnerte ihn an einen Aufenthalt in Spanien nördlich von Almeria in Andalusien. Dort waren Wohnungen in die Felsen gehauen worden. Nicht mit Steinen aufgebaut oder gemauert, sondern hineingehauen, gebohrt, ausgestemmt. In Guadix bei Granada wurden sie noch bewohnt. Dort waren sie mehr oder weniger eine Touristenattraktion. Die Höhlen hier sahen ähnlich aus. Es waren richtig große Wohnungen über ein, zwei oder drei Etagen, begehbar über Treppenstufen in den Felsformationen. Die drei liefen auf einem schmalen Weg, der jetzt sogar gepflastert war. Die Steine erinnerten an ein Mosaik. Dahinter steckte Sinn. Beim näheren Hinsehen erkannte man Linien, Zeichen und Bilder, beziehungsweise Ornamente. Der Weg ging gerade fast durch die Mitte der Oase entlang. Je näher sie den gegenüberliegenden Felsen kamen, umso breiter wurde er, bis sie an einen runden Platz gelangten, wo sich einige Menschen versammelt hatten. Maori und andere Neuseeländer. Sie standen vor einem kleineren Felsbrocken in Gruppen von zwei bis vier Personen. Immer ein Maori und ein oder zwei normal gekleidete Männer. Unter ihnen befand sich noch kein Ausländer. Jeder war anscheinend mit einem »Führer« gekommen. Die Neuseeländer schauten abfällig auf Otto. Er fragte sich, ob sie alle hier waren, um sich als Beisitzer vorzustellen. Warum sonst?

Otto fühlte sich dem Boden schon wieder näher, verspürte aber die Besonderheit des Ortes, an dem sie waren. Von einem Weg, der von dem Platz abging, kam von weiter vorn ein Neuseeländer mit gesenktem Haupt. Hinter ihm ein Führer, der ihn aus der Oase begleitete. Sie liefen ein paar Schritte in diese Richtung und blickten nach rechts auf eine Lichtung, an deren Ende sich ein Felsen auftürmte. Davor stand ein Haus aus Holz mit einem hohen Satteldach. Die rechte Giebelseite war unten zum Teil mit dem Felsen verbunden. Die linke Giebelseite war mehr zur Oase ausgerichtet. Links war eine freie Fläche, bis die Felsen wieder begannen. Man konnte den Himmel und den heiligen Vulkan sehen. Nach hinten stand das Haus frei. Dort waren keine Bäume mehr. Man musste nach hinten einen herrlichen Blick auf die Berge und den heiligen Vulkan haben. Anaru drängelte ein wenig, stieß gegen ihre Körper, sodass sie der Hütte schnell näherkamen. Es gab zwei Eingänge. Einen an der linken Seite und einen rechts zum Felsen gewandt. Der rechte war in einem zwei Meter hohen Vorbau, einer Art überdachter Veranda, von dem eine Tür ins Haus führte und eine andere schräg nach rechts in einen Höhleneingang. Das Dach vom Vorbau war sowohl mit dem Haus, als auch mit dem Felsen verbunden. Ein bis zwei Meter davor standen merkwürdige Gestalten. Männer fast nackt. Nein, sie waren nackt. Nur – sie waren von oben bis unten bemalt, sodass man es nicht gleich bemerkte. Die Bemalung bestand aus bunten Linien und vielen Bildern. Kulturelle heilige Zeichen, wie Anaru Jamie auf seine Frage hin erläuterte. Wir sollten aber still sein, sagte er nach zwei Sätzen, es sind die Ältesten der Stämme. Einer der Ältesten hatte einen riesigen Wildhund neben sich, der aussah wie ein irischer Wolfshund. Schwarz, auf dünnen, langen, übermäßig behaarten Beinen. Der Kopf reichte dem Stammesältesten fast bis zur Brust. Jamie bewegte sich weiter auf die Gruppe zu. Der Hund zeigte knurrend die Zähne. Das ging dreimal so. Dann blieb Jamie stehen. So sollte es wohl sein. Anaru gab Otto ein Zeichen weiterzugehen. Als er wegen des Hundes nicht reagierte, schob er ihn auf die Gruppe am rechten Eingang zu. Der Hund blieb still. Die Ältesten sahen ihn an und grinsten. Sie lächelten ihm zu. Otto verstrahlte seine Ruhe an diesem heiligen Ort mehr als sonst. Man spürte überall Reinheit, den großen Geist. Der Vorbau war etwa zwei Meter tief. Hinten öffnete sich die Tür zur Hütte. Im selben Moment verdunkelte sich der Himmel. Es war ein Wunder. Das Vogelgezwitscher hörte augenblicklich auf. Alles wurde still. In die Türe schob sich ein Mann, der ebenfalls nackt aber etwas größer war als die anderen und fülliger. Nein, nicht fülliger. Es stand noch jemand in der Tür. An ihn angelehnt wie ein Freund. Es war ein Wallaby. So ein großes Wallaby hatte nicht einmal Jamie jemals gesehen.

Otto kannte es aus Büchern. Es war eine Gattung der Kängurus. Kängurus selbst gab es in Neuseeland nicht. Wallabys waren nur sechzig bis einhundertzwanzig Zentimeter groß. Dieses hier maß mindestens einhundertfünfzig Zentimeter. Es hatte ein kürzeres Maul als seine Artgenossen und sah eher aus wie ein Affe. Es stand etwas gerader als man es aus Filmen und Büchern von Wallabys kennt. Der Mann hatte im Gesicht ähnliche Linien wie die anderen. Am Körper jedoch nur Kreise. Kleine und größere. Auch an den Beinen hatte er Kreise. Er schaute dem Wallaby tief in die Augen. Das Tier klatschte mit den Pfoten und hob und senkte anfallsartig den Kopf. Dann drehte er den Kopf zu Otto. Seine Augen blitzten so stark, als sei eine Taschenlampe angeschaltet worden. Er nickte Otto zu. Otto nickte ihm zu. Dann nickte der Mann den anderen Ältesten zu. Fast gleichzeitig drehte er sich wieder um. Er ging in die Hütte zurück. Einer der Stammesältesten ging zu der Gruppe der Wartenden, sagte leise etwas zu ihnen, worauf sich alle gleichzeitig auf den Weg machten und weggingen. Anaru ging zu Otto. Er sagte »Kua whaakaetia Koe.« Otto verstand die Sprache nicht, wusste aber, was gemeint war. Otto wurde eingeladen. Er freute sich. Die Freude strahlte auch auf den Gesichtern der Ältesten.

Otto und Anaru gesellten sich wieder zu Jamie. Jamie sagte zu Otto »Kua whaakaetia Koe heißt, du bist bestätigt.« Er sagte ihm auch, er habe ein paar Wortfetzen von den Ältesten aufgeschnappt, woraus zu entnehmen war, dass er es wäre, auf den sie gewartet hätten. Anaru drängte zum Aufbruch. Sie sollten jetzt gehen. Der lange beschwerliche Fußweg dauerte über zwei Stunden. Sie redeten während der gesamten Zeit kein Wort. Jamie und Otto waren noch von den Ereignissen befangen. Anaru redete ohnehin nur das Notwendigste und schwieg sonst. Vor Ottos geistigem Auge liefen mehrere Szenen des Geschehens nochmals ab. Es war eine echte Überraschung, nach der kargen Vegetation auf dem letzten Abschnitt plötzlich in einer saftigen Oase zu stehen. Sie war fast rund. Die Felsen rundherum ragten zwischen fünf und zehn Metern hoch. Sie waren bis auf die Öffnung nach hinten, wo das Haus stand, geschlossen. So viel

Grün konnte nur durch den Wasserlauf entstanden sein. Dort wo die Felsspalte, durch die sie gekommen waren, in die Oase einmündete, war links und rechts die Felswand begradigt. Auf jeder Seite war ein Kopf in den Fels gehauen. Sie sahen aus wie Köpfe von Katzen mit übergroßen Augen. Die Augen waren weiß ausgemalt. Auch auf dem Weg zum Versammlungsort waren in die Felswände große Figuren eingemeißelt. Sie sahen aus wie übergroße fette Babys. Etwa die Hälfte davon streckte die Zunge heraus. Die Augen der Figuren waren weit geöffnet, als wenn sie etwas sahen, was sie überrascht hätte. Außerdem hatte er Köpfe gesehen, die genauso bemalt waren wie die Linien in den Gesichtern der Ältesten. Köpfe mit weit offenen, großen Augen und Mündern. Schauten sie in eine andere Welt? Es war imponierend. Auch die Wohnungen in den Felsen waren beeindruckend. Leider konnten sie keine von innen ansehen. Was man von außen sah, ähnelte den Höhlenwohnungen, die Otto in Andalusien gesehen hatte. Dort gab es ähnliche Felsformationen, die vor abertausenden Jahren ausgehöhlt wurden. In die Felsen haben sich die Menschen, zum Schutz vor Wärme, Kälte und vor Fremden, Räume gekratzt, gehackt und geschliffen. So wurden die vorhandenen Möglichkeiten zum Wohnen genutzt. Auch heute noch sind davon über tausend bewohnt. Die Fläche der Kultstätte war verhältnismäßig groß. Schwer zu schätzen, aber bestimmt hundert Meter im Durchmesser. Otto nahm sich vor, den Ort im Computer noch einmal von oben zu betrachten.

Am Parkplatz offenbarte Anaru, das eigentliche Treffen würde an dem Ort stattfinden, wo sie gerade herkamen. Anaru las die Überraschung auf ihren Gesichtern. Damit hatten sie nicht gerechnet, eher mit einem noch geheimnisvolleren Ort. Vielleicht einer Höhle im Vulkan oder einem Plateau dort oben. Er durfte ihnen vorher nichts erzählen. Das sei nun mal geheim. Er beschwor sie, darüber niemals zu reden. Niemals. Sie wissen ja nun, wie sie hierherkommen. Er würde Otto am Donnerstag um vierzehn Uhr hier abholen. Nach der Erklärung verschwand er wortlos hinter der nächsten Biegung.

Die Rückfahrt mit Jamie und Otto verlief genauso schweigsam wie der Fußweg durch die Berge. Bei Otto liefen immer noch Filme vor dem geistigen Auge ab. Höhlenwohnungen hatte er schon gesehen. Die Figuren waren für ihn neu. Sie waren sehr einfach, dadurch aber besonders ausdrucksstark. Das Haus passte irgendwie nicht ins Bild. Es erinnerte ihn an eine Almhütte in Oberbayern oder Österreich. Die Giebelseiten waren über fünf Meter breit. Die linke war oben an den Schrägen mit schnörkeligen Brettern verziert, in die Ornamente geschnitzt waren. An den Ecken waren rechts und links ebenfalls verzierte Bretter angebracht. Das Gebäude war hellbraun bis leicht rötlich. An jeder Seite war ein Fenster. Sie waren unterschiedlich groß. Die Bretter, Fenster- und Türrahmen waren weinrot. Das Dach hatte links etwa eineinhalb Meter Überstand. In der Mitte war eine Art Stützpfeiler angesetzt, der vom Winkel Boden/Außenwand über den höchsten Punkt der Dachschräge hinaus etwa einen Meter in den Himmel ragte. Der Pfeiler war handbreit und war von oben bis unten mit Schnitzereien verziert. Am oberen Ende befand sich ein Kopf mit langen Haaren. Die seitlichen Bretter am Dach waren gerundet, wie Wellen auf dem Wasser. Von der Seite betrachtet, erinnerte der Pfeiler an den Klüverbaum, dem Rundholz am Vorderschiff eines Segelbootes. Vielleicht war es symbolisch gemeint, um sich die polynesische Herkunft vorzustellen. Die über tausende Kilometer weite Reise auf Booten bis nach Neuseeland. Rechnete man die Entfernung von Polynesien bis Neuseeland, mussten die Ureinwohner auf ihren Wakas hundert Tage oder mehr unterwegs gewesen sein, um an ihr Ziel zu gelangen.

Die nächsten drei Tage vergingen wie im Flug. Auspacken, einrichten, einkaufen gehen, Kühlschrank anstellen, surfen, wandern, plaudern, Bernie hat Jamie in der Sahara kennengelernt haha, auch in einer Oase, seitdem verstehen sie sich blendend, Otto du bist auch OK, der Wein schmeckt aber gut, ja ich bin auch Weintrinker, Weinsäufer, Weinkenner, oder so….., Motorboot mieten in Tookanu am Lake Taopu, Essen am Strand der Western Bay, nahe den berühmten Otupoto Falls, Einsamkeit im Te Hapua Reservat, Abendessen in einem fünf Sterne Restaurant an der Lake Rotoaira Road, gut schlafen, schwimmen, Sonne, nochmal Vino. Am Mittwochabend schaute Otto noch einmal ins Internet, um die Oase von oben via Satellit zu betrachten. Den Ort der Kultstätte hat er ohne Zweifel ermittelt. Er rief Jamie, um sicherzugehen. »Schau mal, ist es dort?« »Ja zweifellos.« »Aber über dem Areal selbst ist es weiß wie Schnee.« »Unmöglich. Dort lag kein Schnee. Wolken?« »Sieht nicht aus wie Wolken. Dort weiter hinten, das sind welche. Die sehen anders aus.« »Was ist es dann? Vielleicht doch Wolken?« »Zauberei oder ein Übertragungsfehler?« Sie wurden nicht schlau daraus. Egal welchen Browser sie benutzten. Es sah in allen ähnlich aus – ausgeblendet.

Donnerstag wird ein schöner Tag, sagte der Wetterbericht. Otto trug heute weiß. Blond. Helle Haut. Weiß. Transparent. Ein Geist. Nein, Otto stand mit beiden Beinen fest im Leben. Oder? Heute war er sich selbst nicht sicher. Sein Inneres strahlte. Man sah es in den Augen – auf der Oberfläche der Haut. Im Auto blieb es bis zum Parkplatz still. Der große Geist fuhr mit. Anaru wartete schon. Nachdem Anaru gesagt hatte, dass heute alle nur die Amtssprache Englisch benutzten, damit keiner der Anwesenden eine Übersetzung bräuchte und Otto zuzwinkerte, ging er los. Otto hatte Mühe Schritt zu halten. Er winkte Jamie zum Abschied zu und rief: »Bis heute Abend.«.

Anaru sprach englisch. »Hätte er das nicht schon vorher können?«, fragte sich Otto. Beim Überqueren der Straße erzählte er Otto: »Heute sind nur vier der Stammesältesten am heiligen Ort. Und vier Söhne des Volkes, als Spiegelbilder der Überlieferungen. Auch Tiere dürfen anwesend sein – und Otto. Anaru wird gehen. Warum Otto dort sei? Das ist neu und nicht jedem klar geworden. Aber es müsse so sein, sagten die Träume des Oberhauptes. Vielleicht wird er etwas mitnehmen. Etwas in die Welt tragen, um zu teilen. Otto dachte: »ein Päckchen.« Dann redete niemand mehr. Sie gingen Schritt für Schritt im gleichen Tempo. Erst an Berghängen vorbei, die mit Rasen und Moos bedeckt waren, dann ging es wieder in die schmalen Schluchten. Eigentlich waren es keine Schluchten. Eher Gänge. Sie wurden immer schmaler. Schon durch die Monotonie der Schritte geriet man in einen einförmigen, ruhigen Zustand. Tunneltrance, dachte Otto. Am letzten Felsengang wurde es grün. Zwei Figuren an jeder Seite. Die Augen starrten in eine andere Dimension. Der gleiche Weg wie am Montag, nur ruhiger. Kein Mensch war zu sehen. Keine Vogelstimmen oder sonstige Geräusche. Einfach nur Stille. Merkwürdig, Otto hörte nicht einmal mehr seine eigenen Schritte. Er lauschte genauer, hörte aber nichts. Vorn tauchte die Hütte auf. Die Oase lag schweigend am Fuße des Vulkans. Anaru zeigte zum Eingang an der rechten Seite, dann drehte er sich um und verschwand lautlos. Die Tür war angelehnt. Otto ging hinein. Lautlos in einen hellgrauen, fast weißen Raum. Ohne andere Farben. Ohne Bilder, ohne Ornamente. Im Raum saßen regungslos an einem langen Tisch aus hellem Holz auf ebenso hellen Hockern die vier Stammesältesten. Die gleichen wie vor drei Tagen. Die gleiche Bemalung. Alles identisch. Als wären sie gar nicht weg gewesen. Rechts vom Tisch auf zwei Bänken saßen noch vier Maoris. Sie sahen aus wie die anderen. Wie Zwillingsbrüder. Der Trancezustand bei Otto verstärkte sich. Er konnte sich nicht erklären, warum er nichts mehr hörte. Otto legte die Handflächen an die Schläfen und rieb sich irritiert die Ohren. Seitlich links über die Tischkante schob sich der Kopf des großen, schwarzen Hundes. Er hatte unter dem Tisch gelegen. Er überragte die Tischkante um fast dreißig Zentimeter. Er schnaufte. Mit dem Schnaufen war die gesamte Geräuschkulisse wieder da. So, als wenn man den Deckel einer Dose öffnet. Mit einem Mal war alles voller Leben. Hello, all OK, all good? Oooh yes. Ja.

You look so surprised. Do not worry about it. Du schaust so erstaunt. Mach Dir nichts daraus. That was a magic. Das war ein Zauber. It should raise your attention. Es soll deine Aufmerksamkeit erhöhen. Der Hund setzte sich wieder unter den Tisch. Der Deckel war wieder zu. Totenstille. Dann brachen alle hörbar in Gelächter aus. Haha, haha. Donnerndes Gelächter. Sie schlugen sich auf die Schenkel, dass es klatschte und wieherten vor Freude. Ein Inferno. Otto ließ sich anstecken und lachte nun ebenfalls. Der Hund stand wieder auf. Alle schauten zu Otto oooh und lachten weiter. Nach einer Weile öffnete der Hund das Maul und stieß einen schrillen Laut aus. Jetzt wurden alle wieder ruhig. Otto schaute sich um. Im Raum waren keine weiteren Menschen oder Tiere. Wie er es erwartet hatte, bot das vierte Fenster nach hinten einen herrlichen Blick auf den heiligen Vulkan. Es war etwas größer als die anderen. Es strahlte vom Himmel hellblau in den Raum. Es stand nur ein freier Stuhl zur Verfügung, der etwas abseits links vom Tisch nahe dem großen Fenster stand. Otto ging hin und setzte sich auf den Stuhl. Der Hund nickte ihm zu. Gut so.

Der Hund lief um den Tisch herum und schaute einem der vier Ältesten in die Augen. Die vier waren Tohungas der Spiritualität, der diesseitigen und der jenseitigen Welt. Er wippte mit dem Kopf zum hinteren kleinen Fenster nach rechts. Der Maori, den er angesehen hatte, stand auf und ging zu dem Fenster. Es war das Kleinste und ließ weniger Licht herein, weil es am meisten vom Berg beschattet wurde. Anaru hat Jamie und Otto beim ersten Treffen erklärt, was ein Tohunga ist. Die verständlichste Übersetzung wäre Sachverständiger. Egal wofür auch immer. Ein Mensch, der auf seinem Gebiet so perfekt ist wie nur irgendwie möglich. Eigentlich gibt es bei den Maori keine Religion. Bei ihnen leben die Geister und Ahnen in der diesseitigen und der jenseitigen Welt. Die Ahnen verständigen sich mit den Tohungas und auch anderen Maori, die »zuhören können«, über die Träume oder »im Traumland«. Die Ahnen haben beseelende Kraft auf Lebewesen, führen oftmals sogar schicksalhafte Entwicklungen im Leben der Einzelnen herbei und wirken zum Guten eines Jeden. Die vier Maoris, die den Tohungas bis aufs Kleinste ähnelten, waren ein Symbol für die Existenz der anderen Seite – auch für das geistige Vermögen, mit der die Tohungas in die jenseitige Welt blicken können. Es gibt noch einen fünften, von dem keiner weiß, ob er aus der diesseitigen oder der jenseitigen Welt stammt oder aus beiden. Ein lebendes Symbol für den ursprünglichen Glauben der Maori, die besagt, es gäbe keine Trennung zwischen den Welten.

Der Tohunga, der aufgestanden war, berührte das kleine Fenster. Er sagte: »Seht die Verbundenheit unseres Daseins mit der Erde. So, wie dieser Raum mit dem Berg verbunden ist, sind unsere Seelen mit dem Körper verbunden. Unsere Körper haben auch einen Raum, nein, mehrere Räume, durch die wir uns innen bewegen können. Dort treffen wir auf die anderen Welten. Aber der Körper ist auch mit der Erde verbunden. Unsere Ahnen haben uns hierher geführt, in dieses Land, mit dem wir seitdem verbunden sind. So, wie wir unseren Körper beschützen, richtig pflegen und gut behandeln müssen, sollen wir auch das Land, in dem wir leben und dem wir uns zugehörig fühlen, gut behandeln, richtig pflegen und beschützen. Niemand kann uns den Körper ersetzen und niemand kann uns das Land ersetzen. Dieses Fenster ist klein und spendet uns nicht so viel Licht und Sonne, wie wir es uns wünschen. Wir brauchen es aber trotzdem, weil es uns den Weg zum Berg zeigt, unserer Heimat, einem Zuhause. Einer Wohnung, einem Dach über dem Kopf. Wir schützen den Körper und wir schützen das Land. Wir schützen den Körper des Nachbarn und sein Land. Wir leben in Frieden und Verbundenheit mit allen Lebewesen und den Pflanzen. Das allein ist die rechte Art, damit umzugehen. Das sagt uns unser Herz und das sagen uns die Ahnen, mit denen wir verbunden sind.

Die Verbundenheit mit der Mutter Erde ist wichtig, weil sie uns Essen und Trinken gibt. Die heilenden Kräfte der Pflanzen helfen uns in Krankheit und in Not. Die Erde selbst verbreitet heilende Strahlen. In den Städten leben die Menschen in Behausungen, die sie von der heilenden Erdstrahlung trennt. Sie vergessen ihre Verbundenheit mit den Geistwesen, den Ahnen und den beseelenden Kräften um sie herum. Sie haben ihr inneres Eiland verlassen und damit ihre innere Sicherheit. Sie werden krank, machen aber weiter – ohne innezuhalten und sich auf ihr eigentliches Sein zu besinnen. Sie hetzen durch das Leben, in den Köpfen nur den nächsten Tag, das nächste Hemd, das nächste Auto, so lange bis sie alles verloren haben. So lange bis sie sich selbst verloren haben. Lasst uns auf die Kraft der Erde besinnen, auf die Bedeutung unseres Körpers und darauf ‚dass er auch Träger unseres Verständnisses für die guten Dinge allen Lebens ist. In ihm können wir die Hilfe der Ahnen annehmen und das Licht alleinen Seins aufnehmen. Besinnen wir uns auf alle guten Dinge, die für uns offenstehen und wir für sie.« Der Tohunga fasste zum Griff des Fensters, drehte ihn langsam zur Seite und öffnete es zur Hälfte. Der große schwarze Hund stand auf und begann zu brummen. Die Anwesenden fielen einer nach dem anderen in dieses Brummen ein. Es wurde zum Gleichklang vieler Stimmen. Otto durchlief ein Schauer. Alle schlossen die Augen. Es herrschte Gleichklang. Otto stimmte mit ein. Es gehört alles zum gleichen Leben. Der Oberton flutete drei Minuten bis in alle Winkel der Anwesenden. Dann wurde er leiser und übergangslos stand der Hund vor dem nächsten Tohunga, schaute ihm in die Augen und wendete den Kopf zum Fenster, das nach vorn zur Oase gewandt war.

Der Tohunga stand auf, ging zu dem Fenster und schaute hinaus. Er sprach: »Gehört haben wir von der Erdverbundenheit. Wir bauen unser Haus auf der Erde. Wir erlangen Stabilität und Sicherheit. Schauen wir dennoch durch die Öffnung dieses Hauses hier hinaus in die unendliche Weite. Schauen wir über den Horizont hinaus.« Etwa eine halbe Minute war Ruhe. »Spürt Ihr die Freiheit? Damit sich Körper und Geist vollständig entwickeln können, brauchen wir Freiheit. Die Erde gibt uns diese Freiheit. Wir können uns nach Norden wenden, nach Süden, nach Osten und nach Westen. Es gibt Sturm und Regen, Wind und Stille, Tag und Nacht. Aber es gibt keine Mauern. Keine Beschränkungen. Die Beschränkungen kommen erst, wenn wir uns selbst welche auferlegen oder die Beschränkungen von anderen annehmen. Wir sind hierhergekommen, als die Welt frei war. Wir konnten dem Land Frieden bringen. Der ursprüngliche Name dieser Inseln ist »das Land der weißen Wolke.« Alle hier waren frei wie der Wind und die Wolken. Dann kamen die Menschen aus anderen Ländern, von sehr weit über das Meer hierher. Weil unsere Vorfahren sahen, dass sie nur ihre eigene Lebensweise mitbringen wollten, die dem Land nicht guttut, haben sie die Fremden immer wieder zurückgeschickt. Vor etwa fünf Generationen wurden sie dann zu zahlreich. Ein friedliches Zusammenleben schien vernünftiger zu sein, als ein endloser Krieg. Trotzdem unser Volk den Ankömmlingen fast alles ermöglichte, wurden sie immer haltloser in ihren Forderungen. Die Plage Zivilisation fraß sich unaufhaltsam ins Land wie ein nimmersattes Ungeheuer. Ohne Rücksicht auf andere Menschen, Tiere oder Pflanzen. Ohne Rücksicht und Verständnis für das alte Wissen oder den Glauben. Leider haben viele Völker keine Toleranz gegenüber einer anderen Lebensweise, keinen Raum, um andere Strömungen zu erfassen. Weder im Verstand, noch im Gemüt oder im Geiste. Ihr Verstand ist zugeschüttet mit Inhalten, die nur den eigenen Kulturkreis betreffen, mit Glaubenssätzen und Verhaltensnormen, in denen sie sich bisher bewegten. Besonders in den sogenannten zivilisierten Ländern werden die Menschen von Kindesbeinen an mit Schachbrettwissen und Verhaltensvorgaben gefüttert, in vorgegebene Gefüge gepresst, bis sie sich wie dressierte Mäuse nur nach links oder nach rechts bewegen können, je nachdem, wozu sie angehalten werden. Kein Gefängnis ist haltbarer als das selbst erbaute. Damit sehen wir ein Beispiel dafür, wie man ein so hohes Gut wie seine Freiheit verliert, sie einfach am Wegesrand zurücklässt.

Die Freiheit dieser Menschen ist zerstört. Die Vorgaben bestimmen, mit welchen Inhalten ihr Geist gefüttert wird, das heißt, in welcher Form sie denken sollen. Keiner fragt mehr nach der persönlichen Bestimmung eines Einzelnen in dieser Welt, nein, sie prägen eine nach Art und Anzahl für ihre Zwecke benötigte Gruppe Menschen wie Münzen. Eine halbe Million zehn Cent Stücke und zehn Millionen ein Dollar Münzen. Nachdem sie geprägt sind, können sie sich auch nur in ihrem Wechselgefüge bewegen. Lehre, Beruf, Einsatz der Person, Höhe seines Wertes. Woran sie glauben dürfen und was nicht. Alles ist vorgegeben. Denken wir an die Missionare und ihre Bestrebungen. Viele Menschen unseres Volkes haben es überstanden, ihre Unabhängigkeit im Geiste bewahrt. Viele aber auch nicht. Vielleicht ist es sogar die Mehrzahl, die in Labyrinthen lebt.

Besinnen wir uns auch auf die wirklich notwendigen Dinge, die jeder Einzelne für seine Existenz braucht. Das einfachste Beispiel ist ein kleines Kind. Es braucht die Milch der Mutter. Darin sind Essen und Trinken. Die Mutter gibt ihm auch etwas zum Anziehen und ein Bett. Ein Dach über dem Kopf. Wenn es älter wird, vielleicht Schuhe. Viel mehr braucht es nicht. Kein Mensch oder Tier stirbt, weil es kein Telefon hat. Kein Mensch oder Tier stirbt, weil es kein Auto hat. Kein Mensch oder Tier stirbt, weil es sich die Haare nicht rot färben kann. Im Gegenteil. Die meisten Menschen haben alles, was sie brauchen. Wasser braucht sich niemand aus dem Bach zu holen. Jeder bekommt es geliefert. Zum Aufwärmen gibt es die Heizung. Keiner braucht Feuerholz zu sammeln. Und so geht es weiter in allen Bereichen. Aber den meisten ist es nicht genug. Sie wollen immer mehr. Einen riesigen Kleiderschrank voll Sachen. Für jedes Familienmitglied ein Auto. Bei den meisten sind die Behausungen voll bis unter die Decke, Musikanlage, Fernseher, teure Möbel, mit allen Annehmlichkeiten die man sich nur vorstellen kann. Selbst die Kinder haben ein oder zwei Handys, einen Computer, einen eigenen Fernseher und vieles mehr. Aber – es ist nie genug. Es muss immer mehr sein. Auch das spielt beim Aufgeben der Freiheit eine Rolle. Mit sechs Jahren ist das freie Leben – UND das freie Denken, die Freiheit des Geistes vorbei. In die Einbahnstraße bis zum Tod. Alle sind eingebunden und können sich nicht mehr frei in den Straßen ihres Geistes bewegen. Aber: Leben was ist das? UND – Freiheit was bedeutet sie dabei?

Lasst uns mit allen anderen leben, aber lasst uns dabei frei sein. Die Freiheit für eigene Entscheidungen. Freiheit in den Gefühlen. Freiheit im Geiste. Das alles ist für die eigene Entwicklung, für ein Leben in Liebe, Glück und Offenheit von entscheidender Bedeutung. Dann erst kann man ein rundum ausgewogenes, wirklich reiches Leben führen.

Ein jeder von uns muss alle Eindrücke zulassen, um Zugang zu sich selbst zu gewinnen. Auch der Umgang mit den inneren Impressionen und Empfindungen will gelernt sein. Jeder, der versäumt hat, ausreichend hinzuhören und deshalb Fehler macht, kennt es, wenn man dann denkt: hätte ich doch bloß auf mich – auf meine innere Stimme gehört. Ähnlich ist es, wenn man nach jahre- oder jahrzehntelanger Fahrt durch das Leben plötzlich Zweifel daran hat, wo entlang es zukünftig geht. Was man tut oder auch sein lässt. Wohin die Reise weiter führt. Warum wir dieses und jenes tun und nicht etwas anderes. Der Mensch fragt sich im Leben öfter: Was soll er tun? Die richtige Antwort erfahren wir immer innen – wenn wir zuhören können. Der Wind der großen Kraft weht vernehmbar. Viele verstehen diese Sprache aber nicht mehr. Sie wollen auch nicht zuhören. Sie verpassen dann das Beste. Sie schauen in den Computer oder in ein Buch, anstatt auf sich selbst zu hören. Schlimmstenfalls stürzen sie dann in einen Strudel, aus dem sie nie wieder herausfinden. Äußere und innere Bilder zu deuten, die innere Sprache verstehen, heißt, sich dafür Zeit zu nehmen, Zeit in der Stille. Denn die Stimme spricht leise. So wie wir uns niederlassen auf einer Lichtung, so lassen wir uns nieder auf der Lichtung in uns. Lassen wir die Freiheit und den großen Geist herein.« Der Tohunga dreht den Griff am Fenster herunter und öffnete das Fenster zur Hälfte.

Der Hund mit dem schwarzen Fell stand gleichzeitig auf. Er erschien noch größer als vorher. Seine Augen schauten zum Fenster. Sie waren weit geöffnet. Durch seine Kehle drang ein Laut des Erstaunens, in den alle Tohungas augenblicklich mit einstimmten. Eine Welle der Erkenntnis durchströmte für etwa drei Minuten alle Anwesenden. Die Mauern der Beschränkung stürzten ein. Dann wurde der Ton leiser und übergangslos stand der Hund vor dem nächsten Tohunga, schaute ihm in die Augen und wendete den Kopf zum Fenster an der linken Giebelseite.

Der Tohunga stand auf, ging mit leicht vorgestreckten Armen zu dem Fenster und atmete hörbar aus. Er sagte: »Atmen wir aus, müssen wir auch wieder einatmen. Geben wir etwas in diese Welt, wird auch wieder etwas zurückkommen. Wir können nicht nur ständig ausatmen, ausatmen und wieder ausatmen. Dann wären wir leer, würden ohnmächtig werden und irgendwann tot umfallen. Dieses Fenster ist sehr groß. Es kommt viel Licht und auch Sonne herein. Es ist angenehm, wenn Sonne ins Haus scheint, Licht hereinkommt. Man sieht genug, kann um sich herum alles erkennen. Der Mensch soll auch weit offen stehen, um Licht und Lebendigkeit in sein Inneres zu lassen. Lebendigkeit entsteht durch den Austausch mit anderen Menschen, oft auch im Austausch mit anderen Lebewesen. Beim Kontakt mit anderen Menschen findet ein Energieaustausch statt. In unseren alten Dörfern war der Energieaustausch wie von selbst vorhanden. Das Dorf lebte durch jeden Einzelnen und jeder Einzelne lebte durch das Dorf. An so einem Ort kennt einer den anderen. Vom jüngsten Kind bis zum ältesten Bewohner hatte jeder eine Aufgabe. Seine Aufgabe. Die alten Orte waren wie ein Organismus, der durch sein Zusammenwirken lebt und funktioniert. Ein ausgewogenes Gefüge. Die Zuwendung und Liebe für andere liegt dabei schon in den täglichen Abläufen. In den letzten zehn Jahren sind glücklicherweise wieder solche Orte entstanden. Durch das Zusammenwirken fließt die Hinwendung von einem zum anderen. Man könnte sagen, Liebe zum Nächsten fließt ständig ein und aus. Sie bleibt so lebendig. Durch den Austausch kommt Leben, Energie und Licht in das Dasein der anderen und in das eigene Sein.

Hätten wir so etwas nicht, würde an der Stelle nicht Dunkelheit herrschen? Wäre es nicht fast so, als würden wir aufhören zu atmen?« Mit einem Mal herrschte wieder Totenstille. Kein Geräusch von draußen, kein Geräusch im Haus. Eine halbe Minute verging. Der Tohunga schwieg. Noch eine Minute verging. Kein einziges Geräusch. Würden wir bis in alle Ewigkeit in diesem Bann verharren? Die Augen der vier Maoris auf der Bank der Spiegelbilder wurden größer und größer. Sie atmeten nicht mehr. Die Atmosphäre war zum Zerreißen gespannt. Dann atmete der Tohunga hörbar ein. Die Erleichterung war groß. Mit dem Einatmen spürte jeder LEBEN in sich einfließen. Leben - und dann Licht. Dann sprach er weiter. »Viele Bewohner der Inseln, auch Stammesangehörige, wohnen heute in Städten in Häusern. Dort leben Tausende in einer Straße, aber die meisten sind trotzdem allein. Sie sind tagsüber unterwegs. Laufen in der Arbeitswelt aneinander vorbei. Nur wenige sind bereit zum Austausch. Vieles läuft zwischen den Menschen mechanisch ab. Man sieht den anderen als Ware oder nimmt nur die Dienstleistung von ihm. Abends machen sie hinter sich die Türen zu, tauschen sich selten aus, schalten Apparate zur Unterhaltung ein, um die Zeit totzuschlagen. Das Leben hat geschlossen. Es ist wie mit dem Fenster hier. Wenn es offen ist, dringt Licht herein. So dringt auch Licht in unser Dasein, wenn wir offen für andere sind. Aber viele rennen einfach durch das Leben, verschließen sich gegenüber neuen Eindrücken, verschließen sich gegenüber anderen. Diese Tendenz wird noch verstärkt durch die steigende Intoleranz. Kaum jemand gibt sich noch Mühe oder hat Zeit, andere Bevölkerungsgruppen zu verstehen. Die Menschen, die anders denken, die eine andere Kultur oder Hautfarbe haben, werden einfach ausgesperrt. Mit der, dem oder denen will ich nichts zu tun haben, heißt es einfach. Man kann selbst nichts mehr geben, sich hinwenden und auch nichts mehr annehmen. An dieser Stelle ist derjenige tot. Er oder sie nimmt sich selbst etwas weg. Die Fähigkeit vollständig zu sein. Wenn sich jemand dem anderen verschließt, mit geschlossenen Fenstern an allen vorbeiläuft, ist innerlich bald nicht mehr viel Leben da. Öffnet er ein Fenster, wendet sich einem anderen zu, so dringt Leben zu ihm. Läuft an dem Fenster noch jemand vorbei, umso mehr Leben dringt mit dem Austausch zu ihm. Ähnlich ist es mit Tieren, anderen Lebewesen. Je offener wir für alle sind, umso lebendiger bleibt unsere Welt. Im Kleinen wie im Großen.

Lassen wir die Fenster ruhig offenstehen. Lassen wir das Licht und die Sonne herein. Leben wir mit der Liebe und Hilfe für andere. Als wir hundert Tage über das Meer hierher in unser Traumland fuhren, haben uns oftmals die Bewohner anderer Inseln geholfen. Sie nahmen uns in Frieden an, gaben uns zu essen und zu trinken. Manchmal durften wir auf ihre Inseln kommen und Feste mitfeiern. Etwas dazulernen, Zuwendung, Liebe und Hoffnung erfahren. Erst dadurch konnten wir ohne Probleme in unsere Heimat gelangen. Ist es die viel besungene Straße im

Traumland, die uns alle weiterbringt? Zuwendung ist für jeden eine Bereicherung. Erhellen wir mit der Liebe alle Winkel des Lebens.« Es entstand eine kurze Pause. Für Otto die nächste Bewusstseinspause. Es war, als wenn man Stufe für Stufe eine Treppe hinaufstieg. Der Raum atmete. Das Leben atmete. Das Innere pulsierte.

Der Tohunga sagte nach fast drei Minuten der Besinnung: »Gehen wir noch einen Schritt weiter. Öffnen wir die Fenster in uns und lassen das Wissen der Ahnen zu uns. Erhellen wir allumfassende Dimensionen. Dieser Teil unseres Daseins soll nicht vergessen werden. Beleuchten wir ihn, werden wir auch auf andere Wege der Erkenntnis geführt. Folgen wir diesen Wegen dorthin, wo sonst wenig Licht hinkommt. Öffnen wir das Fenster zum Land des Inneren, zum Rat der Eingebung und der Sprache des großen Geistes. Es ist ein reiches Land. Lassen wir uns beschenken. Seien wir offen für den großen Geist. Lassen wir die all-eine Liebe herein.« Der Tohunga hob seinen Arm, drehte am Griff des dritten Fensters und öffnete es zur Hälfte. Der Hund stand mit weit geöffneten Augen an der Tischkante. Sie strahlten so hell wie das Fenster, durch das die Sonne hereinbrach. Alle stimmten gleichzeitig einen auf und abschwellenden Ton an. Oohhmmoohhuu, Oohhmmoohhuu, Oohhmmoohhuu.

Otto geriet noch tiefer in eine Art Trance. Alle waren im Gleichklang. Es fühlte sich an, als wenn jeder Einzelne eine Welle im großen Ozean wäre. Otto konnte die Verbundenheit mit den anderen deutlich spüren. Man sah ihm an, er stand an der Schwelle des großen unbegrenzten Seins. Otto öffnete weit seine Augen, in diesem Augenblick herrschte absolute Stille. Der Hund ging zu ihm und schaute ihm in die Augen. Das Licht beider Augenpaare verband sich und wurde heller.

Der Hund wendete diesmal nur seinen Kopf und richtete den Blick auf den vierten Tohunga. Das Gesicht des Tohungas erstrahlte, als wenn es angeleuchtet würde. Der Tohunga stand auf und ging zum großen Fenster mit dem Panoramablick auf den heiligen Berg.

Er begann zu sprechen: »Wir stehen hier und schauen auf den heiligen Berg. Er ist weithin für alle sichtbar. Er ist groß, stark und stabil. In ihm pulsiert eine große Kraft. Er war immer da, soweit wir zurückdenken können oder es aus Überlieferungen kennen. Wir können uns an seinem Fuße niederlassen, seine Kraft wirkt auf uns. Wir können uns an seinem Fuße niederlassen und uns beraten. Er ist unvergleichbar in seiner Größe, Stärke und Stabilität. Er ist voller Leben. Er erinnert uns an die alles umfassende Kraft. Es hieß, man soll offen sein für alles Leben. Die Ahnen sagen, es gibt auch ein unendliches Leben. Eines, wo sich die Grenzen zwischen den Welten auflösen. Es hieß, wenn wir aufhören, uns anderem Leben zu öffnen, dann versiegt an dieser Stelle der Austausch mit dem Leben. Wir geben ein Stück Lebendigkeit auf. Aber wo und wann öffnen wir uns dem ewigen Leben? Und wo finden wir es? Es heißt in den Überlieferungen, wir finden es zum einen durch die Liebe zu unseren Mitmenschen und allen anderen Lebewesen. Liebe ist der Schlüssel, der die Tore öffnet. Liebe verbindet uns mit der großen all- einen Kraft. Die Ahnen sagen, aus dieser Kraft strömt Güte und eine großartige Liebe, die so umfassend ist, dass sie alle mit einschließt. Außerdem strömt aus der all- einen Kraft Licht. Ein Licht, das all unsere Probleme verschwinden lassen kann. Wen es berührt, der kann erleuchtet werden und durch alle Welten wandern.«

Offenheit. Wir sollen auch offen bleiben für das innere Sein. Wir existieren nicht nur durch den Körper. Wir können uns auch auf den Pfaden der Ahnen bewegen, im Traumland, auf den Straßen anderer Welten. Wir sollen offen sein für die Sprache dieser Welten. Es gibt eine Sprache, hier in unserem täglichen Leben und eine Sprache mit der wir mehr verstehen als nur die Sicht an der Oberfläche. Diese Sprache hören wir innen, im Land des Geistes. Öffnen wir das Fenster zu diesem Land, denn darin spricht der große heilige Berg zu uns. Zu jedem, der offen dafür ist und zuhören will. Es ist die Sprache der Empfindung. Der erste Schritt dorthin ist Offenheit und die Liebe dafür. Die Liebe zu allem Leben. So verschließen wir uns auch nicht für die Quelle des ewigen Lebens. Die Quelle aus der die unvorstellbare

Liebe, die Güte und das große Licht fließt, das uns alle vereint. Wie nah können wir dieser großartigen Kraft auch im Hier und Jetzt sein, wenn wir die ganze Welt mit der Liebe unseres Herzens umspannen, wenn wir alle Lebewesen, ja alles Leben mit einschließen, wenn wir Wohlwollen und Entgegenkommen verströmen und hoffnungsvoll sind. Wenn wir das alles in uns geboren haben, dann sind wir soweit – das Tor zum großen Licht zu öffnen. Zu dem Licht, das uns erleuchtet und sicher durch alle Welten führt. Und ich frage euch, sind wir dann nicht schon längst durch dieses Tor gegangen? Sind wir dann nicht schon aus der Dunkelheit unseres Zimmers getreten und können das Strahlen in uns spüren? Das große Licht, die all- eine Liebe, die Hoffnung und Zuversicht gibt.«

Der Hund sprang auf und rannte um den Tisch. Nun sprangen auch die Ältesten auf und klatschten in die Hände. Otto sprang auf. Alle durchflutete begeisterte Zuversicht. Die vier Spiegelbilder der Ältesten sprangen auf und streckten ihre Hände in Richtung des Tisches. Die Ältesten berührten ihre Hände. Sie hoben und senkten langsam ihre ineinandergreifenden Hände und summten eine freundliche Melodie. Heiterkeit durchströmte alle bis in den letzten Winkel jeglicher Empfindung. Welch ein Glück, spürten alle. Der Hund rannte schneller und schneller, bis er auf dem Boden davonglitt und mit einem freudigen Gejaule bis zur hinteren Türe rutschte, die mit dem Berg verbunden war. Er stieß mit dem Kopf dagegen. Otto schaute zum Tisch. Alle saßen wieder ruhig auf ihrem Platz. Sie schauten zur Tür.

Langsam, ohne Geräusch ging die Tür an der Seite auf, die mit dem Berg verbunden war. Der unbekleidete Maori vom ersten Treffen betrat den Raum. Mit ihm das Wallaby. Kurz verstummten alle Geräusche. Otto konnte durch die Tür in den dahinter liegenden Gang, der in den Berg führte blicken. Der Gang wurde nach einem Meter höher und breiter. Dahinter war eine Art Halle. Eine große, hohe Halle, mit rötlichbrauner Decke. In der Mitte standen Stühle. Dann ging die Tür wieder zu. Voller Ehrfurcht schauten ihn die Tohungas an. Sie neigten leicht die Köpfe. Das

Wallaby prustete. Die Geräusche waren wieder da. Der Hund stubste das Wallaby mit dem Maul an und grinste. Das Wallaby grinste zurück. Der Maori war nackt und hatte dunklere Haut als die Tohungas. Es sah aus, als stehe er im Schatten. Er hatte schulterlange Haare und war etwa einen Meter fünfundsiebzig groß. Die Gesichtszüge waren ausgewogen, eher europäisch als polynesisch oder neuseeländisch. Auf der Oberfläche der dunklen Augen lag ein starker Glanz. Wie auf einer Wasseroberfläche, auf der sich die Sonne spiegelt. Die Bemalung des Körpers sah genauso aus wie beim ersten Treffen. Sie bestand nur aus Kreisen. Große und kleine, von denen einige ineinander reichten. Die meisten Farben waren blau, grünlich, grau, am Kopf weiß oder unter der Taille weiß und rot. Das Wallaby war heute auch bemalt. Von der Brust verliefen mehrere geschwungene Linien nach hinten und bündelten sich kreisförmig um den Schwanz. Der Mann war der Älteste vom Tuwharetoa Stamm. Für die Tuwharetoas ist die Region um den Tongariro ihr angestammtes Land. Sie erheben heute noch Anspruch auf das Land um den Vulkan, als heiliges Land und Quelle ihrer Macht. Hier ruhen ihre Vorfahren, die Ahnen. Sie waren vor allen anderen Menschen als erste hier. Sie sagen, das legitimiert ihren Anspruch auf dieses Land. Er soll der letzte Weise vom Stamm der Tuwharetoa sein. Die Tohungas sehen in ihm den Mittler zwischen den Welten. Zu welcher er gehört, ist nicht sicher. Er kann von einem Augenblick auf den anderen verschwinden. Seine Worte wiegen so schwer wie die Steine des heiligen Berges. Einmal gehört, bleiben sie im Geiste liegen, für das ganze Leben.

Das Wallaby stimmte einen Singsang an. Ein Summen – lauter und wieder leiser. Nach etwa einer Minute stimmte der Weise mit einem Sprechgesang in diesen Ton ein. Das Wallaby verstummte. Der Weise redete die ganze Zeit nur in diesem auf und abschwellenden Ton. »Der Körper trägt uns durch das Land der Erde. Mit ihm treten wir in Kontakt mit anderen Menschen, ergänzen uns auf der Mutter Erde und helfen uns gegenseitig auf dem Schiff des Lebens bis ans andere Ufer. Nach dem Bild des großen Geistes hat jeder hier eine bestimmte Aufgabe. Keiner ist wie der andere geschaffen. Daraus ergibt sich im Umgang und der Mithilfe zwischen den einzelnen – wenn wir uns darauf besinnen – ein ideales Zusammenleben. Sehen wir es als Bootsbauer. Jeder Mensch ist ein Werkzeug. Es gibt Schraubenschlüssel, Hammer, Hobel, Schraubenzieher, Schleifpapier, Sägen, Stechwerkzeuge und vieles mehr. Versucht der Bootsbauer mit ein, zwei Werkzeugen ein Boot zu bauen, wird er lange brauchen, wenn er es überhaupt schafft, aus den Baumstämmen Bretter zu zimmern, sie in die richtige Form zu bringen, zu verbinden und zu isolieren. Hat er aber alle Werkzeuge, die er braucht und benutzt sie richtig, dann wird er in kürzester Zeit ein seetaugliches Boot zusammenbauen. Wenn wir harmonisch zusammenwirken, dann wird jedem für sich – wie uns allen zusammen – das Leben in dem Boot des Lebens leichter«. Er ging zum ersten halb aufgesperrten Fenster, öffnete es ganz und sang: »harmoni i taiao.« Otto kannte nur das letzte Wort. Es bedeutete Universum. Draußen wurde es für einen Moment heller.

Er ging in Richtung des zweiten Fensters und erzählte im gleichbleibenden lauter und leiser werdenden Singsang weiter: »Lassen wir die Fenster ruhig offenstehen. Lassen wir das Licht und die Sonne herein. Leben wir mit der Liebe und Hilfe für andere. Segnet alle Lebewesen in diesem Land. Versucht allen zu helfen, sie zu respektieren, zu verstehen und mit ihnen gemeinsam in Harmonie auf diesem Planeten zu Leben. Wenn wir wissen, wie leicht es ist, mit dem Segen aller, jede Hürde zu überwinden, sind wir tolerant gegenüber allem Leben. Toleranz und Offenheit, der Kontakt zu anderen gibt uns allen großen Reichtum. Die Fenster für unsere Mitmenschen und andere Lebewesen sollen offenstehen.

Wir können die Weltmeere überqueren und auch die Meere in andere Welten. Auf der Oberfläche des Daseins sprechen wir mit der Zunge. Betreten wir die Innenwelt, sprechen wir mit der geistigen Zunge. Sie besteht aus Gefühlen, Bildern und dem ganzheitlichen Erfassen, der Eingebung. Wollt ihr wissen, wohin die Reise weiter geht, wie ihr mit einer Krankheit umgehen sollt, ob der richtige Lebenspartner vor euch steht, fragt die

Eingebung. Ja – sprecht mit ihr wie mit einer Person. Sagt ihr: Ich weiß, dass du die richtige Antwort kennst. Meine Empfindungen hören dir zu. Lasst euch nicht die Erkenntnis versperren vom Verstand. Nicht in allen Situationen des Lebens kann uns Logik weiterbringen. Dazu gehört noch etwas anderes. Und« – er summte für eine Weile nur noch und schaute allen nacheinander in die Augen – »und nehmen wir uns Zeit in Ruhe hinzuhören. In der Hektik der Welt hören wir nicht die innere Stimme, sehen wir keine Bilder, die uns der große Geist schickt. Lassen wir in Ruhe und innerer Freiheit das Licht der Erkenntnis herein. Es ist ganz einfach.« Er öffnete das zweite Fenster, bis es an der Wand lehnte. Dabei atmete er tief ein. Erleichterung und Helligkeit drangen bis ins Innerste der Anwesenden.

Mit den Schritten zum Fenster an der linken Giebelseite ertönte wieder sein Sprechgesang: »Offen sein für alles Leben. Alles, sogar für das ewige Leben. Öffnen wir dieses Fenster und blicken hindurch. Es ist ein Fenster, durch das wir nicht so oft schauen. Aber wir sollten es nicht vergessen. Die Ahnen sagen uns, es gibt Dinge, die uns immer bleiben. Welche sind das? Sehen wir es einmal ganz einfach. Schlechte Dinge, die uns nicht gefallen, vergessen wir schnell. Dinge, die uns belastet haben, wollen wir gar nicht mehr sehen, wollen es neu erleben. Alles, was schön war, erhalten wir uns. Sind es nicht eben diese guten Dinge, die ewig gleichbleiben, wenn wir sie erfahren haben? Das große alleine Licht, das uns den Weg erleuchtet. Die Güte, die durch das innere Fenster strahlt. Die Liebe, die immer gleich groß und für jeden da ist, der sie annehmen will. So, wie wir uns nicht die Luft zum Atmen nehmen, dürfen wir uns auch diese Dinge nicht nehmen und das Fenster schließen.« Er öffnete das dritte Fenster nun ganz weit und sagte: »Seien wir offen für die ewig guten Dinge. Lassen wir Licht und Liebe herein.« Licht drang durch das Fenster. Diesmal wurden die Geräusche draußen lauter. Der Weise blieb einige Minuten ruhig. Die Stimmen der Vögel wurden klarer. Sie erreichten jedes Ohr. Die Singvögel wechselten sich minutenlang mit den schönsten Melodien ab. Sie sangen dem Himmel zugewandt, so schön, dass es alle Herzen tief berührte.

Der Weise ging zusammen mit dem Wallaby zum vierten Fenster. Er legte kurz seinen Arm um die Schultern des Wallabys und begann: »Mit den Mauern in den Städten, den Mauern aller Vorschriften, den Mauern unserer eigenen Forderungen an die Welt, den Mauern unseres Verstandes verlieren wir unsere Freiheit, verlieren uns selbst. Sind die Mauern hoch, verdunkeln sie unser Leben, bis wir erblinden. Die Fenster werden verschlossen. So verschließen sich viele nach und nach auch gegenüber der all- einen großen Kraft. Es heißt, von der großen Kraft, von ihr strömt eine Güte und Liebe aus, die so allumfassend ist, dass wir sie – wenn sie uns einmal berührt hat – niemals wieder vergessen. Wenn der große alleine Geist so schön, angenehm und unvergesslich ist, wer will da nicht hinschauen, ihn kennenlernen? Warum dieses Fenster verschließen? Wenn wir dieses Fenster offenstehen lassen, auch andere Dinge zulassen, sind wir bereit, uns dem großen Geist zu öffnen. Einer anderen Wahrheit, einer anderen Dimension. Wer erkennen kann, dass es noch eine andere Wahrheit, außer der in unserem kleinen Zimmer gibt, kann diesen Schritt tun. Habt keine Furcht – durch dieses Fenster scheint das Licht allumfassender Liebe und Güte. Wie können wir ihm näherkommen? Die Ahnen sagen, die Liebe selbst führt uns zum Licht. So kann es nur gut sein, in uns diese Liebe zu entwickeln. Liebe zur großen Kraft und Liebe zu allem Leben«. Er wiederholte die Worte des vierten Tohunga: »Wenn wir die ganze Welt mit der Liebe unseres Herzens umspannen, alle Lebewesen, ja alles Leben mit einschließen, wenn wir Wohlwollen und Entgegenkommen verströmen und hoffnungsvoll sind, wenn wir das alles in uns geboren haben, dann sind wir soweit, auch das Tor zum großen Licht zu öffnen. Zu dem Licht, das uns erleuchtet und sicher durch alle Welten führt. Und ich frage euch, sind wir dann nicht schon durch dieses Tor gegangen? Sind wir dann nicht schon aus der Dunkelheit unseres Zimmers getreten und können das Strahlen in uns spüren? Das große Licht, die alleine Liebe, die Hoffnung und Zuversicht gibt?«

Der Älteste machte nun das Fenster zum heiligen Vulkan ganz auf. Der hellste Sonnenstrahl, den Otto je gesehen hatte, drang durch die Fensteröffnung. Das Sonnenlicht schien lebendig zu sein. Körperlich. Es schob sich langsam über den Fußboden und strahlte sogar dorthin, wo vorher nur Schatten war. Alle im Raum strahlten ebenfalls. Von innen. Sie waren glücklich, dass dieses Licht sie erreicht hatte und spürten die große Liebe in sich, die von ihren Herzen bis ans Ende des Universums reichte. In jedem Anwesenden sprangen die Fenster auf. So, wie große Wassermassen unaufhaltsam alles mit sich reißen, sprengte dieses Gefühl alle Barrieren fort, riss alle mit. Der Älteste sagte: »Ja – am Ende des Verstehens erleuchtet ein jeder und geht ein in das Strahlen des großen all- einen Geistes.« Es war, als gingen nach und nach immer neue Schleusen auf. Der Verstand wurde von der Strömung mitgerissen. Das Wallaby klatschte mit den Pfoten, lächelte und strahlte. Auf den Gesichtern der Anwesenden stand pure Freude. Ausgelassen, fast haltlos, sprang der Hund durch den Raum. Die Sonne strahlte lichterloh herein. Alles war erleuchtet, hell und frei. Unvergleichbar schön. Dann ging der Älteste zur Wand an der linken Giebelseite und sagte laut: – »und jetzt – JETZT ÖFFNEN WIR DIE TÜREN.«

Was dann kam, konnte man nicht beschreiben. Es war ein Päckchen, das Otto mitnahm. Es war nur für ihn. Er würde sein ganzes Leben brauchen, um es auszupacken, dachte er, während er aus dem Fenster des Flugzeugs weit über das Meer blickte. Der Himmel war wolkenlos. Hinten am Horizont, wo die Wellen des Meeres auf den klaren Himmel trafen, verschwamm unten und oben, Wasser und Luft. Es erinnerte Otto an die Unendlichkeit des Seins. An deren Schwelle der Älteste vom Stamm der Tuwharetoa sie führte – und darüber hinaus. Was war es überhaupt, forschte Otto in seinem Gedächtnis. Es gab dafür keinen Vergleich. Es musste die viel besungene Quelle des Seelenlichts, der Güte und aller Liebe sein, die über alles Sein herabfließt. Jeder, der es haben wollte, konnte sich davon nehmen. Otto füllte sein Inneres. Er lud jeden Mikromillimeter seiner Ladekapazität auf. Man konnte nicht genug davon bekommen, dachte er. Es war eine große Bereicherung. Wahrscheinlich die größte in seinem ganzen Leben. Vielleicht hatten sie deshalb auf ihn gewartet, ihn ausgewählt als Beisitzer. Nicht weil er Journalist war, denn er wurde gebeten, jede Berichterstattung über Ort und Inhalt des Treffens zu unterlassen, sondern weil er der beste Träger des Lichts war, den sie sich wünschen konnten. Jemand, der den Inhalt des Päckchens in die Welt hinaustragen würde und ihn nach und nach verteilen konnte, wo immer er war, auf wen auch immer er traf. Denn die Menschen zwischen den Häusern, in den engen Straßen, wie sie es nannten, würden es brauchen. Viel dringender als sie dachten. Es passte so gut in seine Lebensziele. In ihm wurde die Bestrebung gefördert, daran zu arbeiten, den Menschen auf diesem Planeten zu helfen, der Welt zu helfen, in eine gesunde Flugbahn zu kommen.

Otto hatte etwas erlebt, das sich mit Worten nicht beschreiben lässt. Er wurde nicht nur in seinem Dasein bestätigt, es wurden viele neue Impulse gesetzt. Neue Dinge, die er in sich aufnehmen konnte. In einem Anflug von Müdigkeit, war ihm fast so, als hätte er das alles schon einmal erlebt. Von einer Welt in die andere zu reisen, von einem Zustand – dem reinen klaren Sein – in den anderen, einen menschlichen Organismus. So wie vorgestern, vom Licht wieder zurück auf die Erde zu kommen. Beim Einschlafen erreichte ihn die Erinnerung an eine andere Welt. Als er wieder erwachte, liefen die Bilder eines Traums an ihm vorüber. Der Traum von dem Propheten, der sagte »des Menschen Schicksalswege, zu denen du jetzt gehörst, sind schwer zu verstehen, Kolotter. Das Licht ist bei dir, auch wenn du es nicht siehst.« Die Stewardessen servierten gerade Essen. Er fragte nach der Uhrzeit. «Neunzehn Uhr, Herr Hartmann.« Er war erschrocken. Hatte er sieben Stunden geschlafen? »Sind Sie wieder bei uns, ich dachte schon, sie wachen heute nicht mehr auf, haha«, bestätigte ihn die Stewardess. »Mögen sie ein Sandwich?«, fragte sie. »Ja, gern«, antwortete Otto verschlafen, »und einen kleinen Salat«. »Was trinken sie?« »Ein stilles Mineralwasser«, antwortete Otto. Er bedankte sich, ließ die Speisen aber noch stehen. Er musste erst einmal richtig wach werden.

Beim Abendbrot dachte er an Sybille. Bei einem kurzen Telefonat vom Flughafen, hörte sie sich nicht besonders glücklich an. Wie er es in der kurzen Zeit verstand, hatte sie eine weitere Niederlage bei der Vorstellung des Projekts »Agrargenossenschaften« erlitten. Bereits beim Telefonat konnte er ihr von dem neuen Reichtum positiver Energie etwas über den Ozean schicken. Sie würden es schon schaffen, sagte er zu ihr. Alles wird gut. Er konnte ihr etwas abgeben. Sie beruhigte sich während des Gesprächs immer mehr und konnte zum Schluss sogar wieder lachen.

Für Herrn Strohmann hingegen würde die Reise von Herrn Hartmann keine besondere Bereicherung sein. Eher ein Rückschlag. Herr Strohmann setzte zu viel auf Otto. Bisher hatte er damit immer richtig gelegen. Dieses Mal wurde es für ihn eine Katastrophe. Er schwebte bei Ottos Rückkehr bereits auf Wolke sieben. »Seit es Otto Hartmann gibt, ist die Auflage unseres Magazins immer weiter gestiegen. Wir sind seit mehreren Jahrzehnten unaufhörlich gewachsen. Ein nicht unbedeutender Anteil daran, ist Herrn Hartmann zu verdanken«, erzählte er während Ottos Abwesenheit jedem, der es hören wollte. »Er wird uns auch dieses Mal eine unglaublich tolle Story liefern. Etwas völlig Neues. Ihr werdet sehen«. Zu sehen gab es nichts. Otto legte sich vorsorglich eine Geschichte für Herrn Strohmann zurecht, um ihn nicht allzu sehr vor den Kopf zu stoßen. Auch, wenn Otto sonst immer sehr direkt war, wollte er ihn schonen. Otto hatte außerdem die Befürchtung, Herr Strohmann würde die Bitte der Ältesten nicht akzeptieren. Für ihn waren die Wünsche der Akteure einer Story nicht unbedingt das Wichtigste. Für die freie Presse müssen wir schon mal Tabus brechen, Berichterstattung geht vor, wir brauchen hohe Auflagen, waren eher die Antriebsfedern für seine Arbeit. Deshalb berichtete Otto nur von einer öden Umgebung bei den drei Vulkanen, vier degenerierten, alten Stammesmitgliedern die am Tisch der Runde saßen und zwei weiteren Tagungsteilnehmern: einem Hund und einem Wallaby. So erlebte Herr Strohmann die größte Enttäuschung in der Zusammenarbeit mit Otto, der die Gelegenheit beim Schopf packte und damit gleichzeitig seinen Rückzug aus dem festen Arbeitsverhältnis einleitete. Herr Strohmann fiel es nun leichter, loszulassen. So produziert Otto wenigstens keine weiteren Kosten für nichts und wieder nichts, dachte er. Otto durfte als freier Journalist bleiben. Otto war gar nicht enttäuscht. Für ihn hieß es eher: Ende gut, alles gut.

Überall ist Dunkelheit

Otto öffnete die Augen. Er stand auf einer kleinen Anhöhe und blickte in ein wild mit Pflanzen und Bäumen überwuchertes Tal, das sich nach vorn ins Unendliche verbreiterte und an einen Dschungel erinnerte. Es wurde durchzogen von einem ruhigen Fluss, der in den Horizont einmündete. Er führte auffällig graues Wasser. Die Dämmerung begann. Die Seiten des Tals wurden von klippenartigen Felsformationen unterschiedlicher Höhe gesäumt. Auf den höheren Gipfeln saßen riesige Vögel, größer als ein Mensch. Ihr Äußeres war furchteinflößend. Sie sahen aus wie riesige Geier mit einem tiefschwarzen, struppigen Federkleid. Die langen Krallen und der Schnabel, der an eine Spitzhacke erinnerte, hoben sich in ihrem bräunlichen Ton als einziges farblich ab. Jederzeit zum Zugreifen bereit, schauten die Augen aufmerksam nach links und rechts. Sie warteten offensichtlich auf Beute. Otto drehte sich um. Hinter ihm war der Himmel noch etwas heller. Dort führte ein Weg von der Anhöhe geradewegs nach unten zu einem Parkplatz, auf dem als einziges sein Auto stand. Es sah verlassen aus. Er fühlte sich einsam. Am liebsten wäre er zurück zu seiner Familie gefahren, hätte sie in den Arm genommen und nie mehr losgelassen. Die Straße, die vom Parkplatz wegführte, verlor sich weiter hinten in der Dämmerung. Er drehte sich wieder um. Seine Augen gewöhnten sich mit der Zeit an die Dunkelheit. Schemenhaft nahm er am gegenüberliegenden Ufer des Flusses eine Gestalt wahr. Es war ein Mann. Er trug eine schwarze Kutte mit Kapuze und in der rechten Hand eine Art Stab. Wer war das? Am diesseitigen Flussufer, links vor der Anhöhe, lag zwischen mittelhohen Bäumen und Gestrüpp eine nur mit Gras bewachsene Lichtung, auf der vereinzelt Menschen standen. Der Mann im Mönchsgewand hob den Arm, in dem er den Stab hielt. Einer der Greifvögel ließ sich nach vorn kippen, stieß sich vom Felsen ab und stürzte auf die Menschen. Die Spannweite der Flügel konnte man in der Dunkelheit schwer erkennen. Sie musste aber fast sieben

Meter breit sein. Die Krallen waren riesig, größer als die Hände eines Erwachsenen. Die Menschen auf der Lichtung schienen nichts davon wahrzunehmen. Sie schauten ruhig zum anderen Ufer oder liefen herum. Als der Raubvogel mit weit geöffneten Krallen über der Lichtung niederging, wurde es dort noch dunkler. Er schlug seine Krallen mit einem ohrenbetäubenden Schrei in die Schultern eines Mannes, riss ihn mit in die Höhe und flog über den Fluss hinweg in Richtung des Waldes, wo sich die Silhouette am Himmel verlor. Ihm war, als wenn der Mann seinen Namen rief. Wem gehörte nur die Stimme? Er ließ den Ton durch sein Gedächtnis laufen. Er fand dort jedoch keinen Boden. Nur eine Erinnerung – ein Bild vom Haus der Mertens – zog schemenhaft an seinem geistigen Auge vorbei. Er erhob die Hand wie zum Abschied. Nun liefen Tränen über sein Gesicht. Er wollte es nicht wahrhaben. Er öffnete und schloss die Augen mehrmals, atmete heftig, bis er endlich die Wand des Schlafzimmers in seiner Wohnung erkannte. Ein unschöner Traum, den er sofort wieder wegschieben wollte. Er trug ihn aber, wie eine dunkle Wolke, zurück zum Tal. Der Traum war noch nicht vorbei. Er trieb wieder ins Dunkel des Schlafs, mit dem Gefühl, er schaue durch das Schlüsselloch des Schicksals.

Es war noch etwas dunkler geworden. Erschrocken drehte er sich um. Sein Auto war weg. Es gab kein Zurück. Dieser Gedanke schoss mitten in sein Herz. Es gibt kein Zurück. Es roch nach verbranntem Holz, eine Melodie leierte ein Weihnachtslied. Monoton hing die Platte in der Rille und spielte mehrmals denselben Refrain. Eine Spinne, die an ihm hochgeklettert sein musste, berührte sein Gesicht. Er schrak zusammen. In dem Augenblick hob der Mann im schwarzen Gewand wieder den Stab. Oben am Ende des Stabes blitzte etwas. Er konnte nicht erkennen, was es war. Vom Felsen kurz vor ihm rechts, kippte wieder ein Vogel nach vorn und flog mit ausgestreckten Krallen auf einen Menschen zu, der den Blick gerade abgewendet hatte. Sie schlugen hart in die Schultern. Es musste eine Frau sein. Die blonden, langen Haare bewegten sich beim Flug im Wind. Als die, nur noch als dunkle Schemen erkennbaren Gestalten, am Horizont verschwanden, fiel ein Taschentuch vor Otto auf den Boden. Es war weiß und trug die Initialen H.M. Sein Magen krampfte sich zusammen. Nur schnell weg hier, schoss es ihm durch den Kopf. Er wollte sich umdrehen und vor weiteren Eindrücken flüchten. Gleichzeitig wusste er: Es ist noch nicht vorbei. Eine furchtbare Ahnung ergriff sein Herz. Sein Aufenthalt hier war unwillkürlich. Irgendetwas hielt ihn hier in dieser Welt, zwang ihn, Augen und Ohren zu öffnen, auch wenn er sich dagegen sträubte. Die wie ein Mönch gekleidete Gestalt, hob nochmals den rechten Arm mit dem Stab. Oben an der Spitze blinkte es wieder. Für einen kurzen Moment fiel Licht darauf. Es war eine Sichel. Der nächste Vogel befand sich bereits in der Luft. Er schaute nachfühlend zu ihm herüber. Wieder eine blonde Frau. Der Vogel schrie entsetzlich, als er sie ergriff. Otto rannte instinktiv los. Der Himmel färbte sich blutrot. Vor ihm landete abrupt ein anderer von den großen Vögeln, so dass er mit ihm zusammenstieß. Der Vogel tat ihm nichts. Otto umrundete ihn und lief so schnell er konnte zur Lichtung. Er bekam noch den Fuß der Frau zu fassen. Der Schuh löste sich. Er hielt ihn in der Hand und starrte fassungslos auf den Schuh. Er kannte ihn nur zu genau. In diesem Augenblick teilte sich der Fluss in der Mitte. Es lag ein modriger Geruch nach Fäulnis in der Luft. Die Welt zerbrach vor ihm, die Welt zerbrach in ihm. Bis zum jenseitigen Ufer bildete sich ein Spalt von der Größe einer breiten Schlucht. Am diesseitigen Ufer sah er Olivia stehen. Sie schrie und schrie und schrie. Er hielt sich die Ohren zu, sah die Welt endgültig in zwei Hälften brechen. Der Fluss verschwand als Wasserfall nach unten in den Spalt. Olivia war mit einem Mal still. Sie stürzte hinterher. Er rannte zu dem Abgrund, der sich immer weiter öffnete. Die Hälfte der Welt, die sich auf der anderen Seite des Flusses befand, entfernte sich mehr und mehr. Er sah seine Tochter rücklings in den Spalt stürzen. Er blickte ihr in die Augen. Sie waren trostlos und leer. »Nein«, rief er in den Himmel – »Nein, das darfst du nicht tun.« Doch tief drinnen da wusste er es ganz gewiss: Dem Schicksal kannst du dich nur beugen.

Sein eigener Schrei holte ihn an die Oberfläche zurück. Trotz aller Ruhe, die er sonst mitbrachte, rüttelte der Traum an seiner

Fassung. Er sagte sich schnell, hier bin ich. Nichts wird geschehen. Es ist sieben Uhr fünfzehn, Berlin, wir schreiben das Jahr 2007. Mein Name ist Otto Hartmann. Er wollte an der Oberfläche bleiben, nicht wieder in der dunklen Wolke abtreiben. Für heute reichte es. Für immer reicht es, dachte er. So einen Traum möchte ich nie wieder erleben. Doch die düstere Ahnung ließ ihn nicht mehr los. Sie blieb still auf seiner Schulter sitzen und blickte von nun an mit ihm in den Tag. Bis zur Erfüllung.

Noch immer in Gedanken – im Traumland verhaftet, blickte Otto, beim Start der Maschine vom Flughafen Berlin-Tegel, über ein nicht enden wollendes Häusermeer. Die Stadt war seit dem Fall der Mauer rasant gewachsen. Nach dem Mauerfall wuchs das Umland mit der Stadt dichter zusammen. Um Berlin wurde viel gebaut. Vor der Wiedervereinigung 1989, mussten die Menschen im Westteil Berlins mit Fördermitteln motiviert werden, um in einer eingeschlossenen Stadt ansässig zu werden. Kaum jemand wollte in einer Umgebung wohnen, die der ständigen Bedrohung durch die Warschauer Pakt Staaten ausgesetzt war. Nach dem Fall der Mauer wurde es anders. Die Bevölkerung wuchs. Angefangen von der Stadtgrenze, bis zu den Endhaltestellen des öffentlichen Nahverkehrs in den Dörfern außerhalb der Stadt, wurde gebaut soviel die Arbeitskräfte schaffen konnten. Obwohl durch die Öffnung der Europäischen Union Richtung Osten, mehr Arbeitskräfte aus den ehemaligen Ostblockländern nach Berlin strömten, konnte der Bedarf nicht gedeckt werden. Ein Ende war lange nicht in Sicht. Die einst grauen Siedlungen um Berlin wurden bunter. Auch die Baulücken in der Stadt schlossen sich. Immer mehr Menschen wollten nun nach Berlin. In der Innenstadt war, bis auf museale Gedenkstätten, nichts mehr von den ehemaligen deutsch-deutschen Grenzanlagen zu sehen. Ost und West schloss sich hier sichtbar zusammen. Die Bezirke, die bis zur Wende voneinander abgeschottet wurden, waren inzwischen zusammengewachsen. Die Straßen, die vorher durch die Mauer getrennt wurden, waren wieder verbunden. Die öffentlichen Verkehrsmittel fuhren ungehindert durch beide Stadtteile. Die großen öffentlichen Plätze in Berlin-Mitte wurden Stück um Stück neu bebaut. Vom Potsdamer Platz bis zum Alexanderplatz deutete nichts mehr auf die ehemalige Teilung der Stadt hin. Manchmal, wenn Otto in den neuen Bundesländern im ehemaligen Ostteil des Landes zu tun hatte, wurde er zwar immer noch als Wessi klassifiziert, aber die Ossis hielten nicht mehr an der alten Fahne fest, so wie in den ersten Jahren nach der Maueröffnung. Inzwischen war man soweit aufeinander zugegangen, dass ein vereintes Deutschland erkennbar war. In den Menschen, genauso wie außen an Straßen, Plätzen und Bauwerken. Von hier oben sah man an den alten grauen und neuen farbigen, gemischten Dächern, die Endgültigkeit der Vereinigung. Sie war nicht mehr umkehrbar.

Der Traum hatte ihn durcheinandergebracht. Er hatte seinen Flug vom Abend auf den Vormittag verlegt. Er wollte Olivia im Arm halten. Er wollte ihre Nähe, ihre Wärme an seinem Körper spüren. Erst dann würde sich in ihm die schreckliche Vorahnung besänftigen lassen. Bis dahin saß er noch immer auf der dunklen Wolke seiner Gefühle aus den Traumbildern. Er hatte Sybille am Telefon gebeten, ihn mit Olivia vom Flughafen abzuholen. Olivia hatte vorletztes Jahr ihr Studium der Betriebswirtschaftslehre erfolgreich abgeschlossen. Seitdem arbeitete sie mit ihrer Mutter zusammen. Olivia hatte keine Ambitionen etwas anderes, etwas Eigenes aufzubauen. Sie wollte auch nicht, wie Otto vorschlug, erst einmal um die Welt reisen, um andere Kulturen kennenzulernen, bevor sie in ein geregeltes Leben einstieg. Er wusste sehr genau, dass der Mensch dadurch ausgewogener und reifer wurde. Andere Glaubensrichtungen, andere Kulturen mit ihren Bewohnern hautnah zu erleben, für eine gewisse Zeit daran teilzuhaben, hatte eine andere Wirkung auf die Menschen, als die Betrachtung in den Medien – durch ein Fernrohr. Er wusste von sich selbst, wie sich die vielen Besuche im Ausland auf ihn ausgewirkt hatten. Es führte zu mehr Toleranz und Verständnis für andere Verhaltensweisen, aber auch zu einem höheren Reifegrad bei sich selbst. Er war der Meinung, der Mensch verbreiterte durch die Versetzung von den gewohnten Abläufen in der Heimat, in eine gänzlich andere Umgebung seine Denk- und

Verhaltensmuster. Damit verbunden sein Handlungsspektrum und seine Möglichkeiten generell. Durch einen Kulturschock werden alle bisher bekannten und angewendeten Ansichten, Umgangsformen und Verhaltensformen in Frage gestellt. Vieles hat plötzlich keine Bedeutung mehr. Man ist darauf angewiesen sich anzupassen, verhält sich automatisch etwas anders. Selten wird jemand, der sich oft auf anderen Kontinenten bewegt, im schwarzweiß-Denken verhaftet sein. Kulturschock. Diesen Begriff hätte er nicht verwenden sollen. Daran machte sie alles fest. Olivia wollte nicht geschockt werden. Auch wenn sie nicht verstand – nicht verstehen konnte, was er damit meinte, nahm sie eine Abwehrhaltung ein, verteidigte ihr abgestecktes Dasein. Es hieß: »Der Prophet gilt am wenigsten in seinem eigenen Hause.« Es stimmte wohl. Soviel hatte er daraus gelernt.

Also wurde Olivia von ihrer Mutter angelernt. Dabei fühlte sie sich sichtlich wohl. Sie verknüpfte damit einen Teil ihrer Identität. Urgroßmutters Wunsch war es, die Familientraditionen aufrechtzuerhalten und das Erbe der Familie getreu nach den Vorstellungen ihres Gatten zu verwalten. Hier fühlte sie sich zugehörig. Als Teil des Ganzen. Als Trägerin eines übergeordneten Plans. Stark und wertvoll. Die beiden wurden in einem Tierkreiszeichen geboren: »Fische.« Sie schwammen tatsächlich im gleichen Fahrwasser. Otto fand es mittlerweile merkwürdig. Mutter und Tochter vertraten, nicht nur, was die Verwaltung des Erbes anging, immer dieselbe Meinung. Kein Aufbegehren gegen die alte Ordnung, wie es bei anderen Kindern der Fall war. Nicht einmal in der Pubertät stellte sich Olivia zugunsten der Persönlichkeitsentwicklung, einer abgegrenzten eigenen Identität, gegen die Ansichten ihrer Mutter. Keine Konfrontationen, keine Eigenmächtigkeit, einfach ein Herz und eine Seele. Sybille förderte ihre Tochter, wo sie nur konnte. Mit der Zeit wurde es auch anders herum ein perfektes Zusammenspiel. Olivia hatte Verbesserungsvorschläge. Mama fand sie immer konstruktiv. Wie sollte es anders sein. Sybille spöttelte gern mit ihrer Tochter über Papas Differenzierungsideal. Sie sagte: »Blond, gleich groß, gleiches Sternzeichen, gleicher Professor an der Uni – soll ich weitermachen?« »Es sei lächerlich«, brüskierte sich Otto dann gespielt. Zum Spaß vertauschte er nach solchen Auftritten für mindestens einen Tag ihre Namen. Was er anfangs nicht wusste: damit tat er seiner Tochter einen Gefallen. Sie erlebte es offensichtlich als Aufwertung. Er sah nur Stolz auf ihrem Gesicht. So wie Mama wollte sie sein. Selbst Michelle kam es manchmal merkwürdig vor. Die beiden arbeiteten den ganzen Tag zusammen, wurden sich dennoch nie überdrüssig. Nach der Arbeit saßen sie zusammen im Garten, plantschten im Pool, gingen gemeinsam shoppen, flogen nach Berlin um Otto zu besuchen, zum Relaxen nach Teneriffa oder saßen beide stundenlang in der Bibliothek. Ein Herz und eine Seele.

Vor mehreren Jahren scheiterte Sybille kläglich bei ihrem Versuch, die Ländereien, die sie von ihrer Großmutter geerbt hatte, zu vereinen, um eine gewinnträchtige aber gleichzeitig umweltschonende Bearbeitung zu ermöglichen. Ob sie all das nur dem störrischen Rechtsanwalt Claude Bessiér, einem ihrer Pächter, der Großgrundbesitzer und Kapitalisten hasste, zu verdanken hatte, wusste sie nicht genau. Zumindest hatte er einen großen Anteil daran. Er störte jede Besprechung im kleinen, wie jede Veranstaltung im größeren Rahmen. Er sprang bei einem Vortrag, den sie vor beteiligten Bauern und Interessierten aus der Bevölkerung hielt, einfach auf die Bühne, riss ihr das Mikrofon aus der Hand und beschimpfte sie als blasphemische Schauspielerin, der es nur um ihre eigenen kapitalistischen Interessen ginge. Dann hielt er eine eigens dafür vorbereitete Rede, im Namen der Bauern. Ihnen sei vor hundert Jahren unberechtigt das Land gestohlen worden, welches ursprünglich ihnen gehörte. Sie seien es, die es bewirtschafteten. Sie seien es, die der Bevölkerung Obst, Gemüse und Brot auf den Tisch brächten und nicht die Großgrundbesitzer. Claude Bessiér säte so lange Unfrieden in die Köpfe der Pächter, bis sie sogar von den ehemals mit ihrer Familie befreundeten Bauern feindselig behandelt wurde. In die entgegengesetzte Richtung verlief die Zusammenarbeit mit außenstehenden Landwirtschaftsverbänden. Nachdem sich Zusammenschlüsse in der Schweiz, Österreich und Mecklenburg-

Vorpommern als erfolgreich herausstellten, gesellten sich auch andere dazu, die seither konstruktiv zusammenarbeiteten. Die einzige Änderung, die am Gesamtkonzept vorgenommen wurde, war die Gesellschaftsform. Die Schweizer realisierten die Aufstellung als Aktiengesellschaft als Erste. Dann stiegen die anderen ebenfalls darauf um. Der Vorteil dabei war die direkte Beteiligung an sämtlichen Einnahmen, auch an neuen Entwicklungen oder zusätzlichen Geschäftsideen. So wurden zum Beispiel in Mecklenburg-Vorpommern mehrere Supermärkte von der Gesellschaft gegründet. Inzwischen arbeiteten nach diesem Muster selbst in Japan mehrere solcher Agrargesellschaften zusammen. Neben der Maximierung und Konsolidierung der Gewinne, war der ökologische Nutzen unverkennbar. Hunderte Tonnen Müll pro Jahr wurden vermieden. Entweder bestanden die Verpackungen aus recycelbaren Materialien oder konnten unmittelbar in den ökologischen Kreislauf zurückgeführt werden. Darum ging es Sybille und Olivia besonders. Nach heutigen Erkenntnissen war es fraglich, ob Olivias Kinder auf diesem Planeten überleben konnten, wenn die Bevölkerung weiter so stark zunahm und keine Schutzmaßnahmen im Bezug auf den Umgang mit der Umwelt getroffen wurden. Ökologie war keine Kür, sie wurde immer mehr zur Pflicht.

Es war zwar schmerzlich, mitzuerleben, wie ihre Idee von den vereinigten Betrieben in Frankreich – sozusagen in eigener Sache, unterzugehen drohte. Es war aber im Hinblick auf die Verbreitung in anderen Ländern leichter damit umzugehen. Sybille hatte die Bemühungen vor Ort bereits um die Jahrtausendwende vorerst eingestellt. Die Reduzierung von Umweltbelastungen, die auf ihren Ländereien verursacht wurden, hatte sie aber weiterhin im Auge. Nach der Einstellung der Veranstaltungen verbesserten sich die Beziehungen zu ihren Pächtern wieder zusehends. Lange hielt der Zustand nicht an. Schuld daran war ein neues »Breitband-Unkrautvernichtungsmittel« – das nach anderen Kontinenten – auch in Europa rasch den Markt eroberte. Anfang der neunziger Jahre hatte es dieses »Allround Unkrautvernichtungsmittel« noch schwer, auf den Märkten in Europa Fuß zu fassen.

Die Chemieriesen aus dem Inland beherrschten die regionalen Märkte. Sie blockierten zeitweise die Einführung. Mittlerweile hatte es den Durchbruch geschafft, war etabliert und wurde bereits mit einer Menge von etlichen tausend Tonnen pro Jahr in Deutschland und Frankreich eingesetzt. Sybille und Otto hatten bei der Konzeptionierung »Agrargenossenschaften« neben der Vermeidung von Plastikmüll, auch die Umstellung von bedrohlichen Pflanzen- und Schädlingsbekämpfungsmitteln, die auf den verwalteten Böden die biologische Vielfalt der Tier- und Pflanzenarten gefährdete, im Blick. Jeder spritzte, was der Traktor hergab. Egal was es war. Derzeit meist das Allround Mittel. Mehr als hundert giftige Wirkstoffe gelangten Jahr für Jahr auf Getreide, Obst und Gemüse, in die Luft, in die Böden oder ins Grundwasser. Die Bauern verwendeten derzeit sogar noch ältere Mittel aus Lagerbeständen, die inzwischen nicht mehr verwendet werden sollten oder durften. Im Zeitalter der Aufklärung konnten aber moderne Pflanzenschutzmittel eingesetzt werden, die in kleinerer Dosierung genauso wirksam waren, bei gleichzeitig geringerer Umweltbelastung. Die Mittel waren nachweislich gesundheitsgefährdend. Das Beliebteste der Bauern war, nach Meinung von Experten, krebserzeugend und erbgutschädigend. Der massive Einsatz der Schädlingsbekämpfungsmittel führte nicht nur zur Reduzierung der Schadinsekten, sondern zur allgemeinen Dezimierung oder sogar Ausrottung von Insekten, Tier-, besonders Vogelarten und der Schädigung wichtiger Bodenorganismen. Bereits zur Zeit der Vorstellung des neuen Konzepts, konnte man einen Rückgang der Bienenvölker um mehr als fünfzig Prozent in den betroffenen Gebieten feststellen. Bienen wurden zur Bestäubung aller Nutzpflanzen gebraucht. Eine Ärztevereinigung bescheinigte darüber hinaus eine starke Zunahme von Lungen- und anderen Krebserkrankungen unter den Landarbeitern. Den Bauern solche lebenswichtigen Umstände klarzumachen, war schwierig. Sie sahen nur die Notwendigkeit der einfachsten Umsetzung ihrer Absichten.

Sybille und Otto konnten und wollten es einfach nicht verstehen, dass es überhaupt auch nur einen einzigen Menschen gab, der nach einer Aufklärung über die katastrophalen Auswirkungen auf die Umwelt – auf Menschen, Tiere und Pflanzen – überhaupt noch in der gewohnten Weise weiterarbeiten konnte. Nach dem Besuch in Neuseeland kam Otto beseelt von überschwänglicher Liebe zu allen Lebewesen zurück nach Hause. Er beglückte mit dem Strahlen der inneren Sonne seine gesamte Umgebung. Es wirkte ansteckend. Seine Mutter konnte den Tod ihres Mannes leichter überwinden. Sie baute ihr Haus in Antibes aus und fasste neue Zukunftspläne. Michelle ging abends zum Tanzen. Sie lernte dabei nach über zehn Jahren einen Mann kennen. Sie verliebte sich unsterblich. Nur die Bauern waren schwer zu erreichen. Sie dämmerten hinter der Fassade unglaublicher Engstirnigkeit weiter dahin. Die Gegensätze auf der Welt sind oftmals so kontrastreich, dass es nicht verwunderlich ist, wenn einige Philosophen von der dunklen und der hellen Seite der Macht sprechen. Sybille stellte sich auf die Seite des Lichts. Ihr Antrieb, die Zukunft Olivias lebenswert zu erhalten, loderte spätestens mit dem Auftauchen des vom Hersteller gepriesenen Allheilmittels »Allround« wieder auf. Der Wirkstoff des Breitbandherbizids tauchte zum Beginn des neuen Jahrtausends nicht nur im Großhandel der Landwirtschaft auf. Es stand von einem Jahr aufs andere in Gartenbaumärkten, Industriezubehörläden und sogar in Supermärkten als Unkrautvernichtungsmittel für Jedermann. Der Werbeslogan lautete: Breites Wirkungsspektrum, einfache Anwendung zum günstigen Preis. Otto konnte einige Testergebnisse aus den USA, Indien und Afrika vorweisen, die etwas ganz anderes aussagten als die risikofreie Anwendung: »Sehr gesundheitsgefährdend«, »Umweltbelastend bis zur Einwirkung auf elementare Lebensmechanismen.« Sybille zog ihre Konsequenzen. Sie beauftragte, im Namen der Schweizer Umweltstiftung, ein Forschungsteam mit der Zusammenstellung von Experten veröffentlicher Daten, über dieses bisher in Europa wenig erforschte Unkrautvernichtungsmittel.

Das Ergebnis ließ lange auf sich warten. Es war dermaßen niederschmetternd, dass Otto sich entschloss, eine länderübergreifende Reportage zu starten. Es war unfassbar, in welchen

Dimensionen die Chemiegiganten der Welt Schaden zufügen konnten, ohne jemals dafür belangt zu werden. Das Allround Mittel wurde auf der ganzen Welt verkauft. Nicht nur in den USA, Europa und Asien. Man musste nicht danach suchen, wo es angewendet wurde, sondern danach, wo es nicht zu finden war. Wollte man den Studien glauben, waren mittlerweile die Ökosysteme in hundertfünfzig Ländern der Erde mit den Herbiziden und Zusatzstoffen belastet. Zwei der Beimischungen im Allround sollten sogar noch schädigender sein als das enthaltene Herbizid selbst. Die Verbreitung der zusammengefassten Studien sollte weltweit stattfinden. Herr Hartmann kannte nahezu jeden Umweltaktivisten in der Medienszene. Nachdem er von Sybille motiviert wurde und von der Stiftung eine notariell beglaubigte Einwilligung zur Veröffentlichung der Forschungsergebnisse erhielt, klickte er freitags gegen Mittag mit der Maustaste auf OK, wonach eine Rundmail um die Welt ging. Bereits am Montagabend stand fest: In mehr als fünfzig Ländern würde die Verbreitung durchgeführt werden. Damit wollten Sybille und Otto an den Grundfesten der Chemielobby rütteln. Was da in der Welt vor sich ging, konnte und durfte man nicht weiter zulassen, fand auch Olivia, die sich wie Mama immer mehr für eine saubere Umwelt engagierte. Es konnte doch nicht sein, dass auf der ganzen Welt systematisch Stück um Stück, Böden, Grundwasser, Pflanzen und Nahrungsmittel verseucht wurden, nur weil milliardenschwere Gewinne lauerten.

Nicht nur die Umwelt wurde belastet, sondern auch die Tiere, die den Menschen als Nahrungsmittel dienten. In den Veröffentlichungen hieß es: »Nahezu bei jedem Menschen der betroffenen Länder könne man im Organismus Rückstände des Unkrautvertilgungsmittels finden. Da die Substanz geruchlos und wasserlöslich ist, war sie für den Endverbraucher nicht erkennbar. Der Weg in die Nahrungskette ist ganz einfach. Das Mittel wird zu bestimmten Zeiten, vor der Ernte, über dem Boden versprüht. Bei normal großen Flächen mit dem Traktor, auf größere Gebiete mit dem Flugzeug. In verschiedenen Gebieten in Lateinamerika wurde es, ohne die Anwohner, die dort in - nur mit Schilf abgedeckten - Hütten lebten, vorher zu informieren, einfach mit dem Flugzeug verteilt. Die Menschen dort waren schutzlos der flächendeckenden Eingiftung ausgeliefert. Die Rate der Frühgeburten und Krebserkrankungen bei Kindern hatten sich nach einer regionalen Studie dort verdreifacht. Oft wird das Mittel auch kurze Zeit vor der Ernte nochmals auf die Pflanzen gespritzt, um die Reifung der Frucht zu beschleunigen. So gelangt es in die Erzeugnisse. Ebenso wird es im Obstanbau, bei Gartenprodukten oder im Weinanbau benutzt. So kommt es dann auf unsere Teller. In Asien wird es sogar bei schwimmenden Produkten im Wasser eingesetzt, wodurch die Rückstände noch schneller in die Nahrungskette gelangen. Direkt oder über das Grundwasser gelangt es in die Flüsse und Seen, wo die Fische es in ihre Körper aufnehmen. Es erreicht auch im nächsten Grundnahrungsmittel unsere Küche. Seit mehreren Jahren werden genmanipulierte »Allround« resistente Pflanzen angebaut, insbesondere Soja, Mais, Zuckerrüben und Baumwolle. Diese Pflanzen werden einschließlich der Frucht direkt damit besprüht, weil sie es jetzt überleben. Nur das ungewollte Unkraut geht ein. Gensoja wird aber – auch in Europa, als Futtermittel eingesetzt. Ein großer Teil der Futtermittel werden heute mit Gen-Soja abgedeckt. So gelangt noch mehr Gift in Eiern, Milch, Wurst und Fleisch in die Küchen der Verbraucher. Gift ist aber nicht unmittelbar gesundheitsgefährdend, sagen die Hersteller und legen unzählige Gegenstudien vor, die belegen sollen: Gift in Maßen ist gesünder als sich mit alternativen – und zudem teureren, Pflanzenschutzmitteln abzuplagen.

Das Mittel könne auch in Kleingärten, in Parks, zum Schutz von Bahnanlagen und Industrieflächen angewendet werden. »Gut und günstig« ist ein Zauberwort. Noch immer stehen deshalb selbst in Supermärkten und Gartencentern unbehelligt die toxischen Sprühdosen herum.

Im Hauptartikel, den Otto im deutschsprachigen Raum bei acht Zeitschriften und Magazinen unterbrachte, hieß es weiter: So etwas sei wie immer nur möglich durch die Beteiligung von Regierungen und deren Gesundheitsministerien, die sich hinter – teilweise von den Herstellern des toxischen Mittels selbst finanzierten – Studien verstecken. Dort wird behauptet, die Stoffe gelangen nur in für Mensch und Tier verträglicher Dosierung in die Organismen. Eine durch eine Schweizer Umweltstiftung in Auftrag gegebene Globalbetrachtung liefert dennoch andere Ergebnisse, über die hier berichtet werden soll.

Das Allround Herbizid und die Zusatzstoffe gelangen wegen der Aufnahme im Boden irgendwann ins Grundwasser. Unerlaubte Konzentrationen in Grundwasserproben wurden unter anderem in Deutschland, Frankreich, Spanien, Niederlande, Dänemark, und Norwegen festgestellt. Diese Daten sind in einer länderübergreifenden Arbeitsgemeinschaft protokolliert. Die Headline einer südamerikanischen Zeitung lautete: »Pflanzenschutzgifte im Regenwasser.« Natürlich gelangen die Giftstoffe so auch ins Trinkwasser. »Weit unter den Grenzwerten«, behaupten die geschulten Mitarbeiter nationaler Ministerien. Es gibt aber für Getränke, die in den Supermärkten stehen, andere oder gar keine Grenzwerte. Beim in Deutschland beliebten Bier zum Beispiel wurden Werte gemessen, die hundertfach über den im Trinkwasser erlaubten liegen. In Gewässern bauen sich die Giftstoffe nur sehr langsam ab, sodass sie in Pflanzen und Böden eindringen können. In einigen betroffenen Regionen wurde sogar eine hohe Konzentration in der Atemluft nachgewiesen. Genauso oder noch schädlicher für die Organismen sind die Zusatzstoffe. In Zusammensetzung ein tödliche Bedrohung, die sich der Nutzer selbst in den Mund steckt. Nicht nur Krebsgefahren gehen von den Stoffen aus, sondern auch andere. Zum Beispiel soll eine übermäßige – freiwillige oder unfreiwillige – Einnahme zum Zelltod führen, lebensbedrohliche Elektrolytstörungen auslösen oder zu verkürzten Schwangerschaftszeiten führen. Um die Verabreichung der Gifte kommt wohl kaum jemand herum, denn das Giftgemisch findet sich zwischenzeitlich messbar in allen Bereichen unseres Lebens. In Nahrungsmitteln, Getränken, den uns umgebenen Organismen, selbst in der Atemluft. Sich dagegen wehren? Wie denn, ohne die Unterstützung der Regierungen?

Im Anhang des Artikels waren Hinweise auf mehr als fünfzig wissenschaftliche Berichte und Nachweise aufgezählt, die nahezu jedes Mal durch eine Gegenstudie widerlegt oder angezweifelt wurden. Die Hersteller konnten sich jede Interpretation leisten. Es ging in den Widerlegungsstudien und Stellungnahmen der Hersteller oder/und der Gesundheitsorganisationen der Regierungen nie um die Widerlegung der Aufnahme der Giftstoffe von Pflanzen, Mensch und Tier, sondern nur um die Konzentration im Körper. Es gibt dabei aber derzeit weder Studien, die eine Langzeit-Realaufnahmemenge als Grundlage haben, noch Hinweise darauf, wie sich die angeblich nicht gesundheitsgefährdenden Stoffe mit anderen chemischen Stoffen im Körper verbinden und reagieren, sich akkumulieren und so kurz- oder langfristig zu Gesundheitsschäden führen können. Es geht dabei nur um die Entkräftung der berechtigten Befürchtung der Bevölkerung um Leib und Leben. Warum wohl? Ist es möglich, dass es wieder einmal nur um die Legitimation einer gemeinsam von Regierungen und den Lobbys eingeschlagenen Richtung geht? Vielleicht machen sich die Regierungen auch Sorgen darum, wie eine überbevölkerte Welt »von Milliarden Konsumenten, die Geld in den Wirtschaftskreislauf und ihre Pensionskassen bringen«, weiterhin ernährt werden kann, wenn durch eine Umstellung auf einen umweltverträglichen Pflanzen- und Artenschutz die Erntemengen zurückgehen? Ist es die Sorge, wie viel Milliarden die Subventionen an die Landwirte verschlingen würden? Oder einfach nur der Versuch, die Schuld so lange zu verdrängen, bis man selbst aus dem Amt geschieden ist und einen niemand mehr erreichen und verantwortlich machen kann?

Die Sorge der Verursacher ist berechtigt, schrieb Herr Hartmann als Schlussplädoyer. Die schädliche Wirkung dieses und anderer Umweltgifte ist nicht mehr zu verleugnen. Sie befinden sich überall in unserem Lebensraum. Im Essen und Trinken, sogar in der Luft zum Atmen. Nur die Luft zum Atmen brauchen wir. Umweltgifte braucht niemand. In geringen Mengen ebenso wenig wie in höheren Dosen. Die Menschen, die den Planeten belasten, vergiften und vermüllen, haben sich schon für ein Programm bei der Raumfahrtbehörde eingeschrieben. Sie werden sich mit dem Geld, das sie mit der Vernichtung des Planeten und ihrer Bewohner verdient haben, in ein Raumschiff setzen und zum nächsten Wunschplaneten fliegen. Alle anderen – die Leidtragenden – werden sie im Chaos zurücklassen, das sie angerichtet haben. Wir wollen das nicht zulassen. Wir richten hiermit – beteiligt sind fünfzig Länder – einen gemeinsamen Appell an alle Menschen auf der Erde. Wenn Sie die weitere Belastung ihrer Umwelt vermeiden wollen, senden Sie die anhängige Petition ausgefüllt und unterzeichnet, auch per Telefax oder als E-Mail, noch heute an das zuständige Gremium zurück. Die jeweilige Vertretung in ihrem Land wird damit einen Widerspruch gegen die weitere Zulassung des Pflanzenschutzmittels in die Wege leiten.

Otto arbeitete eng mit der Rückläufersammelstelle der Petition, in den Landkreisen, wo Sybilles Ländereien lagen, zusammen. Sie führten einen Datenabgleich mit den Namen der Pächter durch. Nicht einer der Pächter beteiligte sich an der Kampagne gegen die Zulassung des Allround Unkrautvertilgungsmittels. Daraus zog Sybille ihre Konsequenzen. Weitere Gespräche hielt sie für zwecklos. Die Beteiligungsquote Null sprach für sich. Dennoch musste etwas getan werden. Olivia kam auf die Idee, Demonstrationen zu veranstalten, wenn die Bauern Allround auf den Feldern aufbringen wollten. Es gab eine Anleitung der Hersteller, wie und wann der Giftstoff verteilt werden sollte. Sie war der Meinung, durch ihre früheren Klassenkameradinnen, auch die Töchter vieler Bauern, fristgerecht an Informationen zu kommen, wann und wo die Verteilarbeit auf den Feldern stattfand. Mit der neuen Handygeneration, Social Media oder Massenmailings, sollte es gelingen, in kürzester Zeit eine große Anzahl von Gleichgesinnten zusammenzubringen. Demos ließen sich heute wesentlich einfacher organisieren als früher. Den Vorschlag fand Sybille fantastisch. »Damit rütteln wir gleichzeitig die gesamte Bevölkerung der Region wach«, sagte sie. »Nicht nur in der Region«, antwortete Olivia. »In ganz Frankreich. Hier sind die Menschen so rückständig, was Ökologie und Umweltschutz betrifft.« Das sollte geändert werden, fanden beide zurecht. In Frankreich war die Bewegung noch nicht angekommen. Hier wurde gegessen, was in den Regalen der Supermärkte stand. Hierzulande belächelten die Menschen immer noch den Umweltschutz oder Bio Produkte.

Gesagt, getan. Otto leistete praktische Mithilfe. Er schrieb, regelmäßig eine Woche vor der geplanten Demonstration, in den regionalen Zeitschriften Artikel, die an großangelegte Aufklärungskampagnen über das Allround Unkrautvertilgungsmittel angelehnt waren. Dabei wurden die Treffpunkte und Veranstaltungszeiten für die Demonstrationen, Massenkundgebungen oder Sitzblockaden genannt. Die beiden Damen schlossen sich außerdem einer Pariser Umweltaktivistengruppe an, die in Nizza ein regionales Büro unterhielt. Zusammen mit der »Grünen Liste«, organisierten sie flächendeckende Informationskampagnen, verteilten Flugblätter, klebten Plakate an Werbeflächen und veranstalteten zusätzlich Diskussionsforen in Schulen, Gemeindesälen oder auf öffentlichen Plätzen. Die Schweizer Stiftung unterstützte die Arbeit finanziell. Mit der Zeit stellte sich der Erfolg ein. Man konnte – wenn auch sehr zögerlich – erkennen, wie sich die Verbraucher umorientierten. Öffentlich angeprangerte Angebote blieben in den Regalen stehen. In Nizza und Antibes eröffneten einige kleine Bioläden. In zwei Supermarktketten verschwanden die Allround Produkte. In einer anderen wurde sogar vorrangig auf Verpackungen umgestellt, die mit der Umweltplakette ausgezeichnet waren. In Nizza veranstalteten Schüler vor einem Dritte-Welt-Laden, der Billigware anbot, eine Sitzblockade, über die abends im regionalen Fernsehsender berichtet wurde. Die regionalen Fernsehsender berichteten auch regelmäßig von den Demonstrationen, Sitzblockaden oder der Sperrung von Zufahrten zu Feldern, die von den Bauern mit den Allround Mitteln bearbeitet werden sollten. Viele Anwohner, die direkt betroffen waren, wenn zum Beispiel bei starkem Wind der giftige Sprühnebel zu ihren Häusern trieb, beteiligten sich nach und nach an den Demonstrationen. Oft wurden ganze Straßenzüge versperrt, wenn die Bauern morgens mit ihren

Fahrzeugen auf die Felder wollten. Auch auf oder vor den Feldern fanden Demonstrationen mit Sitzblockaden statt. Bereits zwei Mal kam es zu gefährlichen Zwischenfällen, bei denen mehrere Demonstranten beinahe von einem Bauern überfahren wurden. Einer der beteiligten Bauern war Claude Bessiér. Er raste mit seinem roten Traktor einfach auf die Menge der Demonstranten zu, wobei einige von ihnen mehr oder weniger starke Prellungen erlitten. Beide Male war Sybille dabei. Sie wurde nur leicht verletzt, hatte aber danach Probleme mit der Lunge, weil sie eine gehörige Portion vom Allround Sprühnebel einatmete. Bessiér nahm keine Rücksicht auf die Demonstranten. Im Gegenteil. Er schaltete die Spritzvorrichtung auf Hochtouren, wenn Demonstranten in der Nähe waren. Mehrmals griff die Polizei ein. Es hagelte Strafanzeigen, sowohl gegen die Demonstranten, als auch gegen die Bauern. Sybille hatte nichts zu befürchten, sagte ihr Rechtsanwalt. Mit einer Strafverfolgung wegen Hausfriedensbruch würde kaum jemand gegen die Eigentümerin der Ländereien etwas bewirken können.

Mit behördlicher Verfolgung war kaum zu rechnen. Anders verhielt es sich mit den ungestümen Bauern, die oftmals in Gruppen mit Zaunlatten auf die Demonstranten losgingen oder sie teilweise an ihrer Kleidung oder sogar an den Haaren von den Feldern zerrten. Zum Glück wurde sie meist von solchen Angriffen verschont. Vor sechs Monaten konnte sie jedoch einer weiteren Attacke Claude Bessiérs nicht entkommen. Nach einer Kundgebung ging sie mit den Teilnehmern und ihrer Tochter zu einer geplanten Sitzblockade auf einem Sandweg entlang, der zu mehreren Feldern führte, wo heute der Feind ihrer Gesundheit, wie sie das Allroundmittel nannten, aufgebracht werden sollte. Sie waren gerade eingetroffen, als ein roter Traktor, mit zwei langen Sprüharmen links und rechts, von der Straße um die Ecke bog und auf sie zukam. Statt langsamer zu fahren, um die Demonstranten nicht zu gefährden, fuhr Bessiér weiter. In dem Augenblick, als er Sybille erkannte, trat er aufs Gaspedal, stellte den Sprühregen der Verteilerarme an und raste auf sie zu. Sybille konnte noch zur Seite springen, wurde aber, wie mehrere andere Demonstranten, von dem Giftregen voll erfasst. Als die Verteilerarme über ihr waren, fuhr Bessiér wieder langsamer. So wurde sie durch und durch nass. Sie atmete zudem einiges von dem Sprühregen ein. Sie stand da, hustete und schüttelte sich wie ein begossener Pudel. Fassungslos starrte Olivia ihre Mutter an. Sie war rechtzeitig zur Seite gerannt und hatte nichts abbekommen. Dann schaute sie zu Bessiér hinauf, der sie in der Führerkabine sitzend, blöd angrinste. Olivia war nach ihrem Papa, der ausgeglichenste, ruhigste Mensch, den man sich nur vorstellen konnte. Ruhig und friedlich. In dieser Situation mutierte sie überraschend vom ruhigen Fisch zur angriffslustigen Löwin. Sie schrie so laut sie konnte: »Was grinst du so blöd, du gewalttätiger Stumpfschädel? Du bist doch nichts weiter als ein zurückgebliebener Möchtegernanwalt, der es zu nichts weiter gebracht hat, als wehrlose Frauen anzugreifen. Nun bist du zu weit gegangen.« Bessiér hatte die Tür einen Spalt geöffnet und wollte anscheinend aussteigen. Olivia lief beim Schimpfen von vorn rechts auf den Traktor zu, nahm einen umgestürzten langen, schweren Holzpfahl vom Boden auf, der früher als Zaunpfahl diente, hob ihn über die Schulter und drosch mit aller Kraft vorn auf die Abdeckung des Fahrzeugs. Bessiér machte die Tür wieder zu, worauf Olivia ihn weiter anschrie: »Trau dich nur herunterzukommen, du unmöglicher Mensch.« Niemand hatte sie jemals so wütend gesehen. Sie brüllte weiter, während sie mehrmals mit dem Knüppel auf den Traktor einschlug: »Da hast du deine Ausbeutung, du armseliger Auswendiglerner von Parolen, Phrasendrescher. Als Rechtsanwalt nichts geworden, aber bei wehrlosen Frauen den Helden spielen.« Der Beschützerinstinkt ließ sie über sich hinauswachsen. Plötzlich heulte der Motor auf, worauf der Traktor einen Satz nach vorn machte. Bessiér lenkte ihn zur Seite, wo Olivia stand. Geistesgegenwärtig rannte sie um den Traktor herum und drosch mit voller Kraft auf die Rücklichter, die daraufhin zerbrachen. Dann schlug sie Beule um Beule in die Kotflügel. Die Tür öffnete sich wieder, Bessiér schaute heraus, Olivia hob den Knüppel und rief: »Komm nur herunter. Was du nach dem Mordversuch an meiner Mutter verdient hast, kannst du dir gleich abholen. Ansonsten verschwinde. Hoffentlich ins Gefängnis. Alle haben es gesehen.« Sie drehte sich in der Runde um. Alle nickten mit dem Kopf. Die meisten der Umstehenden erwachten aus ihrer Schreckstarre und bewegten sich in Richtung Traktor. Bessiér setzte wieder den Sprühregen in Gang und raste los. Diesmal traf es niemanden. Alle sprangen geistesgegenwärtig zur Seite. Einige nahmen Steine als Wurfgeschosse vom Acker, die kurz darauf auf den Traktor prasselten. Bessiér zog den Kopf ein. Er verschwand nach wenigen Metern hinter einem Maisfeld. Bessiér hatte danach nichts Besseres zu tun, als seinen Kopf mehrmals gegen eine Hauswand zu schlagen, bis Blut aus der Stirn schoss, und bei der Polizei zu behaupten, es sei Sybille gewesen. Die Polizei, die bereits von dem Vorfall wusste, riet ihm von einer Anzeige ab, weil ihm sonst eine Mordanklage drohen würde. Bessiér verzichtete auf weitere Schritte. Sybille musste zweimal duschen, um den Geruch vom Körper und aus den Haaren zu waschen. Trotzdem brachte ihre Tochter sie noch in ein Krankenhaus, weil ihr übel war und sie sich mehrmals erbrach. Nach diesem Vorfall nahmen die beiden vorläufig an keiner Demo mehr teil. Die Erntesaison war ohnehin bald vorbei.

»Da kommt er«, rief Olivia ihrer Mutter zu, als sie Otto unter den ausschwärmenden Fluggästen erkannte. »Papa, Papa hier sind wir«, rief sie mit einer erhobenen Hand hin und herwinkend zur Begrüßung. Er kam rasch auf sie zu. Die drei umarmten sich. Nach dem Traum am Morgen musste er die Wärme ihrer Körper spüren, um zurück auf den Boden zu kommen. Im Flugzeug dachte er an Heike, Sybilles Mutter, die seit einem Monat mit Gebärmutterhalskrebs im Krankenhaus lag. Vielleicht war der Traum so zu deuten, dass ihr Mann und ihre Enkelin über den Fluss ohne Wiederkehr blickten – falls sie nicht genesen würde. Wichtig war für ihn erst einmal, sie bei sich zu wissen. Sie im Arm zu halten, ihre Nähe zu spüren. Auf dem Weg zum Auto, legte er den Arm um die Schultern seiner Tochter. Er blickte sie von der Seite lange an. Die Beklemmung wollte nicht weichen. Es war wie im Flugzeug. Er warf die dunklen Gefühle zu Boden. Sie sprangen ihn wieder an. Wie ein Äffchen. Er schleuderte es von sich. Umso mehr klettete es sich an ihm fest. Mit den Stunden die vergingen, lernte er damit umzugehen. Er ließ die dunkle Ahnung schweben, wie eine Wolke am Himmel. So war es am erträglichsten. »Papa, ist alles in Ordnung?«, fragte Olivia, die bemerkte wie bedrückt er war. »Ich hatte einfach nur einen schlechten Traum«, antwortete er. »Vielleicht, weil ich mir Sorgen um Großmutter mache.« So musste es wohl auch sein. Der lange Aufenthalt im Krankenhaus verdunkelte langsam die Lichtblicke, wenn er an sie dachte. Die düsteren Aussichten überschatten die ganze Familie, dachte er. Ja, so musste der Trauminhalt zu deuten sein. Mit diesem Gedanken wurde er ruhiger. Das Päckchen war endlich im Unbewussten abgelegt. Er lächelte seine Tochter an und sagte: »Und – was macht Brigitte?« »Sie wollte nicht mitkommen«, antwortete Olivia. »Sie freut sich aber sehr auf dich.«

Zuhause angekommen, stellten sie ihr Auto vorn in der Einfahrt ab. Sybille ging mit Otto zu Brigitte. Olivia hatte Mühe, das schwere, schmiedeeiserne Tor allein zu schließen. Brigitte stand auf dem einstufigen Eingangspodest. Von weitem sah es nicht so aus, als würde sie sich über Ottos Ankunft freuen. Ihre Schultern hingen traurig herab. Beim Näherkommen sahen die drei, wie Tränen über ihre Wangen liefen. »Oh Mutter, was ist denn?«, begrüßte Otto sie mitleidig. Sie antwortete nicht. Sie schaute die drei nacheinander an. Als ihr Blick auf Olivia fiel, schluchzte sie laut los. »Opa ist tot«, stammelte sie, während sie nochmals laut aufschluchzte. »Wie bitte?«, fragte ihre Enkelin. »Opa ist tot«, wiederholte sie etwas klarer. »Ich weiß«, sagte Olivia wenig beeindruckt. »Ich war bei seiner Beerdigung.« Otto sagte zu seiner Tochter gewandt: »Manchmal ist es so, wenn man sich an schöne Zeiten erinnert, wird man einfach traurig.« Er drehte sich wieder zu seiner Mutter um und sagte: »Wir sind alle da Mama. Hast du dir wieder die Fotos von früher angesehen?« »Nein«, antwortete sie, »es ist nur… .« Während sie stockte, schaute sie Sybille an und begann wieder zu schluchzen. »Er hatte, er hatte einen Autounfall.« Langsam dämmerte es bei Sybille. »Nein«, rief sie entsetzt. »Nein, du meinst doch nicht Papa.« Otto wiederholte den Satz: »Nein, du meinst doch nicht Oliver?« Brigitte zog den Kopf ein, drehte sich um und lehnte langsam den Kopf gegen die Hauseingangstür. So verharrte sie, bis Olivia sagte. »Nun sag schon, Oma. Du meinst doch nicht Mamas Papa, oder?« Brigitte drehte sich wieder um. Sie nickte ein paar Mal mit dem Kopf. »Doch. Es war ein Autounfall«, erwiderte sie leise. Oliver ist überfahren worden.« »Wann?«, fragte Otto. »Heute früh gegen acht, als er ins Büro gehen wollte.« Um acht Uhr, dachte Otto. Um diese Zeit hatte ich den Traum. Er schämte sich seiner Gefühle, weil er innerlich erleichtert war. Nicht Olivia, dachte er und fühlte sich befreit, trotz der schlimmen Nachricht. Seine Tochter starrte ungläubig auf Brigitte. Sybille konnte es in dieser Minute ebenso wenig fassen. »Gehen wir doch erst einmal hinein«, forderte Otto die anderen auf. Sie gingen wortlos ins Wohnzimmer, warfen ihre Sachen aufs Sofa und setzten sich an den Esstisch.

Brigitte begann von dem Vorfall zu erzählen: »Heike hat aus dem Krankenhaus angerufen. Ich wollte es kaum glauben. Die Trottel haben ihr, obwohl sie sich selbst in einem schlechten Zustand befindet, als erste davon erzählt. Oliver ist von einem Besuch bei ihr im Klinikum, auf dem Weg zu seinem Auto, von einem Kleintransporter erfasst worden, als er über die Ampel gehen wollte. Der Laster wollte nach rechts abbiegen, Oliver war im toten Winkel des Seitenspiegels. Der Fahrer hat ihn nicht gesehen. Von der Stoßstange sind die Beine hoch gehebelt worden. Er ist mit Wucht an der Bordsteinkante aufgeschlagen. Im Krankenhaus hat man einen Schädelbasisbruch festgestellt. Ein Arzt kannte ihn von seinen häufigen Besuchen bei Heike. Sonst hätte wahrscheinlich niemand gewusst, wo sie sich gerade aufhält. Oliver war noch einige Stunden bei Bewusstsein, bevor er an den Blutungen im Kopf gestorben ist. Die Krankenschwestern haben Heike davor noch mit dem Rollstuhl nach oben auf die Intensivstation gefahren. Wenigstens konnte sie Abschied von ihm nehmen. Sie war so gefasst.« Brigitte begann wieder zu weinen. Sie sagte: »An seinen Augen habe ich unser baldiges Wiedersehen abgelesen.« Sie sprach darüber so, als hätten sie einen Pakt geschlossen, wann sie sich wieder treffen, da oben.« Nun liefen auch bei Sybille Tränen über die Wangen. Sie sagte: »Wir müssen sofort nach Berlin. Sie braucht uns jetzt sicher.« Olivia nickte. Otto saß steif in seinem Sessel. Er war innerlich etwas verkrampft. Der Traum war wieder präsent. Die Bilder zogen an seinem geistigen Auge vorbei. Nur für eine Stunde hatten sich die Befürchtungen aufgelöst. Er sagte: »Ja, wir müssen nach Berlin. Aber nicht heute. Wie wollen wir es arrangieren? Wer kommt mit?« Die drei Frauen sagten fast gleichzeitig. Ich, ich und ich.

Einen Vorteil hat es, sagte Michelle zu ihm, als er sie über die Abreise morgen Mittag informierte. »Sie haben ihren Koffer noch gepackt.« Er konnte darüber nicht lachen. Sie meinte es nicht böse. Der Sarkasmus ergab sich aus der Situation. Dennoch dachte er: »Recht hat sie.« Er buchte die Flüge, sagte alle Termine für die kommenden zwei Wochen ab. Dann ging er am Strand spazieren. Der Winter meldete sich mit wütenden Windböen an, die sein Haar durcheinanderwirbelten. Er lief so lange gedankenverloren an der Promenade entlang, bis die Straße endete. Er ging hinunter ans Wasser. Es war angenehm den weichen Sand unter den Füßen zu spüren, dem Wind und den Wellen zu lauschen. Seine Sinne verloren sich in einer angenehmen Entspanntheit. Die Wolken zogen in rasender Geschwindigkeit unter der Himmelsscheibe hinweg. Mit den Wolken verloren sich seine Gedanken am Horizont. Er schloss die Augen. So stand er fast eine halbe Stunde, bis ihn ein Passant, der ihn längere Zeit beobachtete, dezent ansprach: »Ist alles in Ordnung bei Ihnen?« Er öffnete die Augen, schaute direkt in den Blickkanal des Mannes, der vor ihm stand und antwortete: »Ist es in Ordnung, wenn der Wind die Seelen unserer Liebsten mit sich fortträgt? Ist es in Ordnung, wenn die Träume stärker werden als die Wirklichkeit? Ist es in Ordnung, wenn der Boden unter deinen Füßen zu leben beginnt?« Beim dritten Satz schüttelte der Mann den Kopf und lief etwas eingeschüchtert davon. Er hielt Otto anscheinend für geistesgestört. Otto drehte sich um, wobei er dachte: Ja, es ist in Ordnung. Wenn man keine Ordnung ernst nimmt, sondern sich einfach nur mit dem Fluss des Lebens bewegt. Keine Ordnung, keine Kontrolle, nichts von den Strukturwegen bringt dich dem Leben näher, dem wirklichen, dem wahrhaftigen Leben. Aber es ist das Einzige, das Bestand hat. Die drei Damen im Haus warteten bereits mit dem Abendessen auf ihn. Seine Mutter fragte, ob alles in Ordnung sei. Er schaute ihr tief in die Augen, ohne zu antworten. Sie verstand ihn trotzdem. Es war ein mutloser, trauriger Abend. Es wurde kaum gesprochen. Alle gingen früh ins Bett.

Es war von oben alles besser überschaubar. Der Rabe sah auf seinem Flug über den Schlachtensee mehr als die Zweibeiner dort unten. Autos fuhren hier wenig. Bisher hielt heute nur ein Taxi. Vier Personen stiegen aus. Der Kofferraum war gefüllt mit Taschen, die nach dem Ausladen einige Zeit auf dem Bordstein stehenblieben. Das Gebäude dort unten war seit ein paar Tagen verwaist. Er brauchte nicht mehr allzu vorsichtig zu sein, wenn er die Walnüsse vom Rasen in den Schnabel nahm, um damit zu einem ruhigen Platz zu fliegen. Dort schabte er mit dem Schnabel die braune Außenhaut ab, nahm die Nuss wieder auf, flog hoch über den Asphalt, wo er sie dann fallenließ. Die Nuss zerbarst nicht immer gleich beim ersten Mal. Oft musste man sie zwei oder drei Mal von oben auf den harten Boden fallenlassen, um an die innere Frucht zu kommen. Die vier Personen dort unten gingen ins Haus. Nun würde dort abends wieder Licht angehen. Er musste jetzt besser aufpassen, wenn er im Garten nach Futter suchte.

Knarrend öffnete sich die Tür. Abgestandene Luft mit einem Geruch nach Möbeln, Essen und sonstigen Ausdünstungen, wie sie sich schnell in alten Häusern bildet, die nicht ausreichend belüftet werden, schlug ihnen entgegen. Sybille konnte sich nicht an diesen Geruch erinnern. Es roch anders zu der Zeit, als sie hier noch wohnte. Dennoch stiegen Erinnerungen an alte Zeiten in ihr hoch. Dort unten am See lernte sie Otto kennen. An ein lebenslanges Miteinander mit ihm, dachte sie damals ganz sicher noch nicht, belächelte sie das Bild. Ihre unduldsamen Ängste, nachdem sie ihn mit einer anderen Frau gesehen hatte. Der Rothaarigen mit dem Superbusen. Bis heute hatte sie ihm nicht erzählt, wie sie abends vom Fenster zu den Hartmanns hinüberschaute, um zu sehen, ob und wann die Frau wieder wegging. Alles wurde wieder gut. Trotzdem musste sie zum Schluss ihre Koffer packen und ihn ungewollt verlassen. Mit einer kaum verheilten Schusswunde in der Schulter. Nun lag das Anwesen still und leer vor ihr. Würde hier jemals wieder Leben ins Haus kommen, fragte sie sich. Wohl eher nicht. Ihre Mutter würde genau wie Brigitte lieber nach Antibes umziehen, als hier in Trostlosigkeit zu verharren. Dabei fiel ihr etwas ein. Sie drehte sich zu Otto um und sagte: »Jemand muss noch im Büro der Hausverwaltung Bescheid geben, was passiert ist. Die Angestellten fragen sich sicher, wo ihr Chef ist, warum er nicht ins Büro kommt. Per Mail erreichen sie ihn nicht. Uns erreichen sie derzeit auch nicht.« »Daran dachte ich auch schon. Ich fahre nachher kurz rüber und informiere sie.« »Olivers Auto steht vor der Tür«, sagte Sybille. »Der Schlüssel dafür sollte am Brett neben der Garderobe hängen.« »Ja«, sagte Brigitte. »Ich erinnere mich daran. Oliver hat mich überall hingefahren nachdem... .« Sie verstummte mitten im Satz. Sie wollte nicht vom Tod sprechen. Auch wenn sie es nicht aussprach, wusste jeder, was sie meinte. Dieters Ende. Es wurde noch dunkler im Flur. Die Stimmung war bedrückend. Sybille schaltete Licht an. So fühlte sie sich wohler.

Es war halb fünf Uhr am Nachmittag. Otto verabschiedete sich mit den Worten: »Ich muss mich beeilen, in einer halben Stunde gehen die Leute nach Hause. Wir sehen uns zum Abendessen.« Sybille legte in jedes der Zimmer frische Bettwäsche. Olivia schlief in Sybilles ehemaligem Zimmer. Brigitte im Gästezimmer. Sybille und Otto im Schlafzimmer ihrer Eltern. Nachdem die Betten bezogen waren, die Koffer ausgepackt, machten sich die Damen frisch. Nachdem alle unten im Wohnzimmer eingetroffen waren, fragte Sybille: »Wer kommt mit ins Krankenhaus zu Oma?« Heike hieß, seit Olivia auf die Welt gekommen war, nicht mehr Mama, sondern Oma. Beide wollten mitkommen. Brigitte war sich jedoch nicht sicher, ob sie Oma damit überforderten. Deshalb schlug sie vor, einkaufen zu gehen, sich um das Abendessen zu kümmern und im Haus nach dem rechten zu schauen. Sybille machte sich mit ihrer Tochter auf den Weg ins Klinikum. Es war nicht allzu weit entfernt. Sie nahmen sich ein Taxi. Gerade noch rechtzeitig, um die Besuchszeit am Nachmittag bis neunzehn Uhr zu nutzen. Oma lag seit Wochen im gleichen Zimmer. Sybille besuchte sie so oft sie konnte, zuletzt vor zehn Tagen. Nachdem die beiden gestern Abend noch miteinander telefoniert hatten, erwartete sie Heike in dem typisch beige gestrichenen Krankenhauszimmer bereits. Sie sah abgemagert aus. Seit zwei Wochen trug sie nach einer Chemotherapie eine Mütze. Olivia, die nur einmal vor drei Wochen hier war, erschrak, als sie Oma sah. »Olivia schau nicht so, als wenn du mich nicht erkennen würdest. Ich bin nur älter geworden. Meine Haare habe ich auch gefärbt. Die müssen erst noch trocknen, haha.« Olivia nahm die Aufmunterung gern an. Sie drückte ihre Großmutter. Sie sagte: »Hoffentlich rot.« Nachdem sie ihre Enkelin begrüßt hatte, antwortete sie: »Natürlich rot. Ich weiß doch, wie sehr du diese Farbe liebst.« Zu Sybille gewandt sprach sie weiter: »Komm lass dich nochmal in den Arm nehmen.« Nachdem Sybilles Ohr neben ihrem Mund war, flüsterte sie: »Bitte frag nicht danach, ob ihr Opa nochmal sehen könnt. Es geht nicht. Sie würde sich erschrecken.« Damit meinte sie ihre Olivia. Olivers Gesicht wurde durch den Sturz stark in Mitleidenschaft gezogen. Ihre Tochter und ihre Enkelin sollten ihn so in Erinnerung behalten, wie sie ihn kannten. Heike stellte ihren Zustand besser dar, als er in Wirklichkeit war. Nach zwei Operationen waren sich die Ärzte nicht sicher, ob noch eine dritte Operation notwendig sei. Sie war aber derzeit zu geschwächt. Nachdem sie vom Tod ihres Mannes erfuhr, stellte sie die Ärzte vor vollendete Tatsachen. Eine dritte Operation kam so oder so nicht infrage. Punkt. Ihr war derzeit alles egal, was ihren eigenen gesundheitlichen Zustand betraf. Manche Menschen sind so sehr miteinander verbunden, dass sie den anderen nicht gehen lassen können, ohne ihn zu begleiten. Bei Heike kam die fehlende Lebenslust dazu. Warum sollte sie kämpfen, wenn ihr Mitgehen viel einfacher, viel logischer erschien. Sie fragte sich: Gibt es

Zufälle? Oder ist es so vorgesehen, dass Oliver mitten in meiner Krankheit, die nicht enden will, plötzlich stirbt? Sie dachte an ein baldiges Wiedersehen, ohne mit jemandem darüber zu reden. Vielleicht konnte sie deshalb so leicht und unbeschwert mit der Situation umgehen.

Beim Abendessen berichtete Olivia, wie toll es der Oma gehen würde, wie sie miteinander gelacht hätten. Sie fragte Brigitte, ob Oma nicht zu Oma ziehen könnte, haha. Otto schaute sie ungläubig an, schloss seinen Mund aber wieder, nachdem Sybille ihm unbemerkt zuzwinkerte. Sie wollte ihrer Tochter die Unbekümmertheit lassen, solange es ging. Sybille kannte die Beerdigungswünsche ihrer Eltern. Sie hatten sich schon vor einiger Zeit Stellplätze für ihre Urnen auf dem Friedhof in Zehlendorf ausgesucht und reserviert, auf dem Dieter beerdigt wurde. Alles war insoweit geregelt. In den nächsten Tagen besprach sich Sybille mit ihrer Mutter, wie sie sich den Ablauf wünschte. Dann beauftragte sie ein Bestattungsunternehmen und schrieb Postkarten an alle, die zur Beerdigung eingeladen werden sollten. Außerdem arrangierte sie den sogenannten Leichenschmaus, ein Treffen nach der Beerdigung, mit Kaffee und Kuchen. Ihre Mutter wünschte, dass die Feierlichkeiten in ihrem Haus stattfinden sollten. Sybille engagierte dafür einen Cateringservice, um sich und ihre Mutter zu entlasten. Otto klapperte in der Zeit die Zeitungsverlage ab, für die er regelmäßig arbeitete. Herr Strohmann bedachte ihn mit einem mitleidigen Blick, der wohl eher ihm selbst galt, als Herrn Hartmann. Er konnte Ottos Weggang nach der ersten Runde im neuen Verlagshaus noch immer nicht so recht verschmerzen. Er traf sich auch mit Bertold, Thomas und Freddy. Olivia, die ihre freie Zeit bei Oma im Krankenhaus oder bei Freundinnen aus der Schulzeit verbrachte, erfuhr davon zwei Stunden vor dem Treffen der drei. Sie klebte so lange am Ohr ihres Vaters, bis er Bertold anrief und fragte, ob Olivia mitkommen könne. Für Olivia ist immer ein Platz frei an unserem Tisch, ließ ihr Bertold ausrichten. Bei dem Treffen änderten sich die Verhältnisse gewaltig. War Olivia früher ein Fan von Bertold, waren die drei nun ihre Fans. Sie konnte sich vor

Komplimenten kaum retten. Sie sah ihrer Mutter sehr ähnlich. Sie hatte ein ebenmäßiges Gesicht mit einem Schmollmund. Sie trug immer noch gern die Miniröcke aus der Zeit ihrer Pubertät, von denen sie auch heute einen zur Schau stellte. Mit ihrer schlanken, sportlichen Figur und ihrer kindlichen Ungezwungenheit war sie für Männer ein Reißer. Mit einem Hut voller Schmeicheleien lief sie spät am Abend mit Otto nach Hause. Ein lauer Spätsommerabend. Es gab also doch noch Spaß auf dieser Welt, dachte sie, während sie mit Otto angeregt plauderte. So gute Laune hatte sie seit ihrer Ankunft nicht mehr.

Am kommenden Abend war es genau anders herum. Das Stimmungsbarometer gab nicht mehr her. Warum? Es gab auch die Oma nicht mehr. Beim Besuch im Krankenhaus am Nachmittag, erfuhr sie als erste davon. Sie saß betroffen auf dem Stuhl im Wohnzimmer, als Otto, Sybille und Brigitte vom Einkaufen hereinkamen. Brigitte tippte sofort richtig. Im Krankenhaus musste etwas passiert sein. Olivia wollte die Nachricht den anderen nicht gern überbringen. Sie sagte kleinlaut: »Ich war im Krankenhaus, Omas Zimmer war leer. Die Krankenschwester tat ganz überrascht. Sie sagte: »Was, Sie wissen noch nichts davon?« Oma ist vergangene Nacht gestorben. Blöd, so eine Nachricht einfach nebenher zu erzählen.« Niemand aus dem Krankenhaus hatte sie vorher informiert. Kein Anruf. »Nun«, sagte Otto, »wir haben hier auch keinen Anrufbeantworter.« Sybille fiel aus allen Wolken. »Nein, nicht das auch noch«, stotterte sie, worauf sie anfing zu weinen. Es schien, als wolle sie gar nicht mehr aufhören. Erst, nachdem Brigitte sie mehrmals in den Arm nahm, wobei sie ihr auf den Rücken klopfte, beruhigte sie sich langsam. Sie sagte: »Ich dachte, ich dachte… .« – sie schaute Otto an, »wenigstens Mama bleibt uns noch.« Bei diesen Worten zerbrach in Otto wieder eine Welt. So wie im Traum. Schwer wurde es, düster. Der Arm des Mannes in der Mönchskutte legte sich um seine Schultern. Innerlich wand er sich, kämpfte dagegen an. Er konnte ihn aber nicht abschütteln. Es wurde für ihn ein schauriges Abendessen. Er brachte kaum einen Bissen hinunter. Was würde noch auf ihn zukommen?

Sybille blieb am nächsten Morgen bis zehn Uhr im Bett liegen. Sie kam verstört hinunter. Sie sah aus, als wäre sie an allem schuld. Sie konnte niemandem in die Augen schauen, verhielt sich kleinlaut, abweisend, in sich zurückgezogen. Sie schien verwirrt, völlig aus dem Konzept. Sie sagte mehrmals: »Ich kann doch nichts dafür.« »Wofür?«, fragte Brigitte. Man sah ihr an, wie verzweifelt sie sein musste. Irgendetwas stimmte mit ihr nicht. Sie konnte es aber nicht mitteilen. So erschien es Brigitte. »Sybille«, sagte sie. »Es ist ein schwerer Schlag. Ich weiß es. Als mein Mann mich verließ, wusste ich lange nicht, wie ich überhaupt weitermachen soll. Ob es überhaupt weitergeht.« Beim letzten Satz brach Sybille in sich zusammen. Sie stotterte dabei vor sich hin: »Ob es überhaupt weitergeht – weitergeht.« Sie stammelte: »Wie soll ich es ihm nur sagen? Das kann ich doch nicht tun. Nicht jetzt.« Sie schaute Brigitte hilflos wie ein verletztes Tier in die Augen, die damit nichts anzufangen wusste. So kannte sie Sybille gar nicht. Brigitte holte Otto aus dem Garten, der sich ein wenig um die Grünpflege kümmerte. Sie brachten Sybille wieder nach oben ins Bett. Sie schlief sofort wieder ein. Es war alles ein bisschen viel für sie. »Otto, du musst dich wohl um die Beerdigung von Heike kümmern. Sybille sieht nicht so aus, als ob sie es schaffen würde. Olivia möchte ich damit nicht behelligen. Das zarte Seelchen müssen wir da raushalten, so gut es geht.« Viel Arbeit war es sowieso nicht. Otto musste nur das Bestattungsunternehmen aufsuchen, um den Auftrag zu unterschreiben, dass die Beerdigung nicht nur eine, sondern zwei Personen umfasste. Danach besuchte er den Prediger. Am nächsten Tag verschickte er mit seiner Mutter Postkarten an die Trauergäste.

Drei Tage später fand mittags nach der Einäscherung, die Beerdigung auf dem Friedhof in Berlin-Zehlendorf statt. Die Zeremonie war sehr spektakulär. Aus welchem Grund auch immer, wünschte sich Oliver einen prunkvollen letzten Auftritt. Ganz anders als Dieter. Die Kapelle in der die Feierlichkeit stattfand, war sehr aufwändig ausgestattet. Das sakrale Gebäude verfügte über bunte Bleiverglasung, goldene Säulen und schöne Statuen aus der religiösen Bildhauerkunst. An der Empore mit der Orgel hingen

Spruchbänder mit Beileidsbekundungen, Aphorismen über Leben und Tod, Textstellen aus der Bibel. Der Orgelspieler kam eigens zu diesem Anlass aus Italien. Eine Koryphäe in seinem Fach. Der Prediger wusste ebenfalls, worauf es ankam. Auch er war ein auserkorener Experte auf seinem Gebiet. Er bot höchsten Politikern, Regisseuren, bekannten Filmschauspielern, die lobenswertesten Worte für ihre letzte Ruhestätte. Er war hochgewachsen, grauhaarig, trug einen glatt geschorenen, grauschwarzen Vollbart und hatte majestätische Gesichtszüge. In seine maßgeschneiderte Soutane waren Fäden aus Goldbrokat eingewebt. Der Saum und die Ärmel waren vom Ellenbogen an etwas weiter. Ihm nahm man alles ab, was er verkündete. Die Urnen standen hinter seinem Rednerpult in einem Regal, umgeben von prachtvollen Blumenarrangements, die in ihrer großen Anzahl etwas überladen wirkten. Schon beim Betreten der Kapelle wurden die Trauernden von einem virtuosen Orgelspiel empfangen. Der Meister beherrschte die Töne perfekt. Einige Besucher wähnten sich, nachdem Stille eingetreten war, selbst im Himmel. Die Worte des Predigers, mit den Pausen, die er in den Text einfügte, waren ebenso perfekt. Die beiden mussten öfter miteinander arbeiten, so gut harmonierte der Wechsel zwischen Rede und musikalischer Darbietung. Nachdem die Predigt beendet war, ertönte Vivaldis op. 8,1, mov. 1, »La primavera«. Spätestens hier wollten die berührten Gäste selbst so sterben. Brigitte, Otto, Sybille und Olivia waren die Einzigen, die von dem Spektakel nicht so hingerissen waren. Zufrieden waren sie dennoch. Oliver wollte es so haben. Von der Kapelle ging es dann zu den Urnenplätzen. Danach versammelten sich die meisten der Teilnehmer bei den Mertens zum Empfang. Der Prediger und der Maestro gehörten natürlich auch dazu.

Nachdem die letzten Gäste gegen neunzehn Uhr gegangen waren, fiel die Anspannung von Brigitte ab. Sie lud die meiste Arbeit auf ihre Schultern, weil sie erkannte, dass Sybille den Anforderungen diesmal nicht gewachsen sein würde. Irgendetwas hatte sie umgeworfen. Seit sie vom Tod ihrer Mutter erfuhr, war sie nicht wiederzuerkennen. Sie klagte über starke Bauchkrämpfe, wehrte aber ab, wenn ihr jemand helfen wollte. Olivia sagte zu Otto und

Brigitte: »Mama hat in letzter Zeit schon öfter über Schmerzen und Krämpfe geklagt. Vielleicht ist sie schwanger?« »Unsinn«, behauptete Brigitte. »Es ist einfach nur Übelkeit und Brechreiz.« Bei ihr waren solche Symptome nach dem Tod von Dieter auch aufgetreten. Sicher nicht so stark, aber Sybille verlor auf einen Schlag gleich zwei geliebte Menschen. Sie blieben noch bis zur Testamentseröffnung in Berlin. Hier erlebten sie eine Überraschung. Niemand wusste etwas über die Totalität der Überlassung aller Besitztümer an Olivia, die davon überhaupt nicht begeistert war. Sie konnte damit derzeit nichts anfangen. Vielmehr beklagte sie sich später, in der Viererrunde im Hause der Mertens, sie könne nicht noch mehr Verwaltungsarbeit übernehmen. In Antibes gab es wenigstens ein Büro mit Angestellten, die selbstständig arbeiteten. Wie sollte sie es schaffen, ständig von zuhause in die Schweiz zur Stiftung und dann nach Berlin hin und her zu pilgern. »Ich gehöre nicht zu diesen Vielfliegertypen. So etwas möchte ich nicht«, gab sie zu bedenken. Kurzerhand verständigte sie sich mit Oma darauf, sämtlichen Immobilienbesitz in Berlin zu verkaufen. Sie wollten hier einen Schlussstrich ziehen. Am nächsten Tag setzten die beiden für Brigitte bei einem Notar ein Schriftstück auf, das Oma berechtigte im Namen von Olivia alle Handlungen durchzuführen, die dem Verkauf der Liegenschaften dienten, sowie im eigenen Namen alle Unterschriften gegenüber Käufern, Behörden und sonstigen Stellen zu leisten, die damit in Zusammenhang standen. Otto und Sybille wollten kein Nutzungsrecht am Haus der Mertens. Ottos Wohnung in Berlin-Halensee reichte ihnen vor Ort völlig aus. Alles andere wäre unnötige Arbeit.

Brigitte blieb in Berlin. Der Rest der Familie reiste wieder ab. Sybille ging es schon wieder besser. Zum Abschied sagte Brigitte vor dem Haus zu ihrer Schwiegertochter: »Siehst du, es wird schon wieder. Ich habe auch lange gebraucht, bis ich alles verdaut habe.« Bei dem Wort »verdaut« tippte sie mit der Handfläche an Sybilles Bauch. Beide lächelten sich liebevoll an. Olivia drückte Oma ganz fest. Sie bedankte sich nochmals herzlich für ihre Hilfe und versprach, sich jeden Abend telefonisch bei ihr zu melden. Otto packte mit dem Taxifahrer all die Koffer und Taschen in den Kofferraum des Wagens, der in zweiter Reihe mit laufendem Motor wartete. Otto ging es nicht so gut. Der Traum drückte ihm aufs Gemüt, was niemandem auffiel. Zu wenig Zeit am Set. Alle einsteigen. Oma war im Nu allein. Nicht zum ersten Mal mit so vielen Aufgaben. Zum Glück kannte sie von früher noch einen alteingesessenen Notar, der in dritter Generation sein Handwerk ganz in der Nähe ausübte. Auf ihn konnte sie sich immer verlassen. Die Damen der MeHa, so lautete der Name der Gesellschaft, die Dieter und Oliver damals für die Verwaltung der Immobilien gegründet hatten, waren von Otto bereits informiert worden. Sie kannten alle Abläufe und kamen ohne ihre Hilfe zurecht. Sie beauftragte bei der Büroleiterin eine Aufstellung über den gesamten Besitz. Größe der Grundstücke, Flächen, Mietverträge. Alles was für den Verkauf von Bedeutung war. Als die drei ins Flugzeug stiegen, saß Brigitte bereits am Schreibtisch von Oliver. Leicht wird es nicht werden, dachte sie. Die Immobilienpreise befanden sich seit drei Jahren in einer Talsohle. Es verlief dann doch einfacher, als sie es sich vorstellte. Bei einem Kennenlerngespräch mit den Angestellten, im Büro der MeHa, offerierte ihr die Büroleiterin Frau Ullstein, ihr lägen einige Anfragen, von in- und ausländischen Grundstücksgesellschaften, zum Kauf von Liegenschaften in Berlin, vor. Darunter befand sich die Anfrage einer bekannten deutschen Fondsgesellschaft, die zu einer Großbank gehörte. »Ein zahlungskräftiger Kunde«, bemerkte Frau Ullstein. Brigitte nahm den Hinweis dankend an. Sie nahm sofort Kontakt zu den Interessenten auf. Vereinfacht wurden die Verhandlungen mit der Fondsgesellschaft durch die Mitwirkung von Frau Ullstein. Eigentlich übernahm sie die kompletten Verhandlungen. Brigittes Anteil am Verkaufsprozess beschränkte sich mehr oder weniger auf ihre Anwesenheit beim Notar. Besser konnte es nicht laufen. Ganz uneigennützig war Frau Ullstein nicht. Nebenher sicherte sie sich, in den Gesprächen, ihre Anstellung. Sie war unersetzlich, so wurde es den Beteiligten vermittelt. Brigitte war glücklich, egal, wer zukünftig, in welcher Position bei der MeHa tätig war.

Während der vier Wochen Einsatz der Oma, wurde sie fast jeden Abend von Olivia angerufen. Die Gespräche dauerten manchmal über eine halbe Stunde. Sie berichtete ihr vom gesamten Geschehen in Frankreich. »Mama geht es wieder besser. Papa war wegen des Klimagipfels im Dezember auf Bali viel unterwegs.« Seine Bekannten, in der Medienszene, stritten sich um ihn. Herr Hartmann hier, Herr Hartmann dort. Keiner kannte sich so gut mit diesem Thema aus. Seine Artikel reichten derzeit von Ökologie und Umweltschutz bis zu Vorschlägen der Schadensbegrenzung für die Welt. Er selbst erzählte Olivia: »Endlich seien die Verantwortlichen aufgewacht.« Erstmals wurde offiziell der Klimawandel von nahezu allen Teilnehmern der Konferenz, bereits im Vorfeld, anerkannt. Die Erderwärmung, mögliche Dürreperioden und Naturkatastrophen standen im Mittelpunkt der Presseberichterstattung. »So viel wie Papa angeboten wird, kann er gar nicht bewältigen. Wir sehen ihn kaum noch. Mama ist auch dabei. Mit der Stiftung geht es wegen der Umweltproblematik in der ganzen Welt gerade aufwärts. Sie denken an eine verstärkte Zusammenarbeit mit dem Grünen Frieden. Da geht es in der Schweizer Zentrale natürlich heiß her.« Zwei Wochen vor Omas Rückkehr, erzählte Olivia dann vom Jahreshighlight: »Papa interviewt einen preisgekrönten Physiker.« »Warum?« fragte Oma. »Wegen der Umwelt natürlich. Der hat eine Möglichkeit gefunden, wie bei Autos der Schadstoffausstoß reduziert werden kann. So wird unsere Umwelt geschont. Ich muss immer nur das Haus hüten. Ich finde Michelle könnte das auch allein. Aber Mama und Papa wollen wohl, dass jemand von uns ein wenig aufpasst. Komm bloß bald wieder nach Hause«, drängelte Olivia immer öfter. »Mama hatte gestern auch wieder Bauchkrämpfe«, erzählte sie kurz vor Omas Rückkehr. Oma konnte vom Verkauf des Hauses am Schlachtensee berichten. »Die Übergabe ist für nächsten Freitag geplant. Dann bin ich spätestens Samstag wieder in Antibes.« Olivia verpasste die letzte Gelegenheit, ein Erinnerungsstück aus dem Haus der Mertens zu bekommen. Ihr fiel nichts ein, was sie gebrauchen konnte. Sybille wollte nur die alten Fotoalben, die Brigitte im Koffer mitnehmen konnte. Was übrigblieb, war nur ein Stückchen Handgepäck. Von ihren Liebsten nur eine Handvoll Staub.

Olivia winkte Brigitte von der Eingangstür der Ankunftshalle des Flughafens zu. »Hallo Oma, hier«, rief sie. Brigitte, die zum Zeichen der Trauer noch immer schwarze Kleidung trug, hatte sie längst gesehen. Sie schob einen voll beladenen Gepäckwagen vor sich her. Olivia, die ihr normales Freizeitoutfit trug, winkte so lange bis sie vor ihr stand. Sie drückten sich herzlich. »Schön, endlich bist du wieder daheim.« »Wo ist Mama?«, fragte Oma. »Die trifft sich mit einer Bekannten aus dem Aktivistenclub«, antwortete Olivia. »Hast du den ganzen Hausstand mitgenommen?« »Nur ein paar Erinnerungsstücke«, antwortete Brigitte. »Die Villa musste, vor der Übergabe an die neuen Eigentümer, ausgeräumt werden. Das Meiste musste ich zum Trödel geben. Normalerweise wäre ein halber Transporter voll geworden. Ich habe nur zwei Koffer dazu gekauft. Im Flugzeug ist der Transport von zusätzlichem Gepäck ziemlich teuer, weißt du?« »Nein«, antwortete ihre Enkelin. »Ich nehme meist nur eine Tasche mit. Wenn ich irgendwo anders bin, wo ich mehr Zeit habe, gehe ich gern shoppen. Es macht echt mehr Spaß, woanders herumzubummeln und in Ruhe Klamotten anzuprobieren, als hier, wo man alles kennt.« Während sie weiter miteinander plauderten, liefen sie zum Auto. Olivia zeigte nach rechts zu einem Parkplatz. »Dort drüben stehe ich«, sagte sie. »Ich gehe lieber dort einkaufen, wo ich mich auskenne«, sagte Oma. »Da weiß ich wenigstens, was ich wo bekomme. Aber du hast natürlich auch recht. Wenn man nichts Spezielles sucht, macht es sicher mehr Spaß im Urlaub.« Am Wagen angekommen, luden sie das Gepäck in den Kofferraum. Den Rest stellten sie auf die Rücksitze. »Diese Kleidung, die ich gerade trage, bekommst du zum Beispiel nicht überall.« »Dunkel war`s«, sagte Olivia geheimnisvoll. »Ja, mein Schatz«, sagte Brigitte, »das war es tatsächlich. Ich bin froh, wieder woanders zu sein, wo mich nichts mehr an die Beerdigung erinnert. Im Haus in Berlin war es immer präsent. Nun ist alles geregelt. Nur bei mir ist nichts mehr geregelt.« »Doch, die Heizung habe ich angestellt«, sagte Olivia stolz. »Saubergemacht habe ich auch.« »Oh danke«, antwortete Oma, »hast du auch etwas zu essen eingekauft?« »Nein Oma«, sagte Olivia beim Einsteigen. »Der Kühlschrank ist leer. Den habe ich aber sauber gemacht. Mama hat alles herausgenommen, damit es nicht schlecht wird oder schimmelt.« Sie fuhren los. »Soll ich beim Supermarkt vorbeifahren?«, fragte sie. »Unbedingt«, antwortete Oma. »Sonst muss ich nochmal los.«

Während der kurzen Fahrt, erzählte Oma wie der Verkauf abgewickelt wurde. Der Notar in Berlin half ihr dabei. Sie brauchten nichts mehr zu tun. Die Kaufpreisteile wurden auf zwei Notaranderkonten eingezahlt. Nach Erledigung aller Formalitäten, die der geregelten Eigentumsumschreibung dienten, würde der Erlös anteilig an sie überwiesen. »Wahrscheinlich musst du hier der Bank gegenüber erklären, woher der Betrag stammt. Seit einigen Jahren muss man für größere Beträge einen Nachweis gegenüber den Steuerbehörden erbringen.« »Ich weiß«, sagte Olivia. »Bei jeder Überweisung fragen sie nach. Selbst bei Zahlungen, die von der Stiftung kommen oder herausgehen. Daran bin ich gewöhnt.« Sie hielten bei Carrefour, dem größten Supermarkt in der Gegend. Er lag direkt an der Autobahnausfahrt an der A 3 Richtung Antibes. Nach dem Aussteigen schaute Olivia auf ein Gebäude, gegenüber auf der anderen Straßenseite, in dem mehrere Ärzte und ein Röntgeninstitut praktizierten. Sie war seit ihrer Kindheit oft dort beim Zahnarzt. Seit neun Jahren, als mit fünfzehn die Regel einsetzte, besuchte sie in dem Gebäude zusätzlich den Frauenarzt. »Da ist Mama«, rief sie. Sie zeigte auf eine Frau in einem türkisfarbenen Kostüm. Eine prägnante Garderobe, die kaum eine Verwechslung zuließ. »Mama«, rief sie lauter. Die blonde Frau gegenüber schien sie nicht zu hören. Sie senkte den Kopf, sodass ihr Gesicht nicht zu erkennen war. Nachdem ein Lastwagen kurz die Sicht versperrt hatte, war sie verschwunden. »Wahrscheinlich wurde mein Rufen vom Verkehrslärm verschluckt«, sagte Olivia. »Vielleicht war es nicht Sybille«, sagte Brigitte. »Was sollte sie auch beim Arzt?« Olivia antwortete: »Sie ist vielleicht schwanger.« Brigitte belächelte ihre Enkelin. »Doch Oma, sie hat so oft Bauchschmerzen in letzter Zeit.« Brigitte antwortete: »Es sind wohl eher die Wechseljahre.« Als sich drüben nichts mehr regte, gingen die beiden in den Supermarkt. Sie verbrachten bei Carrefour fast eine halbe Stunde. Die Einkaufstaschen waren prall gefüllt. Es fehlte eine ganze Menge. Essen, Getränke, Toilettenartikel. Bei Oma wurde ausgeladen. Dann fuhr Olivia nach Hause. Brigitte wollte zum Abendessen herüberkommen, um die anderen beiden zu begrüßen, wie sie sagte.

Olivia war gespannt, ob Mama ihr türkisfarbenes Kostüm trug. Eigentlich war es zu kalt, um ohne Jacke draußen herumzulaufen, dachte sie. Trotzdem war es für diese Jahreszeit viel zu warm. Papa musste recht haben, mit dem was er schrieb. Die Erderwärmung war deutlich zu spüren. Ein, zwei Grad hieß es in offiziellen Berichten. Gefühlt waren es mindestens fünf. Manchmal sogar zehn. Als Kind trug sie ab September, Oktober eine warme Jacke. Heute brauchte sie die, wie dieses Jahr, erst ab November. Sie schloss die Tür auf, ging in den Flur, da kam Mama ihr aus dem Wohnzimmer entgegen. Sie trug eine Jeans, kombiniert mit einem grünen Pullover.» Mama, stell dir vor ich war mit Oma beim Ärztehaus gegenüber von Carrefour. Dort haben wir eine Frau gesehen, die dein türkisfarbenes Kostüm trug. Also nicht deines, ihres, es sah aber so aus.« Sybille lächelte etwas gequält, nahm ihre Tochter in den Arm, klopfte ihr dabei auf den Rücken. Sie fragte: »Alles gut bei Oma?« Olivia ließ sich ablenken. Sie antwortete: »Ja, Oma kommt heute Abend zum Essen. In Berlin ist alles so gelaufen, wie sie es sich vorgestellt hat. Sie sah sehr zufrieden aus. Und wie geht es dir?« »Es geht mir gut so weit«, antwortete Sybille. »Ich nehme wegen der Bauchschmerzen Tabletten. Die benebeln mich zwar, helfen aber sehr gut. Hat Oma einen besonderen Wunsch für unser Abendessen?« »Nein«, antwortete ihre Tochter. »Ihr geht es hauptsächlich darum, uns alle beisammen zu haben. Darauf freut sie sich«, sagte sie. »Schön, Papa ist heute Abend auch zuhause. Er fliegt übermorgen nach Bali zur Klimakonferenz.« »Wann kommt er zurück?«, fragte Olivia. »Erst zu Weihnachten«, antwortete ihre Mutter. »Wahoo, so lange. Umso besser, wenn wir uns heute zusammen noch einen schönen Abend machen. Soll ich noch nach vorn zum Weinladen gehen und einen guten Tropfen für uns besorgen?« »«Gute Idee«, erwiderte Sybille. »Ja, tu das. Du weißt, was die beiden mögen.«

So war am Abend nicht nur der Tisch mit reichhaltigen Speisen gedeckt, es stand auch ein ausgesuchter Wein auf dem Tisch. Es gab viel zu erzählen. Brigitte berichtete von dem Verkauf ihrer Immobilien in Berlin. Sie war froh, alles hinter sich zu lassen. Der ständige Rummel mit Mietern, Abrechnungen, Renovierung, dem Finanzamt ging ihr langsam auf die Nerven. Nie lief etwas wirklich glatt. Entweder ein Mieter zahlte seine Miete nicht mehr, minderte sie wegen einem tropfenden Wasserhahn, verklagte die MeHa, Sanierungsarbeiten mussten überwacht werden, Handwerker lieferten schlechte Arbeit ab oder, wenn sonst alles in Ordnung war, kündigte eine Angestellte oder wurde krank. Ohne die Männer wollte sie den Stress nicht haben. Mit dem Kaufpreisteil, den sie erhielt, konnte sie gut auskommen. Als Selbstständige zahlte sie nie in die Rentenkasse ein. Deshalb brauchte sie andere Einnahmen. Die beiden jüngeren Damen dachten noch nicht an Rente. Auch wenn derzeit keine Demonstrationen stattfanden, war genug zu tun. Die Stiftung machte viel Arbeit. Wie es mit den Ländereien weitergehen sollte, die verpachtet waren, war nicht abschließend geklärt. Brigitte schlug vor, sie endlich auch zu verkaufen. »Gebt sie den Bauern«, schlug sie vor. »Darauf pochen sie doch sowieso. Tut euch den Gefallen, vermindert den Stress. Das letzte Hemd hat keine Taschen. Ihr seid doch auf die Pachteinnahmen nicht angewiesen.« Olivia begrüßte den Vorschlag. »Wenn die nicht wollen, sollen sie doch ihr eigenes Brot backen«, fand sie. Nur einer würde den Grund und Boden nicht bekommen: Claude Bessiér. Den würde sie eher nochmal den Knüppel spüren lassen, als ihm auch nur eine Ackerkrume zu überlassen. Otto begrüßte den Vorschlag ebenso. »Es reicht.« Mit den zwei Worten bekräftigte er die Aufgabe der Ländereien. Er war auch ohne die störrischen Bauern vollgestopft mit Arbeit. Der Flug nach Bali raubte ihm die letzte Zeit, die in diesem Jahr noch verblieben war. Warum er den Auftrag annahm, wusste er selbst nicht so genau. »Damit Strohmann Ruhe gab«, »um mit seiner Berichterstattung Einfluss auf die weitere Entwicklung in Bezug auf den Umweltschutz zu nehmen«, »der unverantwortlichen Berichterstattung aus Politik und Wirtschaft Einhalt zu gebieten« oder nur »damit sein Gewissen beruhigt war, wenn er an seine Tochter dachte.« Wahrscheinlich war es ein Konsens aus all den Überlegungen. Brigitte war stolz auf ihren Sohn. So stießen sie nicht nur auf den schönen Abend an, sondern auch auf ein erfolgreiches Engagement auf Bali. Sybille redete wenig. Die Tabletten, die sie derzeit einnahm, milderten nicht nur Schmerzen, sie reduzierten gleichzeitig die Aufmerksamkeit, so wie ihre Energie allgemein. Alle hatten so viel zu tun, dass sie Sybilles kurze Erklärung: »Die Schmerzen verschwinden schon wieder«, aufnahmen, ohne sie zu hinterfragen. Beim Abschied wünschte Brigitte Otto eine schöne, aber konstruktive Zeit auf Bali.

Bali war neu für Otto. Dorthin hatte ihn bisher noch nichts verschlagen. Der Flughafen war nicht weit von Nusa Dua, dem Ort, wo die Klimakonferenz stattfand, entfernt. Otto buchte einen Mietwagen. Die privilegierten Teilnehmer wurden mit dem Hubschrauber zum Heliport, oberhalb vom Tagungsort gebracht. Diesen Luxus konnte Herr Strohmann nicht bieten. Außerdem war er bockig, weil Herr Hartmann, nach der kurzen Zeit der Einrichtungshilfe im neuen Verlagshaus, wieder aus der Mannschaft ausstieg und wie früher nur als freier Journalist arbeitete. So musste Herr Hartmann auch den Mietwagen selbst bezahlen. Otto war es egal. Die Klimakonferenz war, seiner Meinung nach, derzeit eher als Alibi für die Teilnehmerstaaten zu betrachten. Weil man nichts tat, wurde die Öffentlichkeit mit Beschlüssen geblendet, die später sowieso nicht umgesetzt wurden. Die wichtigsten Länder stiegen immer wieder aus den Beschlüssen aus. Die sogenannten Umweltpolitiker kamen aus fast zweihundert Ländern. Sie erreichten diesmal eine fünfstellige Teilnehmerzahl. Hier würde Otto, mit der Argumentation von Claude Bessiér, die er bei einer Versammlung äußerte, fast einer Meinung sein: »Schön, sich auf Kosten der Steuerzahler einen angenehmen Urlaub zu gönnen, Banketts zu besuchen, beste Weine zu genießen und – sich als wichtig darzustellen.« Viel mehr war seit über zwanzig Jahren tatsächlich nicht passiert. Die Länder die am Klimagipfel teilnahmen, hatten seit dem Berliner Mandat 1995, wo sie sich darauf einigten, konkrete Vorkehrungen für den Klimawandel zu treffen, viel Zeit, etwas für die Rettung der Umwelt zu tun. Was war seitdem geschehen? Nicht einmal ein Gleichstand wurde realisiert, im Gegenteil. Die Auswirkungen der Handhabung mit Müll, Atomkraft, Co^2 Ausstoß, Verseuchung des Trinkwassers, Verseuchung der Meere sowie der allgemeine Umgang mit Ressourcen und vieles mehr hatten sich drastisch weiter verschlechtert. Was taten die Teilnehmer außer zu reden? Die Headlines der Artikel lauteten zu Recht: »Die Persiflage auf den guten Willen« und »die Verhöhnung der Welt.« Otto sendete täglich per Mail Kurzberichte sowie Abhandlungen über Themen, Gespräche und Beschlüsse nach Berlin, Paris und Zürich. Die Ergebnisse waren genau wie im Vorjahr mager. Die geladenen Experten warnten zwar vehement vor der Gefahr der weiteren Erderwärmung, dennoch reichte es gerade einmal zur Diskussion über ein Folgeabkommen zum schwer realisierbaren Beschluss der Schadstoffreduzierung bis 2012. Der Abschluss war deprimierend. Die Schwellenländer verweigerten ihre einheitliche Mitwirkung. Schuld an der Klimamisere seien die Industrienationen. Nun wolle man auch mal Geld verdienen. Der größte Produzent von Co^2 auf der Welt, die USA, wollten auch diesmal keine greifbaren Vorgaben für den Klimaschutz beschließen. Die Wirtschaftlichkeit stand für sie auf Rang Eins. China vertrat die gleiche Auffassung. Auch wenn man in Neu-Delhi eine Atemmaske in der Innenstadt tragen musste, um nicht im Smog zu ersticken, verweigerte sich Indien ebenso. Die nächste Headline, die Herr Hartmann abschoss, lautete »Geld oder Leben«. Bei einem Telefonat sagte Herr Strohmann zu Otto: »Es ist nicht so, wie du denkst. Die Menschen befürworten die Position der Regierungen nicht. Hier sitzen die meisten frustriert und kopfschüttelnd bei den Nachrichten vor dem Fernseher.« »Aber sie tun nichts«, sagte Otto darauf. »Die Menschen machen weiter alles blauäugig mit. Sie trotten den unwilligen Politikern hinterher, wie Ochsen, die mit einem Nasenring an der Leine geführt werden und sich bereitwillig zur Schlachtbank führen lassen. Immer und immer wieder.« »Das ist gut«, antwortete Strohmann. »Schreib es auf, schreib es unbedingt genau so auf.« Otto hatte dazu eigentlich keine Lust. Er hatte von der Farce die Nase voll. Er wollte viel lieber zu Hause bei seiner Familie sein. Bali war ein so schönes Land. Er wäre gern mit Sybille hier am Strand spazieren gegangen. Noch lieber würde er seine Zeit drei Inseln weiter auf Neuseeland verbringen. Daran erinnerte er sich gern. Es war viel fruchtbarer, der Wahrhaftigkeit eines Wächters des Guten nahe zu sein, als die Worte von tausend Heuchlern, im Wind verwehen zu sehen. Es hieß nicht umsonst: Nur ein leuchtender Stern zeigt dir den richtigen Weg.

Er war froh, als der Klimagipfel vorbei war. Ein Direktflug ging erst eine Woche nach dem Abschluss der erfolglosen Verhandlungen. Beim Anflug auf den Flughafen Nizza, am einundzwanzigsten Dezember, lagen dunkle Wolken am Himmel. Das Meer tobte, die Gischt des aufgewühlten Wassers verschmolz mit den Regentropfen. Otto lagen die erschreckenden Fakten über den Klimawandel noch in den Ohren. Er dachte daran, wie früher im Dezember noch regelmäßig Schnee auf den Gipfeln der Berge im Hinterland lag. Seit Jahren schneite es hier nicht mehr. Sein Gepäck bestand nur aus einem kleinen Koffer, den er im Handgepäck mitführte. So konnte er aus dem Flugzeug direkt in die Ankunftshalle des Flughafens gehen. Durch die hohen Glasscheiben sah er die düstere Witterung. Es war erst sechzehn Uhr dreißig. Dennoch schien es spät am Abend zu sein. Er schaute zum Eingang, wo Sybille sonst immer auf ihn wartete. Er blickte nach links und rechts. Es war niemand da. Vor dem Abflug in Bali sendete er wie immer eine Mail nach Hause, mit der Ankunftszeit in Nizza. Bali war weit weg. Es passierte schon früher öfter, wenn er Mails aus Afrika oder den Philippinen verschickte, dass sie im Nirvana verschwanden. Anscheinend war sie auch dieses Mal nicht angekommen. Er nahm sich ein Taxi. Mit dem Taxifahrer handelte er einen Tarif »unter Anwohnern« aus. Bei der Ankunft in Antibes nieselte es nur noch ein wenig. Ein Krähenschwarm zog kreischend und schnatternd unter den dunklen Wolken hinweg. Eine Krähe kam weit zu ihm herunter. Sie rief kurz vor seinen Augen, so als hätte sie ihm etwas zu sagen. Krah, Krah klang es, wie ein mahnendes Echo in der Dunkelheit. Er öffnete die Gartenpforte, wobei er sich wunderte, wieso kein Licht im Haus leuchtete. Das Auto stand in der Einfahrt. Am gleichen Platz wie immer. Kurz bevor er den Fuß auf das Podest setzte, hörte er an der Eingangsüberdachung Flügelschläge. Die Krähe war wieder da. Sie setzte sich auf den Rand der Regenrinne, rief lautstark, wobei sie den Kopf schüttelte. Geh nicht weiter? Er klopfte sich auf die Schulter und bedeutete ihr damit, sich zu setzen. Sie kippte ab, flog aber kurz vor seiner Schulter wieder in den Himmel und verschwand.

Komisch, dachte er, als er über die Schwelle trat. Kein Licht? Er schaltete das Licht an. An der gleichen Stelle wie immer stand vorn rechts neben dem alten Kachelofen im Wohnzimmer der Weihnachtsbaum. Er war nur auf einer Seite geschmückt. Auf der anderen Seite lagen noch die offenen Schachteln mit dem Weihnachtsbaumschmuck. Er blickte wieder in den Flur nach vorn zur Treppe. Nichts deutete auf die Anwesenheit seiner Familie hin. Die Schuhe standen alle im Flur, links unter dem Fenster. Wohin sollten sie ohne Schuhe gegangen sein, fragte er sich. Er rief: »Sybille, Olivia.« Keine Antwort. Von oben hörte er ein leichtes Scharren. Er ging zur Treppe. Die Dunkelheit trug er mit sich hinauf. Ein ungutes Gefühl beschlich ihn. Nirgendwo war Licht. Doch da, aus einem Spalt der Tür des Gästezimmers drang ein matter Lichtstrahl. Er ging hin und bewegte langsam die Tür. Sie öffnete sich mit einem leisen Knarren. Das Gästezimmer war karg eingerichtet. Hier oben standen nur antike Möbel. Es sah aus wie im Mittelalter. Links an der Wand stand ein dunkler Holzschrank mit Säulen und Schnitzereien. Eine ähnliche Ansicht boten die Anrichte links neben dem Schrank, das Bett und die Nachtschränke. Über und über ausgestattet mit filigranen Schnitzereien. Im Bett lag jemand bis zum Hals zugedeckt. Dem Gesicht nach eine Frau. Vor dem Bett stand ein Stuhl. Darauf saß auch eine Frau. Nur die kleine Nachttischlampe war eingeschaltet. Der Raum lag im Halbdunkel. Nachdem sich seine Augen an die Lichtverhältnisse gewöhnt hatten, erkannte er, dass beide Frauen blondes Haar hatten. Er rief leise »Sybille?« Keine Antwort. »Sybille, was ist los«, fragte er beklommen. Vom

Magen stieg ein bitteres, ungutes Gefühl hoch. Es schnürte ihm die Kehle zu. Er brachte kein Wort mehr heraus. Schlagartig fiel ihm alles wieder ein. Der Traum vor einigen Wochen in seiner Wohnung in Berlin. Er stand wie gelähmt an der Tür. Der Raum verdunkelte sich vor seinem Auge noch mehr. Wie damals in meiner Wohnung, dachte er. Es gibt kein Zurück. Dieser Satz traf mitten in sein Herz. Es gibt kein Zurück. Es roch wieder nach verbranntem Holz, eine Melodie leierte ein Weihnachtslied. Monoton hing die Platte in der Rille und spielte mehrmals den gleichen Refrain. Eine Spinne, die sich von der Decke heruntergelassen haben musste, berührte sein Gesicht. Er schrak zusammen. Er erinnerte sich an den Traum, der vor seinem geistigen Auge ablief. Er blickte in ein Tal, wo ein Mann in Mönchskutte stand. In dem Augenblick hob der Mann im schwarzen Gewand seinen Stab. Oben am Ende des Stabes blitzte etwas. Er konnte nicht erkennen, was es war, wusste aber, es musste eine Sichel sein. Vom Felsen neben ihm kippte ein Vogel nach vorn und flog mit ausgestreckten Krallen auf einen Menschen zu, der den Blick gerade abgewendet hatte. Sie schlugen hart in die Schultern. Es musste eine Frau sein. Die blonden langen Haare bewegten sich beim Flug im Wind. Als die nur noch als dunkle Masse erkennbaren Gestalten am Horizont verschwanden, fiel ein Taschentuch vor Otto auf den Boden. Sein Magen krampfte sich zusammen. Nur schnell weg hier, schoss es ihm durch den Kopf. Mehr wollte er nicht wissen. Er wollte sich umdrehen und vor weiteren Eindrücken flüchten. Gleichzeitig wusste er: »Es ist noch nicht vorbei.« Irgendetwas zwang ihn stehen zu bleiben, auch wenn er sich dagegen sträubte. Die wie ein Mönch gekleidete Gestalt hob nochmals den rechten Arm mit dem Stab. Oben an der Spitze blinkte es wieder. Für einen kurzen Moment fiel Licht darauf. Es war eine Sichel. Der nächste Vogel befand sich bereits in der Luft. Er schaute nachfühlend zu ihm herüber. Wieder eine blonde Frau. Der Vogel kreischte entsetzlich als er sie ergriff. Der Himmel färbte sich blutrot. Otto bekam noch den Fuß der Frau zu fassen. Der Schuh löste sich. Er hielt ihn in der Hand und starrte fassungslos auf den Schuh. Er kannte ihn nur zu genau. In diesem Augenblick teilte sich der Fluss in der

Mitte. Es lag ein modriger Geruch nach Fäulnis in der Luft. Die Welt zerbrach vor ihm, die Welt zerbrach in ihm. »Nein« – rief er in den Himmel – »Nein, das darfst du nicht tun.« Doch tief drinnen da wusste er es ganz gewiss: Dem Schicksal kannst du dich nur beugen.

Seine eigene Stimme »nein, das darfst du nicht tun«, holte ihn an die Oberfläche zurück. Trotz aller Ruhe, die er sonst mitbrachte, kam er entsetzt auf den Boden zurück. Er wusste: Die Wirklichkeit hatte ihn eingeholt. Die Ahnung, die ihn damals auf einer Wolke mit sich nahm, setzte ihn nun hier ab. Genau dort, wo er nicht sein wollte. Vorn am Bett löste sich ein Nebel von der Frau, die im Bett lag. Ein transparenter schöner Körper erhob sich vom Bett. Er wusste, sie hatte auf ihn gewartet, bevor sie sich auf die Reise über den Fluss – in die andere Welt aufmachte. In seinen Ohren hallte sanft ihr Lieblingslied von damals, als er zu ihr nach Antibes aufbrach, wo sich ihre Herzen vereinten. Je t´aime. Bäche von Tränen rannen über sein Gesicht. Er konnte nicht mehr an sich halten. Er rief immer wieder ihren Namen: Sybille, Sybille. Sie streckte die Arme weit nach vorn in seine Richtung, während sich ihr Körper anscheinend schwerelos, rückwärts dem Fenster näherte. Es war, als wenn sich ihre Hände zärtlich berührten, während in ihren Herzen kleine Glöckchen die gleiche verzaubernde Melodie spielten. Ihre Augen strahlten in einem gelben Licht zu ihm herüber. Eine letzte Berührung. »Nimm dieses Geschenk und beschütze unsere Tochter«, hörte er sanft ihre Stimme. Dann war sie am Fenster. »Sybille«, rief er. Olivia, die bis dahin stumm auf dem Stuhl saß, regte sich. Sie rief: »Mama, Mama, nein, bitte.« Es erschien ihm so, als ob sich auch von Olivia ein schemenhafter Körper schwerelos ablöste. Qualvoll rief sie noch einmal: »Mama.« Es war das Letzte, was er von ihr hörte.

Er kniete sich vor dem Bett nieder, wobei er den Finger an ihren Hals legte. Kein Pulsschlag – nichts. Das Leben war gewichen. Ihre Augen waren geschlossen. Die Endgültigkeit vermittelte ihm eine aufgezwungene Akzeptanz. Auf dem Nachtschrank lag ein Brief. »An meine Liebsten« war die Aufschrift. Unablässig flossen die Tränen. Er öffnete den Brief, dann schaltete er ein Oberlicht ein. Er setzte sich auf den Rand des Bettes und begann laut zu lesen: »Ich bin mir bewusst, ihr werdet es als unfair erleben, dass ich euch nicht eingeweiht habe. Bitte verzeiht mir. Ihr hättet sonst nur noch länger gelitten. Ich habe Krebs. Das letzte Stadium liegt hinter mir. Es gibt nichts mehr daran zu ändern. Es sind zwei Arten. Die Ärzte haben es mir von allen Seiten bestätigt. Ich war in der Schweiz, in Deutschland und in Frankreich. Immer die gleiche Diagnose. Ich weiß jetzt, es geht zu Ende. Jeden Tag, an dem ich euch sehe, muss ich an mich halten, um nicht zu weinen, um nicht mit euch um unsere schöne gemeinsame Zukunft zu trauern. Doch ich möchte euch nicht belasten. All meine Liebe gilt euch. Ihr habt mein Leben schöner gemacht. Jeden Tag bin ich gern aufgestanden, auch weil es euch gibt. Bitte seid nicht traurig. Wir hatten eine so schöne Zeit zusammen auf der Erde. Ich bitte euch inständig: Bitte denkt daran. Sein wir dankbar für jede Stunde. Eure Sybille.« Olivia zuckte mit dem linken Augenlid. Sonst saß sie nach wie vor apathisch auf ihrem Stuhl. Die Hände etwas verkrampft gefaltet. Die Tränen liefen immer noch über sein Gesicht. So verharrten sie lange Zeit. So lange, bis Brigitte hinter ihnen in der Tür rief: »Oh Gott, was ist denn passiert?« Otto nahm den Abschiedsbrief, den er noch immer in der Hand hielt, reichte ihn seiner Mutter und vergrub, nachdem sie ihn genommen hatte, sein Gesicht in den Händen.

Brigitte blieb lange Zeit still, so als würde sie sich verabschieden. Dann übernahm sie die Führung. Sie sprach Olivia direkt an: »Olivia steh auf.« Sie rührte sich nicht. »Was ist mit ihr?«, fragte sie ihren Sohn. »Sie saß bereits so da, als ich hereinkam. Ich weiß nicht, wie lange schon.« Olivia blieb regungslos, sagte kein Wort. Nicht heute, nicht als Brigitte ihr die Flasche an den Mund setzte, damit sie trinkt, nicht als Brigitte sie auskleidete und ins Bett legte, nicht in den vierundzwanzig Stunden, in denen ihre Mutter oben im Bett lag und die Besucher an ihrem Bett in Tränen ausbrachen, beim Abschied, nicht als zwei schwarz gekleidete Herren Sybille in einen Sarg legten und mitnahmen. Sie sagte kein Wort mehr. Ihre Lippen öffneten sich nur, wenn Brigitte ihr zu essen oder zu trinken gab. Sie fütterte ihre Enkelin. In ihren Augen war kein Licht. Als wäre sämtliches Leben in ihr erloschen. Brigitte kümmerte sich nicht nur um ihre Enkelin, sie kümmerte sich nahezu um alles, was auf dem Tagesplan stand. Sie übernahm automatisch, ohne Übergang, die Rolle der Hausherrin. Die Mutterrolle. Diese Rolle kannte sie. Sie wusste genau was zu tun war. Nach drei Tagen gab sie Olivia nur noch zu trinken. Sie sprach mit ihr, versuchte ihr zu erklären wie wichtig es war, dass sie wieder selbst aktiv wurde. Otto war damit in keiner Weise einverstanden. Seine Mutter blockte ihn ab. Sie erklärte ihm, niemand, der keinen Hunger verspürte, würde von selbst zum Löffel greifen. Sie kannte so viele Geschichten aus dem Zweiten Weltkrieg, wo die Angehörigen von Gefallenen aus dem Raster des Lebendigen fielen. Nur wer angeleitet wurde, sich wieder von selbst zu bewegen, erholte sich voll und ganz. Brigitte hatte keinen Erfolg mit ihrer Theorie. Olivia wäre vielleicht verhungert, wenn sie sich nicht abends zu ihr ins Bett gelegt hätte und ihr liebevoll immer wieder erklärte, dass sie ihrem Vater dieses Kreuz nicht auch noch auferlegen könnte. »Er wird es nicht verkraften, wenn er mit ansehen muss, wie du zugrunde gehst. Ich werde es auch nicht«, sagte sie und weinte immer heftiger, bis Olivia sich aufrichtete, die Flasche vom Nachtschrank nahm und an den Mund setzte. Mehr erreichte Oma damit dennoch nicht. Olivia ging von dieser Stunde an wieder von selbst auf die Toilette, nahm Essen und Trinken zu sich, sprach aber dennoch kein Wort. Sie reagierte nur, wenn man sie am Arm fasste und damit eine Handlung anregte. Erst zwei Tage vor der Beerdigung zog sie vor dem Schlafengehen ihre Kleidung selbst aus. Otto versprach seiner Mutter, sich nach der Beerdigung, unter Einschaltung von Ärzten, mehr um seine Tochter zu kümmern. Bis dahin musste es mit ihrer Hilfe gehen.

Für Sybille war ein Platz auf dem Friedhof in Montparnasse reserviert. Ihre Großeltern hatten dort einige Grabstellen für die Dauer von zweihundert Jahren im Voraus bezahlt. Sie stellten sich vor, hier würden irgendwann alle wieder beisammen sein. Sybille wollte sich an die Vorstellungen der Großmutter halten. Otto konnte nichts anderes tun, als ihre Wünsche zu respektieren. Sie waren noch zu jung, um sich vorher über eine solche Eventualität zu besprechen. Sybille hatte nur ein einfaches Testament mit Otto als allein Verfügungsberechtigten hinterlegt. Am Abend vor der Beerdigung flogen sie zu viert mit Michelle nach Paris. Der Abend im Hotel verlief in gedämpfter Stimmung. Olivia wohnte mit Oma in einem Zimmer. Sie öffnete ihren Koffer selbst, verstaute ihre Toilettenartikel im Bad, worauf Oma ihr mehrere Küsse abwechselnd auf beide Wangen gab. Olivia reagierte nicht. Oma spürte aber ihre Anwesenheit. Sie taucht langsam auf, dachte sie. Morgens nahm sie, noch bevor Brigitte aufstand, ihre Sachen aus dem Koffer und zog sich an. Beim Frühstück blieb ein Platz am Tisch leer. Es war der fünfte Platz. Das Gedeck auf dem Tisch blieb unberührt. Sie war nicht mehr da, um es zu benutzen. Genau wie Olivia, sprach Otto seit ihrer Abreise kaum ein Wort. Er hatte den Mantel der Trauer um sich gelegt. Nach dem Frühstück trafen sich die vier vor dem Hotel. Der Tag schien dunkler zu sein, als alle anderen in ihrem Leben. Vom Himmel fielen langsam sehr große Schneeflocken zur Erde hinunter. Sie fuhren mit dem Taxi direkt zum Friedhof.

Erdbestattungen waren in Frankreich eher selten. Auf einigen Friedhöfen gab es dafür keine Plätze. In Frankreich waren Feuerbestattungen die Regel. Die Beerdigung wurde von einem bekannten Bestattungsunternehmen bestens vorbereitet. Vor der Kapelle warteten bereits einige der geladenen Teilnehmer. Mit der Zeit wurden es immer mehr. Sybille kannte durch ihre Tätigkeit sehr viele Menschen. Schwacher Wind wehte die leichten großen Schneeflocken abwechselnd in verschiedene Richtungen. Ornamenthafte, verschiedene Figuren entstanden im Wechsel. Ein Zauberspiel. Bertold, Thomas und Freddy waren aus Berlin angereist. Olivia reagierte nicht auf die Neuankömmlinge. Otto stand vor der Kapelle und nahm schweigsam die Beileidsbekundungen an. Nach und nach trafen Gäste aus der Schweiz ein, aus Deutschland und Österreich. Kurz vor Beginn kam der Prediger mit einer kleinen Menschenmenge vom Friedhofstor herübergelaufen. Otto war irritiert. Es waren eigentlich alle anwesend. Beim Näherkommen erkannte er im dichten Wirbel der Schneeflocken einige Bauern, Pächter der Ländereien. Sie trugen Blumenarrangements mit Spruchbändern. Nun würde die Kapelle voll werden. Es war nicht sicher, ob alle Anwesenden hineinpassten. Otto nahm Olivia bei der Hand. Er schritt mit dem Prediger, der nur in der Kapelle sprechen sollte, die Stufen voran in den großen Saal. Am Grab sollte jeder ein paar Worte sagen, wenn er es wollte. In der majestätischen Kapelle brannten im Halbdunkel hunderte Kerzen. Licht und Schatten flackerten ineinander. Die Säulen waren reich verziert. Gold leuchtete im Kerzenschein. Durch die farbigen Scheiben mit biblischen Motiven schien kaum Licht herein. Wände und Decken trugen ebenso wie die Fenster, Bilder über Bilder. Bibelgeschichten. Otto schwebte über dem Boden. Er saß in der ersten Reihe, den rechten Arm um die Schultern seiner Tochter gelegt. Undeutlich drang die Stimme des Predigers an sein Ohr. Von Zeit zu Zeit mischte sich Orgelspiel hinein. Otto erreichte keines von beiden wirklich. Er lief in seinen Gedanken spazieren. Er traf sich mit Sybille am Fluss, fragte sie immer wieder, ob sie wirklich gehen wollte. Ob es nicht auch einen anderen Weg gäbe. Er fragte, ob er mitgehen könne. Mit ihr – für alle Zeit. So, wie sie es sich versprochen hatten. Er unterhielt sich mit ihr, während die Stimme des Predigers im Hintergrund monoton an ihm vorüberzog. Erst als alle aufstanden, richtete er seinen Blick wieder nach außen, nahm die Umstehenden wahr, die zu ihm kamen, um ihm die Hand zu reichen oder ihn an sich zu drücken. Olivia beachtete kaum jemand. Um sie herum lag eine Aura des Schweigens. Jeder der näher an sie herantrat, spürte die andere Welt, in der sie sich befand. Der Prediger läutete eine Glocke, die er in der Hand trug. In dem Augenblick verstummten die Anwesenden. Vier Herren vom Bestattungsunternehmen wollten den Sarg aufnehmen um ihn hinauszutragen. Bertold hielt sie zurück. Er winkte Otto, Freddy und Thomas zu. Sie nahmen den Sarg auf ihre Schultern. Dann liefen sie langsam hinter dem Prediger her zur Grabstelle. Die Menschenmenge schob sich schweigend in ihrem Gefolge durch den Wirbel der Schneeflocken. Sybille war bei ihnen. Nur wenige außer ihm sahen sie zwischen den Schneeflocken voranschweben.

Otto fühlte sich, als würden jeden Moment seine Beine versagen. Er wusste nur zu genau, wen er auf den Schultern trug. Er wollte nicht weitergehen, war es doch die letzte Ruhestätte. Er wollte sie nicht hergeben. So flog er mit den Schneeflocken den Weg entlang, berührte ihren letzten Schatten und streifte die Erinnerung. Gedanken an die Plätze ihrer gemeinsamen Liebe. In den Himmel, so wünschte er sich, würde er sie begleiten. Mit ihr zu Tische sitzen, im Licht, das uns alle verbindet. Er stolperte, fing sich gerade noch, um weiterlaufen zu können. Mit dem Stolpern schritt er vollends auf die Wiese, auf der sie sich trafen. Er sah ihr Gesicht im Wirbel der Schneeflocken entstehen, wieder verschwinden und hinter den Bäumen wieder auftauchen. Loslassen, nein – loslassen wollte er nicht. Die Knie wurden ihm mit jedem Schritt weicher. Stehenbleiben konnte er nicht, dann würde der Sarg zu Boden fallen und auseinanderbrechen. Dann läge sie hier in der Kälte. Dort vorn – er sah es schon – da war das Loch. Es konnte doch nicht sein, dass sie darin verschwinden sollte. Verschwinden – für immer. Bertold und seine Freunde trugen den Sarg allein weiter. Er ließ sich mitziehen. Zu dem Platz neben der Grube, wo sie den Sarg auf zwei breiten Gurten abstellten. Die vier dunkel gekleideten Männer des Bestattungsinstituts fassten jeder ein Gurtende, hoben den Sarg über die Grube und ließen ihn hinab. Die Schneeflocken wurden so dicht, fielen so zahlreich wie die Glöckchen, die in seinem wehmütigen Herz erklangen. Sie spielten eine traurige, schwermütige letzte Melodie: »Abschied.«

Abschied für immer, erklang eine Stimme. Der erste Sprecher las ein Gedicht aus einem Buch vor. Es lag weich wie aus Stoff in seiner Hand. Jemand anders sprach die nächsten Worte: »Wie die Schneeflocken vom Wind davongetragen werden, so musst du uns nun verlassen. An deiner Stelle wird nichts entstehen.

Auf diesem Grunde kann kein Baum mehr wachsen, denn sie war nur für dich bestimmt.« Haltlos waren die Tränen, die über seine Wangen rannen. Salzig war der Geschmack auf den Lippen. Die Worte eines Bauern zogen vorüber. »Nous n´avons pas reconnu qui tu es. Wir haben nicht erkannt, wer du bist. Nous ne savions pas ce que tu as fait pour nous. Wir haben nicht erkannt, was du für uns getan hast. Nous n´avons pas réalise ce que tu voulais. Wir haben nicht erkannt was du wolltest. Veuillez nous pardonner. Au revoir. Bitte verzeih uns. Au revoir.« Brigitte sprach nur ein paar Worte aus einem Gedicht: »Heute an deinem Grab zerrinnt das Wichtige zur Nichtigkeit, ratlos und voller Dankbarkeit steh' ich nun hier und ich empfinde nur Demut und Dankbarkeit, mein Kind.« Die Worte zogen wie der Wind vorbei, versickerten mit den Schneeflocken im Boden. Als letzter sprach Thomas: »Und wenn sich auch die Welt im Strudel dreht, bleibt der Weg des Einzelnen darin unverändert. Er wird auf der einen Seite hineingehen. Er wird auf der anderen Seite hinausgehen. Was immer er tut in seinem Leben. Am Ende bleiben die meisten Dinge ohne Bedeutung.« Während er zu Ende sprach, zogen bei Otto die Worte einer chinesischen Weisheit in seinem Geist vorüber: »Wenn die Menschen sich alle freuen, wenn du in die Welt kommst und alle weinen, wenn du gehst, dann hast du etwas richtig gemacht.« Sybille hatte alles richtig gemacht in ihrem Leben. Nach und nach brachen die Trauernden auf. Bertold legte Otto beim Vorübergehen den Arm über die Schultern, nahm ihn mit zum Ausgang, wo Brigitte wartete. Otto drehte sich noch einmal um. Ihm war, als wenn Sybille am Grab stand. Dichteres Schneetreiben hatte eingesetzt. Es war kaum noch mit dem Auge zu durchdringen. »Dort steht doch jemand«, sagte er zu Bertold. Sie gingen beide zurück zur Grabstelle. Es war Olivia. Sie reagierte auf kein Bitten, nicht auf ein sanftes Anstoßen, auch ein Kuss auf die Wange von Otto half nichts. »Sie ist bei Sybille«, sagte Bertold. »Geh du vor. Ich spreche mit ihnen.« Bertold blieb neben ihr stehen, während Otto zurück zum Ausgang des Friedhofs ging.

Allein auf einer Insel

Ein heller Lichtstrahl leuchtete in ihr rechtes Auge. Es wurde so hell, dass sie es schließen musste. Im Lichtstrahl konnte man durch ein helles Blau fliegen. Die Augen waren klar, so wie die ihrer Mutter. »Bitte öffnen«, erklang eine weiche Frauenstimme. Olivia öffnete ihr Auge wieder. »Gut, nun setzen sie sich bitte hier auf diesen Stuhl und legen ihr Kinn vorn auf die schwarze Ablage. Wir messen noch den Augeninnendruck, dann sind wir fertig.« Mit einem knallenden Zischen rauschte die Druckwelle der Apparatur zum Messen des Augeninnendrucks, auf die Wölbung des Augapfels. Nachdem beide Augen gemessen waren, sagte die schwarzhaarige Dame im weißen Kittel: »Alles OK, siebzehn. Der Druck ist genauso gut wie der Sehnerv und alles andere.« Während sie sprach, drehte sich die Frau im Kittel zu Brigitte um. »Sie brauchen sich keine Sorgen zu machen. Es ist alles in Ordnung mit den Augen.« Nach der Beerdigung ihrer Mutter brachte Bertold Olivia nach fast einer Stunde dazu, von selbst den Friedhof zu verlassen. Doch wie Bertold es darstellte, war es wohl tatsächlich: »Ein Teil von ihr blieb dort zurück.« Großmutter kümmerte sich weiterhin rührend um sie. Ihr Vater gab für mehrere Monate seine Arbeit auf, um bei ihr zu sein, um ihr mehr Nähe zu geben, als er es bisher getan hatte. Zusammen mit Brigitte versuchten sie alles nur Erdenkliche, damit Olivia wieder auftauchen konnte. Doch es half nichts. Wenn sie niemand animierte, saß oder stand sie nur herum, starrte stundenlang ins Leere, so, als würde sie in der Ferne etwas sehen, was sie fesselte. Seit einem halben Jahr brachte Brigitte sie jeden Tag in ein Therapiezentrum, wo sich Ärzte und Therapeuten darum bemühten, sie auf die Erde zurückzuholen. Bisher erfolglos. Sie reagierte mittlerweile zwar auf alles, was von ihr verlangt wurde, aber nur dann. Aus eigener Initiative kleidete sie sich nur an und aus, putzte sich die Zähne, wusch sich. Viel mehr passierte nicht. Brigitte kam auf die Idee, es könnte eine Beeinträchtigung der Sehkraft sein, weshalb sie nicht reagierte, aber auch diese schwache Hoffnung zerplatzte wie eine Seifenblase, die Olivia offensichtlich lieber im Stillen umherfliegen sah, als sich mit ihrer Umwelt auszutauschen.

Auf der emotionalen Ebene fiel Otto die Verständigung mit seiner Tochter leichter. Er befand sich seit dem plötzlichen Tod von Sybille, die er über alles geliebt hatte, selbst wie in einer anderen Welt. Er konnte nicht beurteilen, warum er sich in Watte packen musste, warum sein Geist sich nicht mit der Realität abfinden wollte. Er schwirrte lieber in den Träumen von früher umher, als den Schmerz an sich heranzulassen, den die Trennung mit sich brachte. Er konnte im ersten Jahr nach der ungewollten Trennung stundenlang mit seiner Tochter am Strand sitzen und in den Himmel schauen, um mit ihr den Erinnerungen nachzuhängen, mit ihr die Schreie der Möwen und das Rauschen der Wellen zu hören, die Wolken zu betrachten oder Spaziergängern zuzuschauen. Er erzählte ihr, wie es früher war, als Sybille noch dabei war. Er tat manchmal so, als wenn sie zusammen mit ihnen dort sitzen würde. Olivia hörte dann aufmerksamer zu als sonst. Sie fühlte sich in diesen Momenten ihrem Vater sehr nah. Ihm ging es ebenso. Seine Bemühungen, sie zu irgendwelchen Handlungen zu bewegen, welcher Art auch immer, bescherten ihm jedoch keinen Erfolg. Wenn er zum Beispiel ganz bewusst vergaß, im Restaurant ein Essen für sie mitzubestellen, regte sich nichts, bis er aufgegessen hatte. Er sagte ihr oft, die Freundin hätte angerufen, sie solle ans Telefon gehen. Dann legte er den Hörer auf den Tisch neben das Telefon. Danach ging er einfach weg. Der Hörer lag noch dort, wo er ihn hingelegt hatte, wenn er nach einer Viertelstunde zurückkam, um nachzusehen, ob sie mit ihrer Freundin sprach oder nicht. Selbst wenn er an der Haltestelle, in der Nähe ihres Hauses, aus dem Bus ausstieg, ohne ihr zu sagen sie soll aufstehen und mitkommen, blieb sie sitzen und fuhr allein weiter.

Nach weiteren zwölf Monaten erfolgloser Bemühungen, flogen bei einem Spaziergang zwei Krähen vom Baum zu ihm herunter. Sie flogen einige Male um ihn herum, bis die eine davon, während sie ihn anblickte, gegen einen Baumstamm prallte. Sie schlug hart am Boden auf. Er lief besorgt zu ihr hinüber. Sie rappelte sich wieder auf, flog jedoch nicht weg. Sie kümmerte sich entgegen ihrer Natur nicht um ihn, sondern starrte ungerührt an ihm vorbei in den Wald. Nach zehn Minuten nahm er sie in die Hände und warf sie hoch in die Luft. Sie flog in den Wald, kam wieder zurück, wobei sie ihn mehrmals umrundete und ein paar Schreie ausstieß. Er schüttelte den Kopf. »Was ist los«, fragte er sie. »Nachdem sie sich den Kopf gestoßen hat, ist es Zeit sie wieder fliegen zu lassen.« Diese Nachricht wurde ihm in der Sprache der Zeichen vermittelt. Es ist Zeit. Nach der Begegnung mit den Krähen, traf er sich mit mehreren Ärzten, um über Olivias Lethargie mehr in Erfahrung zu bringen. Dann sprach er mit Thomas, der sich von den drei Freunden in Berlin am besten mit psychischen Verletzungen auskannte. Er riet Otto zu einer professionellen Betreuung in einem anerkannten Sanatorium, das er kannte. Dort würde sie mit verschiedenen Therapien, mehrschichtig in die Aufarbeitung gelenkt, ob sie wollte oder nicht. Gleichzeitig sollte Otto Abstand gewinnen. Er brauchte nach Thomas Auffassung genauso dringend Zeit für eine Aufarbeitung. Eine Wandlung konnte nur gelingen, wenn auch er endlich andere Wege beschritt.

Otto besprach den Vorschlag von Thomas mit seiner Mutter. Sie kam seit einigen Wochen regelmäßig zu Otto ins Haus, nachdem sie Olivia ins Therapiezentrum gebracht hatte. Die betagte Haushälterin Michelle war im Februar in ein Altenheim umgezogen. Auch wenn Brigitte der Meinung war, Olivia brauche ihr Zuhause, schließlich hatte sie ein Stück ihrer Heimat – den geistigen Mutterkuchen – bereits verloren, konnte sie den Vorschlag von Thomas nachvollziehen. Otto wurde stark von seiner Sehnsucht nach Nähe beeinflusst. Die Familie war ihm wichtiger als je zuvor. Er konnte sich nicht vorstellen, nun auch noch seine Tochter zu verlieren. Der Weg sie zurückzubekommen, war offenbar dennoch ein anderer, als der, den er sich vorstellte. Er erzählte seiner Mutter von der Begegnung mit den Krähen, von dem Gefühl, was sie ihm vermittelten. Brigitte konnte es als

»Zeichen der Zeit« verstehen. Sie würden es allein nicht schaffen. Zwei Jahre erfolgloser Bemühungen sprachen eine deutliche Sprache. Nach einer endlosen Diskussion über das Für und Wider, kamen beide zu dem Schluss, es müsse etwas anderes passieren, als das, was sie bisher versucht hatten. Otto erzählte seiner Mutter von Thomas Vorschlag, Olivia in einer Spezialklinik in St. Gallen am Bodensee behandeln zu lassen. Hier würde Olivia jede erdenkliche Hilfe erhalten. Sie konnte in ihrem eigenen Appartement wohnen. Außerdem wäre sie den ganzen Tag über in ein engmaschiges Betreuungssystem eingebunden. Die jüngeren Bewohner mussten dort vormittags arbeiten. Am Nachmittag standen vielschichtige Therapien, Sport und, was er für sehr wichtig hielt, gemeinschaftliche Aktivitäten auf dem Stundenplan. Rückzug oder Verweigerungsautomatismus sollten dort durch andere Strukturen verhindert werden. Sich nur still in sich selbst zurückzuziehen, war dort nicht möglich. Bei dem Programm, wie Thomas es kannte, musste man mitgehen. Er hatte dieses Sanatorium vor zwei Jahren einem seiner Patienten empfohlen, der nach dem Verlust des Vaters suizidal belegt war, kaum Nahrung zu sich nahm und am Ende sogar inkontinent wurde. Der Patient fand nach einer gewissen Zeit wieder ins normale Leben zurück. »Vielleicht sollte ich bei dem Vorschlag mitgehen«, sagte Otto zu seiner Mutter. »Ein klein wenig mehr Standfestigkeit könnte ich selbst gebrauchen. Es hat sich so viel verändert.«

Er wählte tatsächlich diesen Weg. Brigitte traute sich zu, für eine gewisse Zeit alle Verpflichtungen allein zu übernehmen. Die Verwaltungen, die sie seit zwei Jahren mit der Regelung aller Geschäfte beauftragt hatten, funktionierten einwandfrei. Sie wurden derzeit sowieso nur in die wichtigsten Entscheidungen einbezogen. In St. Gallen gab es Internet. Heutzutage war die persönliche Anwesenheit bei wirtschaftlichen Verfügungen nicht mehr notwendig. Otto wollte sich vor Ort selbst ein Bild von der Einrichtung machen. Er wollte Olivia nicht einfach ihrem Schicksal überlassen, sondern ihren Weg ebnen so gut es ging. Er mietete sich für zwei Monate in einem benachbarten

Hotel ein Zimmer. Am Anfang sah er seine Tochter täglich. In den letzten zwei Wochen seiner Anwesenheit nur noch jeden zweiten oder dritten Tag. Er hatte den Eindruck, sie konnte mit der Umstellung leben. Sie fühlte sich in der neuen Umgebung offensichtlich wohl. Fortschritte bei der Kommunikation, mit der Außenwelt, machte sie in den zwei Monaten leider nicht. Sie blieb in ihrem Schneckenhaus, in das sie sich zurückgezogen hatte. Beim Abschied zeigte sie kaum eine Regung. Otto machte es sehr traurig, als er sie vor dem Tor des Sanatoriums regungslos, ohne jede Beteiligung stehen sah. Gern hätte er sie wieder mitgenommen. Nur wollte er keine Chance ungenutzt lassen, ihr die Möglichkeit zu geben, wieder ein normales Leben zu führen. Ein normales Leben. Was ist ein normales Leben, dachte er, als ein Krähenruf an sein Ohr drang. Er drehte sich zum Eingang des Sanatoriums um. Auf dem Ast eines kleinen Baumes saß die Krähe, die in Antibes gegen den Baumstamm geprallt war. Er war sich absolut sicher. Der kleine braune Fleck auf dem Schnabel war untrüglich. Untrüglich war auch die Empfindung, loslassen zu können. Loslassen, in der Hoffnung, es möge mit Olivia wieder alles so werden wie früher. Es war jemand da, der hoch am Himmel kreiste – auf Olivia aufpasste.

Loslassen ist oftmals eine große Erleichterung. Jede Mutter kann sicher nachvollziehen, wie wichtig es ist, nach einer gewissen Zeit unermüdlicher Aufmerksamkeit für ein Kind, loszulassen. Atem zu schöpfen. Kein Elternteil wird unter normalen Umständen sein Kind allein lassen, sich selbst überlassen. Wenn sich nach langer Zeit aber die Gelegenheit dazu ergibt, wird er oder sie, trotz aller Liebe dennoch aufatmen. Nachdem Otto der Krähe für eine gewisse Zeit die Verantwortung übergeben konnte, fiel ihm ein Stein vom Herzen. Nachdem eine Last für eine Pause abgelegt wird, in der man verschnaufen kann, erscheint sie später beim Weitertragen viel leichter. Es war wie ein Schalter, der umgelegt wurde. Otto nahm die Geräusche viel bewusster wahr. Er erinnerte sich an die Teilnahme an der Zeremonie in Neuseeland. Dort war es ähnlich. Plötzlich tauchten alle Geräusche wieder auf. Er hörte die Vögel zwitschern, den

Wind zwischen den Bäumen. Vielleicht war er nach so langer Zeit endlich bereit, die Last die er seit der Beerdigung von Sybille mit sich herumschleppte, abzulegen. Es kam so, wie Thomas es anscheinend aus seiner Erfahrung kannte.

Bereits während der achtstündigen Fahrt mit dem Auto, von St. Gallen nach Antibes, legte er sich einen Plan zurecht, wie er die Ländereien, die verpachtet waren, abstoßen konnte. Er konstruierte mehrere Möglichkeiten, wie er die Abgabe im Sinne von Sybille durchführen würde, wobei auch der Wille der Großmutter Beachtung fand. Diese Bürde, die mit so vielen Erinnerungen an seine verstorbene Frau verbunden war, wollte er als Erstes ablegen. Es würde gelingen. Davon war er überzeugt. Danach wollte er sich nie wieder damit beschäftigen. Noch in Gedanken, fuhr er in der Dämmerung durch die Berge, steuerte erleichtert weiter Richtung Antibes, wo er gegen neun Uhr am Abend eintraf. Im Haus brannte Licht. Seine Mutter kam hocherfreut aus dem Haus. »Schön dich zu sehen«, begrüßte sie ihn. Er nahm sie in den Arm und drückte sie an sich. Er fühlte sich wie neu geboren. Erst nachdem Brigitte sich zweimal räusperte, ließ er sie wieder los. »Puh«, stöhnte sie. »Wolltest du mich erdrücken?« »Nein«, antwortete er, »ich bin sehr froh dich zu sehen und wieder zu Hause zu sein« »Komm herein«, forderte sie ihn auf, weiterzugehen. »Ich stelle dir noch etwas auf den Herd.« »Gut, Mutter, sehr gut. Ich habe wirklich Hunger. Dann können wir uns beim Essen noch unterhalten.« Während er die Koffer aus dem Auto nahm, redete er weiter: »Ich bin gespannt, wie es im Schlafzimmer aussieht, ob es so geworden ist, wie ich es mir vorgestellt habe. Im Katalog sieht es doch oft anders aus als dann in der Realität.« Er hatte mit seiner Mutter von St. Gallen aus telefonisch besprochen, die antiken dunklen Möbel aus dem Schlafzimmer zu verkaufen, um sich anders einzurichten. Die neuen Möbel fand er im Internet. Nette, modernere aus Buchenholz. Heller sollten sie sein. »Die Handwerker haben gute Arbeit geleistet«, antwortete Brigitte. Im Haus stellte Otto die Koffer im Flur ab. Dann ging er direkt nach oben. Er konnte in den vergangenen Jahren sein Schlafzimmer nicht betreten, ohne an Sybille erinnert zu werden. Die Möbelstücke, das Bett, jedes noch so kleine Bild war mit Erinnerungen an sie verbunden. Die Tür stand offen. Von außen passte die Farbgebung der Tür weiterhin zur Umgebung. Innen war sie abgeschliffen, wodurch sie einen helleren, frischen Farbton erhielt, der besser zum Buchenholz der neuen Möbel passte. Die zwei gemauerten runden Pfeiler innen neben der Tür waren entfernt worden. Dort wo vorher ein kleines einflügeliges Fenster war, blickte man nun durch ein großes Zweiflügeliges. Die runde Stuckverzierung um die Lampe herum war verschwunden. Der Raum entsprach dem, was er sich wünschte. Es war so, wie er es sich vorgestellt hatte. Schlichte Möbel. Ein Tisch links an der Wand mit zwei Stühlen. Dahinter der neue hohe Kleiderschrank. Links und rechts vor dem Fenster zwei Deckenfluter. Rechts stand ein einfaches dänisches Bett mit einer durchgehenden Matratze. Einsvierzig breit. Alles war frisch in altweiß gestrichen. Kein Bild hing an der Wand. Perfekt, dachte Otto. Die übrigen Einrichtungsgegenstände konnte er sich später selbst besorgen. Er freute sich sehr, wobei ihm der Blumenstrauß einfiel, der noch im Auto auf dem Rücksitz lag. Er war seiner Mutter sehr dankbar.

Auf der Treppe klangen seine Schritte bis zur Küche. Er hörte seine Mutter rufen: »Es gibt gleich etwas zu essen mein Lieber.« Er antwortete: »Ich muss nochmal zurück nach St. Gallen. Ich habe etwas vergessen.« Brigitte schaute verdutzt um die Ecke. »Was sagst du?« Als sie ihn lächeln sah, erkannte sie: »Es war ein Scherz.« Sie hänselte ihn ebenso. »Die Suppe ist leider versalzen, mein Junge. Ich habe wohl nicht aufgepasst.« Er ging gut gelaunt zum Auto, von wo er den üppigen, bunten Blumenstrauß mitnahm. Zurück in der Küche strahlte seine Mutter ihn an. »Oje Otto, so schöne Blumen habe ich seit…. «, sie machte eine Pause, »ja, seit wann denn eigentlich? Ich kann mich nicht mehr daran erinnern, so lange muss es her sein. Du darfst umrühren, damit nichts anbrennt, so wie früher.« Beide schauten sich gerührt an. Brigitte beschnitt die Blumen, suchte sich eine Vase und begann danach den Tisch im Wohnzimmer zu decken. Otto wachte in der Zeit über die Kochtöpfe. Später am Tisch bedankte er sich ausschweifend für die Mühe, die sich Brigitte während der vergangenen zwei Monate gegeben hatte. »Der Verkauf der alten Möbel, die Handwerker, im Schlafzimmer alles neu einrichten«, bemerkte er. »Eine stolze Leistung. Dann noch die vielen anderen Dinge die du erledigt hast. Dafür denke ich mir etwas ganz Besonderes aus. Die Belohnung der Belohnungen«, sagte er hocherfreut. »Die Blumen reichen mir völlig«, erwiderte Brigitte. »Nun, eine Überraschung habe ich schon mitgebracht«, sagte Otto. »Ich habe vor, den Klotz am Bein, der immer die meiste Arbeit verursachte abzuwerfen.« Brigitte sah ihn erwartungsvoll an. »Die Ländereien.« »Alle?«, fragte Brigitte, »wie soll denn das gehen?« Bevor Otto antwortete, schluckte er den Bissen, den er im Mund hatte, herunter. »Notfalls verschenken. Ich werde sie den Bauern günstig anbieten, so günstig, dass sie nicht nein sagen können.« »Und Bessiér?« fragte Brigitte. »Komisch, die erste Frage gilt ihm.« Brigitte setzte zum Sprechen an. »Nein, nein, ist schon gut. Mir ging es genauso. Bessiér. Für diesen Grundbesitz habe ich mir etwas ausgedacht. Sozusagen zwei Fliegen mit einer Klappe zu schlagen. Zum einen die totale Entlastung. Zum anderen erhält er nichts. Im Gegenteil. Der wird sich wundern, was Frauen so alles können.« »Jetzt hast du mich neugierig gemacht. Erzähl endlich!«, sagte Brigitte gespannt. »Ich werde sein Land – alles was er gepachtet hat – an Sophie verschenken. Seine Äcker liegen ideal zur Ausgliederung, etwas außerhalb der anderen Flächen. Wenn er aus der Gemeinschaft verschwindet, wird es niemandem auffallen.« Sophie, eine frühere Studienkollegin von Sybille, besaß eine Grundstücksverwaltung in Nizza. Mittlerweile verwaltete sie den gesamten Grundbesitz aus der früheren großmütterlichen Erbschaft. Sophie war sehr umgänglich. Sie vertrat die Meinung »leben und leben lassen«. Wenn sich jedoch jemand aus dem Harmoniekonzept schleichen wollte, sich nicht umgänglich benahm, konnte sie hart wie Stahl werden. »Es wird ja immer besser«, freute sich seine Mutter. »Dann bekommt er, was er verdient.« Die Bemerkung: »Er ist schließlich durch seine Giftsprüherei, mit Schuld am Tod von Sybille«, schluckte sie beflissentlich herunter. Sie besprachen noch einige Dinge über die Auslagen, die Brigitte während Ottos Abwesenheit übernommen hatte. Dann verabschiedeten sie sich.

Es gab nur zwei Gründe, weshalb sich die Ländereien noch in ihrem Besitz befanden. Einerseits die Wünsche der Großmutter, die mit dem Erbe verknüpft waren. Andererseits Sybilles Vorhaben, daraus zwei Agrargenossenschaften zu bilden, um umweltfreundlicher zu produzieren. Otto berücksichtigte beide Willensbekundungen bei der Umsetzung seines Vorhabens. Als erstes besuchte er allerdings Sophie in Nizza. Den Grundbesitz mit dem Pächter Bessiér zu übernehmen, lehnte sie in erster Instanz rundweg ab. Sie sagte empört: »Dann muss ich mir vielleicht noch eine Schrotflinte unter den Schreibtisch legen. Mit diesem Trottel«, wie sie sich ausdrückte, wollte sie nichts weiter zu tun haben. Sie wusste nicht, wie recht sie damit hatte. Nachdem ihr Otto jedoch nochmals in Ruhe erläuterte: »Es ist ein Geschenk, kein Kaufangebot«, erbat sie sich Bedenkzeit. Er blieb ruhig sitzen. Dann ermunterte er sie weiter: »Mit Bessiér hättest Du so oder so zu tun, ob nun in der Verwaltung für ein kleines monatliches Honorar oder im Besitz der Firma.« Nachdem er noch zweimal, »bitte« sagte, willigte sie schließlich ein. Die beiden trafen sich zwei Tage später beim Notar. Otto übernahm sogar die Kosten der Kaufvertragsabwicklung. Damit war Sophie zufriedengestellt. Sie bedankte sich nach der Beurkundung sogar bei ihm. Auch wenn es ihn nur Geld kostete, war ihm die Erleichterung anzumerken. Es war klüger jeden Gedanken an diesen Menschen zu verbannen, jede Konfrontation zwischen Olivia und Bessiér von vornherein auszuschließen. Der Klügere gibt nach, freute er sich innerlich, über den wunschgemäß verlaufenen ersten Schritt. Dann wurden alle Pächter mit einem Kaufangebot angeschrieben. Der Preis für die jeweiligen Grundstücke lag bei einem Drittel der üblichen Marktpreise. Die einzige Bedingung dabei war der Beitritt zu einer Agrargenossenschaft, für die Dauer von mindestens fünf Jahren. Danach konnte über die Weiterführung oder die Auflösung neu abgestimmt werden. Dieses Angebot konnte schwer abgelehnt werden. Zwei Wochen später lagen die Zusagen von über neunzig Prozent der Pächter vor. Mit den restlichen Bauern verabredete sich Otto persönlich, um Hinderungsgründe gemeinsam aus dem Weg zu räumen. Früher war eine Einigung undenkbar. Nun schien es machbar zu sein. Es war wie ein Wunder. Bei den Gesprächen eröffneten sich bei zwei Pächtern echte Finanzierungsprobleme. Sie waren bereits überschuldet. Otto stellte ihnen für die Bank eine Bürgschaft zur Verfügung. Andere Bauern wollten nicht beitreten, weil sie vor kurzer Zeit sehr teure Landmaschinen gekauft hatten. Ihnen wurde die weitere Nutzung durch die Genossenschaft zugesagt, womit ein finanzieller Ausgleich verbunden war. Drei weitere verstanden den Aufbau der Hierarchie nicht, wer welche Entscheidungsbefugnisse hatte und wer nicht. Nachdem Otto darlegte, es gäbe in einer Genossenschaft selbstverständlich einen Vorstand und andere Entscheidungsträger, ansonsten würden die Vorhaben aber in einer jährlichen Hauptversammlung »gemeinsam« getroffen, sagten zwei von ihnen gleich zu. Der letzte Bauer wurde später in einem Gespräch von den anderen überzeugt. Es war kaum zu glauben. Sophie, die Verwalterin, regelte den weiteren Ablauf der Verkäufe mit einer Zeichnungsvollmacht für die notarielle Abwicklung. Nach weiteren drei Monaten war der gesamte Prozess abgeschlossen. Die erste Genossenschaftsversammlung hatte stattgefunden, die Vorstände waren gewählt. Die Arbeit in der Gemeinschaft konnte beginnen. Die Schweizer Agrargenossenschaft, die als erste ins Leben gerufen wurde, erklärte sich bereit, den französischen Kollegen bei der weiteren Umsetzung ihrer Pläne behilflich zu sein. Damit konnte Otto den Vorgang ablegen, alle Erinnerungen daran begraben. Der größte Erfolg dabei war: »Sybilles Wünsche wurden erfüllt.«

Bei einem Gespräch mit Sophie wegen der Teilauflösung des Verwaltervertrags für die Ländereien, berichtete sie mit einem Anflug von Sarkasmus, sie hätte die Pacht für Bessiér verdoppelt. Otto wollte sich, bis auf einige ausgesuchte Areale in Nizza und Antibes, auch von dem restlichen Grundbesitz aus der Erbschaft trennen. Der weitaus größte Teil der Erlöse sollte in die Schweizer Stiftung fließen oder der Unterstützung ähnlicher Projekte, wie denen der Agrargenossenschaften, dienen. Auch dabei erhielt er die volle Unterstützung von Sophie. Die Zeichnungsvollmacht sollte zu diesem Zweck erweitert werden. Für größere Liegenschaften behielt er sich das Recht der Zustimmung vor. So würde die Arbeit auf ein überschaubares Maß reduziert. Für Olivia gäbe es in der Stiftung mehr als genug zu tun, wenn sie wieder dort mit einsteigen wollte. Leider gab es bei den bisherigen Besuchen bei Olivia in St. Gallen keine deutlichen Zeichen einer Besserung, trotzdem sich die Ärzte seit fast sechs Monaten darum bemühten. Sie erledigte zwar die an sie gestellten Aufgaben ohne Probleme, aber nur dann, wenn sie dazu angehalten wurde. Eigene Initiative zeigte sie nach wie vor nicht. Otto hoffte weiterhin darauf, dass sie irgendwann aus der Starre erwachte. Bis dahin musste man abwarten. Umso besser, wenn sie hier nicht gleich wieder von den Aufgaben erdrückt wurde. Auch für ihn selbst war es gut, den Koloss Erbschaft hinter sich zu lassen. Es war höchste Zeit sich wieder seinen eigenen Aufgaben zu widmen.

Die Kontakte mit den meisten Zeitungsverlagen waren nach so langer Zeit fast eingeschlafen. Otto bemühte sich nicht darum, bei allen Bekannten die Kontakte wieder anzuknüpfen. Den Favoriten Herrn Strohmann wollte er derzeit noch nicht aktivieren, weil er bei einigen Telefonaten in den vergangenen Monaten durchblicken ließ, wie sehr ihm daran gelegen war, ihn für die Berichterstattung Klimagipfel 2011 zu gewinnen. Niemand kannte dieses Thema schließlich so gut wie Herr Hartmann. Herr Hartmann selbst war jedoch noch frustriert von der Klimagipfelfarce im Jahre 2007 auf Bali. Seitdem spann sich der Faden wie gehabt weiter. Viele Teilnehmer, viele Expertenmeinungen, trotz der klaren Fakten: »die Klimakatastrophe war nicht mehr abzuwenden«, wieder nur viele Vorschläge, viele Bankette mit vier Gänge Menüs, erlesenen Weinen auf Kosten der Bürger der jeweiligen Teilnehmerländer, viele Versprechungen, null Resultate. Er wusste nicht, ob er darüber unbefangen berichten konnte oder wollte. Es gab auch andere Ereignisse auf der Welt, die erwähnenswert waren.

Die nächste Nuklearkatastrophe wurde aus Japan gemeldet. Das bisher als nicht störanfällig deklarierte Atomkraftwerk Fukushima, dessen Standort direkt am Pazifik lag, meldete vor kurzem einen Unfall nach dem Tohoku Erdbeben. Vier von sechs Reaktorblöcken wurden dabei zerstört. Wieder einmal schlugen die Behörden alle Warnungen in den Wind. Experten wiesen lange vorher auf Konstruktionsmängel hin, auf den fehlenden Schutz vor Erdbeben und Tsunamis, sowie auf die unzureichende Kontrolle und Wartung. Es waren mehrere Unfälle, die über mehrere Tage lief. Sie konnte nicht gestoppt werden. Auslöser der Unfallserie waren Erderschütterungen und bis zu zwanzig Meter hohe Wellen eines dadurch entstandenen Tsunamis. Die Schutzmauern am Meer waren nur etwas über fünf Meter hoch. Über hundertfünfzigtausend Einwohner aus der unmittelbaren Umgebung, wurden bis auf weiteres evakuiert. Hunderttausende auf Bauernhöfen zurückgelassene Tiere verhungerten. Die großen Mengen radioaktiven Materials gerieten in den Pazifik, ins Grundwasser, in die Luft, in die Böden und dadurch wieder einmal in die Nahrungskette. Japan erwog in dem Zusammenhang endlich den Ausstieg aus der Atomkraft.

Die zeitlich gestaffelten Wellen des Pazifischen Ozeans prallten durch den ausgelösten Tsunami nicht nur auf Fukushima. Sie überfluteten in einer Höhe von bis zu dreißig Metern die gesamte nord- östliche Küste Japans. Die Überflutung strömte mehrere Kilometer ins Landesinnere. Japan, mit seiner schmalen, dem asiatischen Kontinent vorgelagerten, über tausend Kilometer langen Hauptinsel, ist umgeben von mehreren Erdplatten, die immer wieder aneinanderstoßen und Erdbeben auslösen, die mit mehr oder weniger umfassenden Überflutungen in Zusammenhang stehen. Japans Hauptinsel verfügt über ähnliche Ausdehnungen, wie die als Stiefel bezeichnete Halbinsel Italiens im Mittelmeer. Besonders auf der dem Pazifik zugewandten östlichen Seite werden Tsunamis registriert. Die Aufzeichnungen über Erdbeben reichen bis ins vierzehnte Jahrhundert zurück. Nach jeder Überflutung wurden am Wegesrand Tsunamisteine in der betroffenen Region aufgestellt. Sie kennzeichnen die Stelle, bis wohin die Flutwelle ins Landesinnere vordrang. Die Inschriften berichten über den Zeitpunkt der Überflutung, die Höhe der Wellen, ihre Reichweite sowie die Anzahl der Todesopfer. Der älteste Stein ist sechshundert Jahre alt. So konnte man annehmen, dass es sich bei dieser Flutwelle um das größte bekannte Tsunami Ereignis in der Geschichte Japans handelte. Mehr als zwanzigtausend Menschen fielen der Katastrophe zum Opfer. Mehr als eine halbe Million Menschen aus der Küstenregion wurden evakuiert und in Notunterkünften untergebracht.

In der Elektronikbranche eroberten die mobilen Endgeräte die Welt. Klein Alfred wird nicht mehr auf sein Zimmer geschickt, wenn er die Eltern nervt. Er bekommt ein Handy in die Hand, mit dem er Super Mario spielen kann. Solange er damit spielt, ist Entwarnung gegeben, egal wo sich die Familie befindet, im Auto, auf einer Bank im Wald, am Strand oder auf dem Klo. Zuhause setzt ihn Mama, die in Ruhe Abendessen kochen will, gleich vor den mindestens hundertvierzig mal hundert Zentimeter großen Fernsehapparat, legt ihm die Bedienungselemente der Spielkonsole in die Hand, worauf er glücklich lächelt und die ausgewählte Hauptfigur, mit der er sich identifizieren kann, drauflosrennen, prügeln, springen oder mit dem Maschinengewehr alles abknallen lässt, was ihm über den Weg läuft. Je mehr Tote, umso mehr Punkte. Sind alle abgeschossen, kommt er eine Runde weiter. Gerät Alfred, nach zehn Jahren irrwitzigen Lebens im Breitbandkabel, in den Körpern von Computerhelden oder Filmen im TV, nicht in die Nervenheilanstalt, weil seine Hände und Augenlider zucken oder er schizoide Phänomene auslebt, erhält er spätestens zum fünfzehnten Geburtstag mindestens ein neues Smartphone mit Internetverbindung zusätzlich zu einem Tablet. Nervt er noch immer, wird außerdem ein iPad2 oder WiPhone 7 mit Mango-Update auf den Geburtstagstisch gelegt. Geschafft. Mit seinen Eltern redet er nicht mehr. Sie haben endlich Ruhe. Er trägt Kopfhörer, ist vernetzt, kann nun durchgängig Signale empfangen. Alfred ist eines der vielen Ufos, die über die Straßen laufen, ohne hinzusehen, in S-Bahnen im Gruppenchat mit zweiundzwanzig infrage kommenden Freundinnen sprechen oder in sozialen Netzwerken surfen. Mit dem »Touch and Feel« kann er, wenn seine Eltern nun nerven, »er soll doch wenigstens beim Fernsehen die Hörer aus dem Ohr nehmen«, die Rundungen seiner Favoritinnen heranscrollen.

Die sozialen Netzwerke eroberten nicht nur die privaten Bereiche der Kommunikation, sie eroberten ganze Länder. Über die sozialen Netzwerke war es möglich, innerhalb von Minuten eine Demo zu organisieren und ebenso schnell wieder aufzulösen, wenn die berittenen Soldaten auf ihren Kamelen angestürmt kamen. Der arabische Frühling hatte begonnen. Viele Menschen fragten sich, wie die Arabellion genauso schnell wie unkompliziert die Machthaber der wichtigsten Staaten im Nahen Osten absetzen konnte. Die Unzufriedenheit über Korruption, Arbeitslosigkeit, fehlende Zukunftsperspektiven und Machtmissbrauch waren sicher der Motor. Für das Benzin hatten aber die neuen Möglichkeiten der Vernetzung gesorgt. Wer den Krieg am Bildschirm gewinnt, kann schließlich auch eine Revolution in Echtzeit hinlegen. Der arabische Frühling begann im Dezember 2010 in Tunesien. Dort führte er zur Abberufung des Machthabers Ben Ali. Die regierungskritische arabische Rebellion griff Anfang 2011 auf zwölf weitere Staaten über, was zur Absetzung der Regierungsoberhäupter Husni Mubarak in Ägypten, Ali A. Salih im Jemen und Muammar al-Gaddafi in Libyen führte. In fast allen anderen arabischen Staaten, außer dem Iran, wurden Reformen durchgeführt, die zur Verbesserung der Lage der Bevölkerung führen sollten. So erhoffte man sich, die Bevölkerung ruhig zu stellen. Die Machthaber der Arabischen Liga, die bisher über nahezu uneingeschränkte staatliche Gewalt verfügten, begannen nicht nur die Bevölkerung zu fürchten, sondern auch das Internet mit den sozialen Netzwerken. Eine Reaktion der eingeschüchterten Regierungsoberhäupter war die Abschaffung des Internets oder zumindest die Einführung eines staatlichen Reglements, besonders in restriktiven Ländern wie China, Russland oder dem Iran. Ein Datenaustausch mit der restlichen Welt war unerwünscht. Die Geheimdienste erhielten neue Aufgaben.

Es gab viele interessante Entwicklungen auf der Welt. Nach mehreren Telefonaten mit zwei Magazinen in Frankreich entschied sich Otto für einen Auftrag zur Berichterstattung über die Auswirkungen des Tsunami in Japan. Es war für ihn eine willkommene Abwechselung in Bezug auf die Themenbereiche, die er sonst bearbeitete. An die Textbearbeitung war eine umfassende Fotoreportage geknüpft. Im ehemaligen Jugoslawien hatte er sich damit beschäftigt. Sein damaliger Kollege Martin zeigte ihm, wie man gute Aufnahmen zustande bringt. Martin verdeutlichte ihm, welcher Unterschied zwischen den jeweiligen Blickwinkeln liegt, aus der man den Auslöser der Kamera drückt. Die Ergebnisse zeigten deutlich: »Jede Perspektive liefert andere Darbietungen.« »Die Betrachtung von einem anderen Standort, einem anderen Aufnahmewinkel oder der Höhe, lässt das Objekt anders erscheinen.« Martin überließ ihm einige knifflige Darstellungen, die sehr gut gelangen. Von ihm übernahm er auch zwei Koffer mit hochwertigen Profigeräten, mit denen er exzellente Aufnahmen machen konnte. In Japan sind Tsunamis so bekannt, wie in Deutschland die Jahreszeiten. Die erste Aufzeichnung von gigantischen Flutwellen geht bis ins sechste Jahrhundert zurück. Seitdem wurden über hundert Tsunamis mit mehr oder weniger schweren Überschwemmungen registriert. Die höchste Flutwelle im siebzehnten Jahrhundert soll über achtzig Meter hoch gewesen sein. Die meisten Flutwellen überschwemmten Land und Leute an der östlichen Pazifikküste, wie auch dieses Mal. Schuld daran sind zwei Erdplatten, die pazifische und die nordamerikanische Platte, die sich jedes Jahr mit der sogenannten Kontinentaldrift aufeinander zubewegen. So lange, bis sich die auftretende Spannung durch ein Erdbeben entlädt. Die Seebeben lösen nach jeder Erschütterung leichte bis schwere Flutwellen aus, die alle zehn bis zwanzig Jahre die Küsten überschwemmen. Die letzte größere Flutwelle, die fast Tausend Todesopfer forderte, lag schon über hundert Jahre zurück. Früher waren die Auswirkungen, wegen der geringeren Bevölkerungszahl, nicht mit den heutigen Tsunamis zu vergleichen. Die Aufzeichnungen vom letzten schweren Beben aus dem Jahr 1896, das mit diesem vergleichbar war, wurden nicht ernst genommen. Für die vorliegende Besiedelung wurden eher die Werte der schwächeren Erdbeben verwertet, die nach Ende des Zweiten Weltkriegs auftraten. Die Baulichkeiten waren den Gefahren nicht angemessen. Mit so einer schlimmen Katastrophe hatten die Japaner offensichtlich nicht gerechnet. Sonst wäre das Atomkraftwerk Fukushima sicher nicht an diesem Standort errichtet worden. Die Zerstörung der Küste überstieg jede Vorstellung. Sie war mit einem Bombenangriff Ende des Zweiten Weltkriegs vergleichbar. Otto sollte die gesamte Küste von Sendai, etwa dreihundert Kilometer von Tokio entfernt, bis nach Hachinohe am nördlichsten Ausläufer des Landes bereisen. Die Planung nahm nicht viel Zeit in Anspruch. Er mietete in Tokio nahe dem Flughafen ein Wohnmobil, mit dem er die gesamte Küste hinauf touren konnte.

Zwei Tage vor seinem Abflug nach Tokio klingelte kurz vor dem Abendessen das Telefon. Brigitte stand in der Küche vor den Kochtöpfen. Otto lief mit dem Besteck und den Tellern in der Hand zum Wohnzimmer. Bevor er den Telefonhörer abnahm, stellte er die Teller, auf dem für zwei Personen viel zu großen Tisch, ab. Dann ging er zum Fenster, wo sich der Telefonapparat befand. Zu spät. Er lauschte den Freizeichen zwei Sekunden lang, dann legte er wieder auf. Auf dem Weg zurück in die Küche läutete es erneut. Er überlegte was zuerst dran kam, Essen oder Telefon. Er entschied sich für das Telefon. Es war ein altes Gerät ohne Display. Er wusste nie, wer angerufen hatte, wenn er den Hörer nicht abnahm. Er meldete sich wie immer mit einem leicht sonoren: Hartmann. »Ohu Hartmann aha, besser als Weichmann«, tönte ihm Bertolds Stimme aus dem Hörer ins Ohr. »Bertold, schön dich zu hören«, sagte Otto. »Du, wir essen gerade, kann ich dich in einer halben Stunde zurückrufen?« »Mein Lieber«, antwortete sein Freund Bertold. »Diesmal geht es wirklich ums Ganze. Vergiss es bloß nicht. Es gibt wichtige Neuigkeiten.« »Was ist denn so wichtig?«, fragte Otto gespannt. Für Bertold hatten die wenigsten Dinge mehr Bedeutung als eine Fliege, die durchs Zimmer flog. »Es geht um dich und so wie ich es verstanden habe auch um Olivia.« »Wie, was meinst du?«, fragte Otto. Sein Interesse war geweckt. »Steht etwas am Himmel geschrieben?« »Ja«, antwortete Bertold, »so könnte man es nennen. Richtig wäre, es ist jemand vom Himmel gefallen, jemand der, nein, die dich sucht.« In Ottos anderem Ohr klapperte der Deckel des Kochtopfs. Brigitte war inzwischen ins

Wohnzimmer gekommen. Sie schlug demonstrativ mit dem Schöpflöffel an den Schüsselrand. »Hörst du?« fragte Otto seinen Freund. »Ja«, antwortete er. »Guten Appetit mein Lieber. Grüß Mutti von mir und melde dich. Melde dich.« »Verlass dich darauf«, antwortete Otto. »Bis nachher.« Dann legte er den Hörer in die Gabel zurück.

Entspannung beim Abendessen fühlt sich anders an, dachte Otto. Bertolds Anspielung auf Olivia hatte etwas ihn ihm geweckt. Er hörte während des Essens die Uhr ticken. Brigitte, die das vollste Verständnis dafür aufbrachte, trug nach dem Essen das Geschirr allein in die Küche. Otto setzte sich auf den Stuhl am kleinen Telefontisch, wählte Bertolds Rufnummer, wonach er neugierig in den Hörer lauschte. Bertold ließ nicht lange auf sich warten. Nach dem zweiten Klingelton meldete er sich mit der Frage: »Otto?« »Ja man, was gibt es denn so wichtiges?« »Du musst nach Berlin kommen. Etwas Unglaubliches ist passiert. Vor einer Woche stand eine Frau vor meiner Tür, die sich für eine Stelle als Arzthelferin bewerben wollte. Mir stockte der Atem, als ich sie sah. Sie sieht aus wie – äh wie«, Bertold stockte. »Bertold, bist du noch dran?«, fragte Otto. »Ja hm«, antwortete er verlegen. »Ich weiß nicht recht wie ich es sagen soll. Aber es ist noch mehr – sie hat die Augen von«, stockte er wieder. »Von wem oder was?«, fragte Otto leicht geschockt. »Komm einfach nach Berlin«, forderte Bertold. »Du wirst es dann selbst sehen.« »Ich kann nicht«, antwortete Otto. »Ich fliege übermorgen nach Tokio. Ich habe alles gebucht.« »Dann buch um«, drängte Bertold weiter. »Es geht nicht anders. Glaub mir.« Otto war hin- und hergerissen. »Nein«, sagte er. »Ich kann nicht, ich habe Verpflichtungen.« »Dann erzähle ich es dir anders«, sagte Bertold darauf hin. »Alles. Ich erzähle dir alles. Pass auf. Vor einer Woche klingelte diese Frau bei mir wegen der Stelle. Ich war so beeindruckt von ihrem Aussehen, von der Kraft, die in der Stimme lag – und dann ihre Augen.« »Was ist mit den Augen?«, fragte Otto. »Das musst du wirklich selbst sehen, sonst glaubst du es mir nicht«, sagte Bertold. Er sprach weiter: »Ich war sofort befangen. Ich habe sie, ohne auch nur eine Sekunde nachzudenken, eingestellt. Sie erzählte mir dann, sie sei gerade erst in Berlin angekommen. Sie hätte keine Wohnung, wo sie in der Nähe unterkommen könnte. Ich brachte sie erst einmal in dem kleinen Zimmer in meiner Wohnung unter. Sie arbeitet bei mir, verstehst du. Es ist schwer zu erklären. Sie bewegt sich genauso wie du. Sie spricht genauso wie du. Langsam, betont. Wenn sie mich anschaut, denke ich du bist es.« »Solche Phänomene gibt es schon mal«, sagte Otto daraufhin. »So etwas habe ich selbst erlebt.«

»OK«, sagte Bertold. »Ok, gut, gut. Dann….«, er machte eine längere Pause. »Vorgestern aßen wir zusammen Mittag. Sie schaute mich so merkwürdig von der Seite an, als ob sie sehen wollte, ob sie mir zutrauen könnte, etwas Besonderes zu erzählen. Ob ich es verstehen würde.« Bertold machte wieder eine lange Pause. »Was denn?«, fragte Otto etwas genervt. »Ok«, sagte Bertold, »ganz direkt und ohne Zwischenstopps. Sie sagte dann, ich hätte einen Freund, der am Meer wohnt. Zu dem muss sie fahren, mit ihm reden. Ich verstand nicht richtig, was sie meinte. Dann sagte sie, er sei blond, ein ganz ruhiger Typ. Er müsse Journalist sein und hat eine Tochter, die derzeit nicht bei ihm ist. Sie muss ihn sprechen. Ich konnte es nicht fassen. Nach und nach dämmerte es bei mir. Erst nachdem sie die Erkenntnis auf meinem Gesicht ablesen konnte, sagte sie: »Seine Frau ist gestorben. Ich werde ihnen beiden helfen.« »Es hört sich verrückt an, oder?«, sagte Otto, der nun selbst einen Moment verblüfft schwieg. »Du musst Sabine treffen«, sagte Bertold. »Du wirst nicht nur überrascht sein, Otto, du wirst diese Begegnung sicher nie wieder vergessen. Mehr möchte ich jetzt nicht sagen. Es steckt noch mehr dahinter. Aber du musst es selbst sehen.« Otto fragte sich, was er tun sollte. Er konnte mit der Erzählung von Bertold noch nicht allzu viel anfangen. Dennoch hatte der letzte Satz einen Magneten in ihm installiert. Er fühlte sich plötzlich magisch angezogen.»OK«, sagte er, »ich buche um. Ich buche einfach die Flüge um. Dann starte ich halt nicht von Frankreich, sondern von Berlin aus. Ich informiere dich morgen wann ich bei dir bin. Machs gut.« Beide legten auf.

Otto erzählte seiner Mutter nur einen Teil des Gesprächs mit Bertold. Er wollte sie nicht beunruhigen. Sie befürwortete sofort seine Absicht. Am nächsten Tag traf er am Vormittag die notwendigen Vorkehrungen für die Verlegung der Reisewege. Er würde nur einen Tag später in Tokio ankommen. In Japan informierte er die Autovermietung darüber, wegen des Wohnmobils. Bis zu seinem Abflug begleitete ihn ein unsichtbarer Geist auf seinen Wegen. Ein Erfüllungsverlangen. Auf der trostlosen Reise mit seiner Tochter Olivia, begleitete ihn in den letzten Jahren eine Mischung aus Unbehagen, Hoffnung, Wohlwollen, mit der ständigen Bemühung, ihren Zustand zu verbessern. Er hoffte in Berlin würde sich etwas von seinen Wünschen erfüllen.

Am Abend, als er vor Bertolds Haus stand, zögerte er lange bis er seinen Finger auf den Klingelknopf legte. Langsam drückte er ihn in die Fassung. Bertold befand sich nach der Arbeit noch oben im Altbau. »Wir haben geschlossen«, ertönte Bertolds Stimme aus der Gegensprechanlage. »Ein Notfall«, sagte Otto mit verstellter Stimme. Der Türöffner summte, Otto ging hinein. Die Erwartung hielt ihn in Bann. Mit einem dumpfen Geräusch schlug die Tür hinter ihm ins Schloss. Der Flur war in mattes Licht getaucht. Stumm lud ihn die Holztreppe des alten Gemäuers zum Hinaufgehen ein. Zögernd trat sein linker Fuß auf die erste Stufe. Es knarrte. Gleichzeitig knarrte es oben. Jemand betrat das Treppenpodest. Otto öffnete den Mund, um seinen Freund mit einem lockeren Spruch zu begrüßen. Als er hochschaute und die Frau oben an der Treppe sah, verharrte er mit offenem Mund auf der ersten Stufe. Ihm stockte der Atem. Sie sah Sybille verblüffend ähnlich. Größe, Figur, Ohren, Nase, Augenabstand passten wie eine Schablone. Nur ihr Alter, sie war acht bis zehn Jahre jünger und die lässigen, langsamen Bewegungen, mit denen sie zum Rand der Treppe kam, passten nicht ins Bild. Die Jahre der Trennung hatten genug Abstand zu den Erinnerungen aufgebaut, sodass er nicht restlos in die Knie ging. Trotzdem stand er so lange wie gelähmt auf der Stufe, bis sie sagte: »Sabine Guddah, Sie oder du bist Otto Hartmann, oder?« »Ja«, konnte er zwischen den Zähnen hervor quetschen. Er ging langsam nach oben, bis sie sich auf dem Podest gegenüberstanden. Sie reichte ihm nicht die Hand. Sie hatte blaue Augen, klar wie ein tiefer See. So klare Augen hatte er in seinem Leben bisher nur zwei Mal gesehen: Bei Professor Nölder - und - im Spiegel. Es waren seine Augen. Ihre Aura berührte die Seine. Automatisch stellte sich ein Gefühl des Miteinanders ein. Nicht wie zu Sybille, eher wie zu seiner Tochter, wie zu einer Schwester. Sein Fleisch und Blut, Seelenverwandtschaft. Nur das fühlte er gerade. Sie kannten sich seit Ewigkeiten, brauchten keine langen Worte. In seinem Inneren legte sich ein Schalter um. Aha empfand er. So ist es also. Sie machte keine langen Umschweife. Sie sagte: »Ich bin gekommen, um dir zu helfen – Kolotter.« Diesen Namen hatte er vor langer Zeit schon einmal gehört. Er konnte sich nicht erinnern wo. Es läutete in seinem Innern. Aus jeder Schublade des Gedächtnisses stürmten Bilder auf ihn ein, die er nicht so recht zuordnen konnte. Es mussten Bilder aus seiner Kindheit sein, aus der Zeit, in der er haufenweise Science-Fiction-Romane las. »Bringt sie dich etwa durcheinander?« drang Bertolds Stimme in den bis dahin geschlossenen Raum. Er lachte übertrieben laut, womit er seinen Freund in den Hausflur zurückholte. Otto antwortete: »Nicht im Mindesten. Zu mir kommen öfter Damen vom Mond herunter.« »Was«, brüllte Bertold lachend weiter, »doch nicht so nette Damen, oooder?« Otto nahm Sabines Hand, so als wenn er länger mit ihr vertraut wäre. »Siehst du die Stelle hier?« Er zeigte auf ihr Handgelenk, wo ein heller Hautstreifen zu sehen war. Wahrscheinlich stammte er von einer Uhr oder einem Armband, welches die Haut vor der Sonne verbarg. »Sie lag mit hunderten Gefangenen der Skerolieser, deren Planet von den Hompfies erobert wurde, lange Zeit in einem Raumschiff« lachte er nun ebenso lauthals wie Bertold. »Dort habe ich sie vor hundertsiebzig Jahren kennengelernt. Ich wäre aber nicht darauf gekommen, dass sie mir nachreist. Ich vermutete sie auf der Venus, haha. Haha«, die drei lachten herzlich. Bertold sagte, »ich komme vom Planeten der Mampfies. Dort hat die Bevölkerung ständig großen Huungöör.« Er lachte weiter, biss Otto kräftig in die Schulter, worauf dieser aufschrie. Die Szene wurde drastisch immer lächerlicher, bis die beiden

Männer sich einen Boxkampf lieferten, lachten und schrien. Als es zu hektisch wurde, ließ Sabine die beiden allein. Nach einigen Minuten hatte sich die planetarische Energie entladen.

Sie gingen gemeinsam hinüber zu Bertold in die Wohnung, im Neubau. Amalie stand, trotz ihres inzwischen hohen Alters, immer noch im Dienst von Alain. Sie wollte es auch. Allein in ihrer Wohnung war es ihr zu langweilig. Als Bertold ihr vor einigen Jahren vorschlug in den Ruhestand zu gehen, winkte sie heftig ab. »Ich habe Ihrer Familie seit jeher gedient. Sie wollen mich doch jetzt nicht etwa loswerden?«, fragte sie im Tonfall der Empörung. Bertold beteuerte ihr ausführlich und sehr herzlich, sie sei immer willkommen, er habe nur an ihr persönliches Wohlergehen gedacht. Dieses Thema wurde nie wieder aufgegriffen. Sie kamen gerade zur rechten Zeit, um ihr beim Auftragen der Speisen behilflich zu sein. Die Wohnung lag, genau wie seine frühere im Altbau, im Erdgeschoss. Der direkte Zugang zum Garten war Bertold wichtig. Rechts im Haus war der Eingang mit dem Treppenhaus. Die anderen Bewohner konnten den Garten durch den rückwärtigen Ausgang betreten. Der Flur in seine Wohnung zog sich links bis zu den zwei Schlafzimmern, die mittig mit einem Bad verbunden waren. Das Wohnzimmer lag rechts vorn am Eingang. Die Decken waren für einen Neubau ungewöhnlich hoch. Bertold war vom mondänen Altbau aus der Kindheit, an drei Meter sechzig Deckenhöhe gewöhnt. Die drei Meter im Neubau fühlten sich für ihn eher einengend als freizügig an. Gewohnheit prägt. So haderte er noch immer, mit dem nur fünfunddreißig Quadratmeter großen Wohnzimmer. Die Einrichtung ähnelte der in Ottos Berliner Wohnung. Ausschließlich indisch. Im hinteren Bereich standen zwei lebensgroße Buddhafiguren, an den Wänden hingen Bilder mit Szenen aus fernöstlichen Geschichten, die rechte Wand war mit Schnitzereien vertäfelt, an der Decke hingen Lampen aus einem Tempel, die nur wenig Licht spendeten. Die Speisen standen auf einem Tisch in der Mitte des Raumes aus dunklem Holz. Die vier Tischbeine waren unten zu den Seiten abgerundet. Sie waren Tigerpfoten nachempfunden. Jede Wand war in einem anderen

Farbton gestrichen. Braun bis violett. Bertold hatte einen außergewöhnlichen Geschmack, was die Einrichtung betraf. Als Abendessen gab es ein vegetarisches Drei-Gänge-Menü. Amalie wollte für den netten Herrn Hartmann etwas Besonderes auf den Tisch bringen. Sie verbrachten auch wegen der umfangreichen Speisen zwei Stunden beim Abendessen.

Als Sabine kurz in ihr Zimmer ging, erzählte Bertold etwas mehr über sie. Warum sich Sabine als Arzthelferin bewarb, konnte sich Bertold, wie er sagte, nur in Verbindung mit dem heutigen Abend, dem Kennenlernen mit Otto erklären. Sie kannte sich in allen medizinischen Bereichen besser aus als Bertold, Thomas oder Freddy. Sie wusste auf alles eine Antwort, kannte sich in der Chirurgie ebenso gut aus, wie in der Kardiologie oder der Osteopathie. Anlässlich einer Diskussion mit Thomas, zur Frage, ob bei seinem Patienten Klaus Weiser eine schizoide Tendenz vorlag oder ihn einfach nur übersteigerte Angst zwischen Panikattacke und stoischer Ruhe pendeln ließ, legte sie nach einmaliger Befragung des Patienten eine lückenlose Theorie zu seiner hysterischen Veranlagung, gepaart mit abgespaltenem Narzissmus vor, die so plausibel klang, dass Thomas seine Behandlungsrichtung darauf einstellte. So bestand sie selbst die Prüfung in Psychologie. Ein Patient klagte über Kopfschmerzen, die bis unterhalb der Schläfe ausstrahlten. Sabine diagnostizierte eine Verschiebung der Zahnwurzel des linken hinteren Weisheitszahns. Es war verblüffend. Bertold diagnostizierte ihr darauf hin, mindestens zweiundzwanzig Semester intensives Medizinstudium oder eine umfassende Gedächtnisimplantation mit fachlichem Zeichenmaterial. Er wusste nicht, wie nahe er ihrem Auslieferungsstandard kam. Otto verstand sich mit Sabine so gut, dass sie nicht viele Worte verschwenden mussten, um sich im Gespräch mit vier Leuten am Tisch immer wieder, selbst durch kleine Wortfetzen, auch über die Absichten und Möglichkeiten ihrer Hilfe für die Familie Hartmann, zu verständigen. Als Bertold Amalie beim Abräumen des Tisches half, gingen sie in die Tiefe. Sie sagte wie selbstverständlich, so als würden sie sich seit Ewigkeiten kennen, zu Otto: »Ich würde mich gern um deine Tochter kümmern. So wie du es erzählt hast, hätte ich ein gutes Gefühl dabei. Dann bist du frei für andere Aufgaben. Jeder soll seine Bestimmung erfüllen.« Otto der insgeheim wieder Hoffnung schöpfte, diese medizinisch kompetente Person könnte seine Tochter wieder in die Realität zurückholen, hätte heute allem zugestimmt, was Sabine vorschlagen würde. So ging er direkt darauf ein, indem er ihr vorschlug nach Antibes zu fliegen, um sich dort die nähere Umgebung anzuschauen, in der seine Tochter lebte und danach zu Olivia nach St. Gallen weiterzufahren. Seine Mutter könnte ihr bei den Buchungen behilflich sein. »Ja, in die Berge«, erwiderte Sabine, wobei sie gedankenverloren zur Decke blickte. Beim Abschied am späten Abend nahm er Sabines Mailanschrift mit, wobei er versprach, ihr nach einem Telefonat mit seiner Mutter alle Daten, Rufnummern, Anschriften und seine Handynummer für alle Fälle zu schicken. Bertold schmollte ihm nach, mit den Worten: »Du kannst mir doch nicht einfach eine so nette Arzthelferin abspenstig machen. Komm bloß nie wieder, haha.«

Lustig war der Abend allemal. Er brachte aber auch viel Arbeit mit sich, die er vor dem Abflug am Nachmittag des folgenden Tages erledigen musste. Als Erstes rief er seine Mutter an. Sie war im Haus ihres Sohnes. Nach dem dritten Klingelton nahm sie den Hörer ab. »Hartmann, Bonjour«, erklang ihre Stimme. »Bonjour Madame Hartmann«, antwortete er. »Comment allez vous?« »Mir geht es gut, mein Lieber. Wie ist der Abend bei Bertold verlaufen?« fragte sie. »Ich denke, es gibt gute Neuigkeiten«, sagte Otto. »Die Dame ist sehr sachkundig in vielen Bereichen der Medizin. Sie kennt sich auch mit psychologischen Problemen sehr gut aus. Ohne sich lang bitten zu lassen, hat Sabine, so heißt sie, versprochen sich um Olivias Probleme zu kümmern. Es ist ein Geschenk des Himmels.« »Wirklich?«, fragte Brigitte erstaunt. »Traust du ihr so etwas zu?« »Unbedingt«, antwortete Otto. »Wenn nicht sie, wüsste ich nicht ‚wer dann. Es ist so, als wenn sich ein Bedürfnis erfüllt, der Zug genau ins Gleis passt. Verstehst du was ich meine?« »Ja«, sagte Brigitte, »ich weiß genau was du meinst. Es regnet nach dem Gebet der Bauern, zur Beendigung einer Trockenperiode. Die Ernte ist gerettet. Na schön, dann nehmen wir dieses Geschenk an. Oder?« »Ja, klar«, antwortete Otto. »Und es gibt noch etwas, warum ich denke Olivia lässt sich von ihr helfen. Aber das musst du selbst sehen, wenn Sabine vor dir steht. Du wirst überrascht sein. Es wären nur noch einige Dinge zu erledigen. Ich habe ihr vorgeschlagen, sich im ersten Schritt Olivias nähere Umgebung anzusehen, sich mit ihrem Wesen vertraut zu machen. Dann würde sie nach St. Gallen fahren. Ich schaffe es aber nicht, vor meiner Japanreise alles zu regeln.« »Mach dir darum keine Sorgen«, beruhigte Brigitte ihren Sohn. »Denk einfach nicht mehr darüber nach. Sag mir nur, ob ich ihr mein Haus zur Verfügung stellen soll oder euer Gästezimmer?« »Ich denke im Gästezimmer ist sie vorerst gut untergebracht«, beantwortete Otto ihre Frage. »Gut. Ich kümmere mich um alles Weitere. Einen Flug zu uns buchen, Fahrkarte nach und ein Zimmer in St. Gallen. Alles was dazugehört.« Otto fühlte sich zum Abschied sehr geborgen. Wie seit seiner Geburt wusste er sich bei seiner Mutter in guten Händen. Sie würde alles zu Sabines Zufriedenheit vorbereiten. Er konnte einfach loslassen.

Es war angenehm sich am Nachmittag, von einem ruhigen, hoffnungsfrohen Gefühl, ins Flugzeug begleiten zu lassen. Im Flugzeug studierte er anhand mehrerer Landkarten, seine knapp siebenhundert Kilometer lange Fahrtroute. Tokio, wo er landete, lag im östlichen Teil, etwa in der Mitte der japanischen Hauptinsel, direkt am Pazifik. Die Stadt war etwa dreihundert Kilometer von den ersten nennenswerten Orten des Ereignisses entfernt. Sein Auftrag lautete: die Auswirkungen des Tsunami, etwa zweihundert Kilometer links und rechts vom Epizentrum des Erdbebens, zu dokumentieren. Dafür musste er die Route Richtung Norden an der Pazifikküste entlang einschlagen. Die Hälfte der Strecke von Tokio bis zur Stadt Sendai, wo die eigentliche Reportage begann, wollte er in einer oder zwei Etappen zurücklegen. Für die restliche Strecke plante er mindestens sieben Zwischenstopps ein. Einige besondere Lagen, mit ausgeprägten Buchten oder größere Hafenstädte, erschienen ihm vielversprechend für die Reportage. Die Eindrücke die er erhielt, nachdem er seine

Koffer im Wohnmobil verstaute und sich auf den Weg ins Katastrophengebiet an der Küste machte, ließen wenig Zuversicht aufkommen. Es war bereits hier erschütternd. Noch nie hatte er gesehen, welche entsetzlichen Verwüstungen tosende Wassermassen anrichten konnten. Er dachte, nach den Bildern im ehemaligen Kriegsgebiet Jugoslawiens, könnte ihn nichts mehr erschüttern. Hier fand jeder erdenkliche Schrecken zusätzlich seinen Ausdruck. Welche Wucht der Aufprall der Wassermassen auf einen Körper hat, lässt sich schwer darstellen. Eine ungefähre Vorstellung kann man sich machen, wenn die Komponenten Gewicht und Geschwindigkeit ins Verhältnis gesetzt werden, auch wenn die Bedingungen beim Auslaufen der Wellen, wo noch wesentlich mehr Wucht entsteht, mit einbezogen werden müssten. Ein Liter Wasser wiegt ein Kilo. Rechnet man die Masse Wasser, die ins Land strömte und die etwa achthundert Kilometer pro Stunde Anfangsgeschwindigkeit eines Tsunamis, errechnet sich beim Erreichen eines normal großen PKW ein Aufprallgewicht von mehr als fünf Tonnen, bei einem Einfamilienhaus wären es über fünfzig Tonnen. Dieses Gewicht verringert sich während des Anlandens nicht, so dass der Druck alles über eine längere Strecke mit sich reißt. Jedes Stück Material wird so zum tödlichen Geschoss. Treffen die Tsunamiwellen auf die Küste, wird durch die enorme Wucht alles mitgerissen. Bäume, Häuser, Autos, Menschen und Tiere, werden mehrere Kilometer weit ins Land hineingetragen. Eine ähnliche Wirkung hat der Sog, wenn sich die Welle zurück ins Meer bewegt. Der Sog reißt alles mit ins offene Meer, kilometerweit. Der ersten Welle folgen weitere, die nicht weniger gefährlich sind. Die größte Gefahr ist die Wucht der Flutwelle. Sie bewegt sich mit rasender Geschwindigkeit auf die Küste zu. Wenn die Menschen die Wassermassen bemerken, ist es meist zu spät, um der Gefahr zu begegnen. Weglaufen ist nicht mehr möglich. Wer sich im Freien aufhält, wird in der Regel von den Flutwellen mitgerissen und von den umher tosenden Gegenständen erschlagen, verletzt oder mitgerissen. Andere werden von Gebäuden verschüttet. Sie sterben sofort oder ertrinken meist bevor die Katastrophe vorbei ist. Was sich hier beim Jahrhunderttsunami abspielte, war beispiellos, fand Otto.

Das Meer machte vor niemandem Halt, ohne Rücksicht auf Stand oder Ansehen, jung oder alt, gesund oder krank. Es riss jeden mit, der sich innerhalb der siebenhundert Kilometer langen Straße des Schreckens befand. Die betroffene Fläche von fast tausend Quadratkilometern glich einem Trümmerhaufen. Auch nach Wochen sah man noch die verheerenden Auswirkungen, der größten Katastrophe in Japan seit dem Zweiten Weltkrieg. Die gigantische Flutwelle hatte alles niedergewalzt. Häuser, Schulen, Gemeindeeinrichtungen, Häfen, Dörfer, Städte, Bäume, Büsche, Parkanlagen, alles versank in den Wasser- und Schlammmassen. Kein Stein blieb auf dem anderen. Nichts blieb so erhalten wie es einmal war. Die Flutwelle löschte über zwanzigtausend Menschenleben aus. Mehr als eine halbe Million Menschen wurden in Notunterkünften untergebracht. Wann sie in ihre Häuser zurückkehren konnten war ungewiss. Otto war erschüttert. So etwas hatte er noch nie gesehen. Auf dem Dach seines Wohnmobils war eine Satellitenantenne angebracht. Es war ohne besonderen Luxus zu bieten, nett eingerichtet. Außer dem Fernseher verfügte es im Fahrerhaus über drehbare Ledersitze. Hinter den Sitzen war ein Klapptisch. Beide Frontsitze konnten so nach dem Halt, in den Innenraum gedreht werden, wo sich auf der linken Seite eine Küchenzeile mit Gasherd, Waschbecken und Schränke befanden. Gegenüber der bis in die Fahrzeugmitte reichenden Küchenzeile war ein WC mit Dusche. Hinten befand sich ein Doppelbett. Über dem Bett waren rundum Hängeschränke. Unter dem Bett war eine Klappe mit einem großen Stauraum. Um den Aufenthaltsraum zu erwärmen, gab es eine Gasheizung mit Gebläse in alle Richtungen. Einen Fernseher an Bord zu haben, fand Otto sehr gut. Die Nachrichtensender strahlten Tag und Nacht Berichte über das Ausmaß der Verwüstung aus. Nachdem er am späten Nachmittag die südliche Küste von Sendai erreicht hatte, schaute er sich beim Abendessen das Interview mit einem Überlebenden an, der alles hautnah erlebte. Er hatte dabei seine gesamte Familie verloren. Er war gerade auf dem Nachbargrundstück, als er die Schreie seiner Frau hörte. Nachdem seine Frau aus dem Fenster ihres Hauses, etwa neunhundert Meter vom Strand entfernt, die

Mörderwelle anrollen sah, schrie sie laut auf. Schnell verließen daraufhin alle Bewohner das Haus. Ein Entkommen war nicht möglich. Beim Davonlaufen wurden die Kinder, die Frau und seine Eltern von den Wassermassen emporgehoben. Jeder wurde in eine andere Richtung gespült. Bevor er selbst in den Fluten versank, sah er, wie sein Vater sich in einer Überlandleitung zur Stromversorgung verfing, wo er als erster unterging. Die Kinder verschwanden in der tosenden Strömung, seine Frau trieb gegen eine Hauswand und wurde Sekunden später von einem zentnerschweren Treibholz erschlagen. Er brach bei dem Interview in Tränen aus, konnte kaum weiterreden. Nachdem er gegen einen Laternenpfahl stieß und für mehrere Sekunden das Bewusstsein verlor, prallte er danach gegen einen Baumstamm, den er instinktiv umklammerte. So wurde sein Leben gerettet. Er hielt sich so lange am Stamm fest, bis sich die Flutwelle zurückzog. Die letzten Sätze stotterte er unter Tränen hervor. Wie er auf dem Weg zurück zu seinem Haus die Leichen seiner Mutter, seines Sohnes, vieler Nachbarn und Unbekannter fand, die hierher gespült wurden. Danach half er vielen Überlebenden aus den Trümmern ihrer Häuser. Einen Hund, dem drei Beine abgerissen wurden, musste er mit einem Knüppel erschlagen, um sein Leid zu verkürzen. Er verhielt sich trotz des schweren Schocks, den er erlitt, vorbildlich, half Mensch und Tier. Die Regierung zeichnete ihn mit mehreren Verdienstorden aus, woraufhin er unfreiwillig, wie er sagte, in den Mittelpunkt der Medien geriet. Mitten im Interview brach er immer wieder in sich zusammen, weinte, stammelte die Worte heraus, fing sich wieder. Ein Spiegelbild der Ereignisse. Alle Menschen hier an der Küste wurden durchgerüttelt. Otto bemerkte, wie er sich wieder in seinem eigenen Leid verfing, welches er in den letzten Jahren erlebte. Wie sehr er Sybille vermisste, wie ihm die Verbindung mit seiner Tochter fehlte. Auch wenn sie nur der geistige Zustand voneinander trennte, machte ihm die Situation doch zu schaffen. An dieser Stelle blieb ihm noch Hoffnung. Vielleicht würde Sabine mit ihren Bemühungen mehr erreichen als er selbst. Der Mann im TV hatte hingegen all seine Lieben verloren. So wie viele andere auch. Sie würden nie wiederkommen.

Die Bilder, die Otto machte, waren sich sehr ähnlich. Leid, Verwüstung und Zerstörung. Er erlebte an der gesamten Küste unvergessliche Momentaufnahmen. Bei all der Zerstörung, fragte er sich, wieso die Bevölkerung nicht über Rundfunk und Fernsehen gewarnt wurde. Der Grund war dem verhängnisvollen Umstand zu verdanken, dass in vielen Regionen Stromausfälle zu verzeichnen waren, die bereits durch das Erdbeben ausgelöst wurden. Seine erste Etappe führte durch eine Ebene vor der Stadt Sendai, die wenig Erhöhungen bot, um heranströmende Wassermassen aufzuhalten. In dieser Region wurde meist nur Reisanbau betrieben. Hier drangen die Fluten bis etwa fünf Kilometer ins Landesinnere vor. Um Fukushima machte er wegen der Verstrahlung einen Bogen. Die gesamte Region um die zerstörte Atomanlage war ohnehin weiträumig von Polizei und Militär abgesperrt worden. So fuhr er auf direktem Weg, durch das angrenzende Flachland, bis zur Stadt Sendai, die mit einer Million Einwohnern ungefähr einhundertfünfzig Kilometer vom Epizentrum des Bebens entfernt war. Die größte Stadt in der Region, die direkt am Meer lag, wurde durch den Tsunami nicht so stark beschädigt, wie die weiter nördlich liegenden Hafenstädte. Das erste Foto machte Otto nicht selbst, weil hier viele Trümmer bereits beseitigt waren. Er bekam es von einem japanischen Journal, mit dem er Kontakt aufgenommen hatte. Wenige hundert Meter hinter dem Sendai Port, wurde ein Zug von den Wassermassen aus den Gleisen gehoben. Er fuhr unter einer Brücke gegen einen Betonpfeiler, wo er stehenblieb. An den Fensterscheiben lehnten die Köpfe der Leichen. Leere Augen blickten aus dem Zug. Der Tsunami nahm viele Züge mit in die Fluten. Japans Eisenbahngesellschaften vermissten immer noch vier ganze Züge mitsamt allen Insassen, hieß es als Kommentar zu dem grausigen Bild. In Sendai waren nach dem Tsunami mehrere Großfeuer ausgebrochen, welche die Stadt zusätzlich verwüsteten. An den Stränden wurden noch immer unzählige Leichen angeschwemmt. Auf der Weiterreise sah es noch nicht so aufgeräumt aus wie in der Stadt selbst, wo den Ordnungskräften ausreichend Räummaterial, Lastwagen und Kräne zur Verfügung standen.

Otto konnte sich mit dem Wohnmobil nicht überall hinstellen. Es war derzeit kein Urlaubsvergnügen, mit dem acht Meter langen Wagen abends am Meer zu parken, sich zu entspannen und die untergehende Sonne zu betrachten. Ganz im Gegenteil. Die Strände waren mit Trümmern übersät. Es sah aus, als ob jemand in einem Buddelkasten, der mit Spielsand gefüllt war, seinen Mülleimer ausgeleert hätte. Es war eine Mischung aus Gebäudetrümmern, Steinen, Fensterrahmen, Türen, ganzen Dächern, Bäumen, Sträuchern, zerschlagenen Booten, zertrümmerten Autos oder Kleinteilen wie Flaschen, Plastiktüten, Schuhen, Kleidungsstücken, Teppichen, Schränken aus den weggespülten Häusern und sehr oft Tierkadavern, wenn man Glück hatte und auf keine menschliche Leiche stieß. Die Räumungskräfte von Polizei, Feuerwehr oder der Armee sahen es nicht gern, wenn sich jemand unnötig am Strand herumtrieb. Zudem konnte es in den Nächten noch frostig werden. Er fuhr lieber in abgelegene Gebiete, wo keine Spuren der Verwüstung zu sehen waren. Heute ging es in die Berge, die kurz hinter Sendai, einige Kilometer vom Strand entfernt, eine Hügelkette bildeten. Von den Anhöhen konnte er auf die Trümmerberge blicken. Wer diesen Anblick nicht persönlich erlebte, konnte sich kein Bild von der Lage machen. Wenn man von hier oben die Landschaft betrachtete oder ein zerstörtes Dorf, sah es aus, als hätte ein Kind seinen Legobaukasten auf die Erde geworfen und darauf herumgetrampelt oder King Kong der Riesenaffe wäre wütend durch die Landschaft gezogen, hätte ohne Rücksicht auf Gebäude, Mensch und Tier alles zertrümmert, Bäume ausgerissen und durch die Luft geschleudert. Otto fuhr lieber noch weiter, um sein fahrbares Zuhause auf einem Parkplatz oder in einem Wald auf der anderen Seite der Berge abzustellen, wo der Tsunami nicht hinkam, um dort die Nacht zu verbringen.

Die Berge hinter der Küste zogen sich bis auf kurze Abschnitte von hier aus hoch bis in den Norden. Diese Gegend war wegen der küstennahen Lage der Berge besonders betroffen. Durch die besondere Ausgestaltung der Landschaft, der Ausbildung von engen Buchten die von steilen Bergen umgeben waren, konnten die Wassermassen nicht auslaufen, bevor sie wieder ins Meer abflossen. Vielmehr bündelten sie ihre Kraft beim landeinwärts gerichteten einspülen, in den Schluchten, um dann von den Felsen abzuprallen. Dann machten sie sich mit unverminderter Kraft auf den Rückweg, um alles ins Meer mitzunehmen, was nicht gut verankert war. Der Tsunami fragte nicht, was er mitreißen durfte. Die Städte und Dörfer, die direkt unterhalb der Berghänge standen, erlebten hier seine gebündelte, alles zerstörende Kraft sowohl beim Auflaufen wie beim Zurückströmen. Dementsprechend sah es in Oragawa aus, der nächsten Stadt die er aufsuchte. Oragawa lag unglücklicherweise am Ende eines vom Ufer gebildeten Dreiecks. Vom Meer aus war dieses Dreieck weit offen, links und rechts wurde es von einem etwa fünf Kilometer langen Landstreifen gesäumt, der immer schmaler wurde. Die Wassermassen trieben vom offenen Meer in dieses Dreieck, wo sich die Kraft mit jedem Meter den sie vorantrieben verstärkte, um dann am schmalen Ausläufer, wo die Stadt lag, mit so unbeschreiblicher Kraft alles niederzureißen, dass im wahrsten Sinne des Wortes kein Stein auf dem anderen blieb. Alle Schiffe wurden aus den Hafenbecken gehoben. Sie lagen alle, über eine Fläche von fünfhundert Metern verteilt, im Landesinneren zwischen den Gebäudetrümmern. Der Anblick entsprach eher einer Fantasiekollage als der Realität. Auf dem Dach des einzigen erhaltenen Hauses der gesamten Stadt stand ein Ausflugsdampfer. Wahrscheinlich war der Dampfer ein Grund dafür, warum das Haus nicht weggespült wurde. Am Boden unten am Haus war alles schwarz. Alles war mit einer dickflüssigen, schwarzen Ölschicht bedeckt. Die Tanks der Hafenraffinerie wurden von umhertreibenden Trümmern zerstört. Der Inhalt konnte ungehindert auslaufen. Auf dem Foto, das Otto von der grotesken Szene machte, waren Menschen in Taucheranzügen zu sehen, die in kleinen Gruppen mit Schiffshaken den Boden absuchten, wo sie die schwarzen, von Öl triefenden Leichen herauszogen. In einem ersten Arbeitsschritt warfen sie die menschlichen Überreste auf einen Haufen. Dort mussten die Gesichter abgesprüht und gereinigt werden, um sie zu erkennen. Es wurden nur Fotos von den Gesichtern der Leichen zur späteren Identifizierung gemacht. Dann wurden sie gemeinsam auf einen LKW geladen und weggeschafft. In der Nähe der Räumungstruppen stand eine Gruppe Überlebender, von denen einige immer wieder aufschrien, wenn sie einen Angehörigen unter den Toten erkannten. Unvorstellbares Grauen ging mit der Hilflosigkeit Hand in Hand durch die Straßen der Verwüstung. Otto konnte hier nur zu Fuß entlanggehen. Sein Wohnmobil stand weit vor der Stadt. Die ersten Brücken, die über den Fluss führten, der sich auf der Landseite des Hafenbeckens befand, waren einfach wie von Geisterhand weggerissen worden. Welch enorme Kraft musste dahinterstecken, solche Stahlkonstruktionen einfach mitzureißen. Von dem Bahnhof, wo die Schienen etwa fünfzig Meter vom Hafen entfernt endeten, war bis auf zwei Stellschranken, nichts mehr zu sehen. Hier befand sich nur noch ein Gemisch aus Gebäudetrümmern, Autos, die vom Parkplatz mitgerissen wurden, Waggons, Schiffswracks und anderen Trümmern.

Eine Frau versuchte auf der Kaimauer eine in schwarzes Öl getränkte Kinderleiche wegzuzerren. Die Räumungskräfte mussten übersehen haben, wie sie die Leiche vom Haufen wegzog. Sie zerrte ihr Kind wie von Sinnen, fest am Fuß umklammert, hinter sich her. Ständig sah sie sich ängstlich um, ob die Leute von der Feuerwehr sie entdeckt hätten. Otto ging zu ihr, legte ihr die Hand auf die Schulter und blickte ihr in die Augen. Er blickte direkt in unsägliches Leid. Sie schleppte alles, was sie noch besaß, hinter sich her. Sie schüttelte bittend den Kopf, wobei sie zu den Hilfskräften hinüberschaute. Er verstand. Er nahm die Plastiktüte, in der sich die Kamera befand, stülpte sie über seine Hand. Dann nahm er das Kind am Kragen seiner Jacke und half der Frau ihr Kind bis zur nächsten Ecke zu tragen. Von dort gingen sie zu einer kleinen Wiese. Dort legten sie es ab. Die Frau wischte mit einem Stofflappen das Gesicht des Kindes sauber. Es war ein Mädchen. Etwa zehn Jahre alt. Die Frau verzog ihr Gesicht zu einer trauernden Grimasse. Die Augenlider flatterten, der Mund zitterte. Dann öffnete sie weit den Mund. Sie schrie markerschütternd auf. Otto fröstelte es. Die Frau schrie so lange und laut, bis er dachte, sie müsse gleich umfallen, weil sie vergaß Luft zu holen. Tatsächlich fiel sie wortlos auf die Seite. Otto rannte zu den Männern der Feuerwehr. Er zeigte auf die Frau. Von den Männern, die vorn in der Gruppe standen, schauten die meisten betroffen weg. Einer zuckte mit den Schultern. Die Aussage war: Mehr geht nicht. Die Leute waren wahrscheinlich seit mehr als zwölf Stunden dabei. Trümmer beseitigen, ökologische Schäden begrenzen, Leichen bergen, Verletzte in die Notlager bringen. Die Überlebenden mussten in den Notlagern auch versorgt werden. Noch mehr ging nicht. Eine Apokalypse. Die Büchse der Pandora war geöffnet. Man konnte hier überall hineinschauen, wohin das Auge auch blickte.

Er ging allein zu der Frau zurück. Sie saß in der Hocke vor dem Kind, jammerte, weinte. Sie ließ sich widerstandslos von ihm an den Schultern wegführen. Er hatte vorhin beim Betreten der Stadt ein Notlager gesehen. Dorthin brachte er sie. Links neben einer Turnhalle, die mit einem notdürftigen Dach zum Schutz vor dem Wetter eingedeckt war, befand sich eine Ansammlung von kleineren Zelten. Davor stand ein größeres, weißes Zelt mit einem roten Kreuz. Er ging mit der Frau zum Eingang, vor dem ein Tisch stand, an dem eine Krankenschwester mit einem Arzt saß. Er verständigte sich auf Englisch mit den beiden. Menschen, die unter Schock standen, gab es offensichtlich genug. Die Krankenschwester nahm die Frau bereitwillig in den Arm. Sie brachte sie wortlos nach hinten ins Zelt. Er fragte den Arzt, ob er die Halle betreten dürfe. Er zuckte erschöpft mit den Schultern, murmelte etwas auf Japanisch, was Otto nicht verstand. Dann folgte er der Krankenschwester ins Zelt. Otto ging in die Turnhalle. Dort lagen auf dem nackten Fußboden Matratzen, zusammengelegte Sitzelemente oder einfach nur Decken, auf denen die erschöpften Menschen, die ohne Unterkunft waren, saßen oder lagen. Es sah nicht so aus, als sei die Behörde auf eine Tsunamikatastrophe vorbereitet gewesen. Die Utensilien in der Halle waren bunt zusammengewürfelt. Sie konnten unmöglich von einer Regierungsstelle stammen. Matratzen, Decken oder Stühle. Alles hatte eine andere Form und Farbe. Es musste aus dem privaten Besitz der hier Anwesenden oder von verunglückten Nachbarn stammen. Otto schoss heimlich einige Fotos. Er wollte sie unbemerkt machen, um niemanden in dieser Situation zu verärgern. Er hatte in dem geliehenen Wohnmobil einen Sat TV. Er konnte die Sat-Antenne auf den Empfang sowohl für europäische wie asiatische Sender einstellen. Auch wenn er die japanische Sprache nur sehr begrenzt verstand, die Bilder waren meist aussagekräftig genug. In der betroffenen Küstenregion wurden fast vierhunderttausend Gebäude restlos zerstört. Private Wohngebäude, Fabriken, Regierungsgebäude, Bürohäuser. Kein Stein blieb auf dem anderen. Die Hilfsmaßnahmen der Regierung kamen meist zu spät oder waren völlig unzureichend. Nahezu eine halbe Million Menschen mussten evakuiert werden. Die Notunterkünfte für diesen Bedarf waren auf eine viel geringere Wellenhöhe ausgelegt worden. Ebenso die Schutzräume. Alles wurde, statt Leben zu schützen, von den Wassermassen weggespült. Die Menschen waren auf sich allein gestellt, wie die Fotos bewiesen.

Am nächsten Tag machte sich Otto auf den Weg zur nächsten Station. Der Stadt Minamisanriku. Die Etappen lagen jeweils fünfzig bis hundert Kilometer weit voneinander entfernt. Auf dem Weg konnte er einige Abschnitte auf der Küstenstraße zurücklegen. Überall das gleiche Bild. Landschaften ohne Bäume, Trümmer, hilflose Menschen in den Dörfern. Immer wieder sah er beim Vorbeifahren, von weitem Gruppen weiß gekleideter Menschen im Meer. Er fragte sich, ob sie einem Ritual folgten oder fischten, um für Nahrung zu sorgen. Eine andere Erklärung hatte er dafür nicht. Er nahm eine scharfe Kurve nach links. Vor den Bergen breitete sich eine Wiese aus, etwa zweimal so groß wie ein Fußballfeld. Mitten auf der Wiese stand ein abgerissener, viereckiger Kirchturm. Fünf Meter hoch, vier Meter breit mit intaktem Dach und einer Glocke darin. Zwanzig Meter davon entfernt stand die ehemalige Kirche. Ohne Dach, ohne Kirchturm. Der Turm war rundum an der gleichen horizontalen Fuge abgetrennt worden. So als hätte jemand ein Stück von einer Gurke abgeschnitten. Auf der Wiese standen Bänke, Stühle in einer Anordnung. Zwar zusammengewürfelt, aber in ähnlichen Abständen. Davor zum Turm gewandt, stand ein

Altar aus schwerem dunklem Holz. Er hielt vor der Wiese an. Hinter der Kirche standen noch zwei Bäume, die vor einigen Jahren abgesägt worden sein mussten. Die Stämme waren etwa vier Meter hoch. Der Umfang betrug mindestens drei Meter. An den Schnittstellen waren neue Äste nachgewachsen. Sie waren noch relativ dünn und deshalb sehr flexibel. Zwischen den Ästen hing ein fast zwei Meter hohes Kruzifix zusammen mit Heiligenbildern, wie an einem geschmückten Weihnachtsbaum. Die gesamte Szene sah ebenso gespenstisch aus, wie zurechtgelegt. Hier hatten die Kräfte des Meeres einen Zauber geboren. Otto nahm seine Kamera, mit der er aus mehreren Perspektiven verwunschene Bilder aufnahm. Zurück am Wohnmobil brach kurz die Wolkendecke am Himmel auf. Ein Sonnenstrahl erleuchtete dieses malerische Bild, senkte sich vom Himmel hinab, genau auf das Kruzifix. Schnell nahm er die Kamera. Klick, klick, verschwand das Bild auf der Speicherkarte der Kamera. Er bedachte es am Abend mit einem ebenso malerischen Text. Wenn es dunkel wurde, setzte er sich im Wohnmobil regelmäßig an den Laptop, wo er die Eindrücke des Tages in Texte für die Leser des Magazins zusammenfasste. Er ordnete die Texte nach Streckenabschnitten. Dieser lautete: »Section quatre Minamisanriku. Abschnitt vier Minamisanriku.« Die Arbeit schloss er mit dem zuletzt aufgenommenen Bild und den Worten: In welcher Situation du dich auch immer befindest. Jeder Schrecken geht irgendwann auch wieder vorbei.

Mit der Fotoreportage stand er erst am Anfang. Die nächsten atemberaubenden Bilder warteten bereits auf ihn. Bevor er von seinem Übernachtungsplatz wieder zur Küstenstraße zurückkehrte, fuhr er weiter ins Landesinnere zur nächsten Großstadt. Dort ging er zur Bank, wo er sich ausreichend Bargeld in Landeswährung besorgte, um Grundnahrungsmittel, Desinfektionsspray, Decken und Kleinspielzeug einzukaufen. Unter dem Bett im Heck des Motor Homes war genügend freier Stauraum für diese Dinge. Beim Besuch der Notunterkunft in Oragawa sah es ähnlich unterversorgt aus, wie in Jugoslawien in den Kriegsgebieten. Dort fehlte es meist an diesen Dingen. Er fuhr auf dem gleichen Weg zurück, wie er hergekommen war. Nach zwölf Kilometern folgte er bei Kitakamicho Jusanhama, dem Weg zur Küstenstraße. Etwa einen Kilometer vor der Küste war die Straße, vor einer kleinen Ortschaft, abgesperrt. Fünfzig Meter hinter der Absperrung standen zwei geschlossene Lastwagen. Zwischen den zerstörten Häusern liefen mehrere Männer hin und her. Sie stöberten in den Trümmern herum. Einer von ihnen durchsuchte offensichtlich die Taschen einer Leiche. »Plünderer« schoss es Otto durch den Kopf. Er hatte in den vergangenen Tagen einige Berichte über organisierte Plünderungen verfolgt. Hier ging es nicht um Lebensmittel oder Kleidung, die einige Bedürftige suchten, sondern um die Wertgegenstände, die in den zerstörten Wohnhäusern zurückgelassen wurden. Er nahm seine Kamera, stellte die Schnellschussfunktion ein, drückte den Auslöser, worauf sie mit einem tackernden Geräusch zu arbeiten begann. Einer der Plünderer bemerkte ihn. Er rief den anderen etwas zu, worauf einer von ihnen eine Pistole zog. Otto reagierte blitzschnell. Er stieg in sein Fahrzeug, startete, legte den Rückwärtsgang ein und raste so schnell er konnte zurück. Hinter einem Haus wendete er. Peng, peng. Hinter ihm hallten die Schüsse. Zum Glück für ihn, viel zu spät. Er raste zu einer Weggabelung, von wo er ohne Zwischenstopp über eine andere Strecke zur Küstenstraße weiterfuhr. Er konnte nicht wissen, ob die Plünderer ihn verfolgten. Am Eingang der ersten Ortschaft die er erreichte, standen zwei Polizeifahrzeuge. Er hielt an, erklärte der einen Polizistin, die perfekt Englisch sprach, von seinem Erlebnis. Bevor die Polizisten losfuhren, um die Täter zu stellen, lud er die Fotos, auf denen die Männer zu sehen waren, auf das Handy der Polizistin. Die Beamten bedankten sich bei ihm, bevor sie mit quietschenden Reifen davonfuhren.

Plünderungen waren derzeit an der Tagesordnung. Hunderttausende verlassene Häuser, in die vielleicht niemals jemand zurückkehrte, luden zum Einsammeln der Wertgegenstände ein. Selbst einige der ehrenamtlichen Helfer gaben nicht alles ab, was sie bei den Aufräumarbeiten an Schmuck, Geld oder Gold fanden, berichteten die Fernsehsender. Wie es aussah, waren tatsächlich ganze Banden unterwegs, um sich am Unglück der Betroffenen zu bereichern. Sein Wohnmobil hatte keinen Schaden erlitten. Vielleicht benutzten die Verbrecher nur eine Schreckschusspistole. Die Straße führte hinter dem verwüsteten Dorf, wo er die Polizisten getroffen hatte, nur wenige Meter vom Meer am Strand entlang. Von weitem sah er weiter vorn wieder eine Gruppe weiß gekleideter Menschen, die bis zu den Hüften im Meer standen und mit Stangen oder Netzen darin herumfischten. Diesmal wollte er sich den Vorgang genauer ansehen. Er fuhr langsam heran. Nicht weit von der Gruppe stand ein offener Lastwagen am Strand. Sie gingen im Abstand von etwa acht bis zehn Metern jeweils zu zweit parallel zum Uferstreifen entlang, wobei sie ein Fischernetz, welches an Stangen befestigt war, zwischen sich entlangzogen. Warum fischten sie hier? Es gab in den Supermärkten, nur zehn Kilometer von der Küste entfernt, die nicht vom Tsunami betroffen waren, ausreichend Fisch zu kaufen. Eines irritierte ihn bei genauerem Hinsehen. Sie trugen Schutzmasken vor Mund und Nase. Wozu, fragte er sich. Wenn hier Chemikalien ins Meer gelangt waren, konnten die Meerestiere ohnehin nicht verzehrt werden. Langsam dämmerte es bei ihm. Als zwei von ihnen Rufe ausstießen, hatte er Gewissheit. Sie hatten etwas gefunden. Sie zogen mit dem Netz einen menschlichen Körper aus dem Wasser, nahmen ihn in die Mitte und zogen ihn an den Strand. Es war eine männliche Leiche. Sein Gesicht konnte man kaum erkennen, es war anscheinend von Meerestieren angefressen worden. Sie legten die Leiche kurz ab, nahmen sie danach an Armen und Beinen wieder hoch. Dann warfen sie den Toten auf den Lastwagen, wo bereits ein kleiner Haufen lag. Sie schauten böse zu Otto herüber. Er hatte von der Szene Fotos gemacht. Einer der Helfer kam auf ihn zugelaufen, wobei er kehlig schimpfte. Otto rief auf Japanisch »Journalist«, wobei er mit dem Finger auf seine Brust zeigte. Der Mann verstand den Hinweis. Er winkte ab, drehte sich um und ging mit dem anderen zurück zum Meer.

Die Fotos, die er hier schoss, waren realitätsnah – direkt am Geschehen. Sehr brauchbar fand Otto. Zwanzig Kilometer weiter eine ähnliche Szene. Nur gab es hier, wahrscheinlich wegen eines nahe gelegenen Flusses, Strömungen, die mehr Tote herantrieben. Am Strand standen drei LKWs, die bereits mit Leichenbergen beladen waren. Immer wieder fischten die Helfer neue Tote aus dem Wasser, schleiften sie an den Strand, warfen sie auf den Haufen lebloser Körper. Sie schauten ihn, als sie seine Kamera sahen, ebenso böse an wie die Männer vorher. Sie waren aber zu erschöpft. So ließen sie ihn wortlos gewähren. Er wollte sie nicht weiter stören oder gar gegen sich aufbringen. Deshalb fuhr er, nach kurzer Zeit, weiter an dem von Trümmern übersäten Landstrich entlang. In der nächsten kleinen Ortschaft machte er an einer Notunterkunft halt. Sie war ähnlich aufgebaut wie in Oragawa. Um eine notdürftig zusammengeflickte Halle standen ebenso notdürftig aussehende Zelte. Zehn Meter vom Gebäude entfernt stand ein Zelt vom Roten Kreuz. Dorthin wollte er. Die erste Fremdsprache in Japan war Englisch. Er konnte sich fast überall verständigen. Nach den ersten Worten unterbrach ihn der junge Arzt, vorn im Zelt, der gerade ein Kind behandelte, mit einem Lächeln: »Hier wird deutsch gesprochen. Deutsch ist modern. Ein rätselhaftes Kauderwelsch dieses Deutsch«, sagte er, während er dem Kind den Oberarm verband. Otto ließ sich nicht anstecken. Er war vorsichtig mit Humor in dieser Situation. Deshalb wollte er nicht auf die Heiterkeit des jungen, unbefangenen Arztes einsteigen. Er ging aber auf seine offene, freundliche Art mit ihm um. Nachdem er die Behandlung beendet hatte, widmete der Arzt sich Otto. »Sie sind der erste Deutsche, mit dem ich nach meinem Studium spreche«, erklärte er ihm. Nun verstand Otto seine Freude. Wenn jemand eine Fremdsprache lernt, möchte er sie natürlich auch benutzen. »Warum haben sie ausgerechnet deutsch gelernt?« fragte er. »Weil ich vorhabe nach Deutschland umzusiedeln«, antwortete der Arzt. »Ich möchte bei euch in einem Krankenhaus arbeiten. Im Augenblick geht es nicht. Ich werde hier gebraucht. Sonst wäre ich schon unterwegs nach Westen haha.« »Wieso gibt es hier so wenig funktionierende Notunterkünfte?«, fragte Otto. »Japan sollte doch wissen, in welchen Abständen Erdbeben einen Tsunami auslösen. Nach meinen Informationen wurden in dieser Region, der Sanriku

Küste, besonders viele Katastrophenschutzzentren für Notfälle gebaut.«

Der Arzt bestätigte die ihm vorliegenden Informationen. Er sagte: »Die zuständigen Regierungsstellen haben mit den Tsunamidaten der letzten siebzig Jahre kalkuliert. Einige nur mit den letzten dreißig Jahren. Demnach wurde von einer Stärke von maximal sieben bis acht auf der Magnitudenskala ausgegangen. In Deutschland nennt man es Richterskala.« Er freute sich offensichtlich sehr deutsch sprechen zu können. Otto hörte ihm aufmerksam zu. Der Arzt kannte sich gut aus. Seine Informationen konnten ihm bei der Berichterstattung weiterhelfen. »Die daraus resultierende Wellenhöhe eines für diese Gegend wahrscheinlichen Tsunamis«, sprach er weiter, »wurde mit neun bis zehn Metern eingeschätzt. Mit einer Höhe über zwanzig Meter hatte niemand gerechnet. Dem angemessen waren die Schutzeinrichtungen auf ganz andere Verhältnisse eingestellt. Die Wellenbrecher vor den Städten gibt es ja, aber sie können nur eine Höhe von maximal zehn Metern abschwächen. Auch alle anderen Maßnahmen waren unzureichend. Schulgebäude waren besonders gesichert. Dieser Wucht hielten aber selbst sie nicht stand. Viele Schulen waren zum Zeitpunkt der Überflutung in Betrieb. Stellen Sie sich vor, einige Direktoren, die von der Flutwelle wussten, versammelten die Kinder draußen auf dem Schulhof. Die Auswirkungen können Sie sich vorstellen. Wie ich hörte, wollen einige überlebende Eltern sie verklagen. Regierungsgebäude und näher am Meer errichtete Bürogebäude mit tausenden arbeitenden Menschen darin, wurden ebenfalls nur auf Erdbeben mit der Stärke acht ausgelegt. Die baulichen Maßnahmen reichten auch hier nicht aus. Sie sehen es. Selbst die starken Stahlbetongebäude wurden restlos zerstört. 2005 erließ die Regierung eine Richtlinie für solche Gebäude. Sie war völlig unzureichend. Wo kommen sie gerade her?«, fragte er Otto. »Aus Onagawa«, antwortete Otto. »Ich glaube, dort standen fast zehn dieser besonders gesicherten Gebäude. Haben Sie noch eines davon gesehen?« »Nein«, sagte Otto, der die Stadt in Trümmern noch vor Augen hatte. »Blickt man weiter nach Norden, überall das gleiche Bild«, erzählte er weiter. »Keines dieser Gebäude steht mehr. Wir haben keine Einrichtungen, die so einer Katastrophe standhalten. Keine Plätze für Notunterkünfte. Alles ist nur provisorisch errichtet. Die Menschen nehmen es dennoch gelassen. Ein Teil davon ist unserer buddhistischen Erziehung zu verdanken«, sprach der Arzt gedankenverloren weiter. Dem konnte Otto nur beipflichten. Im Buddhismus lernte man auch ein Unglück mit Ruhe und Besonnenheit zu nehmen. Nichts ist es wert sich darüber aufzuregen. Auf dem Weg durchs Leben durchläuft man viele Stadien, erlebt Höhen und Tiefen. Doch an keiner sollte man sich zu sehr festbeißen, an den Dingen anhaften. Es ist schließlich auf der Wanderung durch viele Leben, nur eine Existenz. Otto wurde durch die Worte des Arztes aus seinen Gedanken über Ruhe und Geduld, auf den Boden der Realität zurückgeholt.

Er machte Otto auf die maroden Deiche aufmerksam, die schon vor dem Tsunami in einem desolaten Zustand waren. »Besonders hier in der Region sind sie in hoher Dichte gebrochen. Die Orte um Minamisanriku sind davon stark betroffen.« »Dort will ich als Nächstes hinfahren«, sagte Otto. »Haben sie hier eine Unterkunft?«, fragte der Arzt. Nun musste Otto doch schmunzeln. »Ja, auf vier Rädern«, antwortete er und zeigte auf sein Wohnmobil. »Oh«, sagte der Arzt beglückt, »so eines hätte ich jetzt auch gern. Ich schlafe dort hinten in der Ecke.« Er deutete mit dem Finger in den hinteren Zeltbereich, den ein dicker Wollvorhang abteilte. »Wenn das Wetter besser wäre«, Otto blickte nach oben in den mit Wolken verhangenen Himmel, »wäre es sicher schöner«, sagte er. »Bevor ich weiterfahre, habe ich vielleicht etwas, mit dem ich weiterhelfen könnte. Deshalb bin ich hergekommen.« »Oh, dann halte ich sie hoffentlich nicht unnötig auf«, sagte der Arzt. »Nein, nein« beschwichtigte Otto. »Es ist sehr angenehm mit Ihnen zu reden.« Der Arzt lächelte, fragte aber nach dem eigentlichen Grund seines Besuchs. Nachdem Otto ihm erklärt hatte, welche Schätze im Wohnmobil unter dem Bett lagen, zeigte er mit seiner offenen Art große Freude darüber. Sie gingen beide zum Wagen, nahmen die Sachen heraus. Der Arzt bestand darauf, die Sachen mit Otto zusammen zu verteilen. Er kannte die besonders Bedürftigen auf dem Gelände. Desinfektionsmittel nahm er selbst in seine Obhut. Die Nahrungsmittel und Decken verteilten sie rund um die Notunterkunft. Alle freuten sich über die willkommenen Geschenke. Die wenigen anwesenden Kinder nahmen ungläubig, mit vor Freude leuchtenden Augen, die Stofftiere, Spielzeugautos und anderes entgegen. Beim Abschied bedankte sich der Arzt sehr herzlich bei Otto. Als er weiterfuhr, winkten ihm einige Kinder, die sich um sie geschart hatten, zum Abschied zu.

Er war so gerührt, dass er vor der Weiterfahrt noch einmal ins Landesinnere fuhr, um Nachschub zu holen. Er verstaute die Sachen wieder unter dem Bett. Auf dem Weg zurück entdeckte er ein italienisches Restaurant, wo er eine riesige Steinofenpizza zu Mittag aß. Diese Gelegenheit konnte er sich nicht entgehen lassen. Als er die Stadt verließ, fiel ihm der erste Tsunamistein auf. Er war aus dem Jahre 1948. Er war mannshoch. Die Form entsprach einem Obelisken. Die Inschriften warnten vor den Folgen eines Tsunami. Tausenddreihundert Menschen waren gestorben, trotzdem die Höhe der Flutwellen unter zehn Meter lagen. Er fotografierte diesen Stein, der inmitten aufblühender Frühlingsblumen stand. Von hier bis Hachinohe, der letzten Station auf der Reise, sollten hunderte dieser Steine stehen. Er hoffte noch mehr zu finden. Beim Hinunterfahren zur Küste konnte man genau erkennen, bis wohin die Flutwelle gelangte. Die Erde war bis zu dieser Linie dunkler, immer noch feucht. Im Baum hing ein Rind zwischen den Ästen. Er hielt kurz an, um davon ein Foto zu machen. Freude hatte er daran nicht. Es waren schon zu viele Fotos von Elend, Leid und Tod in der Kamera. Er wollte endlich wieder ein anderes Foto aufnehmen. Dazu bekam er die Gelegenheit, nachdem er einige hundert Meter am Strand zurücklegte. Er blickte auf eine kleine, versteckte Bucht von der Länge eines Fußballfelds. Hier mussten die Räumungskräfte den Sandstrand bereits gesäubert haben. Am Strand lag nichts, außer dem fast weißen Sand. Die Wolkendecke war aufgebrochen. Die Sonne schien zur Mittagszeit gerade hinunter aufs Wasser. Es war windstill. Der Wellengang war schwach. Am Strand stand bis zu den Knöcheln im Wasser eine Frau in einem schwarzen Kleid, das ihr bis kurz über die Knie reichte. Sie wirkte nicht so mitgenommen, wie die vielen anderen Opfer der Katastrophe. Sie sah aufrecht, beinahe majestätisch würdevoll aus. Sie hielt einen Strauß aus weißen Rosen in der rechten Hand, den sie vor der Brust in die linke Armbeuge gelegt hatte. Er zögerte nicht lange, nahm seine Kamera, rutschte hinüber auf den Beifahrersitz wo er das Fenster öffnete und gleichzeitig das Zoom der Kamera in Gang setzte. Er fotografierte sie mindestens zwanzig Mal aus verschiedenen Perspektiven. Sie nahm den Rosenstrauß, beugte sich langsam zum Wasser hinunter und legte die Blumen vor sich ins Meer. Die Kamera lief heiß. Er hoffte, der Speicherplatz würde ausreichen, um diese unvergleichlichen Eindrücke aufzufangen. Es konnte ein Titelbild werden. Dieses Bild spiegelte so viel wider. Trauer, die Fluten in denen die Angehörigen verschwunden waren, das Leid der Hinterbliebenen und – Einsamkeit. Die Frau stand allein in der unendlichen Weite des Meeres. Ein Mahnmal der Geschehnisse. Unvergesslich.

Minamisanriku war besonders stark betroffen. Die Lage ähnelte der von Onagawa. Die Bucht wurde von einer fünf bis sieben Kilometer langen Landzunge gesäumt. Der Aufprall der Wassermassen betraf jedoch nicht nur die Hafenstadt selbst. Vor der Stadt war die Küste dicht besiedelt. Am Ufer waren Dörfer, Hotelanlagen, sowie zwei kleinere Städte mit mehreren Zuflüssen, die sich über etliche Kilometer hinzogen. In Minamisanriku selbst strömten zwei Flüsse in den Pazifik. Insgesamt gab es hier zweiundsiebzig Ortschaften, von denen die Hälfte am Meer lag. Von ihnen blieb nicht viel übrig. Bereits bei der Anfahrt sah Otto wieder Menschengruppen in Schutzanzügen, die im Meer die unzähligen Leichen herausfischten. Auf der zehn Kilometer langen, zweispurigen Zufahrt zur Hafenstadt, zählte er mindestens zwanzig. Die Lastwagen waren meist überfüllt. Vor der Stadt war eine riesige Fläche Weideland. Die Hilfstruppen fischten außer den menschlichen Leichen, Unmengen Tierkadaver aus dem Meer. Schafe und Rinder. Wenn sie im Meer verfaulten bestand die Gefahr von Seuchen. Die Tierkadaver wurden gleich in eine Grube geworfen, die danach zugeschüttet wurde. Es handelte sich bei der Grube um den ehemaligen Keller eines Wohnhauses. Das Haus wurde von den Wassermassen vollständig weggerissen. Die Helfer hatten mit einem Kran lediglich die Außenwände des Kellers nach innen geschoben. So entstand ein riesiger Sarg. Er war bis zur Hälfte mit Rindern, Schafen und Haustieren gefüllt. Ein Ende der Arbeiten war nicht absehbar. In der Stadt selbst war die Zerstörung verheerend. Je näher man dem Epizentrum kam, umso gravierender waren die Auswirkungen. Am Hafen roch es stark nach Chlor. Eine Chemiefabrik wurde vollständig zerstört. Wahrscheinlich lagerten in den Tanks nicht nur Erdöl, sondern auch andere Substanzen. Otto schoss beim Vorüberfahren im Schnellverfahren immer wieder einzelne Fotos abwechselnd aus dem Fahrer- oder dem Beifahrerfenster. Aussteigen wollte er bei dem strengen Geruch nach Gas und Chemikalien nicht. Er wollte vor Einbruch der Dunkelheit unbedingt hier heraus. Der Gestank war entsetzlich. Er trug eine von den Atemmasken, die er in Tokio als Erstes in einer Apotheke gekauft hatte. Hier war es angebracht, sie aufzusetzen. Die Form der Zerstörung fiel ähnlich aus wie in Onagawa. Kein Stein war mehr auf dem anderen. Es erinnerte ihn an Bilder aus Berlin, nach der letzten Bombardierung der Alliierten, vor Kriegsende 1945. Der Unterschied bestand darin, dass in Berlin mehr Material, mehr Schutt liegenblieb. Hier wurde hingegen ein großer Teil mit dem Wasser ins Meer gespült. Taucher der Regierung hatten eine Fläche von der Größe Kaliforniens, als zu beräumende Fläche der Schuttablagerung im Meer, eingegrenzt. Was nicht liegenblieb, wurde mit der Flut ins Meer gespült. Die Brücken an den Flüssen wurden mit der ersten Welle weggerissen. Sie waren völlig zerstört. Er musste weit ins Innere der Stadt ausweichen, damit er weiterfahren konnte. Er fand auch hier ein Gemisch aus Trümmern von Häusern und Booten, die teilweise nicht zerschellt waren, vor. Unzählige Boote standen an den unmöglichsten Stellen. Wieder stieß er auf ein spektakuläres Schauspiel. Am Ende des Hafenbezirks, durch den er fuhr, stand auf einem Berg, in etwa zehn Metern Höhe, ein Ozeanriese von gigantischen Ausmaßen. Er schätzte die Länge auf einhundertfünfzig Meter. Die Fensterreihen reichten sieben Stockwerke hoch. Vorn schob sich der Bug mindestens zehn Meter weit über die Anhöhe hinaus, auf der er stand. Hinten ragte das Heck mit intakter Schiffsschraube und einem riesigen, in der Luft hängenden Ruder fast zwanzig Meter über den Berg hinaus. Ein unvergesslicher Anblick, den es wohl nie wieder auf der Welt zu sehen geben würde. Er nahm die Szene aus vier Perspektiven auf. Am besten fand er eine Aufnahme von der Stadt aus, mit Blick aufs Meer. Es sah so aus, als würde der Ozeanriese über dem Wasser schweben.

Bloß weg hier, dachte er sich nach der letzten Aufnahme. Genau wie im Jugoslawienkrieg. Nur dort konnten die meisten Menschen noch weglaufen. Hier hatte niemand eine Chance zu entkommen. Alle wurden einfach weggespült. Von einer Minute auf die andere. Von der Stelle, wo er die besten Aufnahmen vom Schiff machte, gelangte er über eine kleine Seitenstraße direkt auf die Nationalstraße, die zur nahegelegenen Autobahn führte. Am Rande der Stadt atmete er auf. Kurz vor der Autobahnauffahrt war nach einer Kurve eine Straßensperre errichtet. Er musste am Straßenrand anhalten. Zwei Polizisten kamen auf seinen Wagen zugerannt. Er wollte gerade die Scheibe herunterlassen, da riss der erste der beiden bereits die Wagentür auf und gebot ihm auf Japanisch auszusteigen. Otto lächelte ihn an. Der Polizist verzog bissig sein Gesicht. Er zog ihn am Ärmel mit sich, zu einer Gruppe mit merkwürdig aussehenden Typen, die vor einem Tisch am Straßenrand standen. Dahinter saßen ebenfalls zwei Polizisten. Ein Mann und eine Frau. Beim näheren Hinsehen erkannte er die Polizistin, der er am Morgen die Fotos der Plünderer gezeigt hatte. Er öffnete den Mund, um ihr zuzurufen. Gleichzeitig wollte er in die Brusttasche seines Hemdes greifen, um den Reporterausweis herauszuholen. Der Beamte, der ihn hierherführte, sprang mit dem Aufschrei: »Stopp, Stopp«, auf ihn zu, verdrehte geschickt seinen Arm. Otto ging zu Boden. Der Polizist drehte ihm die Arme auf den Rücken.

Dann legte er ihm Handschellen an. Die ganze Zeit schrie er dabei wie wild auf japanisch herum. Nachdem Otto sich mit Mühe wieder aufgerichtet hatte, suchte der Polizist in seinen Taschen, bis er den Reporterausweis aus der Hemdtasche fischte. Er legte ihn auf den Tisch zu seiner Kollegin. Dabei bedachte er Otto mit einem Blick, der vor Aggression überkochte. Die Polizistin sah zu ihm auf. Ungläubig betrachtete sie ihn eine Weile. Dann begann sie zu lächeln. Sie sagte etwas auf japanisch zu dem Polizisten. Beide lachten daraufhin lauthals los. Er ging um Otto herum, verbeugte sich dabei mehrmals, wobei er unverschämt grinste. Sie entschuldigte sich bei Otto hingegen höflich auf Englisch. Sie lobte seine Mithilfe am frühen Morgen. Sie hätten die Plünderer gefasst. Jetzt, kurz vor Dienstschluss, seien alle etwas nervös. Der Kollege hielt ihn auch für einen Plünderer. Im gesamten Regionalbezirk trieben sich ganze Banden davon herum. Nach und nach tauchte bei Otto Verständnis auf. Er lief um den Tisch herum, ging zu der Polizistin und flüsterte ihr ins Ohr: »Ihr solltet auf diesen Cowboy besser aufpassen, sonst erschießt er noch jemanden.« Sie flüsterte zurück: »Yes, that's true, da haben sie recht.« Er hatte genug für heute. Otto verabschiedete sich mit wenigen Worten. Vielleicht sollte ich ein Wörterbuch kaufen, dachte er beim Weiterfahren. Nach sieben Kilometern fand er einen ruhigen, kleinen Parkplatz an einer Waldlichtung, wo er noch eine Stunde am Laptop arbeitete. Danach lehnte er sich vor dem Fernseher zurück, aß zwei Käsebrötchen und ging früh ins Bett. Es war ein langer, anstrengender Tag. Morgen geht es weiter nach Rikuzentakata, nahe dem Epizentrum des Erdbebens, dachte er beim Einschlafen.

Auf der Fahrt nach Rikuzentakata kam er an kleinen zerstörten Dörfern vorbei, in denen vereinzelt jüngere Männer durch die Trümmer streiften, sie beiseite räumten, um die Gegenstände die darunter lagen zu durchsuchen. Wenn Otto vorbeifuhr oder anhielt, sahen sie sich gehetzt um, versteckten sich oder liefen weg. Er dachte dabei an den gestrigen Vorfall mit dem Polizisten. Acht Kilometer vor der Stadt befand sich ein kleines Dorf hinter einem Berg. Dieses Dorf war weitgehend verschont geblieben. Die Anhöhe davor hatte den Wassermassen die Wucht genommen. Trotzdem war alles durcheinandergeraten. Er hielt an und stieg aus. An einigen Stellen sah er aufblühende Blumen. Vogelstimmen und das Summen von Bienen vermittelten den Eindruck wieder in einer heilen, normalen Welt zu sein. Selbst der üble Geruch nach herumliegendem Müll fehlte. Der Himmel war blau. Die Strahlen der Sonne wärmten bereits. Der Duft nach Blüten kündigte den Frühling an. Er parkte gegenüber von einigen kleineren, einstöckigen Häusern. Aus dem Haus, das ihm genau gegenüber lag, kam eine alte Frau aus dem Eingang. Sie lief direkt auf ihn zu. Nach einigen Schritten blickte sie zu ihm hoch. Ihr Gesicht war eingefallen. Sie schaute ihn mit traurigen Augen flehend an. Dann streckte sie ihm zitternd ihre Hände entgegen. Er stand einige Meter von ihr entfernt, verstand aber sofort was sie wollte. Er öffnete die Seitentür vom Wohnmobil, ging kurz hinein, um ein paar Lebensmittel herauszuholen. Nudeln, Reis mit einem Glas Tomatensauce. Er ging damit auf sie zu. Als sie sah, was er in den Händen hielt, erhellte sich ihr Gesicht. Sie begann ein Lied zu summen. Sie nahm die Lebensmittel, lief damit um ihn herum, wobei sie ihn mit der freien Hand über den Rücken streichelte. Damit drückte sie ihre Freude aus. Aus dem Haus neben dem der alten Frau, kam ein älterer Mann heraus, hinter ihm eine junge Frau, sie war vielleicht zwanzig Jahre alt. Beide kamen ebenfalls zu ihm herüber. Die Frau fragte ihn auf Englisch: »Hätten Sie auch für uns noch etwas Reis übrig. Auch wenn das Dorf nicht zerstört wurde. Die Geschäfte hier gibt es nicht mehr. Die Autos sind zerstört. Lebensmittel sind knapp.« Er sagte zu ihr: »Helfen Sie mir den Tisch aus dem Wohnmobil zu holen, dann kann ich noch mehr darauf legen, für die anderen.« Sie stellten den Tisch vor den parkenden Wagen. Er holte nach und nach alles was er hatte, unter dem Bett hervor. Die Frau lief zu einigen Häusern, klopfte an die Türen. Nach zehn Minuten stand eine kleine Menschenmenge um Ottos Motorhome herum. Sie plauderten freudig erregt. In Japan waren die Menschen genauso gekleidet wie in Europa. Hier auf dem Dorf, wie in den anderen ländlichen Gegenden, sah man noch schwarze, lange Jacken aus Stoff, weiße Hemdkragen und weite dunkle Stoffhosen. Kimonos gehörten hingegen selbst auf dem Land der Geschichte an. Nachdem die Lebensmittel verteilt waren, fanden auch die Decken Abnehmer. Im Dorf wurden derzeit Verwandte und Bekannte beherbergt, erzählte ihm die junge Dame. Beim Verteilen des Spielzeugs zog ein dumpfes Brummen in der Luft heran. Einige schauten in den Himmel. Es hörte sich so an, als würden Jagdbomber auf sie zufliegen. Nach einem Moment der Aufmerksamkeit, woher dieses Geräusch kam, wurde es immer lauter, bis klar wurde: Es kam von der Straße, auf der Otto ins Dorf fuhr. Aus der Kurve bogen kurz darauf dunkelgrüne Lastwagen. Es war eine Militärkolonne. Ein Mann aus der Gruppe, die um Otto herumstanden, rief dem Beifahrer des ersten Fahrzeugs etwas in der Landessprache zu. Der Fahrer bremste ab. Die Kolonne stand daraufhin kurz still. Die beiden redeten eine Zeitlang miteinander. Dann fuhr die Kolonne weiter. Es waren mindestens fünfzig, wenn nicht sogar siebzig Fahrzeuge. Otto erfuhr von der jungen Frau, dass wegen der Plünderungen endlich Militär eingesetzt wurde. Außerdem begann die Regierung, nun auch hier, verstärkt mit den längst überfälligen Aufräumarbeiten.

Der Abschied aus dem Dorf war bewegend. Alle bedankten sich herzlich. Die Deutschen sind eben schon immer unsere Freunde gewesen, hieß es. Diese Freundschaft hat sich heute erneuert. Wie sollte es auch anders sein? Zwei arbeitsame, aufrichtige Völker. Einige der Bewohner wollten ihn noch zum Mittagessen einladen. Andere boten an, bei ihnen zu übernachten. Hinter ihm winkten fast dreißig Menschen, als er den Ort wieder verließ. Unter dem Bett war alles leer. Vor Rikuzentakata hatten die Militärs eine Straßensperre errichtet. Die Zufahrt war nur noch Anwohnern erlaubt. Nachdem er seinen Presseausweis zeigte, wurden die Soldaten an der Absperrung noch unzugänglicher. Er durfte nur einige Fotos von weitem von der Stadt machen. Ein Stückchen von der Absperrung entfernt war ein Parkplatz, der einige Meter höher lag als das übrige Terrain. Mit dem Zoom konnte er so viel Chaos einfangen, wie er wollte. Der gleiche Schrecken wie in Onagawa, mit leichter Steigerung. Hier stand wirklich kein Stein mehr auf dem anderen. Häuser, die über das Erdgeschoss hinaus erhalten waren, gab es nicht. Auch hier waren überall geparkte Schiffe zu sehen. Sie schwammen trotz der Flutwelle oben, bis sie an allen erdenklichen Plätzen in der Stadt wieder abgesetzt wurden. Eine Spielwiese aus Trümmern. Nachdem er mit den Aufnahmen fertig war, fragte er den Soldaten an der Straßensperre, mit dem er bei der Ankunft sprach, woran es am meisten fehlen würde. Er sagte Desinfektionsmittel, Gummihandschuhe, entzündungshemmende Medikamente. Was sie aus der Kaserne mitgenommen hatten, war schon auf der Fahrt hierher in den Notunterkünften verteilt worden. Otto wollte zur nächsten größeren Stadt, um diese Dinge zu besorgen. Über die Autobahn fuhr er nach Öshü, der nächstgelegenen größeren Ortschaft an der Bahntrasse nach Tokio. Hier suchte er alle Apotheken auf, die es in der Stadt gab, besorgte Medikamente und landete wieder in einer italienischen Pizzeria. Warum gab es nur in Deutschland an jeder Ecke ein italienisches Restaurant, aber nicht in Japan? Wahrscheinlich ist Deutschland für die Italiener näher, dachte er beim Weiterfahren, satt und zufrieden. Die nächste Station lag mitten im Epizentrum des Erdbebens. Was erwartete ihn dort? Vorerst nichts, denn er fuhr eine falsche Strecke. Kein Wunder ohne Navi, dachte er sich.

Glücklicherweise für die Fotos, unglücklicherweise für sein Gemüt, kam er zufällig in Kesennuma an. Die Hafenstadt liegt am Ende von einem etwa zehn Kilometer langen, zwei Kilometer breiten Fjord, der mit jedem Kilometer landeinwärts schmaler wurde. Am Anfang des Fjords floss die Tsunamiwelle in voller Breite hinein. Mit jedem Meter wurde sie höher und gewaltiger, bis sie am Ende in den verbleibenden nur dreihundert Meter breiten Kanal, hineingepresst wurde. Am Ausläufer des Fjords traf die wütende Flut auf die Stadt, auf den Hafen, Fischerboote, Passagierschiffe, Öltanks, Behälter mit Chemikalien, Lagerhallen, den Hauptbahnhof, Parkplätze voller Autos, Bürogebäude – die allesamt weggespült wurden. Danach liefen die Tanks aus, woraufhin alles unter einer schwarzen, dicken Ölbrühe verschwand. Dabei dachte Otto noch in Onagawa: Schlimmer kann es nicht kommen. Vor dem Aussteigen steckte er seine Beine bis zu den Knien in Müllbeutel aus dem Wohnmobil. Es roch überall erbärmlich nach Chemikalien und Erdöl. Es heißt im Volksmund: »Wenn du denkst es geht nicht mehr, kommt von irgendwo ein Lichtlein her«, ging es ihm durch den Kopf. Hier kam nur noch mehr Elend. Am Hafen arbeiteten die Hilfstruppen in Gruppen von zehn bis zu zwanzig Personen, so wie auch in der ganzen Stadt. Die Otto am nächsten war, hievte in kurzen Abständen einen Körper nach dem anderen aus der dunklen Lache aus triefendem Öl. Wenn sie die Körper zu zweit an Armen und Beinen hochnahmen, dann hin- und herpendelten, um sie mit Schwung auf den Haufen zu werfen, klatschte und gluckste es jedes Mal schmatzend. Hier kam alles, was einmal lebendig war, auf den Haufen. Hunde, Vögel, Menschen, Nutzvieh. Nichts von dem konnte man richtig erkennen. Die gesamte Oberfläche des Hafens war schwarz. Am Kai, die Straßen, Parkplätze, Boote, Autowracks. Alles war von einer breiigen, klebrigen Masse überzogen. Es roch nach Fäulnis, Chlor und Öl. Für heute war er fertig. Nicht nur mit den Fotos, auch mit der positiven Substanz. Auf dem Weg zurück zum Wagen sah er den nächsten Militärkonvoi, der aus einem Gemischtwarenladen verschiedener Fahrzeuge bestand. Jeeps, Lastwagen, Kräne. Hinten fuhren zwei große, hohe Krankenwagen. Hier würden sie kaum noch jemandem helfen können. Es war furchtbar.

Er warf die Müllbeutel, die Schuhe und Hosen schützten, aus dem Fahrzeugfenster in einen Container, startete und holte tief Luft. Endlich konnte er wieder richtig durchatmen. Bei dem beißenden Gestank, wo er herkam, war es schwierig, dachte er beim Verlassen der Stadt. Hier wollte er nie wieder herkommen. Nie wieder, dachte er, wobei er sich innerlich schüttelte. Abschütteln, so als hätte er in der schwarzen Brühe aus Öl und Chemikalien gelegen. Er fuhr zwar in Richtung Miyako, seinem nächsten Ziel, der Stadt im Epizentrum zwischen Tokio und der nördlichen Spitze der Hauptinsel. Er parkte aber diesmal etwas weiter weg vom Geschehen, im Landesinneren. Er ging spazieren, hörte den Vögeln zu. Er brauchte Frieden, wollte Kraft tanken.

Am Abend stellte er nicht einmal den Fernseher an, um wie gewohnt die neuesten Nachrichten zu hören. Er wollte sich unbedingt, wenigstens für ein paar Stunden, aus der Verwüstung herauslösen, wusste aber dennoch: »Er musste weitermachen.« Wie hatten sich die Menschen gefühlt, die direkt von der Katastrophe betroffen waren? Wollten Sie auch heraus, flüchten? Für sie gab es keinen Ausweg. Er erinnerte sich an den Traum, bevor Sybille von ihm ging. Er erschauderte. Beim Einschlafen dachte er an Olivia. Hoffentlich würde sie sich aus ihrer Not befreien können. Zum Glück schlief er in der Nacht traumlos. Otto kam morgens schwer aus den Federn, war aber wieder etwas ausgeglichener. Nach dem Frühstück ging es weiter nach Miyako. Mittlerweile waren anscheinend alle Großstädte vom Militär abgesperrt worden. Zwei Kilometer vor der Stadt war die Hauptstraße, die von der Autobahn in die Stadt führte, weiträumig abgesperrt. Der Presseausweis war den Soldaten egal. Im Gegenteil. Sie wiesen ihn, nachdem er ihn vorzeigte, wiedermal noch schroffer ab. »Los, hau ab«, fuhr ihn der Soldat an der Absperrung an. Er zeigte in die Gegenrichtung und rief: »Los, los hören Sie nicht?« Otto machte sich auf in Richtung Kuji, dem nächsten Ziel. Vor der Küstenstadt fuhr er von der Nationalstraße ab. Von hier aus hangelte er sich über Äcker und kleinere Nebenstraßen, wodurch er die Straßensperre vor der Stadt umfahren konnte. Der Hafen von Kuji war durch eine Insel, die vor der Hafeneinfahrt lag, etwas geschützter. Die Wassermassen überfluteten zwar die Insel, hatten aber nur eine achtzig Meter breite Fläche zum Einströmen in den Nagauchi River, der sich durch die ganze Stadt zog. Die Brücken, die ihn überspannten, waren weggespült. Die ersten Häuserreihen ebenfalls. Dennoch hielt sich die Zerstörung, im Vergleich zu den anderen Städten, in Grenzen. Am Hauptbahnhof stand ein nahezu intaktes Holzhaus mit zwei Stockwerken mitten auf den Gleisen. Es verfügte über eine Seitenlänge von etwa acht bis zehn Metern. Die Fachwerkkonstruktion hielt es sehr effektiv zusammen. Es wurde von der Flutwelle fast unbeschädigt hierher getragen. Die Aufnahme, die Otto davon machte, sah kurios aus. Die Eingangstür befand sich genau über den Gleisen. Sie war geöffnet. Nach hinten gab es auf gleicher Höhe auch eine geöffnete Tür. Es sah aus, als würden die Züge durch das Haus hindurchfahren.

Er war nicht weiter betrübt, hier keine größeren Verwüstungen vorzufinden. Das Foto vom Fachwerkhaus genügte ihm. Von hier aus verlief die Bahnstrecke, die aus dem Landesinneren kam, direkt am Meer weiter. Die Gleise liefen in zwanzig Meter Entfernung parallel zum Pazifik. Er konnte ungehindert aus der Stadt fahren. Selbst am nördlichen Ausgang waren keine Straßensperren. Bis hierher waren die Militärs noch nicht gekommen. Er war noch keine zehn Kilometer aus der Stadt, als sich das spektakulärste Schauspiel seiner bisherigen Reise zeigte. Es stellte selbst das Foto mit dem Ozeanriesen auf der Anhöhe in den Schatten. Die Küste machte einen Bogen nach links. Genau an dieser Stelle war ein Zug aus dem Gleis gesprungen. Wie auch immer er an diese Stelle kam. Ob ihn der Tsunami erst hin und hertrug oder ob er wirklich einfach geradeaus weiterfuhr, konnte Otto nicht feststellen. Es sah jedoch genauso aus. Der hintere Teil des Zuges stand mit drei Waggons noch auf den Gleisen. Die restlichen Wagen liefen weiter geradeaus ins Meer. Sieben waren zu sehen, der Rest stand unter Wasser. Der Zug war leer. Dieses Foto war ebenso atemberaubend wie skurril. Die Welt war plötzlich eine Spielzeugfabrik. Auch wenn er kaum glaubte, noch einen ähnlichen Schnappschuss zu bekommen, hatte er schon nach zwei Kilometern die nächste Gelegenheit dazu. Nachdem er anhielt, um auf die Toilette zu gehen, stieg er aus, um kurz Luft zu schnappen, sich im Freien etwas zu bewegen. Nachdem er einige Minuten Fußweg hinter sich hatte, sah er von weitem ein ungewöhnliches Gebilde. Ein Baum mit einem sehr großen Stammumfang verzweigte sich nach oben nur mit wenigen, sehr kurzen, für den Stammumfang viel zu kurzen, Ästen. In den Ästen hing ein brauner ovaler Körper. Vielleicht war es auch ein Plakat. Er konnte es aus dieser Entfernung nicht erkennen. Der Blick unterhalb des Stammes wurde ihm von einem kleinen Hügel versperrt. Er ging zurück zum Wagen, fuhr aber nicht weiter, sondern gönnte sich den Umweg zu dem Baum. Er erkannte die Zusammenstellung, nachdem er den Hügel umrundete. Er war sich nicht sicher, ob ihm die Sinne einen Streich spielten. Deshalb fuhr er dichter heran. So weit, bis ein Irrtum ausgeschlossen war. Mitten auf der Straße stand ein entwurzelter Baum, von den Ausmaßen einer Eiche. Nur die Richtung des Wachstums stimmte nicht. Er stand auf dem Kopf, mit den Ästen nach unten. Ein entwurzelter Baum. Der Stamm war gerade. Oben in den Wurzeln hing der leblose Körper eines Pferdes. Es hing ein wenig nach vorn gebeugt, der Kopf zeigte nach unten, so als würde es grasen. Sonst stand es gerade. Es war von oben in das Wurzelwerk eingetaucht und so hängengeblieben. Die nächsten, unglaublichen Fotos wurden geboren. In Bezug auf die Bilder hatte er heute Glück. Mit den Bildern könnte Otto am World Press Photo Award teilnehmen, dem derzeit größten international anerkannten Wettbewerb der Pressefotografie. Der Tag ging für ihn damit zu Ende. Zu viele Eindrücke waren in den vergangenen Tagen auf ihn eingestürmt. Eine Pause war angesagt. Er fuhr etwas erschöpft ins Hinterland zur Universitätsstadt Karumai, wo er sich für zwei Tage ein Hotelzimmer nahm. Für die letzte Etappe der Reise: »Section neuf: Hachinohe, Abschnitt neun Hachinohe«, wollte er ausgeruht sein.

Nach der willkommenen, kleinen Auszeit außerhalb des Geschehens, fuhr er die Autobahn Nummer dreihundertfünfundneunzig, auf der er hergefahren war, wieder zurück, bis fast an den Ausgangspunkt zu Sleipnir, dem Pferd Odins mit dem er durch alle Elemente reiten konnte, sowohl im Wasser, wie auf der Erde oder in der Luft. Odin, der griechische Göttervater, musste es dort zurückgelassen haben. Anders war es nicht denkbar, konnte Otto heute sogar wieder vor sich hin schmunzeln. Bevor er losfuhr, kaufte er im Supermarkt unzählige Grundnahrungsmittel ein. Nudeln, Reis, Soßen, Kleingerichte in Büchsen oder Gläsern. Erst als er sie ins Wohnmobil legen wollte, fiel ihm der mit Medikamenten vollgestopfte Stauraum ein. Bei der Weiterfahrt waren nun hinten die Sitzbänke voll mit Lebensmitteln. Als Erstes wollte er zu einer größeren Rot Kreuz-Sammelstelle, die er, wenn sie Bedarf hatten, mit den Medikamenten versorgen konnte. Dort würde er sicher auch erfahren, wer dringend

Lebensmittel benötigte. Am vorigen Abend hatte der regionale Fernsehsender gezeigt, wie eine ausgesuchte Gruppe von Hilfskräften des Militärs mit Tauchern den Meeresgrund nach zwei weiteren verschollenen Zügen absuchte. Einen Personen- Nahverkehrszug und einen Gütertransportzug. Nachdem er wieder auf der Küstenstraße fuhr, verstand er nur zu gut, wie hier ganze Züge mitsamt den Insassen im Meer verschwinden konnten. Die Gleise verliefen als erste Verkehrsführung direkt neben dem Meer, rechts neben der Küstenstraße. Streckenweise waren sie nur fünf bis zehn Meter vom Wasser entfernt. Am Hafen hinter der Zugstation Rikuchü-Yagi, zwanzig Kilometer hinter Kuji, waren die Gleise nur zwei Meter von der Kaimauer entfernt. Die Eisenbahngesellschaft konnte von Glück sagen, dass nicht mehr Züge auf dieser Strecke unterwegs waren. Nach weiteren zwanzig Kilometern gelangte er zur Kleinstadt Hirono, einer ehemaligen Feriensiedlung direkt am Meer. Auch darüber wurde im TV berichtet. Sie hatte viertausend Einwohner, von denen nur einige wenige den Tsunami überlebten. Hier war nicht einmal mehr die Straße vorhanden. Sie war unterspült und weggerissen worden. Das Einzige, was noch auf eine bewohnte Siedlung hindeutete, waren einige Wasser- und Abwasserleitungen, die einen Meter unter der Oberfläche Richtung Meer wie Spieße aus dem Deichrest ragten. Nicht viel mehr war von der Ortschaft Hashikami geblieben, deren Häuser sich als Vorort von Hachinohe über fünf Kilometer direkt an der Küste hinzogen, um dann mit der Hafenstadt zu verschmelzen. Die Gebäude, die direkt an der Küste standen, gab es auch hier nicht mehr. Vereinzelt waren noch Reste der Grundmauern zu sehen. Mehr nicht. Nachdem die Hauptstraße einen Knick ins Landesinnere machte, entdeckte Otto ein Notlager. Es war größer als die bisherigen, die er gesehen hatte. Es verfügte über zwölf große, viereckige Zelte aus Militärbeständen. Sie waren in zwei Reihen, je sechs hintereinander, in einem ehemaligen Park errichtet worden. Mittig vor den Zelten standen zwei Lazarettfahrzeuge. Otto fragte sich, ob es Sinn machte, dort nachzufragen, ob etwas fehlte. Er ging eher davon aus, den Regierungstruppen fehlte es an nichts. Er hielt trotzdem. Es konnte nicht schaden, sich ein wenig die Beine zu vertreten.

Vor den Lazarettlastwagen standen mehrere Tische, wo die Opfer der Katastrophe behandelt wurden. Einer der Ärzte hatte ihn bereits bemerkt, als er aus dem Wagen stieg: Er lächelte ihm zu, wobei er ihn mit einem smarten »Hello« begrüßte. Schön, er spricht Englisch, dachte Otto. Er grüßte zurück und befragte ihn direkt nach der allgemeinen Situation. Otto hatte Glück. Der junge Arzt war aus Hachinohe. Er stand auf.»Meine Pause«, sagte er, worauf er ein Stück Brot vom Tisch nahm und davon abbiss. Er kam um den Tisch herum und stellte sich mit »Isamu« vor. Otto stellte sich nun ebenfalls mit seinem Namen vor. Isamu war athletisch gebaut. Er war so groß wie Otto. Bis auf den asiatischen Touch in seinem Gesicht erinnerte er ihn an Bertold, als er dreißig Jahre alt war. So viel Nähe hatte er nicht erwartet. Bei einem kleinen Spaziergang erzählte ihm Isamu von der unzureichenden Versorgung, welche Verletzungen er behandelte, seine Eltern seien bereits zehn Jahre vor dem Tsunami bei einem Autounfall umgekommen, so hat ihn jetzt kein schwerer Verlust getroffen, und dass er seit seiner Kindheit Kung Fu trainierte. Otto lachte darüber, woraufhin Isamu ihn übertrieben böse anschaute, ihm mit der linken Hand oben auf den Kopf tippte, sich etwas drehte, um dann mit dem rechten Fuß über seinen Kopf hinweg zu streifen. Dann absolvierte er eine weitere niveauvolle Übungsfolge. Am Schluss der angedeuteten Schläge, Tritte und Drehungen verbeugte er sich vor ihm. Er vergaß natürlich nicht, den Zeigefinger vor sein Gesicht zu halten und dabei zu grinsen wie Bruce Lee, der Filmstar unter den Kampfsportlern. Otto pfiff anerkennenswert. So gefiel es Isamu schon besser, wie er sagte. Otto erzählte von den Schätzen in seinem Wagen. Der Arzt verbeugte sich nochmals wie nach den Übungen. »Heyhey«, strahlte er freudig. »Genau die Dinge, die wir hier brauchen.« Er fragte, was Otto dafür haben wolle. »Nichts«, antwortete Otto. Er wolle nur helfen. »Es geht doch nicht anders, bei so viel Elend.« Isamu erzählte ihm daraufhin von den Plünderern, die nicht einmal davor zurückschreckten, Überlebende die sie fanden, umzubringen. Schändlich, fanden beide. Isamu winkte einen Soldaten heran. Er gab ihm in der Landessprache einige Anweisungen, worauf der Soldat mit einer breiten, langen Karre zurückkam. Otto schaute genau hin. Solche Karren hatte er beim Transport von Leichen gesehen. Die Karre war sauber. Sie gingen zu dritt zum Wohnmobil hinüber. Otto forderte Isamu auf, mit einzusteigen. Er sollte ihm sagen, was er brauchte und was nicht. Einen Großteil der Desinfektionsmittel, Medikamente, sowie Grundnahrungsmittel luden sie auf die Karre, die der Soldat dann wegbrachte. Einige der Plüschtiere, Spielzeug und Lebensmittel legte er im Wagen zur Seite auf den Boden. Er erzählte Otto, die könne er einer Familie geben, wenn er möchte, die besonders betroffen war. »Gern«, sagte Otto. Daraufhin erzählte ihm Isamu, die Familie sei in einer anderen Notunterkunft untergebracht. Dort könnte er ihn hinführen, aber erst nach Dienstschluss am Nachmittag. Otto war etwas irritiert, warum der Arzt die Lebensmittel nicht in dem Lager verteilen wollte, in dem er arbeitete. Er fragte nach dem Grund. Isamu erzählte ihm von einem Mann, den er behandelte. »Er hat sich beide Beine gebrochen«, erzählte Isamu. »Es ist ungewiss, ob er jemals wieder laufen kann. Man hat mich für eine besondere Behandlung zu ihm in ein Kloster geholt. Er hat mir dabei erzählt, wie dringend er gesund werden muss, weil er noch vier Kinder hat. Er hat so geweint, als er mir von den anderen drei erzählt hat, die gestorben sind. Sie sind zusammen mit seiner Frau ertrunken. Eigentlich wollte er nicht weiterleben. Nur um die Kinder muss er sich doch kümmern, weinte er in einem fort. Er tat mir so leid.« »OK«, sagte Otto. Das Kloster interessierte ihn. Er wollte wissen, wo und wie den Menschen hier außerhalb der Notlager geholfen wurde. Krankenhäuser gab es an der Küste nicht mehr.

Sie verabredeten sich für den Nachmittag, um vier Uhr dreißig. Otto hatte, während sie die Medikamente und Lebensmittel sortierten, erzählt, dass er Journalist sei. Auch, dass er noch nach Hachinohe wolle. Die Stadt war vollständig gesperrt. Journalisten waren derzeit nicht willkommen, klärte ihn Isamu auf. Er empfahl ihm, sich als ausländischer Regierungskorrespondent auszugeben. Er gab ihm einen Passierschein, mit dem er durch alle Absperrungen kommen würde. Eine echte Win-win-Situation. Beide waren einander dankbar. Isamu wünschte Otto viel

Glück bei seiner Tour durch Hachinohe. Mit dem Passierschein konnte er überall hin. Die Stadt wäre sonst für ihn tabu. Es war fast Mittag. Zeit, etwas in den Magen zu bekommen. Vorher wollte er noch durch die Straßensperren. Isamu sagte, hier wären mehrere aufgestellt worden. Die Innenstadt war vollständig abgeriegelt. Er wollte von Süden, wo er herkam, Richtung Norden, bis zum Hafen. Es waren nur hundert Meter, bis er vor der ersten Absperrung anhalten musste. Die Kontrolleure vom Militär wollten ihn sofort abweisen. Sie waren sehr irritiert, als er den Passierschein vorzeigte. Der Mann, der ihm die Karte aus der Hand nahm, verbeugte sich nach einem kurzen Blick auf den Inhalt und winkte ihn wortlos durch. »Einfacher geht es nicht«, dachte Otto. In der Stadt herrschten ähnliche Zustände wie in Oragawa. Schutt und Asche. Hier hatten zusätzlich zu der Zerstörung, Brände gewütet. Vernichtete Häuser, schrottreife Autos, Lastwagen, Omnibusse, Boote und ein unendliches Gemisch aus Müll. Viel Neues gab es nicht zu sehen. Er wollte aber noch zum Hafen, dessen Kaimauern direkt am Pazifik lagen. Sie sollten so überproportional groß sein, hatte er gelesen. So riesig, dass jeder noch so große Ozeanriese dort anlegen konnte. Gleich an der nächsten Kreuzung befand sich noch eine Absperrung. Diesmal war es die Polizei. Die Hafenzufahrt war auf beiden Seiten durch eine rot-weiße Planke regelrecht verbarrikadiert. Der Polizist auf der linken Straßenseite bedeutete ihm, er solle auf der Einfahrt vor der Schranke wenden und zurückfahren. Er stieg aus, erklärte ihm, er habe eine Sonderlizenz, worauf er ihm den Passierschein zeigte. Wieder großes Erstaunen, mit einer Verbeugung. Der Polizist rief seinen Kollegen von der anderen Seite, der ihm half den Schlagbaum beiseite zu räumen, so dass er durchfahren konnte. Der Hafen war wirklich riesengroß. Die fünf Hafenbecken lagen offen direkt zum Meer gewandt. Bis zum Hafen kam Otto nicht. Alle Brücken am Mabechi River, einem Fluss, der vor dem Hafen ins Meer floss, waren zerstört. Von den Trümmern der Brücken sah man nichts mehr. Auch hier bestand die Stadt nur noch aus einem Trümmerhaufen. Er schoss ein paar Fotos. Dabei bekam er ein Passagierschiff vor die Linse. Es war wie eine Brücke auf der schmalsten Stelle des

Flusses positioniert. Er schloss seinen Wagen ab und ging mit der Kamera zu dem Dampfer. Die Reling war hinten zerbrochen. Er stieg hinein. Es stank fürchterlich nach Moder und Müll. Er schaute nach links und rechts auf die Sitzbänke. Es war niemand da. Zum Glück keine Leichen mehr an Bord, dachte er. Es war nicht einfach, ohne auf dem glitschigen, schrägen Boden abzurutschen, auf die andere Seite zu kommen. Er schaffte es. Dadurch sparte er sich die lange Fahrerei außen um die Stadt herum, um von der anderen Seite zum Hafen zu gelangen. Als er sich dann vorn am Bug von der Reling herabgleiten ließ, hörte er mehrere Rufe. Er drehte sich um. Die Rufe galten ihm. Drei Soldaten kamen auf ihn gerannt. Einer trug ein Gewehr. Er behielt die Ruhe. Er war noch aus Jugoslawien einiges gewöhnt. Er zog den Passierschein aus der Tasche. Er hielt ihn so, dass die drei ihn beim Näherkommen gleich im Blickfeld hatten. Sie schauten auf den Ausweis, redeten kurz miteinander. Dann entschuldigten sich zwei von ihnen überschwänglich. Der Dritte hatte sich bereits umgedreht und lief den Weg, den sie gekommen waren, wieder zurück. Die beiden anderen folgten ihm. Otto konnte nun ungehindert zum Hafen gehen.

Was er über den Hafen in den Kommentaren der Landkarten gelesen hatte, stimmte mit der Realität überein. Drei Anlegestellen verliefen Richtung Stadt, ins Landesinnere. Die Betonmauern schnitten links und rechts mehr als einen halben Kilometer weit ins Land. An der Stirnseite waren sie mindestens dreihundert Meter breit. Eine Vierte war nur eine Kaimauer, die parallel zum Meer verlief. Er lief an der Stirnseite der Vierten entlang. Er zählte siebenhundert große Schritte. Ein echter Überseehafen. Sonst fühlte er sich wie im Hafen von Onagawa, wie in einem überdimensionalen Sandkasten, in dem Kinder ihr Spielzeug herumgeworfen hatten, über- und untereinander. Nur hier am Hafen von Hachinohe waren viel mehr Boote zwischen den eingestürzten Häusern verteilt. Alles erschien auch hier unwirklich. Man musste sich fragen: War das alles noch Realität oder ein Traum? Die Schiffe waren nicht nur zahlreicher, sie waren auch viel größer. Sie wurden bis zu drei Kilometer weit in die Innenstadt gespült.

Mitten in der Stadt vor einem Ozeanriesen mit neun Stockwerken und zweihundert Metern Länge zu stehen, war aus einem ganz anderen Film, als der, den man gewöhnt war. Die Schiffe standen überall. Auf Straßen, Häusern, dem Dach des Bahnhofs, den Gleisen der Eisenbahnlinie. Normale Maßstäbe gab es nicht mehr. Es war kein Wunder, dass sich Otto wie in einem Klamaukfilm fühlte. Nichts war hier mehr so, wie es einmal war. Die Aufräumarbeiten würden Monate dauern. Der Wiederaufbau wohl Jahre oder Jahrzehnte. Während er mit der Kamera Fotos aufnahm, lief er weiter am Hafen entlang. Die letzte Anlegestelle war zu lang. Er verlor nach einem halben Kilometer die Lust, weiterzugehen. Sie reichte scheinbar bis ins Nirgendwo. Soweit das Auge reichte. Hier konnten zehn Ozeanriesen gleichzeitig ankern. Etwa hundert Meter in Richtung der Innenstadt standen sechs Ozeanriesen in einem grotesken Ensemble, fast rund. In der Mitte stand ein Segelschiff. Ein Dreimaster. Von dieser Szene wollte er noch eine Aufnahme machen. Dann hatte er genug. Er stieg auf ein mittelgroßes Boot, um von oben einen besseren Überblick zu bekommen. Irgendwo schwelte ein Feuer. Zu dem üblen Geruch nach Müll und Verwesung kam jetzt noch der Rauch. Von hier oben konnte er in die Mitte des Kreises aus Schiffen blicken. »Die Schiffsarena« würde es heißen. Es war die Bestätigung für ihn, wie richtig es war, sich die beste Stelle für die Aufnahme zu suchen. Es war immer wieder gleich. Das beste Foto machst du nur aus einer einzigen Perspektive. So hatte es ihm der Fotograf Martin in Jugoslawien beigebracht. Der weiße Dreimaster stand nicht nur in der Mitte des Ensembles. Unter ihm standen noch zwei weitere Schiffe. In der Mitte ein mittelblaues Fischerboot. Ganz unten stand ein weißer Stahltanker. Nun gab es doch noch eine unvergessliche Momentaufnahme. Drei Schiffe übereinander in einer Arena aus Ozeanriesen. Dazwischen eine Trümmerwüste. Genauso, wie er sich über die Fotos freute, war er beim letzten Klick erleichtert. Geschafft. Die Fotoreportage näherte sich dem Ende. Er konnte es kaum erwarten, zurück nach Hause zu fahren. Er hatte große Sehnsucht nach seiner Tochter. Er fragte sich, was wohl in St. Gallen mit ihr und Sabine passiert war.

Die Rückfahrt aus dem Hafen war einfacher. Sein Motorhome erkannten die Kontrolleure an den Straßensperren sofort wieder. Sie winkten ihn einfach durch. Bevor er zum Notlager fuhr, stellte er sich an den Straßenrand, wo er in Ruhe ein spätes Mittagessen zu sich nahm. Bevor er pünktlich beim Notlager eintraf, ordnete er die Bilder vom Vormittag. Selbst die Texte des letzten Abschnitts konnte er noch zusammenfassen. Er schloss den Bericht vorerst mit einem Hinweis auf die unterlassenen Möglichkeiten der zuständigen Regierungsstellen in Japan, die es zugunsten von Einsparungen verpasst hatten, ihre Bevölkerung angemessen vor dem Unglück zu schützen. Im dafür zuständigen Katastrophenzentrum wusste man über dieses Risikogebiet bestens Bescheid. Allein die Tsunamisteine beinhalteten alle Informationen, die selbst ein Kind verstehen konnte, um die richtigen Vorkehrungen zu treffen. Den Schutz für die Atomanlage in Fukushima hatte man fahrlässig, völlig unzureichend geplant. Vieles hätte vermieden werden können. Hoffentlich wird es der Regierung eine Lehre sein, lautete der letzte Satz. Isamu stand am Straßenrand, von wo aus er ihm zuwinkte. Zu dem Arzt hatte Otto eine ähnliche Zuneigung wie zu Bertold. Sie sahen sich ähnlich, trugen beide einen weißen Kittel, beide waren offen und hilfsbereit. Er stieg ein, erklärte ihm kurz den Weg über die Hauptstraße nach Nambu. Es war einfach, weil Otto am Morgen über diese Straße hierher bis zum Lager gelangt war. Isamu erzählte ihm auf der Fahrt noch mehr über die Lage der Familie. »Die Familie wohnte mit sieben Kindern in einem kleinen Einfamilienhaus in Hachinohe, einen Kilometer vom Strand entfernt. Vier der Kinder waren zu Hause. Drei, weil sie noch nicht schulpflichtig waren, die ältere Tochter mit vierzehn war vormittags mit ihrem Vater beim Arzt. Die Mutter holte zwei der kleineren Geschwister gerade von der Schule ab, als die Flutwelle durch die Deiche brach. Ein anderes Kind war ebenfalls auf dem Weg nach Hause. Der Vater konnte sich mit den vier Kindern gerade noch in den sieben Quadratmeter großen Keller retten, bevor die Wassermassen ihr Haus wegrissen. Die Kellerluke hielt stand. Nachdem die Wassermassen ins Meer zurückgewichen waren, öffnete der Vater die Luke viel zu früh. Er wurde hinausgespült, schlug mit dem Kopf gegen die Hauswand seines Nachbarn. Er blieb bewusstlos vor dem Haus liegen. Nach wenigen Sekunden kippte die Außenwand auf ihn herab. Er wurde darunter begraben. Seine vier Kinder befreiten ihn zwar, ein Stützpfeiler hatte aber seine Hüfte und beide Beine zerquetscht. Die Kinder legten ihn auf eine Schubkarre, die von einer Baustelle in die Nähe ihres Hauses gespült wurde. Dann brachten sie ihn zum Tempel. Sie wussten von der Sozialstation dort oben. Sie vermuteten auch ganz richtig, dass die Wassermassen nicht bis zur Höhe des Tempels gelangen, der auf einem Berg liegt. »Dort oben«, zeigte er mit dem Finger nach vorn, den Berg hinauf, wohin die Straße sie gerade führte. »Ein Glück für ihn. Seine Frau mit den anderen Kindern ist ertrunken. Ihre Körper wurden in der Zwischenzeit schon verbrannt. Die Urnen stehen in dem Zimmer, wo er gerade untergebracht ist. Ob er jemals wieder laufen und seine Familie versorgen kann, ist ungewiss. Die Mönche haben den Kindern erlaubt, mit ihm in einem Zimmer zu wohnen. Sonst müssten sie in ein Heim im Landesinneren.« Sie fuhren weiter die Anhöhe hinauf. Auf halber Höhe des Berges zeigte Isamu auf eine Eingangspforte, die aus vier hellroten Balken mit einem aufgesetzten Dach, von der Größe einer Doppelgarage, bestand. Das Dach entsprach einer klassischen japanischen Tempelanlage. Der untere Rand, die Traufe, war an allen vier Seiten stark verbreitert. Er verlief nach einem Knick noch etwa dreißig Zentimeter nach unten, wo sich kunstvolle Verzierungen befanden. Vor dem antiken Bauwerk befand sich ein Parkplatz, auf dem sie den Wagen abstellten. Isamu nahm die Taschen mit dem Spielzeug, Otto die mit den Lebensmitteln und Naschereien. Sie gingen zum Eingangsportal. Dahinter führte eine Holztreppe den Hügel hinauf. Eine Art Brücke, teilweise bis zu zwei Meter über dem Rasen. Rechts und links war ein Geländer aus rotem Holz angebracht. Die schwebende Treppe führte mit neunundneunzig Stufen bis auf den Gipfel des kleinen Berges. Oben, am Ende der Treppe, befand sich eine weitere Pforte, vergleichbar mit der unteren. Dahinter erblickte das Auge einen wundervollen, ebenen Garten, mit mehreren kleinen japanischen Teehäuschen, so groß wie ein Fußballfeld. Überall führten rosa Schotterwege um kleine Teiche mit gelben Seerosen. Der Frühling erhöhte den Reiz der durchdachten Harmonie. Am Ende des Gartens war ein Platz mit rosa Schottersteinen, hinter dem ein Tempel stand, der mit einem ähnlichen Dach eingedeckt war wie die Pforten. Rund um den Tempel verlief eine etwa drei Meter breite Veranda, zu der neun dunkle Holzstufen hinauf führten. Um den Tempel liefen vereinzelt Mönche mit orangeroten Gewändern herum. Isamu führte Otto den Weg entlang hinter den Tempel, wo das Plateau, auf dem die Tempelanlage stand, wieder abschüssig wurde. Fünfzig Meter weiter den Berg hinunter standen drei Häuser hintereinander auf einem weiteren, kleineren Plateau. Auch dorthin führte eine Holztreppe. Drei längliche Holzbauten. Davor stand noch ein kleines, sehr einfaches Gebäude. Dort herrschte reges Treiben. Von dem kleineren Gebäude liefen ständig Mönche mit Tabletts, auf denen dampfende Teller standen, hin und her. Offensichtlich gab es gerade Abendessen. Sie gingen zu dem kleinen Haus. Hier war ein Arztzimmer mit Medikamentenschränken zusammen mit der Küche untergebracht. Es roch nach Reis und Curry. Isamu sprach mit dem Arzt, der hinter einem einfachen Tisch saß, auf Japanisch. Sie kannten sich offensichtlich. Isamu hob zwei Mal, die Taschen die er trug, hoch, wobei er zusätzlich auf die Taschen in Ottos Hand mit den Lebensmitteln deutete. Der Arzt lachte. »OK«, sagte Isamu zu Otto, »wir können gehen. Die vier sind im ersten Haus dort drüben.«

Die drei Gebäude standen auf Pfählen. Sie mussten über eine Treppe auf die Veranda, von wo aus sie in den schmalen, dunklen Hausflur gelangten, der sich in der Mitte durch das gesamte Haus zog. Links und rechts waren jeweils fünf Türen zu den einzelnen Zimmern. Isamu klopfte an die zweite Tür. »Haitte – herein«, erklang eine Männerstimme von drinnen. Isamu drückte die Klinke herunter. Langsam öffnete er die Tür. Im schwach beleuchteten Zimmer mit einer nackten Glühbirne an der Decke, saßen ein Erwachsener und drei Kinder beim Abendessen, vor halbvollen Tellern. Das Zimmer war etwa fünfzehn Quadratmeter groß. An der Wand links von der Tür stand mittig ein Bett. Gegenüber an der Wand lagen drei Matratzen auf dem Boden. Eine weitere lag an der Wand rechts neben der Tür. Es gab nur ein einziges kleines Fenster gegenüber der Tür, über den drei Matratzen, das Licht spendete. Im Zimmer roch es nach Schweiß und Medikamenten. Otto musste sich erst an die Lichtverhältnisse gewöhnen, um alles richtig zu erkennen. Die Wände waren grau gestrichen. Sie waren kahl. Bilder gab es nicht. Links vor dem Bett, fast an der Tür, stand der Tisch mit vier Stühlen. Nein, es waren drei. Der unrasierte, von den Strapazen gezeichnete Mann um die vierzig, saß in einem Rollstuhl. Er saß links am Tisch. Er war etwas dicklich, wirkte ungepflegt. Er schaute zu Isamu, wobei sich ein gequältes Lächeln auf sein Gesicht stahl. Er sagte etwas auf Japanisch und deutete mit dem Kopf auf den einzigen Stuhl, der noch im Raum stand deutete. Nachdem sich Ottos Augen langsam an die Lichtverhältnisse gewöhnt hatten, sah er die starken Gipsverbände an den Beinen. Rechts gingen sie hoch bis zur Hüfte. Mit dem Rücken zur Tür gewandt, saß ein Kleinkind, von dem nur der Haaransatz unter der Stuhllehne zu sehen war, die beiden anderen vier- bis fünfjährigen Jungen sahen sich so ähnlich, als wären sie Zwillinge. Sie grüßten höflich, aßen dabei aber weiter. Der Mann redete mit Isamu. Er sprach nur japanisch. Isamu sagte zu Otto, er könne sich den Stuhl nehmen. Er selbst wollte sich einen Hocker von draußen aus dem Gemeinschaftsbad holen. Nachdem Otto seine Taschen an die Wand neben der Tür, zu den anderen gestellt hatte, ging er zu dem Stuhl. Inzwischen war Isamu mit dem Hocker zurück. Sie setzen sich. Viel Platz war in dem Raum nicht. Deshalb ging die ältere Tochter zum Essen meist hinüber zu ihrer Freundin, die dort zusammen mit ihrer Mutter wohnte. Isamu unterhielt sich mit dem Mann. Als die vier mit dem Essen fertig waren, stellte er alle vor. Der Mann hieß Masato. Während er die Kleinste mit »Saki« vorstellte, sprang sie vom Stuhl, verbeugte sich vor Otto, wobei sie ununterbrochen redete. Er verstand nichts, lächelte aber zurück. Die beiden Jungen stellte er mit »Riku und Yuito« vor. Die Tür öffnete sich. Die vierzehnjährige »Reiko«, wie Isamu sie nannte, kam herein. Otto stand auf, verbeugte sich einmal vor jedem. Er sagte fünfmal »Hello«. Nur Reiko antwortete. Sie war die einzige in der Familie, die englisch sprach. Sie war fast eins siebzig groß, hatte ein schmales, feines Gesicht mit klugen Augen. Sie erinnerte Otto sofort an Olivia, die ihr in dem Alter ähnlich war. Nachdem sie sich auf die Matratze neben der Tür setzte, begann Isamu ein Gespräch mit Herrn Masato. Er schien etwas benommen zu sein. Einmal fiel er fast vom Stuhl. Erschrocken sprang Reiko auf. Isamu hatte ihn jedoch bereits gepackt. Er sagte zu Otto: »Er nimmt starke Schmerzmittel mit Morphium.« Er wendete sich wieder an Masato, der sich wieder gefangen hatte. Er deutete auf die Taschen, stand auf, nahm zwei davon und legte einige Lebensmittel auf dem Tisch. Masato strahlte. Isamu packte die Sachen wieder ein, nahm die anderen Taschen, aus denen er Süßigkeiten holte. Jetzt strahlten die Kinder. Nachdem er einige Spielzeuge aus einer Tasche nahm, die er auf dem Boden verteilte, sprangen die Kinder auf. Sie stürzten sich freudig auf die Süßigkeiten und das Spielzeug. Selbst Reiko freute sich riesig über die Naschereien, rein und aufrichtig.

Otto freute sich mit ihnen. Mit pochendem Herzen blickte er Reiko an. Er dachte dabei an Olivia. Man konnte ihm ansehen, wie aufgewühlt er war. Wie sehr wünsche ich mir, auch Olivia so erfreuen zu können. Wie schön wäre es, wenn sie sich wieder öffnet, dachte er, fühlte er. Wie sehr wünschte er sich, dass sie wieder ein normales Leben führen konnten. Er war gefangen von den Eindrücken um ihn herum. Er dachte bei sich: »Was, wenn meiner Familie so etwas passiert wäre.« Masato begann zu weinen. Neben der Dankbarkeit die sein Gesicht erhellte, sah man auch seine Hilflosigkeit. Er sagte etwas zu Isamu, der dann für Otto übersetzte. Masato wollte seine große Dankbarkeit und die allerbesten Wünsche ausdrücken. Während Isamu mit Otto redete, verbeugte sich Masato mehrmals. Plötzlich rutschte er nach vorn. Fast fiel er dabei aus dem Rollstuhl. Otto war tief gerührt. Ihm kamen die Tränen. Nach einer Atempause sagte er spontan zu Isamu: »Isamu, ich habe Kontakt zu einer Stiftung in der Schweiz, die unter anderem dafür eingerichtet wurde, Menschen in Not zu helfen. Sie helfen wirklich vielen Menschen auf der Welt. Ich kann mir vorstellen, dass die Stiftung auch dieser Familie auf die Beine helfen kann. Vielleicht würden sie sogar den Wiederaufbau ihres Hauses finanzieren.« Isamu antwortete: »Deshalb sind wir doch nicht hergefahren. Du hast«, er duzte ihn das erste Mal, »genug für die Familie getan.« »Ja«, sagte Otto. »Aber wie sollen sie es allein schaffen? Masato braucht sicher Monate bis er wieder aus dem Rollstuhl aufstehen kann.« »Wenn er es überhaupt schafft«, bestätigte ihn Isamu. Otto war jetzt überzeugt, es sei richtig diese Familie zu unterstützen. Vielleicht war es wieder einmal ein Päckchen, dessen Inhalt er während der ganzen Fahrt Stück für Stück an jedem Ort eingesammelt hatte. All das Leid. Hier und heute öffnete es sich. Genau für diese Familie war es bestimmt. Er redete weiter: »Ich kenne dort alle sehr gut. Es ist nicht nur der gute Wille. Es kann Realität werden. Bitte übersetze es für Masato.« Isamu schaute ihn durchdringend an. Er schaute freudig erregt, aber auch etwas verstört, zwischen Masato und Otto hin und her. Zweifel waren ebenfalls aus seinen Augen abzulesen. Masato verstand nicht, worum es ging. Er schaute interessiert zu Isamu, wartete, was er zu sagen hatte. Worum geht es, war auf seinem Gesicht zu lesen. Isamu sah Otto tief in die Augen. Er fragte: »Wirklich – wirklich? Ich möchte es schon genau wissen. Ich kann dem Mann in seiner Situation keine Hoffnung machen, die sich dann in nichts auflöst.« Otto und Isamu schauen sich lange wortlos in die Augen. Otto nickte mit dem Kopf. »Ja, versprochen«, sagte er.

Während Isamu Masato von den kolossalen Neuigkeiten berichtete, fiel von Otto irgendetwas ab. Eine unerklärliche Last. Die Last der Reise, die Last der vergangenen Jahre. Die Angst um Olivia. Etwas ist gerade geschehen, fühlte er. Vielleicht hat gerade Olivia – auf der anderen Seite der Welt- ebenso Hilfe empfangen. Masato konnte es offensichtlich nicht glauben. Er fragte Isamu etwas mehrmals mit gleichlautenden japanischen Worten, worauf ihm Isamu jedes Mal die gleiche Antwort gab. Als Masato still zur Decke blickte, sagte Isamu zu Otto. »Du sollst es ihm selbst sagen. Er will es aus deinem Mund hören.« Otto blickte zu

Masato, der den Kopf wieder senkte. Otto sprach leise in englischer Sprache, damit Isamu ihn verstehen konnte: »Lieber Herr Masato, ja, es ist richtig«, wobei er mit dem Kopf nickte. »Ich werde mich darum bemühen, unsere Schweizer Stiftung dafür zu gewinnen, Euer Heim wiederaufzubauen und« er machte eine Pause, »und so lange Euren Lebensunterhalt zu sichern, bis Ihr alles zu Eurer Zufriedenheit geregelt habt.« Masato schaute zu Isamu, der mehrmals zustimmend mit dem Kopf nickte. Masato liefen Tränen über das Gesicht. Er wollte sich hinknien. Dann fiel ihm, wie es aussah, sein Zustand ein. Er ergriff im letzten Augenblick die Armlehnen mit den Händen. Er konnte sich gerade noch halten. Er wiederholte unter Tränen immer wieder den gleichen Satz. Isamu sagte zu Otto: »Ein Gebet. Er spricht ein Gebet für dich.« Otto war gerührt. Masato drehte den Rollstuhl um, fuhr zu Otto und legte ihm die Hand auf den Rücken, wobei er seine Augen schloss. Masato sprach wieder den Gebetstext. Von der Hand strömte eine warme, gute Kraft zu Otto. Er spürte einen Strom von Licht. Er nahm etwas Erhellendes auf, wusste aber noch nicht, was es war. Der Dank von Masato war groß. Nachdem Masato an den Tisch zurückgekehrt war, redete er mit den Kindern. Sie lächelten. Außer der älteren Tochter Reiko, auf deren Gesicht sich Erleichterung zeigte, konnten sie den vollen Umfang des heutigen Geschenks noch nicht verstehen. Sie stand von der Matratze auf, verbeugte sich nach japanischer Sitte. Sie bedankte sich bei Otto im Namen aller. Ihr Gesicht strahlte dabei. Sie besprachen noch einige Details, wie es weitergehen würde. Isamu bot an, beim weiteren Ablauf treuhänderisch tätig zu werden. Sie tauschten ihre Handynummern aus. Otto gab auch Reiko seine Rufnummer. Sie hatte als Einzige aus der Familie noch ihr Handy. Es war ein herzlicher Abschied. Sie wollten am folgenden Tag gegen Mittag noch einmal zusammentreffen, um die Ergebnisse zu besprechen, die Otto nach seinen Telefonaten mit der Stiftung mitbringen wollte.

Auf dem Parkplatz traf Isamu einen Bekannten. Er war auch Arzt. Er arbeitete hier. Isamu nahm sein Angebot an, ihn nach

Hause zu fahren. So konnte Otto mit dem Wohnmobil über Nacht auf dem Parkplatz vor dem Tempel bleiben. »Vielleicht erreiche ich noch jemanden in der Schweiz«, sagte er beim Abschied zu Isamu. Er konnte am Abend tatsächlich noch alles regeln. Die Übernahme der Neubaufinanzierung war mehr oder weniger nur ein Problem der Registrierung in der Buchhaltung der Stiftung. Dort musste für Prüfungen der Geldabfluss belegt werden. Da Otto Olivia bis zur Wiederaufnahme der Leitung in der Stiftung vertrat, konnte er solche Entscheidungen treffen, ohne jemanden zu fragen. Gleiches galt für die Deckung der Lebenshaltung der Familie, solange die staatlichen Bezüge für sie noch nicht bewilligt waren. Otto musste am folgenden Tag nur die Namen und Daten der Familie, von Isamu, Bankverbindungen und vereinbarte Passwörter zur Identitätsfeststellung an die Stiftung übermitteln. All diese Dinge konnte er am nächsten Vormittag noch vor der gemeinsamen Verabredung erledigen. Reiko half ihm die Daten der Familie zusammenzustellen, Isamu verfügte auch im Notlager über einen Internetanschluss, so dass Otto von dort aus einen entsprechenden Schriftsatz in die Mailbox der Stiftung legen konnte. Um elf Uhr war alles erledigt. So konnte Otto vor dem Treffen sogar noch eine halbe Stunde im Tempelgarten spazieren gehen. Der Frühling meldete sich mit sprießenden Blumen an. Der japanische Kirschbaum mit seinen vollen rosafarbenen Blüten spendete rundherum einen zarten Duft. Knapp entging er beim Schnuppern an einer Blüte dem Angriff einer Biene, die es hier anscheinend noch gab. Dieser Baum jedenfalls summte ihre Melodie. Auf der Anhöhe vor dem Tempel wurden von den Mönchen Stühle aufgestellt. Von einem der Mönche erfuhr er von einer Veranstaltung, die gegen Mittag hier stattfinden sollte. Ein Vortrag, leider nur in japanischer Sprache. Kurz vor der vereinbarten Zeit am Mittag kam Isamu von der Eingangspforte. Als er Otto sah, ging er zu ihm. Sie liefen gemeinsam zu Masato. Zu der Angelegenheit mit der Stiftung gab es nicht mehr viel zu sagen. Vorerst würde Isamu alles regeln. Viel wichtiger war der Vortrag, sagte Masato zu Isamu. Otto sollte bitte daran teilnehmen. Reiko würde ihm die japanischen Texte übersetzen. Wenn sie weiter hinten saßen, würde es niemanden stören, wenn sie leise ins Englische übersetzte. Es wurde nach japanischer Sitte ein Segen ausgesprochen. Wenn Otto schon hier war, sollte er unbedingt daran teilhaben. Ein hoher buddhistischer Würdenträger hielt den Vortrag. Es war nichts Alltägliches.

Otto freute sich sehr über Reikos Angebot, für ihn zu übersetzen. Sie gingen gemeinsam zum Platz, wo der Vortrag abgehalten wurde. Sie mussten wegen Masato, der im Rollstuhl saß, den Weg nehmen, der ohne Stufen um den Berg herum nach oben führte. Sie kamen gerade noch rechtzeitig. Die Zeremonie wurde bereits eingeläutet. Etwa hundert Teilnehmer saßen auf den Stühlen, die in zwölfer Reihen aufgestellt waren. Zwei Mönche, die vor dem Eingangsportal des Tempels standen, läuteten unaufhörlich kleine tibetische Gebetsglöckchen. Die letzten beiden Stuhlreihen waren noch unbesetzt. Sie nahmen hinten Platz, um niemanden zu stören. Isamu ging dennoch nach vorn, stellte Otto als europäischen Gast vor, der kein Japanisch verstand. Isamu kam zurück. Er sagte: »Alles ist gut. Die Übersetzung stört niemanden.« Aus dem Tempel kamen zwanzig bis dreißig in orangerote Gewänder gekleidete Mönche. Sie setzten sich auf die Erde vor die Stufen, die zum Eingang des Tempels führten. Aus dem Eingang kam ein sehr viel einfacher gekleideter, kahlköpfiger Mönch heraus. Er trug nur ein dünnes, dunkelrotes Gewand. Der Vortragsredner. Er sah Mahatma Gandhi ähnlich. Klein, sehr dünn, unglaublich freundlich. Er lächelte die ganze Zeit. Er blieb auf der letzten Stufe stehen, hob seine Hände. Gleichzeitig begann er ein Mantra zu singen. Reiko sagte leise zu Otto: »Es ist ein Mantra der Hoffnung. Eines der ältesten Mantras die es gibt. Er singt von Stärke, innerem Halt und der Verbindung zum allumfassenden Licht.« Nach einer längeren Pause, begann er ein weiteres Mantra zu singen. Er kam, während er sang, die Stufen hinunter. Reiko erklärte Otto, nun würde er jeden einzelnen Teilnehmer segnen. Der Segen sollte die Menschen stärken und sie in ein reiches, gesundes Leben führen. Der Würdenträger ging in jeder Stuhlreihe vor den darauf Sitzenden entlang, wobei er seine rechte Hand über die

Köpfe der Teilnehmer hielt. Die meisten von ihnen falteten die Hände vor ihrem Gesicht, wenn er direkt vor ihnen stand. Vor Otto blieb er länger stehen. Er lächelte ihn an. Hier sang er den Text dreimal. Reiko erklärte ihm, diese besondere Ehre würde ihm als Gast aus dem Ausland erwiesen. Nachdem der Würdenträger wieder am Eingang des Tempels war, stieg er drei Stufen hinauf. Er beendete den Gesang. Die Teilnehmer standen mit vor dem Gesicht gefalteten Händen auf und verbeugten sich alle – nahezu gleichzeitig. Ein sanfter Wind begann um die Köpfe der Anwesenden zu streichen. Der Redner begann zu sprechen. Reiko übersetzte die Rede. Er erzählte von der Tsunami Tragödie, dem schweren Schicksal, das viele erdulden mussten, sie sollten aber die Hoffnung nicht verlieren. Denn Hoffnung ist das Boot, welches uns durch das Meer von Schmerz und Leid führt. Er machte eine lange Pause. Die Anwesenden seufzten. Einige weinten sogar. Er ging die letzten Stufen bis zur Veranda hinauf, wo er sich auf einen Stuhl setzte. Er begann langsam zu reden. Reiko übersetzte.

»Es ist eine Geschichte aus Tibet, die er uns erzählen möchte. In Tibet gibt es ein wunderbares, verstecktes kleines Tal, das nur die Einheimischen, sowie einige Eingeweihte kennen. In diesem Tal treffen sich einmal im Jahr alle Bewohner der umliegenden Dörfer, um sich in ihren Sorgen und Nöten miteinander auszutauschen. An dem Treffen können alle Menschen aus der Umgebung teilnehmen, die ihr sechstes Lebensjahr vollendet haben. Bereits lange vor der ersten Teilnahme werden die Kinder angehalten, ihre Sorgen, die sie im Alltag erleben, aufzuschreiben und die Zettel in eine Stofftasche zu legen. Dasselbe tun auch die Erwachsenen über das ganze Jahr. Dann nach einem Jahr, wenn der Tag kommt, nehmen alle ihre Tasche und wandern los zu dem Tal. Die Kinder, die zum ersten Mal dabei sind, fragen die anderen meist, wo es hingeht, was in dem Tal so Besonderes ist. Sie bekommen darauf nur eine einzige Antwort. Sie sollen Geduld haben. Sie sollen sich überraschen lassen. Mit jedem Schritt wächst bei ihnen die Spannung. Nach einigen Stunden der Wanderung erreichen sie das Tal. Es ist sehr abgeschieden.

Von jeder Seite führt nur ein schmaler Weg, der durch eine enge Schlucht führt, hinein. Dieses Tal ist nicht sehr breit, auch nur einen Kilometer lang. In der Mitte ist ein runder kleiner Berg, auf der nur ein einziger Baum mit weit ausladenden Ästen steht. Sonst gibt es dort nichts weiter. Die Ankömmlinge aus den einzelnen Dörfern hängen als Erstes ihre Taschen an den Baum, dorthin, wo ein Platz frei ist. Dann setzen sie sich auf die Wiese und sprechen über alles, was sie bewegt. Sie tauschen sich aus über ihre Sorgen und Nöte, darüber wie man einen Ausweg aus bestimmten Situationen finden kann. Über die Mittagszeit legen sich alle noch einmal hin und ruhen aus, denken nach oder schlafen einfach. Am Nachmittag stehen die ersten wieder auf, gehen um den Baum herum, schauen sich die Sorgenpakete an. Die einen sind größer, die anderen kleiner. Welches ist wohl das Schwerste davon, fragen sich die meisten. Welches sollen sie mitnehmen? Denn sie können sich an diesem Nachmittag frei entscheiden, welches davon sie wieder mit zurücknehmen. Nach einiger Zeit nehmen sie ihr eigenes Päckchen wieder an sich und gehen damit weiter ihren Weg.

Während der Würdenträger aufstand, herrschte absolute Stille auf dem Platz. Er drehte sich, ohne ein weiteres Wort zu verlieren, um und verschwand durch die Tür im Tempel. Von den Mönchen stand langsam einer nach dem anderen auf. Sie gingen ihm nach in den Tempel. Die Menschen auf dem Platz blieben noch eine Weile still sitzen. Nach und nach standen auch sie einzeln, zu zweit oder in kleinen Gruppen auf, um zu gehen. Niemand sprach ein Wort. Zum Schluss saßen nur noch die sechs hinten auf ihren Stühlen. Vorn blieben vier Leute sitzen. Otto räusperte sich. Die anderen fünf schauten ihn an. Er bedankte sich herzlich für die Einladung. Er sagte: »Am Ende ist es wohl so, – egal wie groß die Sorgen auch sein mögen. Mit den eigenen kann man noch am besten umgehen.« Er fragte an Isamu gewandt: »Ist es okay, wenn ich etwas sage? Alle sind so still.« »Ja, es ist okay. Nach einer Rede von dem großen Akumeda, warten alle bis er sich zurückgezogen hat. Als Ehrerbietung für ihn. Nun ist er lange genug weg. Es ist alles in Ordnung.« Am Himmel zogen Regenwolken auf. Zuerst fielen nur ein paar Tropfen. Dann begann es immer stärker zu regnen. Der Abschied verlief wie eine stillschweigende Übereinkunft. Reiko nahm die Griffe des Rollstuhls, während Masato die Hände vor der Brust faltete, wobei er sich vorbeugte. Otto verabschiedete sich bei allen mit derselben Geste. Reiko sagte zu Isamu: »Wir müssen uns beeilen, es gibt gleich Essen.« Isamu brachte die Familie hinunter zu ihrer Unterkunft. Beim Weggehen rief er Otto zu: »Ich komme gleich noch einmal bei dir vorbei.« Otto ging zum Wohnmobil, wo er den Tisch für zwei Personen deckte. Isamu war froh darüber. Auch er hatte Hunger. Sie unterhielten sich noch lange, wobei sie sich versprachen in Kontakt zu bleiben. Der Abschied war kurz. Sie würden ja bald wieder miteinander telefonieren. Nach dem Essen ging Isamu hinunter zu seinem Bekannten, dem Arzt. Otto fuhr ins Landesinnere zum Flughafen von Aomori.

Im fünfzig Kilometer von Hachinohe entfernten Aomori, konnte Otto sein Wohnmobil abgeben. Dort betrieb die Vermietungsgesellschaft, von der er es ausgeliehen hatte, einen von vielen Stützpunkten, die auf der gesamten Insel verteilt waren. In der Nähe, etwas außerhalb der Stadt, gab es einen kleinen Flughafen für Inlandsflüge. Im Internet hatte er sich mehrere Hotels herausgesucht. Nachdem er den Wagen abgegeben hatte, nahm er sich ein Taxi. Er fuhr zu einem Hotel unmittelbar am Flughafen. Er buchte dort für zwei Tage ein Zimmer. Glücklich über den ungewöhnlichen Ausgang der Reise schlief er traumlos bis spät in den Morgen hinein. Nach dem Frühstück buchte er als Erstes einen Flug über Tokio, Paris nach Nizza. Mit dem Ticket in der Tasche fühlte er sich wohler. Er konnte nun beruhigt der Story den letzten Schliff geben. Dann schickte er sie via Internet ans Lektorat des französischen Auftraggebers. Eine Kopie sandte er zur Sicherheit an die Redaktion. Nun brauchte er nur noch eine Mail mit der Ankunftszeit in Nizza an seine Mutter abschicken. Dann konnte er seine Freizeit genießen. Am späten Nachmittag bei einem Spaziergang in den Bergen dachte er an Sabine. Ihre Landung bei Bertold, ihre Augen, in der man die unendliche Weite des Alls erkennen konnte, ihre erstaunlichen Fähigkeiten im medizinischen Bereich. War sie ein Versprechen? Diese Gedanken gingen ihm noch durch den Kopf, als er morgens ins Flugzeug stieg. Bis Nizza musste er zweimal umsteigen. Mit jedem Kilometer stieg die Spannung. Was würde ihn erwarten? Diese Frage stellte er sich die ganze Zeit, bis er um fünf Uhr am Nachmittag aus der Maschine stieg.

Es erwartete ihn nichts. Wieder einmal niemand da. Er zog mit seinem Koffer von einer Ecke zur anderen. Nachdem er die Ankunftshalle abgesucht hatte, stieg er in ein Taxi, mit dem er nach Hause fuhr. Seine Erinnerung führte ihn zu der Stelle, wo Bertold seiner Tochter den Weg vom Friedhof herunter ermöglichte. Seitdem sprach sie kein Wort mehr. Warum war niemand am Flughafen? Hoffentlich war nicht schon wieder etwas passiert, dachte er. Die alten Erinnerungen tauchten wieder auf. An jeder Ecke, um die sie bogen, stieg die Spannung. Noch bevor das Taxi an der Einfahrt hielt, sah er vor dem Hauseingang zwei Menschen stehen. Er bezahlte, nahm seinen Koffer und lief, ohne auf sein Wechselgeld zu warten, zum Eingangstor. Die beiden vor dem Hauseingang waren blond. Sabine und Olivia. Olivia sah ruhig aus, schweigsam wie immer. Enttäuschung beschlich ihn. Sie sahen sich aus der Entfernung an. Dann verzog sie ihren Mund zu einem Lächeln. Ein strahlendes Lächeln. Im selben Augenblick öffnete sie den Mund und lief ihm entgegen. Sie rief: »Papa, Papa.«

Unbemerkt flog eine Krähe mit einem kleinen braunen Fleck am Schnabel über ihren Köpfen herum. Sie setzte sich auf den Pfeiler der Gartenpforte, legte den Kopf auf die Seite, wie Vögel es tun, wenn sie jemanden näher betrachten wollen. Dann flog sie weiter Richtung Wald, wo sie hinter den Bäumen verschwand.

Die Zeit läuft davon

2011:
 Brigitte hatte mit ihren achtundsiebzig Jahren in Antibes alles vortrefflich geregelt. Besser hätte es niemand machen können. Sie traf im Namen der Familie Hartmann wichtige Entscheidungen, in Absprache mit Sophie von der Grundstücksverwaltung, sowie der Stiftung in der Schweiz. Sie regelte den Haushalt, seit die Haushälterin Michelle Garnier ins Altersheim zog, managte den Einkauf, und veranlasste fällige Reparaturen am Haus. Außerdem hatte sie, als Otto in Japan war, eine Firma beauftragt, das Dach der Werkstatt in der ihr Sohn sein Büro untergebracht hatte, neu eindecken zu lassen. Die Schindeln mussten über vierzig Jahre alt sein, bestätigte ihr der Dachdeckermeister. Sie hatten das Haltbarkeitsdatum deutlich überschritten. Mit den Arbeiten wurde vor drei Tagen begonnen. Otto war froh, eine so umsichtige Mutter zu haben. Er hätte sicher nicht beachtet, bei den Arbeiten gleich eine zusätzliche Wärmedämmung einbauen zu lassen. Umso mehr dankte er seiner Mutter für ihre Hilfe. Sie ebnete Sabine seit ihrer Ankunft auf dem Flughafen in Nizza den Weg nach St. Gallen. Die beiden harmonierten sehr gut. Sie hatte ihr vorerst das Gästezimmer im Obergeschoss überlassen. Nur wenige Tage, nachdem Sabine sich in Antibes mit Olivias Umfeld vertraut gemacht hatte, startete sie die Mission Bodensee. Nur zwei Tage nach der Abfahrt von Sabine läutete bei Brigitte das Telefon. Nachdem sie mehrmals fragte: »Hallo, wer ist da?«, erklang auf der anderen Seite der Leitung die Stimme ihrer Enkelin. Damit hatte sie nach so kurzer Zeit nicht gerechnet. Sie war maßlos erleichtert. Nach dem ausführlichen Telefonat wollte sie sofort ihren Sohn über die Neuigkeit informieren. Olivia bat sie jedoch, es nicht zu tun. Sie wollte ihn überraschen. Sie erzählte ihrer Großmutter von der ersten Begegnung mit Sabine. Sie stand, ohne sich vorher anzumelden, plötzlich in der Tür. Als sie sich umdrehte, dachte sie zuerst, Sybille zu sehen. Es war wie ein Weckruf, als wenn man nach einem schweren

Traum aufwacht und sich erst einmal orientieren muss, wo man ist. Sabine fragte: »Olivia?« Erst als die Stimme von Sabine an ihr Ohr drang, bemerkte sie den Irrtum. »Wäre da nicht die Ausstrahlung gewesen, eine die Sybilles glich, wer weiß,« sagte sie. »Sie ist Mama sehr ähnlich. Nur die Augen, die sind so wie die von Papa. Ich fühlte mich bei ihr sofort sehr geborgen. Bald traue ich mich, einfach wieder die Alte zu sein.« »Toll,« antwortete Oma. Von einem Tag auf den anderen wendete sich für Olivia das Blatt. Sabine wurde eine Art große Schwester für sie. Sabine passte auch sonst überall dazu. Brigitte verstand sich fast ebenso gut mit ihr, wie Olivia. Otto ging es nicht anders. Nach langem Bitten erklärte sie sich damit einverstanden, im Haus bei den Hartmanns zu bleiben. Nur den Umzug in die Einliegerwohnung lehnte sie vehement ab. Da wird sich schon etwas anderes finden, sagte sie wohl wissend, so lange, bis die anderen es glaubten. Otto übergab nach drei Wochen Eingewöhnung die Stiftung und die anderen Dinge an Olivia zurück. Sabine erhielt von ihr einen Beratervertrag. Die beiden machten sowieso alles zusammen, deshalb fiel es Sabine leicht – vorerst, wie sie sagte, dieses Angebot anzunehmen. Otto gelang damit der Ausstieg, woran er kaum noch geglaubt hatte. Er wollte sich von nun an wieder mehr ums Weltgeschehen kümmern.

Lange Zeit wehte hörbar ein Aufatmen durch Wald und Flur. Otto wurde innerhalb weniger Wochen regelrecht wieder in die Arbeitswelt hineinkatapultiert. Die beiden Damen brauchten ihn nicht mehr. Sabine füllte fast jede Lücke aus, die nach Sybilles Tod entstanden war. Otto war noch nicht aufgestanden, da zogen die beiden schon los zum Hafen, um das Boot für den Sommer seetüchtig zu machen. Er begegnete ihnen auf der Straße mit Sabines neuem Fahrrad, wo sie um ihn herum radelten und riefen: »Los Mann hol dein Zweirad, komm mit, wir fahren zur alten Festung.« Sie scherzten ihn in Grund und Boden. Olivia brachte Sabine das Reiten bei. Sie ging sogar in den gleichen Sportclub mit Olivia, wie vorher Sybille. Was sie in Bezug auf die Stiftung oder die Grundstücksverwaltung nicht wusste, erklärte ihr Olivia. Über die Details zu den Abläufen im Haus informierte sie Brigitte. Nach zwei Monaten übernahm sie, zusammen mit Olivia, sogar den Haushalt und die Küche. Otto nahm es als Geschenk. Er konnte wieder regelmäßig arbeiten. Nachdem die Sanierung in der Werkstatt abgeschlossen war, richtete er sich oben unter dem Dach ein gemütliches, zusätzliches Zimmer ein. Wenn er viel arbeitete, schlief er manchmal dort oben. Die Fotoreportage in Japan erleichterte ihm den Neueinstieg in die Medienwelt. Der Beitrag über den Tsunami wurde in drei Ländern veröffentlicht. Leider gab es auch eine negative Begleiterscheinung. Er erhielt von der japanischen Botschaft in Paris einen Übergabebrief, dessen Empfang er dem Briefträger bestätigen musste. In dem Schreiben stand, er sei bei seinem Japanaufenthalt widerrechtlich in Sperrzonen eingedrungen. Damit war ein Einreiseverbot verbunden, vorläufig für die Dauer von sechs Monaten. Am Rande waren die Bemerkungen über die Versäumnisse zum Schutz der Bevölkerung als nicht statthafte Schmähungen gegenüber der japanischen Regierung dargestellt. Hier lag wohl der eigentliche Grund für das Einreiseverbot. Ein wenig überrascht rief er Isamu an. Mit dieser Reaktion hatte er seitens der japanischen Regierung nicht gerechnet. Er dachte, dort herrsche Demokratie. Isamu freute sich sehr, von ihm zu hören. Er fragte als erstes: »Bist du schon wieder auf der Startbahn? Sehen wir uns bald wieder?« »Nein, mich siehst du nie wieder. Die Regierung hat mir ein Einreiseverbot erteilt«, antwortete er spaßig. »Wenn, dann musst du dich schon selbst auf den Weg machen.« »OK«, erklang es aus dem Hörer. »Ich habe mir deine Adresse im Internet herausgesucht. Du wohnst genauso schön am Meer wie ich. Das Mittelmeer wollte ich schon immer kennenlernen. Aber sag, machst du einen Scherz mit dem Einreiseverbot?« »Nein«, antwortete Otto. »Ich verstehe es auch nicht so recht.« Otto las ihm den Brief vor. Isamu bemerkte nach einer kurzen Besinnungspause: »Die Aussage mit den Sperrzonen ist richtig. Die Sperrzone lag etwa vom Epizentrum des Erdbebens bei Kamaishi bis hier oben in Hachinohe. Ohne den Passierschein wärst du hier sicher nicht durchgekommen.« »Aber woher weiß die Botschaft davon?« »Haha, kannst du es dir nicht vorstellen?« »Die Fotos«, antwortete Otto. »Ja, die Fotos was sonst«, sagte Isamu. Otto erzählte ihm ausführlich von den Texten über die Versäumnisse zum Schutz der Bevölkerung, die er verfasst hatte. In der Vermutung, es könne auch damit zu tun haben, konnte ihn Isamu nur bestätigen. Er sagte: »Die Japaner sind ein stolzes Volk. Öffentliche Kritik an der Regierung oder dem Königshaus ist nicht gern gesehen.« Isamu konnte ihm erfreuliche Nachrichten über den Start des Neubaus für Masatos Familie berichten. Er sagte: »Im August fangen die Bauarbeiten für ihr neues Haus an. Zum Glück waren sie als eine der ersten dran. Es sind kaum noch Baufirmen zu bekommen. Überall beginnt der Wiederaufbau. Die Firmen im Inland sind jetzt schon voll ausgelastet.« Das Telefonat dauerte über vierzig Minuten. Die beiden verstanden sich trotz ihres Altersunterschieds von mehr als zwanzig Jahren ausgezeichnet. Isamu wollte zu Besuch nach Frankreich kommen, wenn sich die Auswirkungen der Tsunamikatastrophe etwas gelegt hätten. Wahrscheinlich erst im kommenden Jahr. Am Ende des Gesprächs machte er Otto noch auf folgendes aufmerksam: »Die Regierung Japans plant nach dem Atomunfall in Fukushima den Ausstieg aus der Atomkraft.« Sie beschlossen weiter in Kontakt zu bleiben.

Nach dem Telefonat startete Otto den PC, um Hinweise auf den weiteren Umgang mit der Atomkraft in Japan zu finden. Tatsächlich gab es bereits Stimmen, die den vollständigen Ausstieg aus der Atomenergie befürworteten. Es gab vorerst aber nur Beschlüsse der japanischen Regierung, die meisten der vierundfünfzig Atommeiler in Japan bis auf Weiteres stillzulegen, um dringend notwendige Wartungsarbeiten durchzuführen. So wollte man zukünftig Unfälle vermeiden. Vielleicht sind die Hinweise von Herrn Hartmann doch nicht nur auf taube Ohren gestoßen, dachte er.

Den Sommer verbrachte Otto mit seiner Familie. Diesen Luxus gönnte er sich angesichts der vergangenen zwei schweren Jahre. Wenn ein Fisch der gleichen Gattung, aus einer anderen Gruppe, in einen neuen Schwarm eintaucht und mit ihnen zusammen weiter schwimmt, erkennt man ihn zwischen den anderen nicht mehr. Genau so war es mit Sabine. Sie gliederte sich unmerklich in die Familie ein. Wenn Olivia zufällig einmal allein auftauchte, fragten die anderen automatisch: »Wo ist Sabine? Was, sie ist allein zum Supermarkt gegangen?« Als der Postbote sie mit »Frau Hartmann« ansprach, war der Pakt besiegelt. Sabine gehörte von nun an zu den Hartmanns. Im Juni flogen sie zu dritt für fünf Wochen nach Marokko. Von Nizza über Paris nach Agadir. Es sah genauso schön aus, wie auf den Fotos, die sie sich angesehen hatten. Der breite Sandstrand zog sich knapp sieben Kilometer weit vom Hafen bis zur königlichen Sommerresidenz. Sie hatten sich unweit vom Königspalast ein Hotel direkt am Strand, in der Bucht von Agadir, genommen. Sabine belegte mit Olivia ein Doppelzimmer mit einem herrlichen Ausblick vom Balkon über den Atlantik. Otto gönnte sich eine Suite im Erdgeschoss mit Terrasse. Die ersten Tage verbrachten sie in der Stadt. Sie besuchten alle Sehenswürdigkeiten. Olivia war zum ersten Mal in einem Ferienort in Nordafrika. Wie alle neuen Touristen, kaufte sie an jeder Ecke etwas von den Straßenhändlern, die jeden belagerten, der nicht nein sagen konnte. Es war sehr verlockend, die ungewöhnlich preisgünstigen Angebote anzunehmen. Selbst eine Markenjeans kostete nicht mehr als zehn Euro. Uhren, die in Nizza beim Juwelier für mehrere tausend Euro im Schaufenster lagen, wurden hier für dreihundert angeboten. Kurz bevor Olivia bei Zweihundertsiebzig den Zuschlag erteilen wollte, flüsterte Sabine ihr ins Ohr, es seien »keine Originalwaren der Labels.« Huch, wirklich. Die Uhr tickte aber. Sie nahm sie trotzdem. Genau wie in Bangkok konnte man hierzulande viele Markenartikel, die den Originalen aufs Haar glichen, für einen Spottpreis bekommen. Olivia deckte sich mit allem ein, was sie brauchte. Handtaschen, Hosen, eine Uhr, Schuhe. Vor allem Schuhe. Die Freude am Leben war wiedererwacht. Wenn ihre Augen vor Glück strahlten, hob Otto hoffnungsvoll den Blick zum Himmel. Er dachte an die Krähe, die von dort oben, wenn möglich auf ewig, dahinschwebend seine Tochter beschützen sollte. Die ersten Tage im Land hielt sich Olivia mit Sabine stundenlang in Schuhläden auf. Beide kamen abends mit etlichen Einkaufstaschen zurück ins Hotel. »Wie wollt ihr das alles mit ins Flugzeug bekommen?«, fragte Otto jedes Mal kopfschüttelnd. Egal, Hauptsache sie hatten Spaß.

Nachdem eine Woche vergangen war, gab es im Ort nichts Neues mehr zu sehen. Sie mieteten sich ein Auto, mit dem sie durchs Land fuhren. Nach dem Besuch auf dem Souk, einem Markt in Agadir, besuchten sie den Souk in Essauira, der ältesten Hafenstadt am Atlantik, einhundertfünfzig Kilometer nördlich von Agadir. An der Hafenmauer aus dem achtzehnten Jahrhundert standen noch die alten Bronzekanonen, deren Rohre auf den Atlantik gerichtet waren. Sie sollten feindliche Schiffe abwehren. Davor war eine Insel mit Resten einer maurischen Festungsanlage. Wie ein Einheimischer ihnen erzählte, war es früher eine Gefängnisinsel, auf der Sträflinge untergebracht waren. Heute sei es ein Vogelschutzgebiet. In der Nähe des Hafens befand sich der Eingang zur Altstadt, die von hohen maurischen Mauern in unterschiedlicher Höhe umgeben war. In der Altstadt war der riesengroße Souk, ein Markt. Man brauchte den ganzen Tag, um alle Geschäfte anzusehen. Die Straßen waren nach der Art des Handwerks geordnet, das dort ausgeübt wurde. Eine Straße mit Mosaiken, eine mit Textilien, Bilder, Möbel. Die meisten Ladenbesitzer trugen bunte Kaftans mit arabischen Mustern, die Frauen zusätzlich exotischen Kopfschmuck. Die interessanteste Gasse war die der Holzschnitzer. Dort gab es kunstvolle Bildhauerarbeiten, vorrangig aus dem Thuja-Baum. Von der feinsten Miniaturarbeit bis zu meterhohen Statuen. Jedes für sich eine Augenweide. In den Läden duftete es nach frisch geschlagenem Holz. Auf dem Marktplatz, mitten in der Stadt, spielten Musikanten an jeder Ecke arabische Musik. In der Straße der Gewürzhändler roch es an jedem Laden anders. Nach Salbei, Paprika, Curry oder nach Ingwer. Am späten Nachmittag waren die drei übervoll mit Eindrücken, von dieser für sie bisher unbekannten Kultur. Sie machten sich noch im Rausch der Erlebnisse auf den Weg zurück nach Agadir. Die Küstenstraße führte über hundertfünfzig Kilometer direkt am Atlantik entlang. Vorbei an einsamen Stränden oder auf Steilküsten. Für ein Land, das im Süden an die Wüste angrenzte, war es hier noch beeindruckend grün. Auf den Olivenbäumen kletterten oftmals bis zu zehn oder mehr Ziegen herum. Sie fraßen sich darauf satt. Es war jedes Mal von neuem bizarr anzusehen, wie Ziegen, bis zur Krone, in den Ästen eines Baumes herumkletterten. Mehr als einmal hielten sie an, um davon Fotos aufzunehmen. Zurück im Hotel gingen sie, ohne die Zimmer aufzusuchen, ins Restaurant, wo eine Bauchtanzgruppe durch die Tische tanzte. Es war schon spät. Sie hatten einen Bärenhunger. Sie bestellten acht Vorspeisen ohne Hauptgericht. Alles kam zusammen mit Fladenbroten in die Mitte des Tisches. Jeder konnte sich nehmen, was er wollte. Die arabische Küche hatte fast alles zu bieten. Die exotischen Gerüche torpedierten den knurrenden Magen, solange bis sie einigermaßen satt waren. Es gab in diesem Hotelrestaurant sogar Wein. Der Inhaber war ein Franzose. In den meisten anderen, von Marokkanern geführten Restaurants, gab es keinen Alkohol. Er war in der arabischen Welt verboten.

Am nächsten Tag ging es weiter nach Marrakesch, fast dreihundert Kilometer ins Landesinnere. Otto sorgte als Erstes für eine Unterkunft vor Ort. Eine Strecke dieser Entfernung reichte ihm. Die Route führte meist durch rötliche, nackte Berge ohne jedes Grün. Es gab bis auf wenige kleine Bauten aus rotem Lehm auf dem Weg kaum Häuser. Wenn die Straße durch ein Tal führte, wo es Wasser gab, waren dort aber auch Siedlungen mit mehr Menschen. Die Häuser waren meist einstöckig, so wie man es von arabischen Wüstenstädten kennt. In jeder noch so kleinen Ansiedlung gab es mindestens eine Moschee mit einem Turm, von dem fünfmal am Tag aus Lautsprechern, ein langer Ausruf in arabischer Sprache erklang. Der Gebetsruf. Danach kamen die Menschen zum Gebet in die Moschee oder knieten sich dort, wo sie sich gerade befanden, zum Gebet auf die Erde. Wo sie sich hinknieten, verneigten sie sich mehrmals Richtung Mekka. Vor Marrakesch breitete sich eine fruchtbare Ebene aus. Hier gab es zwei Flüsse, die im Norden von Marrakesch aufeinandertrafen. Marrakesch wurde für die drei zum Highlight der Reise. Auf dem Souk, der sich auf einem Platz größer als ein Fußballfeld befand, aßen sie an mehreren Ständen, die überall ihre Gerüche auf dem gesamten Platz verbreiteten, verschiedene marokkanische Gerichte zu Mittag. An jeder Ecke standen Gaukler mit Affen, die Kunststücke vorführten, Schlangenbeschwörer, die auf ihrer Flöte spielten, Musikanten, mit denen man sich fotografieren lassen konnte, Gewürzstände mit frischen duftenden Gewürzen und vieles mehr. Vom Platz im Freien ging es durch eine Mauer in die engen Gassen der Altstadt. Zwischen den Häusern führten schmale Treppen in die bunt bemalten oder naturbelassenen Lehmhäuser. Teilweise waren bis zu drei Häuser in jeder erdenklichen Konstruktion ineinander, überlappend und übereinander gebaut. Ein unvergleichbares Schachtelsystem. Lehm war eben eine bewegliche Masse, die man in jede Form bringen konnte. Im Orientrausch kauften sich alle drei einen marokkanischen Kaftan, mit dem sie abends völlig erschöpft ins Restaurant gingen. Otto hatte drei kleine Häuser gemietet. Sie standen in einiger Entfernung vom Hotel, zu dem sie gehörten, als maurisches Ensemble aus ein- und mehrstöckigen Apartmenthäusern. Jedes Appartement verfügte über einen eigenen Eingang und einen Diener, der von acht Uhr morgens bis zehn Uhr abends nahe der Eingangstür stand. Völlig unnötig, wie Otto fand, aber genießen konnte man es allemal. Das Restaurant war in einem Park hinter dem Hotel, den die maurischen Häuser abgrenzten. Der jeweilige Diener fungierte hier als Kellner. Er schenkte bei jedem Schluck, den man trank, sofort nach, er legte zu jeder Speise ein neues Besteck auf. Otto scherzte unbemerkt in Sabines Ohr: »Hoffentlich füttert er uns nicht noch.« Sabine gab es weiter in Olivias Ohr, die daraufhin schallend lachte. Die beiden anderen stimmten mit ein. Der Abend wurde zu einem gelungenen Abschluss der Fahrt.

Zurück in Agadir verbrachten sie einen erholsamen Tag im Hotel. Am folgenden Tag fuhren sie in den Süden nach Tiznit. Die Fahrt dorthin war öde. Je näher sie der Westsahara kamen, umso mehr verschwand alles Grün von der Oberfläche, bis nur noch Sand und Steine zu sehen waren. Tiznit hatte nicht so viel zu bieten, wie die anderen Städte, die sie vorher besuchten. Hier gab es nur die Bergwerke zu sehen. In der Gegend um Tiznit reihte sich ein Bergwerk ans Nächste. Auf engstem Raum förderten die Berber hier Silber, sowie allerlei bunte Steine mit mehr oder weniger geheimnisvollen Kräften, wie die Händler ihre Kostbarkeiten anpriesen. Meist wurden die Schätze im Tagebau gefördert. Selbst alte Stollen waren freigelegt worden. Im vorderen Bereich, wo die Touristen Zugang hatten, waren Werkbänke aufgestellt, an denen in Arbeitsanzüge gekleidete Männer Steine der unterschiedlichsten Größe bearbeiteten, um dabei die brauchbarsten Stücke herauszuschälen. Die Luft zwischen den kolossalen Tischen war trocken und staubgeschwängert. Die Sonne tat ihr Übriges. Sie trugen ihren Kaftan mit Kapuze, die sie vor der direkten Sonneneinstrahlung schützen sollte. Olivia prustete über die Mittagszeit unter ihrer Kopfbedeckung. »Gefühlte fünfzig Grad«, sagte sie. Man durfte nicht vergessen, viel zu trinken, sonst lag man bald neben den Steinen im Staub. Otto nahm einen faustgroßen, dunkelgrünen Malachit mit – den Stein der Skorpione, wie man ihm erklärte. Der Stein berge ungeahnte zentrierende Kräfte. Er hatte schon davon gehört. Sabine erbeutete mehrere filigrane Schmiedekunststücke aus Silber, die mit farbigen Steinen besetzt waren. Zwei Kettenanhänger und einen Himmelspfeil, der seitlich wie die Schwingen eines Vogels geformt war. Der Kopf zeigte mit dem Schnabel wie ein Pfeil nach oben. Das dynamische Stück war überall mit arabischen Schriftzeichen versehen, die mit der Hand eingemeißelt waren. Olivia nahm einen Marmorbrocken mit, in dem Fossilien zu erkennen waren, die – wie der Verkäufer sagte, Millionen Jahre alt sein mussten. Es sah zumindest so aus. Neben zwei archaisch anmutenden Käfern war der Einschluss eines urtümlich aussehenden Vogelkopfes darin. Ein schönes Dekostück, fern von der Heimat von den Kräften der Erde geformt.

Für die letzten zwei Wochen der Reise, die sie mehr oder weniger am Strand verbrachten, stieß Brigitte dazu. Allzu lange wollte sie Haus und Hof nicht allein lassen, deshalb begrenzte sie ihre Anwesenheit bei den dreien in Nordafrika auf einen kürzeren Zeitraum. Zusammen besuchten sie noch die kleinere Oasenstadt Taroudannt, die etwas über hundert Kilometer östlich von Agadir, Richtung Atlas Gebirge, im Landesinnern lag. Die Einheimischen nannten die Stadt: »Das kleine Marrakesch.« Die in zweihundertvierzig Metern Höhe gelegene Stadt war umgeben von einer bis zu zehn Meter hohen maurischen Stadtmauer, die über fünf hohe, halbrunde Stadttore verfügte. Die Stadt war ähnlich anmutend wie Essauira, glich aber auf der anderen Seite mehr den Bergdörfern im Atlasgebirge, mit ihren einfachen ineinander gebauten Häusern aus rotem Lehm. Die meisten engen Gassen in Taroudannt führten zum Assarag Platz – in ein malerisches Ambiente aus Basaren, Olivenbäumen und Orangenplantagen. Hier waren ebenso wie in Marrakesch allerlei Läden mit hochwertigem Kunsthandwerk zu finden. Brigitte konnte sich nicht so lange, wie die Jüngeren, dem Trubel hingeben. Nach vier Stunden herumturnen, wie sie sagte, reichte es ihr. So füllten auch die Besuche auf dem Souk el-Had in Agadir und dem Souk in Inezgane, einem Vorort von Agadir, nicht den ganzen Tag aus. Den Rest der Ferien verbrachten sie mit Strandspaziergängen, Schwimmen im Pool oder ausgedehnten Abendessen beim Bauchtanz mit orientalischer Musik. Die ganze Woche spielten abends abwechselnd unterschiedliche Volksmusikanten im Restaurant des Hotels.

Zurück in Frankreich, begannen die beiden jungen Damen das Mittelmeer zu erobern. Zur Freude aller, interessierte sich Sabine mehr für das im Hafen von Antibes liegende Boot, als die anderen bisher. Seit Jahren lag es mehr oder weniger verwaist an der Anlegestelle. Sabine, die anfangs etwas zögerlich war, ob sie die Yacht ständig in Beschlag nehmen durfte, wurde mit allgemeiner Zustimmung bedacht, was ihre Ausflüge mit Olivia auf dem Boot betraf. Allein durfte sie ohnehin nichts mehr unternehmen. Wenn sie dennoch manchmal für ein paar Stunden verschwand, schmollte Olivia herum, weil sie nicht mitgenommen wurde. Kam sie zurück, fragte Olivia sie unverblümt, wo sie sich aufgehalten hatte. Manchmal war sie die Mama, manchmal die Freundin. Meistens beides. So oft wie dieses Jahr wurde das Boot noch nie benutzt. Die Reichweite war enorm. Mit einer Tankfüllung konnte man bis zur Meerenge von Gibraltar fahren. Nach den ersten Testfahrten bis Nizza, danach Marseille, dann Genua in Italien, stellten die beiden fest, man könnte vom Boot aus arbeiten. »Mit einer Sat-Schüssel wie die vom TV, kannst du auf dem Boot eine Internetverbindung herstellen«, erzählte Olivia ihrem Vater, der es in erster Instanz nicht glauben wollte. »Doch, doch Papa, es geht. Mit »Tooway« geht es schon seit letztem Jahr. Nun hat »Orbit Astra« auch so ein Ding im All. Wir sind am Einrichten. Nächste Woche probieren wir einen online-chat, OK, Papa?« »Ja, OK. OK.« Nächste Woche saßen die beiden auf dem Boot auf dem Weg nach Korsika. Papa erhielt eine Mail von den digital Nomaden vom Boot aus. Von da an gab es vorerst kein Halten mehr. Bis zum Herbst eroberten sie alle nennenswerten Hafenstädte im Mittelmeer. Séte, Perpignan, Roses, Barcelona, Palma, Mao. Bevor der Herbst die Saison beendete, schipperten sie nach Sizilien.

Papa wurde mit jedem Ziel über fünfhundert Kilometer Entfernung aufmerksamer. Der Papa-Beschützerinstinkt wurde mit jedem zusätzlichen Kilometer mehr aktiviert. Selbst, wenn er seiner Tochter die unvergesslichen Erlebnisse gönnte. Er freute sich dann doch auf das Ende der Saison. Auf den Winterliegeplatz in der Halle am Hafen. Er konnte schließlich nicht immer dabei sein. Er wollte sich keinen Arbeitsplatz auf dem Boot einrichten, wie die beiden es zeitweise taten. Er nutzte zwar alle Möglichkeiten der modernen Technik für seinen Beruf, die Vorstellung in Badehosen mit dem Boot zu einem Einsatzziel zu fahren, war für ihn dennoch nicht verlockend. Unabhängig von der rasanten Geschwindigkeit, mit der sich Olivia von der schweigsamen Eremitin zur fröhlichen Weltenbummlerin entwickelte, freute er sich jeden Tag aufs Neue, wenn er sie so unbeschwert durch den Tag fliegen sah. Doch es sollte nicht immer so bleiben. Otto verbrachte so viel Zeit wie er konnte mit der Familie. Zwei Leitartikel schaffte er in diesem Jahr trotzdem noch. Beide waren ihm auf den Leib geschnitten. Den ersten Beitrag lieferte er an den französischen Auftraggeber der Fotoreportage in Japan, die er im Frühjahr bearbeitete. Dieses Mal fiel der Artikel deutlich positiver für die japanische Regierung aus. Es war dennoch keine Hymne auf die angemessene Reaktion der Japaner, die auf das Reaktorunglück im Atomkraftwerk Fukushima folgte. Es war eine realistische Einschätzung der Notwendigkeit, die Energieversorgung auf der Welt umzustellen. Japan wollte mit seinen Ambitionen für einen generellen Ausstieg aus der Atomkraft, nach der Schmach in Fukushima, ein Beispiel für umweltverträgliches Verhalten abgeben. Andere Länder wie Italien, die Schweiz oder Österreich, hatten den Verzicht auf die Energieerzeugung mit Kernspaltung bereits in der Verfassung niedergeschrieben. Alle Betreiber, so berichtete Herr Hartmann, sollten sich ein Bespiel daran nehmen. Er listete alle Kernkraftwerke aus neunundzwanzig Ländern auf, die veraltet waren und nach Meinung von Experten dringend abgeschaltet werden mussten, um weitere Störfälle zu vermeiden. In anderen Meilern sollten zumindest Wartungsarbeiten durchgeführt werden. In den meisten aber mussten zusätzliche Schutzmaßnahmen durchgeführt werden. Von vierhundertfünfzig Kernkraftwerken waren nach Expertenmeinungen drei Viertel davon betroffen. Otto war bestens informiert, wodurch er präzise Nachweise in den Artikel aufnehmen konnte. Viel besser konnte es kaum jemand machen.

Der andere Leitartikel betraf ebenfalls den Umweltschutz. Herrn Hartmanns leidiges Thema: Der alljährliche Klimagipfel. Er wollte den Auftrag nicht ablehnen, weil zu viele gute Bekannte beim Star Magazin arbeiteten. Er wollte ihnen den Gefallen tun. Herr Strohmann war aus Altersgründen aus dem aktiven Berufsleben ausgeschieden. Der ehemalige Redaktionsleiter, Herr Steiner, hatte die Leitung des Verlagshauses übernommen. Aus jahrzehntelangen Beobachtungen der zahnlosen Versuche der Länder, die Klimakatastrophe von der Welt abzuwenden, hatte sich bei Otto dazu eine Grundhaltung eingeschlichen: Eine ausgeprägte Geringschätzung für die Teilnehmerstaaten dieser Zusammenkunft. Für sich selbst hatte er die Hoffnung auf einen durch die Regierungen herbeigeführten Wandel aufgegeben. Vielmehr machte er sie für die Misere Umweltverschmutzung verantwortlich. Sie hatten seit fast dreißig Jahren

– wider besseren Wissens – tatenlos zugesehen, wie die Welt in dieses Unglück stürzte. Die Mehrzahl würde ihre Haltung auch in Zukunft nicht ändern. Diese aus Erfahrungen resultierende Einstellung spiegelte sich in der Headline des Berichts wider: »Dekadenz und Umweltschutz.« Etwas kleiner darunter stand: »Passt das zusammen?« Er stellte den Klimagipfel dieses Mal tatsächlich, ohne Beschönigungen, als Partytreffen alter Bekannter dar, die auf Staatskosten ein Fress- und Saufgelage, nach dem Muster des alten Roms veranstalteten. Nach einer langen Herabwürdigung dieser Form des Umgangs mit der Verantwortung, die jede einzelne Regierung für die Bewohner dieses Planeten hätte, appellierte er an die wenigen standhaften guten Geister, die dort möglicherweise noch zu finden waren, endlich etwas Greifbares zu tun. Die Bevölkerung ließe sich nicht mehr täuschen, proklamierte er. Es hieß unter anderem: Ein bekannter Ausspruch der Apachen lautet: »Worte haben viele Schatten.« Diese Weisheit passt zu den scheinheiligen Beteuerungen der Regierungsvertreter, die nach jedem Zusammentreffen mehr zu einer Farce werden. Hier werden aus gutem Grund keine verbindlichen Beschlüsse getroffen. Jedes Land kann sich so später, nach Abschluss der Verhandlungen, hinter fadenscheinigen Ausflüchten verstecken, um sich nicht an besprochene Maßnahmen zu halten. Dieser Tenor begleitete den gesamten Artikel. Den allzu bissigen Sarkasmus ließ Herr Steiner streichen oder vom Lektorat umformulieren. Otto fiel nach so vielen Jahren des Zuschauens, nichts anderes mehr ein. Wie die Staaten, in Anbetracht der aktuellen Umweltsituation, nur Schaumschlägerei betreiben konnten, wollte ihm nicht in den Sinn. Die Stiftung in der Schweiz schaffte es in einem Jahr -im Kleinen- mehr für die Umwelt zu tun, als die Regierungen dieses Planeten in zwanzig Jahren. Er wollte eine Initiative fördern, die mit Konsumentenboykotts Unternehmen und Staaten abstrafte, die sich weigerten, sich umweltverträglich zu verhalten, umweltverträglich zu produzieren. Anscheinend waren wirtschaftliche Einbußen das Einzige, was man in den Reihen der Mächtigen verstand. Wenn die Oberhäupter der Regierungen nichts taten, musste das Volk die Dinge selbst in die Hand nehmen. So lautete das

Prinzip jeder außerparlamentarischen Umwälzung. Der Verlag in Berlin weigerte sich, einen solchen Aufruf zu veröffentlichen. Daraufhin schickte Otto eine Mail an die Stiftung, mit dem Hinweis darauf, zu prüfen, welche Möglichkeiten es für solche Kampagnen sonst gab.

Das Jahr verrann wie Sand zwischen den Fingern. Die Zeit flog nur so dahin.

2012

Der Weg führte Otto vom Strand kommend zu seinem Haus. Die Nächte waren noch ziemlich kalt. Er hatte einen langen Spaziergang hinter sich. Es war noch eine Querstraße bis zuhause, da hörte er einen Hilferuf. Die Stimme kannte er. Sein Schritt ging in einen Lauf über. Beim zweiten Schrei begann er zu rennen. Es war Olivias Stimme. Es dauerte nur wenige Sekunden, bis er um die Ecke bog. Was er sah, presste Adrenalin in seine Adern. Olivia wurde vor dem Eingang ihres Hauses von einem großen schlanken Mann attackiert. Er trug eine blaue Hose, darüber ein Kapuzenshirt. Sein Gesicht war von einer Motorrad-Gesichtsmaske verdeckt. Sie schüttelte den Griff um ihren Arm durch eine Drehung ab. Otto ballte die Hände zur Faust. Er rief laut: »loslassen, loslassen.« Der Mann drehte sich zu ihm um. Olivia nutzte die Gelegenheit. Sie trat ihm mit voller Wucht gegen sein Schienbein. Er krümmte sich vor Schmerzen, wobei er zwei Schritte zur Seite machte. Er humpelte. Otto rief: »Keine Angst Olivia, ich bin jetzt da.« Noch bevor Otto die beiden erreichte, zog der Vermummte ein Messer. Der Angreifer lief los, hielt das Messer sichtbar hoch, um Otto von einer Verfolgung abzuhalten. Otto, der immer noch sportlich war, ließ sich davon nicht abschrecken. Der Mann gab sich die Sporen. Rennen konnte er. Otto lief eine Zeit lang hinterher, wobei ihm ein unangenehmer Geruch in die Nase stieg. Der Angreifer oder die Angreiferin, ging es ihm durch den Kopf, nein – der Schritt war fest, mechanisch, es sah nach einem Mann aus. Er schien sich hier auszukennen. Er lief die einzige Straße entlang, die aus dem Quartier herausführte. Er verlief sich in keiner der Sackgassen.

Nach einigen Minuten gab Otto auf. Eine Konfrontation mit einem Bewaffneten wollte er nicht erzwingen. Als er sich umdrehte, stieg ihm wieder dieser unangenehme Geruch in die Nase. Er kannte diesen Geruch, konnte ihn in der Aufregung aber nicht zuordnen. Olivia war durch das Gartentor zum Haus gegangen. Sie stand in der offenen Tür, wo sie sich sofort zurückziehen konnte, falls der Mann zurückkam. Sehr vernünftig, dachte er, während er auf sie zuging, um sie zu umarmen. Sie atmete langsam aus. »Puh«, sagte sie. »Da hat sich wohl jemand im Haus verguckt.« »Die Leute denken immer, hier in der Straße wohnen die besonders Reichen«, antwortete Otto. Sie gingen hinein, legten ihre Jacken ab. Otto rief laut: »Oma, Sabine.« Die beiden brutzelten in der Küche. Es roch nach gebratenem Gemüse Toskana. Er mochte dieses Gericht. Unter normalen Umständen lief ihm beim Vorgeschmack das Wasser im Mund zusammen. Heute konnte er sich noch nicht völlig entspannen. Er dachte an den Geruch draußen auf der Straße, der von dem Mann ausging. Eine Duftnote nach Gras, Stroh, Heu, ja vermischt mit Kuhdung. Bauernhof. So roch es auf Bauernhöfen. Die beiden kamen aus der Küche. Olivia rief stolz: »Ich bin überfallen worden. Papa hat den Banditen in die Flucht geschlagen.« »Was?«, rief Brigitte überrascht. »Sicher ein Irrtum.« »Vielleicht war es ein verschmähter Verehrer. Ein Stalker«, rief Sabine dazwischen. »In Barcelona gab es drei Typen, die sind so auf Olivia abgefahren«, lächelte sie. »Hmm.« »Nein, kein Spaß«, sagte Otto. »Er war mit einem Messer bewaffnet.« »Er zog es aber erst, nachdem du gekommen bist«, bemerkte Olivia. Sie hätte es gern heruntergespielt. »Nein, weder Stalker, noch Walker. Es war ein Angriff, vielleicht steckte eine Absicht dahinter«, sagte Otto. Nach langem Hin und Her kamen sie beim Essen immer wieder auf einen Einbrecher zurück, der hier im Viertel auf Raubzug war. Der Geruch? Wahrscheinlich war es ein unterbezahlter Feldarbeiter. Ein übriggebliebener Saisonarbeiter aus einem Billiglohnland. So verlief dieses Thema im Sande. Otto schlug vor, für Olivia einen Waffenschein zu beantragen, was sie konsequent ablehnte. Sie sagte: »Gewalt ist nicht mein Weg. Ich kaufe mir morgen eine Sprühdose mit Tränengas.« Die einzige Unbekannte die blieb, war die Wahrnehmung von Olivia, sie hätte den Mann schon öfter hier in der Nähe vom Haus gesehen, dem aber keine Beachtung geschenkt. Ob es Einbildung war oder es sich tatsächlich so verhielt, da machte sie mehrere Fragezeichen. Olivia war eine gute Beobachterin. Während des Studiums hatte sie immer eine prägnante Merkfähigkeit bewiesen. Alle wollten von nun an gut auf die Umgebung achten. Dabei blieb es.

Ende März klopfte Brigitte an die Tür der Werkstatt, in der Otto arbeitete. Er hatte zwar einen eigenen Anschluss, eine Abzweigung vom Festnetztelefon aus dem Haupthaus, nahm aber selten ab. Die anderen beiden Anschlüsse waren drüben. Sabine oder seine Mutter gingen sowieso ans Telefon, dachte er, wenn es läutete. Er öffnete. Sie sagte: »Otto, geh bitte ans Telefon, wenn es läutet. Ein Herr aus Japan möchte dich sprechen.« »Oh toll«, antwortete er. »Es war bestimmt Isamu, der Arzt, von dem ich dir erzählte.« Zwei Minuten später klingelte der Festnetzanschluss. »Hartmann«, sagte Otto, nachdem er den Hörer abnahm. »What happens«, hörte er auf der anderen Seite von Isamu. Er verstrahlte die gute Laune von Japan bis nach Antibes. »Strahlst du nur gute Laune ab oder inzwischen auch Radioaktivität?«, lächelte Otto in den Hörer. »Nein, nein«, antwortete Isamu auch auf Englisch. »Ich habe mich testen lassen. Ich bin sauber, zum Glück. Ich war auch nur einmal in der Nähe von Fukushima. Ich habe viel bessere Nachrichten als die gute Laune. Masatos Haus wird in zwei Wochen fertig. Sie bitten dich zur Einweihung nach Japan zu kommen.« »Wow, toll«, antwortete Otto. »Ich habe bisher noch keine Freigabe von der japanischen Botschaft. Das Außenministerium gab mir die Auskunft, diese Freigabe abzuwarten, bis ich wieder nach Japan reise. Tut mir leid, ich möchte keinen Ärger mit den japanischen Behörden. Falls jemand die Umstände ausnutzt, um einen unliebsamen Journalisten zu behelligen, erwartet mich zumindest eine Anklage wegen illegaler Einreise. Dann könnte ich nie wieder nach Japan. Ich nutze die Gelegenheit aber, um einen Aufhebungsantrag über das Außenministerium zu stellen.« Isamu antwortete: »Da wird die Familie aber traurig sein.« »Ich habe eine gute Idee«, sagte Otto.

»Du nimmst die Schuld auf dich. Sag einfach, du hättest mir die Einreisesperre mit dem tollen Passierschein eingebrockt.« Isamu legte auf. Tuut, tuut, hörte Otto nur noch. Er wunderte sich. Nachdem er den Hörer in die Gabel zurücklegte, klingelte es sofort wieder. Isamus Lachen klang laut aus dem Hörer. Er hatte sich einen Spaß mit Otto erlaubt. Er sagte nach dem Lachanfall: »Da hast du´s, Mister Superschlau. Selbst schuldig. Dauerschuld. Ich stelle einen Antrag bei der japanischen Regierung auf ein Einreiseverbot für alle Ewigkeit, haha. Die Journalisten haben unser Volk schon viel zu oft diskriminiert. So etwas sollte ich als Beauftragter im Staatsdienst nicht zulassen.« »Siehst du«, sagte Otto, »wie mich meine Menschenkenntnis im Stich lässt. Völlige Fehleinschätzung deiner Person. So etwas, haha, passiert mir immer wieder. Ich falle immer öfter auf die Schauspieler herein.« Sie scherzten mehr als eine halbe Stunde herum, bis sie sich darauf einigten, Isamu würde einen Blumenstrauß, mit den Glückwünschen von Masato, persönlich nach Antibes bringen. Er wollte aber erst nach dem Ablauf seines Arbeitsvertrages beim Militär, Anfang Mai kommen. Otto beendete das Telefonat mit den Worten: »Ich werde dafür sorgen, dass du gleich am Flughafen wegen Spionage für die Japanomillitärs verhaftet wirst. Dann kann ich dich hier öfter im Jail besuchen.« Isamu wollte sich melden, sobald der Flug gebucht war.

Zwei Wochen nach dem Telefonat klopfte am späten Nachmittag eine angespannte Sabine an die Tür von Ottos Domizil. Sie forderte ihn auf, heute pünktlich zum Abendessen da zu sein. Es war etwas Einschneidendes passiert, was sie ihm erzählen wollte. Auf seine besorgten Fragen vertröstete sie ihn auf den Abend. »Bitte warte so lange«, sagte sie, »Brigitte sollte auch dabei sein, sonst muss ich es zweimal erzählen.« Die Konzentration war dahin. Er fieberte dem Abend entgegen. So streng hatte er Sabine selten erlebt. Brigitte zauberte wie immer ein köstliches Gericht zusammen. Chinesisch. Otto konnte sich heute kaum in den Gemüse- und Sojaduft verlieben. Nachdem sie die ersten Bissen hinuntergeschluckt hatten, forderte er Sabine auf: »Heraus mit der Sprache. Was gibt es so Wichtiges zu erzählen?« Sie erzählte bereitwillig was vorgefallen war: »Wir beide«, sie deutete mit dem Kopf auf Olivia, »waren heute bei Sophie, um einige Ungereimtheiten zu besprechen. Die Baubehörde in Nizza hat die Genehmigungen für einen Hochbau auf zwei Grundstücken versagt. Nach unserer Meinung unberechtigt. Sophie sah schrecklich aus.« »Wieso«, fragte Otto. »Sie wurde vor einer Woche auf der Straße vor ihrem Büro zusammengeschlagen.« »Was?« fragte Otto. »Sophie doch nicht. Sie geht immer mit allen so fürsorglich um.« »Doch, diese liebe Sophie. Sie konnte es sich selbst nicht erklären.« »Wer sollte so etwas tun?« »Ein Mann in dunklen Sachen, mit einer Kapuzenjacke prügelte sofort auf sie ein, nachdem sie durch die Haustür ins Freie getreten war. Er muss hinter dem Türpfosten gewartet haben. Nachdem sie zusammengebrochen ist, hat er auf sie eingetreten.« »Wie bitte?«, fuhr Otto entrüstet auf. »So schlimm?« fragte er. »Noch schlimmer«, antwortete Sabine. »Ihr ganzes Gesicht war mit blauen Flecken übersät. Beide Augen blau. Die Oberlippe dick wie künstlich aufgespritzt. Am Kinn hatte sie eine zwei Zentimeter breite, verschorfte Schramme vom Sturz. Es ist nur der Einmischung eines Nachbarn zu verdanken, dass nicht noch mehr passiert ist. Der Mann hat ein Messer gezogen, als zu ihrem Glück der Nachbar aus der Tür kam.« »Er rief so laut um Hilfe«, »nein« – fiel ihr Olivia ins Wort, die bis dahin nur gespannt auf ihrem Stuhl saß, »nein, er rief gleich Polizei, sagte Sophie. Daraufhin gingen einige Fenster auf. Die Nachbarn riefen alle: »Haltet ihn, haltet ihn«.« »Das hat ihn verschreckt«, übernahm Sabine wieder das Wort. »Er nahm die Beine in die Hand.« »Wie«, fragte Otto, »er ist entkommen?« »Ja leider. Weder die Nachbarn, noch die Polizei konnten ihn fassen. Der muss sich in der Gegend auskennen. Vielleicht hat er Sophie schon länger beobachtet.« »Na ja. Schrecklich, was so alles passiert. Die arme Sophie«, sagte Brigitte, »können wir ihr irgendwie helfen?« »Nein«, antwortete Sabine, »ich denke sonst ist sie in Ordnung. Sie hat Polizeischutz erhalten. Sie hat sonst alles im Griff.« »Auch Bessiér«, lachte Olivia. »Wie meinst du das?«, fragte Otto. »Sie hat ihm nochmal die Pacht erhöht, haha.« Bessiér sinnierte Otto laut. »Bessiér ist einsneunzig groß«, sprach er gedankenverloren vor sich hin. Ihm war, als sehe er ihn direkt vor sich. »Er trägt meist eine dunkelblaue Arbeitshose.« Ihm fiel es wie Schuppen von den Augen. »Du meinst doch nicht….«, sagte Olivia. »Der Geruch«, antwortete Otto. Er schaute seine Tochter dabei mit aufgerissenen Augen an. »Ja«, sagte sie. «Der Gestank nach Kuhmist.« »Dung, meine Liebe, Dung«, verbesserte er sie. »Ja, so roch der Typ, der mich überfallen hat.« »Bessiér ist Bauer«, sagte Otto. »Könnte er es gewesen sein?« »Leider haben sie den Mann nicht erwischt«, sagte Sabine. »Kommt noch«, sagte Brigitte. »Solche Menschen kommen meist nicht weit. Schmeckt es Euch?« Damit war dieses Thema vorerst vom Tisch. Wenn es nach Brigitte ging, sollte es trotz des Vorfalls allen schmecken. Insgeheim setzten alle darauf, nie wieder von solchen Dingen zu hören. Eine trügerische Hoffnung.

Anfang Mai war es bereits sehr warm. Der weiße Flieger mit dem roten Pelikan hinten auf dem Heck, in dessen Flügeln JAL – Japan Airlines – stand, senkte sich in den gebündelten Sonnenstrahlen auf die Landebahn in Nizza. Otto stellte sich in der Ankunftshalle direkt vorn an die Absperrbänder, die vor der Passkontrolle links und rechts abgingen. Olivia wartete zehn Meter weiter hinter ihm. Sie lehnte an einem Betonpfeiler. Nachdem die beiden bereits ungeduldig wurden, tauchte Isamu, unter den letzten Passagieren, doch noch auf. Otto winkte. Die Passkontrolle für Bürger aus Japan war nur eine Formsache. Die Ankömmlinge benötigten als Touristen kein Visum. Nach der Abfertigung stellte Isamu seine beiden Koffer neben Otto ab. Sie drückten sich lange. Isamu blickte dabei über Ottos Schulter direkt auf Olivia. Seine Augen öffneten sich etwas weiter, als er die junge, blonde Dame betrachtete. Otto sagte: »Ich nehme dir einen Koffer ab. Wie war der Flug?« »Viel zu lang«, antwortete Isamu. Er nahm seinen Koffer, wobei er seinen Blick wieder auf Olivia richtete. Olivia schaute ihn interessiert an. Otto bemerkte Isamus faszinierten Ausdruck. Er drehte sich um und folgte dem Blick. Er schaute wieder auf Isamu, wobei er geheimnisvoll lächelte. Während sie in Olivias Richtung gingen, fragte er Isamu: »Kennst du die junge Dame?« »Nein«, sagte er leise, »sie ist sehr schön.« So nah wie sie inzwischen herangekommen waren, hörte Olivia den letzten Satz. Sie blickte zu Boden. Überraschend für Isamu blieb Otto nur zwei Meter vor ihr stehen. Er fragte laut: »Isamu, soll ich dir Prinzessin Olivia von Antibes vorstellen?« Isamu fiel aus allen Wolken. Man sah ihm an, wie peinlich berührt er war. Otto und Olivia lächelten sich spitzbübisch zu. Um die Verlegenheitspause nicht zu lang werden zu lassen, offenbarte Otto ihr Geheimnis: »Darf ich dir meine Tochter Olivia vorstellen?« Isamu errötete. Er sagte auf Englisch, »oha, es ist mir etwas unangenehm, nein, ich meine natürlich angenehm.« Er schaute hilflos zu Otto, dann zu Olivia. »Ihr wisst schon, was ich meine. Wenn man in einem königlichen Garten eine so schöne Blume entdeckt, dann fällt es schwer den Blick abzuwenden, nicht wahr?« Nun errötete Olivia. So ging es die ganzen drei Wochen mit den beiden weiter. Sie turtelten bei jeder Gelegenheit auf eine sehr zärtliche Art miteinander, behielten dabei aber dennoch die schöpferische Distanz, so dass die verblümten Augenblicke dichterisch blieben. Isamu verstand sich auch mit den anderen auf Anhieb. Brigitte bezeichnete ihn bei einem geselligen Abend mit viel Rotwein im Garten als zweiten Sohn. Sabine verbrüderte sich mit ihm. Otto gewann einen neuen Freund. Beim Abschied am Flughafen flüsterte er Olivia etwas ins Ohr. Otto empfand es als eine zu intime Geste für zwei Menschen, die nur miteinander befreundet waren. Olivia sah man an: Isamu hatte ihr ein Geschenk dagelassen. Was nur?, dachte Otto.

2013

»Sabine übernimmt meine Vertretung«, sagte Olivia zu Otto, nachdem sie ihn über ihre Reisepläne unterrichtet hatte. Nachdem Isamu sie letztes Jahr noch einmal besuchte, die Telefonrechnung wegen stundenlanger Telefonate nach Japan dreistellige Beträge erreichte, wollte Olivia nun wie sie sagte, endlich für einige Wochen nach Japan fliegen. »Was heißt einige Wochen?«, fragte Otto. »So, wie es im Duden definiert wird. Es ist ein variabler Zeitrahmen von X bis Y Wochen. Einzugrenzen mit der maximalen Aufenthaltsdauer für deutsche Touristen ohne Visum von neunzig Tagen«, antwortete sie schnippisch. Ihr Selbstvertrauen hat in den vergangenen Jahren rasant zugelegt. Dafür sollte ich mich endlich einmal bei Sabine bedanken, dachte Otto. Es war ein angenehmer Gedanke. Mit den Stimmbändern hingegen erledigte er vorerst weiter seine väterlichen Pflichten. »Wollt ihr die Vertretung nach dem Motto: Nobody knows what´s going on, laufen lassen oder habt ihr die grundlegenden Dinge besprochen, notwendige Vorkehrungen getroffen?« »Vorkehrungen, was meinst du?«, fragte Olivia. »Klar haben wir das. Weibliche Weitsicht regiert unsere gesamten Aktivitäten, lieber Papa.« »Vollmachten?« fragte Otto. »Ja, und die Führungsmitglieder der Crew unterrichtet und eingewiesen«, bemerkte Olivia lachend. »Da darf doch ein männlicher Genauhingucker doch mal fragen, oder, haha«, lachte er nun auch. Olivia schubste ihn vom Stuhl, auf dem er vor seinem Schreibtisch saß. Er stand auf, nahm sie von der Seite, legte sie demonstrativ übers Knie, wobei er ihr einige Male mit der offenen Hand auf den Hintern schlug. »Was ich alles vor mehr als zwanzig Jahren versäumt habe, müssen wir unbedingt nachholen, haha.« Sie bolzten mindestens fünf Minuten lachend herum, bis Olivia die Tür aufriss und rief »Hilfe, Hilfe.« Sabine kam überstürzt aus dem Haus gerannt. Als sie hörte, wie Olivia lachte, rief sie in Richtung Werkstatt: »Ich helfe gleich mit, Leute. Bitte nicht solche Scherze. Da denke ich gleich an den Überfall mit dem Bessiér?« »Vielleicht Bessiér«, schränkte sie ein. »Ich flüchte in zwei Wochen vor ihm«, rief Olivia spaßig zurück. »Es ist doch nichts weiter passiert«. Sabine maulte gespielt weinerlich: »Ich muss hierbleiben, buhuu. Es ist frisch. Ich gehe wieder hinein.« Es war noch kühl. Der Frühling kündigte sich dieses Jahr sehr zögerlich an. »Ich komme auch gleich, mit dem hier bin ich fertig«, rief sie zurück. Beim Gehen sagte sie noch: »Ticket da, Vollmachten liegen vor, Papa, Socken habe ich genug. Nur Taschengeld brauche ich noch.« »Das muss ich mir noch überlegen«, rief ihr Otto zu, bevor der mechanische Schließer die Tür ins Schloss zog.

Olivia meldete sich aus Japan nur sporadisch. Otto freute sich darüber. Sie musste verliebt sein. Dann vergisst man alles andere um sich herum. Einmal gestand sie ihm am Telefon: »Er hat mich verzaubert.« Ja, dachte Otto. Es ist ihre erste Lovestory, ihr erster Freund. Er hatte sich früher schon Sorgen gemacht, wo der erste Freund bleibt. Als Sybille noch da war, sprachen sie darüber öfter, als Olivia siebzehn wurde. Mit der Pubertät ist es dann wohl bald so weit, dachten sie. Als Olivia achtzehn wurde, wunderten sie sich dann. Immer noch kein Freund. Sybille fragte sie am Rande nach ihren männlichen Verehrern. Sie sprach mit ihr über Verhütung, die Pille, Kondome. »Aber Mama«, sagte Olivia. »Mach dir darüber keine Gedanken. Da ist niemand, mit dem ich mich einlassen würde. Es soll schon der Richtige sein.« Mit ihrem zweiundzwanzigsten Geburtstag verschwand dieses Thema. Es sollte wohl so sein. Ihre Tochter brauchte die Mama mehr als einen Freund. Plötzlich stieg ihr Verehrer im wahrsten Sinne vom Himmel – aus der Maschine der Japan Airlines, wodurch alles anders wurde. Damit hatten weder Brigitte, noch Otto oder Sabine gerechnet. Umso schöner war es für die Familie. Alle freuten sich mit ihr. Sie schöpfte die vollen neunzig Tage aus. Erst im Juli kam sie zurück. Olivia war nicht wiederzuerkennen. Sie war überglücklich, redete von Kindern und wie ein eigenes Haus mit Familie aussehen könnte. Sie ist tatsächlich verzaubert worden, dachte Otto. Nachdem sie anfing, von einem Heim am Pazifik zu sprechen, holte sie Otto für ein paar Minuten aus den Wolken, vom Himmel auf die Erde herunter. Er erinnerte sie an ihre Pflichten, die nicht unerheblich waren. Zumindest die Pflichten gegenüber den Menschen, für die die Stiftung eintrat, waren bedeutend. Mehr als ein paar Minuten hörte sie nicht zu. Sie beließ es beim OK Papa.

Papa hatte auch noch andere Dinge zu tun. Olivia war ohnehin derzeit für ihn schwer zu erreichen. Sie trieb die meiste Zeit, wenn er sie sah, Handysport. Entweder sie nutzte den Short Message Service, sie schrieb eine SMS oder sie telefonierte in englischer Sprache mit einem Japaner. Er kümmerte sich indessen um die Umweltmisere. Seit der Unterzeichnung des Berliner Mandats, auf der Klimakonferenz 1995 mit dem Versprechen, Vorkehrungen für eine Verminderung der Treibhausgas-Emissionen zu treffen, schleuderten fast alle Teilnehmerstaaten weiterhin mehr und mehr umweltbelastende Emissionen in die Luft, so als gäbe es dieses Mandat garnicht. Die Erderwärmung nahm zu. Die kritischen Stimmen wurden immer lauter. Der größte Produzent von Treibhausgasen, die USA, weigerte sich nicht nur die Emissionen zu verringern, sie verleugneten trotz messbarer Veränderungen des Klimas, nach wie vor, den Treibhaus-Effekt generell. Daneben nahm die Umweltverschmutzung insgesamt weiter stark zu. Atommüll wurde produziert und von einigen Ländern hemmungslos in alle Welt verkauft. Die Verschmutzung wurde mehr und mehr zum »Endlager Erde«, wie Otto es in der Headline eines Artikels nannte. Abklappen von Müll ins Meer kam in Mode. Das Massensterben der Meeressäuger in den Weltmeeren, mit Bäuchen voller Plastikmüll, interessierte kaum jemanden. Niemand musste sich dafür rechtfertigen. Es gab zwar ein Kriegsverbrechertribunal in Den Haag, aber noch keine Instanz, die das große Verbrechen der Wirtschaft an der Menschheit verfolgte. Otto schrieb mehrere Artikel über die Schande, die mittlerweile nahezu alle Länder befleckte, doch kaum jemand außer einigen Umweltschutzverbänden bemühte sich um eine Verbesserung.

Ein weiteres Phänomen etablierte sich im ersten Jahrzehnt des zwanzigsten Jahrhunderts. Herr Hartmann hämmerte es in die Tasten. Die wirtschaftliche Welt wurde immer mehr zum Abnehmer der Massenproduktion von Waren aus China. Der ehemalige Klassenfeind mutierte Richtung Kapitalismus. Die Chinesen produzierten schneller und billiger, ohne irgendwelche Menschenrechte beachten zu müssen. Es gab keine Gewerkschaften, die Lohnkosten in die Höhe trieben. Es gab aber auch keine oder wenig Gesundheitskontrollen. Es wurden hochgiftige Textilien in die ganze Welt geliefert, Schuhe, die die Füße anschwellen ließen, Elektro- und Küchengeräte die Allergien auslösen konnten. Sogar vor giftigem Kinderspielzeug aus Plastik wurde nicht Halt gemacht. Hauptsache billig, Hauptsache Profit machen, egal womit. Die weltweite Käuferschicht war gut daran angepasst. Der Wertewandel in der Gesellschaft war wie geschaffen für diese Entwicklung. Viel und günstig. Nicht nur ein Statussymbol sollte es sein, sondern ein ganzer Schrank voll. So wollten es derzeit offensichtlich alle. Herr Hartmann wurde trotzdem nicht müde, darauf hinzuweisen, wie vergänglich die Güter des täglichen Lebens waren, wie schnell der Traum vom neuen Fernseher vergessen war, wenn man ihn besaß. Dann tauchte ein neuer Wunsch auf. Ein schönes Kleidungsstück, ein teures Auto. Aber auch diese Dinge waren vergänglich. Er wollte die Hoffnung nicht aufgeben, an bleibende Werte zu erinnern, menschliche Werte. So lächerlich es manchem Kollegen erschien, appellierte er in den meisten Veröffentlichungen an jeden Einzelnen, mitzuhelfen, die Welt lebenswert zu erhalten.

Olivia hielt es ohne ihren Isamu nicht mehr aus. Sogar Sabine konnte ihr nicht genügend Ausgleich verschaffen, um die Sehnsucht abzudecken. Keine hundert Mails in der Woche, keine Dauertelefonate bis in die Nacht hinein konnten ihr den persönlichen Kontakt ersetzen. Sie sehnte sich nach den Küssen ihres Geliebten, seinen Zärtlichkeiten. Wer konnte das nicht besser verstehen als ihre umsorgende Freundin Sabine? Nachdem sie den ganzen Monat August ohne ihn durchgestanden hatte, wollte sie im September unbedingt zu ihm. Nur für drei Wochen. Am Tag vor ihrem nächsten Flug, ging sie mit Sabine in den größten Supermarkt der Stadt, zu Carrefour, um für die Reise einiges einzukaufen. Sie wollte Isamu ein paar Flaschen französischen Wein mitbringen. Als sie vor dem Kühlschrank mit besonders leckeren Weinen stand, erblickte sie aus dem Augenwinkel eine bekannte Gestalt. Sabine war zum Käsestand gegangen. Der große, sportliche Mann mit einer dunkelblauen Arbeitshose und einem dunklen Shirt, schaute kurz zu ihr herüber. Er hielt inne, fixierte sie genauer, wobei er erstarrte. Olivia drehte sich schnell weg. Sie hatte ihn erkannt. Aggressiv riss er seinen Einkaufswagen herum und kam mit abgehackten, schnellen Schritten auf sie zu. Hinter ihm kam Sabine um die Ecke. Sie winkte. Olivia atmete auf. Die Erleichterung war ihr anzusehen. Der Mann kam so weit an sie heran, bis der Wagen gegen ihr rechtes Knie stieß. »Hey, was fällt Ihnen ein?«, sagte Olivia lautstark. Einige Kunden drehten sich zu ihr um. Sabine war inzwischen bei ihr. Sie fragte: »Wer ist das? Will er was von dir?« Olivia antwortete zischend: »Das ist Claude Bessiér.« »Oh Gott«, entfuhr es Sabine. Sie war erschrocken. »Kennen wir uns etwa?«, knurrte Bessiér. Sabine antwortete spitz: »Nein, zum Glück nicht, aber ich habe schon viel von ihnen gehört. Nur schlechtes. Ausgesprochen schlechtes.« Hasserfüllt spuckte Bessiér ihr vor die Füße. »Hier ist das Beste, was ich für euch zu bieten habe.« Die anderen Kunden wurden durch die aggressive, laute Art des Mannes aufmerksam. Viele blickten sich um oder blieben stehen. Sabine ließ sich nicht einschüchtern. Sie fragte: »Haben Sie sonst noch etwas zu bieten oder war das alles?« Bessiér machte einen Satz mit dem Einkaufswagen auf sie zu. Sie machte einen ruhigen Schritt beiseite, worauf der Wagen nicht ihre Beine berührte, sondern ins Regal mit den Weinen prallte. Es scheppterte laut genug, um einen Angestellten im weißen Kittel auf den Plan zu rufen. Bessiér sagte zu Sabine: »Ich kann dir noch mehr zeigen.« Sie antwortete ruhig: »Versuchen Sie es doch.« Er kam einen Schritt auf sie zu, besann sich aber eines Besseren, als er den Angestellten sah. Schnell schob er seinen Wagen vor sich her. Im Vorbeigehen zischte er mit zusammengepressten Lippen Olivia zu: »Dich kriege ich noch.« Er bog um die nächste Ecke. Nur ein übler Geruch blieb zurück. Kuhdung, ging es Olivia durch den Kopf, ohne es in der Aufregung bewusst einzuordnen.

Olivia klärte Sabine über den bösartigen Rechtsanwalt auf, mit dem sie auf dem Feld, bei einer Demo, in Streit geriet. Den Grund dafür hatte sie verdrängt. An Gedanken über ihre Mutter wagte sich ihr zartes Gemüt nicht heran. Nachdem Olivia ihr von den Treffen berichtet hatte, bei denen er sich als Anwalt der Genossen Bauern präsentierte, sagte Sabine nach einigem Nachsinnen: »Ich denke er hat mit der Ausgliederung aus der Gemeinschaft alles verloren. Wenn es nicht so ein negativ gepolter Mensch wäre, würde er mir sogar leidtun. Vielleicht solltest du Sophie nach deiner Reise bitten, ihn zukünftig zu schonen. Vielleicht sollte sie ihm den Grund und Boden doch verkaufen.« Diesen Vorschlag unterbreitete sie auch Otto abends beim Essen, nachdem Olivia von der Begegnung mit Bessiér im Supermarkt berichtete. »Nach diesem Auftritt sollen wir noch Nachsicht üben?«, fragte Otto. »Mir leuchtet sicher ein, einem solchen Patienten besser die Motivation zu nehmen. Vorher sollten wir uns aber die Frage stellen, ob er nicht etwas mit der Belästigung von Olivia, letztes Jahr vor dem Haus, zu tun hat. Ich bin eher dafür, eine Strafanzeige zu erstatten. Dann kann die Polizei seinen Hof nach der schwarzen Kapuzenjacke durchsuchen. Die gleiche Hose wie der Typ mit dem Messer hatte er an, wie ihr sagtet. Eine blaue Arbeitshose. Daran kann ich mich gut erinnern.« In ihm wurden die bösen Erinnerungen aus Berlin, von dem Attentat auf Sybille geweckt. Ihm ging es vorrangig um den Schutz seiner Tochter. Er hatte Angst, noch einen Menschen zu verlieren. »Wir können doch nichts beweisen«, sagte daraufhin Olivia. Sie hatte keine Lust, ihre Reise wegen des Vorfalls zu verschieben. »Wir hätten damals eine Anzeige erstatten sollen.« »Da dachten wir, es war ein Einbrecher. Wir wussten außerdem noch nichts von dem Überfall auf Sophie«, warf Otto ein. Ganz kurz kam bei Olivia der Gedanke an den Geruch im Supermarkt auf. Eine Verknüpfung stellte sich leider nicht ein. Er verschwand sofort wieder. Der Gedanke, morgen nicht im Flugzeug zu sitzen, war stärker. Olivia warf nochmals ein, »nun mache es wohl keinen Sinn mehr, Bessiér anzuzeigen. Wegen des Vorfalls im Supermarkt schon gar nicht. Worauf sollte sie sich hier berufen? Darauf, dass sich im Supermarkt zwei Menschen begegneten, die sich nicht leiden können? Daran war nichts Verbotenes. Wenn sie ihn wegen Bedrohung anzeigen würde, könnte er sich auf die Begegnung auf dem Feld berufen, wo sie seinen Traktor beschädigt hatte. Und falls er es wirklich war – mit dem Überfall«, sagte sie, »wird er es abstreiten.« Olivia bat Otto abzuwarten. Sie wollte morgen in Ruhe nach Japan fliegen. »Dann bin ich sowieso für drei Wochen weg«, sagte sie, um dieses Thema abzuschließen. Nichts konnte in der Zeit passieren. Wenn sie zurück wäre, würde man weitersehen.

Nichts ging weiter, außer das Liebesgeflüster. Nachdem Olivia in der ersten Oktoberwoche zurückgekommen war, blieb sie trotz der sauberen Landung auf dem Flughafen im Schwebezustand. Sabine vertrat sie perfekt. Ein Ende der Vertretung war nicht absehbar. Urlaub hin, Verpflichtung her. Sabine übernahm die Aushilfsstelle als Leiterin über ein Multi-Millionenerbe mit der Leichtigkeit eines professionellen Wirtschaftsgurus. Es sah zumindest so aus. Dank der verantwortungsvollen Führungskräfte in der Stiftung wie in der Grundstücksverwaltung, konnte nichts schiefgehen, dachte sie sich. Wenn wirklich wichtige Probleme oder Fragen auftauchten, kam die Schwalbe auf ihr Drängen auf den Boden, zeichnete Papiere ab, lieferte Lösungsvorschläge oder segnete neue Vorhaben ab. Ansonsten flog sie weit über dem Nest. In Gedanken war sie Tag und Nacht bei ihm. Beim Frühstück, zu Mittag, beim Abendessen, sie sprach nur von ihrem Liebsten. Niemand aus ihrer Nähe konnte sagen, er wüsste nichts von einem japanischen Prinzen und der Prinzessin von Antibes. Otto machte sich berechtigte Vorwürfe, dass er bei der ersten Begegnung diese Bezeichnung verwendet hatte. Die beiden nahmen den Ausdruck bereitwillig an. Die Prinzessin mit ihrem Prinzen. Wenn sich Otto bei einem der Dauertelefonate in ihrer Nähe aufhielt, hörte er: »Mein Prinz, mein japanischer Held.« Als er zum ersten Mal vom Königspaar hörte, wobei Oliva Tränen über die Wangen liefen, war ihm eines klar. Es war keine Fantasterei. Keine kurze Episode einer Zwölfjährigen – auch wenn Olivia sich so verhielt. Es war echte Liebe. Nach dieser durchaus befriedigenden Erkenntnis, konnte er die richtigen Entscheidungen treffen, nachdem sie tagelang von der nächsten Reise sprach. Es ging in den Gesprächen mit ihr, so oder so, nur noch um Japan, seit sie von der letzten Reise zurück war. Gegen November ging es wieder um die nächste Begegnung mit dem Prinzen. Die Schwalbe wollte los. Wegfliegen zur Überwinterung. Liebe kennt keine Grenzen. Papas schon. Ohne mit Olivia darüber zu sprechen, rief er Isamu mit einem Plan für ihr weiteres Glück an. Um einer Überwinterung in Japan vorzubeugen, schlug er ihm vor, Weihnachten in Antibes zu verbringen. »Hier ist es viel wärmer, als bei dir«, sagte er. »Ihr könnt ungestört am Strand spazieren gehen. Ihr könnt die Wohnung im Erdgeschoss benutzen. Da habt ihr eure Ruhe.«

Otto brauchte ihn nicht weiter zu überzeugen. Isamu hatte nur eine Bitte. Er wollte bis in den Januar hinein bleiben. »Unbedingt«, sagte Otto, »unbedingt. Gern. Du erklärst deine Wünsche Olivia, oder?« So schob er Isamu die Verantwortung für die Reise unter. »Klar doch« – besang Isamu nach dem Telefonat – nur acht Minuten später seine Wünsche in ein empfängliches Schwalbenohr.

Dieses Mal gab es für den roten Pelikan der Japan Airlines weiße Schneeflocken, anstelle heißer Sonnenstrahlen bei der Landung. Otto musste Isamu bei der Ankunft erklären, wo der versprochene Sonnenschein an der Mittelmeerküste geblieben war. »Nur ein kurzes Tiefdruckgebiet. Außerdem ist es schon dunkel«, konnte er bei der Begrüßung gerade noch loswerden, bevor Olivia ihn beschlagnahmte. Er sah in seinem weißen Regenmantel verrückt gut aus. Olivias Augen blitzten. Der japanische Alain lächelte sie smart von der Seite an, bevor er sie so lange auf den Mund küsste, bis sie nach Luft schnappte. Sie nahm die Pose der Grande Dame ein, schaute ihn schelmisch von der Seite an, bevor sie seine Hand nahm. Während sie zum Ausgang liefen, schaute Otto seine Tochter immer wieder überrascht an, wenn er sich unbeobachtet fühlte. Von dieser Seite kannte er sie noch nicht. Die beiden kokettierten ohne Unterlass, wie zwei Filmstars auf dem roten Teppich. Als sie in Ottos Auto stiegen, sagte Isamu zu ihm: »Nous devons encore aller au supermarché Otto. Wir müssen noch zum Supermarkt Otto, J'ai oublié mon rasoir. Ich habe meinen Rasierapparat vergessen.« Erst jetzt fiel Otto auf, dass Isamu seit er durch die Passkontrolle kam, nur Französisch sprach. »Parlez-vous francais?« fragte er. »Oui, parfait. Ja, perfekt,« antwortete er. »Ich kann nicht nur Kung-Fu, ich spreche jetzt auch drei Sprachen und kann dich behandeln, wenn du krank bist. Verstehst du?« Otto verstand nicht. »Es ist eine Überraschung Papa, verstehst du nicht?« Otto antwortete: »Nicht alles. Ich muss mich auf den Verkehr konzentrieren.« Er dachte während der Fahrt über die Anspielung nach. Was da auf ihn zukam, war wohl klar. Schön, dachte er. Die beiden kuschelten währenddessen auf der Rückbank. Ein Glück hat Mama die

Einliegerwohnung hergerichtet, dachte Otto. Dort haben die beiden ihre Ruhe. Wie erwartet sahen die anderen Mitbewohner die beiden eher selten. Wenn sie auftauchten, dann eng umschlungen. Selbst beim Abendessen saßen Sabine, Brigitte und Otto oft allein im Wohnzimmer. Isamu lud seine Angebetete mehr als einmal in ein Restaurant ein. Heiligabend waren sie dann überraschend den ganzen Tag dabei. Sie halfen den Baum zu schmücken, gingen mit einem langen Besorgungszettel für alle einkaufen. Sie strahlten den ganzen Tag wie zwei leuchtende Kerzen. Am Abend beim Essen erfuhren die drei warum. Olivia verkündete: »Ich habe heute eine Überraschung für euch.« Isamu schloss sich an: »Ich habe heute ebenfalls eine Überraschung für euch.« Brigitte lachte. »Ist es dieselbe?«. Sie ahnte was auf sie zukam.»Nicht ganz.« Nein, nein kam es von den beiden. »Nun sind wir aber gespannt«, sagte Sabine. »Unter dem Weihnachtsbaum, zwischen den anderen Geschenken«, sagte Olivia. »Nun bin ich aber auch gespannt«, sagte Otto, stopfte schnell die letzten Bissen vom Teller in den Mund, stand auf und rannte nach hinten in die Ecke, wo der Weihnachtsbaum stand. Er legte seine Hand ans Ohr. »Bitte, nun legt los.« »Gleich«, rief Olivia. »Gut, dann zündet Papa erst die Kerzen an.« Er nahm eine Schachtel mit extra langen Streichhölzern vom Fensterbrett, nahm eines heraus und zündete eine Kerze nach der anderen an. Die Spannung stieg. Einer nach dem anderen legte sein Besteck auf den Tisch.

Nachdem Isamu aufgegessen hatte, stand er auf. Er kam nicht wie Olivia zum Weihnachtsbaum hinüber. Er ging hinaus auf den Flur. Er kam nach einer Minute wieder zurück. Vor der Brust hielt er einen Strauß mit langstieligen roten Rosen. Der Strauß war so groß wie seine Liebe zur Prinzessin. Er war dahinter nicht mehr zu erkennen. »Oh, ein Strauß Rosen auf Beinen«, lachte Sabine. Der Vergleich traf ins Schwarze. Isamu schaffte es trotz versperrtem Blick, ohne zu stolpern, bis zu Olivia. Er kniete sich feierlich mit einem Knie auf den Boden, nahm ihre Hand und wollte zum Sprechen ansetzen. Olivia schaute ihn mit großen Augen an, wobei sie zweimal hintereinander mit dem Kopf auf ihren Vater deutete. Er schien sich an etwas zu erinnern. »Ja, äh, ich wollte lieber Otto, um die Hand deiner Tochter bitten, anhalten, äh.« »Du hast sie doch schon an der Hand«, lachte Otto los. So viel Zeremonie hatte er nicht erwartet. Die Japaner nehmen so etwas sehr genau, dachte er. Für alles gibt es ein Ritual. Olivia wusste es schon länger. Sie spielte dennoch brav mit. Sie hob ihn vom Boden hoch. Sie sagte zu den anderen gewandt. »Nun sind wir ein Königspaar, mein Prinz. « Gleich drei der Anwesenden vergossen Freudentränen. Brigitte umarmte die beiden. Otto köpfte den Champagner. Der Korken knallte laut. Olivia fragte die anderen. »Habt ihr es etwa vergessen? Es gibt noch etwas zu feiern.« »Ach so?«, fragte Sabine. »Also gibt es wirklich noch eine weitere Überraschung.« Olivia trat vor, lief ein paar Schritte, drehte sich dann wieder zu den anderen um, wobei sie mit den Handflächen ausgiebig ihren Bauch streichelte. Brigitte verstand die Anspielung als erste. Sie rief triumphierend: »Schenkst du mir wirklich noch das, was ich denke?« Die anderen fielen aus allen Wolken. »Nein, das glaube ich nicht«, sagte Otto mit der Flasche in der Hand. »Juhuuu«, rief Sabine, »juhuu« stimmten alle ein. Der Champagner floss in Strömen. Sie stießen auf das Glück der beiden – nein, der drei an. Olivia sagte laut: »Dritter Monat. Ich habe noch nie in meinem Leben ein Verhütungsmittel benutzt. Ich kenne keines, haha.« »Was wird es denn?«, fragte Sabine. Isamu schmollte alle an. Er sagte: »Was denkt ihr denn, hey. Ich bin Japaner, alles klar.« Er schaute in die Runde wie Bruce Lee. Stolz, unerbittlich. »Dann muss es ein Mädchen sein«, rief Sabine in den Raum. »In Japan gibt es über drei Millionen mehr Frauen als Männer.« Bruce spielte den Erschütterten. Darüber war er nicht informiert. »Nächstes Mal«, sagte er. »Zwei Mädchen«, versprochen. Alle lachten, prosteten sich wieder zu. Sie genossen den Abend in vollen Zügen. Brigitte war zum ersten Mal, seit sie in Frankreich war, betrunken. Otto brachte sie nach Mitternacht ins Bett.

Bevor die beiden Königskinder am Frühstückstisch auftauchten, hatte Sabine mit Otto debattiert, wie die Zukunft wohl aussehen würde. Was wäre, wenn die beiden nach Japan ziehen würden? Nicht auszudenken, sagte Otto. Wie sollte das gehen?

Haus hier, Grundstücksverwaltung hier, Stiftung um die Ecke. Brigitte hörte aufmerksam zu, sie dachte sich ihren Teil. In Japan herrschten andere Sitten, wie sie wusste. Emanzipation hatte sich dort noch nicht etabliert. Wenn ein Umzug überhaupt zum Thema wurde. Sie schwieg vorerst. Die beiden Verliebten kamen erst, nachdem die anderen ihr Frühstück fast beendet hatten. Zur Begrüßung fasste sich Brigitte an die Stirn. Sie stöhnte demonstrativ. »So viel habe ich noch nie getrunken«, sagte sie, worauf Olivia erwiderte: »So viel erfreuliche Nachrichten auf einmal gab es auch selten, oder?« Otto antwortete anstelle seiner Mutter. »Da hast du recht. Heute wird es wärmer Isamu, mittags könnt ihr die Sonne genießen, bei neun Grad. Ich bin von der Kälteschuld befreit.« Brigitte kochte für die Königskinder Eier. Als hätten es Sabine und Otto geahnt, fing Isamu an über einen möglichen Umzug zu reden. Olivia könnte doch zu ihm nach Japan kommen. Die drei äußerten sich dazu nicht. Isamu tastete sich ganz vorsichtig an dieses Thema heran. Es sah so aus, als ob Olivia ihm schon im Vorfeld die Problematik erklärt hatte. Vielleicht vertrat sie auch einen anderen Standpunkt. Sie hörte ihm schweigend zu. Nachdem er die Vorzüge einer Residenz am Pazifik schmackhaft dargestellt hatte, schaute er flehentlich in die Runde. Er schaute Otto Hilfe suchend an. Die drei – Brigitte, Otto und Sabine – blickten sich wie eine verschworene Gemeinschaft kurz in die Augen. Es gab darauf nur eine Antwort. Sie lag allen auf den Lippen. Sabine brach das Schweigen als erste: »Isamu, ich denke wir mögen dich alle sehr gern.« Sie schaute zu Olivia. »Nein, wir lieben dich alle. Aber Olivia bleibt hier.« Sie blickte dabei Olivia direkt in die Augen. Olivia nickte unmerklich mit dem Kopf, sagte aber nichts. Otto, der sich ein Lachen kaum verkneifen konnte, sagte: »Isamu, wir wollen dich wirklich gern um uns haben. Es ist alles perfekt mit dir, euch meine ich, äh – aber Olivia wird hier gebraucht. Sie hat hier zu viele Verpflichtungen.« Isamu schaute betrübt aus. Seine Miene verdunkelte sich. Traurig sah er seine Angebetete an. Er kannte offenbar ihre Einstellung dazu. Trotzdem war er sich nicht sicher, worauf die drei hinauswollten. Brigitte sagte darauf hin: »Isamu, DU bist willkommen.« Olivia strahlte ihn an. Langsam dämmerte es bei ihm. Er sagte: »Ich bin willkommen, was heißt das? Heißt das?« »Jjaaaa« riefen die drei einstimmig in seine Richtung.« Es klang wie einstudiert. Olivia strahlte ihn noch immer an. »Bitte komm du doch nach Frankreich«, sagte Sabine. Otto schloss sich an: »Jaa, jaa, jaa.« Olivia rollten ein paar Tränen die Wangen herunter. Warum? Ob es Freude oder Kummer war, konnte sie selbst nicht genau sagen. Isamu blickte einen nach dem anderen in die Augen. Er sah hilflos aus. Er stellte die traurige Frage: »Aber was soll ich denn hier tun?« Ohne zu zögern sagte Sabine: »Wir eröffnen gemeinsam eine Arztpraxis in Antibes.« Otto erfüllte den Willkommensgruß mit zusätzlichem Leben. Er sagte: »Ich ziehe oben aus. Sabine auch.« Er schaute Sabine, in der Hoffnung sie würde dem zustimmen, Hilfe suchend an. »Ich schlage vor, sie nimmt vorerst die Einliegerwohnung im Erdgeschoss, ich baue mir die Werkstatt weiter aus. Ihr bekommt das gesamte Obergeschoss für euch allein.« Sabine nickte ihm zu. Unmittelbar im Anschluss sagte Brigitte: »Wenn ihr lieber allein sein wollt oder mehr als fünf Kinder bekommt, dann nehmt ihr das große Haus für euch allein, oder?« Otto nickte, Sabine nickte ebenfalls. Alle vier schauten Isamu erwartungsvoll an. »Ich bin Meister des Kung-Fu«, sagte er würdevoll. »Aber ich gebe mich geschlagen. Ja, ich wollte schon immer Arzt werden, äh – ich meine – äh.« Sein Gesicht lief rot an. Er blickte zu Boden. Alle brachen in schallendes Gelächter aus. Isamu stimmte mit ein. Er sagte noch: »Ich lasse in Japan niemanden zurück. Nur meine Tante. Sie hat wieder einen Mann. Es wird schon gehen.« Das Weihnachtsfest war gerettet. Olivia strahlte wieder. Sie versprach Isamu mit ihm in Japan alles gemeinsam zu regeln. »Wir fliegen zusammen«, sagte sie, um dieses Thema abzuschließen, in die Runde. »Ab Januar kann ich wieder neunzig Tage ohne Visum einreisen.« »Zurück kommen wir dann auch zusammen«, sagte Isamu. Beim Abflug der beiden erhielt er für sein Entgegenkommen von allen nochmals den Ritterschlag. Inzwischen hatte er sich an den Gedanken gewöhnt. Er freute sich wirklich eine neue Familie zu bekommen. Seine Eltern waren vor langer Zeit bei einem Autounfall ums Leben gekommen.

2014

In den ersten beiden Monaten des Jahres verbrachte Otto viel Zeit in der Ukraine. Das ukrainische Parlament entfernte sich von demokratischen Grundsätzen. Nach einigen Großdemonstrationen Ende 2013 wurde durch eine neue Gesetzgebung die Meinungs- und Versammlungsfreiheit außergewöhnlich stark eingeschränkt. Daraufhin brachen bürgerkriegsartige Zustände im Land aus. Der Präsident sollte abgesetzt werden. Otto berichtete vor Ort mit versteckter Kamera über die gewalttätigen Demonstrationen, die in der Bevölkerung ausbrachen. Barrikaden oder brennende Autoreifen waren gestern. Autos, Büros, Läden, hier wurde alles angezündet. Warum in dem beißenden Qualm niemand erstickte, war ihm schleierhaft. Er selbst trug eine Atemmaske der Kategorie Chemieunfälle. Hier wurde alles zerstört, was sich rund um den »Maidan«, dem »Platz der Unabhängigkeit« befand. Der Trümmerhaufen stapelte sich einen bis zwei Meter hoch über den gesamten Platz. Nachdem die Bevölkerung ihre Empörung entladen hatte, gab es schwere Kämpfe zwischen Demonstranten und Sicherheitskräften. Otto konnte hautnah Bilder aus den Reihen der Flüchtenden machen, auf denen die Gräueltaten von Polizei, Geheimdienst oder Militärs zu sehen waren. Ihm passierte nichts, obwohl die Sicherheitskräfte einfach mehr als hundert Menschen mit scharfer Munition erschossen. Neben ihm starben unzählige Demonstranten im Kugelhagel. Nachdem eine Frau neben ihm von einer Kugel ins Auge getroffen wurde, spritzte ihr Blut über seinen Arm, bis auf die Kamera. Die Rücksichtslosigkeit der sogenannten Sicherheitskräfte war unvorstellbar. Mehr als tausend Personen wurden verletzt. Hier standen die Schlachtbänke der Regierungskräfte dicht an dicht. Nach den größeren Gewalttaten im Februar zog sich Herr Hartmann lieber zurück. Der Streit schlichtete sich im Folgemonat dann von selbst, weil der Präsident in einer Nacht- und Nebelaktion das Land verließ. Nachdem die ukrainischen Abgeordneten ein Unabhängigkeitsreferendum beschlossen, versuchten russische Soldaten, ohne Hoheitsabzeichen auf ihren Uniformen, die Krim zu annektieren. Ein neuer Krieg zwischen Ukrainern und russischen Separatisten begann. Nachdem von den großen Wirtschaftsmächten scharfe Sanktionen gegen Russland verhängt wurden, konnte die Ukraine ihre Unabhängigkeit dennoch bewahren.

Genau wie Herr Hartmann. Er konnte sich als freier Journalist nach der Bürgerkriegsberichterstattung im zweitgrößten Land Europas eine Auszeit nehmen, um die Werkstatt zum Wohnhaus auszubauen. Zwei Dachgauben brachten mehr Licht ins Obergeschoss. Er ließ auf den Böden Holzparkett verlegen. Das Bad wurde saniert. So wurde aus dem Rückzugspunkt Büro ein wohnliches eigenes Heim, auch wenn es beim Umzug noch nach frischen Farben roch. Sabine zog in die kleine anderthalb Zimmer Einliegerwohnung im Erdgeschoss um. Brigitte half mit, die Zimmer oben im Haupthaus für die beiden Verliebten gemütlich herzurichten. Die beiden sollten eine abgeschlossene Wohneinheit bekommen, wo sie ungestört wären. Die Rumpelkammer im Obergeschoss, die, seitdem Otto in Antibes war, nicht mehr genutzt wurde, ließ sie ausräumen. Sie war mit zwölf Quadratmetern klein, konnte aber einem der beiden vielleicht als Büro dienen oder später ein Kinderzimmer werden. Der Maler durfte nur lösungsmittelfreie, unbedenkliche Farben verwenden. Ein durchgefaulter Fensterrahmen musste noch ausgetauscht werden, dann stand den beiden bei ihrer Ankunft im April, im Obergeschoss, eine akzeptable dreieinhalb Zimmer Wohnung zur Verfügung. Über der ersten Stufe am Treppenaufgang hing ein Spruchband an der Decke: Welcome. Isamu bedankte sich für die liebevolle Aufnahme in der Familie. Die anderen wussten nicht, wie lange er sich nach dem Unfall seiner Eltern schon eine neue Familie wünschte. Wie innig er auf eine warmherzige Frau hoffte. Für ihn war es die Erfüllung seiner Träume. In Ottos Erinnerung war sein Umzug von Japan nach Frankreich noch als Bedrängung abgespeichert. Am Tag der Ankunft wollte er sich bei Isamu, für den massiven Vortrag am ersten Weihnachtsfeiertag, entschuldigen. Isamu legte seine Hände auf Ottos Schultern. Er sagte: »Nein, mein Lieber. Alles war richtig. Wo auch immer ich mit euch lebe«, er schaute dabei zu Olivia, »ist egal. Die Hauptsache ist, wir sind eine Familie. Ich gebe gern meinen Teil dazu.« Otto war darüber sehr glücklich. Es entlastete ihn, nicht damit leben zu müssen, Isamu sei nur ihrem Druck erlegen. Isamu gab zu: »Es ist mir leichtgefallen, die Zelte in Japan abzubrechen. Ich habe dort keine Verpflichtungen mehr. Die Zeit nach dem Tsunami war wie geschaffen dafür. Im Grunde genommen hätte ich mir auch dort alles neu aufbauen müssen. Durch eure Hilfe fällt mir nun alles viel leichter.« Otto lachte. Er sagte: »Danke, mein Lieber, danke.« Isamu lächelte zurück.» Nur die Farben, haha und ein paar Möbel. Daran müssten wir noch etwas ändern.« »Ja«, bemerkte Olivia, »alles ein kleiiinnn wenig von unserem Geschmack entfernt.« »Eine neue Einrichtung wollt ihr, so viel Mühe wie ich mir gegeben habe?«, spielte Brigitte die Beleidigte. »Eigentlich«, sie legte den Kopf auf die Seite, eigentlich kommt es mir sehr gelegen. Dann brauche ich mir keine Gedanken um ein Hochzeitsgeschenk zu machen. Eine neue Einrichtung bekommt ihr dann von mir.« So verlief von der ersten Stunde an, alles in harmonischen Bahnen. Papa, bald auch Schwiegervater, machte sich seit Weihnachten Gedanken, wie sein Hochzeitsgeschenk aussehen könnte. Im Juni wollten die beiden heiraten. Die Hochzeit sollte vor der Geburt stattfinden. Das Brautpaar wollte ein eheliches Kind auf die Welt bringen. Otto kam zufällig auf eine grandiose Idee für seinen Beitrag zur Hochzeit. Anfang Mai sah er im Hafen von Antibes einen alten Raddampfer, auf dem eine Feier stattfand. Hinten am Heck stand die Firmierung. Es handelte sich, wie es aussah, um ein Mietobjekt. Nach einem Anruf stellte er fest, es war wirklich ein Leasingdampfer. Nachdem sie die Fotos gesehen hatten, waren die beiden Königskinder sofort damit einverstanden. Papa organisiert die Hochzeit. Von A bis Z, versprach Otto den beiden. Sie brauchten sich um nichts zu kümmern. Sabine organisierte das Catering. Brigitte buchte die Hochzeitssuite in einem First-Class-Hotel in Nizza, Otto mietete den Raddampfer aus Kaisers Zeiten.

Über die Dächer von Nizza flogen zwei Krähen. Von Zeit zu Zeit verständigten sie sich mit Rufen. Sie bogen vom vordersten Haus am Hafen Richtung Meer ab. Eine von beiden, mit einem braunen Fleck vorn am Schnabel, setzte sich auf den Ast eines Baumes gegenüber dem Großanleger. Am Kai lag ein wunderschönes altes Schiff. Ein Raddampfer mit einem Unterdeck und offenem Oberdeck. In der Mitte befand sich die Brücke, die von zwei großen Schaufelrädern flankiert wurde. Vor der Gangway, die vom Kai auf den Dampfer führte, sammelte sich eine Menschentraube, die nach und nach im Dampfer verschwand. Das Unterdeck konnte etwa hundert Personen aufnehmen. Auf dem Oberdeck am Heck probte eine Rockband ihren Auftritt. Mit der Zeit schmolz die Menge auf dem Kai. Auf der Landseite, vorn an der Gangway, stand nur noch ein etwa fünfzig Jahre alter blonder Mann mit einer jüngeren Frau, um die letzten Gäste zu begrüßen. Am anderen Ende schüttelte ein dunkelhaariger Mann ebenfalls jedem die Hand. »Den Blonden kenne ich doch, dachte die Krähe. Der Vater von der Stummen. Der nicht verstand, wie man ihr helfen kann. Er starrte immer so blöd auf den Fleck an meinem Schnabel, dachte sie. Der komische Schandfleck zur Erinnerung aus meinem letzten Leben. Was habe ich 1940 nur alles falsch gemacht? Dafür muss ich nun in diesem Leben allen helfen. Für nichts und wieder nichts. Der Typ hätte sich gleich besser einfühlen können, dann hätte ich nicht gegen den Baum fliegen müssen. Aua, wenn ich nur daran denke, brummt mir immer noch der Schädel. Na wenigstens hat er mich schön gestreichelt, bevor er mich in die Luft geworfen hat. Jetzt hat die Kleine einen Japsen. Oh, so etwas will ich nicht mal denken. Hätte ich mich bloß da rausgehalten im Weltkrieg. Wie töricht von mir. Nun gut, man lernt ja mit jedem Leben etwas dazu. Nur als Mensch hat man es dabei schwer. Da scheint mit der Großhirnrinde oder dem Frontallappen etwas nicht zu stimmen. Ja – zu viele Stimmen da oben. Nur zuhören und richtig einordnen läuft nicht so gut. Egal, der schöne alte Raddampfer fährt ab. Herrlich, genau wie früher.« Sie flog vom Baum aufs Oberdeck. Sie setzte sich auf die Dachreling der Brücke. Von hier aus konnte man alles gut beobachten. Oben waren tanzende Menschen, Sonne, Gesang, während im Unterdeck die Hochzeitszeremonie durchgeführt wurde. Ein französischer Standesbeamter traute die beiden auf der weltlichen, ein japanischer Weiser auf der spirituellen Ebene. Am späteren Nachmittag wurde das Brautpaar im Hafen von Nizza abgesetzt, damit es allein ihre Hochzeitsnacht genießen konnte. Die Gäste fuhren wieder hinaus aufs offene Meer, um weiterzufeiern. Der Krähe wurde es an Bord langweilig. Sie flog von Ast zu Ast, bis sie die beiden in der Hochzeitssuite im antiken Bosotto Hotel ankommen sah. Sie saß auf der Balkonbrüstung, als die beiden nackt aus dem Bad kamen. Sie stolperten langsam – im Austausch zärtlicher Liebkosungen – Richtung Bett. Die ist ganz schön rund geworden, dachte die Krähe noch, bevor sie hoch stimuliert weiterflog. Sie konnte die ehemalige Schutzbefohlene loslassen. Es gab keine weiteren, nennenswerten Probleme. Bis auf den Namen des Neugeborenen. Alfred. Es war der innigste Wunsch Isamus, ihn so zu nennen. Olivia wollte ihm diesen Wunsch erfüllen. So wurde Mitte des Jahres ein Junge im Hause der Hartmanns geboren, mit dem Namen Alfred. Die Geburt verlief so unspektakulär, wie es sich jede Mutter wünscht. Nach nur fünf Stunden öffnete der dunkelhaarige Säugling seine hellbraunen Augen.

In der Welt lief indessen nicht alles so unproblematisch. Von Norden marschierte ein Trupp mitleidloser, vermummter Krieger Richtung Irak, mit dem Ziel die gesamte Welt zu unterwerfen. Die zerstörerische Wut eines Vulkans schien sie anzutreiben. Der Islamische Staat, kurz IS, sollte errichtet werden. Die Großmächte dieser Welt unterschätzten die Gefahr von Anfang an. Niemand dachte daran, dass sie weit kommen würden. Niemand dachte daran, was nach einer Eroberung passieren würde, wenn ihnen die politische und militärische Macht eines einzigen oder mehrerer Staaten zufallen würde. Ihr Ziel war es, vorerst den Irak zu erobern. Dann kam Syrien an die Reihe. Danach sollte die gesamte islamische Welt folgen. Zurzeit sah es so aus, als könnte ihnen dieses Vorhaben gelingen. Die Hölle hatte sich aufgetan. Eine erste welterschütternde Berührung machten die Vereinigten Staaten von Amerika mit dem weltweit operierenden Terrorismus bereits ein Jahrzehnt zuvor, am elften September 2001, bei dem – laut Aussagen der Geheimdienste – die Vorläufer des IS, das islamische Terroristennetzwerk Al-Qaida – mit vier entführten Flugzeugen in die zwei Wolkenkratzer des World Trade Centers mitten in New York und ins Pentagon hineinsteuerten. Zwei der von Selbstmordattentätern gelenkten Flugzeuge flogen im siebenundachtzigsten Stockwerk mitten in die Hochhäuser, wobei mehrere tausend Menschen getötet wurden. Die Bilder, die dabei um die Welt gingen, schienen beim ersten Hinsehen gestellt zu sein, als wären sie aus einem Computerspiel, so unglaublich war die Vorstellung eines solchen Anschlags. Doch es war bittere Wirklichkeit. Die dritte Maschine wurde ins Pentagon gelenkt. Die vierte wurde glücklicherweise von Passagieren zum Absturz gebracht, bevor sie das Weiße Haus in Washington zur Explosion bringen konnte. Der danach ausgerufene Ausnahmezustand blieb weiterhin in Kraft. Nachdem der damalige US-Präsident daraufhin zuerst einen Krieg mit Afghanistan und dann mit dem Irak begann, bei dem beide Länder besetzt wurden, war die eigene Verwundbarkeit scheinbar überwunden. Das erneute Auftauchen der terroristischen Gruppierung mit einem neuen Gesicht zerstörte diese Illusion von einem Tag auf den anderen. Umso unverständlicher erschien die anfänglich zögerliche Haltung der Großmächte, die der auf Bagdad zurollenden Feuerwalze nichts entgegensetzten. Innerhalb weniger Wochen eroberten sie den gesamten Nordwesten Iraks, Teile von Syrien, dann die zweitgrößte Stadt im Irak, bis sie kurz vor Bagdad standen. Ende des Monats Juni 2014 verkündete die Miliz die Gründung eines Kalifats. Der eingesetzte Kalif galt von nun an als Befehlshaber der Gläubigen, als Oberhaupt der Muslime. Die Konstituierung wurde weltweit bekannt gemacht. Die Schläfer in anderen Ländern der Welt sollten erwachen. Noch wähnte sich die westliche Welt in Sicherheit. Der Krieg war weit weg. So dachte man.

Zumindest gab es in Frankreich noch keine Anschläge von islamistischen Selbstmordattentätern, die bald folgen sollten. Noch war in Antibes alles beim Alten. Sabine setzte ihr Versprechen, mit Isamu in Antibes eine Arztpraxis zu eröffnen, in die Tat um. Sie fand ansprechende Praxisräume in einer zentralen Lage.

Die Miete war ausgesprochen günstig, die Räume aber etwas zu groß. Isamu fragte seinen ehemaligen Kollegen, den Arzt aus der Tempelanlage, wie er sich seine Zukunft vorstellte. »Natürlich in Europa.« »In Frankreich.« Sie nahmen ihn mit ins Boot. So konnten sie eine Praxis eröffnen mit drei Fachrichtungen. Sabine übernahm als Heilpraktikerin die Volksheilkunde. Isamu als Internist die innere Medizin und Kardiologie. Hinata Tanaka, so hieß der Freund von Isamu, rundete als Allgemeinmediziner ihr Angebot ab. Isamu hatte ihm vorerst eine kleine Wohnung zur Miete in der Altstadt besorgt. Alles war für seine Ankunft gut vorbereitet. Hinata traf im November in Nizza ein. Gerade noch rechtzeitig zur Praxiseröffnung. Er wurde als Hausarzt der gefragteste des Trios.

2015

Am Ostermorgen fand Otto seine Tochter mit dem kleinen Alfred weinend am Frühstückstisch vor. Sie hielt einen Brief in der Hand. Sie zeigte schluchzend mit dem Finger auf den Inhalt des Briefes. Otto stellte sich hinter sie. »Hallo, kleine Schlampe«, stand oben als Überschrift darauf. Darunter war ein stehender Osterhase eingedruckt. Jemand hatte eine Schlinge um den Hals des Osterhasen gemalt. Es sah sehr eindeutig aus. Unten standen noch zwei Sätze: »Glaub nicht, dass du davonkommst.« »Dein Schicksal ist düster.« »Kein Scherz, denke ich«, sagte Otto. »Nein«, fand auch Olivia. »Wer denkt sich nur so etwas aus«, sagte Otto. »An wen war er adressiert?« Olivia reichte ihm den Briefumschlag. Ein ganz normaler Briefumschlag mit Briefmarke. Die Adresse war, genau wie die Schrift in dem Brief, aufgedruckt. Wie sollte es anders sein, dachte Otto. Niemand schreibt solche Briefe mit der Hand. »Was meinst Du von wem er ist?«, fragte Otto. Olivia konnte sich nicht vorstellen, wer sich so etwas ausdachte. Sie erkannte niemanden dahinter. »Ich werfe ihn weg und wir vergessen es einfach«, schlug sie vor. Otto nahm den Brief an sich, legte ihn aber erst einmal in eine Schublade. Er wollte ihn aufheben, für den Fall der Wiederholung. Eine Woche später klopfte es an Ottos neuer Wohnung. Er öffnete die Tür. Seine Tochter stand davor. Sie hielt ihm ein Blatt Papier vor die Nase. »Bald hab ich dich«, stand über einem Hasen, der genauso aussah wie der im vorherigen Brief. Darunter stand: »Dann werfe ich das Häschen in die Grube.« Es klang für die beiden bedrohlich. »Weiß Isamu davon?« fragte Otto. »Nein, noch nicht«, antwortete Olivia. »Ich werde ihm den Brief heute Abend zeigen, wenn er von der Arbeit kommt.« Isamu hatte keine Feinde. Ihn wollte sicher niemand damit treffen. Olivia ebenfalls nicht. Dachte sie zumindest. Sie verständigten sich darauf, wegen der beiden Briefe, eine Anzeige gegen unbekannt zu stellen.

Olivia kam ziemlich angespannt vom Polizeirevier zurück. Sie klopfte wieder bei ihrem Vater an der Tür. Er passte in der Zeit in der sie weg war, auf Alfred auf. Sein kleiner Liebling, wie er ihn nannte. »Hast du einen Moment Zeit?«, fragte Olivia. »Ja«, antwortete Otto. Sie setzte sich zu ihm ins neue Wohnzimmer im Erdgeschoss. Er hatte es ländlich eingerichtet. Die Holzmöbel passten zu den neuen Dielen. Der Putz war von den Wänden entfernt worden. An die Wände aus nacktem Mauerwerk waren Landschaftsgemälde aufgemalt. Es war gemütlich bei Otto. »Stell dir vor, was die Polizei mir erzählte«, begann sie ihm zu berichten. »Sophie hat ähnliche Briefe erhalten. Bei ihr sind es sogar konkrete Morddrohungen. »Lang schaust du dir die Erde nicht mehr von oben an« oder »dreh dich im Dunkeln besser um. Bald stehe ich hinter dir.« Solche fiesen Anspielungen. Ich habe der Polizei gesagt, wenn es so ist, dann werden die Briefe wohl von Bessiér kommen.«

Sophie erzählte Olivia ein paar Tage danach bei einem Anruf, sie kenne einen der Polizisten, bei denen Olivia die Anzeige erstattete. Wie sie von ihm erfuhr, besuchte die Polizei einige Tage später Bessiér in seinem Haus. Sie hatten einen Durchsuchungsbeschluss. Er ließ sie nicht hinein. Nachdem sie Verstärkung angefordert hatten, kam es mit ihm zu einem Handgemenge, bei dem zum Glück niemand verletzt wurde. Im Haus wurde leider nichts gefunden, womit er als Briefschreiber hätte identifiziert werden können. »Weshalb ich eigentlich anrufe«, sagte sie zu

Olivia. »Vor drei Tagen war die Polizei bei Bessiér. Heute früh war wieder eine neue Drohung im Briefkasten. Diesmal richtig heftig. »Genickschuss«, stand darauf.« »Uuhh, mich gruselt es. Ich rufe gleich zurück«, erwiderte Olivia, ging zum Briefkasten, wo sie einen ähnlichen Brief vorfand. »Häschen wird geschlachtet«, stand darin. »Ja, gruselig«, sagte sie beim Rückruf zu Sophie. »Ich stelle mir einen Mitarbeiter von der Securityfirma ein, die einige unserer Häuser bewacht. Die bieten auch Personenschutz an. Das würde ich dir auch raten«, empfahl sie Olivia. Langsam wurde es zu einer heiklen Angelegenheit. Nach einem Familienrat entschied sich Olivia dafür ,die Hilfe ihres Vaters anzunehmen, der die Ruhe behielt. Er wollte einen seiner Bekannten aus der Verlagsszene engagieren, der Privatdetektiv war. Er übernahm vor einigen Jahren für einen Pariser Verleger einen Fall, den er schnell lösen konnte. Damals gab es ähnliche Drohungen, wegen eines Artikels über illegale Tierversuche. Er ermittelte in relativ kurzer Zeit die Täter. Er war auch für den Personenschutz geeignet. Dafür hatte er spezielle Mitarbeiter. Mit den Wochen, die vergingen, spitzte sich die Lage weiter zu. Olivia war sich sicher, der Mann, der sie überfallen hatte, würde sie bei ihren Spaziergängen mit Alfred, der dabei im Kinderwagen saß, verfolgen. Sie erkannte ihn an der Kleidung. Er trug eine dunkelblaue Arbeitshose mit einem schwarzen Kapuzenshirt. Als sie einmal nah an dem Baum vorbeilief, hinter dem er sich versteckte, glaubte sie einen Geruch wahrzunehmen, wie man ihn von einem Bauernhof kennt. Ihn zur Rede zu stellen, wagte sie nicht.

Noch schlimmer ging es im Nahen Osten zu. Wer nicht willig mitkämpfte, wurde von den Söldnern des islamischen Staates geköpft. Jeder Widerstand ist zwecklos, stand auf ihren Stirnen. Inzwischen wurde bekannt, wie gut sie ausgerüstet waren und wie professionell ihre Strategie war. In der Führungsspitze sollten ehemalige Geheimdienstoffiziere der irakischen Armee von Saddam Hussein, dem gestürzten Machthaber, stehen. Dass es gute Strategen waren, bewiesen sie durch eine Front, die sich nach allen Seiten ausrichtete. Sie kämpften gleichzeitig gegen den syrischen Machthaber Assad und die freie syrische Armee, gegen Kurden, US-Truppen, die internationale Allianz sowie Truppen einiger arabischer Staaten. Trotzdem gewannen sie mehr und mehr Boden. Inzwischen waren sie auch in Libyen, im Jemen und in Afghanistan angekommen, wo sie gegen die verschiedene politische Lager kämpften. Es bildete sich sogar in den westlichen Industrienationen eine Sympathisanten-Gemeinschaft, die auf Appelle im Internet reagierte, an der Befreiung der Welt mitzuwirken. Aus Deutschland, Frankreich, Italien, Dänemark oder England strömten die neuen Söldner zum IS, ohne dass es bisher von den Behörden wahrgenommen wurde. Die neue Bewegung wurde noch immer nicht als die Gefahr des Jahrhunderts erkannt, auch wenn es in den Hauptstädten Europas inzwischen Bomben hagelte. Selbstmordattentäter liefen überall in Europa herum. Unerkannt, gefährlich und nach blutiger Rache schreiend. Otto wollte nicht in die Kriegsgebiete reisen, wo der wütende Sturm tobte. Er verfasste seine Artikel lieber im Homeoffice.

Dort klopfte es am Nachmittag des fünfzehnten Junis fordernd an die Tür. Olivia hatte inzwischen weitere Drohbriefe erhalten. Sie wurden immer schlimmer. Diese Briefe gab sie dem von Otto engagierten Detektiv. Herr Dubois, der Detektiv, war es auch, der ihn an diesem Nachmittag vom Schreibtisch wegholte.» Schauen sie mal«, eröffnete er das Gespräch, nachdem die beiden am Tisch Platz genommen hatten. Er nahm einen Briefumschlag aus der Innentasche seiner Jacke. Er öffnete den Umschlag, aus dem er mehrere Fotos entnahm. Er legte eines neben dem anderen auf den Tisch. Auf den Fotos war ein Mann mit dunkelblauer Arbeitshose zu sehen, der ein schwarzes Kapuzenshirt trug. Die eigentliche Sensation daran war der Ort. Man sah auf den Fotos, wie er Umschläge in den Briefkasten der Hartmanns und bei Sophie steckte. Ein identisch gekleideter Mann setzte sich auf einem der Fotos auf einen roten Traktor. Claude Bessiér. »Jetzt brauche ich ihm nächstes Mal nur noch hinterherzufahren. Durch die GPS Ortung können wir ihn überführen.«

Drei Tage später verbrachte Isamu seinen freien Nachmittag zu Hause. Es war gegen sieben Uhr am frühen Abend. Er genoss vorn im Garten die letzten Sonnenstrahlen. Von Weitem sah er durch die Stäbe des Zauns Olivia mit dem Kinderwagen näherkommen. Als sie fast bei der Einfahrt war, ging er ihr durch die Eingangspforte entgegen. Er wollte sie überraschen, wurde aber selbst überrascht, durch einen Mann mit einem vermummten Gesicht unter einer schwarzen Kapuze. Er stürzte sich wie ein Raubtier auf Olivia. Wo kam er so plötzlich her, fragte sich Isamu. Er muss mich doch gesehen haben. Der Angreifer hatte ihn aber nicht wahrgenommen. Ein Raubtier fixiert auch nur seine Beute, ohne auf die weitere Umgebung zu achten. Es fühlt sich sicher. So musste sich auch der Angreifer fühlen, auf den sie so lange gewartet hatten. Sein Pech. Noch bevor Isamu bei Olivia war, sprang ein Mann aus einem blauen Mercedes, der am Straßenrand stand. Er zog eine Pistole unter der Jacke hervor, wobei er rief: »Auf den Boden.« Es war Herr Dubois der Privatdetektiv. Alles ging furchtbar schnell. Olivia hatte keine Zeit, sich zu erschrecken. Sie blieb stehen, starrte auf den Mann, der nur noch zwei Schritte von ihr entfernt war. Aus dem Augenwinkel sah sie Isamu ruhig auf sich zukommen. Der Mann zog ein Messer. Dubois schrie wieder: »Auf den Boden oder ich schieße.« Isamu stand nun neben Olivia. Er rief dem Privatdetektiv zu: »Lassen Sie bitte. Stecken Sie die Waffe weg, sonst wird noch jemand verletzt.« Dieser Satz hörte sich angesichts der Bedrohung grotesk an, fand Dubois. Er blieb dennoch stehen und wartete ab, was passieren würde. Isamu sagte zu dem Mann: »Bitte nehmen Sie die Kapuze herunter und legen ihr Messer vor sich auf die Erde.« Der Mann stand irritiert vor ihm. Dann machte er einen schnellen Schritt auf ihn zu. Isamu versetzte ihm einen geraden Tritt in den Solar Plexus. »Atempause für den Angreifer.« Mit diesem Tritt lähmt man bei jedem Gegner für einige Sekunden die Atmung. Isamu steppte nach links, wobei er einen Aufwärtshaken in die Leber ansetzte. »Schmerzschock beim Getroffenen«, der sich nach vorn krümmte. Isamu konnte in Ruhe genau Maß nehmen. Er setzte einen weiteren präzisen Faustschlag zwischen Ohr und Kieferknochen an, worauf der Angreifer bewusstlos zu

Boden stürzte. Isamu sagte zu Dubois: »Funktioniert genauso wie ihre Waffe. Es bleibt nur mehr übrig.« Der Privatdetektiv, der eine militärische Ausbildung hinter sich hatte, blieb gelassen. Er klatschte in die Hände, ging zu dem Täter, um ihm die Maske vom Gesicht zu nehmen. »Bessiér«, entfuhr es Olivia. Der Geruch hatte ihn bereits verraten. Sie brachte Alfred zu Brigitte in die Küche, rief die Polizei und ging wieder hinaus auf die Straße. Dubois verarztete Bessiér inzwischen mit ein paar Handschellen. Die Polizei kam gerade um die Ecke. Isamu hielt den hilflosen Bessiér am Arm. Als die Polizei bei ihm war, erklärte er kurz den Sachverhalt. Während sich Isamu mit der Polizei unterhielt, schaute Olivia ihren Helden immer wieder stolz von der Seite an. Nachdem die Handschellen ausgetauscht wurden, nahm die Polizei Bessiér mit.

Bessiér war gestoppt. Der böse schwarze Wolf hetzte indes weiter durch die heißen Wüsten im Nahen Osten. Er riss seine Opfer gleich scharenweise. Es schien, als wäre der IS nicht aufzuhalten.

2016

Der Prozess begann. Otto nahm mit seiner Familie im Zuschauerraum des kleinen Gerichtssaals Platz. Sie setzten sich neben Sophie, die vor ihnen eingetroffen war. Ein Anwalt für den Angeklagten war nicht anwesend. Er verteidigte sich selbst. Die Anklage lautete auf Bedrohung, Nötigung und Körperverletzung. Die Richterin wurde von der Gerichtsdienerin, die vorn links neben ihr saß, mit den Worten »Bitte erheben Sie sich«, angekündigt. Alle Personen im Raum standen auf. Die Richterin, eine füllige kleine Dame mit nichtssagendem Gesichtsausdruck, kam herein. Sie nickte unmerklich Claude Bessiér zu, der sie freundschaftlich anlächelte. Nachdem der Staatsanwalt die Anklageschrift verlesen hatte, wurde dem Angeklagten in eigener Sache das Wort erteilt. Er erklärte mit knappen Worten, die Anschuldigungen der reichen Deutschen seien unhaltbar. Sie beriefen sich nur auf Indizien. Der Angeklagte sei selbst auf dem Weg zum Hafen von Antibes angegriffen und verletzt worden. Im

Weiteren berief er sich auf sein Recht zu schweigen. Eine Aussage würde hier ebenso wenig stattfinden, wie bei der Polizei. Bei der Zeugenvernehmung stellte Sophie ihre Rolle als Verpächterin des Angeklagten in den Vordergrund. Sie nahm an, dadurch ein Motiv des Angeklagten zu belegen. Sie erreichte genau das Gegenteil. Die Richterin hatte dazu eigene Ansichten. Wie die Ermittlungen der Polizei ergaben, war sie für den wirtschaftlichen Ruin ihres Pächters verantwortlich, dem sie in unzulässiger Weise die Pacht über den gesetzlich zulässigen Rahmen erhöht hatte. Wenn man so mit seinen Mietern umgeht, macht man sich Feinde. Der Angeklagte wird nicht der einzige Geschädigte sein. Die Richterin benutzte, so unglaublich es klingen mag, die Bezeichnung »der Geschädigte.« Wobei der Angriff auf sie natürlich als Straftatbestand zu bewerten sei. Sie fügte noch hinzu, die Deutschen hätten ihr dieses Grundstück wertfrei übereignet, somit gäbe es keinen Grund die Pacht so überzogen zu erhöhen, wobei sie das Wort »Deutsche« aussprach, als wolle sie etwas unangenehm Schmeckendes ausspucken. Deutsche waren seit dem Zweiten Weltkrieg in Frankreich immer noch nicht gern gesehen. An diesem Punkt nahm das Verfahren eine kritische Wendung. Die Richterin drehte Sophie das Wort im Munde um. Sophie hätte keine Beweise für ihre Anschuldigung. Es gäbe keine Augenzeugen, die den Täter unmaskiert gesehen hätten. Vielmehr erkenne man auf den ersten Blick ein Motiv für falsche Anschuldigungen bei ihr. Sophie konnte froh sein, nicht selbst auf der Anklagebank zu landen. Der Angriff auf den Angeklagten, vor dem Haus der Hartmanns, sei noch lange kein Beweis für eine Tatabsicht gegen Olivia. Man könne es sogar andersherum deuten. Die Fotos des Detektivs wurden nicht als Beweismittel zugelassen. Auf den Fotos, wo der Mann am Briefkasten zu sehen war, könne man das Gesicht nicht erkennen.

Olivia stand auf. Sie rief nach vorn: »Ja hätte der mich erst umbringen sollen, damit Sie eine Absicht darin erkennen, mit einem Messer auf mich loszugehen?« Damit war der Prozess gelaufen. Im Sinne der Anklage? Nein. Im Gegenteil. Olivia wurde wegen Missachtung des Gerichts mit einer Geldstrafe in

Höhe von fünfhundert Euro belegt. Danach wurde sie aus dem Saal gewiesen. Die Richterin entschied auf Freispruch. Sie klärte Bessiér zum Schluss jedoch darüber auf, wenn es nochmals zu ähnlichen Vorwürfen kommen sollte, hätte der Angeklagte voraussichtlich nur eines zu erwarten. Die Höchststrafe. Olivia weinte als die anderen aus dem Saal kamen. Sie sagte zu Otto: »Wie soll ich mich denn jemals wieder sicher fühlen? Ich habe doch niemandem etwas getan.« Bessiér, der nur einen Meter entfernt von ihr vorbeilief, hörte, was sie sagte. Er reagierte, wie es aussah betroffen. Er drehte sich nochmals um, schaute zu der weinenden Olivia, ging dann aber langsam weiter. Zuerst sah es so aus, als wollte er zurückkommen, um mit ihr zu sprechen. Sie waren alle sehr verstört. Sie konnten sich den Richterspruch nur damit erklären: »Die Richterin kannte Bessiér privat oder beruflich, weil er als Rechtsanwalt amtierte. Außerdem hasste sie Deutsche. Fast jeder Franzose hatte Opfer in der Verwandtschaft zu beklagen, die im Zweiten Weltkrieg von den Deutschen umgebracht worden waren.

Isamu beruhigte Olivia, was wenig Erfolg hatte. Sie meldete sich für einen Selbstverteidigungskurs an. Außerdem fand sich seit dem Prozess, in jeder Jackentasche von ihr, eine Sprühdose mit Tränengas. Das alles nutzte nichts. Es dauerte nicht lange, bis der Vermummte von neuem auftauchte. Alles ging wieder von vorne los, genau wie Olivia es erwartete. Gleich in der folgenden Woche, als sie spät abends aus ihrer zweiten Stunde vom Selbstverteidigungskurs kam, tauchte Bessiér vor ihrem Haus auf. Ohne Gesichtsmaske. Er hielt eine Art kleinen braunen Schläger in der Hand. Er kam direkt auf sie zu. Sie war blind vor Angst. Ohne Vorwarnung hob er den Schläger vor seine Brust. Sie probierte den ersten Tritt aus, den sie auch von Isamu kannte: »Mae Geri.« Der Fußtritt nach vorn in den Solar Plexus. Sie traf genau. Bessiér zeigte null Reaktion. Nur der kleine Schläger fiel zu Boden. Allerdings ohne Geräusch. Sie schaute zu der Stelle, wo er heruntergefallen war. Bessiér sagte: »Nein, bitte haben Sie keine Angst.« Es war kein Schläger, wie sie beim Hinsehen erkannte. Es waren ein paar Wiesenblüher, die in braunes Packpapier eingewickelt waren. Bessiér stand betreten vor ihr. Er redete weiter: »Ich verstehe ihre Angst. Aber bitte, ich will mich doch nur«, er schluckte. Wie es aussah, konnte er sich nur schwer zu dem Eingeständnis durchringen. »Ich will mich nur bei Ihnen entschuldigen. Bitte verzeihen Sie.« In dem Augenblick kam Isamu aus dem Haus. Nachdem er Bessiér erkannt hatte, rannte er sofort los. »Nein, nein«, rief Olivia ihm entgegen. Isamu lief langsamer weiter, bis er neben ihr stand. Bessiér wiederholte zu Olivia gewandt: »Bitte verzeihen Sie. Ich wusste nicht, was ich damit anrichte.« Olivia war erschöpft. Sie wollte nur ihre Ruhe wiederfinden. »Einverstanden«, sagte sie. »Einverstanden.« Sie drehte sich wortlos zum Eingang, um ins Haus zu gehen. »Die Blumen blieben am Boden liegen. Isamu folgte Olivia ins Haus. Er ging ihr wortlos nach. Für ein Gespräch mit Claude Bessiér war heute nicht der geeignete Zeitpunkt.

2017

Die furchterregenden Truppen des IS kämpften zurzeit in nahezu allen Ländern im Nahen Osten. In jedem Land, in dem terroristische Zellen beheimatet waren, brachen Kämpfe aus, selbst in Asien und Afrika. Derzeit tobte in zehn Länder blutiger Krieg. Islamistisch geprägte Selbstmordattentate, die in anderen Ländern stattfanden, waren eine weitere Begleiterscheinung der Entwicklung. Die drahtlose Vernetzung ermöglichte dem Terrornetzwerk flächendeckend Kontakte aufzubauen oder aufrechtzuerhalten. In Frankreich, Italien, der Türkei, England, Schweden, Belgien, Spanien. Selbst in dem bisher verschont gebliebenen Deutschland sprengten sich Attentäter in Menschenmengen oder bekannten kulturellen Zielen selbst in die Luft, erschossen einfach haufenweise Passanten oder fuhren mit Lastwagen in die Menge. 2017 wurden mehr als zwanzig solcher Attentate in Westeuropa gezählt. Niemand traute sich mehr, ohne Angst, an belebten Plätzen auf die Straße, in die U-Bahn oder Busse. Ließ ein Passant für einen kurzen Moment seine Badetasche irgendwo stehen, war in drei Minuten ein Überfallkommando dort, umzingelte die Tasche in der Vermutung, es sei eine Bombe, um dann festzustellen, es waren nur Badesachen darin. Die Polizei war allerorts überreizt. Stiegen zwei bärtige, finster dreinblickende Araber in ein Bahnabteil, war es spätestens an der nächsten Station leer, besonders wenn sie schwere Taschen dabeihatten. Der islamische Staat verbreitete auf der ganzen Welt Angst und Schrecken. Die neue Bedrohung war nicht mehr der Klassenfeind, sondern dein Nachbar. Besonders, wenn er einen schwarzen langen Bart trug. Endlich schloss sich mehr und mehr eine internationale Allianz zur Bekämpfung der neuen Bedrohung zusammen. Langsam aber sicher ergriffen die Regierungen fast aller Staaten Gegenmaßnahmen. Viel zu spät.

Eine weitere Begleiterscheinung war eine gigantische Flüchtlingswelle, die seit Ausbruch der kriegerischen Handlungen – wie die Tsunamiwelle 2011 in Japan – ganz Europa überschwemmte, mit großer Wucht, unaufhaltsam. Mit den Flüchtlingen aus Kriegsgebieten kamen auch solche aus den ärmeren Ländern, die dort einfach nur wegwollten, um ihre Lebensumstände zu verbessern, Kriminelle, die ihr Land verlassen wollten oder mussten und Abenteurer, die woanders ihr Glück versuchen wollten. Durch die Medien, die mittlerweile jeder empfangen konnte der Internetzugang hat, erfuhren die Menschen in jedem Winkel der Erde, wie schön man in westeuropäischen Ländern leben kann. Hier sollte das Schlaraffenland sein, von dem in so vielen Märchen berichtet wird. Die aufnehmenden Länder konnten nicht mehr zwischen echten Bedürftigen, den Flüchtlingen und Goldgräbern unterscheiden. Schleusergruppen und kriminelle Menschenhändlerringe schossen wie Pilze aus dem Boden. Das Mittelmeer war voll von Booten, die mitten in der Nacht an den Stränden Nordafrikas vollgeladen und ins offene Meer gestoßen wurden. Den Menschenhändlern war es egal, ob die Flüchtlinge ankamen oder nicht. Hauptsache sie hatten ihre Fahrkarte bezahlt. Hunderte bezahlten es mit ihrem Leben. Viele Boote gingen unter. Eine Einwanderung nach Europa war dennoch so faszinierend, dass sich kaum jemand abschrecken ließ. Immer mehr Kinder wurden von ihren Eltern allein in die Boote gesetzt, damit sie später nachgeholt werden konnten. Das gelobte Land hieß nicht mehr Palästina, sondern Italien, Norwegen,

Deutschland. Allein in Deutschland landeten seit Ausbruch der Kriege etwa zwei Millionen Menschen. Mit anderthalb Millionen Asylanträgen waren die Behörden nicht nur in diesem Land hoffnungslos überfordert. Einige europäische Länder verschlossen nicht nur ihre Herzen. Sie schotteten auch die Grenzen ab. Die meisten Länder brachten jedoch für die echten Flüchtlinge Verständnis auf. Jeder Mensch möchte schließlich lieber leben, als im Kugelhagel zu sterben.

Auf der Welt starben nicht nur Menschen im Kugelhagel oder im Bombentrichter. Normale Todesfälle gab es – auch – wenn es nicht jedem leichtfiel, damit umzugehen. Zumindest Olivia schluckte schwer, als sie nach langem vergeblichen Warten zu Oma ging, um nachzusehen wo sie bleibt. Die beiden waren zum Kuchenbacken verabredet. Oma lag friedlich in ihrem Bett. Zwar atmete sie nicht mehr, doch das Schicksal hatte ihr einen angenehmen Tod beschert. Olivia hangelte sich minutenlang durch die Bilder der Vergangenheit. In ihr tauchten Ängste auf, wieder abzustürzen. Aber dann entschied sie sich, nicht weiter in die Dunkelheit ihrer Erlebnisse zu schauen, auch wenn die Gelegenheit günstig erschien, einen tieferen Blick in die Phase des Abrutschens nach dem Tod ihrer Mutter zu erlangen. Seit sie mit Isamu Sigmund Freuds psychologische Thesen gelesen hatte, schaute sie öfter genauer hin, um Zusammenhänge unbewusster Strukturen zu erkennen. Heute nicht. Sie zog es in diesem Fall vor, die von den Tiefenpsychologen empfohlene, wichtige Trauerarbeit abzuleisten. So sah Otto sie weinend vor der Türe stehen, die er nach heftigem Anklopfen öffnete. Die letzte Baumaßnahme vergaß er immer wieder. Eine Klingel anzubringen. Nicht schon wieder Bessiér, dachte er als Erstes. Nachdem sie keine Anstalten machte, einzutreten, bat er sie: »Olivia, komm doch herein, dann kannst du mir erzählen, was los ist.« »Nein«, antwortete sie etwas gefasster, »komm du mit mir, Oma ist gestorben. Ich erzähle dir alles auf dem Weg zu ihrem Haus.«

Oma starb im Alter von vierundachtzig Jahren. Brigitte fehlte allen. Doch jeder war froh über ihr leichtes Hinübergleiten. Sie hatte ein angenehmes Leben und einen angenehmen Tod, sagte selbst der Pastor bei der Beerdigung in Berlin, wo sie neben ihrem Dieter die letzte Ruhestätte fand.

2018
Die Stiftung schwenkte mittlerweile vollständig auf den Umweltschutz um. Sie setzten sich dabei an allen Fronten ein. Die Erderwärmung nahm deutlich zu. Die Gletscher der Antarktis begannen zu schmelzen. Inselstaaten waren von der Überschwemmung bedroht. Einige Inseln verschwanden bereits auf Nimmerwiedersehen im Meer. In Deutschland fing der Herbst in diesem Jahr spät an. Am sechsten November wurden in Bayern über zwanzig Grad gemessen. In Westeuropa gab es kaum Regen. Der Grundwasserspiegel sank auf den tiefsten Stand seit Beginn der Messungen. Ganze Seen trockneten aus. Der Klimawandel wurde sehr bedrohlich. Die Stiftung beteiligte sich erstmals an wirtschaftlichen Unternehmen zur Förderung von Umweltschutz. Sie investierten in Solarparks und beteiligten sich an einem Forschungsprojekt für die Entwicklung wasserstoffbetriebener Motoren. Außerdem beteiligte sich die Stiftung an großangelegten, internationalen Maßnahmen, um die Öffentlichkeit wachzurütteln. Jeder konnte die Veränderungen, die auf der Welt vor sich gingen, feststellen, ohne einen Lehrstuhl an der Uni zu haben. Die Vereinigten Staaten von Amerika benahmen sich noch immer wie ein Kleinkind, wenn Mama oder Papa sie schelten. Sie antworteten auf alle Umweltnöte, die auf die Welt zukamen, mit: »Stimmt ja gar nicht.« Es gab zwar keinen ernst zu nehmenden Wissenschaftler, der dahinter nicht die wirtschaftlichen Interessen erkannte, dennoch spielten sie ihr Lied weiter. Es wurde mit den Jahren das Lied vom Tod. Der amerikanische Traum spielte wohl lauter.

Die Zeit verrann nutzlos.

2019
Otto flog nicht ein einziges Mal in eines der Krisengebiete, in denen der IS um die Vorherrschaft kämpfte. Nicht nur, weil

ihn seine Angehörigen darum baten. Er selbst wollte, angesichts der Gräueltaten, nicht einen Schritt in die Nähe der vermeintlichen Eroberer setzen. Nach und nach wurden aus den anfänglichen Siegen mehr und mehr Niederlagen, bis eines Tages die internationale Allianz öffentlich den Sieg über den IS erklärte. Als Sieg konnte man die Eindämmung der regionalen Kämpfe nicht bezeichnen. Die vielen Selbstmordattentate rund um den Globus hatten unzählige Nachahmer auf den Plan gerufen. Neben den Schläfern des IS, die sich auch nach der Eindämmung des Gewaltmarsches im Nahen Osten in fast allen Ländern der Erde befanden, sprangen auch anders motivierte Attentäter mit auf den Zug. Schüler stahlen die Waffen ihrer Väter und schossen damit auf Schulhöfen herum. Frustrierte, Unterdrückte aller Couleur ballerten auf öffentlichen Plätzen in Menschenmengen. Rechtsradikale zündeten Moscheen an, schossen auf islamische Gläubige oder bildeten rassistische Vereinigungen mit der Vorgabe, die heile Welt zu retten. Allerdings nur ihre eigene kleine, begrenzte Welt. Es war wie bei allen anderen Kriegen, politisch oder religiös motivierten Gewalttaten. Es ging um die gewaltsame Schaffung einer Welt, die so sein sollte, wie es sich der Akteur vorstellt.

Irgendwie erinnerte Otto dieser Glaubenskrieg an die Kreuzzüge im Mittelalter, bei dem anderen Kulturen eigene Glaubenssätze – eine bestimmte vorgegebene Glaubensrichtung – aufgezwungen werden sollten. War dieser Feldzug eine späte Antwort auf die Kreuzzüge der Christenheit? Eine Art karmischer Ausgleich durch eine Gegenströmung? Jedenfalls kam der Rückschlag aus einem Winkel der Welt, wo die Christen früher den dort lebenden Menschen ihre Vorstellungen von Religion aufzwingen wollten. Gewalt und Unterwerfung führen, wie die Geschichte es immer wieder zeigt, auf Dauer nicht zur Gleichmachung verschiedener Kulturen und Anschauungen. Vielmehr wird dadurch früher oder später Gegengewalt ausgelöst, bis sich die Kräfte wieder ausgeglichen haben. Eine harmonische Ausgewogenheit kann man nur im friedlichen Miteinander erschaffen. Indem grenzenlose Toleranz für die Ansichten anderer geübt wird.

Um tolerant zu sein, muss man nicht viel tun. Man braucht nur genauer hinzusehen. Der Inhalt in unseren Köpfen ist nur die Summe dessen, was dort hineingefüllt wurde. Sperma und Eizelle haben keine Nationalität. Erst nachdem der Mensch in Indien, Ägypten oder Europa geboren und sein Hirn dort mit Zeichenmaterial gefüllt wurde, erlangt er oder sie die betreffenden Ansichten. Jede Kultur hat andere Inhalte, andere Normen, andere Ziele. Doch niemand ist daran schuld, wo er geboren wurde. Ebenso kann niemand die alleinige Wahrheit für sich in Anspruch nehmen. Wenn der Mensch versucht, alle in sein Wohlwollen mit einzuschließen, wird seine eigene Welt – so wie die der anderen – vollkommen sein. Otto beendete seine Hoffnungen mit einem stillen Wunsch, einen Teil des Päckchens aus Neuseeland weiter auszupacken.

Es war Zeit, zum Abendessen hinüber ins Haupthaus zu gehen. Seitdem Sabine im letzten Jahr aus der Einliegerwohnung ins Haus von Brigitte umgezogen war, drängte seine Tochter ihn, wieder ins große Haus einzuziehen. Er würde es nicht tun. Die kleinere Werkstatt war pflegeleicht. Dort hatte er seine Ruhe. Wenn er Gesellschaft brauchte, konnte er die Königskinder besuchen oder zu Sabine hinübergehen. »Wenn noch weitere Kinder kommen, dann habt ihr hier genügend Platz«, war seine Antwort. Sabine kochte jeden Abend für alle. Allein oder zusammen mit Olivia. Alle hatten die heutigen Nachrichten schon gehört. Der IS war besiegt. Verständlicherweise ging es beim Essen hauptsächlich um dieses Thema. Die vorherrschende Stimmung lautete: Halleluja, endlich ist es vorbei. Die meisten Anschläge in den vergangenen Jahren in Europa fanden in Frankreich statt. Die Hoffnung, auch diese Bedrohung würde bald vorbei sein, keimte in allen auf. Otto sah noch andere Gefahren. Die Bedrohung der Umwelt konnte ähnliche Dimensionen erreichen, wie ein Krieg es vermochte. Auch hier waren Menschen, aber auch andere Lebewesen bedroht.

Die Gefahr, dass sich die Menschheit selbst auslöscht, schwebte wie ein Damoklesschwert über ihren Köpfen. Sie wurde mit der

Zeit immer größer. Die Regierungen taten nach wie vor nichts, um die Zerstörung der Umwelt einzuschränken. Rückgängig machen konnte man sie ohnehin nicht mehr. Darin waren sich die Experten einig. Grundlegende, lebenserhaltende Elemente der Erde wurden durch die Wirtschaft systematisch zerstört. Feuer, Wasser, Erde, Luft, alle vier Elemente, wurden tagtäglich vehement kontaminiert. Die ehemals wirtschaftlich vernachlässigten Länder lernten nichts aus den Fehlern der Industrienationen. Im Gegenteil, sie beanspruchten sogar öffentlich: Jetzt sind wir dran. Wo die westlichen Staaten versuchten, mit neuen Technologien Schadstoffemissionen zu mindern, qualmten in Kalkutta, Hongkong oder Singapur die Auspuffrohre schwärzer als je zuvor. Die Menschen auf den Straßen trugen Atemschutzmasken, um nicht auf der Straße, mit einer Lunge voller Rußpartikel, tot umzufallen. Atommüll wurde weiterhin auf allen nur erdenklichen Halden deponiert, Schadstoffe landeten im Grundwasser, in Flüssen und im Meer. Bäume wurden in Südamerika abgeholzt, wie man Getreide abmäht. In anderen Ländern starben die Bäume durch den Smog oder vertrockneten, wie zum Beispiel in Deutschland, weil sich die Klimazone in Richtung südeuropäischer Verhältnisse veränderte. Solchen Temperaturen bei gleichzeitigem Wassermangel waren die Bäume nicht gewachsen. Durch die Monokulturen in der Landwirtschaft starben weltweit die Bienenvölker. Bienen, die dringend für die Bestäubung essbarer Pflanzen und Früchte gebraucht wurden. In China mussten in einigen Regionen Menschen mit Pinseln die Pflanzen bestäuben. Die Wirtschaft hatte dafür kein Verständnis. Dort aß man Geld zu Mittag, keine Kartoffeln, so schien es. Wenn man in den Zoo ging, um die Elefanten, Tiger, Schlangen oder Krokodile zu beobachten, fragte man sich: »Wie lange werden wir unsere Brüder und Schwestern aus der Tierwelt noch bei uns haben?« Mehr als achtzig Säugetierarten waren seit Beginn der Industrialisierung ausgestorben. Unumkehrbar, für immer verschwunden. Dazu kamen tausende Kleinlebewesen und unzählige Mikroorganismen. Sie wird es nie wieder geben. Wie wichtig sie für die Existenz des Ökosystems waren, kann noch niemand beurteilen. Vögel, Nager, Geckos, Pandabären. Werden auch sie bald für immer verschwinden?

Wie lange werden die Menschen noch den Blick von der Zerstörung, die sie rund um sich anrichten, abwenden können?

Mit dem Wasser der abschmelzenden Gletscher kam eine verängstigte Sechzehnjährige vom Nordmeer herunter. Sie wusste auszudrücken, was vielen noch nicht bis ins Bewusstsein gedrungen war: »Die Entwicklung macht mir Angst. Ich will nicht sterben. Bitte hört auf damit.« Sie beschwor die Welt, ihr eine Chance zu lassen, auf dieser Welt weiterzuleben, wenn die Verursacher längst gegangen sind. Sie schwänzte die Schule und protestierte in der Zeit, wo sie Stunden versäumte, gegen die Blindheit von Politik und Wirtschaft. Eine einzige junge Dame, die zum Ausdruck brachte, was in so vielen Menschen seit Jahren schlummerte. Angst und Machtlosigkeit gegen die Verantwortlichen in Politik und Wirtschaft. Die Ohnmacht, die jeder spürt, wenn er von den Vasallen der Herrschaft zum Schafott geführt wird. War es eine Heilige? Oder nur eine, die sich traute, ungehemmt den Mund aufzumachen? Eine, die die Wahrheit sagte. Zaghaft, aber öffentlich. Hier herrschte Ansteckungsgefahr. Eine Krankheit, vor der die Regierenden zu zittern begannen, breitete sich rasend schnell aus. Sie hieß: »Schutzbedürfnis.« Die Kinder schrien auf: »Lasst uns am Leben.« Ein durchdringender Schrei ging durch ganz Europa, der sogar die Herzen des letzten verbohrten Konservativen erreichte. Die Medien verbreiteten diese Idee rasend schnell über den gesamten Kontinent. Innerhalb kürzester Zeit gingen – immer wieder freitags – kaum noch Schüler zum Unterricht, sondern mit Transparenten auf die Straße. Sie forderten Gleichberechtigung für die Jüngeren. Die Welt war bedroht. Die vorangegangenen Generationen hatten sie in einen Zustand manövriert, der für die Nachkommen kein Überleben garantierte. Vielmehr sah es so aus, als würde die Welt im Müll versinken, die Lebewesen vergast werden oder an Krankheiten zugrunde gehen, die durch die vielfältigen Umweltgifte verursacht wurden. Die Bewegung wurde so groß, dass man sie nicht mehr verleugnen konnte. Die Regierenden reagierten. Schließlich waren sie auf Wählerstimmen angewiesen. Weiteres Versagen – so lauteten wohl die Bewertungen ihrer Berater – würde die zukünftige Wählerschaft nicht verzeihen. Es hieß nicht umsonst: »Was dem Betrunkenen die Laterne, ist dem Politiker der Berater.« Die jungen Leute wurden ernst genommen, so würde es der Zuschauer in erster Instanz erleben. So wurde die Bewegung parlamentarisch unterstützt. Die Förderung neuer Projekte machte sich in positiven Wahlprognosen bemerkbar. So kam es in Mode, sich mit dem Kopf der Bewegung, der jungen Dame aus dem Norden in der Öffentlichkeit zu zeigen. Ein Auftritt im TV, zusammen mit ihr, brachte ein Plus von eins Komma sieben Prozent bei den Wählern. So die Deutung. Die Welt konnte von Glück sagen, dass die junge Dame ihre Wahrhaftigkeit im Trubel des Starruhms nicht verlor. Ihre Standhaftigkeit vermittelte sogar den Eindruck, als würden in diesem Fall, nach und nach tatsächlich die Gemüter berührt werden. Selbst die Herzen der überforderten Politiker der ersten Riege. Bis auf Weiteres blieben die Bemühungen auf einige wenige europäische Länder beschränkt. Von einer weltweiten Strömung konnte noch keine Rede sein. Viele wünschten sich eine internationale Konstituierung der Bewegung, damit sie nicht in den Anfängen steckenblieb.

2020
Ganz plötzlich wurde die Bewegung aber ausgebremst. Nicht nur durch die Wirtschaft, die nur eines klar zum Ausdruck brachte: »Geld regiert die Welt.« Wer sich gegen uns stellt, hat nichts zu lachen. Wir haben die größte Macht auf Erden. Man konnte annehmen, es wäre so. Keine Privatperson, kein Verein, keine Verbände, die für eine gesunde Umwelt kämpften und auch keine Regierung hatte bis dahin sichtbare Veränderungen bewirkt. Im Gegenteil: Die meisten Regierungen auf der Erde spielten, zu Ottos Bedauern, immer noch mit der Wirtschaft im selben Takt.

Im ersten Quartal des Jahres wurde ein Versammlungsverbot auf der ganzen Welt ausgerufen. Damit hatte niemand gerechnet. Alle Ansammlungen von Menschen wurden verboten. Von einem Tag auf den anderen. Nicht, weil die Aliens den Planeten in Atem hielten – nein – es waren andere viel kleinere Wesen: »es waren Viren.« Der Grund für den Stillstand aller gesellschaftlichen Ereignisse hieß: Corona.

So etwas hatte es noch nicht gegeben. In China tauchten erste Fälle einer neuartigen Lungenkrankheit auf. Verursacht durch einen neuen Virus namens Covid19. Einer Grippe ähnlich, nur gab es für diesen Virus noch keinen Impfstoff. Die Krankheit breitete sich aus wie ein Flächenbrand, der vom Wind angefacht wird. Innerhalb weniger Wochen gab es hunderttausende Infizierte und Tote über Tote. Nach zwei Monaten gab es keinen Staat auf der Welt ohne Infizierte. Die meisten Länder verfügten über zu wenig Beatmungsgeräte für Schwerstverläufe der Krankheit oder Intensivbetten in den Krankenhäusern. In vielen Ländern der Erde wurden Menschenansammlungen jeder Art grundsätzlich verboten. Keine Konzerte, keine Fußballspiele, kein Theater. Kinos wurden geschlossen, danach der gesamte Einzelhandel bis auf Lebensmittelgeschäfte. Dann wurden die Grenzen geschlossen. Flüge wurden verboten. Hotels mussten schließen. Auf der Straße durften nur noch maximal zwei Personen zusammentreffen. Wurden drei von der Polizei gemeinsam gesehen, wurde eine Strafanzeige gegen alle erstattet und sofort Geldstrafen verhängt. In Italien drohten bei einem Verstoß gegen die Regelungen Haftstrafen bis zu fünf Jahren oder Geldbußen in vierstelliger Höhe. Zu guter Letzt wurde in vielen Ländern eine generelle Ausgangssperre verhängt. Wer nur annähernd in Verdacht geriet, infiziert zu sein oder aus Sperrzonen zurück nach Hause kam, musste für mindestens zwei Wochen in Quarantäne. In der Öffentlichkeit wurden Atemschutzmasken Pflicht. Die Autohersteller schlossen freiwillig ihre Fabriken. Andere Branchen folgten. Die Welt stand still. Keiner wollte sterben. Auch nicht die Aktivisten der Freitagsbewegung.

Selbst in einer so großen Krise, beschuldigten sich die Regierungschefs der führenden Industrienationen gegenseitig der Unfähigkeit, der Versäumnisse, geeignete Maßnahmen zur Vorkehrung getroffen zu haben und anderes, anstatt sich gegenseitig zu helfen. Eine Zusammenarbeit zwischen den verschiedenen Völkern kam nur selten zustande. Der Egoismus zur Besicherung eigener Vorteile stand eher im Vordergrund, als gegenseitige Achtung und Hilfe füreinander.

Alle anderen Bedrohungen standen für einen Moment still. Der kalte Krieg war vorbei. In der Ukraine kehrte Ruhe ein. Der Islamische Staat stellte die Kampfhandlungen ein. Eine Chance zur Besinnung? Nein, weit gefehlt. Die Großmächte hatten nichts Besseres zu tun, als die Eckpfeiler für die nächsten Konflikte zu setzen. Russland und die USA läuteten einen neuen Konfrontationskurs ein. Es ging wieder einmal um Macht und Geld, um Rohstoffe. Russland mischte sich in den Bürgerkrieg in Syrien ein, die USA wollten den venezolanischen Präsidenten stürzen. In beiden Ländern wartete das Erdöl. Nachdem der eiserne Vorhang gefallen war, der Grund für ideologische Auseinandersetzungen vergessen war, ließen sie ihre Masken fallen. Offen traten nur materielle Gründe für Konflikte in den Vordergrund. Beide Großmächte drohten sich gegenseitig mit der Modernisierung ihrer Atomwaffen. Eine Wiederkehr in alte Strukturen zeichnete sich ab. Die USA steuerten auf den höchsten Rüstungsetat hin, den die Welt je gesehen hatte. Es sollten fast tausend Milliarden Dollar werden. Otto hatte während des verhängten Hausarrests wegen der Coronaepidemie genug Muße, sich mit Daten und Hintergründen zu beschäftigen. Von Zeit zu Zeit fragte er sich, ob wir von Psychopaten regiert werden. Wo war die Vernunft?

2021
....
....

2022
So flogen die Jahre dahin.

Allmacht

Die Kamera ist auf eine Szene aus dem Film Allmacht gerichtet. Es ist dunkel. Der Himmel ist bewölkt. Zwischen den Wolken befinden sich freie Fenster, durch die Sterne sichtbar werden. Der Vollmond versteckt sich noch hinter einer großen dunklen Wolkenschicht. Wegen der Beleuchtung einer kleinen Ansiedlung, die von einer hohen Mauer umgeben ist, liegt die umliegende Landschaft nicht völlig im Dunkel. Die Hälfte des abgeholzten, sandigen Streifens rund um die Siedlung ist schwach beleuchtet. Den Wald, der in hundert Metern Abstand um die Siedlung verläuft, kann man nur noch erahnen. Dort herrscht weitgehend Dunkelheit. Vom Wald führt eine holperige Straße über den Sandboden bis zu einem riesengroßen, geschlossenen Eisentor in der hohen Mauer. Oben auf der Mauer rollt sich in drei Lagen dichter Stacheldraht entlang. Vom Wald hebt sich ein Schatten ab, der sich langsam auf das Tor zubewegt. Ein Wolf. Er trottet vorsichtig Schritt für Schritt auf die Siedlung zu, wobei er immer wieder unsicher Richtung Tor blickt. Auf dem abgeholzten Streifen liegen kleinere und größere Felsbrocken. Gelblicher Sandstein. Von einer größeren, links neben der Straße liegenden Steinplatte geht ein knackendes Geräusch aus. Der Wolf zuckt zusammen. Er springt in die andere Richtung. Dabei lässt er den Stein nicht aus den Augen. Kurz bevor er sich wieder sicher fühlt, bewegt sich die Platte. Sie schiebt sich mit einem scharrenden Geräusch langsam zur Seite, wobei Staub aufgewirbelt wird. Es ist alles sehr trocken. Der Wolf zieht sich weiter nach rechts zurück, um Abstand zu gewinnen. Etwas stimmt hier nicht. So viel hat er bemerkt. Er hat schon öfter vor dem Tor Speisereste gefunden. So ganz aufgeben möchte er seine Suche noch nicht. Bis mit einem lauten Scharren der Stein von unten zur Seite geschoben wird. Aus dem Loch darunter steigt ein Mann in einem mittelblauen, verwaschenen Arbeitsanzug. Der Wolf gibt Fersengeld. Er läuft, so schnell er kann, zurück Richtung Wald. Der Mann, ein wahrer Riese folgt ihm, nachdem er aus dem

Loch gestiegen ist. Nach ihm kommen noch zwei weitere Männer, die genauso gekleidet sind, unter der Steinplatte hervor. Die Wolken schieben sich unter dem Mond hinweg, der die Szene jetzt gespenstisch beleuchtet. Erst im Licht sieht man wie groß die Männer sind. Der Wolf mit seinen fast siebzig Zentimetern reicht ihnen nur bis zu den Knien. Einer von beiden trägt ein kleines Schnellfeuergewehr, der andere eine schwarze Ledertasche. In dem Moment, als der Dritte losläuft, beginnen in der Siedlung Sirenen zu heulen. Wie bei einem Luftangriff – Fliegeralarm. Sie laufen mit Riesenschritten los. Die Geschwindigkeit, die sie dabei entwickeln, ließe jeden Läufer bei einem Olympiawettkampf vor Neid erblassen. In der Siedlung gehen Lichter an. Nun erkennt man die einheitlich gelbliche Farbe, mit der sowohl die Mauer, wie auch die Häuser gestrichen sind, ähnlich wie der Sand auf dem gerodeten Streifen. Alles in einer Farbe. Krachend fliegt das Eisentor auf. Dahinter führt die Straße geradeaus weiter bis zur Mauer auf der anderen Seite. Links und rechts stehen je acht zweistöckige, einfache Häuser mit vergitterten Fenstern. Vor jedem Haus ragt ein Mast mit hell erleuchteten Scheinwerfern in die Höhe. Hinter dem Eisentor kann man auf jeder Seite wie irrsinnig umherspringende, kläffende Schäferhunde erkennen. Sie sind an einem Betonpflock angekettet. Durch das Tor stürmen etwa zehn Soldaten in Sturmausrüstung mit Maschinenpistolen in der Hand. Sie laufen in die Richtung, in der die Männer verschwunden sind. Nach ihnen stürmen weitere fünf bis sechs Männer durchs Tor in diese Richtung. Danach wird es von zwei Soldaten von innen wieder verschlossen. Die Sirenen verstummen. Aus einiger Entfernung ertönt eine Maschinengewehrsalve. Siebzig Meter vom Tor entfernt flackert Mündungsfeuer im Takt der Schüsse. Aus den Lautsprechern erklingt anstelle der Sirenen Stimmengewirr. Jemand schreit dazwischen. Die Sprache ist asiatisch. Mehrere männliche Stimmen reden wild durcheinander. Ein Mikrofon klirrt, fällt zu Boden. Ein blechernes, schrammendes Geräusch ertönt. Dann spielt von einer Sekunde auf die andere in ohrenbetäubender Lautstärke Musik. »I see a red door and I want it painted black.« Eine bekannte Stimme singt einen über die Weite laut hinaus schallenden Song. Dazwischen ertönen Maschinengewehrsalven. No colours anymore, »I want them to turn black.« Mick Jagger, der Sänger der Rolling Stones. »I see the girls walk by dressed in their summer clothes.« Inmitten der rhythmischen Musik ist wieder Schnarren, Quietschen zu hören. »I have to turn my head until my darkness goes.« Ein Zwischenruf in asiatischer Sprache ertönt. »I see a line of cars and they're all painted black.« »協調一致« »Mach endlich das Ding aus«, brüllt jemand auf Chinesisch in die Musik hinein. Krriischhzz. Totenstille.

Der erste Soldat aus der Siedlung erreicht zwanzig Meter vor den anderen vorauslaufend den Wald. Nach zwei Metern hinter der Waldgrenze springt er in eine Lücke zwischen zwei hohen Büschen. Aus dem rechten Busch schnellt urplötzlich eine Riesenhand. Sie schließt sich mit aller Kraft um seinen Hals, wobei sie gleichzeitig mit einem Ruck wieder zurückgezogen wird. Ein knackendes Geräusch begleitet ein letztes Glucksen aus dem Mund des Soldaten. Der Flüchtling lässt ihn wieder los. Beim Fallen nimmt er ihm seine Maschinenpistole ab. Der Soldat plumpst lautlos zu Boden. Alles dauert nur Sekunden. Der Soldat wird hinter den Busch gezogen. Wohin der Flüchtling verschwindet, sieht niemand. Er ist einfach weg. Der nächste Soldat erreicht diese Stelle. Noch im Sprung erhält er einen so gewaltigen Schlag, von einer stahlharten Faust, mitten ins Gesicht, dass nur noch ein breiiger Klumpen davon übrigbleibt. Einem der Verfolger, der zusieht, wie sein Kamerad stürzt, legt sich eine Schlinge um den Hals. Gleichzeitig greift ihm eine Hand in die Haare und reißt den Kopf nach hinten. Sein Gurgeln geht in dem laut knackenden Geräusch einer brechenden Halswirbelsäule unter. Währenddessen schwärmen die anderen Verfolger aus. Sie wollen einen Ring um die Flüchtenden bilden. Ein Soldat, der hinter seinem Kameraden auf der linken Seite des Rings in den Waldrand eintaucht, läuft unter einem stark belaubten Baum hindurch. Von oben legt sich dabei eine dunkle Drahtschlinge um seinen Hals. Unter einem dicken Ast in zwei Metern Höhe tauchen die Beine eines der drei Männer auf. Die Schlinge wird hochgezogen. Der Soldat röchelt.

Gleichzeitig drückt er den Abzug. Ein Soldat, der vor ihm lief, wird von der Maschinengewehrsalve durchsiebt. Der Mann auf dem Ast zieht den Soldaten hoch, nimmt sein Gewehr, womit er einen anderen auftauchenden Soldaten durchlöchert. Während der kurzen Aktion zappelt der Erhängte in der Schlaufe. Ohne loszulassen lässt sich der Flüchtling vom Baum fallen. Er ist riesengroß. Mindestens zwei Meter zwanzig. Er läuft mit dem Soldaten in der Schlinge schnell weiter, verschwindet hinter einem Baum, wo er einen faustgroßen Stein aufhebt, der im Schädel des Verfolgers landet. Alles geht rasend schnell. Wie in einem Computerspiel. Dem Soldaten, der auf der anderen Seite des Rings im Wald eintaucht, ergeht es nicht viel anders. Ihn erwischt von hinten eine Art Schlagring, wobei die vordere Seite, mit der zugeschlagen wird, nicht aus abgerundetem Stahl, sondern aus mehreren zwei bis drei Zentimeter langen Messern besteht. Beim zweiten landet der Schlagring mitten im Gesicht. Der dritte nachfolgende Soldat sieht noch, wie die Körper seiner Kameraden hinter einem Gebüsch verschwinden. Er will vorsichtiger sein. Diesen Gedanken kann er nicht zu Ende führen, weil ein Mann im blauen Overall mit einem Riesensatz, wie eine Raubkatze, über das Gebüsch auf ihn zuspringt. Der Tritt, den er ihm versetzt, bricht sein Schlüsselbein. Noch im Fallen erhält er einen weiteren Schlag, der ihm den Kehlkopf in die Luftröhre treibt. Der dritte Schlag wäre nicht mehr nötig gewesen, der Mann war schon tot. Die Schlächterei dauerte nur wenige Minuten, bis alle Verfolger ausgeschaltet waren. Die drei Männer trafen sich, als ob sie sich dort verabredet hätten oder mit einem, auf einen Punkt ausgerichteten Kompass unterwegs wären, zielgenau auf einer Lichtung hundertfünfzig Meter hinter dem Kampfgeschehen. Sie waren jetzt mit den Waffen der niedergemetzelten Soldaten ausgerüstet. Einer der drei, nahm einem Soldaten noch seinen Tornister mit Trockennahrung ab, auch wenn sie wussten, dass sie mehrere Tage ohne Essen auskommen würden. Sie waren vom Überlebenstraining gestählt. Er zog dem Soldaten seine Jacke aus, warf sie aber wieder auf den Boden. Die viel zu kleine Uniformjacke mit dem roten Stern darauf würde so oder so nicht passen. Die drei begannen nach

Süden Richtung Grenze zu laufen. Sie mussten dort sein, bevor die Sonne aufging.

Bei Otto im Büro klingelte das Telefon. Er schloss seine Arbeit am Computer ab, dann griff er zum Hörer. Er meldete sich mit: »Guten Morgen, Hartmann.« Aus dem Hörer kam nur ein leichtes Rauschen. Wer ruft mich denn so früh an?, fragte er sich. Er schaute unten rechts auf den PC, wo die Uhrzeit eingeblendet war. Neun Uhr. Darunter stand in kleiner Schrift ein Datum. Elfter Mai 2029. Auf der Anzeige des Telefons war eine Rufnummer mit der Vorwahl Achtzweizwei. Davor Doppelnull. Er musste lange nachdenken. Er kannte nur einen Reporter aus Guri, einem Vorort von Seoul in Südkorea, zu dem diese Rufnummer passen könnte. Mit ihm hatte er eine Recherche über die Atomwaffentests in Nordkorea, vor neunzehn Jahren, bearbeitet. Min-jun hatte er nur zwei Mal persönlich gesehen, obwohl sie fast ein halbes Jahr zusammenarbeiteten. Otto konnte sich nicht vorstellen, Min-jun würde ihn nach so langer Zeit anrufen. Warum auch? Er war seit fünf Jahren nicht mehr aktiv. Er schrieb zwar noch auf Anfrage von Zeit zu Zeit einen Artikel. Meist war er aber mit Bücherschreiben beschäftigt. Sein letzter zeitgenössischer Beitrag hieß: »Die Vertreibung der Lebewesen.« Eine Fotoserie mit Berichten über das vom Menschen verursachte Artensterben. Kein Bestseller, aber einige Exemplare gingen doch über den Ladentisch. Derzeit schrieb er eine Art Biografie mit einem ähnlichen Tenor. Dieses neue Buch handelte von der Umweltverschmutzung und deren Folgen. Südkorea störte ihn dabei. »Soll ich zurückrufen?«, fragte er sich. Na gut. Er scrollte auf die Rufnummer, drückte die Anruftaste. Dann wartete er gespannt. Treffer. Min-jun. »Hey Min-jun, ich wundere mich sehr, nach so langer Zeit. Ist eure Insel nicht schon im Meer verschwunden, wie die anderen kleinen Inseln vor Japan?« Min-jun ging nicht auf die Anspielung ein. »Otto, schön dich zu hören, du warst plötzlich weg«, antwortete der Angerufene auf Englisch. »Kannst du mir eine Telefonnummer geben, wo es ausgeschlossen ist, dass wir abgehört werden?« »Min-jun, mach es nicht so spannend. Wie geht es dir eigentlich? Es ist Ewigkeiten her.« Weiter kam er nicht. Min-jun unterbrach ihn. »Ich habe etwas Unglaubliches, ich brauche deine Hilfe. Ich kann niemandem hier trauen.« »Erzähl es einfach«, sagte Otto, »wir leben nicht mehr im Zweiten Weltkrieg.« »Für diese Informationen legen die jeden um«, sagte Ottos ehemaliger Kollege. Ottos Interesse war geweckt. »Na gut.« Otto gab ihm die Rufnummer eines Restaurants um die Ecke. Es war nur hundert Meter weit entfernt. »Du musst in ein paar Minuten dort sein.« »Halt, halt, nicht so schnell. Ich bin keine zwanzig mehr«, sagte Otto. »In zehn Minuten rufe ich dort an.« »Sonst laufen wir Gefahr abgehört zu werden. Du weißt wie schnell eine illegale Zieleinrichtung heutzutage installiert ist. Hier geht es um mehr als den Zweiten Weltkrieg. Glaub mir, es ist zu brisant.« »Ich laufe los«, sagte Otto.

Während er den Hörer auflegte, stand er auf, nahm seine Jacke. Schnell war er durch die Tür verschwunden, auf dem Weg zum Restaurant. In dem Moment, wo er dem Besitzer, den er seit unendlicher Zeit kannte, seinen Wunsch unterbreitete, klingelte es bereits. Martin, der Besitzer, deutete mit dem Finger zuerst auf Otto, dann aufs Telefon. »Geh du ran«, sagte er. Otto griff nach dem Hörer, meldete sich aber mit »Sea Garden«, dem Namen des Restaurants. Auf der anderen Seite der Leitung sprudelte sofort ein Redefluss los. Er erzählte ohne Unterbrechung. »Die Chinesen haben ein unglaublich brisantes, neues militärisches Programm entwickelt. Da steckt alles drin, was man sich nicht mal in den kühnsten Träumen ausdenken kann. Neue Waffen, Lasertechnik, Killermaschinen, eine neue Armee aus der Retorte. Du musst mir helfen. Ich habe dafür Beweise. Du musst herkommen.« Ottos Interesse war geweckt. Er blieb dennoch ruhig. »Erklär mir doch alles am Telefon oder per E-Mail«, sagte er. »Nein, die legen uns alle um.« »Wen?« »Die Männer, uns, unsere Verwandten. Du weißt, wenn es um ein Militärgeheimnis geht, kennen die Geheimdienste kein Pardon.« Dieser Satz traf bei Otto genau ins Schwarze. Konnte es noch etwas Brisanteres geben, als die damalige Veröffentlichung über die geplante Nutzung der Intellektronik durch die amerikanischen Militärs?

In der heutigen Zeit? »Otto, bist du noch dran?«, fragte Min-jun auf der anderen Seite der Leitung. »Ja bin ich«, antwortete Otto. »Wir haben nur noch ein paar Minuten. Dann lege ich auf.« Otto erkannte die Dringlichkeit dieser Angelegenheit. Kein erfahrener Reporter würde so viel Wind um nichts machen. Otto hatte seit zwei Jahren keinen Urlaub im Ausland verbracht. Mehr oder weniger gab dieser Umstand den Ausschlag. Er war zwar auch an der Story interessiert, wusste aber, wie viele Nachwuchsjournalisten scharf auf solche Geschichten waren. Er wurde nicht zwingend gebraucht. »Gut. Ich lande in zwei Tagen in Seoul. Ich lasse die Ankunftsdaten von einer nicht registrierten Mailadresse verschlüsselt an deinen Verleger übermitteln. Arbeitest du noch dort?« »Ja, OK, bis dann.« Piep, piep, piep. Mehr gab es nicht zu hören.

Es wurde wieder spannend in seinem Leben. Unbedeutend konnte die Geschichte, die ihn erwartete, nicht sein. Min-jun wusste, wie teuer mittlerweile Flüge waren. Otto bedankte sich bei Martin für die Überlassung seines Telefons. »Nichts zu danken«, sagte er zu Otto, der sich sofort auf den Weg nach Hause machte. Viel Zeit blieb ihm nicht mehr. Flug buchen, Hotel organisieren, packen. Die Zeitverschiebung zwischen Nizza und Seoul beträgt sieben Stunden, rechnete er während des Rückwegs. Hier ist es zehn Uhr, dort siebzehn Uhr. Rechnet man die Flugzeit mit dem neuen Überschallflieger dazu, müsste ich um neun Uhr von Paris starten, damit ich gegen zweiundzwanzig Uhr in Seoul bin. Das geht, dachte Otto. Von Nizza nach Paris sind es anderthalb Stunden. Zurück vor dem Computer buchte er die Flüge. Ein Normalverdiener konnte sich so etwas nicht mehr leisten, dachte er. Fünfhundertsiebzig Euro allein der Flug nach Paris. Dazu kamen die über tausend für den Hin- und Rückflug nach Seoul. Wenigstens hier wurde von der Regierung etwas getan. Die Co^2 Schleudern wurden mit hohen Abgaben belegt. Schaute man sich an, was auf der Welt wegen der Klimaveränderung alles passierte, sollten Flüge eigentlich ganz gestrichen werden. Otto setzte sich sonst nicht mehr in den Flieger. Dies war eine echte Ausnahme. Mittlerweile waren mehrere Gletscher von der Größe Floridas zu mehr als der Hälfte abgeschmolzen. Auf Erdteilen, die 2017 noch unter einer dicken Eisdecke verborgen waren, konnte man jetzt auf dem Rasen spazieren gehen. Unter den abgetauten Wassermassen waren die Malediven, Teile Vietnams, die Küsten Floridas und Miamis verschwunden. In Venedig fuhr kein Auto mehr. Dort war nur noch Gondel fahren angesagt. Nur gab es keine Touristen mehr, die Venedig besuchten. Nicht jeder besaß ein Boot, um dort hinüber zu fahren. Abends informierte er seine Familie über die Reisepläne. Bis auf Sabine waren alle an die überraschenden Ausflüge gewöhnt. Es war keine Besonderheit. Sabine setzte Otto am nächsten Morgen am Flughafen in Nizza ab. Sie informierte Min-juns Verlagshaus über die Ankunftszeit von dem europäischen Journalisten, der die letzten Pandabären im Zoo von Seoul fotografieren wollte. Bei seiner Ankunft im Hotel sprach ihn im Foyer eine attraktive Koreanerin an. »I have a message from Min-jun. You wait here in the hotel until tomorrow. Ich habe eine Nachricht für sie von Min-jun. Warten Sie hier im Hotel bis morgen. Please wait at the door in the morning at ten. Bitte warten Sie morgen früh um zehn Uhr vor der Tür.« Weg war sie. Auf die Sekunde genau um zehn Uhr hupte ein Taxifahrer mehrmals von der Straße. Er winkte Otto zu, Otto stieg ins Taxi, während der Fahrer sich ängstlich nach allen Seiten umsah. Er zeigte mit dem Finger nach vorn. Min-jun, war das einzige was er sagte. Otto fragte ihn nach seinem Namen, wo sie hinwollten. Er erhielt keine Antwort. Sie fuhren über die Gimpo Bridge nach Chinatown. Er erkannte es an dem hohen chinesischen Tor. Der Taxifahrer hielt rechts neben dem Tor. Er zeigte auf die Koreanerin, die er bereits vom Abend zuvor aus dem Hotel kannte. Sie kam auf ihn zu. »Come. Don´t talk with me«, flüsterte sie ihm im Vorbeigehen zu: »Komm, sprich nicht mit mir.« Er folgte ihr. Sie blickte in alle Richtungen. Er ließ sich anstecken. Er achtete nun auch an jeder Biegung, ob sie verfolgt wurden. Sie lief sehr schnell durch die engen Gassen des chinesischen Viertels. Es roch an jeder Ecke anders. Meist nach Curry, Ingwer oder anderen, für die asiatische Küche bekannten Gewürzen. Eine kleine Garküche auf Rädern stand neben der anderen. An einer Treppe neben einem Restaurant, die nach unten führte, machte sie halt, schaute in jede Richtung. Dann ging sie die Treppe hinunter. Sie nahm zwei Stufen auf einmal. Otto war immer noch sportlich, hatte aber Mühe, ihr zu folgen. Sie liefen durch die Küche des Restaurants, in dem unglaublich viele Köche arbeiteten. Von einem Herd stieg eine Wolke hoch, die herrlich nach Currygemüse roch, der nächste verströmte den Geruch von Hähnchenfleisch. In den Pfannen briet geräuschvoll Gemüse, Fleisch oder Fisch. Es zischte an jeder Ecke. Die Angestellten in der Küche kümmerten sich nicht um sie. Sie stiegen wieder eine Treppe hoch, gingen durchs Restaurant, stiegen eine weitere Treppe hinauf über die sie auf das Dach gelangten, von wo sie über mehrere Dächer hinwegstiegen, bis sie in einem dunklen Hinterhof landeten. »No pursuers,« tönte die Stimme Min-juns aus einem Fenster im Erdgeschoss. »Keine Verfolger?« »No«, antwortete die junge Frau. Sie wies mit dem Finger zur Tür. Es sollte wohl heißen, dort hinein. Danach verschwand sie ohne ein weiteres Wort.

Otto ging zur Tür, die in dem Augenblick von innen geöffnet wurde. Min-jun schaute kurz nach draußen, legte den Finger mit einem »Pssst« an die Lippen. Er drehte sich wieder um, stieg eine Treppe hinunter. Otto folgte ihm. Sie gingen einen endlos langen Gang entlang. Otto war etwas genervt. So viel Aufwand. Wofür, fragte er sich? Am Ende des Ganges befand sich eine verschlossene Eisentür. Min-jun hatte einen Schlüssel dafür. Nachdem er zwei Mal den Schlüssel umgedreht hatte, wurde von innen die Tür aufgerissen. Ein riesengroßer Mann in einem blauen Overall erschien dahinter. Er nahm Min-jun am Oberarm, zog ihn in den Raum dahinter. Otto drehte sich erschrocken um und versuchte wegzulaufen. Nach dem Paranoiaprogramm aus den Telefonaten, erwartete er einen tödlichen Angriff. »Dann lieber schnell weg hier.« Der Mann war mit wenigen Schritten bei ihm. Er schleppte Min-jun wie eine Puppe hinter sich her. Der rief »Pssst«, dann sagte er etwas in asiatischer Sprache. Der Mann hielt inne. Sie schauten sich an. Es kehrte wieder Ruhe ein. »Darf ich dir vorstellen?«, sagte Min-jun auf Englisch: »Sieben C. Komm weiter, wir müssen die Tür schließen.« Otto trat durch die Tür. Was er sah, versetzte ihn in Erstaunen. Plötzlich stand Sieben C vor ihm. Er war als erster eingetreten. Er drehte sich um. Doch keine Zauberei. Hinter ihm stand immer noch Sieben C. Im Raum an der Wand vor ihm stand auch Sieben C. Rechts neben ihm noch einmal Sieben C. »Oh, Seven C three times, haha. Gleich dreimal.« »No, no«, antwortete Min-jun. »Sieben C«, er deutete auf den Mann, der ihm in den Gang gefolgt war. »Sieben D«, er deutete mit dem Kopf zu dem Mann, der Otto gegenüber an der Wand stand. »Die beiden kommen aus dem gleichen Zimmer, der Siebener Riege. Dort ist Drei E. In dem Lager, aus dem die drei herkommen sind genau tausend Soldaten. Vielleicht sollte ich lieber Maschinen sagen. Zweihundert Mal fünf Leute je Zimmer. Die Namen gehen bis Zehn. Die Buchstaben in diesem Lager bis J. Die anderen drei Lager sind an einem anderen Standort.« Otto blickte unverständig zu Min-jun. »Ich verstehe nicht so recht, was du meinst«, sagte er irritiert. »Die Typen sind siebzehn Jahre alt«, klärte Min-jun ihn auf. »Sie sehen nicht nur alle genauso aus. Sie sind auch genauso alt.« »Drillinge«, riet Otto. »Haha«, schmunzelte Min-jung wissend. »Dreitausendlinge.« Otto schüttelte den Kopf. »Und das soll ich verstehen?« fragte er. »Wie groß seid ihr eigentlich?«, fragte er Sieben C. »Die verstehen dich nicht«, antwortete an seiner Stelle Min-jun. »Sie sind Zweihundertdreiundzwanzig Zentimeter groß.« Die Köpfe der drei gingen fast bis an die Decke. Schulterbreite etwa achtzig Zentimeter. Die Oberarme waren so dick wie Ottos Oberschenkel. Die Hände sahen aus wie Teller, Haare kurz, Augen wach, Hälse wie Rinder.

»Du bist mir eine Erklärung schuldig«, forderte Otto Min-jun auf, ihm etwas mehr zu erzählen. »OK, setzen wir uns.« Er sagte etwas zu Sieben C. »Die verstehen nur chinesisch. Sprechen ist noch schwieriger. Die haben nur gehorchen gelernt. Nur Sieben C als Zimmerchief kann etwas besser als die anderen sprechen. Ich erzähle dir etwas über das Klonen von Menschen. Wie du weißt, ist Klonen von Tieren seit Ende der neunziger Jahre ein Ding von vorgestern. Klonen von Menschen hingegen ist bei den meisten Völkern immer noch verpönt. Die Vorgaben zum Klonen von Menschen, vom Rechtsausschuss der Uno, werden aber von einigen Ländern immer noch boykottiert. Eine Konvention, die für alle gilt, ist noch nicht beschlossen, wie du sicher weißt. In der Medizin werden schon lange Kopien einer identischen DNA zum Beispiel für die Krebsforschung erzeugt. Kopien von ganzen Organismen hat bisher aber noch niemand gesehen. Eigentlich dürfte es die drei gar nicht geben. Bei denen hier wurden anscheinend die teleonomischen[9] Prozesse geändert und optimiert. Die genetischen Programme wurden an die bestmögliche Überlebensfähigkeit angepasst. Ich gehe sogar davon aus, dass die Gehirnstrukturen verändert wurden. Die drei Klone weisen, wenn man meinem Freund, einem Psychologieprofessor glauben will, enorme Verhaltensänderungen hinsichtlich ihrer eingeschränkten Lern- und Kommunikationsfähigkeit, zugunsten eines gesteigerten Reaktions- und Instinktverhaltens, auf. Ihre kämpferischen Eigenschaften sind optimiert. Ein erstaunlich überlebensfähiger Organismus in Extremsituationen. Statt Angstempfinden wird eine kämpferische Lösung gesucht. Die drei, beziehungsweise alle von diesen Klonen, sind Kampfmaschinen. Die haben anscheinend eine perfekte Reproduktionsmöglichkeit menschlich optimierter Körper für den Kampfeinsatz entwickelt. Durch den Abbau der Hirnstrukturen, die für die Persönlichkeitsbildung verantwortlich sind, neigen die Kampfmaschinen zu extremem Gehorsam. Alles was eine Großmacht braucht.«

»Kannst du beweisen, dass sie tatsächlich aus China kommen?« fragte Otto. »Sie sagen es zumindest«, antwortete Min-jun. »Die Indizien sprechen für sich, finde ich. Sie sagen, sie sind nach der Flucht zwanzig Minuten bis zur Grenze nach Nordkorea gelaufen, dann bei Dandong über den Yalu River geschwommen. Dort haben sie sich Fahrräder gestohlen und sind über Nacht bis hierher gefahren. Der Zeitungsverlag erschien ihnen die plausibelste Anlaufstelle. Wären sie nicht als Erstes mir – einem alten Hasen, haha – in die Hände gelaufen, oh Mann, ich will

---

9 Griechisch: Zweck, Ziel, Ende, auf ein Ziel hin strebend. Kausalerfassung für einen zielgerichteten Vorgang, bzw. Vorgehensweise.

gar nicht daran denken, was dann passiert wäre. Egal. Wo sollen sie sonst hergekommen sein? Über tausend Kilometer aus der Mongolei? Oder aus Japan, dreihundert Kilometer übers Meer? Es gibt kaum eine andere Möglichkeit. Ich glaube ihnen. Welche Großmacht ist sonst so sehr auf Vereinheitlichung der Menschen getrimmt? Dann die Dreistigkeit, mit der sie dabei vorgegangen sind. Es gibt doch kaum ein anderes Land auf der Welt, denen es egal ist, was die anderen denken, oder?« »Das ist richtig, aber kein Nachweis. Außerdem ist es denen nicht egal, sie haben die Medien unter Kontrolle. Das ist ein Unterschied.« Die beiden Journalisten im Ruhestand verloren sich in Erinnerungen an alte Zeiten. »Wenn du die Medien in der Hand hast, dann kannst du alle Geschichten, als die alleinige Wahrheit verbreiten, egal was es ist.« »Ja, denk mal an die Umerziehungslager in Xinjiang«, sagte daraufhin Min-jun. »Dort wurden Muslime in eine Strafkolonie zwangsdeportiert. Ihnen wurden die Bärte abgeschnitten und den Frauen die Tücher vom Kopf gerissen. Ihre Kinder wurden ihnen weggenommen. Im chinesischen Fernsehen wurde berichtet, sie bekommen eine neue Berufsausbildung. Futter fürs Volk. Ich habe mehrere Artikel darüber geschrieben. Das waren noch Zeiten was? Mehr als eine Million Menschen wurden in solche Umerziehungslager gebracht, um ihnen, wie man behauptete, eine gute Ausbildung zugutekommen zu lassen. Zu der Zeit habe ich mich noch über die Grenze getraut, haha.« »Ein Beweis ist das natürlich nicht, aber es würde zu denen passen«, gab Otto zu. »Aus tausend einzelnen Individuen mach eine Maschine. Alle sollen im Gleichschritt für die Regierung laufen. Für die ist es doch nur Biomasse, nichts weiter. So etwas ist doch deren Masche«, eiferte sich Min-jun. »Lass uns von dem Denunziationsbestreben abkommen, und echte Beweise suchen«, riet Otto. »Sieben C sagt, es gäbe noch mehr solcher Lager entlang der Grenze. Die müssten mit Satellitenbildern aufzuspüren sein. Er sagt, die nächste Generation ist jetzt fünfzehn Jahre alt. Es sollen viel, viel mehr sein, als die aus der ersten Versuchsreihe. Er hat eine Waffe aus dem Lager mitgenommen. Da ist eine Nummer im Schaft. Damit sollte sich auch die Herkunft belegen lassen.« Die kann er überall herhaben«, sagte Otto. »Nicht diese

Waffe, die kann nur aus bestimmten Forschungsprojekten stammen, die den Geheimdiensten bekannt sind. Es ist eine neuartige Lasertechnologie. Warte mal, ich zeige es dir.« Er lief los und kam mit einem toten Huhn aus dem Restaurant zurück. Er legte es in den Gang vor der Tür. Er sagte etwas zu Sieben C, der in seinen Sachen herumkramte, aus denen er ein kleines Gewehr, ähnlich einem normalen Schnellfeuergewehr, zog. Er richtete es auf das Huhn. Nachdem er es mit einem roten Lichtstrahl gekennzeichnet hatte, drückte er ab. Eine blaue Flamme umgab das Huhn für einen Moment, dann war es verschwunden. Otto lief in den Gang, wo es vorher lag. Min-jun kam mit einer Kehrschaufel hinterher. Vom Huhn blieb nur noch ein kleiner Haufen Asche übrig. Otto war schockiert. Min-jun sagte, »siehst du. Die sind gefährlich.« Otto spürte seine Angst. »Gut«, sagte Otto, »schlimmer geht es kaum. Du hast mich überzeugt. Eines kann ich dir sagen, mein Lieber. Ich werde darüber weder schreiben, noch die Urheber ins Rampenlicht stellen. Nicht ohne handfeste Beweise.« »Ich auch nicht«, sagte Min-jun. »Aus dem Alter bin ich raus.« »Und wie wollen wir es den dreien erklären?«, fragte er hilflos.

»Ich habe eine Idee«, erwiderte Otto spontan. »Ich gehe morgen zur amerikanischen Botschaft in Seoul. Ich falle dort nicht auf. Ich erkundige mich, was wir tun können.« Min-jung fiel aus alles Wolken. »Wie bitte, du willst mit all deiner Kenntnis, was die in der Welt angerichtet haben – nach so vielen Jahren mit einer Großmacht paktieren, die nicht viel anders ist? Allmacht um jeden Preis. So lautet auch deren Devise.« »Ja, da gebe ich dir recht«, antwortete Otto etwas resigniert. »Nur die können den armen jungen Riesen helfen. Außerdem wird auf diesem Weg eine Neuauflage von Menschenzüchtungen unterbunden. Wenn jemand so etwas vermag, dann nur eine andere Großmacht. Wir selbst haben für so etwas keine Möglichkeiten.« »Lass mich überlegen«, sinnierte Min-jun. Nach einigen Minuten stimmte er Otto zu. Eine andere Möglichkeit gab es für die beiden in der Situation wahrscheinlich tatsächlich nicht. Nicht ohne Verletzte, nicht ohne einen persönlichen Krieg mit der neuen Weltmacht zu beginnen, der für einen Einzelnen kaum zu gewinnen war.

Zwei Tage später hielt ein grauer, amerikanischer Chevy Van, mit getönten Scheiben, vor dem Restaurant. Ein unauffällig aussehendes Touristenpärchen Mitte vierzig stieg aus. Sie trugen beide große Reisetaschen. Sie wurden an der Tür von einer jungen, gutaussehenden Koreanerin empfangen, die sie eine Treppe hinunterbegleitete, die zur Küche führte. Um das Restaurant herum hielten sich heute auffällig viele amerikanische Touristen auf, die von Zeit zu Zeit Selbstgespräche führten. Alles blieb ruhig. Nach einer Viertelstunde tauchte hinter dem Restaurant ein weiß gekleideter Krankenpfleger auf, der einen breitschultrigen jungen Mann im Rollstuhl Richtung Chevy Van vor sich herschob. Der Krankenpfleger ging weit nach vorn gebeugt. Er redete die ganze Zeit mit dem Patienten. Gleichzeitig kam aus der Tür, durch die vor fünfzehn Minuten die beiden Touristen verschwanden, ein ungewöhnlich großer gut gekleideter Mann, der gebückt zum Van lief und einstieg. Kurz darauf erreichte der Pfleger mit dem Patienten im Rollstuhl den Van. Er öffnete die Tür und hob den Mann auf die Rückbank. Dann setzte er sich neben ihn. Die beiden mussten den Kopf einziehen, damit sie nicht am Dach anstießen. Die Türen wurden geschlossen. Inzwischen war das Touristenpärchen wieder am Wagen. Sie stiegen ein. Der Van fuhr langsam an und verschwand Richtung Flughafen.

Dort verschwand auch Otto, nachdem er sich vor der großen Abflughalle von Min-jun verabschiedet hatte. Beide trennten sich in dem Bewusstsein: Sie hatten genau die richtige Entscheidung getroffen. Es blieb kein Gefühl zurück etwas verpasst zu haben. Kriege sollten die anderen führen. Frieden war einfacher, hilfreicher, schöner. Sie hatten drei von einer Großmacht missbrauchten jungen Menschen zur Freiheit verholfen. Vielleicht hatten sie darüber hinaus dem Größenwahn einen Strich durch die Rechnung gemacht. Dem Wahn der Allmacht.

Die Affäre verschwand wie die Inseln der Malediven im Meer. Keine von den Großmächten interessierte sich weiter dafür. Weder für das eine, noch für das andere.

Was bleibt

Er öffnete die Augen und schaute in den sternenklaren Himmel. Es sah dort oben genauso aus, wie am Ende des Traums aus dem er gerade erwachte. Eine unendlich lange Straße, auf der er eine Ewigkeit in einem Auto entlangfuhr. Vorbei an einem See, an dem ein kleines Mädchen stand, vorbei an einer Bushaltestelle mit einem kleinen Häuschen, in dem Sybille auf einer Bank saß, weiter an einem tosenden Meer entlang, auf dem drei Särge schwammen, über eine Wiese, auf der ein stummes Mädchen stand, von der drei große Männer seinen Wagen emporhoben. Von dort aus blickte er durch die Windschutzscheibe in den sternenklaren Himmel. Die Sterne leuchteten blau, hellblau. Die Straße endet im Sternenzelt, dachte er, während der Schlaf ihn wieder in die Arme nahm.

Zum Frühstück ging Otto nach wie vor jeden Tag ins Haupthaus, auch wenn es bald aus den Nähten platzte. Inzwischen wohnten vier Isamus unter einem Dach. Drei Ärzte, vier Kampfsportler. Sie sahen sich alle sehr ähnlich. Der Wunsch nach einer Tochter war weniger ausschlaggebend als die Erbanlagen. Alfred wohnte zusammen mit seiner Frau Murielle in der Einliegerwohnung im Erdgeschoss. Sie war im fünften Monat schwanger. Ob die kleine Wohnung dann noch ausreichen würde, war fraglich. Sie dachten daran, nach der Geburt die zweite Werkstatt hinter Ottos Haus abzureißen und mit einem weiteren Wohnhaus zu bebauen, falls die Baubehörde eine Genehmigung dafür erteilen würde. Sonst wollten sie das Haupthaus vorerst mit zwei großen Wintergärten ausstatten, um die Flächen genehmigungsfrei zu erweitern. Alfred arbeitete seit dem Abschluss des Studiums vor einigen Monaten in der Gemeinschaftspraxis seines Vaters. Gerhard, der zweite Sprössling der Königskinder, war inzwischen zweiundzwanzig Jahre alt. Er studierte genau wie Alfred Medizin. Nur Bruno, mit sechzehn der Jüngste, hatte etwas anderes vor. Er war Olivias Liebling. Er sollte, nach einem Wirtschaftsstudium, die Fäden der Stiftung in die Hand nehmen. Der Platz am Tisch reichte gerade noch aus. Sabine arbeitete noch, trotz ihrer vierundsiebzig Jahre. Genau wie Otto, der mit zweiundachtzig an seinen Büchern schrieb, wollte sie nicht nur zu Hause sitzen und aus dem Fenster schauen, wie sie immer wieder beteuerte, wenn Isamu dieses Thema ansprach. Alle waren zufrieden mit der Situation, nur wollte Isamu Sabine nicht überfordern. Deshalb fragte er gelegentlich nach ihren Wünschen für die Zukunft.

Mit Otto hatte er heute etwas Besonderes vor. Nicht gezielt. Dennoch würde es sein Leben verändern. Am Frühstückstisch wurde wie immer lebhaft geplaudert. Jeder hatte etwas zu erzählen. Es war gut, mit drei Generationen am Tisch zu sitzen, fand Otto. Wenn ihn die drei jüngeren Mitglieder der Familie nicht ständig mit Informationen über den neuesten Stand der Technik aufklärten, würde er die Texte zu seinem neuen Buch sicher noch am PC mit der Tastatur schreiben. Sie hatten ihm eine gut funktionierende Textverarbeitungsanlage installiert. Sie funktionierte über ein Spracherfassungssystem. Er brauchte nur noch zu sagen, was er wollte. Aufzeichnen, speichern, alte Texte aus Kapitel elf vorlesen, drucken. Was immer er wollte. Nur an die rein sprachliche Wiedergabe der Texte konnte er sich nicht gewöhnen. Er musste sie meist auch vor sich haben. Deshalb hatte er noch einen veralteten Bildschirm, auf dem er sie sehen konnte. Die Jüngeren schalten ihn deshalb einen Umweltsünder. Unnötiger Müll, hieß es, worin er sie, trotz der darin enthaltenen Widersprüchlichkeit, immer wieder bestärkte. 2037 standen die Chancen des Planeten nicht sehr gut. Auch wenn es in den meisten westlichen Industrienationen nur noch erneuerbare Energien gab, die Autos fuhren mit Wasserstoff. Flugzeugturbinen wurden durch eine Harnsäure-Kerosin-Stromkombination angetrieben, sah der Himmel immer noch grau aus. Es gab keine zentrale Institution, die allen Ländern umweltbelastende Produktionen untersagen konnte. Die Blickwinkelverengung auf den eigenen Bauchnabel beherrschte in vielen Ländern immer noch die Wirtschaft.

Isamu sagte: »Ich habe gestern mit Yuma telefoniert, dem Sohn eines alten Freundes in Japan. Er war bis vor zwei Wochen in Nepal, zuletzt am Himalaya. Er wollte sich vor dem Eintritt ins Berufsleben eine Auszeit nehmen.« »Wie lange war er unterwegs?«, fragte Bruno. »Sechs Monate«, antwortete sein Vater. »Volle sechs Monate. Es soll ein echter Tripp ins Outback gewesen sein, wie er es nannte. So wie wir es gar nicht mehr kennen würden im Zivikäftig.« »Was ist ein Zivikäfig?«, fragte Bruno. Er wollte immer alles genau wissen. »Zivi bedeutet so viel wie Zivilisation«, antwortete Isamu. »Ich fühle mich nicht im Käfig«, sagte Bruno mit Trotz in der Stimme. »Es besteht schon ein Unterschied zwischen einer Straße in New York inmitten den Hochhäusern und einer monatelangen Wanderung durch die Landschaft in Nepal, denke ich«, warf Otto mit ein, der sich an seine Reise nach Neuseeland erinnerte. »Du solltest es unbedingt selbst ausprobieren, bevor du mit dem Studium anfängst. Es erweitert dein Bewusstsein.« »Warum?«, wollte er wissen. »Genau kann ich es nicht sagen, aber ich denke es liegt daran, dass der Mensch dann aus seiner gewohnten Struktur des Denkens, aber auch der gewohnten Umgebung innerhalb der Straßen und Häuser, die er kennt, der täglichen hilfreichen Technik, Autos, Bahnen, Bussen und den Regeln, die innerhalb und außerhalb deines Hauses gelten, herausgehoben wird und für eine gewisse Zeit völlig andere Abläufe durchlebt. Dabei werden andere Bereiche in dir aktiviert, andere Gedanken, andere Gefühle. Es heißt nicht umsonst, auf Pilgerfahrten wird ein anderer Mensch aus dir. Einige schreiben darüber Bücher, wandern für immer aus oder sind dabei erleuchtet worden.« »Ich will´s gar nicht wissen«, sagte Bruno, der mitten in der Pubertät schwebte bockig. »Ich fühle mich wohl hier.«

»Egal«, fuhr Isamu fort, »Yuma fand es jedenfalls klasse. Er hat es so schön erzählt, dass ich selbst Lust bekam, auf dieser Route zu pilgern. Ich habe noch nie eine Reise so weit in die Natur unternommen. Sie waren am Anfang zu dritt, einer seiner Freunde ist aber nach drei Monaten wieder abgereist. Er musste früher zurück. Dann waren sie drei Monate zu zweit mit Fahrrädern unterwegs. Wahnsinn, nur mit Rädern. Sie hatten an dem einen Fahrrad einen Anhänger mit Decken, Schlafsäcken und einem Zelt darin. Sie sind von Kalkutta aus gestartet. Er meint, dort ist es immer noch so wie bei uns in den Großstädten vor zehn Jahren. Alle tragen Atemschutzmasken vor den Gesichtern. Die Hauptstraßen sind schwarz vom Dieseldunst. Sie fanden es dort schrecklich. Elendsviertel die sich kilometerweit von einem Ende der Stadt bis zum anderen zogen. Aus Wellblech. So, wie man es im Fernsehen sieht. In den Hütten wird noch an offenen Feuerstellen gekocht. Nur eines haben alle. Handy, PC und einen Fernseher. Er fand es absurd, so krass gegensätzlich. Außerhalb der Stadt begegnete ihnen die ersehnte indische Idylle. Die gibt es noch. Die meisten Inder, die sie trafen, nahmen sich viel mehr Zeit für die kleinen, angenehmen Dinge des Lebens, als wir es tun. Mehr Zeit für die Natur, geselliges Miteinander, mehr Zeit für die Tiere, für Gebete. Bei den Hindus durften sie an Gebeten und Meditationen teilnehmen. Flüge ins Nirwana, nannte er es. Unvergessliche Erlebnisse. Bis Pumia, einer Stadt vor der Grenze nach Nepal, reisten sie mit dem Rucksack in Bussen. Dort kauften sie sich die Räder und ein Zelt. Vor allem Hüte. Wegen des Radfahrens im Freien. In der Sonne hält man es wohl keine zwei Stunden aus. Sie blieben zwei Wochen »zur Reinigung« in einer Felsenstadt, mit einem Tempel, durch den ein Bach hindurchfloss. An einer Stelle im Tempel strömte er unter der Erde entlang. Dort konnte man sich hinsetzen, so besagten es die alten Überlieferungen und sein schlechtes Karma dem Fluss übergeben. Er sagte, nachdem er dort alles abgelegt hat, was ihn mal belastet hatte, fühlte er sich leicht wie eine Feder. Frei im Kopf. Ich denke solche Erlebnisse trägst du ein Leben lang in der Erinnerung mit. Unglaublich, oder?« »Ja«, sagte Otto, »ich kann es mir gut vorstellen. Erzähl weiter.« Er dachte an Neuseeland. So eine Reise würde ihn auch reizen. »Nach den Tempelwochen fuhren sie weiter Richtung Kathmandu in Nepal. Eine bergige Landschaft mit viel Grün. Yuma sagte, manchmal fuhren sie drei bis vier Tage, ohne einen einzigen Menschen zu treffen. Einen ganzen Tag lang hatten sie nichts zu essen.« »So etwas geht nicht – oder?«, fragte Bruno. »Na ein, zwei Tage schon, denke ich«, antwortete Isamu. «Nur trinken musst du. Yuma meint, nach einem Tag ohne Essen schaltet der Verstand sich aus. Dann schaust du mit großen Augen in die Landschaft, wie die heiligen Eremiten, von denen es dort unzählige gibt. Der Verstand bleibt irgendwo am Straßenrand liegen, waren seine Worte.«

»Je näher sie dem Gebirge am Himalaya kamen, umso mehr tauchten sie ins nepalesische Original. In den meisten Dörfern gab es dort nur noch Holzhäuser. Es soll ausgesehen haben wie im Film, wie in einem alten Western. Nur die Häuser waren mit bunten Naturfarben bemalt. Vintage. So war es dort wahrscheinlich schon vor fünfhundert Jahren. Er sagte im Annapurna Nationalpark, am Fuß des Himalayas, findest du noch Tiere, die es in Japan seit langem nicht mehr gibt. Von der Schlange - die Yuma so gar nicht mochte – bis zum Büffel mit einem Meter langen Hörnern. Büffel mit einem zehn Zentimeter langen Zottelfell. Die sahen sie an einem Felsplateau, wo sie ihre letzte Übernachtung vor der Heimreise verbrachten. Es war bereits Abend als sie ankamen. Es wurde schon dunkel. Auf dem Felsplateau war eine große Wiese, die mit Holzstangen eingezäunt war. Eine Art Gatter, in dem sich Bergziegen, Hasen, Füchse, die Büffel und andere Tiere aufhielten. Alle gingen so friedlich miteinander um, wie Yuma es noch nie gesehen hatte. So viele verschiedene Arten.« »Die beiden waren durch die lange Fahrt wohl schon etwas benebelt«, warf Bruno ein »haha.« »Yuma sagte, er spürte sofort hier sei ein heiliger Ort. Der heiligste Ort überhaupt. Yuma hatte sich in Kalkutta eine kleine Reisetanpura gekauft, ein Saiteninstrument. Es dient der Begleitung von anderen Instrumenten. Meist der indischen Sitar. Nun ratet mal, was –wie aus heiterem Himmel – auf dem Berg erklang?« Die anderen schüttelten die Köpfe. »Keine Ahnung«, sagte Otto. »Eine Sitar?« Ja echt – kaum zu glauben, was? Yuma hörte den Klang einer Sitar. Er dachte zuerst, er hebt jetzt endgültig ab. Es war wie ein Zauber, der ihn anlockte, sagte er. Die beiden gingen um den Felsvorsprung herum. Auf der anderen Seite war noch eine zweite Wiese, die sie vorher, wegen dem Felsen dazwischen, nicht sehen konnten. Auf der Wiese«, Isamu machte eine

Pause, »ich glaubte ihm nicht so recht, es war schließlich schon dunkel. Die Sterne leuchteten schon hinter den Bergen – auf der Wiese stand ein großes, halbfertiges Boot.« »Was, ein Boot auf einer Wiese?«, lachte Bruno laut los. »Dein Kumpel raucht wohl vor dem Schlafengehen immer einen Joint, haha.« »Es ist der Sohn meines Freundes, nicht mein Kumpel«, erwiderte Isamu skeptisch. »Ich zweifle auch ein wenig. Aber Yuma ist kein Spinner. Im Gegenteil. Was solls. Auf dem Boot saß ein Mann mit einer indischen Zupflaute, einer Sitar und leuchtenden blauen Augen.« Isamu schaute Otto dabei durchdringend an. »Die Augen leuchteten blau und so hell, wie die Sterne hinter ihm«, sagte Yuma. »Die meisten Menschen dort unten haben dunkle Augen. Deshalb war es so auffällig. Der Mann spielte oben auf dem fast fertig gezimmerten Deck ein indisches Musikstück. Er sprach nicht ein einziges Wort. Mit der Zeit verschwand die Umgebung ganz im Dunkel. Nur der Sternenhimmel hob sich von der Dunkelheit ab. Er sagte, es war so schön wie nirgendwo anders auf der Reise.« In Otto läutete es. Laut und lauter. Er schaute in ein Sternenzelt. Sabine blickte mit ihren blauen Augen etwas traurig zu ihm hinüber. Ihre Augen leuchteten – wie die Sterne am Himmel – dachte er. Sie wussten beide, er musste gehen.

Isamu erzählte die Geschichte noch zu Ende. Der Mann hieß Nauha. Sein Name war das einzige Wort, was er über die Lippen brachte. Sonst blieb er die ganze Zeit über stumm. Yuma holte seine Tanpura. Er begleitete Nauha bei einem anderen Stück auf der Sitar. Sie spielten harmonisch zusammen auf ihren Instrumenten. Er sagte, es war, als ob sie vorher gemeinsam geübt hätten. Der letzte Tag der Reise war auch der schönste, so schilderte es Yuma. »Abschied am heiligen Berg.«« Otto fragte Isamu nach dem Ort, wo genau dieser heilige Berg sein sollte. Isamu kannte sich nicht genug aus. Er kannte nicht einmal den Nationalpark. Mit Indien oder Tibet, wovon all seine Kommilitonen schwärmten, konnte er nicht viel anfangen. Mit Nepal schon gar nicht. Früher hatte er seinen Urlaub in England, Schweden oder Sizilien verbracht. Freaky Eiland reizte ihn nicht. Weder die erste noch die zweite oder dritte Generation Hippie, Flower Power konnte ihn begeistern. Er wusste nicht einmal warum. Er war ein lockerer, aufgeschlossener Mensch. Wahrscheinlich deshalb. Vielleicht war er so oder so cool genug. Otto fand es schade. Dieser Ort interessierte ihn. Vielleicht war es auch der Mann mit den blauen Augen dort oben, der ein Boot auf einen Berg stellte? Oder die Erinnerung an das Sternzelt aus dem Traum heute Nacht? Ungewöhnliche Dinge machten ihn neugierig seit er ein kleiner Junge war.

Otto ging zum Strand, um nachzudenken. Die Eindrücke sollten Boden finden. Der Weg führte am Restaurant von Martin vorbei. Wie oft hatte er hier mit seiner Familie gesessen. Wie oft war er davor mit Sybille hier. Er lief weiter am Hafen entlang. Inzwischen war er mit dem Restaurantbesitzer befreundet. Die Möwen kreischten. Sie flogen wie wild um die Fischerboote herum, um einen Happen der weggeworfenen Fischreste zu ergattern, die teilweise wieder im Meer landeten. Derzeit liefen sie, nach dem Fang, eines nach dem anderen wieder im Hafen ein. Es roch streng nach Fisch, Algen und verbrannter Räucherkohle. Hinten am dritten Landungssteg sah er den vorderen Teil ihres eigenen Bootes hinter einem blauen Segler. Mit dem Boot hatte sich Olivia mehr angefreundet als er selbst. Sie hatte es vor acht Jahren noch einmal restaurieren lassen. Er ging weiter, bis er zum Strand kam. Ruhig im Winter, angeregt im Frühling und Herbst. Im Sommer mied er ihn. Zu viele Touristen, die sich hier herumtummelten. Ausnahmsweise ging er heute ein paar Schritte vor den Strandkörben und Liegen entlang, um die es zu dieser Jahreszeit von Menschen nur so wimmelte. Die Wellen rauschten. Wie gern war er hier mit Sybille spazieren gegangen. Er schaute in die Wellenkämme. Er sah ihr Gesicht darin. Immer, wenn er hier entlanglief. Es war ein angenehmes Zuhause in Antibes, das du mir beschert hast meine Liebe, dachte er. Die chaotischen Demos, der Streit mit den Pächtern war vergessen. Was bleibt sind die schönen Erinnerungen.

Er hatte alles noch einmal gesehen. Nichts hielt ihn zurück. Er folgte wie immer seinen Gefühlen, der großen Strömung. Es zog ihn zu dem Ort, von dem Isamu beim Frühstück erzählte. Er wusste es schon, bevor er zu dem Spaziergang aufbrach. Jetzt war er sich sicher. Zurück am Grundstück, ging er in sein kleines Haus, von wo aus er Isamu anrief. Er hatte Glück. Er war gerade in der Praxis angekommen. Er fragte Isamu nach der Telefonnummer von Yuma. Isamu war überrascht, dass Otto von dem Gespräch so sehr inspiriert worden war, dass er deshalb Reisepläne schmiedete. Die Rufnummer zauberte er auf sein Display und sendete sie Otto. Dann verabschiedete er sich mit den Worten: »So, jetzt muss ich hoch in die Praxis, wir sehen uns heute Abend.« Nachdem sie sich verabschiedet hatten, rief Otto Yuma an. Er hielt es für die richtige Zeit. In Japan war es jetzt siebzehn Uhr. Yuma war gleich am Apparat. Er konnte ihm die Lage, wo das Boot stand, haargenau darstellen. Sie nahmen sich Zeit. Beide öffneten auf ihrem Computer die Karte der Satellitenansicht. So konnte er Otto die genaue Position zeigen. Er scrollte den Maßstab der Karte, an der Stelle wo die Landesstraße in den Nationalpark am Himalaya führte, größer, dann schob er sie bei Histan Mandali nach rechts, bis über den Mardi River. So erklärte ihm Yuma den Weg. Von dort aus ging es noch zehn Kilometer durch Berg und Tal. Dann konnte Otto, mit ein wenig Fantasie, die zwei Wiesen erkennen. Die Satelliten lieferten ein relativ gutes Bild. Yuma gab ihm noch den Tipp, wo er sich nahe am Felsplateau in Ghode Pani einen Führer nehmen konnte. »Die Route geht meistens quer über Land. Du brauchst unbedingt einen Ortskundigen, mit einem Esel.« Otto war dankbar für die Auskünfte. Im Gebirge brauchte man viel mehr Zeit als bei einem Rundgang am Hafen. Yuma war so nett, ihm noch die Bahn- und Buslinien zu mailen, mit denen er von Kathmandu bis nach Histan Mandali kam. Die hatte er noch im Handy gespeichert, obwohl sie dann mit dem Rad fuhren. So würde er es einfacher haben. Er buchte die wichtigsten Tickets vom Computer aus. Leider gab es nach Kathmandu, der Hauptstadt von Nepal, nur Nachtflüge. Er buchte einen Flug in drei Tagen. Abflug neun Uhr abends von Paris. Um halb neun Uhr in der Früh, würde er in Nepal landen.

»Wie kommst du denn auf eine so verrückte Idee, nach Nepal zu fliegen?«, fragte ihn Isamu beim Abendessen. »Deine verrückten Freunde haben mich angesteckt«, antwortete er. »Ich war über zwei Jahre nicht mehr unterwegs. Ist euch das nicht aufgefallen?«, fragte er in die Familienrunde. »Früher war ich jedes Jahr mindestens zwei, drei Mal auf Reisen.« »Fährst du ganz allein?«, fragte Olivia. »Klar«, antwortete Otto, »wie immer.« Bruno bot an, Opa zu begleiten, wenn es dadurch für ihn leichter würde. Otto lehnte dankend ab. Sein zentrales Interesse galt einem musizierenden Mann auf einem halbfertigen Boot. »Wie kommt so jemand dorthin?«, fragten sich alle. Selbst Otto wusste darauf keine stichhaltige Antwort. »Es war kein Einheimischer«, sagte Isamu. »Vielleicht ein Kiffer. Da unten ist doch die Traveltour der Hippies.« Darauf tippte Murielle. »Klingt logisch«, fand auch Alfred. Alfred war meistens einer Meinung mit Murielle. »Könnte sein«, schloss sich auch Bruno an. »Die Tiere hält er sich vielleicht, um Milch zu bekommen. Daraus kann man auch Käse herstellen. Und ab und zu kommt ein Hase in den Topf, haha. Ja, so wird es sein«, sagte Bruno. Er fragte Otto, wie lange er in Nepal bleiben wollte. »Ich weiß nicht so recht. Einige Zeit werde ich wohl weg sein. Zwei Wochen, drei Wochen«, »Sag bloß, du hast noch keinen Rückflug gebucht«, bohrte Bruno weiter. Otto schaute hilflos zu Sabine. Sie sagte: »Mach dir keine Sorgen Otto, bleib so lange du möchtest. Ich kümmere mich in der Zeit um deine Wohnung – und um Bruno«, sagte sie lächelnd mit einem Seitenblick zu ihm. Damit war die Frage vom Tisch. Otto schien erleichtert zu sein.

Am Nachmittag seiner Abreise waren nur Bruno und Sabine zu Hause. Sabine würde ihn zum Flughafen in Nizza bringen. Otto hatte nur eine Reisetasche gepackt. Er wollte sich erst in Kathmandu für den Weg zum Nationalpark ausrüsten. Beim Abschied sagte Bruno zu Otto: »Hab eine schöne Zeit, Opa. Wenn etwas nicht stimmt, melde dich einfach. Zehn Stunden später bin ich dann am Flughafen.« Opa lächelte. »Wir denken an dich, Opa.« »Ja, - was bleibt sind die schönen Erinnerungen«, sagte Otto beim Gehen. Sabine und Otto redeten während der gesamten Fahrt kein Wort. Am Flughafen standen sie einige Minuten am Auto. Sie legten die Hände ineinander und schauten sich lange dankbar in die Augen. Sabine fuhr zurück. Otto flog nach Nepal. Unausgeschlafen landete er in Kathmandu. Die beste Lösung war ein Zimmer. Sein Handy wies ihm den Weg in ein nahes gelegenes kleines Hotel, wo er sich bis mittags hinlegte. Danach konnte er sein spätes Frühstück besser genießen. Er wunderte sich über die angenehmen Temperaturen. Es waren nur neunundzwanzig Grad. Kühler als in Frankreich. Dort herrschten seit Jahren Temperaturen wie damals in Marokko, wo er mit Sabine und Olivia im Urlaub war. Hier ließ es sich aushalten. Herrlich fand er. In der Hauptstadt hielt ihn nichts. Er fuhr am nächsten Morgen mit dem Bus weiter Richtung Himalayagebirge nach Westen, bis Pokhara. Dort gab es ein nettes, kleines Hotel am Phewa See. Er buchte dort, während der Fahrt im Bus, ein Zimmer. Eine Bahnstrecke in Nepal gab es nicht. Das Dach der Welt war noch sehr urwüchsig. Es war einer der Gründe, weshalb sich seit einigen Jahren die Neo-Hippieszene in Nepal vergnügte. Der Bus mit dem er fuhr, war aus Holz zusammengezimmert. Die Sitzbänke waren links und rechts der Länge nach angeordnet. Hinten verlief eine Bank quer. Dort saßen vier Musiker, die auf selbst gebastelten Instrumenten versuchten, ein Musikstück in Einklang zu bringen, was ihnen aber nur stellenweise gelang. Die meiste Zeit wechselten sich Soloeinlagen nacheinander ab. Ein Mann in bunt zusammengewürfelter Kleidung mit einem Hut auf dem Kopf, der aussah wie ein halber Zylinder, spielte auf einem Saiteninstrument. Es sah aus wie eine Mandoline, hörte sich aber wie eine marokkanische Saz an. Sie bestand aus einem halben Kürbis mit einem Hals. Sie hatte nur drei Saiten. Er zupfte sie einzeln oder schlug sie im Refrain gleichzeitig an. Es hörte sich volkstümlich an. Auch die anderen drei, jeweils mit einer Tabla, einer Doppeltrommel, einem weiteren Saiteninstrument und einer Glockenlaute bestückt, improvisierten zwei bis drei Stunden abwechselnd vor sich hin. Auf die Zeit schien niemand zu achten. Im Bus waren die Takte nicht auf Minuten eingestellt, sondern auf die Dauer einer Melodie, die nächsten Fahrgäste, die nach einem kurzen Stopp einstiegen, einer Mücke die verjagt werden musste aber wieder kam, den Hühnern die immer wieder um die Fahrgäste herumrannten oder flogen, dem Hund der böse in die Runde schaute oder wieder der Musik, wenn von Zeit zu Zeit ein harmonisches Zusammenspiel zustande kam. Dann schauten alle zu den Spielern. Die Gerüche wechselten mit der Windrichtung, die im Bus vorherrschte. Jeder hatte eine individuelle Geruchsnote. Der Hund roch nach Abfall, die Hühner nach Kot, die Menschen nach Kardamom, Knoblauch, Curry. Die Frau, die neben Otto saß, musste eine Ziegenhirtin sein. Sie roch durchdringend nach Heu, Ziegen und – Urin von Tieren. Es störte nicht. So merkwürdig es klingen mag, aber es war halt so. Hier zwischen Zeit und Raum war es egal. In der U-Bahn in Paris wäre der Waggon an der nächsten Station leer. Hier bemerkte es niemand. Die Fahrt dauerte fünf Stunden. Otto hatte mit maximal zwei gerechnet. Es waren nur hundertachtzig Kilometer. Nachdem Otto ein Schild mit dem Namen des Ortes wo er hinwollte am Straßenrand gesehen hatte, rief er dem Busfahrer zu: »Stopp please.« Der Bus hielt an. Otto stieg mit seiner Tasche aus. Die Mitreisenden verabschiedeten sich von ihm. Es war ein anderes Miteinander, so viel spürte er. Keiner war dem anderen – mit dem er eine Strecke des Weges zusammen verbrachte - egal.

Pokhara. Hier unten, wo er ausstieg, sah es tatsächlich aus wie im wilden Westen. Leider musste er gleich in die erste Straße nach links zum See. Er wäre lieber die Hauptstraße rechts entlanglaufen, wo entzückende Holzhäuser standen. Von weitem meinte er sogar, einen höher gelegten Bürgersteig zu erkennen – wie in einem Western. Bis oben am Berg standen die Häuser dicht an dicht. Aus unterschiedlichstem Baumaterial und gemischten Farben. In der Nebenstraße zum See standen nur vereinzelt Häuser aus rotem Lehm. Die Farben erinnerten ihn an Marokko. Bis auf einige viereckige, waren die Türen oben oval. Die Bäume ähnelten denen in Europa. Blattgehölz, Nadelbäume. Es gab sogar Birken. Zumindest sahen die Stämme und Blätter so aus. Nach hundert Metern erkannte er sein Hotel. Es sah jedenfalls so aus, wie das Foto im Internet. Es sah asiatisch aus. Ein Haupthaus mit großen überdachten Terrassen. Links davon standen versetzt Reihenhäuser. Drei mal drei nebeneinander. Rechts gab es Einzelhäuser mit wunderschön angelegten Terrassen zum See. Das Gebäude in der Mitte, in dem sich die Rezeption befand, war größer. Hier gab es Zimmer. Die Eingangshalle war geschwängert vom typischen Geruch nach indischen Speisen, der aus dem angrenzenden Restaurant herüberkam. Am Empfangstresen begrüßte ihn eine charmante Nepalesin in einem bunten Sari. Sie nannte ihn gleich beim Namen. Es war nicht besonders viel Betrieb. Für mich nur wünschenswert, dachte Otto. Er änderte seine Reservierung von einem Zimmer, in ein Reihenhäuschen mit eigenem Eingang. »You get the best of our Looms, Mr. Halltman,«, bekundete sie stolz. Wie die Asiaten konnte sie das R nur als L aussprechen. Er bekam ihr bestes Zimmer. Es lag links außen. Die Anlage war im Halbkreis zum See gebaut. Er stellte im Flur seine Tasche ab, ohne sich genauer umzusehen. Was er sah, begeisterte jedoch sein Auge. Säulen, schöne nepalesische Fliesen. Die Decke des Wohnzimmers im Erdgeschoss war gewölbt. Sie war mit kleinen Mosaikfliesen in einem Dschungelmotiv belegt. Es war später Nachmittag. Er hatte einen Bärenhunger. Im Restaurant, wo es so ähnlich aussah wie in seinem Zimmer, bestellte er sich zwei verschiedene Vorspeisen mit Fladenbrot. Eine kalt, die andere warm. Die kalte Vorspeise kam nach wenigen Minuten. Darauf hatte er bei der Bestellung gesetzt. Schnell den Löffel in den indischen Rahmkäse. Noch schneller in den Mund. Ein Kellner in Landestracht, hier waren die Textilien vorrangig weit und bunt, brachte wenige Minuten später die andere Speise. Er war schon etwas befriedigt. Er ließ sich jetzt mehr Zeit. Davon hatte er genug mitgebracht. Die Räume hatte er vorerst für drei Tage gebucht. Dann würde er weitersehen. Sein Domizil war etwas Besonderes wie er herausfand, nachdem er vom Essen zurück war. Es war noch hell. Die Sonne ging hier bereits um neunzehn Uhr unter. Im Erdgeschoss befand sich ein großes Wohnzimmer mit allen Annehmlichkeiten eines vier Sterne Hotels. Das Bad war atemberaubend schön. Es war bestimmt achtzehn Quadratmeter groß. Die Wände waren mit Bildergeschichten bemalt. Die

Decke war hier genau wie im Wohnzimmer gewölbt und mit kleinen Mosaiken belegt. Es gab ein Waschbecken aus grauem Stein, eine Dusche und eine Badewanne. So viel Luxus hatte er nicht erwartet. Er brauchte ihn auch nicht. Angenehm war es trotzdem.

Otto ließ sich später am Abend einen kleinen Snack auf sein Zimmer bringen. Er saß noch lange auf der Terrasse, bis ihm die Hektik im Nachbarhaus zu wild wurde. Auf dem Grundstück nebenan feierte eine Gruppe Lateinamerikaner ein Fest. Alle waren im klassischen Hippieoutfit gekleidet. Otto fragte sich, ob es sich um ein Karnevalsoutfit wegen der Party handelte, oder ob es echte Aussteiger waren. Nachdem dicke Marihuana Wolken zu ihm herübergezogen waren, Musik aus den Sechzigern aus den Lautsprechern dröhnte und sich zum Schluss alle Anwesenden nackt auszogen, um dann johlend ins Wasser zu springen, war die Lage geklärt. Den Beweis traten sie in den folgenden Tagen an. Es war eine Dauerparty. Sie begann nach dem Aufstehen der ersten Nachtwandler bereits mittags. Sie ging bis tief in die Nacht und wurde von einschläfernden Düften, die aus einer Wasserpfeife aufstiegen und Flower-Power Musik begleitet. Die Musik aus den Sechzigern von Melanie bis Jethro Tull, gefiel ihm gut. Beim Zuhören wurde er von einem der Bewohner entdeckt, der ihn einlud mitzufeiern. Otto wollte kein Spielverderber sein. Die nackten Mädels gefielen ihm ebenso gut wie die Musik. Nur die Einladung an der Pfeife zu ziehen, lehnte er ab. Die Gesellschaft war ein wahrer Glückstreffer für ihn. Die meisten kannten sich im Nationalpark, wo er hinwollte, gut aus. Am nächsten Tag fuhr sogar ein junger Mann in der Nähe von Ghode Pani vorbei, wo er sich einen Führer nehmen wollte. Die Freaks lachten viel, so konnte er nicht alles ernst nehmen, was sie erzählten. Es lag wohl am guten Stoff, der weiter vorn bei einem Gärtner im Treibhaus wuchs, wie er erfuhr. Der junge Mann stand aber tatsächlich wie verabredet, um drei Uhr am Nachmittag vor dem Haus, an einem ehemaligen Militärbus mit Rädern, die so groß waren wie ein aufblasbares Babyplanschbecken. Freddy, so hieß der Mann, half ihm auf den

Beifahrersitz, der sich in Schulterhöhe befand. Ein Sondermobil. Wie geschaffen für die Berge, erzählte ihm Freddy auf der Fahrt. Er war wie die anderen der Sohn eines superreichen Lateinamerikaners. »Wie kommst du zu dem Namen?« wunderte sich Otto. »Oh, Freddy is my outsteppname. At home i am José.« Otto durfte ihn nicht beim richtigen Namen nennen. José, nein - Freddy hielt sofort an. Er machte ihm unmissverständlich klar, es gäbe hier keinen José. Sonst können wir nicht weiterfahren, my friend. Fahren kann nur Freddy. Die beiden verstanden sich blendend. Sie schwatzten miteinander über Gott und die Welt. Die größte Überraschung war, Ottos Freund Freddy kannte den Bergführer Jimpa. Er war mit ihm, in den vergangenen Jahren immer wieder, rund um den Mount Everest herum unterwegs. Dann komme ich doch noch auf einen kurzen Stepp mit. Stepp war ein Modewort, das Freddy in jedem zweiten oder dritten Satz benutzte. Er machte hierhin einen Stepp. Short stepp to India. Big stepp to Australia, wobei sie auf Neuseeland zu sprechen kamen. Nachdem Otto ihm erzählte, wie unberührt die Vulkanberge waren – die heiligen Vulkane, wurde es the next stepp. Die nächste Reise. Sein Gespräch mit dem Bergführer Jimpa wurde ein Ministepp. Sie hatten zu viel Zeit mit Reden verbracht. Er musste rasch weiter. So beschränkte sich das Wiedersehen von Freddy und Jimpa auf eine Runde Schulterklopfen, wobei er Jimpa seinen Freund Otto vorstellte. Otto from France, no Germany, France. Not important, good friend. So wichtig war es wirklich nicht, wo Otto herkam, ob aus Frankreich oder Deutschland. Richtig war beides. Jimpa war sofort außergewöhnlich zutraulich. Wahrscheinlich dachte er, Otto kannte Freddy schon länger. Er brachte ihn zu einem kleinen Hotel. Während sie dorthin liefen, bot Jimpa an, sie könnten in zwei Tagen aufbrechen. Früher hatte er keine Zeit. Die Tour würde drei Tage dauern. Mit Esel, Zelten, Essen würde Otto umgerechnet neunzehn Euro bezahlen müssen. Otto schlug sofort ein. Nur drei Tage brauchte er nicht einzuplanen. Otto erklärte ihm, er wolle vorerst einige Zeit dortbleiben, bei einem anderen Freund. Jimpa lachte. »The man with the animals?« »Yes«, sagte Otto, der Mann mit den Tieren. Damit war für Jimpa alles klar. Otto gehörte zu Freddy, Freddy war ein Freak. Und dann noch der Mann mit den Tieren, haha. Das passte für ihn bestens zusammen, »The man, haha, wuff – bellte er, haha.« Egal, dachte Otto im Stillen, umso besser, wenn er den Mann mit den Tieren kennt. Jimpa vermittelte ihm ein Zimmer. An der Rezeption wurde nur Nepali gesprochen. Jimpa nannte ihm den Preis, umgerechnet fünf Euro, den er lieber gleich im Voraus bezahlten wollte, solange Jimpa noch übersetzen konnte. Otto sollte übermorgen pünktlich um sieben Uhr in der Früh bei ihm sein. Vielleicht würden sie die Tour bis spät abends schaffen, sagte Jimpa.

Die Sonne ging auf 2874 Metern Höhe – so stand es auf einem Schild am Ortseingang des Dorfes – früher unter als dort, wo Otto sein Hotelzimmer am See genießen konnte. Wäre Jimpa nicht auf die Idee gekommen, ihn hierher zu lotsen, er selbst hätte sicher lieber draußen geschlafen. Das Hotel sah aus, als wenn mehrere baufällige Betongaragen neben und übereinander gestapelt wären. Selbst die Ritzen zwischen den Mauern passten in dieses Bild. Unten in der rechten Garage war die Rezeption mit einem WC. Dem einzigen WC im Hotel, wie Otto später feststellte. Daneben befanden sich drei weitere Eingänge. Die von den Zimmern im Erdgeschoss. Zum Eingang des mittleren Zimmers kam man nur gebückt, weil die Treppe zu den oberen vier Zimmern im Weg stand. Hinter dem Gebilde aus Beton befand sich eine abschüssige steile Felswand. Ein kleines Beben, dann lag dieses groteske Bauwerk, siebzig Meter tiefer unten in der Schlucht. Dahinter sah man in der Dämmerung die schneebedeckten Gipfel der Berge. Zum Glück gab es im Ort ein Bistro, wo er sich etwas zu essen mitnehmen konnte. Er bestellte zwei Portionen Reis mit Gemüse. Eine für heute Abend, eine als Frühstück. Er konnte niemanden fragen, ob sich eine Bäckerei im Ort befand. Man sprach nur nepalesisch. Viel erkennen konnte er im Dunkeln nicht. Es gab keine Straßenlaternen. Zu seiner Freude gab es Strom im Zimmer. Drei Meter breit, fünf Meter lang war es. Sogar ein Flachbildfernseher stand dort auf einer Anrichte hinter dem Bett. Zusammen mit einem Stuhl bestand daraus die gesamte Einrichtung. Es war überall genauso, in welches noch so arme Land man fuhr. Zuerst mussten ein Fernseher und ein Handy her. Erst danach kam das Essen. So richtig verstehen konnte er es bis heute nicht. Das Zimmer war feucht. Es roch nach Moder. Am kleinen Fenster nach hinten, befand sich oben in der Ecke schwarzer Schimmel. Bevor er sich schlafen legte, besuchte er das Klo unten hinter der Rezeption. Es roch darin zu stark nach Exkrementen. So nahm er sich nur Papier mit. Dann verschwand er hinter einem Gebüsch am Abhang, einen Steinwurf von Hotel entfernt. Lieber abstürzen als am nächsten Tag mit einer Krankheit aufwachen, dachte er sich. Im Dorf war nicht viel los. Es gab glücklicherweise einen Einkaufsladen, wo er Lebensmittel und Wasser für den Tag einkaufen konnte. Das Wasser nahm er nicht nur zum Trinken. Er wusch sich auch damit. Er ging die meiste Zeit auf den Wanderwegen mit wundervoller Aussicht spazieren. Abends war er froh, als er im Bett die Augen schließen konnte. Nie wieder Ghode Pani.

Er stellte den Wecker seines Handys auf sechs Uhr, war aber schon etwas früher wach. Er hatte sich zeitig ins Bett gelegt. Ab fünf Uhr konnte er nicht mehr schlafen. Jimpa stand mit einem voll bepackten Esel vor der Tür. Neben dem Esel saß ein Mischlingshund. Ein großer Kerl. Otto tippte auf eine Kreuzung zwischen Schäferhund und irischem Wolfshund. Er war groß, schwarz, hatte eine viereckige Schnauze. Sein langes, zottiges Fell war sicher noch nie gewaschen worden. Es sah aus wie Dreadlocks. »Er heißt Kambu«, sagte Jimpa zur Begrüßung. »Hallo Jimpa« grüßte Otto zurück. Er stellte seine Tasche vor dem Esel ab. »Du musst ihn auch begrüßen«, sagte Jimpa. Zum Glück sprach er Englisch. Otto reagierte nicht. Jimpa nahm seine Tasche, für die noch ein Platz auf dem Packsattel frei war. Der Hund schaute zu Otto. »Warum begrüßt du ihn nicht?«, fragte Jimpa. »Hi«, sagte Otto, um seinem Führer den Gefallen zu tun. »Du glaubst mir nicht, oder? Er kann dich wirklich verstehen. Sag ihm was er tun soll. Du wirst sehen.« Otto sagte: »Komm her Kambu.« Der Hund regte sich nicht.

»Nein Otto, nicht mit der Zunge. Da drinnen. Er tippte dabei mit dem Zeigefinger auf seine Brust. Hat Freddy dir nichts erzählt?« »Nein, hat er nicht«, antwortete Otto. »Komm, probiere es. Du musst ihn dabei anschauen. Du musst meinen, was du sagst.« Otto drehte sich zu dem Hund um, wobei er in Gedanken wiederholte: »Komm her Kambu.« Der Hund drehte sich zu ihm um, stand auf. Dann schüttelte er sich und kam auf Otto zugelaufen. Otto dachte an Zufall. Er sagte im Stillen: »Jetzt geh zu Jimpa.« Kambu freute sich. Er rannte zu seinem Herrchen, wobei er mit dem Schwanz wedelte. Otto schaute zu einem Vogel und sprach weiter in Gedanken: »Spring hin und her.« Nichts passierte. Er blickte zu Jimpa. Der sah ihm die Enttäuschung an. Er riet richtig. »Du kannst nicht jemanden anderen ansehen und jemand anderen meinen. Schick den Satz zu dem, der gemeint ist.« Otto sendete direkt zu Kambu. »Spring hin und her.« Kambu schüttelte den Kopf. Dann steckte er Otto die Zunge heraus. Die drei lachten. Otto dachte: »Komm her.« Kambu kam direkt zu ihm. Er sprang hoch, wobei er mit der Zunge sein Gesicht streifte. »Oh je, ich sage nichts mehr.« »Das brauchst du auch nicht«, sagte Jimpa. »Ich wollte nur sehen, ob er dich mag.« »Komm, lass uns gehen.« Jimpa nahm den Esel an die Leine, drehte ihn einmal um die eigene Achse, bis er mit dem Kopf Richtung Osten stand. Dann lief er los. »Möge die große Kraft uns beschützen«, sagte er. Otto sprach die gleichen Worte in Gedanken. Kambu drehte sich zu ihm um. Er schien zu lächeln. Sie liefen einen schmalen Weg am Rand eines abschüssigen Waldes entlang. Weiter vorn verengte sich der Weg. Sie mussten hintereinander weiterlaufen. Otto lief vorn. Der Weg machte einen Knick nach links, was man vorher wegen eines Gebüschs nicht erkennen konnte. Am Rand war eine vom herabfließenden Wasser ausgewaschene, abschüssige Mulde. Hier konnte man leicht abrutschen. Er sagte in Gedanken: »Vorsicht Kambu.« Otto schaute den Hund an. Es sah aus, als würde der Hund über sein ganzes Gesicht lächeln.

Sie liefen in einer Senke, wo der Wald dichter wurde. Die Äste, eines mit lila Blüten bewachsenen Gebüschs, ragten über den

Weg. Otto bog sie beiseite, wobei einige sein Gesicht streiften. In seinen Haaren blieb etwas hängen. Es bewegte sich. Er schüttelte den Kopf, worauf eine handtellergroße Spinne sich an einem Faden hinunterließ. Sie hatte ein leuchtendes, gelbes Kreuz auf dem Rücken. Otto durchrieselte ein Schauer. Er nahm schnell einen Stock, mit dem er sie aufnahm und ins Gebüsch zurückwarf. Die meisten größeren Spinnen hier waren giftig. Nochmals durchlief ihn ein Schauer. Keine zwei Meter weiter flog ein rotes Insekt auf seine Stirn zu. Er konnte ihm kurz in die Augen schauen, dann bückte er sich. Das Flugtier, von der Größe einer Hornisse, zog beim Weitergehen seine Bahnen mehrmals an seinem Ohr vorbei. Bssumm, Bsssiiuumm, nahm sie ihn mit in eine andere Umlaufbahn. Sie liefen tiefer in den Wald hinein. Es wurde dunkler. Mit der Zeit die verging, tauchte er in eine andere Sphäre ein. Der Zauber des Waldes nahm ihn immer mehr gefangen. Ottos Sinne verschmolzen im Laufe der Zeit mit den Stimmen der Vögel, der Stimme des Windes, der Gesamtheit der ihn umgebenden Geräusche. Er tauchte in ein anderes Leben ein. »Jetzt bist du angekommen«, hörte er Jimpas Stimme. In der Pause am Mittag fragte er Jimpa: »Was ist hier nur los? Es ist alles so anders. Viel intensiver.« »Es ist heute nicht zu erklären. Leb es ein wenig mit. Ich denke, man muss darin geboren sein. In der lauten Welt, in der ihr lebt, versteht ihr keine anderen Stimmen mehr. Nur die Ohren nach außen hören etwas. Reden, Hupen von Autos, Fernsehen, Signale – die nur in der Verarbeitung ankommen. Vielleicht liegt es auch an der kosmischen Gammastrahlung. Sie ist hier oben wesentlich höher als im Flachland. Wissenschaftler sagen, sie wirkt energetisch auf die Zellen. Auch auf ihre Schwingungsintensität. Es gibt eben noch mehr als nur sehen und hören.« »Klar«, sagte Otto. »Viel mehr.« »Komm, lass uns weitergehen«, forderte Jimpa ihn auf. »Ich denke, wir können es im Hellen schaffen.« Otto blieb weiterhin in der verwunschenen Welt seiner Gedanken. Wahn oder Wirklichkeit, wer kann das schon immer beantworten, lächelte er ihren vierbeinigen Begleiter an. Die Sonne verzog sich schon hinter einen Berg, als Jimpa nach vorn auf eine Lichtung zeigte. Durch die Bäume konnte man den Umriss eines Bauwerks erkennen. Beim Näherkommen hörten sie die Schläge einer Axt oder eines Hammers. Mit jedem Meter, den sie zurücklegten, konnten sie mehr und mehr die Umrisse eines sehr großen Bootes erkennen. Es war riesig. Otto schätzte die Länge auf dreihundert Schritte. Oben auf Deck hämmerte jemand. In der Dämmerung konnte man nicht mehr alles erkennen. Kambu bellte. Oben auf Deck, in fast dreißig Metern Höhe, trat ein muskulöser Mann mit freiem Oberkörper an die Reling. Er drehte sich um und ging weg. Nach kurzer Zeit kam er über eine Art breiter Gangway aus starken Brettern vom Boot herunter. Oder soll es ein Haus werden, fragte sich Otto. Jimpa sah den Mann an. Dann deutete er mit dem Kopf auf Otto. »Otto«, sagte er. Der Mann blickte ihn mit seinen hellblauen Augen von oben bis unten an. Dann zeigte er mit dem Finger auf seine Brust. Er sagte: »Noah.« Otto fiel aus allen Wolken. Nicht Nauha, wie Yuma den Namen mit seinem japanischen Akzent ausgesprochen hatte, sondern Noah. Otto wurde schwindelig. Das Boot, der Bootsbauer Noah, die Tiere im Gatter, die dort warteten. Alles fügte sich plötzlich zusammen. Sein Kopf schien zu platzen. So viele Eindrücke an einem Tag. Weiter konnte er nicht denken, denn Jimpa machte sich bemerkbar. Er tippte mit dem Zeigefinger auf seine Brust. Dann drehte er den Finger in die Gegenrichtung, wo Noah wieder im Boot verschwunden war – seiner Arche. Er schüttelte den Kopf. Es hieß nein, hier bleibe ich nicht. Otto war nicht in der Lage, etwas zu sagen. Er sah wie Jimpa seine Reisetasche vom Packsattel nahm. Er stellte sie neben sich auf die Erde. Dann stellte er ein paar Wasserflaschen mit dem Großteil der Essensvorräte dazu. Er hob den Arm zum Gruß, drehte sich um und ging den Weg, auf dem sie hergekommen waren, zurück. Der Hund drehte sich zu ihm um, wobei er den Kopf schüttelte, bevor sie von der Lichtung im Dunkel verschwanden. Otto stand wie gelähmt vor dem Boot. Er nahm seine Sachen, mit denen er Richtung Gangway ging. Er rief »Noah, Noah.« Der Mann tauchte nach kurzer Zeit wieder am Eingang des Bootes auf. Er winkte Otto zu sich. Es war bereits sehr dunkel. Noah zeigte auf einen Haufen Stroh hinten im Boot. Dort lagen, so wie es aussah, auch Decken. Dann drehte er sich wortlos um. Er ging wieder nach oben, von wo aus noch bis zum Einbruch der Nacht Hammerschläge zu hören waren. Er kam nicht zurück. Otto hatte nur sein Handy als Lichtquelle. Er stellte aus den Vorräten ein karges Mal zusammen. Nachdem er noch eine Zeitlang unter dem Sternenhimmel auf der Gangway saß, bereitete er sich ein Nachtlager auf dem Stroh. Decken lagen dort genug. Sie rochen nach Ziege. Nach dem anstrengenden Tag schlief er tief und fest.

Noah redete den gesamten nächsten Tag nicht ein Wort. Auch nicht am darauffolgenden. Er war aber nicht unfreundlich. Er ging nur immer wieder an seine Arbeit, die er unablässig verrichtete. Von Sonnenaufgang bis Sonnenuntergang. Oben auf Deck hatte er sich eine kleine Hütte mit einem Schlafplatz eingerichtet. Als Otto am Nachmittag sah, wie Noah Werkzeug vom Unterdeck holen wollte, rief er ihm so laut zu, dass er sich nicht einfach abwenden konnte. »Noah, soll ich dir etwas helfen?« Noah blieb stehen, bis Otto bei ihm war. Er erkannte Ottos gute Absichten. Otto sagte, wobei er seinem Instinkt folgte: »Noah, ich bin auch nicht umsonst hier. Ich denke ich weiß, wer dich gesandt hat.« Noah schickte einen tiefen Blick zu ihm hinüber. Otto dachte, ihn kann nichts mehr überraschen. Doch er täuschte sich. Zum ersten Mal schaute er Noah direkt in die Augen. Sie waren klar und blau, wie ein unendlich tiefer See, an dem sie sich trafen. Nach einer Minute des Schweigens, begann Noah zum Berg gewandt zu sprechen:

»Ja, man hat mich mit einer Aufgabe hierhergeschickt. Mich, Noah. Mein Name wurde mir gegeben als der, der Trost und die Ruhe bringt.

Die Schöpfung hat gesehen, mit welcher Niedertracht die Menschen auf Erden schalten und walten. Die Erde ist voll Frevels von Ihnen.«

Seine Sprache, wie merkwürdig sie klingt, dachte Otto. Noah sprach weiter:

»Es ist vorgesehen, alles Fleisch von der Erde hinweg zu tilgen, damit alles anders – neu entstehen kann. Das Fleisch, das den frevelhaften Geist getragen hat.

Mitnehmen werde ich einige wenige, um neuer Tage ihr Gesicht zu geben, nachdem die Erde überschüttet wird mit Wasser, das alle Teile überdeckt. Eine Sintflut wird kommen.

In der Sintflut werden sterben, die sich selbst ihr Grab dafür geschaufelt haben – mit ihren Worten, ihren Taten, ihrer Bosheit über andere. Mit ihrer Undankbarkeit für ihr Leben auf der Erde.

Ich werde alles tun, was mir aufgetragen von allerhöchster Stelle.«

Noah sprach weiter: »Ich muss tun, was ich tun muss, mehr kann ich dir nicht sagen. Ich werde dieses Boot fertig bauen aus leichtem Holz, dreihundertvierzig Meter lang, fünfundfünfzig Meter breit und fünfunddreißig hoch.

Ich habe zwei Böden in der Höhe eingezogen. Ich werde unter Deck Gatter bauen für die Tiere. Für jede Art eine. Es wird eine Familie kommen, die ich mitnehme. Dann sammle ich Essen für alle. Ich werde wissen, wann der Tag gekommen ist.

Dann wird das Wasser kommen.«

Ottos Aufgabe erlosch in diesem Moment. Er dachte an seine Tochter, an seine Familie. Sie taten viel Gutes. Er wusste nicht, welchen Weg es noch für sie gab. Für ihn doch nur den einen. Er schaute Noah gedankenverloren an. Er sagte: »Danke, dass du mit mir gesprochen hast. Nun werde ich weiterziehen.«

Otto stand auf. Während er den Weg entlanglief, der den Berg hinaufführte, schaute er zum Himmel und betete für seine Familie. Auf dem Weg nach oben öffnete er sein letztes Päckchen, das er noch bei sich trug. Er verströmte Segen, Güte und Liebe für alle, die es brauchen würden, Hoffnung für die Trost Suchenden, bis er weit oben am Berg in eine Wolke eintauchte und verschwand.Umweltneutral*

Personenverzeichnis:

Otto: *Hauptperson die den Leser durch die Geschichte führt.*
Sybille: *Ottos Jugendfreundin. Sie wird später seine Frau.*
Olivia: *Tochter von Otto und Sybille.*

Dieter: *Vater von Otto.*
Brigitte: *Mutter von Otto.*
Oliver: *Vater von Sybille.*
Brigitte: *Mutter von Sybille.*
Emilie: *Großmutter von Sybille.*

Professor Machmut Nölder: *Förderer von Otto in seiner Kindheit.*
Horst Sommer: *Journalist beim Star Magazin. Bekannter von Otto.*
Herr Strohmann: *Inhaber des Star Magazins, für das Otto schreibt.*
Herr Steiner: *Ab 1975 Redaktionsleiter beim Star Magazin.*
Bertold: *langjähriger Freund von Otto.*
Thomas: *Freund und Kollege von Bertold.*
Freddy: *Freund und Kollege von Bertold.*
Amalie: *Haushälterin von Bertold.*
Isamu: *Bekannter von Otto, später Ehemann von Olivia.*
Sabine: *Kommt Otto nach dem Tod seiner Frau Sybille zu Hilfe.*

Michelle: *Haushälterin von Otto und Sybille in Frankreich.*
Martin Bauer: *Spezialagent vom Staatsschutz.*
Professor Günther: *Hält Vorlesungen an Ottos Universität.*
Claude Bessiér: *Pächter von Sybille. Verfolger von Olivia.*
Sophie: *Grundstücksverwalterin in Frankreich.*

Min-Yun: Journalist, *Bekannter von Otto aus Süd-Korea.*